ॐ नमो भगवते वासुदेवाय

国家十二五重点出版项目

中国社会科学院创新工程学术出版资助项目

博伽梵往世书

BHĀGAVATA PURĀṆA

第五卷 第三篇

(17–33章)

维亚萨戴瓦 著

英文译著 A.C.巴克提韦丹塔·斯瓦米·帕布帕德

中文翻译 嘉娜娃

中国社会科学出版社

目　　录

第十七章

黑冉亚克沙征服全宇宙

第 1 节

त्रेय उवाच
निशम्यात्मभुवा गीतं कारणं शङ्कयोज्झिताः ।
ततः सर्वे न्यवर्तन्त त्रिदिवाय दिवौकसः ॥१॥

maitreya uvāca
niśamyātma-bhuvā gītaṁ
kāraṇaṁ śaṅkayojjhitāḥ
tataḥ sarve nyavartanta
tridivāya divaukasaḥ

maitreyaḥ—圣人麦垂亚 / uvāca—说 / niśamya—听到 / ātma-bhuvā—由布茹阿玛 / gītam—解释 / kāraṇam—原因 / śaṅkayā—从 恐惧 / ujjhitāḥ—摆脱 / tataḥ—然后 / sarve—全部 / nyavartanta—返回 / tri-divāya—天堂星球 / diva-okasaḥ—(住在天堂星球上的)半神人

译文 圣麦垂亚说：高等星球的居民半神人们，听了由维施努生出的布茹阿玛解释黑暗的由来后不要再害怕，分别回到各自的星球吧。

要旨 住在天堂星球上的半神人也有他们恐惧担忧的事。黑暗吞噬宇宙时，他们曾感到惶恐不安，便去向布茹阿玛(Brahmā)询问缘由。这说明物质世界里的众生都走不出恐惧的阴影。吃、睡、恐惧和交配是物质生存的四项基本活动。半神人也有恐惧。在每个星球上，甚至包括太阳、月亮在内的高等星球，以及这个地球，都少不了这四项属于动物层面的基本活动。否则，半神人怎么也会害怕黑暗呢？半神人和普通人类的区别在于：半神人有请教权威的习惯，而这个地球上的人类则藐视权威。如果人们一遇到问题就去请教权威，那么这个宇宙无论出什么问题就都能得到纠正了。阿尔诸纳(Arjuna)在库茹柴陀(Kurukṣetra)战场上也有惶恐、不知所措的一刻，但他去请教权威——奎师那(Kṛṣṇa)，问题得到了解决。从这件事上我们得出的结论是：一个人可能会在物质上陷入某些困境，但如果他能向真正可以给他解释问题所在的权威请教，他的问题就解决了。半神人找布茹阿玛询问为什么出现这样的变故，听他讲了其中的缘由后都很满意，安心地回到各自的居所。

第 2 节 दितिस्तु भर्तुरादेशादपत्यपरिशङ्किनी ।
पूर्णे वर्षशते साध्वी पुत्रौ प्रसुषुवे यमौ ॥२॥

ditis tu bhartur ādeśād
apatya-pariśaṅkinī
pūrṇe varṣa-śate sādhvī
putrau prasuṣuve yamau

ditiḥ—迪缇 / tu—但 / bhartuḥ—她丈夫的 / ādeśāt—按照……的指示 / apatya—由她的孩子 / pariśaṅkinī—担心将来会有麻烦 / pūrṇe—完整的 / varṣa-śate—经过一百年 / sādhvī—贞洁的女士 / putrau—两个儿子 / prasuṣuve—产下 / yamau—双胞胎

译文 贞洁的女士迪缇非常害怕她子宫中的孩子会像她丈夫预言的那样，给神明制造麻烦，于是在怀这对双胞胎整整一百年后才把他们生下来。

第 3 节 उत्पाता बहवस्तत्र निपेतुर्जायमानयोः ।
दिवि भुव्यन्तरिक्षे च लोकस्योरुभयावहाः ॥३॥

utpātā bahavas tatra
nipetur jāyamānayoḥ

divi bhuvy antarikṣe ca
lokasyoru-bhayāvahāḥ

utpātāḥ—自然灾害 / bahavaḥ—许多 / tatra—那里 / nipetuḥ—发生 / jāyamānayoḥ—他们一降生 / divi—在天堂星球上 / bhuvi—在地球上 / antarikṣe—在外太空 / ca—和 / lokasya—给世界 / uru—极大的 / bhaya-āvahāḥ—带来恐惧

译文　两个恶魔诞生时，在天堂星球、地球星球上，以及介于它们中间的外太空中，发生了许多恐怖、异常的大自然灾变。

第4节　सहाचला भुवश्चेलुर्दिशः सर्वाः प्रजज्वलुः ।
सोल्काश्चाशनयः पेतुः केतवश्चार्तिहेतवः ॥ ४ ॥

sahācalā bhuvaś celur
diśaḥ sarvāḥ prajajvaluḥ
solkāś cāśanayaḥ petuḥ
ketavaś cārti-hetavaḥ

saha—沿着 / acalāḥ—山脉 / bhuvaḥ—地球的 / celuḥ—震颤 / diśaḥ—方向 / sarvāḥ—各个 / prajajvaluḥ—像火一样熊熊燃烧 / sa—和 / ulkāḥ—流星 / ca—和 / aśanayaḥ—电闪雷鸣 / petuḥ—降下 / ketavaḥ—彗星 / ca—和 / ārti-hetavaḥ——切凶兆的由来

译文　地球上的山脉发生一连串的地震，各处像是都有火灾。土星等不吉祥的星球，与彗星、流星一起出现，其中还夹杂着闪电。

要旨　我们必须知道：每当某个星球出现自然灾变时，那里必有恶魔出世。如今这个年代，恶魔越来越多，自然灾变也日渐频繁。这是我们能从《博伽瓦谭》(Bhāgavatam)中了解的一个事实真相。

第 5 节 ववौ वायुः सुदुःस्पर्शः फूत्कारानीरयन्मुहुः ।
उन्मूलयन्नगपतीन् वात्यानीको रजोध्वजः ॥५॥

vavau vāyuḥ suduḥsparśaḥ
phūt-kārān īrayan muhuḥ
unmūlayan naga-patīn
vātyānīko rajo-dhvajaḥ

vavau—刮 / vāyuḥ—风 / su-duḥsparśaḥ—令触觉反感 / phūt-kārān—嘶嘶声 / īrayan—发出 / muhuḥ—再三 / unmūlayan—连根拔起 / naga-patīn—大树 / vātyā—龙卷风 / anīkaḥ—军队 / rajaḥ—尘土 / dhvajaḥ—旗帜

译文 令触觉反感到极点的狂风，不停地嘶嘶呼啸着，把参天大树连根拔起。在席卷大地的狂风中，暴雨是它们的军队，尘土形成的乌云是它们的旗帜。

要旨 自然界出现刮龙卷风、气候异常炎热、降大雪、飓风将树连根拔起等灾变或异常现象时，意味着世上的恶魔数量在日益增多。世上有许多国家总是自然灾害接连不断，甚至到现在也没有停止过。这样的例子比比皆是。哪里常年天阴少晴，天空中乌云密布，哪里严寒多雪，哪里的民族就必然天性邪恶，习惯从事各种罪恶活动。

第 6 节 उद्धसत्तडिदम्भोदघटया नष्टभागणे ।
व्योम्नि प्रविष्टतमसा न स्म व्यादृश्यते पदम् ॥६॥

uddhasat-taḍid-ambhoda-
ghaṭayā naṣṭa-bhāgaṇe
vyomni praviṣṭa-tamasā
na sma vyādṛśyate padam

uddhasat—狂笑 / taḍit—闪电 / ambhoda—云的 / ghaṭayā—被厚厚

的 / naṣṭa—失去 / bhā-gaṇe—发光体 / vyomni—天空中 / praviṣṭa—包裹 / tamasā—被黑暗 / na—不 / sma vyādṛśyate—看得见 / padam—处处

译文　密布的乌云遮住了天空中的发光体，云层中时隐时现的闪电仿佛在大笑。各处漆黑一片，伸手不见五指。

第 7 节　चुक्रोश विमना वार्धिरुदूर्मिः क्षुभितोदरः ।
सोदपानाश्च सरितश्चुक्षुभुः शुष्कपङ्कजाः ॥ ७ ॥

cukrośa vimanā vārdhir
udūrmiḥ kṣubhitodaraḥ
sodapānāś ca saritaś
cukṣubhuḥ śuṣka-paṅkajāḥ

cukrośa—哀号 / vimanāḥ—悲痛欲绝 / vārdhiḥ—大海 / udūrmiḥ—巨浪 / kṣubhita—骚动不安 / udaraḥ—里面的生物 / sa-udapānāḥ—湖泊和井里的饮用水 / ca—及 / saritaḥ—江河 / cukṣubhuḥ—激荡翻滚 / śuṣka—凋谢 / paṅkajāḥ—莲花

译文　汪洋中滔天的巨浪大声哀号，像是悲痛欲绝，居住其中的水生物骚动不安。河流与湖泊也激荡翻滚，莲花纷纷凋谢、枯萎。

第 8 节　मुहुः परिधयोऽभूवन् सराह्वोः शशिसूर्ययोः ।
निर्घाता रथनिर्ह्रादा विवरेभ्यः प्रजज्ञिरे ॥ ८ ॥

muhuḥ paridhayo 'bhūvan
sarāhvoḥ śaśi-sūryayoḥ
nirghātā ratha-nirhrādā
vivarebhyaḥ prajajñire

muhuḥ—再三 / paridhayaḥ—模糊的晕圈 / abhūvan—出现 / sa-rāhvoḥ—日食或月食时 / śaśi—月亮的 / sūryayoḥ—太阳的 / nirghātāḥ—

雷声 / ratha-nirhrādāḥ一战车驶过时发出的隆隆声 / vivarebhyaḥ一从山洞里 / prajajñire一发出

译文 在接二连三的日食和月食期间，模糊的晕圈环绕着太阳和月亮。甚至在晴天就可以听到霹雳声，听来像是山洞中冲出的战车所发出的震天巨响。

第 9 节 अन्तर्ग्रामेषु मुखतो वमन्त्यो वह्निमुल्बणम् ।
सृगालोलूकटङ्कारैः प्रणेदुरशिवं शिवाः ॥ ९ ॥

antar-grāmeṣu mukhato
vamantyo vahnim ulbaṇam
sṛgālolūka-ṭaṅkāraiḥ
praṇedur aśivaṁ śivāḥ

antaḥ一里面 / grāmeṣu一村子里 / mukhataḥ一从牠们嘴里 / vamantyaḥ一喷射 / vahnim一火焰 / ulbaṇam一可怕的 / sṛgāla一豺狼 / ulūka一猫头鹰 / ṭaṅkāraiḥ一以牠们的嚎叫 / praṇeduḥ一发出不同的叫声 / aśivam一不祥的 / śivāḥ一母豺狼

译文 村子里的母豺不祥地嘶吼着，嘴里喷出火焰，公豺和猫头鹰用它们的哭嚎随声附和。

第 10 节 सङ्गीतवद्रोदनवदुन्नमय्य शिरोधराम् ।
व्यमुञ्चन् विविधा वाचो ग्रामसिंहास्ततस्ततः ॥१०॥

saṅgītavad rodanavad
unnamayya śirodharām
vyamuñcan vividhā vāco
grāma-siṁhās tatas tataḥ

saṅgīta-vat一像歌唱 / rodana-vat一像哀号 / unnamayya一挺直 /

śirodharām—脖子 / vyamuñcan—发出 / vividhāḥ—各种 / vācaḥ—狂吠 / grāma-siṁhāḥ—狗 / tataḥ tataḥ—到处

译文　各处的狗都直挺着脖子，时而以歌唱的形式，时而以哭嚎的形式狂吠不休。

第 11 节　खराश्च कर्कशैः क्षत्तः खुरैर्घ्नन्तो धरातलम् ।
खार्काररभसा मत्ताः पर्यधावन् वरूथशः ॥११॥

kharāś ca karkaśaiḥ kṣattaḥ
khurair ghnanto dharā-talam
khārkāra-rabhasā mattāḥ
paryadhāvan varūthaśaḥ

kharāḥ—驴 / ca—和 / karkaśaiḥ—坚硬的 / kṣattaḥ—维杜茹阿啊 / khuraiḥ—用牠们的蹄子 / ghnantaḥ—踢 / dharā-talam—地面 / khāḥ-kāra—嘶叫 / rabhasāḥ—狂躁地 / mattāḥ—疯狂的 / paryadhāvan—四下奔跑 / varūthaśaḥ—成群的

译文　啊，维杜茹阿！驴子成群结队地四处奔跑，用它们坚硬的蹄子击打大地，狂野地嘶叫着。

要旨　驴也显得不可一世；当它们成群结队、异常兴奋地四下奔跑时，对人类社会而言也是个不祥之兆。

第 12 节　रुदन्तो रासभत्रस्ता नीडादुदपतन् खगाः ।
घोषेऽरण्ये च पशवः शकृन्मूत्रमकुर्वत ॥१२॥

rudanto rāsabha-trastā
nīḍād udapatan khagāḥ
ghoṣe 'raṇye ca paśavaḥ
śakṛn-mūtram akurvata

rudantaḥ—尖叫 / rāsabha—被驴 / trastāḥ—惊吓 / nīḍāt—从巢中 / udapatan—飞出 / khagāḥ—鸟 / ghoṣe—牛棚里 / araṇye—森林里 / ca—和 / paśavaḥ—牛 / śakṛt—粪 / mūtram—尿 / akurvata—排泄

译文 被群驴的嘶吼吓到的鸟儿们，尖叫着飞出它们的鸟巢，牛棚和树林中的牛也吓得大小便失禁了。

第 13 节 गावोऽत्रसन्नसृग्दोहास्तोयदाः पूयवर्षिणः ।
व्यरुदन्देवलिङ्गानि द्रुमाः पेतुर्विनानिलम् ॥१३॥

gāvo 'trasann asṛg-dohās
 toyadāḥ pūya-varṣiṇaḥ
vyarudan deva-liṅgāni
 drumāḥ petur vinānilam

gāvaḥ—母牛 / atrasan—受到惊吓 / asṛk—血 / dohāḥ—流出 / toyadāḥ—云 / pūya—脓 / varṣiṇaḥ—降下 / vyarudan—流泪 / deva-liṅgāni—神像 / drumāḥ—树木 / petuḥ—倒下 / vinā—没有 / anilam—风吹

译文 母牛因为惊吓过度，奶囊中流出鲜血；云朵下起脓汁；庙里的神像纷纷流泪；树木在无风的情况下自行倒下。

第 14 节 ग्रहान् पुण्यतमानन्ये भगणांश्चापि दीपिताः ।
अतिचेरुर्वक्रगत्या युयुधुश्च परस्परम् ॥१४॥

grahān puṇyatamān anye
 bhagaṇāṁś cāpi dīpitāḥ
aticerur vakra-gatyā
 yuyudhuś ca parasparam

grahān—星球 / puṇya-tamān—最吉祥的 / anye—其他(不吉祥的星球) / bha-gaṇān—发光体 / ca—和 / api—也 / dīpitāḥ—发光 / aticeruḥ—

掩盖 / vakra-gatyā－逆行 / yuyudhuḥ－相撞 / ca－和 / paraḥ-param－彼此

译文　火星和土星等不吉祥的星球，放出比水星、木星、金星和二十八宿等吉祥的星球更亮的光。星球因为逆行而彼此碰撞。

要旨　整个宇宙都在物质自然三种属性的控制下运作。受善良属性影响的生物体被称为虔诚的生物体，如虔诚的土地、虔诚的树种等。星球也如此，有许多星球是虔诚的，有一些则是不虔诚的。土星和火星是不虔诚的星球。如果虔诚的星球显得很亮，就是吉兆；如果不虔诚的星球显得很亮，就是凶兆。

第 15 节　दृष्ट्वान्यांश्च महोत्पातानतत्तत्त्वविदः प्रजाः ।
ब्रह्मपुत्रानृते भीता मेनिरे विश्वसम्प्लवम् ॥१५॥

dṛṣṭvānyāṁś ca mahotpātān
atat-tattva-vidaḥ prajāḥ
brahma-putrān ṛte bhītā
menire viśva-samplavam

dṛṣṭvā－看到 / anyān－其他人 / ca－和 / mahā－非同寻常的 / utpātān－凶兆 / a-tat-tattva-vidaḥ－不知道(这些凶兆)背后的秘密 / prajāḥ－人们 / brahma-putrān－布茹阿玛的儿子们(库玛尔四兄弟) / ṛte－除了 / bhītāḥ－恐惧不安的 / menire－以为 / viśva-samplavam－宇宙灭亡

译文　除了布茹阿玛的四个圣人儿子清楚佳亚、维佳亚坠落并投生为迪缇儿子的事，其他看到在不吉祥时刻出现的这些及其他许多凶兆的人，都惊恐万分。他们不知道这些凶兆背后的秘密，以为是宇宙毁灭即将来临了。

要旨 《博伽梵歌》(Bhagavad-gītā)第7章中说：物质自然的律法极为严密，令犯罪的生物体无法逃遁，并说只有具备奎师那意识并全心投靠奎师那的人才能获救，挣脱法网。从《圣典博伽瓦谭》(Śrīmad-Bhāgavatam)的记载中我们了解到：两个大恶魔的降生，导致自然界出现如此多的灾变和异常现象。我们以此可以推断出：地球上接连不断出现灾变和异常现象，预示着有某个恶魔出世或恶魔的数量在日益增多。这一点我们在前面已经谈过。以前的年代只有两个恶魔(迪缇所生)，自然界就出现了许多灾变。现在，尤其是如今这个喀历(Kali)年代，灾变和异常现象屡见不鲜，说明世上的恶魔必定越来越多了。

为了限制恶魔数量的增多，韦达文明制定了许多社会生活的规范守则，其中最为重要的一条是，生育子女时必须举行生育净化仪式(garbhādhāna)，以保证得到优秀的下一代。在《博伽梵歌》中，阿尔诸纳对奎师那说，本性邪恶、要不得的人口(varṇa-saṅkara)将使整个世界沦为地狱。人们一方面渴望世界和平，另一方面不举行生育净化仪式，结果给世上带来许许多多本性邪恶、要不得的孩子，这些孩子跟迪缇(Diti)生的恶魔没什么区别。迪缇当时在强烈的性欲驱使下逼丈夫在不吉祥的时刻与她过性生活，生出为非作歹、横行世上的恶魔。夫妇在过性生活生育孩子时，应当遵守相应的规范守则，以便生育优秀的后代。如果每对夫妇都能遵守韦达规范原则，生育优秀的孩子而不是恶魔，世上自然就是一片和平、安宁的景象。如果我们不遵守为保证社会安定而制定的各项原则，就不可能期望有和平与安宁的生活。相反，自然法律会狠狠地教训我们，我们将为此承受严厉的惩罚。

第16节 तावादिदैत्यौ सहसा व्यज्यमानात्मपौरुषौ ।
ववृधातेऽश्मसारेण कायेनाद्रिपती इव ॥१६॥

tāv ādi-daityau sahasā
　vyajyamānātma-pauruṣau
vavṛdhāte 'śma-sāreṇa
　kāyenādri-patī iva

tau－这两个 / ādi-daityau－世上最初的恶魔 / sahasā－很快 / vyajyamāna－现出 / ātma－自己的 / pauruṣau－剽悍勇猛 / vavṛdhāte－长成 / aśma-sāreṇa－钢铁般的 / kāyena－躯体 / adri-patī－两座高山 / iva－像

译文　这两个在古代出现的恶魔，很快便开始展示他们不同寻常的身体特征；他们钢铁般的身躯迅速扩张，恰似两座高山。

要旨　世上有两类人，一类称为恶魔，一类称为半神人。社会的灵性进步是半神人关注的焦点，而与躯体有关的物质文明进步则是恶魔关注的焦点。迪缇的两个恶魔儿子，身体魁梧、健壮，恰似由钢铁铸造的。他们长得极高，头顶几乎触碰到了外太空，身上都佩戴着贵重的首饰。在他们看来，这些是生命成功的标志。按照原定计划，外琨塔(Vaikuṇṭha)的两位看门人佳亚(Jaya)和维佳亚(Vijaya)将投生在这个物质世界中。由于受到圣人的诅咒，他们将扮演两个始终对至尊人格首神怀着深仇大恨的人物。作为恶魔，他们性情暴烈，一味追求躯体上的舒适及物质发展，但却对至尊人格首神完全不屑一顾。

第 17 节　दिविस्पृशौ हेमकिरीटकोटिभि-
　　निरुद्धकाष्ठौ स्फुरदङ्गदाभुजौ ।
गां कम्पयन्तौ चरणैः पदे पदे
　　कट्या सुकाञ्च्यार्कमतीत्य तस्थतुः ॥१७॥

divi-spṛśau hema-kirīṭa-koṭibhir
　niruddha-kāṣṭhau sphurad-aṅgadā-bhujau

gāṁ kampayantau caraṇaiḥ pade pade
katyā sukāñcyārkam atītya tasthatuḥ

divi-spṛśau—触到天空 / hema—金色的 / kirīṭa—他们的头盔的 / koṭibhiḥ—以头盔上的饰品 / niruddha—遮住 / kāṣṭhau—四面八方 / sphurat—闪闪发光的 / aṅgadā—手镯 / bhujau—在他们的手臂上 / gām—大地 / kampayantau—震颤 / caraṇaiḥ—用脚 / pade pade—每一步 / kaṭyā—在他们腰部 / su-kāñcyā—用精美的腰带 / arkam—太阳 / atītya—遮住 / tasthatuḥ—他们站立

译文 他们长得那么高，以致插在他们金色王冠上的饰品看似已经触到了天空。他们挡住了四面八方的视野，行走时每一步都震撼着大地。他们手臂上佩戴着闪亮的手镯和臂环；站立时，佩戴着漂亮非凡的腰带的腰部，甚至挡住了太阳。

要旨 恶魔就喜欢长成这副样子，即：走起路来地动山摇；往地上一站，庞大的身躯能遮住太阳，挡住四面八方的视野。这就是恶魔的文明。从物质层面看，某个国家的人如果长得身强力壮，他们的国家便可跻身于世界强国之林。

第 18 节 प्रजापतिर्नाम तयोरकार्षीद्
यः प्राक्स्वदेहाद्यमयोरजायत ।
तं वै हिरण्यकशिपुं विदुः प्रजा
यं तं हिरण्याक्षमसूत साग्रतः ॥१८॥

prajāpatir nāma tayor akārṣīd
yaḥ prāk sva-dehād yamayor ajāyata
taṁ vai hiraṇyakaśipuṁ viduḥ prajā
yaṁ taṁ hiraṇyākṣam asūta sāgrataḥ

prajāpatiḥ—喀夏帕 / nāma—名字 / tayoḥ—两个的 / akārṣīt—给 /

yaḥ一……的 / prāk一第一个 / sva-dehāt一从他的躯体 / yamayoḥ一双胞胎的 / ajāyata一生下 / tam一他 / vai一的确 / hiraṇyakaśipum一黑冉亚卡希普 / viduḥ一知道 / prajāḥ一人 / yam一……的 / tam一他 / hiraṇyākṣam一黑冉亚克沙 / asūta一产下 / sā一她(迪缇) / agrataḥ一第一个

译文　生物体的祖先喀夏帕，分别给他的孪生子起名，先出世的儿子名叫黑冉亚克沙，迪缇先受孕的儿子名叫黑冉亚卡希普。

要旨　韦达文献中有一本科学地论述有关生育知识的专著，名叫《优生学》(Piṇḍa-siddhi)，其中说：当两个精子先后进入子宫与卵子结合时，就会在子宫内各自发育成两个胎儿；胎儿出生的先后顺序与母亲当初怀他们时的先后顺序恰好相反，也就是，母亲先怀胎的孩子后出生，后怀胎的孩子先出生。在子宫内，先受孕形成的胎儿位于后受孕形成的胎儿的里面。因此在母亲分娩时，母亲后怀上的孩子先出生，先怀上的孩子后出生。在这里，迪缇先怀上的是黑冉亚卡希普(Hiraṇyakaśipu)，随后怀上黑冉亚克沙(Hiraṇyākṣa)，所以黑冉亚克沙先出生，黑冉亚卡希普后出生。

第 19 节　चक्रे हिरण्यकशिपुर्दोर्भ्यां ब्रह्मवरेण च ।
वशे सपालाँल्लोकांस्त्रीनकुतोमृत्युरुद्धतः ॥१९॥

cakre hiraṇyakaśipur
dorbhyāṁ brahma-vareṇa ca
vaśe sa-pālāl̐ lokāṁs trīn
akuto-mṛtyur uddhataḥ

cakre一使 / hiraṇyakaśipuḥ一黑冉亚卡希普 / dorbhyām一用他的双手 / brahma-vareṇa一倚仗布茹阿玛的祝福 / ca一和 / vaśe一在他的控制下 / sa-pālān一和它们的保护者 / lokān一世界 / trīn一三个 / akutaḥmṛtyuḥ－不怕任何人杀他 / uddhataḥ－不可一世的样子

译文 大儿子黑冉亚卡希普因为得到主布茹阿玛的祝福，知道三个世界中没人能让他死，所以不惧怕任何人。他倚仗这个祝福而狂妄不可一世，把所有三个星系都置于他的控制下。

要旨 后面几章中将会谈到，黑冉亚卡希普为取悦布茹阿玛(Brahmā)而从事了极大的苦行，最后让布茹阿玛祝福他能长生不老。可是谁能祝福他人长生不老呢？就连主布茹阿玛实际上都没有这个权利。然而，黑冉亚卡希普耍了些花招，从布茹阿玛那里间接地得到了这样的祝福，即：这个物质世界里没有谁能杀死他。从另一方面说，黑冉亚卡希普是从外琨塔直接下来的，所以也不可能被这个物质世界里的人杀死。至尊主想要亲自来杀死他。人也许会为掌握先进的物质科学知识而扬扬得意，但却无法避开生、老、病、死这四种物质存在的痛苦。至尊主想用黑冉亚卡希普的例子告诉大家：哪怕是像黑冉亚卡希普这样强壮、本领高超的人，时间一到也得死，无法多活一分一秒。人可以像黑冉亚卡希普那样一手遮天，主宰三个世界，但却无法让自己长生不老，永远占有这一切。历代无数的帝王都曾一度登上王座，叱咤风云，而今却踪迹全无。这就是世界历史。

第 20 节 हिरण्याक्षोऽनुजस्तस्य प्रियः प्रीतिकृदन्वहम् ।
गदापाणिर्दिवं यातो युयुत्सुर्मृगयन् रणम् ॥२०॥

hiraṇyākṣo 'nujas tasya
priyaḥ prīti-kṛd anvaham
gadā-pāṇir divaṁ yāto
yuyutsur mṛgayan raṇam

hiraṇyākṣaḥ－黑冉亚克沙 / anujaḥ－弟弟 / tasya－他的 / priyaḥ－敬

爱的 / prīti-kṛt一准备去取悦 / anu-aham一每天 / gadā-pāṇiḥ一手持大头棒 / divam一到高等星球 / yātaḥ一去到 / yuyutsuḥ一想斯杀 / mṛgayan一找 / raṇam一厮杀

译文　他弟弟黑冉亚克沙时刻准备用自己的行动取悦哥哥。为了让黑冉亚卡希普高兴，他肩扛一根大头棒，斗志昂扬地游遍全宇宙。

要旨　品性邪恶的人喜欢训练自己的家人去剥削宇宙中的各种资源，用于个人的感官享乐；而品性圣洁的人却想方设法把一切都用于为至尊主服务。黑冉亚卡希普不但自己本领高超，还训练自己的弟弟黑冉亚克沙，让他也有高强的武功帮自己与外人作战，以便尽可能长久地主宰物质自然。如果有可能，他恨不得永远在宇宙中称王称霸。这就是恶魔的想法。

第21节　तं वीक्ष्य दुःसहजवं रणत्काञ्चननूपुरम् ।
वैजयन्त्या स्रजा जुष्टमंसन्यस्तमहागदम् ॥२१॥

taṁ vīkṣya duḥsaha-javaṁ
raṇat-kāñcana-nūpuram
vaijayantyā srajā juṣṭam
aṁsa-nyasta-mahā-gadam

tam一他 / vīkṣya一见到 / duḥsaha一很难控制 / javam一脾气 / raṇat一叮当作响 / kāñcana一金子 / nūpuram一脚镯 / vaijayantyā srajā一挂着外佳央提花环 / juṣṭam一装饰 / aṁsa一在肩上 / nyasta一靠在 / mahā-gadam一一根巨型大头棒

译文　黑冉亚克沙的性子火暴，很难控制。他脚戴叮当作响的金脚镯，颈挂巨大的花环饰物，肩扛一根巨型大头棒。

第 22 节 **मनोवीर्यवरोत्सिक्तमसृण्यमकुतोभयम् ।**
भीता निलिल्यिरे देवास्तार्क्ष्यत्रस्ता इवाहयः ॥२२॥

mano-vīrya-varotsiktam
asṛṇyam akuto-bhayam
bhītā nililyire devās
tārkṣya-trastā ivāhayaḥ

manaḥ-vīrya—靠心力和体力 / vara—倚仗获得的祝福 / utsiktam—得意 / asṛṇyam—不可阻挡 / akutaḥ-bhayam—谁也不怕 / bhītāḥ—惧怕 / nililyire—躲藏 / devāḥ—半神人 / tārkṣya—嘎茹达 / trastāḥ—惧怕 / iva—像 / ahayaḥ—蛇

译文 他的心力、体力，以及得到的恩惠，使他极为自负。他通行无阻，没人能对他构成死亡的威胁。正因为如此，半神人们一看到他就吓得胆战心惊，甚至像群蛇因惧怕嘎茹达而躲起来一样四处藏身。

要旨 这节诗中说到，恶魔(asura)一般都很厉害，由于身体强壮，心理状态也很健康，都具有超越常人的非凡力量。黑冉亚克沙和黑冉亚卡希普曾受到祝福，不被这个宇宙中的任何生物体所杀，而这几乎等于说他们是不会死的。这使他们两人变得天不怕、地不怕的。

第 23 节 **स वै तिरोहितान्दृष्ट्वा महसा स्वेन दैत्यराट् ।**
सेन्द्रान्देवगणान् क्षीबानपश्यन् व्यनदद्भृशम् ॥२३॥

sa vai tirohitān dṛṣṭvā
mahasā svena daitya-rāṭ
sendrān deva-gaṇān kṣībān
apaśyan vyanadad bhṛśam

saḥ—他 / vai—确实 / tirohitān—消失 / dṛṣṭvā—看到了 / mahasā—

靠力量 / svena—他自己的 / daitya-rāṭ—戴提亚(恶魔)的首领 / sa-indrān—和因铎 / deva-gaṇān—半神人 / kṣībān—陶醉 / apaśyan—没发现 / vyanadat—吼叫 / bhṛśam—大声地

译文 由于找不到曾陶醉于自己拥有的力量的因铎和其他半神人，恶魔的首领明白是他的威力使他们销声匿迹，不禁大声吼叫起来。

第 24 节 ततो निवृत्तः क्रीडिष्यन् गम्भीरं भीमनिस्वनम् ।
विजगाहे महासत्त्वो वार्धिं मत्त इव द्विपः ॥२४॥

tato nivṛttaḥ krīḍiṣyan
gambhīraṁ bhīma-nisvanam
vijagāhe mahā-sattvo
vārdhiṁ matta iva dvipaḥ

tataḥ—接着 / nivṛttaḥ—返回 / krīḍiṣyan—为消遣 / gambhīram—深深的 / bhīma-nisvanam—发出可怕的声音 / vijagāhe—潜入 / mahā-sattvaḥ—了不起的生物体 / vārdhim—海里 / mattaḥ—发怒的 / iva—像 / dvipaḥ—大象

译文 从天堂星球返回后，如大象般狂怒的强大恶魔，为消遣而纵身跳进发出可怕的咆哮声的深海中。

第 25 节 तस्मिन् प्रविष्टे वरुणस्य सैनिका
यादोगणाः सन्नधियः ससाध्वसाः ।
अहन्यमाना अपि तस्य वर्चसा
प्रधर्षिता दूरतरं प्रदुद्रुवुः ॥२५॥

tasmin praviṣṭe varuṇasya sainikā
yādo-gaṇāḥ sanna-dhiyaḥ sasādhvasāḥ
ahanyamānā api tasya varcasā
pradharṣitā dūrataraṁ pradudruvuḥ

tasmin praviṣṭe——进入海里 / varuṇasya—瓦茹纳的 / sainikāḥ—侍卫 / yādaḥ-gaṇāḥ—水生物 / sanna-dhiyaḥ—心情抑郁 / sa-sādhvasāḥ—惊恐万状 / ahanyamānāḥ—没遭任何攻击 / api—甚至 / tasya—他的 / varcasā—光芒 / pradharṣitāḥ—被镇住 / dūra-taram—远远地 / pradudruvuḥ—牠们飞速逃窜

译文 他一旦进入海水中，由水神瓦茹纳负责照管的水生物都惊恐万状，立刻四下逃窜。就这样，黑冉亚克沙不费吹灰之力就展示了他的威力。

要旨 身为物质主义者的恶魔有时显出不可一世的样子；他们耀武扬威，在世上称王称霸。这里也同样如此，黑冉亚克沙仗着自己有一身邪恶的力量而在宇宙中横行霸道，半神人们看到他本领高强都吓坏了。不仅是天上的半神人怕黑冉亚卡希普和黑冉亚克沙这两个魔头，海里的水生物也都惧怕他们。

第 26 节 स वर्षपूगानुदधौ महाबल-
श्चरन्महोर्मीञ्छ्वसनेरितान्मुहुः ।
मौर्व्याभिजघ्ने गदया विभावरी-
मासेदिवांस्तात पुरीं प्रचेतसः ॥२६॥

sa varṣa-pūgān udadhau mahā-balaś
caran mahormīñ chvasaneritān muhuḥ
maurvyābhijaghne gadayā vibhāvarīm
āsedivāṁs tāta purīṁ pracetasaḥ

saḥ—他 / varṣa-pūgān—许多年 / udadhau—在海里 / mahā-balaḥ—强悍的 / caran—四处游走 / mahā-ūrmīn—巨浪 / śvasana—用风 / īritān—翻滚 / muhuḥ—再三 / maurvyā—铁 / abhijaghne—他打 / gadayā—用大头棒 / vibhāvarīm—维巴瓦瑞 / āsedivān—来到 / tāta—亲爱的维杜茹阿啊 / purīm—首都 / pracetasaḥ—瓦茹纳的

译文　强大有力的黑冉亚克沙，在海洋中四处游走了许许多多年之后，用他的铁制大头棒连续猛力地击打被狂风卷起的滔天巨浪，最后到了瓦茹纳的首都维巴瓦瑞。

要旨　瓦茹纳(Varuṇa)是水神，他的首都维巴瓦瑞(Vibhāvarī)在水国之中。

第 27 节　तत्रोपलभ्यासुरलोकपालकं
यादोगणानामृषभं प्रचेतसम् ।
स्मयन् प्रलब्धुं प्रणिपत्य नीचव-
ज्जगाद मे देह्यधिराज संयुगम् ॥२७॥

tatropalabhyāsura-loka-pālakaṁ
yādo-gaṇānām ṛṣabhaṁ pracetasam
smayan pralabdhuṁ praṇipatya nīcavaj
jagāda me dehy adhirāja saṁyugam

tatra—那里 / upalabhya—来到 / asura-loka—恶魔居住的地区的 / pālakam—守护者 / yādaḥ-gaṇānām—水生物的 / ṛṣabham—君王 / pracetasam—瓦茹纳 / smayan—笑着 / pralabdhum—开玩笑 / praṇipatya—跪倒在地 / nīca-vat—像个出身卑微的人 / jagāda—他说 / me—向我 / dehi—给 / adhirāja—了不起的大王啊 / saṁyugam—交战

译文　瓦茹纳是水生物的君王，以及恶魔通常居住的宇宙下层的管理者；维巴瓦瑞是他的住所。在那里，黑冉亚克沙像出身卑微的人那样扑倒在瓦茹纳的脚下，面露笑容地取笑他说："至尊主啊！请赐予我战斗的机会！"

要旨　恶魔就喜欢向他人挑战，用武力强占他人的财产。黑冉亚克沙在此向一个无意动武的人挑战，充分暴露了他恶魔的本性。

第 28 节　त्वं लोकपालोऽधिपतिर्बृहच्छ्रवा
वीर्यापहो दुर्मदवीरमानिनाम् ।
विजित्य लोकेऽखिलदैत्यदानवान्
यद्राजसूयेन पुरायजत्प्रभो ॥२८॥

tvaṁ loka-pālo 'dhipatir bṛhac-chravā
vīryāpaho durmada-vīra-māninām
vijitya loke 'khila-daitya-dānavān
yad rājasūyena purāyajat prabho

tvam—你(瓦茹纳) / loka-pālaḥ—统治星球的帝王 / adhipatiḥ—统治者 / bṛhat-śravāḥ—大名鼎鼎的 / vīrya—力量 / apahaḥ—削弱 / durmada—自负的人的 / vīra-māninām—自以为是的大英雄 / vijitya—战胜了 / loke—世上 / akhila—所有的 / daitya—恶魔 / dānavān—达纳瓦们 / yat—为此 / rāja-sūyena—以茹阿佳苏亚祭祀 / purā—曾经 / ayajat—崇拜 / prabho—大人啊

译文　您是这整个地区的守护者，闻名于世的统治者。在摧毁了骄傲自大的斗士们的力量，征服了世上所有的戴提亚和达纳瓦后，您有一次为至尊主举行了一场茹阿佳苏亚祭祀。

第 29 节　स एवमुत्सिक्तमदेन विद्विषा
दृढं प्रलब्धो भगवानपां पतिः ।
रोषं समुत्थं शमयन् स्वया धिया
व्यवोचदङ्गोपशमं गता वयम् ॥२९॥

sa evam utsikta-madena vidviṣā
dṛḍhaṁ pralabdho bhagavān apāṁ patiḥ
roṣaṁ samutthaṁ śamayan svayā dhiyā
vyavocad aṅgopaśamaṁ gatā vayam

saḥ—瓦茹纳 / evam—就这样 / utsikta—趾高气扬 / madena—自

负 / vidviṣā－被敌人 / dṛḍham－大肆 / pralabdhaḥ－嘲弄 / bhagavān－值得崇拜的 / apām－水界的 / patiḥ－主宰 / roṣam－怒火 / samuttham－升腾起 / śamayan－压住 / svayā dhiyā－用理智 / vyavocat－他回答 / aṅga－亲爱的先生 / upaśamam－不再打仗 / gatāḥ－变得 / vayam－我们

译文 负责控制所有水世界的水神遭到无比自负的敌人这样一番嘲笑，不禁怒火中烧，但他理智地强压住心中升腾起的怒气回答道：亲爱的人啊！我们已经老到无力搏斗的程度，所以现在打消了作战的念头。

要旨 从这里我们看到，好战的物质主义者总是无缘无故挑起战争。

第 30 节

पश्यामि नान्यं पुरुषात्पुरातनाद्
यः संयुगे त्वां रणमार्गकोविदम् ।
आराधयिष्यत्यसुरर्षभेहि तं
मनस्विनो यं गृणते भवादृशाः ॥३०॥

paśyāmi nānyaṁ puruṣāt purātanād
yaḥ saṁyuge tvāṁ raṇa-mārga-kovidam
ārādhayiṣyaty asurarṣabhehi taṁ
manasvino yaṁ gṛṇate bhavādṛśāḥ

paśyāmi－我看 / na－没有 / anyam－其他 / puruṣāt－除了那个人 / purātanāt－最老的 / yaḥ－……的 / saṁyuge－厮杀 / tvām－对你 / raṇa-mārga－兵法 / kovidam－精通 / ārādhayiṣyati－将使……感到满意 / asura-ṛṣabha－恶魔的首领啊 / ihi－找 / tam－祂 / manasvinaḥ－英雄 / yam－……的祂 / gṛṇate－称颂 / bhavādṛśāḥ－像你一样的

译文 你武功如此高强，除了最老的人——主维施努，能够在对战中让你感到满意外，我看不到有谁能做到这一点。所以，恶魔的首领啊！去找祂吧。祂是就连你这样的勇士都会赞不绝口的人!

要旨 气焰嚣张的物质主义者肆意破坏世界和平，终将受到至尊主的惩罚。正因为如此，瓦茹纳建议黑冉亚克沙说：他要想找人痛痛快快地厮杀一番，最好是去找至尊主维施努(Viṣṇu)。

第 31 节 तं वीरमारादभिपद्य विस्मयः
शयिष्यसे वीरशये श्वभिर्वृतः ।
यस्त्वद्विधानामसतां प्रशान्तये
रूपाणि धत्ते सदनुग्रहेच्छया ॥३१॥

taṁ vīram ārād abhipadya vismayaḥ
śayiṣyase vīra-śaye śvabhir vṛtaḥ
yas tvad-vidhānām asatāṁ praśāntaye
rūpāṇi dhatte sad-anugrahecchayā

tam—祂 / vīram—伟大的英雄 / ārāt—迅速地 / abhipadya—一旦来到…… / vismayaḥ—去除……的傲气 / śayiṣyase—你将躺下 / vīraśaye—在战场上 / śvabhiḥ—被狗 / vṛtaḥ—围着 / yaḥ—……的祂 / tvat-vidhānām—像你一样的 / asatām—恶人的 / praśāntaye—为斩除 / rūpāṇi—形象 / dhatte—祂呈现 / sat—向虔诚的人 / anugraha—为了展示祂的仁慈 / icchayā—愿望

译文 瓦茹纳继续说道：一旦接近祂，你的骄傲自大就会被立即清除掉；你将倒在战场上永远睡去，被狗儿们团团围住。就是为了消灭你这样的邪恶之徒，向虔诚之人展示祂的慈悲，祂才以瓦茹阿哈等各种化身降临。

要旨 恶魔不知道自己的躯体由物质自然五种元素构成，一旦倒下，那躯体就成全了狗和秃鹰，让牠们饱餐一顿。瓦茹纳让黑冉亚克沙去找维施努的雄猪化身，以满足他要找人大战一场的渴望。那时，恶魔那强有力的躯体就会毁于一旦。

到此为止，结束了巴克提韦丹塔对《圣典博伽瓦谭》第3篇第17章——“黑冉亚克沙征服全宇宙”所作的阐释。

第十八章

至尊主的雄猪化身与恶魔展开搏斗

第 1 节

मैत्रेय उवाच
तदेवमाकर्ण्य जलेशभाषितं
महामनास्तद्विगणय्य दुर्मदः ।
हरेर्विदित्वा गतिमङ्ग नारदाद्
रसातलं निर्विविशे त्वरान्वितः ॥१॥

maitreya uvāca
tad evam ākarṇya jaleśa-bhāṣitaṁ
mahā-manās tad vigaṇayya durmadaḥ
harer viditvā gatim aṅga nāradād
rasātalaṁ nirviviśe tvarānvitaḥ

maitreyaḥ一伟大的圣人麦垂亚 / uvāca一说 / tat一那 / evam一就此 / ākarṇya一听了 / jala-īśa一水神瓦茹纳的 / bhāṣitam一话 / mahā-manāḥ一骄傲 / tat一这些话 / vigaṇayya一根本没放在心上 / durmadaḥ一虚荣的 / hareḥ一至尊人格首神的 / viditvā一打听到 / gatim一所在地 / aṅga一亲爱的维杜茹阿啊 / nāradāt一从纳茹阿达 / rasātalam一到海洋深处 / nirviviśe一潜入 / tvarā-anvitaḥ一飞速

译文 麦垂亚继续说道：骄傲自负、被虚假的荣耀冲昏了头的恶魔，并没太在意瓦茹纳的话。啊，亲爱的维杜茹阿！他从纳茹阿达那里打听到至尊人格首神的所在地后，便急匆匆地赶往海洋深处。

要旨 不信神的好战者甚至敢与他们最强大的敌人——人格首神动手。恶魔从瓦茹纳(Varuṇa)那里听说，世上只有至尊人格首神维施努(Viṣṇu)才是真正能与他搏斗的对手时，顿时情绪高涨，心急火燎地要找至尊人格首神，与祂大战一场。尽管瓦茹纳已经预言到，他与维施努动手的结果是他将成为野狗、豺狼和秃鹰口中的食物，但他根本不在乎。维施努的另一个名字叫阿吉塔(Ajita)，意思是“永远不可战胜的人”。邪恶之人都智力欠佳，竟敢去与祂作战。

第 2 节 ददर्श तत्राभिजितं धराधरं
प्रोन्नीयमानावनिमग्रदंष्ट्रया ।
मुष्णन्तमक्ष्णा स्वरुचोऽरुणश्रिया
जहास चाहो वनगोचरो मृगः ॥ २ ॥

dadarśa tatrābhijitaṁ dharā-dharaṁ
pronnīyamānāvanim agra-daṁṣṭrayā
muṣṇantam akṣṇā sva-ruco 'ruṇa-śriyā
jahāsa cāho vana-gocaro mṛgaḥ

dadarśa—他看到 / tatra—那里 / abhijitam—胜利者 / dharā—地球 / dharam—顶着 / pronnīyamāna—举起 / avanim—地球 / agra-daṁṣṭrayā—用祂的獠牙尖 / muṣṇantam—使……黯然失色 / akṣṇā—用祂的眼睛 / sva-rucaḥ—黑冉亚克沙的光彩 / aruṇa—微红的 / śriyā—灼灼 / jahāsa—他大笑 / ca—和 / aho—噢 / vana-gocaraḥ—水陆两栖的 / mṛgaḥ—野兽

译文 在那里，他看到最强大的人格首神的雄猪化身正用祂的獠牙尖顶着地球，同时用微红的双眼盯视他，使他顿失光彩。恶魔大笑道：噢，原来是头两栖类野兽！

要旨 我们在前面讲述了至尊人格首神的雄猪化身瓦茹阿哈(Varāha)。当瓦茹阿哈用祂那对獠牙将地球从深海中捞起时，正被黑冉亚克沙(Hiraṇyākṣa)遇到，那恶魔向至尊主挑战，骂至尊主是头畜生。恶魔不认识至尊主的化身；对他们来说，至尊主的鱼化身、雄猪化身和海龟化身，只不过是一条大鱼、一头大雄猪和一只大海龟罢了。哪怕至尊人格首神以人的形象显现，他们也照样不识庐山真面目，取笑祂的这些形象。在柴坦亚(Caitanya)的师徒传承(Caitanya-sampradāya)中，偶尔有对尼提阿南达·帕布(Nityānanda Prabhu)降临世上的错误认识。那是一种邪恶的思想。尼提亚南达·帕布的躯体是灵性的，但有恶魔意识的人认为至尊者的身体和我们一样，是物质的。这正如《博伽梵歌》(Bhagavad-gītā)第9章的第11节诗中所说：愚蠢之人以为至尊主的超然形象是物质的，于是轻视那些形象(avajānanti māṁ mūḍhāḥ)。

第 3 节

आहैनमेह्यज्ञ महीं विमुञ्च नो
रसौकसां विश्वसृजेयमर्पिता ।
न स्वस्ति यास्यस्यनया ममेक्षतः
सुराधमासादितसूकराकृते ॥ ३ ॥

āhainam ehy ajña mahīṁ vimuñca no
rasaukasāṁ viśva-sṛjeyam arpitā
na svasti yāsyasy anayā mamekṣataḥ
surādhamāsādita-sūkarākṛte

āha—黑冉亚克沙说／enam—对至尊主／ehi—来作战吧／ajña—嘿，愚蠢的家伙／mahīm—地球／vimuñca—放下／naḥ—给我们／rasā-okasām—低等星球的生物体的／viśva-sṛjā—被宇宙的创造者／iyam—这地球／arpitā—交给／na—没有／svasti—好运／yāsyasi—你将离开／anayā—带着它／mama īkṣataḥ—在我看着时／sura-adhama—嘿，最低贱的半神人／āsādita—装扮成／sūkara-ākṛte—雄猪的形象

译文　恶魔对至尊主说：嘿，装扮成雄猪形象的、最优秀的半神人，听我说。这地球被委托给我们——下层区域的居民照管，我不可能让你毫发无损地当着我的面带走它。

要旨 施瑞达尔·斯瓦米(Śrīdhara Svāmī)在评注这节诗时提到，那恶魔本想辱骂至尊主的雄猪化身，但却事与愿违，反而赞美了至尊主。例如，他在前一节诗中原想用梵文“住在林子里的(vana-gocaraḥ)”一词辱骂至尊主，但这个梵文词也有“躺在水里的人”的意思，而维施努就躺在水里，所以用这个词来指至尊人格首神还挺恰当。这恶魔还称至尊主是“野兽(mṛgaḥ)”，而这个梵文词也有“寻找、追求”的意思，所以竟无意中指出至尊者是伟大的圣贤之人和超然主义者所追求的对象。恶魔还称至尊主是“愚蠢的人(ajña)”，但施瑞达尔·斯瓦米解释说，梵文ajña一词的意思是“知识”，对至尊人格首神来说，根本没有祂不了解的知识，这等于间接地说维施努是无所不知的(ajña)。他还称至尊主是“最低贱的半神人(surādhama)”，但梵文sura的意思是“半神人们”，而adhama的意思是“万事万物的主人”，即祂是全体半神人的主人、最优秀的半神人，是神。那恶魔还说了“当着我的面”一句，其言外之意也等于是“尽管我在这里，但你却那么有本事，能当着我的面夺走地球”。恶魔还说：“除非你仁慈地把地球从我们手上夺走，否则我们绝不会有什么好下场(na svasti yāsyasi)。”

第4节 त्वं नः सपत्नैरभवाय किं भृतो
योमायया हन्त्यसुरान् परोक्षजित् ।
त्वां योगमायाबलमल्पपौरुषं
संस्थाप्य मूढ प्रमृजे सुहृच्छुचः ॥ ४ ॥

tvaṁ naḥ sapatnair abhavāya kiṁ bhṛto
yo māyayā hanty asurān parokṣa-jit
tvāṁ yogamāyā-balam alpa-pauruṣaṁ
saṁsthāpya mūḍha pramṛje suhṛc-chucaḥ

tvam—你 / naḥ—我们 / sapatnaiḥ—被我们的敌人 / abhavāya—为了

杀死 / kim—是否 / bhṛtaḥ—供养 / yaḥ—……的祂 / māyayā—耍诡计 / hanti—杀死 / asurān—恶魔 / parokṣa-jit—用隐身法打败 / tvām—你 / yogamāyā-balam—拥有使人迷惑的力量的你 / alpa-pauruṣam—力量不值一提的你 / saṁsthāpya—在杀死后 / mūḍha—愚蠢的家伙 / pramṛje—我要化解 / suhṛt-śucaḥ—我亲人的悲伤

译文　你这混账，我们的敌人喂养你来杀我们，而你已经行踪隐秘地杀死了一些恶魔。哼，白痴！你不过是有神秘力量嘛，那我今天就要杀死你，以化解我亲人的悲伤。

要旨　恶魔在这节诗里用了"杀死(abhavāya)"一词。施瑞达尔·斯瓦米说，"杀死"的意思是"使……解脱"，也是"停止生死轮回"。至尊主可以停止生死轮回，但本人却不用现身。至尊主内在能量的活动完全不可思议，只是一个微小的展示就能帮助人摆脱愚昧和无知。这是至尊主的仁慈。梵文śucaḥ的意思是"痛苦"，至尊主可以用祂的内在能量尤嘎玛亚(yogamāyā)，使人摆脱物质生存中的痛苦。《水塔刷塔尔奥义书》(Śvetāśvatara Upaniṣad)第6章的第8节诗中说："至尊主的能量种类繁多(parāsya śaktir vividhaiva śrūyate)"。尽管普通人用眼睛无法看到至尊主，但祂的各种能量却以不同的方式在做事。恶魔们在遇到逆境时便想：神把自己藏起来，用祂的神秘力量行事。他们以为如果能找到神，就可以把祂杀死。黑冉亚克沙就抱有那种想法，他向至尊主挑战道："你帮半神人伤害我们，使我们伤亡惨重。你总是躲在暗处，以各种方式杀害我们的人。今天我终于见到了你，我不会让你离开。我要杀了你，拯救我的人，不让你再用神秘力量作恶，杀害我的人。"

恶魔们不仅总是渴望用话语和哲学消灭神，还认为只要他们在物质上变得强大有力，就可以用致命的物质武器杀死神。康萨(Kaṁsa)、茹阿瓦纳(Rāvaṇa)和黑冉亚卡希普(Hiraṇyakaśipu)等恶魔都自以为自己力量足够强大，甚至到了可以杀死神的地步。恶魔无法了解，神凭祂的多种能量可以做出那么神奇的事，以致祂可以在无所不在的情况下，同时仍留在祂永恒的住所哥珞卡·温达文(Goloka Vṛndāvana)。

第5节 त्वयि संस्थिते गदया शीर्णशीर्ष-
ण्यस्मद्भुजच्युतया ये च तुभ्यम् ।
बलिं हरन्त्यृषयो ये च देवाः
स्वयं सर्वे न भविष्यन्त्यमूलाः ॥५॥

tvayi saṁsthite gadayā śīrṇa-śīrṣaṇy
asmad-bhuja-cyutayā ye ca tubhyam
baliṁ haranty ṛṣayo ye ca devāḥ
svayaṁ sarve na bhaviṣyanty amūlāḥ

tvayi—当你 / saṁsthite—被杀死 / gadayā—被大头棒 / śīrṇa—击碎 / śīrṣaṇi—脑袋 / asmat-bhuja—从我手上 / cyutayā—抡起 / ye—……的他们 / ca—和 / tubhyam—向你 / balim—供品 / haranti—供奉 / ṛṣayaḥ—圣人 / ye—……的他们 / ca—和 / devāḥ—半神人 / svayam—自然而然 / sarve—所有的 / na—不 / bhaviṣyanti—将生活 / amūlāḥ—没有根

译文 恶魔继续说道：当你的脑袋被我臂膀抡起的大头棒击碎时，靠奉爱服务向你供奉祭品和祭祀的半神人及圣人，就会像无根的树一样自行停止存在。

要旨 当奉献者按照经典中推荐的方法崇拜至尊主时，恶魔感到很受打扰。韦达(Veda)经典建议初习奉献者做九项奉爱服务，其中包括聆听；吟诵、吟唱神的圣名；总是想着神；手持念珠吟诵哈瑞·奎师那 哈瑞·奎师那 奎师那·奎师那 哈瑞·哈瑞/哈瑞·茹阿玛 哈瑞·茹阿玛 茹阿玛·茹阿玛 哈瑞·哈瑞(Hare

Kṛṣṇa, Hare Kṛṣṇa, Kṛṣṇa Kṛṣṇa, Hare Hare / Hare Rāma, Hare Rāma, Rāma Rāma, Hare Hare)；在神庙中崇拜神的神像化身；从事各种具有奎师那(Kṛṣṇa)意识的活动，以使越来越多的人尊敬神，为世界带来真正的和平。恶魔们不喜欢这样的活动。他们总是嫉妒神和祂的奉献者。他们总是做宣传，让人不要在神庙或教堂内崇拜神，而只要为眼前的感官享乐争取物质进步就够了。恶魔黑冉亚克沙一看到至尊主本人，便想用他那根威力强大的大头棒杀死至尊主，一劳永逸地解除他们的心头大患。他在这节诗里提到的“连根拔起的树”的例子非常重要。奉献者把至尊主视为是一切的根。他们举例说明：正如胃是向全身各个部分输送能量的器官，神是物质世界和灵性世界一切展示了的能量的源头；因此，正如满足身体各个部分的方法是把食物送进胃里，取悦一切快乐之源头的最佳方法是培养奎师那意识，培养对奎师那的爱。恶魔想要斩草除根；他们认为：如果那个根——神本人，被铲除的话，至尊主与祂的奉献者所从事的种种活动，自然而然就停止了。社会如果是这种状况，恶魔们就会感到称心如意了。恶魔们总是渴望有一个不信神的社会，以便他们可以尽情地进行感官享乐。按照施瑞达尔·斯瓦米的解释，这节诗的意思是：当至尊人格首神夺下恶魔手中的大头棒时，无论是初习奉献者，还是自古以来睿智的资深奉献者，都会非常高兴。

第 6 节

स तुद्यमानोऽरिदुरुक्ततोमरै-
दंष्ट्राग्रगां गामुपलक्ष्य भीताम् ।
तोदं मृषन्निरगादम्बुमध्याद्
ग्राहाहतः सकरेणुर्यथेभः ॥ ६ ॥

sa tudyamāno 'ri-durukta-tomarair
daṁṣṭrāgra-gāṁ gām upalakṣya bhītām
todaṁ mṛṣan niragād ambu-madhyād
grāhāhataḥ sa-kareṇur yathebhaḥ

saḥ—祂 / tudyamānaḥ—感到心痛 / ari—敌人的 / durukta—被辱骂的话语 / tomaraiḥ—被武器 / daṁṣṭra-agra—在祂的獠牙尖上 / gām—处在 / gām—地球 / upalakṣya—看见 / bhītām—惊吓 / todam—伤痛 / mṛṣan—忍住 / niragāt—祂走出 / ambu-madhyāt—从水里 / grāha—遭一头鳄鱼 / āhataḥ—袭击 / sa-kareṇuḥ—偕母象 / yathā—如同 / ibhaḥ—一头公象

译文 尽管恶魔辱骂的话语之箭使至尊主感到心痛，但祂忍住那疼痛。可是，当祂看到在祂獠牙尖端的地球受到惊吓时，祂便浮出水面，恰似一头公象在受到鳄鱼的攻击后，便与它的母象伴侣一同离开水面。

要旨 假象宗(Māyāvādī)哲学家无法理解神是有感情的。如果有人给神献上优美的祈祷文，赞美神，神会感到满意；相反，如果有人蔑视神的存在，亵渎神，神也会心生不快。假象宗哲学家肆意诬蔑至尊人格首神，他们与恶魔几乎没有区别。他们说神无头无身、无手无足，说祂不存在；按他们的话说，神要么是死的，要么是四肢不全。所有这些对至尊主的误解，都令祂不快；祂很反感听到这些无神论的观点。当黑冉亚克沙恶言辱骂时，至尊主听了心里很不是滋味，但为了取悦那些永远是祂奉献者的半神人，至尊主持克制和忍让的态度，将地球从海里打捞出来。结论是：神和我们一样也是有情有义的，赞美之辞令祂喜悦，亵渎之语令祂不快。但为了保护自己的奉献者，祂时刻准备接受来自无神论者的讥笑和谩骂。

第 7 节

तं निःसरन्तं सलिलादनुद्रुतो
हिरण्यकेशो द्विरदं यथा झषः ।
करालदंष्ट्रोऽशनिनिस्वनोऽब्रवीद्
गतह्रियां किं त्वसतां विगर्हितम् ॥ ७॥

tam niḥsarantam salilād anudruto
　hiraṇya-keśo dviradam yathā jhaṣaḥ
karāla-daṁṣṭro 'śani-nisvano 'bravīd
　gata-hriyāṁ kiṁ tv asatāṁ vigarhitam

tam—祂 / niḥsarantam—出来 / salilāt—从水里 / anudrutaḥ—追逐 / hiraṇya-keśaḥ—金发 / dviradam—大象 / yathā—正如 / jhaṣaḥ—鳄鱼 / karāla-daṁṣṭraḥ—具有可怕牙齿的 / aśani-nisvanaḥ—吼声如雷 / abravīt—他说 / gata-hriyām—对那些无耻的家伙 / kim—什么 / tu—的确 / asatām—对于卑鄙的家伙 / vigarhitam—应该受到指责

译文　正如鳄鱼追赶大象，长着一头金发及可怕獠牙的恶魔，在至尊主向水面上浮升的过程中在从后面追赶祂，并像打雷般咆哮道：面对敌手的挑战就这样逃走，你不感到羞愧吗？对无耻的生物体而言，没有什么是可耻的！

要旨　当至尊主托着地球浮出水面时，就在附近的恶魔不断用恶言攻击祂。但至尊主一心履行自己的职责，根本不予理会。恪尽职守的人无所畏惧；同样，有力量的人根本不怕敌人的讥笑或谩骂。至尊主不怕任何人；祂只是因为可怜祂的敌人才不去搭理他。表面看来，至尊主像是逃离现场，没有面对黑冉亚克沙的挑战，但祂实际上是为了保护地球安然无恙而在忍受黑冉亚克沙的嘲笑。

第8节　स गामुदस्तात्सलिलस्य गोचरे
　विन्यस्य तस्यामदधात्स्वसत्त्वम् ।
अभिष्टुतो विश्वसृजा प्रसूनै-
　रापूर्यमाणो विबुधैः पश्यतोऽरेः ॥८॥

sa gām udastāt salilasya gocare
　vinyasya tasyām adadhāt sva-sattvam
abhiṣṭuto viśva-sṛjā prasūnair
　āpūryamāṇo vibudhaiḥ paśyato 'reḥ

saḥ—至尊主 / gām—地球 / udastāt—表面上 / salilasya—水的 / gocare—在祂的视野内 / vinyasya—放在 / tasyām—向地球 / adadhāt—祂赋予 / sva—祂本人的 / sattvam—存在 / abhiṣṭutaḥ—赞美 / viśva-sṛjā—被(宇宙的创造者)布茹阿玛 / prasūnaiḥ—鲜花 / āpūryamāṇaḥ—感到满意 / vibudhaiḥ—被半神人 / paśyataḥ—看着 / areḥ—敌人

译文 至尊主把地球安置在水面上祂能看到的地方，并把自己的能量输入她体内，使她能够浮在水上。当敌人站着旁观时，宇宙的创造者布茹阿玛开口赞美至尊主，其他半神人则向祂洒下花雨。

要旨 至尊人格首神是如何让地球浮在水面上的？这虽然对恶魔们来说始终是个谜，但在至尊主的奉献者看来却并没有什么特别值得惊讶的。不仅是地球，茫茫宇宙中有千千万万个星球浮在空中。星球悬浮于空中的这一特性是至尊主赋予的，事实如此，不可能有别的解释。物质主义者用万有引力定律来解释它，但即使这定律也是由至尊主制定和操纵的。这就是《博伽梵歌》的观点。至尊主在《博伽梵歌》中说：无论是物质定律、自然法则，还是所有星系上生物体的生长、维系、繁衍和进化，一切的背后都有至尊主；祂操纵着一切。只有以布茹阿玛(Brahmā)为首的半神人才能真正欣赏至尊主的所作所为，因此当他们看到至尊主运用非凡的神力让地球浮在水面上时，纷纷向祂抛撒鲜花，表示对祂的这一超然活动的赞赏。

第9节 परानुषक्तं तपनीयोपकल्पं
महागदं काञ्चनचित्रदंशम् ।
मर्माण्यभीक्ष्णं प्रतुदन्तं दुरुक्तैः
प्रचण्डमन्युः प्रहसंस्तं बभाषे ॥ ९ ॥

parānuṣaktaṁ tapanīyopakalpaṁ
mahā-gadaṁ kāñcana-citra-daṁśam
marmāṇy abhīkṣṇaṁ pratudantaṁ duruktaiḥ
pracaṇḍa-manyuḥ prahasaṁs taṁ babhāṣe

parā－从后面 / anuṣaktam－紧追不舍的他 / tapanīya-upakalpam－身上挂满了金首饰的他 / mahā-gadam－用巨型大头棒 / kāñcana－金色的 / citra－华丽的 / daṁśam－盔甲 / marmāṇi－内心深处 / abhīkṣṇam－再三 / pratudantam－伤人的 / duruktaiḥ－恶言恶语 / pracaṇḍa－可怕的 / manyuḥ－愤怒 / prahasan－大笑 / tam－对他 / babhāṣe－祂说

译文 浑身戴满了手镯、脚镯和漂亮的金色盔甲等多种装饰品的恶魔，手持巨型大头棒从至尊主背后接近祂。至尊主刚才容忍了他刺耳的话语，现在为要回应他的攻击而开始表达出冲天的愤怒。

要旨 当恶魔对至尊主肆意讥笑谩骂时，至尊主原可以当场就好好教训他一顿，但却为取悦半神人而始终保持忍让的态度，以使他们从祂身上看到：应该勇敢地履行责任，无须惧怕恶魔。至尊主这么做是为了消除半神人的恐惧心理，使他们意识到至尊主时时刻刻都在保护他们。至尊主当时正忙着做自己的事——专心致志地打捞地球，所以任凭恶魔怒声叫骂，都只当是恶狗狂吠，不予理睬。物质主义者专爱囤积大量的金子、金首饰、金币等。在他们看来，只要自己身强力壮、声名显赫、腰缠万贯，就可以从至尊人格首神的愤怒中救出自己。

第10节 श्रीभगवानुवाच
सत्यं वयं भो वनगोचरा मृगा
युष्मद्विधान्मृगये ग्रामसिंहान् ।
न मृत्युपाशैः प्रतिमुक्तस्य वीरा
विकत्थनं तव गृह्णन्त्यभद्र ॥१०॥

śrī-bhagavān uvāca
satyaṁ vayaṁ bho vana-gocarā mṛgā
yuṣmad-vidhān mṛgaye grāma-siṁhān
na mṛtyu-pāśaiḥ pratimuktasya vīrā
vikatthanaṁ tava gṛhṇanty abhadra

śrī-bhagavān uvāca—至尊人格首神说 / satyam—实际上 / vayam—我们 / bhoḥ—啊 / vana-gocarāḥ—住在森林里 / mṛgāḥ—动物 / yuṣmat-vidhān—像你一样的 / mṛgaye—我正寻找要杀死…… / grāma-siṁhān—狗 / na—不 / mṛtyu-pāśaiḥ—被死亡束缚 / pratimuktasya—一个被……束缚的人的 / vīrāḥ—英雄 / vikatthanam—胡言乱语 / tava—你的 / gṛhṇanti—理睬 / abhadra—作恶多端的家伙啊！

译文 人格首神说：确实，我们是丛林中的野兽，我们正在搜寻像你这样的猎犬。不受生死束缚的人根本就不怕你的胡言乱语，因为你是被死亡律法绑住的人。

要旨 恶魔和无神论者可以再三侮辱和亵渎至尊人格首神，但却忘了自己受制于生死大法。他们以为，只要诽谤至尊主的存在，蔑视祂所制定的严厉的自然法律，就可以摆脱生死的钳制。《博伽梵歌》中说，人只要了解神的超然本性，就能回归家园，回到首神身边。但恶魔和无神论者却不想要了解至尊主的本性，所以始终被生与死捆绑着。

第 11 节 एते वयं न्यासहरा रसौकसां
गतह्रियो गदया द्रावितास्ते ।
तिष्ठामहेऽथापि कथञ्चिदाजौ
स्थेयं क्व यामो बलिनोत्पाद्य वैरम् ॥११॥

ete vayaṁ nyāsa-harā rasaukasāṁ
gata-hriyo gadayā drāvitās te
tiṣṭhāmahe 'thāpi kathañcid ājau
stheyaṁ kva yāmo balinotpādya vairam

ete—我们自己 / vayam—我们 / nyāsa—控制权 / harāḥ—贼 / rasā-okasām—茹阿萨塔拉星球居民的 / gata-hriyaḥ—无耻 / gadayā—被大头棒 / drāvitāḥ—追逐 / te—你的 / tiṣṭhāmahe—我们将留在 / atha api—然而 / kathañcit—无论如何 / ājau—在战场上 / stheyam—我们必须留在 / kva—哪里 / yāmaḥ—我们去 / balinā—与强大的敌人 / utpādya—结下 / vairam—仇恨

译文　毫无疑问，我们偷走了由茹阿萨塔拉居民照管的对象，而且丝毫没有羞耻感。尽管被你强有力的大头棒打中，我还是会在水中停留一段时间，因为令强大有力的敌人生出敌意，使我此刻无处可去。

要旨　恶魔们应该知道：神无所不在，不可能从任何地方被赶走。恶魔以为自己拥有他们的财产，但事实上一切都归至尊人格首神所有，祂能随时按祂的意愿拿走一切。

第 12 节　त्वं पद्रथानां किल यूथपाधिपो
घटस्व नोऽस्वस्तय आश्वनूहः ।
संस्थाप्य चास्मान् प्रमृजाश्रु स्वकानां
यः स्वां प्रतिज्ञां नातिपिपर्त्यसभ्यः ॥१२॥

tvaṁ pad-rathānāṁ kila yūthapādhipo
ghaṭasva no 'svastaya āśv anūhaḥ
saṁsthāpya cāsmān pramṛjāśru svakānāṁ
yaḥ svāṁ pratijñāṁ nātipiparty asabhyaḥ

tvam—你 / pad-rathānām—步兵的 / kila—的确 / yūthapa—众多将领的 / adhipaḥ—统帅 / ghaṭasva—采取行动 / naḥ—我们的 / asvastaye—为打败 / āśu—立即 / anūhaḥ—不考虑 / saṁsthāpya—杀死了 / ca—和 / asmān—我们 / pramṛja—抹去 / aśru—眼泪 / svakānām—你亲人的 / yaḥ—……的他 / svām—他自己的 / pratijñām—诺言 / na—不 /

atipiparti—履行 / asabhyaḥ—不配在聚会上拥有一席之地

译文 你应该是众多步兵的将领，现在你可以迈动精准的步伐来打倒我们。停止讲所有的蠢话，杀死我们，就可以去除你亲戚朋友的心头之患。人也许自视甚高，但他如果无法履行他的诺言，就不配在聚会上拥有一席之地。

要旨 一个恶魔也许是位优秀的战士或三军统帅，但与至尊人格首神相比就像是手无缚鸡之力的人，注定会死。因此，至尊主向恶魔挑战，让他不要逃跑，而要履行他说要杀死至尊主的诺言。

第 13 节 मैत्रेय उवाच

सोऽधिक्षिप्तो भगवता प्रलब्धश्च रुषा भृशम् ।
आजहारोल्बणं क्रोधं क्रीड्यमानोऽहिराडिव ॥१३॥

maitreya uvāca
so 'dhikṣipto bhagavatā
pralabdhaś ca ruṣā bhṛśam
ājahārolbaṇaṁ krodhaṁ
krīḍyamāno 'hi-rāḍ iva

maitreyaḥ—大圣人麦垂亚 / uvāca—说 / saḥ—恶魔 / adhikṣiptaḥ—被骂 / bhagavatā—被人格首神 / pralabdhaḥ—嘲笑 / ca—和 / ruṣā—愤怒 / bhṛśam—极为 / ājahāra—展示了 / ulbaṇam—强烈的 / krodham—愤怒 / krīḍyamānaḥ—被耍弄的 / ahi-rāṭ——条大眼镜蛇 / iva—像

译文 圣麦垂亚说：恶魔面对人格首神的如此挑战，怒火中烧、愤怒不已，像条受到挑战的眼镜蛇一样发抖。

要旨 在普通人面前，眼镜蛇显得异常凶狠；但对能制服牠的驯蛇人来说，牠只不过是个玩物而已。同样，恶魔在自己的地盘上也许不可一世，但在至尊主面前就显得微不足道了。在半神人眼里，茹阿瓦纳是个凶残可怕的大魔头，但在主茹阿玛禅铎(Rāmacandra)面前，他却浑身颤抖，于事无补地向他的神明主希瓦(Śiva)求救。

第 14 节　सृजन्नमर्षितः श्वासान्मन्युप्रचलितेन्द्रियः ।
आसाद्य तरसा दैत्यो गदया न्यहनद्धरिम् ॥१४॥

srjann amarṣitaḥ śvāsān
manyu-pracalitendriyaḥ
āsādya tarasā daityo
gadayā nyahanad dharim

srjan一发出 / amarṣitaḥ一因愤怒 / śvāsān一呼吸 / manyu一被愤怒 / pracalita一刺激的 / indriyaḥ一感官的他 / āsādya一冲向 / tarasā一快速 / daityaḥ一恶魔 / gadayā--用大头棒 / nyahanat一打向 / harim一主哈尔依

译文　恶魔所有的感官都因狂怒而颤抖，他愤恨地发出嘶嘶声，快速冲向至尊主，用威力强大的大头棒殴打祂。

第 15 节　भगवांस्तु गदावेगं विसृष्टं रिपुणोरसि ।
अवञ्चयत्तिरश्चीनो योगारूढ इवान्तकम् ॥१५॥

bhagavāṁs tu gadā-vegaṁ
visrṣṭaṁ ripuṇorasi
avañcayat tiraścīno
yogārūḍha ivāntakam

bhagavān一至尊主 / tu一然而 / gadā-vegam一大头棒的一击 / visrṣṭam一砸来 / ripuṇā一由敌人 / urasi一朝祂胸前 / avañcayat一闪过 / tiraścīnaḥ一一旁 / yoga-ārūḍhaḥ一有造诣的瑜伽师 / iva一像 / antakam一死亡

译文　然而，正如有造诣的瑜伽师会巧妙地躲避死亡，至尊主轻轻一挪闪到一旁，避开了敌人用大头棒给予祂胸部的猛烈一击。

要旨　这节诗里举的例子是：有造诣的瑜伽师(yogī)能战胜自然法律判给他的死亡。由于世上根本就没人能比至尊主本领高强，恶魔用威力强大的大头棒击打至尊主超然的身体便纯属无用之举。进步的超然主义者不受自然法律的束缚，就连死亡也奈何不了他们。有时我们会看到，一位瑜伽师受到致命的打击，但依靠至尊主的恩典，他竟能多次转危为安，继续为至尊主服务。至尊主凭祂自身的力量而存在，奉献者也依靠至尊主的仁慈而生存，为祂做服务。

第 16 节　पुनर्गदां स्वामादाय भ्रामयन्तमभीक्ष्णशः ।
अभ्यधावद्धरिः क्रुद्धः संरम्भाद्दष्टदच्छदम् ॥१६॥

punar gadāṁ svām ādāya
bhrāmayantam abhīkṣṇaśaḥ
abhyadhāvad dhariḥ kruddhaḥ
saṁrambhād daṣṭa-dacchadam

punaḥ—再次 / gadām—大头棒 / svām—他的 / ādāya—举起 / bhrāmayantam—挥舞 / abhīkṣṇaśaḥ—不停地 / abhyadhāvat—冲上前迎战 / hariḥ—人格首神 / kruddhaḥ—愤怒 / saṁrambhāt—怒气冲天 / daṣṭa—咬 / dacchadam—嘴唇

译文　恶魔因盛怒而紧咬嘴唇，手持他的大头棒不停地挥舞。人格首神这时开始展示祂的愤怒，径直向恶魔冲去。

第 17 节　ततश्च गदयारातिं दक्षिणस्यां भ्रुवि प्रभुः ।
आजघ्ने स तु तां सौम्य गदया कोविदोऽहनत् ॥१७॥

tataś ca gadayārātiṁ
dakṣiṇasyāṁ bhruvi prabhuḥ
ājaghne sa tu tāṁ saumya
gadayā kovido 'hanat

tataḥ—接着 / ca—和 / gadayā—用祂的大头棒 / arātim—敌人 / dakṣiṇasyām—右边 / bhruvi—额头 / prabhuḥ—至尊主 / ājaghne—猛击 / saḥ—至尊主 / tu—但 / tām—大头棒 / saumya—温文尔雅的维杜茹阿啊 / gadayā—用他的大头棒 / kovidaḥ—擅长 / ahanat—他救了自己

译文　接着，祂用祂的大头棒砸向恶魔的右前额。但是，温和的维杜茹阿啊！恶魔因为精通武功，所以用自己的大头棒挡住了这一击。

第 18 节　एवं गदाभ्यां गुर्वीभ्यां हर्यक्षो हरिरेव च ।
जिगीषया सुसंरब्धावन्योन्यमभिजघ्नतुः ॥१८॥

evaṁ gadābhyāṁ gurvībhyāṁ
haryakṣo harir eva ca
jigīṣayā susaṁrabdhāv
anyonyam abhijaghnatuḥ

evam—就这样 / gadābhyām—用他们的大头棒 / gurvībhyām—巨大的 / haryakṣaḥ—恶魔哈瑞亚克沙(黑冉亚克沙) / hariḥ—主哈尔依 / eva—肯定地 / ca—和 / jigīṣayā—求胜心切 / susaṁrabdhau—怒不可遏 / anyonyam—互相 / abhijaghnatuḥ—他们打击

译文　就这样，恶魔哈瑞亚克沙与至尊主——人格首神，你来我往，愤怒地用自己的巨型大头棒互相殴打对方，寻找机会战胜敌人。

要旨　哈瑞亚克沙(Haryakṣa)是恶魔黑冉亚克沙(Hiraṇyākṣa)的另一个名字。

第 19 节　तयोः स्पृधोस्तिग्मगदाहताङ्गयोः
क्षतास्रवघ्राणविवृद्धमन्य्वोः ।

विचित्रमार्गांश्चरतोर्जिगीषया
व्यभादिलायामिव शुष्मिणोर्मृधः ॥१९॥

tayoḥ spṛdhos tigma-gadāhatāṅgayoḥ
kṣatāsrava-ghrāṇa-vivṛddha-manyvoḥ
vicitra-mārgāṁś carator jigīṣayā
vyabhād ilāyām iva śuṣmiṇor mṛdhaḥ

tayoḥ—他们 / spṛdhoḥ—两个斗士 / tigma—尖头 / gadā—被大头棒 / āhata—受伤 / aṅgayoḥ—他们身上 / kṣata-āsrava—伤口流出鲜血 / ghrāṇa—闻到 / vivṛddha—增加 / manyvoḥ—怒火 / vicitra—各种 / mārgān—招式 / caratoḥ—使出 / jigīṣayā—想打赢 / vyabhāt—看似 / ilāyām—为了一头母牛(或地球) / iva—像 / śuṣmiṇoḥ—两头公牛 / mṛdhaḥ—激战

译文 两个斗士激烈地搏斗着，各自的身上都被对方大头棒的尖头打得伤痕累累。双方都因为闻到自己身上的血腥味而变得越来越愤怒。怀着对胜利的渴望，他们各自使出浑身的解数。他们的角逐看似两头强有力的公牛在为一头母牛而激战。

要旨 地球在此被称为伊拉(ilā)。这个地球以前曾被称为伊拉威塔·瓦尔沙(Ilāvṛta-varṣa)，到帕瑞克西特王(Mahārāja Parīkṣit)统治地球时，又被称为巴茹阿特·瓦尔沙(Bhārata-varṣa)。所以，巴茹阿特·瓦尔沙实际上是指整个地球，到后来才专指印度。印度在近代被一分为二，成为巴基斯坦和印度斯坦两个国家；同样，以前被称为伊拉威塔·瓦尔沙的地球是一个整体，但后来随着时间的推移，被边界线划分为不同的国家。

第 20 节 दैत्यस्य यज्ञावयवस्य माया-
गृहीतवाराहतनोर्महात्मनः ।

कौरव्य मह्यां द्विषतोर्विमर्दनं
दिदृक्षुरागादृषिभिर्वृतः स्वराट् ॥२०॥

daityasya yajñāvayavasya māyā-
gṛhīta-vārāha-tanor mahātmanaḥ
kauravya mahyāṁ dviṣator vimardanaṁ
didṛkṣur āgād ṛṣibhir vṛtaḥ svarāṭ

daityasya—恶魔的 / yajña-avayavasya—人格首神(雅格亚是祂身体的一部分)的 / māyā—靠祂的能量 / gṛhīta—采用了 / vārāha——头雄猪的 / tanoḥ—祂的形象 / mahā-ātmanaḥ—至尊主的 / kauravya—维杜茹阿(库茹的子孙)啊 / mahyām—为了整个世界 / dviṣatoḥ—两个敌人 / vimardanaṁ—厮杀 / didṛkṣuḥ—渴望观看 / āgāt—前来 / ṛṣibhiḥ—由圣人们 / vṛtaḥ—陪同 / svarāṭ—布茹阿玛

译文　库茹的后裔啊！宇宙中最独立的半神人布茹阿玛在他的侍从陪伴下，来观看恶魔与化身为雄猪形象的人格首神，为地球而展开的殊死战。

要旨　至尊主——至尊人格首神，与恶魔之间的厮杀被比作是两头公牛为一头母牛而展开的角斗。梵文又将地球称为“哥(go)”，意思是母牛；公牛之间常会为谁要与一头母牛交配而争斗。同样，就有关地球的统治权问题，恶魔一直不断地在与至尊主或神的代表交战。这节诗中专门用“雅格亚是祂身体的一部分(yajñāvayava)”一词来描述至尊主。我们千万不要以为至尊主有一个普普通通的猪的身体。至尊主能以任何形象出现，而且永恒地拥有所有这些形象。所有其他的形象都从祂那里来。祂化身出的这个雄猪形象不是普通的猪；祂的全身都由崇拜的祭品(Yajña)构成。雅格亚(Yajña，祭祀)是献给维施努的，雅格亚就是维施努的身体。至尊主的身体不是物质的，因此祂不该被看成是一只普通的猪。

这节诗里称布茹阿玛是“独立自主的人(svarāṭ)”。实际上，只有至尊主本人才是完全独立自主的，但作为至尊主不可缺少的一部分，生物也拥有微小的独立性。这个宇宙中的每一个生物都有这种微小的独立性，布茹阿玛作为众生的领袖，拥有的独立自主性远远大于其他生物。他是至尊人格首神奎师那的代表，被指派负责监管宇宙内的事务，所有其他的半神人都在他手下工作。正因为如此，这节诗里才称他是独立自主的人(svarāṭ)。布茹阿玛总是由伟大的圣人和超然主义者陪伴着，他们这时一起来观看至尊主与恶魔之间的这场“公牛”角斗。

第 21 节 आसन्नशौण्डीरमपेतसाध्वसं
कृतप्रतीकारमहार्यविक्रमम् ।
विलक्ष्य दैत्यं भगवान् सहस्रणी-
र्जगाद नारायणमादिसूकरम् ॥२१॥

āsanna-śauṇḍīram apeta-sādhvasaṁ
kṛta-pratīkāram ahārya-vikramam
vilakṣya daityaṁ bhagavān sahasra-ṇīr
jagāda nārāyaṇam ādi-sūkaram

āsanna－获得 / śauṇḍīram－力量 / apeta－没有 / sādhvasam－恐惧 / kṛta－使得 / pratīkāram－敌对方 / ahārya－不可抗拒 / vikramam－有力量 / vilakṣya－看到 / daityam－恶魔 / bhagavān－受人崇拜的布茹阿玛 / sahasra-nīḥ－千百万圣人的领袖 / jagāda－对……说 / nārāyaṇam－主纳茹阿亚纳 / ādi－存在中的第一位 / sūkaram－以雄猪的形象

译文 抵达格斗现场后，千百万圣人及超然主义者的领袖布茹阿玛，看到恶魔竟然得到了没人能与之对打的空前强大的力量。于是，布茹阿玛对化身为存在中的第一头雄猪的纳茹阿亚纳说了如下一番话。

第22—23节

ब्रह्मोवाच
एष ते देव देवानामङ्घ्रिमूलमुपेयुषाम् ।
विप्राणां सौरभेयीणां भूतानामप्यनागसाम् ॥२२॥
आगस्कृद्भयकृद् दुष्कृदस्मद्राद्धवरोऽसुरः ।
अन्वेषन्नप्रतिरथो लोकानटति कण्टकः ॥२३॥

brahmovāca
eṣa te deva devānām
aṅghri-mūlam upeyuṣām
viprāṇāṁ saurabheyīṇāṁ
bhūtānām apy anāgasām
āgas-kṛd bhaya-kṛd duṣkṛd
asmad-rāddha-varo 'suraḥ
anveṣann apratiratho
lokān aṭati kaṇṭakaḥ

brahmā uvāca—主布茹阿玛说 / eṣaḥ—这个恶魔 / te—您的 / deva—至尊主啊 / devānām—对于半神人 / aṅghri-mūlam—您的足 / upeyuṣām—对那些得到…… / viprāṇām—对布茹阿玛纳 / saurabheyīṇām—对母牛 / bhūtānām—对一般的生物 / api—还有 / anāgasām—无辜的 / āgaḥ-kṛt—冒犯者 / bhaya-kṛt—恐惧之源 / duṣkṛt—恶徒 / asmat—从我 / rāddha-varaḥ—获得祝福 / asuraḥ—恶魔 / anveṣan—寻找 / apratirathaḥ—没有真正的对手 / lokān—全宇宙 / aṭati—他四处游荡 / kaṇṭakaḥ—给大家找麻烦的人

译文 主布茹阿玛说：我亲爱的至尊主，这恶魔用他的行动证明他一直在给半神人、布茹阿玛纳、乳牛，以及纯洁无瑕、始终依赖并崇拜您的无辜之人找麻烦。他成为使他们因产生不必要的烦恼而担惊受怕的根源。他因为得到我给他的恩惠而成为恶魔，总是在寻找与他旗鼓相当的对手，并为达到这可耻的目的而在宇宙中四处游荡。

要旨 生物体分两类，一类被称为苏茹阿(sura)——半神人，另一类被称为阿苏茹阿(asura)——恶魔。恶魔通常喜欢崇拜半神人；证据显示，他们靠这样的崇拜获得强大的力量，以便进行感官享乐。事实证明，他们获得力量后就去打扰布茹阿玛纳(brāhmaṇa, 婆罗门)、半神人和其他无辜的生物体，使众生惶惶不可终日。恶魔的手段是先从半神人那里得到力量，然后以德报怨，反过来再去欺负半神人。有一个实例是，主希瓦(Śiva)的一个信徒设法从主希瓦那里得到祝福，即：他的手触碰到谁的头，谁就会头颅落地。那恶魔一旦从主希瓦那里得到他想要的，便立刻要去触碰主希瓦的头。那就是他们行事的方式。然而，至尊人格首神的奉献者从不会向至尊主要求有利于感官享乐的事物。他们甚至拒绝为他们提供的解脱。他们只要能为至尊主做超然的爱心服务，就感到幸福了。

第 24 节 मैनं मायाविनं दृप्तं निरङ्कुशमसत्तमम् ।
आक्रीड बालवद्देव यथाशीविषमुत्थितम् ॥२४॥

mainaṁ māyāvinaṁ dṛptaṁ
niraṅkuśam asattamam
ākrīḍa bālavad deva
yathāśīviṣam utthitam

mā—不要 / enam—他 / māyā-vinam—诡计多端 / dṛptam—傲慢 / niraṅkuśam—自负 / asat-tamam—罪恶滔天 / ākrīḍa—玩耍 / bāla-vat—像孩子 / deva—至尊主啊 / yathā—像 / āśīviṣam—毒蛇 / utthitam—愤怒的

译文 主布茹阿玛继续道：亲爱的至尊主，没必要跟这毒蛇般阴险的恶魔玩耍；他一直都很精通幻术，总是骄傲、自负，最为邪恶。

要旨 谁都不会为一条毒蛇被杀而感到心中不快。村里的少年们习惯于拎起蛇尾抓起蛇，耍牠一段时间后再杀死牠。同样，至尊主

国际奎师那意识协会创办人、一代宗师
圣恩 A.C.巴克提韦丹塔·斯瓦米·帕布帕德

恶魔黑冉亚阿克沙快速冲向至尊主，用威力强大的大头棒殴打祂。然而，正如有造诣的瑜伽师会巧妙地躲避死亡，至尊主轻轻一挪闪到一旁，避开了敌人用大头棒给予祂胸部的猛烈一击。（见第39页）

在主维施努的指导下，布茹阿玛便开始运用他的智慧像从前那样创造宇宙内的一切，从他的身体和心智中释放出天地中的万物。（见第98页）

圣人卡尔达玛想要取悦他心爱的妻子，于是运用他的瑜伽力量，立刻造出一架可以按他的意愿飞行的飞行宫殿。（见第245页）

在泪湖中，侍女们恭恭敬敬地用珍贵的油和软膏为她沐浴后，替她穿上优质、崭新、毫无瑕疵的衣服。（见第254页）

主卡皮拉给祂母亲讲述数论瑜伽冥想的方法时说：“总是渴望祝福自己的奉献者的至尊主，看上去无比迷人，因为祂安详的样子使在如痴如醉的出神入定状态中冥想祂的人的眼睛和灵魂无比愉悦。（见第526页）

受到审判后，罪犯立刻受到各种折磨人的惩罚，承受他该承受的痛苦。他要么被迫看着自己在被火烧的过程中内脏被扯出来、要么四肢被大象从身上扯下来撕碎或从山顶上被狠狠地摔下去，要么被迫吃他人的肉或自己的肉并被其他生物体撕咬。（见第 636—641 页）

黛瓦瑚缇对她儿子卡皮拉说："我的主，在毁灭期到来时，您可以化为小婴儿，躺在一片榕树的叶子上，在毁灭之水上漂荡。所以，您能躺在我的腹腔内并不算很不寻常的事。（见第756页）

本可以马上杀死那恶魔，但祂却像孩子杀死蛇之前先要弄它那样与他周旋。然而，由于那恶魔比毒蛇要邪恶和令人讨厌，布茹阿玛便要求至尊主不必要弄他。布茹阿玛希望至尊主立刻杀了恶魔！

第 25 节　न यावदेष वर्धेत स्वां वेलां प्राप्य दारुणः ।
स्वां देव मायामास्थाय तावज्जह्यघमच्युत ॥२५॥

na yāvad eṣa vardheta
svāṁ velāṁ prāpya dāruṇaḥ
svāṁ deva māyām āsthāya
tāvaj jahy agham acyuta

na yāvat—在……之前 / eṣaḥ—这恶魔 / vardheta—增长 / svām—他自己的 / velām—不祥的时间 / prāpya—来临 / dāruṇaḥ—令人生畏的 / svām—您自己的 / deva—至尊主啊 / māyām—内在能量 / āsthāya—用 / tāvat—立即 / jahi—杀死 / agham—罪恶的人 / acyuta—永不犯错的人啊

译文　布茹阿玛接着说：亲爱的至尊主，您绝对可靠、永无过失。请在凶险的魔鬼时刻到来前杀死这罪大恶极的恶魔，否则他就会展现出更可怕的攻击力量。毫无疑问，您可以用您的内在力量杀死他。

第 26 节　एषा घोरतमा सन्ध्या लोकच्छम्बट्करी प्रभो ।
उपसर्पति सर्वात्मन् सुराणां जयमावह ॥२६॥

eṣā ghoratamā sandhyā
loka-cchambaṭ-karī prabho
upasarpati sarvātman
surāṇāṁ jayam āvaha

eṣā—这 / ghora-tamā—漆黑的 / sandhyā—黄昏 / loka—世界 / chambaṭ-karī—摧毁 / prabho—至尊主啊 / upasarpati—正在逼近 / sarvaātman一所有灵魂之魂啊 / surāṇām一给半神人 / jayam一胜利 / āvaha一带来

译文 我的主，覆盖世界的最黑暗的傍晚即将到来。既然您是所有灵魂的灵魂，请仁慈地杀死他，为半神人们赢得胜利。

第 27 节 अधुनैषोऽभिजिन्नाम योगो मौहूर्तिको ह्यगात् ।
शिवाय नस्त्वं सुहृदामाशु निस्तर दुस्तरम् ॥२७॥

adhunaiṣo 'bhijin nāma
yogo mauhūrtiko hy agāt
śivāya nas tvaṁ suhṛdām
āśu nistara dustaram

adhunā一现在 / eṣaḥ一这 / abhijit nāma一称为阿毕吉特 / yogaḥ一吉祥 / mauhūrtikaḥ一时刻 / hi一实际上 / agāt一几乎已过去 / śivāya一为……的利益 / naḥ一我们的 / tvam一您 / suhṛdām一您的朋友 / āśu一尽快 / nistara一处死 / dustaram一可怕的敌人

译文 最适合取得胜利的吉祥时段阿毕吉特从正午开始，但现在全都过去了；因此，为了您朋友们的利益，请尽快除去这令人畏惧的敌人。

第 28 节 दिष्ट्या त्वां विहितं मृत्युमयमासादितः स्वयम् ।
विक्रम्यैनं मृधे हत्वा लोकानाधेहि शर्मणि ॥२८॥

diṣṭyā tvāṁ vihitaṁ mṛtyum
ayam āsāditaḥ svayam
vikramyainaṁ mṛdhe hatvā
lokān ādhehi śarmaṇi

diṣṭyā一幸运地 / tvām一对您 / vihitam一下令 / mṛtyum一死亡 /

ayam—这个恶魔 / āsāditaḥ—到了 / svayam—自愿地 / vikramya—展示您的武艺 / enam—他 / mṛdhe—决斗中 / hatvā—杀死 / lokān—众世界 / ādhehi—建立 / śarmaṇi—和平

译文　对我们来说幸运的是，这个恶魔自己来找您，您决定他必死无疑；因此，展示您的武艺，在决斗中杀死他，建立世界和平。

到此为止，结束了巴克提韦丹塔对《圣典博伽瓦谭》第3篇第18章——“至尊主的雄猪化身与恶魔展开搏斗”所作的阐释。

第十九章

杀死恶魔黑冉亚克沙

第 1 节

मैत्रेय उवाच
अवधार्य विरिञ्चस्य निर्व्यलीकामृतं वचः ।
प्रहस्य प्रेमगर्भेण तदपाङ्गेन सोऽग्रहीत् ॥ १ ॥

maitreya uvāca
avadhārya viriñcasya
nirvyalīkāmṛtaṁ vacaḥ
prahasya prema-garbheṇa
tad apāṅgena so 'grahīt

maitreyaḥ uvāca—麦垂亚说 / avadhārya—听了……后 / viriñcasya—主布茹阿玛的 / nirvyalīka—毫无罪恶的用心 / amṛtam—甘露般的 / vacaḥ—话语 / prahasya—开怀大笑 / prema-garbheṇa—充满爱 / tat—那些话语 / apāṅgena—报以一瞥 / saḥ—至尊人格首神 / agrahīt—接受

译文 圣麦垂亚说：听了创造者布茹阿玛毫无罪恶用心且如甘露般甜美的话语后，至尊主开怀大笑，以充满爱的瞥视表示接受他的祈祷。

要旨 这节诗中的梵文“毫无罪恶用心(nirvyalīka)”一词意义重大。恶魔在祈祷时往往怀有罪恶的用心，而半神人和奉献者在祈祷时毫无不良的企图。恶魔黑冉亚克沙(Hiraṇyākṣa)在得到布茹阿玛(Brahmā)赐福后变得强大有力，但他因为有罪恶的企图，所以在得到赐福后便四处作恶。布茹阿玛和其他半神人的祈祷与恶魔的祈祷截然不同。他们的目的是想取悦至尊主。正因为如此，至尊主听了他们的祈祷就会微笑，并答应他们的祈求去杀恶魔。恶魔们对至尊人格首神一无所知，所以对赞美至尊主从不感兴趣。他们去找半神人，而这种做法在《博伽梵歌》(Bhagavad-gītā)中受到谴责。为更有利于从事罪恶活动而去祈求半神人的人，被认为是丧失了一切智慧。恶魔不知道什么才真正对他们有利，因此是愚蠢透顶的人。他们即使知道至尊人格首神，也不愿意去找祂。由于他们的目的总是邪恶的，至尊主不可能赐予他们所想要的一切。据说在孟加拉一带活动的土匪习惯崇拜卡莉(Kālī)女神，求她让他们实现抢夺他人财物的罪恶欲望。然而，他们从不进入维施努(Viṣṇu)的神庙，因为他们怕去求维施努反而使他们出师不利。所以这里说，半神人和至尊人格首神的奉献者在祈祷时毫无罪恶的意图。

第 2 节 ततः सपत्नं मुखतश्चरन्तमकुतोभयम् ।
जघानोत्पत्य गदया हनावसुरमक्षजः ॥ २ ॥

tataḥ sapatnaṁ mukhataś
carantam akuto-bhayam
jaghānotpatya gadayā
hanāv asuram akṣajaḥ

tataḥ—接着 / sapatnam—敌人 / mukhataḥ—在祂面前 / carantam—趾高气扬地走来走去 / akutaḥ-bhayam—无畏地 / jaghāna—打向 / utpatya—跃起后 / gadayā—用大头棒 / hanau—朝下巴 / asuram—恶魔 / akṣa-jaḥ—从布茹阿玛鼻孔中出现的至尊主

译文 从布茹阿玛的鼻孔显现的至尊主，以迅雷不及掩耳的速度抡起大头棒，对准在祂面前耀武扬威的敌手的下巴就是一击。

第 3 节 सा हता तेन गदया विहता भगवत्करात् ।
विघूर्णितापतद्रेजे तदद्भुतमिवाभवत् ॥ ३ ॥

sā hatā tena gadayā
vihatā bhagavat-karāt
vighūrṇitāpatad reje
tad adbhutam ivābhavat

sā—那大头棒 / hatā—击挡 / tena—被黑冉亚克沙 / gadayā—用大头棒 / vihatā—滑落 / bhagavat—至尊人格首神的 / karāt—从手中 / vighūrṇitā—旋转 / apatat—坠落 / reje—金光四射 / tat—那 / adbhutam—神奇的 / iva—确实 / abhavat—是

译文　然而，恶魔用他的大头棒把至尊主的大头棒从祂手中打飞出去，大头棒急速旋转着向下落时看上去灿烂辉煌。它奇妙地燃烧着，令人惊叹不已。

第 4 节　स तदा लब्धतीर्थोऽपि न बबाधे निरायुधम् ।
मानयन् स मृधे धर्मं विष्वक्सेनं प्रकोपयन् ॥ ४ ॥

sa tadā labdha-tīrtho 'pi
na babādhe nirāyudham
mānayan sa mṛdhe dharmaṁ
viṣvaksenaṁ prakopayan

saḥ—那个黑冉亚克沙 / tadā—随即 / labdha-tīrthaḥ—得到千载难逢的机会 / api—虽然 / na—不 / babādhe—攻击 / nirāyudham—手无寸铁 / mānayan—遵守 / saḥ—黑冉亚克沙 / mṛdhe—战场上的 / dharmam—武德 / viṣvaksenam—至尊人格首神 / prakopayan—使……怒不可遏

译文　尽管恶魔得到绝佳的机会可以不受阻挡地攻击他面前这位没了武器的敌人，但他遵守单打独斗的规则没有动手，结果更激起了至尊主的万丈怒火。

第 5 节 गदायामपविद्धायां हाहाकारे विनिर्गते ।
मानयामास तद्धर्मं सुनाभं चास्मरद्विभुः ॥ ५ ॥

gadāyām apaviddhāyāṁ
hāhā-kāre vinirgate
mānayām āsa tad-dharmaṁ
sunābhaṁ cāsmarad vibhuḥ

gadāyām—当祂的大头棒 / apaviddhāyām—滑落 / hāhā-kāre——阵惊呼 / vinirgate—响起 / mānayām āsa—尊重 / tat—黑冉亚克沙的 / dharmam—武德 / sunābham—苏达尔珊飞轮 / ca—和 / asmarat—想起 / vibhuḥ—至尊人格首神

译文 至尊主的大头棒一旦落地，聚在一起观战的半神人和圣人们便发出一片惊呼声。人格首神尊重那恶魔酷爱公平的意愿，所以招来祂的苏达尔珊飞轮。

第 6 节 तं व्यग्रचक्रं दितिपुत्राधमेन
स्वपार्षदमुख्येन विषज्जमानम् ।
चित्रा वाचोऽतद्विदां खेचराणां
तत्र स्मासन् स्वस्ति तेऽमुं जहीति ॥ ६ ॥

taṁ vyagra-cakraṁ diti-putrādhamena
sva-pārṣada-mukhyena viṣajjamānam
citrā vāco 'tad-vidāṁ khe-carāṇāṁ
tatra smāsan svasti te 'muṁ jahīti

tam—向至尊人格首神 / vyagra—旋转 / cakram—……的飞轮 / diti-putra—迪缇之子 / adhamena—邪恶的 / sva-pārṣada—与祂同在一地的人 / mukhyena—与……的首领 / viṣajjamānam—玩耍 / citrāḥ—各种 / vācaḥ—议论 / a-tat-vidām—那些不知道的人的 / khe-carāṇām—在空中飞翔 / tatra—那里 / sma āsan—发生 / svasti—幸运 / te—向您 / amum—

他 / jahi—请除掉 / iti—就此

译文　当飞轮在至尊主手中旋转起来，至尊主与祂那投生为迪缇邪恶之子黑冉亚克沙的外琨塔首要侍从近距离搏斗时，四面八方坐在飞机里观战的人纷纷发表他们的外行言论。他们不知道至尊主的真实情况，大声呼喊到：“愿你取得胜利！请杀死他。别再跟他玩了。”

第7节　स तं निशाम्यात्तरथाङ्गमग्रतो
व्यवस्थितं पद्मपलाशलोचनम् ।
विलोक्य चामर्षपरिप्लुतेन्द्रियो
रुषा स्वदन्तच्छदमादशच्छ्वसन् ॥ ७ ॥

sa taṁ niśāmyātta-rathāṅgam agrato
vyavasthitaṁ padma-palāśa-locanam
vilokya cāmarṣa-pariplutendriyo
ruṣā sva-danta-cchadam ādaśac chvasan

saḥ—那恶魔 / tam—至尊人格首神 / niśāmya—看到……后 / ātta-rathāṅgam—手持苏达尔珊飞轮 / agrataḥ—在他面前 / vyavasthitam—站在位置上 / padma—莲花 / palāśa—花瓣 / locanam—眼睛 / vilokya—看到……后 / ca—和 / amarṣa—被愤怒 / paripluta—被……所控制 / indriyaḥ—他的感官 / ruṣā—极度憎恨 / sva-danta-chadam—他的嘴唇 / ādaśat—咬 / śvasan—发出嘶嘶声

译文　当恶魔看到眼如莲花瓣的人格首神，手持苏达尔珊飞轮站在他面前的战略位置上时，他所有的感官都被愤怒淹没了。他开始像蛇一样发出嘶嘶声，愤恨地紧咬他的嘴唇。

第8节　करालदंष्ट्रश्चक्षुर्भ्यां सञ्चक्षाणो दहन्निव ।
अभिप्लुत्य स्वगदया हतोऽसीत्याहनद्धरिम् ॥ ८ ॥

karāla-daṁṣṭraś cakṣurbhyāṁ
sañcakṣāṇo dahann iva
abhiplutya sva-gadayā
hato 'sīty āhanad dharim

karāla—可怕的 / daṁṣṭraḥ—长着獠牙 / cakṣurbhyām—双眼 / sañcakṣāṇaḥ—逼视 / dahan—燃烧 / iva—仿佛 / abhiplutya—攻击 / sva-gadayā—用自己的大头棒 / hataḥ—杀死 / asi—你被 / iti—就此 / āhanat—打 / harim—朝向哈尔依

译文 长着恐怖獠牙的恶魔恶狠狠地盯着人格首神，像是要把祂烧成灰烬。他一跃而起，抡起大头棒对准至尊主打去，同时怒吼道："你死定了！"

第 9 节 पदा सव्येन तां साधो भगवान् यज्ञसूकरः ।
लीलया मिषतः शत्रोः प्राहरद्वातरंहसम् ॥ ९ ॥

padā savyena tāṁ sādho
bhagavān yajña-sūkaraḥ
līlayā miṣataḥ śatroḥ
prāharad vāta-raṁhasam

padā—用祂的腿 / savyena—左 / tām—那大头棒 / sādho—维杜茹阿啊 / bhagavān—至尊人格首神 / yajña-sūkaraḥ—以祂的雄猪形象——一切祭祀的享受者 / līlayā—游戏似的 / miṣataḥ—眼睁睁地看着 / śatroḥ—祂的敌人(黑冉亚克沙)的 / prāharat—踢飞 / vāta-raṁhasam—用暴雨般的力量

译文 啊，圣洁的维杜茹阿！尽管恶魔的大头棒如暴雨般地砸向至尊主，但化身为雄猪的至尊主——一切祭祀供品的享受者，却在祂敌人的注视下，玩耍般地用祂的左脚把恶魔的大头棒踢落在地。

第 10 节　आह चायुधमाधत्स्व घटस्व त्वं जिगीषसि ।
इत्युक्तः स तदा भूयस्ताडयन् व्यनदद्भृशम् ॥१०॥

āha cāyudham ādhatsva
ghaṭasva tvaṁ jigīṣasi
ity uktaḥ sa tadā bhūyas
tāḍayan vyanadad bhṛśam

āha—祂说 / ca—和 / āyudham—兵器 / ādhatsva—拾起 / ghaṭasva—试一试 / tvam—你 / jigīṣasi—急切地想赢 / iti—就此 / uktaḥ—挑战 / saḥ—黑冉亚克沙 / tadā—那时 / bhūyaḥ—再次 / tāḍayan—打击 / vyanadat—怒吼 / bhṛśam—高声

译文　接着，至尊主说："捡起你的武器，怀着想要战胜我的渴望再试一次。"受到这些话语的挑战，恶魔又向至尊主抡起他的大头棒，并再次大声咆哮。

第 11 节　तां स आपततीं वीक्ष्य भगवान् समवस्थितः ।
जग्राह लीलया प्राप्तां गरुत्मानिव पन्नगीम् ॥११॥

tāṁ sa āpatatīṁ vīkṣya
bhagavān samavasthitaḥ
jagrāha līlayā prāptāṁ
garutmān iva pannagīm

tām—那大头棒 / saḥ—祂 / āpatatīm—飞向 / vīkṣya—看到……后 / bhagavān—至尊人格首神 / samavasthitaḥ—稳定地站立 / jagrāha—捉 / līlayā—轻松地 / prāptām—来到祂面前 / garutmān—嘎茹达 / iva—仿佛 / pannagīm—一条毒蛇

译文　至尊主看到大头棒向祂迎面砸来时，站在原地纹丝不动，像飞禽之王嘎茹达捉蛇一样轻松地抓住了它。

第 12 节 स्वपौरुषे प्रतिहते हतमानो महासुरः ।
नैच्छद्गदां दीयमानां हरिणा विगतप्रभः ॥१२॥

sva-pauruṣe pratihate
hata-māno mahāsuraḥ
naicchad gadāṁ dīyamānāṁ
hariṇā vigata-prabhaḥ

sva-pauruṣe一他的威风 / pratihate一丢尽 / hata一被摧毁 / mānaḥ一傲气 / mahā-asuraḥ一大恶魔 / na aicchat一不愿(去拿) / gadām一大头棒 / dīyamānām一奉还 / hariṇā一由哈尔依 / vigata-prabhaḥ一黯然失色

译文 勇气被挫败的大恶魔感到羞辱、颜面丢尽。当人格首神把他的大头棒还给他时，他不愿意拿回它。

第 13 节 जग्राह त्रिशिखं शूलं ज्वलज्ज्वलनलोलुपम् ।
यज्ञाय धृतरूपाय विप्रायाभिचरन् यथा ॥१३॥

jagrāha tri-śikhaṁ śūlaṁ
jvalaj-jvalana-lolupam
yajñāya dhṛta-rūpāya
viprāyābhicaran yathā

jagrāha一抓起 / tri-śikham一有三个尖头的 / śūlam一三叉戟 / jvalat一熊熊燃烧的 / jvalana一烈火 / lolupam一毁灭性的 / yajñāya一向一切祭祀的享受者 / dhṛta-rūpāya一以瓦茹阿哈的形象 / viprāya一向布茹阿玛纳 / abhicaran一恶意地 / yathā一恰似

译文 他抓起一把如燃烧的火焰般带有邪恶的毁灭性的三叉戟，如同人为达到伤害神圣的布茹阿玛纳的邪恶意图而从事苦行般，向至尊主——一切祭祀的享受者，猛力投掷过去。

第 14 节 तदोजसा दैत्यमहाभटार्पितं
चकासदन्तःख उदीर्णदीधिति ।
चक्रेण चिच्छेद निशातनेमिना
हरिर्यथा ताक्ष्र्यपतत्रमुज्झितम् ॥१४॥

tad ojasā daitya-mahā-bhaṭārpitaṁ
cakāsad antaḥ-kha udīrṇa-dīdhiti
cakreṇa ciccheda niśāta-neminā
harir yathā tārkṣya-patatram ujjhitam

tat—那三叉戟 / ojasā—用尽全力 / daitya—恶魔中的 / mahā-bhaṭa—由骁勇的战将 / arpitam—投掷 / cakāsat—金光四射 / antaḥ-khe—在半空中 / udīrṇa—增加 / dīdhiti—光芒 / cakreṇa—被苏达尔珊飞轮 / ciccheda—祂把……切成碎片 / niśāta—锋利的 / neminā—刃 / hariḥ—因铎 / yathā—仿佛 / tārkṣya—嘎茹达的 / patatram—翅膀 / ujjhitam—放弃

译文 由于强大的恶魔用尽全身力气猛力投掷，飞速划过天空的三叉戟闪烁着耀眼的光芒。可是，就像因铎砍下嘎茹达的翅膀一样，人格首神用祂那边缘有锋利刀刃的苏达尔珊飞轮，把向祂飞来的三叉戟切成了碎片。

要旨 这节诗中提到的与嘎茹达(Garuḍa)和因铎(Indra)有关的事件是这样的：很久以前，至尊主的坐骑嘎茹达的生身母亲薇娜塔(Vinatā)被他的后母——蛇类的母亲喀德茹(Kadrū)抓了起来；嘎茹达为救生母，从半神人手中抢走了一个盛放甘露的罐子。天帝因铎闻讯赶到，用他的霹雳阻击嘎茹达。作为至尊主本人的坐骑，嘎茹达虽然战无不胜，但为了尊重“因铎的武器百发百中”的美名，甘愿牺牲自己的一只翅膀，让它被因铎的霹雳击碎。高等星球的居民都很明智，即使是在作战时，都恪守大家遵守的基本原则，保持绅士风度。在这个事件中，嘎茹达知道天帝因铎一旦用他的霹雳武器，就必定要击毁目标，所以为向因铎表示尊重，他牺牲了自己的一个翅膀。

第 15 节 वृक्णे स्वशूले बहुधारिणा हरेः
प्रत्येत्य विस्तीर्णमुरो विभूतिमत् ।
प्रवृद्धरोषः स कठोरमुष्टिना
नदन् प्रहृत्यान्तरधीयतासुरः ॥१५॥

vṛkṇe sva-śūle bahudhāriṇā hareḥ
pratyetya vistīrṇam uro vibhūtimat
pravṛddha-roṣaḥ sa kaṭhora-muṣṭinā
nadan prahṛtyāntaradhīyatāsuraḥ

vṛkṇe—被切成……时 / sva-śūle—他的三叉戟 / bahudhā—碎片 / ariṇā—被苏达尔珊飞轮 / hareḥ—至尊人格首神的 / pratyetya—逼近……后 / vistīrṇam—宽广的 / uraḥ—胸膛 / vibhūti-mat—幸运女神的住所 / pravṛddha—增加 / roṣaḥ—怒火 / saḥ—黑冉亚克沙 / kaṭhora—坚硬的 / muṣṭinā—用他的拳头 / nadan—咆哮 / prahṛtya—出拳后 / antaradhīyata—消失 / asuraḥ—恶魔

译文 三叉戟被人格首神的飞轮切成碎片的恶魔怒不可遏。他径直冲向至尊主，大声咆哮着，用他坚硬的拳头殴打至尊主有着施瑞瓦特萨标记的宽阔胸膛，随即便突然无影无踪了。

要旨 施瑞瓦特萨(Śrīvatsa)是至尊主胸前的一片白色的卷毛，是作为至尊人格首神特有的标记。住在外琨塔(Vaikuṇṭhaloka)和哥珞卡·温达文(Goloka Vṛndāvana)的人，外形与人格首神十分相似，但至尊主胸前的施瑞瓦特萨标志，却是祂本人独有的。

第 16 节 तेनेत्थमाहतः क्षत्तर्भगवानादिसूकरः ।
नाकम्पत मनाक्कापि स्रजा हत इव द्विपः ॥१६॥

tenettham āhataḥ kṣattar
bhagavān ādi-sūkaraḥ

nākampata manāk kvāpi
srajā hata iva dvipaḥ

tena－被黑冉亚克沙 / ittham－如此 / āhataḥ－打中 / kṣattaḥ－维杜茹阿啊 / bhagavān－至尊人格首神 / ādi-sūkaraḥ－第一头雄猪 / na akampata－一动不动 / manāk－哪怕轻微的 / kva api－在任何地方 / srajā－被花环 / hataḥ－打中 / iva－仿佛 / dvipaḥ－大象

译文 啊，维杜茹阿！显现为世上第一头雄猪的至尊主，被恶魔以这种方式击中后，全身上下没感到一丝震动，并不比大象被一个花环击中更有感觉。

要旨 正如前面解释过的，这恶魔原本是至尊主在外琨塔星球上的一名仆人，现在坠落下来当了恶魔。他与至尊主搏斗是为了自身的解脱。至尊主就像父亲与自己的儿子玩耍打斗一样，很享受自己超然的身体所挨的这一拳。有时，父亲喜欢跟自己的小孩子打着玩；同样，至尊主感到黑冉亚克沙打在祂身上的这一拳恰似为了崇拜祂而在向祂供奉鲜花。换句话说，至尊主为享受超然的快乐而耍打斗，因此很享受被攻击的感觉。

第 17 节 अथोरुधासृजन्मायां योगमायेश्वरे हरौ ।
यां विलोक्य प्रजास्त्रस्ता मेनिरेऽस्योपसंयमम् ॥१७॥

athorudhāsṛjan māyāṁ
yoga-māyeśvare harau
yāṁ vilokya prajās trastā
menire 'syopasaṁyamam

atha－接着 / urudhā－以各种方式 / asṛjat－他施展 / māyām－法术 / yoga-māyā-īśvare－尤嘎玛亚的主人 / harau－向哈尔依 / yām－……的 / vilokya－看到后 / prajāḥ－人们 / trastāḥ－恐怖 / menire－以为 / asya－这宇宙的 / upasaṁyamam－毁灭

译文 然而，恶魔利用许多幻术攻击错觉能量(尤嘎玛亚)的主人——人格首神。目睹这一切，人们心中充满恐惧，以为宇宙毁灭即将来临。

要旨 至尊主享受与祂那位变作恶魔的奉献者的搏斗，其激烈程度像是宇宙的末日即将来临。这正是至尊人格首神的伟大之处；祂哪怕只是动动小手指头，所造成的影响在宇宙中的芸芸众生看来都是大难临头了。

第 18 节 प्रववुर्वायवश्चण्डास्तमः पांसवमैरयन् ।
दिग्भ्यो निपेतुर्ग्रावाणः क्षेपणैः प्रहिता इव ॥१८॥

pravavur vāyavaś caṇḍās
tamaḥ pāṁsavam airayan
digbhyo nipetur grāvāṇaḥ
kṣepaṇaiḥ prahitā iva

pravavuḥ—刮起 / vāyavaḥ—风 / caṇḍāḥ—强劲的 / tamaḥ—黑暗 / pāṁsavam—风沙引起 / airayan—扩散 / digbhyaḥ—四面八方 / nipetuḥ—落下 / grāvāṇaḥ—石头 / kṣepaṇaiḥ—用机关枪 / prahitāḥ—射出 / iva—仿佛

译文 四面八方狂风大作，尘土和冰雹雨使四下里一片黑暗；每一个角落都飞射出石头，仿佛机关枪的扫射。

第 19 节 द्यौर्नष्टभगणाभ्रौघैः सविद्युत्स्तनयित्नुभिः ।
वर्षद्भिः पूयकेशासृग्विण्मूत्रास्थीनि चासकृत् ॥१९॥

dyaur naṣṭa-bhagaṇābhraughaiḥ
sa-vidyut-stanayitnubhiḥ
varṣadbhiḥ pūya-keśāsṛg-
viṇ-mūtrāsthīni cāsakṛt

dyauḥ－天空 / naṣṭa－隐去 / bha-gaṇa－发光体 / abhra－乌云的 / oghaiḥ－被层层 / sa－伴有 / vidyut－闪电 / stanayitnubhiḥ－和雷鸣 / varṣadbhiḥ－落下 / pūya－脓汁 / keśa－毛发 / asṛk－污血 / viṭ－粪便 / mūtra－尿液 / asthīni－白骨 / ca－和 / asakṛt－再三

译文　夹杂着电闪雷鸣的浓密乌云遮住了天空，使外太空的发光体都失去了踪迹。天空落下脓汁、毛发、污血、粪便、尿液和骨头。

第 20 节　गिरयः प्रत्यदृश्यन्त नानायुधमुचोऽनघ ।
दिग्वाससो यातुधान्यः शूलिन्यो मुक्तमूर्धजाः ॥२०॥

girayaḥ pratyadṛśyanta
nānāyudha-muco 'nagha
dig-vāsaso yātudhānyaḥ
śūlinyo mukta-mūrdhajāḥ

girayaḥ－大山 / pratyadṛśyanta－显露 / nānā－各种各样的 / āyudha－兵器 / mucaḥ－释放 / anagha－无罪的维杜茹阿啊 / dik-vāsasaḥ－赤身裸体的 / yātudhānyaḥ－女妖魔 / śūlinyaḥ－手执三叉戟 / mukta－披散 / mūrdhajāḥ－头发

译文　啊，无罪的维杜茹阿！山脉释放出各种武器，裸体的女妖们手持三叉戟，披头散发地涌现出来。

第 21 节　बहुभिर्यक्षरक्षोभिः पत्त्यश्वरथकुञ्जरैः ।
आततायिभिरुत्सृष्टा हिंस्रा वाचोऽतिवैशसाः ॥२१॥

bahubhir yakṣa-rakṣobhiḥ
patty-aśva-ratha-kuñjaraiḥ
ātatāyibhir utsṛṣṭā
hiṁsrā vāco 'tivaiśasāḥ

bahubhiḥ－被许许多多的 / yakṣa-rakṣobhiḥ－夜叉和食人魔 / patti－徒步 / aśva－骑马 / ratha－乘坐战车 / kuñjaraiḥ－骑着大象 / ātatāyibhiḥ－恶徒 / utsṛṣṭāḥ－叫着 / hiṁsrāḥ－刻毒的 / vācaḥ－话语 / ati-vaiśasāḥ－穷凶极恶的

译文　一大群穷凶极恶的夜叉和食人魔，有的步行，有的骑坐在马匹、大象或战车上向前行进，口中喊着刻毒、粗野的口号。

第 22 节　प्रादुष्कृतानां मायानामासुरीणां विनाशयत् ।
सुदर्शनास्त्रं भगवान् प्रायुङ्क्त दयितं त्रिपात् ॥२२॥

prāduṣkṛtānāṁ māyānām
āsurīṇāṁ vināśayat
sudarśanāstraṁ bhagavān
prāyuṅkta dayitaṁ tri-pāt

prāduṣkṛtānām－变出 / māyānām－法术 / āsurīṇām－由恶魔变出 / vināśayat－为摧毁 / sudarśana-astram－苏达尔珊飞轮 / bhagavān－至尊人格首神 / prāyuṅkta－掷出 / dayitam－钟爱的 / tri-pāt－一切祭祀的享受者

译文　亲自享受一切祭祀的至尊主，这时释放出祂心爱的苏达尔珊飞轮。这飞轮能驱散恶魔施展的魔法的影响力。

要旨　即使赫赫有名的瑜伽师和大恶魔有时能凭他们的神秘力量施展魔法，但只要至尊主释放出祂的苏达尔珊飞轮(Sudarśana cakra)，所有的魔术花招便立刻失去效力。有关这一点，杜尔瓦萨·牟尼(Durvāsā Muni)向安巴瑞施王(Mahārāja Ambarīṣa)挑衅一事，就能说明问题。杜尔瓦萨·牟尼想要施展许多魔术奇迹，但一看到苏达尔珊飞轮朝他飞来，便立刻惊恐万分，为保护自己而逃向各个星球。这节诗中称至尊主是“一切祭祀的享受者(tri-pāt)”，以指出祂是三种祭祀的享受者。至尊主在《博伽梵歌》中确认这一点说：祂是一切祭祀和苦修的享受者。至尊主是三种祭祀(yajña)的享受者，正如《博伽梵歌》中所进一步解释的，三种祭祀分别是：以供奉实物的形式举行的祭祀，以冥想的形式所做的祭祀，以及以哲学思辨的形式所做的祭祀。走在思辨知识(jñāna)、练神秘瑜伽(yoga)和从事功利性活动(karma)等不同路途上的人，都会发现至尊主才是一切最高的目标，因为《博伽梵歌》中说：至尊主是一切最终的享受者(vāsudevaḥ sarvam iti)。那是举行各种祭祀所能达到的最完美的境界。

第 23 节　तदा दितेः समभवत्सहसा हृदि वेपथुः ।
स्मरन्त्या भर्तुरादेशं स्तनाच्चासृक्प्रसुस्रुवे ॥२३॥

tadā diteḥ samabhavat
sahasā hṛdi vepathuḥ
smarantyā bhartur ādeśaṁ
stanāc cāsṛk prasusruve

tadā—此时 / diteḥ—迪缇的 / samabhavat—发生 / sahasā—突然 / hṛdi—心中 / vepathuḥ—战栗 / smarantyāḥ—回想起 / bhartuḥ—她丈夫喀夏帕的 / ādeśam—话 / stanāt—从她乳房 / ca—和 / asṛk—血 / prasusruve—流出

译文　就在那一瞬间，黑冉亚克沙的母亲迪缇突然感到一阵战栗掠过心头。她回忆起丈夫喀夏帕说过的话，乳房不禁流出了鲜血。

要旨　在黑冉亚克沙即将丧命的最后关头，他母亲迪缇(Diti)想起了丈夫对她说过的话，即：她儿子虽然是恶魔，但却有幸被人格首神亲手杀死。凭至尊主的仁慈，迪缇想起这件事，结果乳房中流出了鲜血而不是乳汁。我们在很多事件中都会看到，母亲在爱子情深时，乳房中会自动流出乳汁来。但作为恶魔的母亲，由于她体内的鲜血无法转化为乳汁，所以直接从乳房中流了出来。尽管奶是由鲜血转化而来，所以两者实质上一样，但喝奶是吉祥的，喝血则很不吉祥。这规则对牛来说也适用，喝牛奶是吉祥的，但喝牛血很不吉祥。

第 24 节 **विनष्टासु स्वमायासु भूयश्चाव्रज्य केशवम् ।**
रुषोपगूहमानोऽमुं ददृशेऽवस्थितं बहिः ॥२४॥

vinaṣṭāsu sva-māyāsu
bhūyaś cāvrajya keśavam
ruṣopagūhamāno 'muṁ
dadṛśe 'vasthitaṁ bahiḥ

vinaṣṭāsu－当……被驱散后 / sva-māyāsu－他的魔法 / bhūyaḥ－再次 / ca－和 / āvrajya－来到……面前后 / keśavam－至尊人格首神 / ruṣā－满怀愤怒 / upagūhamānaḥ－抱住 / amum－至尊主 / dadṛśe－看见 / avasthitam－站在 / bahiḥ－外面

译文 恶魔看到他的魔法影响力被驱散后，再次出现在人格首神凯沙瓦面前，怒火万丈地试图用自己的双臂抱住至尊主，把祂挤碎。但他万分惊讶地发现，至尊主竟然站在他环抱着的双臂之外。

要旨 这节诗中称至尊主为凯沙瓦(Keśava)，因为祂在宇宙创造的一开始就杀了凯西(Keśī)魔。凯沙瓦是奎师那(Kṛṣṇa)的另一个名字。奎师那是一切化身的源头，《布茹阿玛·萨密塔》(Brahma-saṁhitā)中证实说：至尊人格首神哥文达(Govinda)——一切原因的起因，同时以不同的化身和扩展存在着。恶魔试图测量至尊人格首神这一点意义重大。恶魔当时想用自己的双臂抱住至尊主，以为用他有限的双臂的物质力量可以抓住绝对真理。他不知道神既是大的事物中最大的，又是小的事物中最小的。没人能抓住至尊主，将祂置于自己的控制下。但邪恶的人总是企图测量至尊主的长宽高。《博伽梵歌》中解释说：至尊主用祂不可思议的力量可以变出宇宙形象，但同时也能作为祂奉献者崇拜的神像，留在他们装神像的小盒子中。有许多奉献者都把至尊主的神像放在一个小盒子中，随身携带着，每天清晨崇拜住在那盒子中的至尊主。至尊主凯沙瓦——人格首神，不受我们概念中的长、宽、高等计量单位的限制。祂能以任何适合陪伴祂奉献者的形象始终与祂的奉献者在一起，但恶魔要想接近祂，却无论使出多少罪恶的伎俩都无法如愿以偿。

第 25 节　तं मुष्टिभिर्विनिघ्नन्तं वज्रसारैरधोक्षजः ।
करेण कर्णमूलेऽहन् यथा त्वाष्ट्रं मरुत्पतिः ॥२५॥

taṁ muṣṭibhir vinighnantaṁ
vajra-sārair adhokṣajaḥ
kareṇa karṇa-mūle 'han
yathā tvāṣṭraṁ marut-patiḥ

tam—黑冉亚克沙 / muṣṭibhiḥ—用他的拳头 / vinighnantam—捶 / vajra-sāraiḥ—硬如霹雳 / adhokṣajaḥ—至尊主阿窦克沙佳 / kareṇa—用手 / karṇa-mūle—耳根 / ahan—击打 / yathā—仿佛 / tvāṣṭram—(特瓦施塔之子)维陀魔 / marut-patiḥ—(众玛茹特的主人)因铎

译文　恶魔于是用他坚硬的拳头攻击至尊主，但就像玛茹特们的主人因铎击中恶魔维陀一样，至尊主阿窦克沙佳一掌掴在恶魔的耳根上。

要旨　至尊主在此被称为阿窦克沙佳(adhokṣaja)——用物质计算方法所无法测度和接近的人。梵文阿克沙佳(akṣaja)的意思是“我们感官的测度”，而阿窦克沙佳的意思是“超越我们感官的测度”。

第 26 节 स आहतो विश्वजिता ह्यवज्ञया
परिभ्रमद्गात्र उदस्तलोचनः ।
विशीर्णबाह्वङ्घ्रिशिरोरुहोऽपतद्
यथा नगेन्द्रो लुलितो नभस्वता ॥२६॥

sa āhato viśva-jitā hy avajñayā
paribhramad-gātra udasta-locanaḥ
viśīrṇa-bāhv-aṅghri-śiroruho ’patad
yathā nagendro lulito nabhasvatā

saḥ一他 / āhataḥ一被掴 / viśva-jitā一被至尊人格首神 / hi一虽然 / avajñayā一漫不经心地 / paribhramat一旋转 / gātraḥ一身体 / udasta一凸起 / locanaḥ一双眼 / viśīrṇa一折断 / bāhu一手臂 / aṅghri一腿 / śiraḥ-ruhaḥ一头发 / apatat一摔倒了 / yathā一像 / naga-indraḥ一一棵参天大树 / lulitaḥ一连根拔起 / nabhasvatā一被风

译文 尽管一切的征服者——至尊主，只是漫不经心地打了那恶魔一下，那恶魔的身体就开始旋转起来。他的眼球从眼眶中暴出，手臂和腿全部断掉，头发散乱不堪，像一棵被风连根拔起的参天大树一样摔在地上死去。

要旨 无论恶魔有多么强大，至尊主都能在一眨眼的工夫结束他们的性命，黑冉亚克沙也不例外。至尊主本可以在一开始就杀死他，但祂先让恶魔充分显示他的魔术。我们应该知道：凭借魔术、科学知识的进步，以及物质力量，人无法变得与至尊人格首神平等。祂只要稍微有所表示，就足以摧毁我们所有的努力。祂在这个事件中展示的不可思议的力量是如此强大，尽管恶魔用尽所有邪恶的花招，但至尊主一旦想要杀他，只轻轻地掴了他一巴掌，他便一命呜呼了。

第 27 节 क्षितौ शयानं तमकुण्ठवर्चसं
करालदंष्ट्रं परिदष्टदच्छदम् ।

अजादयो वीक्ष्य शशंसुरागता
　अहो इमं को नु लभेत संस्थितिम् ॥२७॥

kṣitau śayānaṁ tam akuṇṭha-varcasaṁ
　karāla-daṁṣṭraṁ paridaṣṭa-dacchadam
ajādayo vīkṣya śaśaṁsur āgatā
　aho imaṁ ko nu labheta saṁsthitim

kṣitau—在地上 / śayānam—躺着 / tam—黑冉亚克沙 / akuṇṭha—脸色没有发白 / varcasam—光泽 / karāla—可怕的 / daṁṣṭram—牙齿 / paridaṣṭa—咬 / dat-chadam—嘴唇 / aja-ādayaḥ—布茹阿玛等人 / vīkṣya—看见 / śaśaṁsuḥ—赞叹道 / āgatāḥ—来到 / aho—啊 / imam—这 / kaḥ—……的 / nu—的确 / labheta—能遇上 / saṁsthitim—死亡

译文　阿佳(布茹阿玛)和其他人都跑过去看个究竟，只见长着可怕獠牙的恶魔紧咬着嘴唇躺在地上，但脸上依然容光焕发。布茹阿玛赞叹道：还有谁能经历这样神圣的死亡啊？

要旨　　恶魔虽然死了，但他身体的光泽并没有褪去。这非常奇特，因为人或动物一旦死去，其尸体就会立刻变得苍白、暗淡，光泽逐渐褪去，随后便开始腐烂。然而，黑冉亚克沙虽然躺在地上，但身体光泽并未退去。这是因为作为至尊灵魂的至尊主触碰过他的身体。只有当灵魂在躯体中时，躯体才会有鲜亮的光泽。尽管恶魔的灵魂已经离开了他的躯体，但由于至尊灵魂触碰过他的身体，他身体的光泽并未退去。个体灵魂不同于至尊人格首神。人如果能在看着至尊人格首神的情况下死去，无疑极为幸运。正因为如此，像布茹阿玛和其他半神人那样的人物，才会颂扬恶魔的死。

第 28 节　　यं योगिनो योगसमाधिना रहो
　ध्यायन्ति लिङ्गादसतो मुमुक्षया ।

तस्यैष दैत्यऋषभः पदाहतो
मुखं प्रपश्यंस्तनुमुत्ससर्ज ह ॥२८॥

yaṁ yogino yoga-samādhinā raho
dhyāyanti liṅgād asato mumukṣayā
tasyaiṣa daitya-ṛṣabhaḥ padāhato
mukhaṁ prapaśyaṁs tanum utsasarja ha

yam—……的人 / yoginaḥ—瑜伽师 / yoga-samādhinā—神秘的全神贯注状态 / rahaḥ—僻静处 / dhyāyanti—冥想 / liṅgāt—从躯体 / asataḥ—虚假的 / mumukṣayā—寻求解脱 / tasya—祂的 / eṣaḥ—这 / daitya—迪缇之子 / ṛṣabhaḥ—宝石 / padā—被脚 / āhataḥ—踢 / mukham—脸 / prapaśyan—凝视着 / tanum—躯体 / utsasarja—他抛弃 / ha—的确

译文 布茹阿玛接着说：他是被瑜伽师为摆脱不真实的物质躯体而隐居并在神秘的全神贯注状态中冥想的至尊主用前足击中的。迪缇这个最宝贝的儿子，在凝视至尊主的面庞时摆脱了他的尘世烦恼。

要旨 《圣典博伽瓦谭》(Śrīmad-Bhāgavatam)的这节诗，清楚地讲述了练瑜伽的方法。这里说，瑜伽师和打坐冥想的神秘主义者最终的目的，是要摆脱这个物质的躯体。他们为此到与世隔绝的地方去打坐冥想，努力达到瑜伽的全神贯注状态。练瑜伽必须到僻静的地方去，而不是像如今所谓的瑜伽师所做的那样，在公共场所或舞台上进行表演。练瑜伽的真正目的是摆脱自己的物质躯体，而不是要保持身体强健或“永葆青春”。这种对所谓瑜伽的宣传，并没有经过任何标准方法的检验。这节诗专门提到“对他(yam)”一字，以指人在冥想时应该把人格首神作为冥想的对象。人即使全神贯注地冥想至尊主的雄猪形象，也是在练瑜伽。正如《博伽梵歌》中所确认的：一直不断全神贯注地冥想人格首神多种形象中的一个形象的人，是一流的瑜伽师，可以通过冥想那个形象轻而易举地进入灵性的出神入定境界。人在死亡时如果还能这样不断地冥想至尊主的形象，就可以摆脱这个短暂的物质躯体，被转入神的王国。至尊主给恶魔黑冉亚克沙提供了这样一个机会，使得布茹阿玛和其他半神人们都感到惊讶不已。换句话说，哪怕是恶魔，只要他被至尊主踢了一脚，也能达到练瑜伽所能达到的完美境界。

第 29 节　एतौ तौ पार्षदावस्य शापाद्यातावसद्गतिम् ।
पुनः कतिपयैः स्थानं प्रपत्स्येते ह जन्मभिः ॥२९॥

etau tau pārṣadāv asya
śāpād yātāv asad-gatim
punaḥ katipayaiḥ sthānaṁ
prapatsyete ha janmabhiḥ

etau—这两个 / tau—两人 / pārṣadau—贴身仆人 / asya—人格首神的 / śāpāt—因为被诅咒 / yātau—去了 / asat-gatim—投生在恶魔之家 / punaḥ—再次 / katipayaiḥ—几次 / sthānam—自己的位置 / prapatsyete—将回到 / ha—的确 / janmabhiḥ—若干世后

译文　至尊主这两个遭到诅咒的私人助理，预定要投生为恶魔。经过这样的几次出生后，他们就会返回他们原本的岗位。

第 30 节　देवा ऊचुः
नमो नमस्तेऽखिलयज्ञतन्तवे
स्थितौ गृहीतामलसत्त्वमूर्तये ।
दिष्ट्या हतोऽयं जगतामरुन्तुद-
स्त्वत्पादभक्त्या वयमीश निर्वृताः ॥३०॥

devā ūcuḥ
namo namas te 'khila-yajña-tantave
sthitau gṛhītāmala-sattva-mūrtaye

diṣṭyā hato 'yaṁ jagatām aruntudas
tvat-pāda-bhaktyā vayam īśa nirvṛtāḥ

devāḥ—半神人们 / ūcuḥ—说 / namaḥ—顶礼 / te—向您 / akhila-yajña-tantave——切祭祀的享受者 / sthitau—为了维系 / gṛhīta—呈现 / amala—纯粹的 / sattva—善良 / mūrtaye—形象 / diṣṭyā—幸运地 / hataḥ—除掉 / ayam—这 / jagatām—对世界 / aruntudaḥ—折磨 / tvat-pāda—在您足下 / bhaktyā—以奉爱 / vayam—我们 / īśa—至尊主啊 / nirvṛtāḥ—获得幸福

译文 半神人们对至尊主说：向您献上一切敬意！您是所有祭祀的享受者。为达到维系世界的目的，您化身为由纯粹善良属性构成的雄猪形象。对我们来说幸运的是，这个令世界痛苦的恶魔被您杀死了。至尊主啊！我们现在可以安心地为您的莲花足做奉爱服务了。

要旨 物质世界由善良、激情和愚昧这三种物质自然属性构成，但灵性世界却由纯粹的善良属性构成。这节诗中说，至尊主的形象由纯粹的善良属性构成，意思是：这形象不是物质的。物质世界里没有纯粹的善良属性。《博伽瓦谭》中将纯粹的善良属性称为“萨特瓦·维舒达么(sattvaṁ viśuddham)”，梵文“维舒达么(viśuddham)”的意思是“纯粹的”。纯粹的善良属性中不受激情和愚昧这两种低等属性的污染。因此，至尊主所展示的雄猪形象绝非物质世界的产物。至尊主还有许多其他的形象，但没有一个由物质属性构成。祂所有其他的形象与维施努形象没有区别，而维施努是一切祭祀的享受者。

韦达 (Vedas) 经中推荐的祭祀，最终目的都是为了取悦至尊人格首神。人们只因为愚昧，才试图去取悦许多其他的中介代理人，但生命的真正目的是取悦至尊主——维施努。所有的祭祀都是为了取悦至尊主。清楚了解这一点的生物体，被称为半神人、似神的人或与神相差无几的人。由于每一个生物都是至尊主不可缺少的一部分，为至尊主服务、取悦祂便是生物义不容辞的责任。半神人都依恋人格首神；至尊主为了让他们高兴，杀死了为害四方的恶魔。过圣洁的生活是为了取悦至尊主，而在圣洁的生活中举行的种种祭祀被称为怀着奎师那意识从事的活动。正如这节诗中所谈到的，这种奎师那意识是通过做奉爱服务培养起来的。

第 31 节

मैत्रेय उवाच
एवं हिरण्याक्षमसह्यविक्रमं
स सादयित्वा हरिरादिसूकरः ।
जगाम लोकं स्वमखण्डितोत्सवं
समीडितः पुष्करविष्टरादिभिः ॥३१॥

maitreya uvāca
evaṁ hiraṇyākṣam asahya-vikramaṁ
sa sādayitvā harir ādi-sūkaraḥ
jagāma lokaṁ svam akhaṇḍitotsavaṁ
samīḍitaḥ puṣkara-viṣṭarādibhiḥ

maitreyaḥ uvāca一圣麦垂亚说 / evam一如此 / hiraṇyākṣam一黑冉亚克沙 / asahya-vikramam一非常强有力 / saḥ一至尊主 / sādayitvā一打死……后 / hariḥ一至尊人格首神 / ādi-sūkaraḥ一猪的始祖 / jagāma一返回 / lokam一祂的住所 / svam一自己的 / akhaṇḍita一永不间断的 / utsavam一庆典 / samīḍitaḥ一为……所赞美 / puṣkara-viṣṭara一莲花座(由坐在莲花座上的主布茹阿玛) / ādibhiḥ一其他人

译文　圣麦垂亚继续道：至尊主哈尔依——天下第一头雄猪，在这样杀死最令人畏惧的恶魔黑冉亚克沙后，返回祂那永远举行着不间断的庆典的住所。至尊主受到以布茹阿玛为首的全体半神人的颂扬。

要旨　至尊主在此被称为存在中的第一头雄猪。《韦丹塔 · 苏陀》(Vedānta-sūtra)第1篇第1章的第2节诗中说：绝对真理是万事万物的源头。因此我们要了解：八百四十万种躯体都来源于至尊主，祂永远是“起源(ādi)”。在《博伽梵歌》中，阿尔诸纳(Arjuna)称至尊主是“阿迪亚姆(ādyam)——万物的起源”。同样，在《布茹阿玛·萨密塔》中，至尊主被称为阿迪·菩茹沙(ādi-puruṣam)——存在中的第一人。事实上，在《博伽梵歌》第10章的第8节诗中，至尊主本人声明道：“一切都来自我(mattaḥ sarvaṁ pravartate)。”

至尊主采用雄猪的形象，从嘎尔博(Garbha)洋中捞出地球，并杀死恶魔黑冉亚克沙。祂也就此成为存在中的第一头雄猪(ādi-sūkara)。在物质世界里，猪被视为是最令人讨厌的低等动物，但存在中的第一头雄猪——至尊人格首神，并不是一头普通的猪。就连布茹阿玛和其他半神人都赞美至尊主化身的雄猪形象。

这节诗证实了《博伽梵歌》中的说明，即：至尊主为了消灭恶魔，拯救奉献者，从祂超然的住所降临，亲自显现。至尊主承诺过要杀死恶魔、保护以布茹阿玛为首的半神人，祂通过杀死恶魔黑冉亚克沙，实现了祂的诺言。诗中的“至尊主返回祂的住所”一句说明，至尊主有祂自己超然的住处。祂浑身充满了各种能量，因此虽然住在哥珞卡·温达文，但同时又无所不在。这好比太阳，尽管处在宇宙的一地，但却用其万丈光芒遍布宇宙各处。

至尊主虽然住在祂自己的居所中，但却无所不在。非人格神主义者只接受至尊主无所不在的一面，但却无法明白一个事实，那就是：祂也始终住在祂超然的住所，在一个局部区域内一直从事绝对超然的娱乐活动。这节诗中特别用了“永不间断的庆典(akhaṇḍitotsavam)”一词，梵文乌特萨瓦(utsava)一词的意思是“快乐”。任何时候为表达快乐而举行的盛大集会，都被称为乌特萨瓦。在至尊主的住处——众多的外琨塔星球上，一直不断地在举行这种表达完整快乐的庆典。至尊主甚至受到布茹阿玛那样的半神人的崇拜，人类等比布茹阿玛次要的生物体们还有什么可说的呢？

至尊主从祂的住所降临到这个世界，因此被称为化身(avatāra)，意思是“降临下来的那个人”。人们有时将化身理解为是采用了一个有血肉之躯的物质形象，但事实上，化身是指从更高领域降临下来的人。至尊主的住所在离这个物质世界很遥远的地方，祂从那个高等区域下来时被称为化身。

第 32 节

मया यथानूक्तमवादि ते हरेः
कृतावतारस्य सुमित्र चेष्टितम् ।
यथा हिरण्याक्ष उदारविक्रमो
महामृधे क्रीडनवन्निराकृतः ॥३२॥

mayā yathānūktam avādi te hareḥ
kṛtāvatārasya sumitra ceṣṭitam
yathā hiraṇyākṣa udāra-vikramo
mahā-mṛdhe krīḍanavan nirākṛtaḥ

mayā—由我 / yathā—正如 / anūktam—讲述 / avādi—解说 / te—向你 / hareḥ—至尊人格首神的 / kṛta-avatārasya—采用……化身 / sumitra—亲爱的维杜茹阿啊 / ceṣṭitam—活动 / yathā—正如 / hiraṇyākṣaḥ—黑冉亚克沙 / udāra—极其 / vikramaḥ—勇猛 / mahā-mṛdhe—大战 / krīḍana-vat—如同一个玩物 / nirākṛtaḥ—被杀

译文　麦垂亚接着说：我亲爱的维杜茹阿，我给你讲述了人格首神以天下第一头雄猪的化身降临，在一场非凡的激战中，如同玩耍般杀死了身怀绝技的恶魔一事。我是按照从前辈灵性导师那里听到的内容讲述的。

要旨　圣人麦垂亚(Maitreya)在这节诗中声明说：他所讲述的至尊人格首神杀死黑冉亚克沙的这段历史，完全是在转述他从灵性导师那里听到的内容，没有自编什么或加上自己的解释。他以此承认师徒传承(paramparā)是传递知识的权威系统。人除非透过这个权威的程序从他的灵性导师(ācārya)那里接受知识，否则他即使自称为灵性导师，所说的话也没有权威性。

这节诗中还说，尽管恶魔黑冉亚克沙有无穷的力量，但对至尊主来说只不过像个玩偶。孩子没有真正费力就毁坏了许多玩偶。同样的道理，尽管在物质世界的普通人眼里，恶魔显得很有力量，很特别，但至尊主杀这种恶魔易如反掌。祂可以像孩子玩洋娃娃并毁坏它们一样，不费吹灰之力地杀死千百万个恶魔。

第33节

सूत उवाच
इति कौषारवाख्यातामाश्रुत्य भगवत्कथाम् ।
क्षत्तानन्दं परं लेभे महाभागवतो द्विज ॥३३॥

sūta uvāca
iti kauṣāravākhyātām
āśrutya bhagavat-kathām
kṣattānandaṁ paraṁ lebhe
mahā-bhāgavato dvija

sūtaḥ－苏塔·哥斯瓦米 / uvāca－说 / iti－就此 / kauṣārava－从(库沙茹之子)麦垂亚那里 / ākhyātām－讲述 / āśrutya－听到 / bhagavat-kathām－有关至尊主的描述 / kṣattā－维杜茹阿 / ānandam－喜悦 / param－超然的 / lebhe－获得 / mahā-bhāgavataḥ－伟大的奉献者 / dvija－布茹阿玛纳(指绍纳卡)啊

译文 圣苏塔·哥斯瓦米继续说：众位亲爱的布茹阿玛纳，至尊主优秀的奉献者查塔(维杜茹阿)，通过聆听权威人士考沙茹阿瓦(麦垂亚)讲述至尊人格首神的娱乐活动而获得超然的极乐。他感到心满意足。

要旨 正如这节诗中解释的，想要通过聆听至尊主的娱乐活动得到超然快乐的人，必须去找一位权威人士，聆听他的讲解。麦垂亚聆听他真正的灵性导师的讲述，维杜茹阿(Vidura)则聆听麦垂亚的讲述。人仅仅通过完整地复述自己的灵性导师所说的话就能成为权威；不接受真正的灵性导师的人，不可能成为权威。这节诗明确地解释了这一点。要想得到超然的快乐，就必须去找一位被授权了的人。《博伽瓦谭》中也说：仅仅通过用心和耳朵聆听权威人士讲述至尊主的娱乐活动，人就能品尝到至尊主娱乐活动的甜蜜滋味，否则品尝不到。为此，萨纳坦·哥斯瓦米(Sanātana Gosvāmī)特别警告说：人不该听非奉献者讲述有关至尊主的一切。非奉献者被比作毒蛇；正如被毒蛇碰过的牛奶有毒，尽管对至尊主的娱乐活动的描述像牛奶一样纯，可一旦经毒蛇般的非奉献者染指，就变成了毒药。人听了不仅不能从中获得超然的快乐，反而有中毒的危险。至尊主柴坦亚·玛哈帕布(Caitanya Mahāprabhu)曾警告说：绝不要听持假象宗(Māyāvāda)观点的非人格神主义者描述至尊主的娱乐活动。祂明确地说：任何人如果听了假象宗人士对至尊主的娱乐活动的解释，或者对《博伽梵歌》、《圣典博伽瓦谭》或其他韦达(Vedis)经典的解释，他的末日就到了(māyāvā-di-bhāṣya śunile hayasarva nāśa)。人只要与非人格神主义者交往、联谊一次，就永远都无法再明白至尊主的个人特征和祂超然的娱乐活动了。

苏塔·哥斯瓦米(Sūta Gosvāmī)正在对以绍纳卡(Śaunaka)为首的圣人们讲话，因此在这节诗中称他们是“经过二次出生的人(dvija)”。聚集在奈弥沙冉亚(Naimiṣāraṇya)森林中聆听苏塔·哥斯瓦米讲述《圣典博伽瓦谭》的圣人们，全都是布茹阿玛纳(brāhmaṇa, 婆罗门)。然而，具备布茹阿玛纳的资格并不代表一切，仅仅经过二次出生也不算达到了完美。只有当人从真正的权威人士那里聆听到至尊主的逍遥时光和娱乐活动时，他才算是达到了完美境界。

第 34 节 अन्येषां पुण्यश्लोकानामुद्दामयशसां सताम् ।
उपश्रुत्य भवेन्मोदः श्रीवत्साङ्कस्य किं पुनः ॥३४॥

anyeṣāṁ puṇya-ślokānām
uddāma-yaśasāṁ satām
upaśrutya bhaven modaḥ
śrīvatsāṅkasya kiṁ punaḥ

anyeṣām—其他人 / puṇya-ślokānām—虔诚的声誉 / uddāma-yaśasām—名扬天下 / satām—奉献者的 / upaśrutya—通过聆听 / bhavet—将产生 / modaḥ—喜悦 / śrīvatsa-aṅkasya—具有施瑞瓦特萨标记的至尊主 / kim punaḥ—不用说

译文 不要说聆听胸前有施瑞瓦特萨标记的至尊主的娱乐活动了，人们哪怕是聆听声名永垂青史的奉献者的活动和功绩都会感到超然的快乐。

要旨 梵文“巴嘎瓦谭(bhāgavatam, 博伽瓦谭)”一词字面的意思是“至尊主与至尊主奉献者的娱乐活动”，例如：对主奎师那的娱乐活动的描述，以及对帕拉德(Prahlāda)、杜茹瓦(Dhruva)和安巴瑞施王等祂的奉献者的叙述。至尊主的奉献者从事的娱乐活动都与至尊主有关，所以至尊主本人的娱乐活动与祂奉献者的娱乐活动，都离不开至尊人格首神。例如：记载潘达瓦兄弟(Pāṇḍavas)一生活动的史诗《玛哈巴茹阿特》(Mahābhārata,《摩诃婆罗多》)之所以是一部神圣的典籍，是因为潘达瓦兄弟与至尊人格首神有直接的关系。

第 35 节 यो गजेन्द्रं झषग्रस्तं ध्यायन्तं चरणाम्बुजम् ।
क्रोशन्तीनां करेणूनां कृच्छ्रतोऽमोचयद् द्रुतम् ॥३५॥

yo gajendraṁ jhaṣa-grastaṁ
dhyāyantaṁ caraṇāmbujam

krośantīnāṁ kareṇūnāṁ
kṛcchrato 'mocayad drutam

yaḥ—……的 / gaja-indram—大象之王 / jhaṣa—鳄鱼 / grastam—被……袭击 / dhyāyantam—冥想 / caraṇa—足 / ambujam—莲花 / krośantīnām—正哭泣时 / kareṇūnām—雌象们 / kṛcchrataḥ—从危险中 / amocayat—救出 / drutam—很快

译文 人格首神曾经拯救了因遭到鳄鱼攻击而冥想至尊主莲花足的象王。那时，陪伴着象王的雌象们都在哭泣，至尊主使它们摆脱了迫在眉睫的危险。

要旨 这节诗中之所以特别提到至尊主救大象脱离险境的事件，是要说明：就连动物都能通过做奉爱服务接近至尊主；相反，哪怕是半神人，他如果不是奉献者，也接近不了至尊主。

第 36 节 तं सुखाराध्यमृजुभिरनन्यशरणैर्नृभिः ।
कृतज्ञः को न सेवेत दुराराध्यमसाधुभिः ॥३६॥

taṁ sukhārādhyam ṛjubhir
ananya-śaraṇair nṛbhiḥ
kṛtajñaḥ ko na seveta
durārādhyam asādhubhiḥ

tam—向祂 / sukha—轻易地 / ārādhyam—崇拜 / ṛjubhiḥ—为谦卑的人 / ananya—没有其他 / śaraṇaiḥ—托庇 / nṛbhiḥ—由人 / kṛta-jñaḥ—感恩的灵魂 / kaḥ—哪一个 / na—不 / seveta—会做出服务 / durārādhyam—不可能被……所崇拜 / asādhubhiḥ—非奉献者

译文 有哪一个感恩的灵魂不想为人格首神这么伟大的至尊主人做爱心服务呢？尽管不义之人发现很难取悦至尊主，但只托庇于至尊主的纯洁无瑕的奉献者，却很容易就能取悦至尊主。

要旨 每一个生物，特别是在人类躯体中的生物，都必须对至尊主所给予的恩赐怀有感恩之情。仅仅怀有这样一颗感恩之心的人，就必然具有奎师那意识，必然会为至尊主做奉爱服务。不承认至尊主给予了恩赐的人，实际上是盗贼和无赖；他们无法为至尊主做奉爱服务。不了解自己在至尊主的安排下得到了多少利益的人，是忘恩负义之人。他们在不花钱的情况下享受日光和月光，享受生活用水，但却丝毫没有感恩之心，只是继续享用至尊主的这一切赠予。正因为如此，这种人必须被称作盗贼、无赖。

第 37 节 यो वै हिरण्याक्षवधं महाद्भुतं
विक्रीडितं कारणसूकरात्मनः ।
शृणोति गायत्यनुमोदतेऽञ्जसा
विमुच्यते ब्रह्मवधादपि द्विजाः ॥३७॥

yo vai hiraṇyākṣa-vadhaṁ mahādbhutaṁ
vikrīḍitaṁ kāraṇa-sūkarātmanaḥ
śṛṇoti gāyaty anumodate 'ñjasā
vimucyate brahma-vadhād api dvijāḥ

yaḥ—……的他 / vai—的确 / hiraṇyākṣa-vadham—杀死黑冉亚克沙的 / mahā-adbhutam—美妙无比 / vikrīḍitam—娱乐活动 / kāraṇa—出于从海里打捞地球等目的 / sūkara—以雄猪的形象出现 / ātmanaḥ—至尊人格首神的 / śṛṇoti—聆听 / gāyati—吟唱 / anumodate—感到喜乐 / añjasā—立即 / vimucyate—摆脱 / brahma-vadhāt—杀布茹阿玛纳的罪孽 / api—甚至 / dvijāḥ—布茹阿玛纳啊

译文 众位布茹阿玛纳啊！任何人，只要聆听、歌唱至尊主为拯救世界而以世上第一头雄猪的形象显现，杀死恶魔黑冉亚克沙的事迹，或者欣赏对这一事迹的精彩叙述，就能立刻清除他的恶报，甚至是杀害布茹阿玛纳的恶报

要旨 由于人格首神处在绝对的层面上，祂的娱乐活动和祂本人没有区别。聆听至尊主娱乐活动的人，就在与至尊主直接联谊，而直接与至尊主交往的人，无疑摆脱一切恶报，甚至被视为是物质世界里的头等大罪——杀害布茹阿玛纳的罪恶报应。人应该极为渴望聆听真正的权威人士——纯粹奉献者，讲述至尊主的活动。人只要用耳朵聆听对至尊主荣耀的描述，就成为有资格的人。持非人格神主义理论的哲学家，无法理解至尊主的活动。他们以为至尊主的一切活动都是假象、错觉(māyā)。正因为如此，他们被称为假象宗(Māyāvādī)。既然他们认为一切都是假象、错觉，那么对至尊主娱乐活动的描述也就不是讲给他们听的。非人格神主义者不愿意聆听《圣典博伽瓦谭》，他们其中有些人之所以对《圣典博伽瓦谭》感兴趣，是想用它赚钱。他们其实根本不相信它，而是以他们自己的方式叙述它。因此，我们不该听假象宗人士的讲述，而应该听苏塔·哥斯瓦米或麦垂亚等人如实的讲述。只有这样，我们才能品尝到至尊主娱乐活动的甘美。假象宗人士的讲述对刚入门的听众所起的作用，是毒害作用。

第 38 节

एतन्महापुण्यमलं पवित्रं
धन्यं यशस्यं पदमायुराशिषाम् ।
प्राणेन्द्रियाणां युधि शौर्यवर्धनं
नारायणोऽन्ते गतिरङ्ग शृण्वताम् ॥३८॥

etan mahā-puṇyam alaṁ pavitraṁ
dhanyaṁ yaśasyaṁ padam āyur-āśiṣām
prāṇendriyāṇāṁ yudhi śaurya-vardhanaṁ
nārāyaṇo 'nte gatir aṅga śṛṇvatām

etat一这段故事 / mahā-puṇyam一赐予非凡的功德 / alam一极其 / pavitram一神圣的 / dhanyam一赐予财富 / yaśasyam一赐予赫赫声名 / padam一容器 / āyuḥ一长寿的 / āśiṣām一人所期望的目标 / prāṇa一重要

器官的 / indriyāṇām－活动的器官的 / yudhi－在战场上 / śaurya－力量 / vardhanam－增长 / nārāyaṇaḥ－主纳茹阿亚纳 / ante－临死时 / gatiḥ－庇护所 / aṅga－亲爱的绍纳卡啊 / śṛṇvatām－那些聆听……的人

译文 亲爱的绍纳卡啊！这一最神圣的史实给人以非凡的功德，以及财富、声望、长寿和渴望的一切。在战场上，它将增强人体各个重要器官的力量及器官活动的效力。聆听它的人在死亡时被转入至尊主的最高住所。

要旨 奉献者都喜爱聆听对至尊主娱乐活动的描述。尽管他们不苦行、不打坐冥想，但这个专心聆听至尊主娱乐活动的程序，将给予他们无尽的利益，使他们获得财富、声望、长寿和生命中其他值得拥有的一切。《圣典博伽瓦谭》中满载对至尊主娱乐活动的描述，人如果能一直不断地坚持聆听，那么在他此生结束时，就必然会被转入至尊主永恒、超然的住所。因此，聆听《圣典博伽瓦谭》既给人在物质世界里生活期间带来利益，又使人在此生结束时也获益。这是做奉爱服务所得到的最崇高的成就。在开始做奉爱服务阶段，人应该花些时间从权威人士那里聆听《圣典博伽瓦谭》。主柴坦亚·玛哈帕布也推荐奉献者做五种奉爱服务，即：为至尊主的奉献者服务；吟诵、吟唱哈瑞·奎师那曼陀；聆听《圣典博伽瓦谭》；崇拜至尊主的神像；到圣地居住。仅仅从事这五种活动，就能使人摆脱痛苦的物质生活处境。

到此为止，结束了巴克提韦丹塔对《圣典博伽瓦谭》第3篇第19章——“杀死恶魔黑冉亚克沙”所作的阐释。

第二十章
麦垂亚和维杜茹阿的对话

第 1 节 शौनक उवाच

महीं प्रतिष्ठामध्यस्य सौते स्वायम्भुवो मनुः ।
कान्यन्वतिष्ठद् द्वाराणि मार्गायावरजन्मनाम् ॥ १ ॥

śaunaka uvāca
mahīṁ pratiṣṭhām adhyasya
saute svāyambhuvo manuḥ
kāny anvatiṣṭhad dvārāṇi
mārgāyāvara-janmanām

śaunakaḥ—绍纳卡 / uvāca—说 / mahīm—地球 / pratiṣṭhām—处在 / adhyasya—稳固后 / saute—苏塔 · 哥斯瓦米啊 / svāyambhuvaḥ—斯瓦阳布瓦 / manuḥ—玛努 / kāni—什么 / anvatiṣṭhat—做 / dvārāṇi—途径 / mārgāya—脱离 / avara—将来 / janmanām—那些来投生的人的

译文 圣绍纳卡询问道：苏塔 · 哥斯瓦米啊！地球被重新安置在它的轨道上后，斯瓦阳布瓦 · 玛努就有关为后出生的人指出解脱之途一事做了什么？

要旨 至尊主化身为第一头雄猪显现的历史发生在斯瓦阳布瓦 · 玛努(Svāyambhuva Manu)统治期间，而我们现在所处的这个年代在外瓦斯瓦塔 · 玛努(Vaivasvata Manu)统治期内。每位玛努的任期是七十二次四个年代的循环，而每一次四个年代的循环是四百三十二万太阳年。因此，每一位玛努的任期长度是：四百三十二万太阳年乘以七十二。在每一位玛努的任期内，世界都会以各种形式发生许多变化，而布茹阿玛(Brahmā)的一天中共有十四位玛努。从这节诗中我们了解到，玛努为来到这个物质世界进行物质享受的受制约的灵魂，制定了令他们获得拯救的法典。至尊主是那么仁慈，祂既给想在这个物质世界享乐的灵魂提供充分的便利条件，同时也指明了解脱的途径。为此，绍纳卡圣人(Śaunaka Ṛṣi)向苏塔·哥斯瓦米(Sūta Gosvāmī)询问道："当至尊主把地球放回它原来的轨道上后，斯瓦阳布瓦·玛努做了些什么？"

第 2 节 क्षत्ता महाभागवतः कृष्णस्यैकान्तिकः सुहृत् ।
यस्तत्याजाग्रजं कृष्णे सापत्यमघवानिति ॥ २ ॥

kṣattā mahā-bhāgavataḥ
kṛṣṇasyaikāntikaḥ suhṛt
yas tatyājāgrajaṁ kṛṣṇe
sāpatyam aghavān iti

kṣattā一维杜茹阿 / mahā-bhāgavataḥ一至尊主伟大的奉献者 / kṛṣṇasya一主奎师那的 / ekāntikaḥ一纯粹的奉献者 / suhṛt一亲密的朋友 / yaḥ一……的他 / tatyāja一抛弃 / agra-jam一他哥哥(兑塔瓦施陀王) / kṛṣṇe一对奎师那 / sa-apatyam一与他一百个儿子 / agha-vān一罪犯 / iti一就此

译文 绍纳卡圣人还询问了主奎师那的优秀奉献者兼朋友维杜茹阿的情况。维杜茹阿因为他哥哥后来与儿子们施展阴谋违抗至尊主的意愿而离开了他哥哥。

要旨 这里提到了维杜茹阿(Vidura)离开他哥哥兑塔瓦施陀(Dhṛtarāṣṭra)的保护，到各处圣地去朝圣并在哈尔德瓦尔(Hardwar)遇到麦垂亚一事。在此，圣人绍纳卡询问麦垂亚圣人和维杜茹阿之间谈话的内容。维杜茹阿不仅是至尊主的朋友，而且是一位伟大的奉献者。这是他所具有的资格。库茹柴陀战争开打前，奎师那(Kṛṣṇa)曾多次出面调解，希望消除堂兄弟间的误会，阻止战争的发生；但考茹阿瓦(Kaurava)一方拒不接受调解，维杜茹阿(Kṣattā)对此深为不满，于是离开了王宫。作为一名奉献者，维杜茹阿用自己的实际行动教导世人：不礼敬至尊主奎师那的地方，不适合人居住。奉献者可以容忍自身利益受到侵犯，但却绝不容忍至尊主或至尊主的奉献者受到不恭敬的对待。这节诗中用“罪犯(aghavān)”一词意义重大，因为它指出：兑塔瓦施陀的儿子们——考茹阿瓦兄弟，之所以在战争中被打败，是因为犯下了拒不服从主奎师那的教诲的罪。

第 3 节　द्वैपायनादनवरो महित्वे तस्य देहजः ।
सर्वात्मना श्रितः कृष्णं तत्परांश्चाप्यनुव्रतः ॥ ३ ॥

dvaipāyanād anavaro
mahitve tasya dehajaḥ
sarvātmanā śritaḥ kṛṣṇaṁ
tat-parāṁś cāpy anuvrataḥ

dvaipāyanāt一从维亚萨戴瓦 / anavaraḥ一绝不亚于…… / mahitve一伟大 / tasya一他的(维亚萨的) / deha-jaḥ一是他的亲生骨肉 / sarva-ātmanā一一心一意 / śritaḥ一托庇于 / kṛṣṇam一主奎师那 / tat-parān一那些为祂奉献的人 / ca一和 / api一也 / anuvrataḥ一追随

译文　维杜茹阿的生身父亲是维亚萨戴瓦。他跟父亲一样出色。正因为如此，他全心接受奎师那的莲花足并依恋祂的奉献者。

要旨　维杜茹阿的母亲虽然是一位庶铎(śūdra, 首陀罗)阶层的劳动妇女，但生身父亲却是维亚萨戴瓦(Vyāsadeva)，因此他本人在各方面都不比父亲差。维亚萨戴瓦作为纳茹阿亚纳(Nārāyaṇa)的化身编纂了所有的韦达文献。作为非凡父亲的儿子，维杜茹阿也是伟大的人物。他把奎师那奉为自己崇拜的至尊主，全心全意地遵循至尊主的教导。

第 4 节 किमन्वपृच्छन्मैत्रेयं विरजास्तीर्थसेवया ।
उपगम्य कुशावर्त आसीनं तत्त्ववित्तमम् ॥ ४ ॥

kiṁ anvapṛcchan maitreyaṁ
virajās tīrtha-sevayā
upagamya kuśāvarta
āsīnaṁ tattva-vittamam

kim—什么 / anvapṛcchat—询问 / maitreyam—向圣人麦垂亚 / virajāḥ—不受物质污染的维杜茹阿 / tīrtha-sevayā—靠朝圣 / upagamya—遇到 / kuśāvarte—在库沙瓦尔塔(哈尔德瓦尔) / āsīnam—住 / tattva-vittamam—精通灵性科学的大师

译文 维杜茹阿通过在圣地朝圣，清除了所有的激情属性，最后抵达哈尔德瓦尔，在那里遇到精通灵性生活科学的大圣人，向他询问。为此，绍纳卡圣人问道：维杜茹阿还问了麦垂亚什么问题？

要旨 诗中“通过在圣地朝圣清除了一切污染的人(virajās tīrtha-sevayā)”一句，是指维杜茹阿。印度境内有成百上千处圣地，其中帕亚哥(Prayāga)、哈尔德瓦尔(Hardwar)、温达文(Vṛndāvana)和茹阿梅刷茹阿么(Rāmeśvaram)被视为是主要的圣地。维杜茹阿在离开那个充满权术与外交的是非之家后，想要通过去朝拜所有的圣地净化自己。圣地的特点是：去到那里的人自然得到净化。这在温达文尤其如此；到那里去的人，哪怕罪孽深重，都会立即接触到灵性生活的气氛，不由自主地吟诵、吟唱奎师那和茹阿妲(Rādhā)的名字。这一点是我们亲眼目睹、亲身体会过的。经典(śāstra)中推荐说，当人退出世俗生活，步入退休阶段(vānaprastha)时，他应该为了净化自己而去各处圣地朝圣。维杜茹阿完全遵照教导履行了这一义务，他最后到了库沙瓦尔塔(Kuśāvarta)——哈尔德瓦尔(Hardwar)，遇到独自坐在那里的麦垂亚。

还有一点非常重要，那就是：人必须去圣地，不仅仅是去那里沐浴，还应该寻访像麦垂亚那样的伟大圣人，得到他们的教导。去圣地旅行而不这样做的人，只是在浪费时间。然而，由于时代变了，现代真诚的人如果去圣地朝圣，看到当地居民的行为举止，可能会产生不同的印象。为此，外士纳瓦(Vaiṣṇava)宗伟大的灵性导师(ācārya)纳若塔玛·达斯·塔库尔(Narottama dāsa Ṭhākura)，不主张我们现代人去那些地方朝圣。他建议我们：与其长途跋涉、不辞辛劳地去那些地方旅行，人应该在自己的内心全神贯注地冥想哥文达(Govinda)；那帮助人取得灵性的进步。当然，无论在什么地方都全神贯注于哥文达，是推荐给灵性上最进步之人的方法，而并非普通人可以做到。所以，去帕亚哥、玛图茹阿(Mathurā)、温达文和哈尔德瓦尔等圣地朝圣，对普通人来说仍然是可以得到灵性利益的作法。

这节诗中建议我们去找一位精通神的科学的人(tattva-vit)，梵文tattva-vit的意思是“了解绝对真理的人”。世上有许多假超然主义者，就连圣地中也不乏其人。这种人随时都有，人要有足够的智慧找到真正的圣人，向他求教。这样，去不同圣地旅行的人，便不虚此行了。人必须清除一切污染，同时必须寻访一位精通奎师那科学的人。奎师那帮助真诚的人；正如《永恒的柴坦亚经》(Caitanya-caritāmṛta)中说：凭借灵性导师和奎师那的仁慈，人开始做奉爱服务，走上获救之途(guru-kṛṣṇa-prasāde)。人如果真心寻求灵性的拯救，处在他心中的奎师那就会给他相应的智慧，让他找到一位合适的灵性导师。凭借像麦垂亚这样的灵性导师的恩典，人就会得到正确的指导，在他的灵性生活中取得进步。

第5节　तयोः संवदतोः सूत प्रवृत्ता ह्यमलाः कथाः ।
आपो गाङ्गा इवाघघ्नीर्हरेः पादाम्बुजाश्रयाः ॥ ५ ॥

tayoḥ saṁvadatoḥ sūta
pravṛttā hy amalāḥ kathāḥ

āpo gāṅgā ivāgha-ghnīr
hareḥ pādāmbujāśrayāḥ

tayoḥ—当两人(麦垂亚和维杜茹阿) / saṁvadatoḥ—在谈论时 / sūta—苏塔啊 / pravṛttāḥ—引发 / hi—必然 / amalāḥ—完美无瑕的 / kathāḥ—叙述 / āpaḥ—水 / gāṅgāḥ—恒河的 / iva—像 / agha-ghnīḥ—消除一切罪恶 / hareḥ—至尊主的 / pāda-ambuja—莲花足 / āśrayāḥ—托庇

译文 绍纳卡询问有关维杜茹阿与麦垂亚之间的对话说：他们必定谈论了很多有关至尊主毫无瑕疵的娱乐活动；聆听这样的谈论恰似在恒河水中沐浴，因为它可以清洗人的一切恶报。

要旨 恒河水因为顺着至尊主的莲花足流淌下来，所以是净化了的圣水。同样，《博伽梵歌》(Bhagavad-gītā)因为是至尊主亲自讲述的，所以与恒河水一样圣洁。任何有关至尊主的娱乐活动或祂超然活动的特性的话题，也都一样是神圣、高洁的。至尊主是绝对的，祂说的话、流的汗及所从事的娱乐活动之间没有区别。无论是恒河水，是祂讲的话，还是对祂的娱乐活动的描述，都在绝对的层面上，因此托庇于其中任何一个内容的人，都能获得同样的利益。圣茹帕·哥斯瓦米(Rūpa Gosvāmī)明确地说：与奎师那有关的一切都是超然的。如果我们把我们所有的活动都与奎师那联系起来，我们就不会停留在物质的层面上，而是始终处在灵性的层面上。

第6节 ता नः कीर्तय भद्रं ते कीर्तन्योदारकर्मणः ।
रसज्ञः को नु तृप्येत हरिलीलामृतं पिबन् ॥ ६ ॥

tā naḥ kīrtaya bhadraṁ te
kīrtanyodāra-karmaṇaḥ
rasajñaḥ ko nu tṛpyeta
hari-līlāmṛtaṁ piban

tāḥ—那些谈话 / naḥ—向我们 / kīrtaya—讲述 / bhadram te—祝你一切好运 / kīrtanya—应该被赞颂 / udāra—心胸宽阔 / karmaṇaḥ—活动 / rasa-jñaḥ—能品尝到其中甜美滋味的奉献者 / kaḥ—……的人 / nu—真正 / tṛpyeta—感到满足 / hari-līlā-amṛtam—至尊主娱乐活动的甘露 / piban—喝饮

译文　苏塔·哥斯瓦米啊！祝您吉祥如意！请讲述至尊主的活动，它们体现了祂宽宏大量的高尚品德，值得赞颂。有哪些奉献者会听腻至尊主甜美的娱乐活动呢？

要旨　对至尊主娱乐活动的叙述永远是超然的，因此奉献者聆听时应该满怀敬意。真正处在超然层面上的人，连续不断地聆听对至尊主娱乐活动的描述，永远听不腻。比如，觉悟了自我的灵魂就对《博伽梵歌》百读不厌。奉献者可能已经反复研读《博伽梵歌》和《圣典博伽瓦谭》(Śrīmad-Bhāgavatam)这两部著作好几千遍了，但每次阅读时还必会从中品味出新的内涵来。

第 7 节　एवमुग्रश्रवाः पृष्ट ऋषिभिर्नैमिषायनैः ।
भगवत्यर्पिताध्यात्मस्तानाह श्रूयतामिति ॥ ७ ॥

evam ugraśravāḥ pṛṣṭa
ṛṣibhir naimiṣāyanaiḥ
bhagavaty arpitādhyātmas
tān āha śrūyatām iti

evam—就此 / ugraśravāḥ—苏塔·哥斯瓦米 / pṛṣṭaḥ—经……询问 / ṛṣibhiḥ—被圣人们 / naimiṣa-ayanaiḥ—聚集在奈弥沙冉亚森林中的 / bhagavati—给至尊主 / arpita—奉献 / adhyātmaḥ—他的心 / tān—对他们 / āha—说 / śrūyatām—请听 / iti—如此

译文　柔玛哈尔珊纳的儿子苏塔·哥斯瓦米，一直全神贯注于至尊主超然的娱乐活动。当奈弥沙冉亚森林的大圣人们请他继续讲述时，他说：请听我现在要讲的内容。

第 8 节

सूत उवाच
हरेर्धृतक्रोडतनोः स्वमायया
निशम्य गोरुद्धरणं रसातलात् ।
लीलां हिरण्याक्षमवज्ञया हतं
सञ्जातहर्षो मुनिमाह भारतः ॥ ८ ॥

sūta uvāca
harer dhṛta-kroḍa-tanoḥ sva-māyayā
niśamya gor uddharaṇaṁ rasātalāt
līlāṁ hiraṇyākṣam avajñayā hataṁ
sañjāta-harṣo munim āha bhārataḥ

sūtaḥ uvāca—苏塔说 / hareḥ—至尊主的 / dhṛta—采用了 / kroḍa—雄猪的 / tanoḥ—身体 / sva-māyayā—凭借祂神圣的能量 / niśamya—聆听了 / goḥ—地球的 / uddharaṇam—捞起 / rasātalāt—从海底 / līlām—嬉戏 / hiraṇyākṣam—恶魔黑冉亚克沙 / avajñayā—漫不经心地 / hatam—杀死 / sañjāta-harṣaḥ—喜乐无比 / munim—对圣人(麦垂亚) / āha—说 / bhārataḥ—维杜茹阿

译文 苏塔·哥斯瓦米接着说：巴茹阿特的后裔维杜茹阿，很高兴地聆听了透过自身的神性能量化身为雄猪形象的至尊主的事迹；至尊主以这一形象表演了从海底举起地球并漫不经心杀死恶魔黑冉亚克沙的娱乐活动。接着，维杜茹阿对圣人(麦垂亚)说了如下一番话。

要旨 这节诗中说：至尊主凭祂自己的能量化身为一头雄猪。祂的形象不同于受制约灵魂的形象。受制约的灵魂受物质法律更高权威的控制，被迫接受某种躯体。但这节诗里明确地说：至尊主并非由外在能量逼迫着接受猪的躯体。就有关这一事实，《博伽梵歌》中也证实说：当至尊主降临这个地球时，祂用祂的内在能量展示自己。因此，至尊主的形象永远都不是外在能量构成的。按照假象宗(Māyāvāda)的观点，布茹阿曼(Brahman)——梵，采用一个由物质能量(māyā)构成的形象。这个观点令人无法接受，因为物质错觉能量虽然凌驾于受制约的灵魂之上，但却在至尊人格首神之下，受至尊首神的控制。《博伽梵歌》证实了这一点。物质错觉能量玛亚在至尊主的指挥下行事，不可能凌驾于至尊主之上。假象宗所谓的“生物本是至尊绝对真理，但被玛亚蒙蔽了”的理论不能成立，因为玛亚没有强大到能蒙蔽至尊者的程度。她的蒙蔽能力只能用在布茹阿曼(梵)的不可缺少的一部分(个体灵魂)身上，但对至尊梵，她却无能为力。

第 9 节

विदुर उवाच
प्रजापतिपतिः सृष्ट्वा प्रजासर्गे प्रजापतीन् ।
किमारभत मे ब्रह्मन् प्रब्रूह्यव्यक्तमार्गवित् ॥ ९ ॥

vidura uvāca
prajāpati-patiḥ sṛṣṭvā
prajā-sarge prajāpatīn
kim ārabhata me brahman
prabrūhy avyakta-mārga-vit

viduraḥ uvāca－维杜茹阿说 / prajāpati-patiḥ－主布茹阿玛 / sṛṣṭvā－在创造……后 / prajā-sarge－为了创造众生 / prajāpatīn－生物体的祖先们 / kim－什么 / ārabhata－开始 / me－给我 / brahman－圣人啊 / prabrūhi－讲述 / avyakta-mārga-vit－了解我们所不知道的事物的人

译文　维杜茹阿说：神圣的圣人啊！既然您知道对我们来说是不可思议的事件，那么请告诉我，布茹阿玛生出生物体的祖先帕佳帕提后，就有关创造生物体的事宜又做了什么？

要旨 这节诗中一个重要的短句是，“了解我们所不知道的事物的人(avyakta-mārga-vit)”。要了解超越人的知觉范畴的事物，我们就必须向来自师徒传承中的权威人士请教。我们靠自己的感知力无法弄清谁是自己的父亲；对此，母亲就是我们的权威。同样道理，我们要向真正了解真相的权威人士请教，才能了解超越我们知觉范畴的事物。这个物质宇宙中的第一位权威人士(avyakta-mārga-vit)是布茹阿玛，在他的师徒传承中的第二位权威人士是纳茹阿达(Nārada)。圣人麦垂亚也属于这个师徒传承，所以也是“了解我们所不知道的事物的人(avyakta-mārga-vit)”之一。在真正的师徒传承中的人，都是了解超越普通知觉范畴的事物的人(avyakta-mārga-vit)。

第 10 节 ये मरीच्यादयो विप्रा यस्तु स्वायम्भुवो मनुः ।
ते वै ब्रह्मण आदेशात्कथमेतदभावयन् ॥१०॥

ye marīcy-ādayo viprā
yas tu svāyambhuvo manuḥ
te vai brahmaṇa ādeśāt
katham etad abhāvayan

ye—那些 / marīci-ādayaḥ—以玛瑞祺为首的杰出的圣人们 / viprāḥ—布茹阿玛纳 / yaḥ—……的 / tu—的确 / svāyambhuvaḥ manuḥ—和斯瓦阳布瓦·玛努 / te—他们 / vai—确实 / brahmaṇaḥ—主布茹阿玛的 / ādeśāt—按照训示 / katham—如何 / etat—这宇宙 / abhāvayan—发展

译文 维杜茹阿询问道：生物体的祖先(玛瑞祺和斯瓦阳布瓦·玛努等)是怎样按布茹阿玛的指示创造的？他们是如何逐步发展这个展示了的宇宙的？

第 11 节 सद्वितीयाः किमसृजन् स्वतन्त्रा उत कर्मसु ।
आहो स्वित्संहताः सर्व इदं स्म समकल्पयन् ॥११॥

sa-dvitīyāḥ kim asṛjan
svatantrā uta karmasu
āho svit saṁhatāḥ sarva
idaṁ sma samakalpayan

sa-dvitīyāḥ一与他们的妻子 / kim一是否 / asṛjan一创造 / svatantrāḥ一独自 / uta一还是 / karmasu一在行动中 / āho svit一还是 / saṁhatāḥ 一 共 同 / sarve 一 全 体 生 物 体 祖 先 / idam 一 这 / sma samakalpayan一创造

译文　他们是通过与他们各自的妻子结合发展这个创造？是靠独自行事完成它？还是联合起来共同创作？

第 12 节

मैत्रेय उवाच
दैवेन दुर्वितर्क्येण परेणानिमिषेण च ।
जातक्षोभाद्भगवतो महानासीद्गुणत्रयात् ॥१२॥

maitreya uvāca
daivena durvitarkyeṇa
pareṇānimiṣeṇa ca
jāta-kṣobhād bhagavato
mahān āsīd guṇa-trayāt

maitreyaḥ uvāca一麦垂亚说 / daivena一凭命运这一更高的安排 / durvitarkyeṇa 一 超越经验性思辨 / pareṇa 一 由玛哈 · 维施努 / animiṣeṇa一由永恒的时间力量 / ca一和 / jāta-kṣobhāt一平衡被打破 / bhagavataḥ一人格首神的 / mahān一总体物质元素(玛哈 · 塔特瓦) / āsīt一产生 / guṇa-trayāt一从三种自然属性中

译文　麦垂亚说：当物质自然三种属性的平衡组合状态受到看不见的生物活动、玛哈 · 维施努和时间力量的共同刺激时，总体物质元素便产生了。

要旨　这节诗清楚地阐明了引发物质创造的各种原因。第一个原因是受制约灵魂的命运(daiva)。受制约的灵魂为进行感官享乐而妄想当主人，物质世界就是为他们创造的。至于受制约的灵魂自何时起萌发出想主宰物质自然的念头这一点，已无从考查；但我们在韦达文献中总是能读到这样的记载，那就是：这个物质世界是为想要进行感官享乐的受制约的灵魂创造的。文献中有一节诗说：受制约的灵魂进行感官享乐的实质是：他一旦遗忘了自己原本的责任——为至尊主服务，便给自己营造出一个被称为玛亚的感官享乐的氛围；这就是物质创造的原因。

这节诗中用的另一个词是“超越经验性思辨(durvitarkyeṇa)”。没人能说清受制约的灵魂究竟是如何、从何时起想要进行感官享乐的，尽管那是有原因的。物质自然由人格首神创造，是专供受制约的灵魂进行感官享乐的环境。这节诗中提到：在创造的一开始，物质自然帕奎缇(prakṛti)被人格首神维施努(Viṣṇu)激活。经典中说有三位维施努，祂们分别是：玛哈·维施努(Mahā-Viṣṇu)、嘎尔博达卡沙依·维施努(Garbhodakaśāyī Viṣṇu)和祺柔达卡沙依·维施努(Kṣīrodakaśāyī Viṣṇu)。《圣典博伽瓦谭》第一篇对这三位维施努进行了论述，这节诗也证实说，“维施努是创造的起因”。此外，从《博伽梵歌》中我们也了解到：物质自然帕奎缇是在奎师那(维施努)瞥视的指挥下开始活动的，而且至今还在活动，但至尊人格首神永恒不变。我们不该错误地以为：既然整个创造来自至尊人格首神，祂也就转变成了这个物质展示。事实上，祂永远以祂人的形象存在着，宇宙展示是祂不可思议的能量作用的结果。要弄清那能量如何运作是非常困难的，但从韦达文献中我们可以了解到：受制约灵魂制造自己的命运，物质自然法律在至尊人格首神的监督下赐予他某个躯体，而至尊人格首神始终以超灵(Paramātmā)的形式陪伴着他。

第 13 节　रजःप्रधानान्महतस्त्रिलिङ्गो दैवचोदितात् ।
जातः ससर्ज भूतादिर्वियदादीनि पञ्चशः ॥१३॥

rajaḥ-pradhānān mahatas
tri-liṅgo daiva-coditāt
jātaḥ sasarja bhūtādir
viyad-ādīni pañcaśaḥ

rajaḥ-pradhānāt—其中激情属性占优势 / mahataḥ—从玛哈·塔特瓦 / tri-liṅgaḥ—三种 / daiva-coditāt—在更高权威的驱使下 / jātaḥ—产生 / sasarja—衍生 / bhūta-ādiḥ—假我(产生物质元素的源头) / viyat—空间 / ādīni—以……开始 / pañcaśaḥ—五个一组

译文　受生物命运的推动，三种假我从受到激情属性支配的物质能量总体发展出来。接着，从假我产生出许多组“五元素”。

要旨　最初的物质——物质自然(prakṛti)，由三种物质自然属性构成，它产生出四组“五元素”。第一组“五元素”被称为基本元素，分别是：土、水、火、气和空间。第二组“五元素”(tan-mātra)，属于精微元素(感官对象)，分别是：声音、触碰对象、形象、滋味和气味。第三组“五元素”是，眼、耳、鼻、舌及皮肤这五个获取知识的感觉器官。第四组“五元素”是指五个工作感官，即：发声器官、手、足、肛门和生殖器。有些人说，“五元素”共有五组：第一组是五个感官对象，第二组是五个基本元素，第三组是获取知识的感官，第四组是工作感官，第五组是分别负责掌管这些的五位神明。

第 14 节　तानि चैकैकशः स्रष्टुमसमर्थानि भौतिकम् ।
संहत्य दैवयोगेन हैममण्डमवासृजन् ॥१४॥

tāni caikaikaśaḥ sraṣṭum
asamarthāni bhautikam
saṁhatya daiva-yogena
haimam aṇḍam avāsṛjan

tāni－这些元素 / ca－和 / eka-ekaśaḥ－各自单独 / sraṣṭum－产生 / asamarthāni－无法 / bhautikam－物质宇宙 / saṁhatya－与……结合 / daiva-yogena－与至尊主的能量 / haimam－金光闪闪 / aṇḍam－蛋 / avāsṛjan－产生

译文 它们在分离的状态下无法生产出物质宇宙，于是结合至尊主能量的帮助，产出一个金光闪闪的蛋。

第 15 节 सोऽशयिष्टाब्धिसलिले आण्डकोशो निरात्मकः ।
साग्रं वै वर्षसाहस्रमन्ववात्सीत्तमीश्वरः ॥१५॥

so 'śayiṣṭābdhi-salile
āṇḍakośo nirātmakaḥ
sāgraṁ vai varṣa-sāhasram
anvavātsīt tam īśvaraḥ

saḥ－它 / aśayiṣṭa－躺在 / abdhi-salile－原因之洋的水面上 / āṇḍa-kośaḥ－蛋 / nirātmakaḥ－无意识的状态下 / sāgram－多一点 / vai－事实上 / varṣa-sāhasram－一千年 / anvavātsīt－处于 / tam－蛋中 / īśvaraḥ－至尊主

译文 有超过几千年的时间，这个闪亮的蛋以无生命的状态躺在原因之洋中。接着，至尊主以嘎尔博达卡沙依·维施努的形象进入蛋中。

要旨 从这节诗中我们了解到，所有的宇宙都浮在原因之洋中。

第 16 节 तस्य नाभेरभूत्पद्मं सहस्रार्कोरुदीधिति ।
सर्वजीवनिकायौको यत्र स्वयमभूत्स्वराट् ॥१६॥

tasya nābher abhūt padmaṁ
sahasrārkoru-dīdhiti

sarva-jīvanikāyauko
yatra svayam abhūt svarāṭ

tasya－至尊主的 / nābheḥ－从肚脐 / abhūt－长出 / padmam－莲花 / sahasra-arka－一千个太阳 / uru－超过 / dīdhiti－耀眼的光芒 / sarva－所有的 / jīva-nikāya－受制约灵魂的栖息地 / okaḥ－地方 / yatra－在那里 / svayam－他本人 / abhūt－出生 / sva-rāṭ－全能的人(布茹阿玛)

译文　从人格首神嘎尔博达卡沙依·维施努的肚脐发芽长出一朵如一千个太阳般光芒万丈的莲花。这朵莲花是全体受制约灵魂的储存库，从莲花中第一个诞生的生物体是全能的布茹阿玛。

要旨　从这节诗中看出：上一次创造瓦解后在人格首神体内休息的受制约的灵魂，在此次创造开始时，汇集成一朵莲花的形象从人格首神体内出来。这称为黑冉亚嘎尔博(hiraṇyagarbha)。第一个出世的生物体是主布茹阿玛，他有能力独自完成剩下的宇宙创造工作。这节诗中形容那朵莲花光辉灿烂，仿佛一千个太阳同时照射般耀眼。这说明众生作为至尊主不可缺少的一部分，具有与至尊主同样的品质，因为至尊主的身体就放射着梵光(brahmajyoti)。这里也证实了《博伽梵歌》和其他韦达文献对外琨塔星球的描述，即：在灵性天空——外琨塔中，所有的星球都像太阳一样是自放光明的，既不靠日、月照明，也不靠火、电照明。

第 17 节　सोऽनुविष्टो भगवता यः शेते सलिलाशये ।
लोकसंस्थां यथा पूर्वं निर्ममे संस्थया स्वया ॥१७॥

so ’nuviṣṭo bhagavatā
yaḥ śete salilāśaye
loka-saṁsthāṁ yathā pūrvaṁ
nirmame saṁsthayā svayā

saḥ—主布茹阿玛 / anuviṣṭaḥ—被……进入 / bhagavatā—由至尊主 / yaḥ—……的 / śete—睡 / salila-āśaye—在嘎尔博达卡洋面上 / loka-saṁsthām—宇宙 / yathā pūrvam—像从前一样 / nirmame—创造 / saṁsthayā—凭借智慧 / svayā—他自己的

译文 当躺在嘎尔博达卡之洋上的至尊人格首神进入布茹阿玛心中时，布茹阿玛便开始运用他的智慧像从前那样创作宇宙。

要旨 在一定的时间内，人格首神卡冉诺达卡沙依·维施努(Kāraṇodakaśāyī Viṣṇu)躺在卡冉诺(Kāraṇa, 原因)之洋中，透过呼气呼出千万个宇宙，随后又作为嘎尔博达卡沙依·维施努(Garbhodakaśāyī Viṣṇu)进入每一个宇宙，用祂流出的汗水填满半个宇宙。宇宙另一半是空的，被称为外太空。接着，嘎尔博达卡沙依·维施努的腹部长出一朵莲花，产出第一位生物体布茹阿玛。然后，至尊主嘎尔博达卡沙依·维施努又以祺柔达卡沙依·维施努(Kṣīrodakaśāyī Viṣṇu)的身份进入每一个生物体的心中，包括布茹阿玛的心中。对此，至尊主本人在《博伽梵歌》第15章中证实说："我在众生的心中，记忆和遗忘都来自我。"至尊主作为众生活动的见证者，赐予每一个生物体以记忆和智力，使他按照自己在上一次创造的最后一个年代最后一世临死时所怀的欲望去从事活动。每一个生物体究竟能获得多少智力，要视他的资格而决定，或者说由业报定律(karma)来决定。

布茹阿玛是宇宙中的第一个生物体，至尊主赋予他能力，让他负责掌管激情属性，并因此给予他所需要的智慧；那智慧是如此高深和广博，以至使他几乎能不受至尊人格首神的控制而独立行动。正如公司总经理位高权重，几乎可以像公司老板一样独立行事；这节诗中说布茹阿玛是"独立的"，因为他作为至尊主的代表掌管整个宇宙，几乎像至尊人格首神一样强大有力、独立自主。至尊主作为超灵居于布茹阿玛心中，赋予布茹阿玛创造所需要的智慧。因此，生物体的创造力并非自身就有；凭借至尊主的恩典，他才能够发明、创造。这个物质世界里有很多具有神奇创造能力的科学家和优秀的工匠，但他们其实是在至尊主的指导下活动和创造。科学家虽然可以在至尊主的指导下创造、发明出许多神奇的东西，但却无法靠他自己的智力战胜物质自然的严格法律，而且至尊主也不会给他这样的“智慧”，让他妨碍自己执行最高的权利。这节诗中说，布茹阿玛像从前那样创造宇宙。这意味着他沿用他在前一次宇宙展示时所用的名字和形象创造这次展示中的万物。

第 18 节　ससर्ज च्छाययाविद्यां पञ्चपर्वाणमग्रतः ।
तामिस्रमन्धतामिस्रं तमो मोहो महातमः ॥१८॥

sasarja cchāyayāvidyāṁ
pañca-parvāṇam agrataḥ
tāmisram andha-tāmisraṁ
tamo moho mahā-tamaḥ

sasarja—创造 / chāyayā—用他的影子 / avidyām—愚昧 / pañca-parvāṇam—五种 / agrataḥ—首先 / tāmisram—塔弥斯茹阿 / andha-tāmisram—安达 · 塔弥斯茹阿 / tamaḥ—塔玛斯 / mohaḥ—摩赫 / mahā-tamaḥ—玛哈 · 摩赫

译文　布茹阿玛先从他的影子创造出包裹受制约灵魂的愚昧。他们共有五种，分别称为塔弥斯茹阿、安达 · 塔弥斯茹阿、塔玛斯、摩赫及玛哈 · 摩赫。

要旨　受制约的灵魂——到物质世界来寻求感官享乐的生物，从一开始便被五种状态所包裹。第一种状态是愤怒——塔弥斯茹阿(tāmisra)。每一个生物原本就有微小的独立性，受制约的灵魂误用那微小的独立性，幻想自己也能像至尊主一样享乐，或者心想：“我为什么不能像至尊主那样自由享乐呢？”生物因为愤怒或嫉妒而遗忘了自己的原本地位。生物作为至尊主永恒的不可缺少的一部分，本就是至尊主的仆人，因此永远不可能变成与至尊主平等的享受者。然而，他忘了这一点，试图变得与至尊主一样；他这时的状态称为愤怒(塔弥斯茹阿)。即使在灵性觉悟的领域内，人也很难征服这种愤怒和嫉妒的心态。在众多努力摆脱物质生活束缚的人当中，有许多人想与至尊者合一。他们甚至在从事超然活动的过程中，还继续持有愤怒和嫉妒这种低等的心态。

梵文安达·塔弥斯茹阿(Andha-tāmisra)是指，将死亡视为生命的终点。无神论者一般都把躯体当做自我，认为躯体一死万事休。正因为如此，他们想要在躯体存活期间尽全力享受物质生活。他们的理论是："人只要活着，就应该过富有的生活。哪怕是作恶多端，也必须吃好喝好。去偷，去借，去乞讨，如果你认为偷和借会使你卷入罪恶活动，你会得到恶报，那你最好忘掉这种错误的观念，因为人死后一切都结束了。没人需要为生前所做的一切负责。"这种生命的无神论概念中没有永恒生命的知识，因此正在扼杀人类文明。

这种安达·塔弥斯茹阿无知状态由愚昧(tamas)造成。对灵魂一无所知的状态，被称为愚昧——塔玛斯(tamas)。这个物质世界通常也被称为愚昧，因为生活在其中的百分之九十九的生物体都不知道自己是灵魂。几乎所有的生物体都对灵魂一无所知，认为自己就是这个躯体。在这种错误思想的误导下，生物体总以为："这是我的身体，与这个身体有关的一切都是我的。"对这种被误导的生物体来说，性生活是物质生存的基础。事实上，在这个物质世界里处在愚昧状态中的受制约的灵魂，都只是被性生活操纵着。他们一旦得到过性生活的机会，就开始依恋所谓的家庭、祖国、子女、财产等事物。随着这些依恋的增加，躯体化生命概念的错觉——摩赫(moha)也不断增强，"我是这个躯体，属于这躯体的一切都属于我"的观念也越来越根深蒂固。当整个世界坠入迷幻中时，宗派组织、家庭和民族性等随之产生，彼此争战不休。梵文玛哈·摩赫(mahā-moha)的意思是，“疯狂地追逐物质享乐”。尤其在当前这个喀历(Kali)年代，人人都迷失在为物质享乐而累积各种事物的疯狂状态中。《维施努往世书》(Viṣṇu Purāṇa)中对这些状态给予了明确的定义，诗中说：

tamo 'viveko mohaḥ syād
antaḥ-karaṇa-vibhramaḥ
mahā-mohas tu vijñeyo
grāmya-bhoga-sukhaiṣaṇā
maraṇaṁ hy andha-tāmisraṁ
tāmisraṁ krodha ucyate
avidyā pañca-parvaiṣā
prādurbhūtā mahātmanaḥ

“伟大的灵魂啊！塔玛斯的意思是缺乏辨别力。摩赫的意思是心中的迷惑。玛哈·摩赫的意思是物质享乐的欲望。安达·塔弥斯茹阿的意思是死亡。塔弥刷的意思是愤怒。这是五种愚昧的表现。”

第 19 节　विससर्जात्मनः कायं नाभिनन्दंस्तमोमयम् ।
जगृहुर्यक्षरक्षांसि रात्रिं क्षुत्तृट्समुद्भवाम् ॥१९॥

visasarjātmanaḥ kāyaṁ
nābhinandaṁs tamomayam
jagṛhur yakṣa-rakṣāṁsi
rātriṁ kṣut-tṛṭ-samudbhavām

visasarja—丢弃 / ātmanaḥ—他本人的 / kāyam—躯体 / na—不 / abhinandan—感到满意 / tamaḥ-mayam—由愚昧构成 / jagṛhuḥ—占为己有 / yakṣa-rakṣāṁsi—夜叉和食人魔们 / rātrim—夜晚 / kṣut—饥饿 / tṛṭ—口渴 / samudbhavām—源头

译文　出于憎恶，布茹阿玛脱掉了他的愚昧之躯，而夜叉和食人魔便趁机快速行动，占有了那继续以黑夜的形式存在的躯体。黑夜是饥渴的根源。

第 20 节 क्षुत्तृड्भ्यामुपसृष्टास्ते तं जग्धुमभिदुद्रुवुः ।
मा रक्षतैनं जक्षध्वमित्यूचुः क्षुत्तृडर्दिताः ॥२०॥

kṣut-tṛḍbhyām upasṛṣṭās te
taṁ jagdhum abhidudruvuḥ
mā rakṣatainaṁ jakṣadhvam
ity ūcuḥ kṣut-tṛḍ-arditāḥ

kṣut-tṛḍbhyām—被饥渴 / upasṛṣṭāḥ—压倒 / te—恶魔们(夜叉和食人魔们） / tam—主布茹阿玛 / jagdhum—为了吃 / abhidudruvuḥ—冲向 / mā—不要 / rakṣata—放过 / enam—他 / jakṣadhvam—吃 / iti—就此 / ūcuḥ—说 / kṣut-tṛṭ-arditāḥ—受饥渴折磨

译文 被饥渴控制住的他们，从四面八方冲向布茹阿玛，要吞吃他，一边高喊道："别放过他！吃了他！"

要旨 世界上某些地区仍有这些夜叉(Yakṣa)和食人魔(Rākṣasa)的代表。那些野蛮人以杀戮自己的祖父们为乐，举办"爱的宴会"，烧烤那些尸体吃。

第 21 节 देवस्तानाह संविग्नो मा मां जक्षत रक्षत ।
अहो मे यक्षरक्षांसि प्रजा यूयं बभूविथ ॥२१॥

devas tān āha saṁvigno
mā māṁ jakṣata rakṣata
aho me yakṣa-rakṣāṁsi
prajā yūyaṁ babhūvitha

devaḥ—主布茹阿玛 / tān—对他们 / āha—说 / saṁvignaḥ—惊惶失措地 / mā—不要 / mām—我 / jakṣata—吃 / rakṣata—保护 / aho—啊 / me—我的 / yakṣa-rakṣāṁsi—夜叉和食人魔啊 / prajāḥ—儿子们 / yūyam—你们 / babhūvitha—诞生

译文　半神人的领袖布茹阿玛满心焦虑地请求他们："夜叉和食人魔啊！你们是我生出来的，是我的儿子，因此别吃我，要保护我。"

要旨　从布茹阿玛身体生出的恶魔们之所以被称为夜叉(Yakṣa)和食人魔(Rākṣasa)，是因为他们中有些叫嚣着要吃掉布茹阿玛，而有些叫嚣着不要保护她。说应该吃掉她的被称为亚克刹——夜叉，说不要保护她的被称为茹阿克刹萨——食人魔。夜叉和食人魔都是布茹阿玛最初的创造，甚至到了今天，在宇宙各处的野蛮人中还有他们的代表。他们诞生于愚昧属性，因其所作所为被称为茹阿克刹萨——食人魔。

第 22 节　देवताः प्रभया या या दीव्यन् प्रमुखतोऽसृजत् ।
ते अहार्षुर्देवयन्तो विसृष्टां तां प्रभामहः ॥२२॥

devatāḥ prabhayā yā yā
dīvyan pramukhato 'sṛjat
te ahārṣur devayanto
visṛṣṭāṁ tāṁ prabhām ahaḥ

devatāḥ－半神人们 / prabhayā－美好的光明 / yāḥ yāḥ－……的他们 / dīvyan－光芒闪烁 / pramukhataḥ－主要的 / asṛjat－创造 / te－他们 / ahārṣuḥ－占用了 / devayantaḥ－朝气蓬勃 / visṛṣṭām－分离 / tām－那 / prabhām－光辉 / ahaḥ－白昼

译文　他接着创造了因具有善良属性的荣耀而散发着光芒的主要半神人们。他把白昼的光辉投在他们面前，半神人们便占用了它。

要旨　恶魔生于对黑夜的创造，半神人生于对白昼的创造。换句话说，夜叉和食人魔是愚昧属性的产物，而半神人们是善良属性的产物。

第 23 节 देवोऽदेवाञ्जघनतः सृजति स्मातिलोलुपान् ।
त एनं लोलुपतया मैथुनायाभिपेदिरे ॥२३॥

devo 'devāñ jaghanataḥ
sṛjati smātilolupān
ta enaṁ lolupatayā
maithunāyābhipedire

devaḥ一主布茹阿玛 / adevān一恶魔 / jaghanataḥ一从他的臀部 / sṛjati sma一生下 / ati-lolupān一极度好色 / te一他们 / enam一主布茹阿玛 / lolupatayā一带着色欲 / maithunāya一要性交 / abhipedire一上前

译文 主布茹阿玛随即从他的臀部生出众恶魔，他们很喜欢性行为。他们是那么淫荡，以致竟然接近布茹阿玛要与他发生性关系。

要旨 性生活是物质生存的基础。这节诗中再三说恶魔都很喜欢性生活。人越大程度地摆脱性欲的控制，就越上升，接近半神人的层面。相反，人越喜欢享受性生活，就越堕落，下降到恶魔的层面。

第 24 节 ततो हसन् स भगवानसुरैर्निरपत्रपैः ।
अन्वीयमानस्तरसा क्रुद्धो भीतः परापतत् ॥२४॥

tato hasan sa bhagavān
asurair nirapatrapaiḥ
anvīyamānas tarasā
kruddho bhītaḥ parāpatat

tataḥ一之后 / hasan一笑 / saḥ bhagavān一值得崇拜的主布茹阿玛 / asuraiḥ一被恶魔们 / nirapatrapaiḥ一恬不知耻的 / anvīyamānaḥ一被尾随 / tarasā一飞快地 / kruddhaḥ一愤怒 / bhītaḥ一害怕 / parāpatat一逃走

译文 值得崇拜的布茹阿玛先是笑他们愚蠢，但发现无耻的恶魔正在接近他时，顿时义愤填膺，恐惧地迅速逃开。

要旨　淫荡的恶魔甚至不尊敬他们的父亲。面对这种邪恶的儿子，像布茹阿玛那样圣洁的父亲最好是离开他们。

第 25 节　स उपव्रज्य वरदं प्रपन्नार्तिहरं हरिम् ।
अनुग्रहाय भक्तानामनुरूपात्मदर्शनम् ॥२५॥

sa upavrajya varadaṁ
prapannārti-haraṁ harim
anugrahāya bhaktānām
anurūpātma-darśanam

saḥ－主布茹阿玛 / upavrajya－来找 / vara-dam－一切恩惠的赐予者 / prapanna－托庇于祂莲花足的人的 / ārti－苦恼 / haram－解除…的祂 / harim－主哈尔依 / anugrahāya－为表示仁慈 / bhaktānām－向祂的奉献者 / anurūpa－以合适的形象 / ātma-darśanam－展示自己的祂

译文　他去找那位赐予一切恩惠并驱除祂的奉献者及投靠祂莲花足之人的苦恼的人格首神。人格首神为满足祂的奉献者而展现无数超然的形象。

要旨　这节诗中说“人格首神按照奉献者的心愿展示祂的多种形象(bhaktānām anurūpātma-darśanam)”。例如，哈努曼(Hanumān)想看人格首神的主茹阿玛禅铎(Rāmacandra)形象，有些外士纳瓦想看茹阿妲·奎师那(Rādhā-Kṛṣṇa)形象，另外有些奉献者想看拉珂施蜜·纳茹阿亚纳(Lakṣmī-Nārāyaṇa)形象。假象宗(Māyāvādī)哲学家们以为，尽管至尊主按照奉献者想要看祂的愿望而展示所有这些不同的形象，但祂实际上是没有人格特性的。然而，从《布茹阿玛·萨密塔》(Brahma-saṁhitā)中我们可以了解到，事实并非如此；至尊主有很多形象。《布茹阿玛·萨密塔》中说：至尊主独一无二(advaitam acyutam)。至尊主不会因为奉献者的凭空想象而出现在他面前。《布茹阿玛·萨密塔》

第5章的第39节诗说，至尊主以不计其数的形象存在着(rāmādi-mūrtiṣu kalā-niyamenatiṣṭhan)。这个物质世界共有八百四十万种生物体，但至尊主的化身却数不胜数。《博伽瓦谭》中说：正如海中的波涛不计其数，至尊主的化身和形象数不胜数。一个奉献者会依恋至尊主的某个特定的形象并加以崇拜。我们刚描述过至尊主曾以这个宇宙中的第一头雄猪的形象显现。物质世界里有无数的宇宙，这雄猪的形象此刻正出现在某一个宇宙中。至尊主所有的形象都是永恒的。不同的奉献者喜爱至尊主的某个形象，并为祂做奉爱服务。在史诗《茹阿玛亚纳》(Rāmāyaṇa，《罗摩衍那》)中，至尊主茹阿玛伟大的奉献者哈努曼说到："尽管我知道至尊人格首神的悉塔・茹阿玛(Sītā-Rāma)形象和拉珂施蜜・纳茹阿亚纳形象之间没有区别，但我全身心地爱着茹阿玛和悉塔的形象，所以渴望看到至尊主的茹阿玛和悉塔形象。"同样，高迪亚(Gauḍīya)外士纳瓦们热爱着茹阿妲・奎师那形象，以及杜瓦尔卡(Dvārakā)的茹珂蜜妮(Rukmiṇī)・奎师那形象。诗中"人格首神按照奉献者的心愿展示祂的多种形象"一句的意思是：至尊主总是喜欢以奉献者想要崇拜并为祂做服务的某个特定形象赐予那奉献者恩惠。这节诗中说，布茹阿玛去找至尊人格首神哈尔依(Hari)，至尊主的这个形象就是祺柔达卡沙依・维施努。布茹阿玛遇到棘手的问题时就会去找至尊主，而他能够接近的是祺柔达卡沙依・维施努。至尊主极为仁慈，每当布茹阿玛因为宇宙中出现动乱而去找祂时，祂都以多种方式替布茹阿玛排忧解难。

第26节 पाहि मां परमात्मंस्ते प्रेषणेनासृजं प्रजाः ।
ता इमा यभितुं पापा उपाक्रामन्ति मां प्रभो ॥२६॥

pāhi māṁ paramātmaṁs te
preṣaṇenāsṛjaṁ prajāḥ
tā imā yabhituṁ pāpā
upākrāmanti māṁ prabho

pāhi—保护 / mām—我 / parama-ātman—至尊主啊 / te—您的 / preṣaṇena—按照旨意 / asṛjam—我创造 / prajāḥ—生物 / tāḥ imāḥ—就是那些人 / yabhitum—要性交 / pāpāḥ—邪恶的生物体 / upākrāmanti—接近 / mām—我 / prabho—至尊主啊

译文　主布茹阿玛接近至尊主，这样对祂说道：我的主，请保护我免遭这些罪孽深重的恶魔的侵扰，他们是我按照您的命令创造的。他们因性欲的冲动而变得愤怒，于是来攻击我。

要旨　从这节诗中看，男同性恋之间对彼此的性欲，是由布茹阿玛在创造恶魔时创造的。换句话说，男人与男人之间搞同性恋是邪恶的勾当，一般头脑清醒、过正常生活的男人都不会去做这种事。

第 27 节　त्वमेकः किल लोकानां क्लिष्टानां क्लेशनाशनः ।
त्वमेकः क्लेशदस्तेषामनासन्नपदां तव ॥२७॥

tvam ekaḥ kila lokānāṁ
klisṭānāṁ kleśa-nāśanaḥ
tvam ekaḥ kleśadas teṣām
anāsanna-padāṁ tava

tvam—您 / ekaḥ—唯一 / kila—事实上 / lokānām—人们的 / kliṣṭānām—受痛苦折磨 / kleśa—苦恼 / nāśanaḥ—消除 / tvam ekaḥ—只有您 / kleśa-daḥ—使……痛苦 / teṣām—对那些 / anāsanna—不托庇 / padām—足 / tava—您的

译文　我的至尊主，您是唯一能结束痛苦之人的苦恼，让那些永不依靠您双足的生物体承受痛苦的人。

要旨　诗中“让那些永不依靠您双足的生物体承受痛苦的人 (kleśadas teṣām anāsanna-padāṁ tava)”一句说明，至尊主有两方面的考虑：首先是保护托庇于祂莲花足的人；其次是打击那些总是对祂充满敌意的邪恶之徒。玛亚(Māyā)的职责是使非奉献者苦恼。布茹阿玛说："您是归依灵魂的保护者，因此我投靠在您的莲花足下。请保护我，免遭恶魔的侵扰。"

第 28 节 सोऽवधार्यास्य कार्पण्यं विविक्ताध्यात्मदर्शनः ।
विमुञ्चात्मतनुं घोरामित्युक्तो विमुमोच ह ॥२८॥

so 'vadhāryāsya kārpaṇyaṁ
viviktādhyātma-darśanaḥ
vimuñcātma-tanuṁ ghorām
ity ukto vimumoca ha

saḥ—至尊主哈尔依 / avadhārya—察觉 / asya—主布茹阿玛的 / kārpaṇyam—苦恼 / vivikta—毫无疑问 / adhyātma—他人内心 / darśanaḥ—能看到……的人 / vimuñca—丢掉 / ātma-tanum—你的躯壳 / ghorām—不洁的 / iti uktaḥ—听从命令 / vimumoca ha—主布茹阿玛脱去了它

译文 可以一眼看透他人心思的至尊主，察觉到布茹阿玛的苦恼，于是对他说："扔掉你的这个不纯净的躯体。"听了至尊主的命令，布茹阿玛脱去他的躯体。

要旨 这节诗中说至尊主是"无疑能看透他人内心的人 (viviktādhyātma-darśanaḥ)"。如果说有人能完全察觉他人的痛苦和烦恼，那么这个人非至尊主莫属。人们在痛苦和烦恼时总想从朋友那里得到一些安慰，但朋友有时却偏偏察觉不到他有多痛苦。然而，这对至尊主来说却并不困难。至尊主作为超灵(Paramātmā)坐在每个生物体的心中，直接感知着痛苦的真正原因。在《博伽梵歌》第15章的第15节诗中，至尊主说："我居于每个生物体的心中，记忆和遗忘都来自我(sarvasya cāhaṁ hṛdi sanniviṣṭaḥ)。"因此，人一旦全心投靠至尊主，便会发现祂就坐在自己心中。祂可以指导我们如何摆脱危险，如何通过做奉爱服务接近祂。

至尊主告诉布茹阿玛扔掉他现有的躯体，因为它制造了邪恶的事物。按照施瑞达尔·斯瓦米(Śrīdhara Svāmī)的说法，布茹阿玛接二连三地丢掉他的躯体，并不是说他真的放弃了他的躯体，而是扔掉了某种心态。心是生物体的精微躯体。我们有时会专注于某种罪恶的想法，如果我们摈除那邪念，就可以说我们丢掉了那躯体。布茹阿玛在造恶魔时，心中的状态不是很好，必定受激情属性的影响，因为整个创造就是激情属性的产物。正因为如此，他才会生出这种充满激情并受情欲支配的儿子。所以，天下父母在要怀孩子时也应该非常小心，因为父母亲在怀孩子时所具有的心态决定了孩子今后的心态。因此，在韦达文化传统中，夫妇俩在生育孩子前必须做一个净化仪式(garbhādhāna-saṁskāra)，以使自己纷乱的心得到净化。如果夫妇俩都能专心想着至尊主的莲花足，自然就会生出优秀的奉献者孩子；当社会中充满了这种优秀的人口时，人类社会就不会受邪恶心态的侵害了。

第 29 节 तां क्वणच्चरणाम्भोजां मदविह्वललोचनाम् ।
काञ्चीकलापविलसद्दुकूलच्छन्नरोधसम् ॥२९॥

tāṁ kvaṇac-caraṇāmbhojāṁ
mada-vihvala-locanām
kāñcī-kalāpa-vilasad-
dukūla-cchanna-rodhasam

tām—那身体 / kvaṇat—脚铃叮当作响 / caraṇa-ambhojām—莲花足 / mada—迷醉 / vihvala—入迷了 / locanām—双眼 / kāñcī-kalāpa—点缀着金饰的腰带 / vilasat—闪闪发光 / dukūla—被精美的织布 / channa—包裹 / rodhasam—臀部

译文 布茹阿玛丢弃的躯体变成黄昏，是白昼和黑夜相遇时点燃激情的时刻。充满情欲的恶魔受激情属性的控制，把这黄昏视为一名少女；她莲花足上带着叮当作响的脚镯，大大的眼睛满含迷醉的神情，臀部围着一块精美的织物，上面系一条闪亮的腰带。

要旨　清晨最适宜灵修，而傍晚却容易撩拨人的情欲。邪恶的人大都是好色之徒，所以都很喜欢黄昏时刻的到来。恶魔们把暮色当做一位美女，开始以各种方式崇拜她。他们把暮色想象成一位绝色女子；她脚上带着叮当做响的脚镯，臀部挂着腰带，双乳丰盈美丽。他们为了自己的性享乐，想象着有这样一位美丽的少女出现在他们面前。

第 30 节　अन्योन्यश्लेषयोत्तुङ्गनिरन्तरपयोधराम् ।
सुनासां सुद्विजां स्निग्धहासलीलावलोकनाम् ॥३०॥

anyonya-śleṣayottuṅga-
nirantara-payodharām
sunāsāṁ sudvijāṁ snigdha-
hāsa-līlāvalokanām

anyonya—相互 / śleṣayā—因为紧靠着 / uttuṅga—高耸 / nirantara—中间没有空隙 / payaḥ-dharām—乳房 / su-nāsām—秀鼻 / su-dvijām—漂亮的牙齿 / snigdha—迷人的 / hāsa—笑容 / līlā-avalokanām—玩笑似的一瞥

译文　她坚挺的乳房丰满上翘，由于彼此靠得太近，中间已经全无一丝缝隙。她长着线条优美的鼻子和一口漂亮的牙齿，嘴唇舒展出一抹可爱的微笑。她向恶魔们投去玩笑似的一瞥。

第 31 节　गूहन्तीं व्रीडयात्मानं नीलालकवरूथिनीम् ।
उपलभ्यासुरा धर्म सर्वे सम्मुमुहुः स्त्रियम् ॥३१॥

gūhantīṁ vrīḍayātmānaṁ
nīlālaka-varūthinīm

upalabhyāsurā dharma
sarve sammumuhuḥ striyam

gūhantīm—躲藏 / vrīḍayā—因为害羞 / ātmānam—她自己 / nīla—黑色的 / alaka—头发 / varūthinīm——束 / upalabhya——想到 / asurāḥ—恶魔们 / dharma—维杜茹阿啊 / sarve—所有的 / sammumuhuḥ—被迷住 / striyam—女子

译文　长着一绺绺黑色秀发的她想要躲藏起来，一副十分羞涩的样子。恶魔们一看到那少女，都情欲高涨地陷入痴迷状态。

要旨　恶魔与半神人的区别在于：美丽的女子很容易吸引恶魔的注意力，但却无法吸引神圣之人的心。神圣的人知识渊博，而邪恶的人愚昧无知。正如孩子会受漂亮娃娃的吸引，智力欠佳、愚昧无知的恶魔受物质美丽的迷惑，喜欢性生活。神圣的人清楚：高耸的乳房、丰满的臀部、秀丽的鼻子、白皙的皮肤，以及漂亮的服饰，都是幻象——玛亚(māyā)。女人所有的美丽特征，都只是由肉和血堆砌出来的。圣商卡尔阿查亚(Śaṅkarācārya)建议所有的人都不要受血肉之躯的吸引，而应该把注意力专注于灵性生活中真正美好的事物。真正的美是奎师那和茹阿妲，被茹阿妲和奎师那的美吸引了的人，不再受这个物质世界虚假的美的吸引。这就是恶魔与神圣之人或奉献者的区别。

第 32 节　अहो रूपमहो धैर्यमहो अस्या नवं वयः ।
मध्ये कामयमानानामकामेव विसर्पति ॥३२॥

aho rūpam aho dhairyam
aho asyā navaṁ vayaḥ
madhye kāmayamānānām
akāmeva visarpati

aho－啊 / rūpam－多美的人 / aho－啊 / dhairyam－多么创生 / aho－啊 / asyāḥ－她的 / navam－含苞待放的 / vayaḥ－青春 / madhye－在……中 / kāmayamānānām－欲火中烧、急不可耐地想……的人 / akāmā－没有情欲 / iva－像 / visarpati－和我们走在一起

译文 恶魔夸赞她道：多美啊！多么罕见的创生！多么青春鲜嫩！在热切渴望得到她的我们中间，她像是毫无情欲似的轻移莲步。

第 33 节 वितर्कयन्तो बहुधा तां सन्ध्यां प्रमदाकृतिम् ।
अभिसम्भाव्य विश्रम्भात्पर्यपृच्छन् कुमेधसः ॥३३॥

vitarkayanto bahudhā
tāṁ sandhyāṁ pramadākṛtim
abhisambhāvya viśrambhāt
paryapṛcchan kumedhasaḥ

vitarkayantaḥ－正在想入非非 / bahudhā－各种各样的 / tām－她的 / sandhyām－暮色 / pramadā－一位少女 / ākṛtim－有着……的形象 / abhisambhāvya－对……尊重 / viśrambhāt－宠爱地 / paryapṛcchan－询问 / ku-medhasaḥ－心术不正

译文 思想邪恶的恶魔们把黄昏想象为少女的形象，并沉浸在对她的各种遐思中。他们很尊重她，温柔地对她说了如下一番话。

第 34 节 कासि कस्यासि रम्भोरु को वार्थस्तेऽत्र भामिनि ।
रूपद्रविणपण्येन दुर्भगान्नो विबाधसे ॥३४॥

kāsi kasyāsi rambhoru
ko vārthas te ’tra bhāmini

rūpa-draviṇa-paṇyena
durbhagān no vibādhase

kā—谁 / asi—你是 / kasya—属于谁 / asi—你 / rambhoru—美人啊 / kaḥ—什么 / vā—或 / arthaḥ—目的 / te—你的 / atra—这里 / bhāmini—多情的姑娘 / rūpa—美丽 / draviṇa—无价的 / paṇyena—用商品 / durbhagān—不幸的 / naḥ—我们 / vibādhase—你挑逗

译文　漂亮、可爱的少女啊，你是谁？你是谁的妻子或女儿？你出现在我们面前的目的是什么呢？你为什么要用你的美丽这一稀世珍宝勾引不幸的我们？

要旨　这节诗明确表达了被物质世界虚假的美所迷惑的恶魔们所具有的心态。邪恶的人为得到这个物质世界的外表美不惜一切代价。他们夜以继日地辛勤工作，目的只是为了享受性生活。他们有时自诩为是活动瑜伽师(karma-yogī)，但却不知道瑜伽一词的意思是什么。梵文瑜伽(yoga)的意思是与至尊人格首神相连，或怀着奎师那意识活动。人无论做什么，只要努力工作，并献出工作成果来为奎师那做服务，就被称为是活动瑜伽师。

第 35 节　या वा काचित्त्वमबले दिष्ट्या सन्दर्शनं तव ।
उत्सुनोषीक्षमाणानां कन्दुकक्रीडया मनः ॥३५॥

yā vā kācit tvam abale
diṣṭyā sandarśanaṁ tava
utsunoṣīkṣamāṇānāṁ
kanduka-krīḍayā manaḥ

yā—无论是谁的 / vā—或 / kācit—任何人 / tvam—你 / abale—美人啊 / diṣṭyā—幸运 / sandarśanam—见到 / tava—你的 / utsunoṣi—你挑逗 / īkṣamāṇānām—旁观者的 / kanduka—用球 / krīḍayā—玩 / manaḥ—心

译文 美丽的少女啊，不管你是谁，我们现在能够有幸看到你。在你玩球的时候，你使所有的观众都激动不已。

要旨 恶魔们总是安排各种表演，借机观赏美丽女子耀眼的美。这节诗中说他们看到那少女在玩一个球。有时，邪恶之人组织与异性打网球等所谓的运动，目的是要观赏美丽少女的体型、体态，享受心理层面的精微的性享乐。有时，一些所谓的瑜伽师还鼓励这种邪恶的性享乐心态；他们鼓励大众以各种方式享受性生活，同时宣传说，人只要冥想某个他们自编的曼陀(mantra)，就能在六个月内成为神。大众自己想受骗，奎师那便造出这种骗子来误导、欺骗他们。这些所谓的瑜伽师实际上是装扮成瑜伽师的享乐之徒。但是，《博伽梵歌》中劝告说：人即使想要享受生活，也不能用粗糙的感官去享受。有经验的医生会劝告病人在生病期间要停止平日的享受。病人不能什么都做；为了治好病，他必须限制自己的享受。同样，我们现有的生活状态是一种生病的状态。要想享受到真正的感官享乐，就必须先摆脱物质存在的束缚。在灵性的生活中，我们可以享受到无止境的感官享乐。物质享乐和灵性享乐之间的区别在于：物质享乐是有限的。一个人即使从事性享乐活动，也享受不了多长时间。然而，人一旦停止性享乐，就能进入具有无尽快乐的灵性生活领域。《圣典博伽瓦谭》第5篇第5章的第1节诗说，灵性的快乐(brahma-saukhya)是无止境的(ananta)。愚蠢的生物体被物质美所迷惑，以为它所提供的享乐是真实的，但那实际上不是真正的享受。

第 36 节 नैकत्र ते जयति शालिनि पादपद्मं
घ्नन्त्या मुहुः करतलेन पतत्पतङ्गम् ।
मध्यं विषीदति बृहत्स्तनभारभीतं
शान्तेव दृष्टिरमला सुशिखासमूहः ॥३६॥

naikatra te jayati śālini pāda-padmaṁ
ghnantyā muhuḥ kara-talena patat-pataṅgam
madhyaṁ viṣīdati bṛhat-stana-bhāra-bhītaṁ
śānteva dṛṣṭir amalā suśikhā-samūhaḥ

na－不 / ekatra－在一处 / te－你的 / jayati－留在 / śālini－美人啊 / pāda-padmam－莲花足 / ghnantyāḥ－拍 / muhuḥ－再三地 / kara-talena－用手掌 / patat－弹起 / pataṅgam－球 / madhyam－腰 / viṣīdati－疲乏 / bṛhat－丰满的 / stana－你的乳房 / bhāra－被……的重量 / bhītam－受压 / śāntā iva－好像累了 / dṛṣṭiḥ－目光 / amalā－清澈的 / su－美丽的 / śikhā－你的头发 / samūhaḥ－编织起

译文　出色的女子啊，当你用手一下下拍打在地上跳跃着的球时，你的莲花足不停地移动。你的柳腰因承受丰乳的重量而感到疲累，你清澈的目光渐渐变得迷蒙。请编织起你秀丽的长发。

要旨　恶魔们观察那女子每一步的优美姿态。他们在这节诗中赞美她丰满的乳房、披散的长发，以及在拍球时前后移动的体态。他们观赏她每一步所展现的婀娜多姿的女性美，不由得欲火中烧。正如夜色中的飞蛾纷纷朝火中扑，结果被烧死一样，恶魔成了美丽女子那颤动着的浑圆乳房的牺牲品。美丽女子的长发也刺激好色恶魔的心。

第 37 节　इति सायन्तनीं सन्ध्यामसुराः प्रमदायतीम् ।
प्रलोभयन्तीं जगृहुर्मत्वा मूढधियः स्त्रियम् ॥३७॥

iti sāyantanīṁ sandhyām
asurāḥ pramadāyatīm
pralobhayantīṁ jagṛhur
matvā mūḍha-dhiyaḥ striyam

iti－就此 / sāyantanīm－黄昏 / sandhyām－暮色 / asurāḥ－恶魔们 / pramadāyatīm－举止似一个风流妖艳的女子 / pralobhayantīm－迷惑人

的 / jagṛhuḥ — 抓住 / matvā — 以为是 / mūḍha-dhiyaḥ — 愚蠢的 / striyam — 女子

译文 判断力模糊不清的恶魔们，把黄昏视为是在展示自己诱人形象的美少女，扑上前去抓住她。

要旨 恶魔(asura)在此被描述为是“愚蠢的(mūḍha-dhiyaḥ)”，以指他们像驴一样被愚昧所蒙蔽。恶魔被这个物质形象不真实的、耀眼的美所迷惑，因此去拥抱她。

第 38 节 प्रहस्य भावगम्भीरं जिघ्रन्त्यात्मानमात्मना ।
कान्त्या ससर्ज भगवान् गन्धर्वाप्सरसां गणान् ॥३८॥

prahasya bhāva-gambhīraṁ
jighrantyātmānam ātmanā
kāntyā sasarja bhagavān
gandharvāpsarasāṁ gaṇān

prahasya — 微笑 / bhāva-gambhīram — 意味深长的 / jighrantyā — 领悟 / ātmānam — 他自己 / ātmanā — 被他自己 / kāntyā — 用他的可爱 / sasarja — 创造 / bhagavān — 值得崇拜的主布茹阿玛 / gandharva — 天堂的乐仙 / apsarasām — 和天堂的舞女 / gaṇān — 许许多多

译文 接下来，值得崇拜的布茹阿玛带着意味深长的笑，用看来自己很享受自己的可爱，释放出众多的乐仙和舞女。

要旨 高等星球的乐师被称为甘达尔瓦(Gandharva)，天堂舞女被称为阿普萨茹阿(Apsarā)。布茹阿玛遭到恶魔攻击后，变换出美少女般的黄昏暮色，随后又创造了乐仙和天堂舞女。音乐和舞蹈用于感官享乐时被视为是邪恶的，但被用在赞美至尊主荣耀的吟唱时(kīrtana)则是超然的，带人进入充满灵性享乐的生活。

第 39 节　विससर्ज तनुं तां वै ज्योत्स्नां कान्तिमतीं प्रियाम् ।
त एव चाददुः प्रीत्या विश्वावसुपुरोगमाः ॥३९॥

visasarja tanuṁ tāṁ vai
jyotsnāṁ kāntimatīṁ priyām
ta eva cādaduḥ prītyā
viśvāvasu-purogamāḥ

visasarja－放弃 / tanum－形象 / tām－那 / vai－实际 / jyotsnām－月光 / kānti-matīm－闪着光芒 / priyām－心爱的 / te－甘达尔瓦们 / eva－肯定 / ca－和 / ādaduḥ－占用 / prītyā－高兴地 / viśvāvasu-puraḥ-gamāḥ－以维施瓦瓦苏为首

译文　那之后，布茹阿玛放弃了他心爱的、闪亮的月光形象。维施瓦瓦苏和其他乐仙高兴地占用了它。

第 40 节　सृष्ट्वा भूतपिशाचांश्च भगवानात्मतन्द्रिणा ।
दिग्वाससो मुक्तकेशान् वीक्ष्य चामीलयद् दृशौ ॥४०॥

sṛṣṭvā bhūta-piśācāṁś ca
bhagavān ātma-tandriṇā
dig-vāsaso mukta-keśān
vīkṣya cāmīlayad dṛśau

sṛṣṭvā－创造了 / bhūta－鬼魂 / piśācān－妖怪 / ca－和 / bhagavān－主布茹阿玛 / ātma－他的 / tandriṇā－从惰性中 / dik-vāsasaḥ－赤身裸体 / mukta－披散 / keśān－头发 / vīkṣya－看见 / ca－和 / amīlayat－闭上 / dṛśau－双眼

译文　光荣的布茹阿玛接着从他的懒惰释放出鬼魂和妖怪，但当他看到他们披头散发、赤身裸体地站在他面前时，他闭起了眼睛。

要旨 鬼魂和喜欢搞恶作剧的妖怪也是布茹阿玛创造的；他们都是真实的存在。他们存在的目的是将受制约的灵魂置于痛苦的境地。他们是布茹阿玛按照至尊主的指示创造的。

第41节 जगृहुस्तद्विसृष्टां तां जृम्भणाख्यां तनुं प्रभोः ।
निद्रामिन्द्रियविक्लेदो यया भूतेषु दृश्यते ।
येनोच्छिष्टान्धर्षयन्ति तमुन्मादं प्रचक्षते ॥४१॥

jagṛhus tad-visṛṣṭāṁ tāṁ
jṛmbhaṇākhyāṁ tanuṁ prabhoḥ
nidrām indriya-vikledo
yayā bhūteṣu dṛśyate
yenocchiṣṭān dharṣayanti
tam unmādaṁ pracakṣate

jagṛhuḥ－据为己有 / tat-visṛṣṭām－被他扔下的 / tām－那 / jṛmbhaṇa-ākhyām－人们知道的打呵欠 / tanum－身体 / prabhoḥ－主布茹阿玛的 / nidrām－睡眠 / indriya-vikledaḥ－流口水 / yayā－通过它 / bhūteṣu－在生物体中 / dṛśyate－被观察到 / yena－通过它 / ucchiṣṭān－沾有粪便和尿液的 / dharṣayanti－迷惑 / tam－那 / unmādam－疯狂 / pracakṣate－被称为

译文 生物体的创造者布茹阿玛，以打哈欠的形式丢弃他的躯体后，妖魔鬼怪占有了它。这是世人所知道的流口水的睡眠。妖怪和鬼魂攻击不洁净的人，使人变得精神错乱。

要旨 人在不干净的生存状态下，就会受到鬼魂的骚扰，导致精神错乱现象的发生。这节诗中清楚地说明：当人熟睡，嘴里流出口水时，鬼魂就会利用他这种不洁的状态，附到他身体上，骚扰他。换句话说，睡觉时流口水被认为是不洁净的，容易受到鬼魂的攻击，发生精神错乱的现象。

第 42 节　ऊर्जस्वन्तं मन्यमान आत्मानं भगवानजः ।
साध्यान् गणान् पितृगणान् परोक्षेणासृजत्प्रभुः ॥४२॥

ūrjasvantaṁ manyamāna
ātmānaṁ bhagavān ajaḥ
sādhyān gaṇān pitṛ-gaṇān
parokṣeṇāsṛjat prabhuḥ

ūrjaḥ-vantam－充满能量 / manyamānaḥ－发现 / ātmānam－他自己 / bhagavān－最值得崇拜的 / ajaḥ－布茹阿玛 / sādhyān－半神人 / gaṇān－许多 / pitṛ-gaṇān－和琵塔们 / parokṣeṇa－从他不可见的形象 / asṛjat－创造 / prabhuḥ－众生之主

译文　生物体的创造者——虔诚的布茹阿玛，发现自己充满了渴望和精力，于是从他自己不可见的形象，从他的肚脐，释放出众多的萨迪亚和祖先。

要旨　萨迪亚(Sādhya)和琵塔(Pitā)是离去灵魂以肉眼看不见的精微形象存在的种类；他们也是布茹阿玛创造的。

第 43 节　त आत्मसर्गं तं कायं पितरः प्रतिपेदिरे ।
साध्येभ्यश्च पितृभ्यश्च कवयो यद्वितन्वते ॥४३॥

ta ātma-sargaṁ taṁ kāyaṁ
pitaraḥ pratipedire
sādhyebhyaś ca pitṛbhyaś ca
kavayo yad vitanvate

te－他们 / ātma-sargam－他们存在的源头 / tam－那 / kāyam－躯体 / pitaraḥ－琵塔们 / pratipedire－接受 / sādhyebhyaḥ－向萨迪亚们 / ca－和 / pitṛbhyaḥ－向琵塔们 / ca－也 / kavayaḥ－那些精通举行仪式的人 / yat－通过它 / vitanvate－献上祭品

译文 祖先们占用了他们存在的源头——布茹阿玛不可见的躯体。正是以这个不可见的躯体为媒介，那些精通举行仪式的人在被称为刷达的盛典上，向萨迪亚和列祖列宗供奉祭品。

要旨 刷达(śrāddha)是韦达经(Vedas)的追随者们所奉行的一种仪式。奉行宗教仪式的人每年会举行为期十五天的祭祖仪式。这使那些因异常情况而未能得到可供物质享乐之粗糙躯体的父辈或祖宗，可以借由他们子孙在刷达仪式中供奉的祭品重新获得这样的躯体。举行刷达仪式，也就是用神享用过的祭品(prasāda)供养祖先的仪式，在印度至今仍很流行；尤其是在嘎亚(Gayā)，人们到当地著名的神庙中，把祭品供奉在维施努的莲花足下。后代们做的奉爱服务取悦至尊主后，至尊主仁慈地赐福他们那些没有肉身的被判罪祖先的灵魂，让他们重新得到一个肉身，以便取得灵性的进步。

不幸的是，受制约的灵魂在玛亚(māyā)的影响下把他得到的躯体用于感官享乐，完全忘了这么做会使他在死后再次失去得到肉身的机会，重新回到只拥有不可见躯体的状态。然而，至尊主的奉献者——有奎师那意识的人，根本不需要举行像刷达那样的仪式，因为他总在取悦至尊主，至尊主自己就会去拯救他那些有可能沦入困境的父辈和祖先。帕拉德王(Prahlāda Mahārāja)的例子就很典型：帕拉德请求主尼尔星哈戴瓦(Nṛsiṁhadeva)拯救自己那因多次冒犯至尊主的莲花足而罪孽深重的父亲。至尊主回答他说：一个家族里如果有像帕拉德那样的外士纳瓦，那么不仅他父亲，就连他父亲的父亲……总共十四代的祖先都会获得拯救。因此结论是：培养奎师那意识是有利于家庭、社会和一切众生的绝佳活动。《永恒的柴坦亚经》的作者说：精通培养奎师那意识的方法的人不做任何仪式，因为他知道：只要满怀奎师那意识为奎师那服务，就已经是做了所有的仪式。

第 44 节 सिद्धान् विद्याधरांश्चैव तिरोधानेन सोऽसृजत् ।
तेभ्योऽददात्तमात्मानमन्तर्धानाख्यमद्भुतम् ॥४४॥

siddhān vidyādharāṁś caiva
　tirodhānena so ’sṛjat
tebhyo ’dadāt tam ātmānam
　antardhānākhyam adbhutam

siddhān—希达(具有一切神通的半神人) / vidyādharān—知识仙 / ca eva—以及 / tirodhānena—靠隐身术 / saḥ—主布茹阿玛 / asṛjat—创造 / tebhyaḥ—对他们 / adadāt—给予 / tam ātmānam—他的那一形象 / antardhāna-ākhyam—叫做安塔尔达纳 / adbhutam—神奇的

译文　随后，主布茹阿玛用他的隐身技能创造了神秘仙和知识仙，并把他自己那被称为安塔尔达纳的奇妙形象给予了他们。

要旨　安塔尔达纳(Antardhāna)是指那些能被感知到，但却看不见的生物体。

第 45 节　स किन्नरान् किम्पुरुषान् प्रत्यात्म्येनासृजत्प्रभुः ।
मानयन्नात्मनात्मानमात्माभासं विलोकयन् ॥४५॥

sa kinnarān kimpuruṣān
　pratyātmyenāsṛjat prabhuḥ
mānayann ātmanātmānam
　ātmābhāsaṁ vilokayan

saḥ—主布茹阿玛 / kinnarān—克伊纳尔 / kimpuruṣān—克伊么菩茹沙 / pratyātmyena—从他(在水中)的倒影 / asṛjat—创造 / prabhuḥ—众生之主(布茹阿玛) / mānayan—欣赏 / ātmanā ātmānam—自己对自己 / ātma-ābhāsam—他的倒影 / vilokayan—看到

译文　一天，生物体的创造者布茹阿玛在水中看到自己的倒影；在欣赏自己之际，他从那倒影中释放出克伊么菩茹沙和克伊纳尔。

第 46 节 ते तु तज्जगृहू रूपं त्यक्तं यत्परमेष्ठिना ।
मिथुनीभूय गायन्तस्तमेवोषसि कर्मभिः ॥४६॥

te tu taj jagṛhū rūpaṁ
tyaktaṁ yat parameṣṭhinā
mithunī-bhūya gāyantas
tam evoṣasi karmabhiḥ

te一他们(克伊纳尔和克伊么菩茹沙) / tu一但却 / tat一那 / jagṛhuḥ一据为己有 / rūpam一那倒影 / tyaktam一放弃 / yat一……的 / parameṣṭhinā一被布茹阿玛 / mithunī-bhūya一与他们的配偶双双前来 / gāyantaḥ一歌颂 / tam一他 / eva一只是 / uṣasi一在黎明 / karmabhiḥ一他的功绩

译文 克伊么菩茹沙和克伊纳尔占用了被布茹阿玛离弃的影子。那就是他们与他们的配偶在每天黎明时分以歌唱的形式历数他的丰功伟绩的原因。

要旨 太阳升起前一个半小时的那段时间被称为布茹阿玛·姆呼尔塔(brāhma-muhūrta)。经典建议人最好在这段时间从事灵性活动，因为这时灵修的效果比一天里的任何时间灵修的效果都要好。

第 47 节 देहेन वै भोगवता शयानो बहुचिन्तया ।
सर्गेऽनुपचिते क्रोधादुत्ससर्ज ह तद्वपुः ॥४७॥

dehena vai bhogavatā
śayāno bahu-cintayā
sarge 'nupacite krodhād
utsasarja ha tad vapuḥ

dehena一以他的躯体 / vai一的确 / bhogavatā一完全伸展 / śayānaḥ一伸展四肢躺下 / bahu一伟大的 / cintayā一担忧 / sarge一创造 /

anupacite—没有进展 / krodhāt—因为生气 / utsasarja—放弃 / ha—事实上 / tat—那 / vapuḥ—躯体

译文　一次，布茹阿玛伸展自己的全身躺了下来。他很担心他的创造工作进展不够迅速，于是在心情闷闷不乐的情况下也放弃了他的那个躯体。

第 48 节　येऽहीयन्तामुतः केशा अहयस्तेऽङ्ग जज्ञिरे ।
सर्पाः प्रसर्पतः क्रूरा नागा भोगोरुकन्धराः ॥४८॥

ye 'hīyantāmutaḥ keśā
ahayas te 'ṅga jajñire
sarpāḥ prasarpataḥ krūrā
nāgā bhogoru-kandharāḥ

ye—……的 / ahīyanta—掉下 / amutaḥ—从那 / keśāḥ—头发 / ahayaḥ—蛇 / te—牠们 / aṅga—亲爱的维杜茹阿啊 / jajñire—诞生为 / sarpāḥ—蛇 / prasarpataḥ—从爬行的躯体 / krūrāḥ—嫉妒的 / nāgāḥ—眼镜蛇 / bhoga—蛇头 / uru—巨大的 / kandharāḥ—颈项

译文　啊，亲爱的维杜茹阿！从那个躯体掉下的毛发转变为蛇，甚至就在那手脚缩短的躯体爬行时，还从中蹿出凶残的毒蛇和胀起颈部皮褶的纳嘎蛇。

第 49 节　स आत्मानं मन्यमानः कृतकृत्यमिवात्मभूः ।
तदा मनून् ससर्जान्ते मनसा लोकभावनान् ॥४९॥

sa ātmānaṁ manyamānaḥ
kṛta-kṛtyam ivātmabhūḥ
tadā manūn sasarjānte
manasā loka-bhāvanān

saḥ一主布茹阿玛 / ātmānam一自己 / manyamānaḥ一认为 / kṛta-kṛtyam一已经达成了人生的目标 / iva一好像 / ātmabhūḥ一从至尊者那里诞生 / tadā一那时 / manūn一玛努 / sasarja一创造 / ante一最后 / manasā一从他的心 / loka一世界的 / bhāvanān一谋福利

译文 一天，宇宙中的第一位生物体——自生的布茹阿玛，感到自己好像完成了自己的人生目标。就在那时，他从他的心智释放出促进宇宙福利活动的玛努们。

第 50 节 तेभ्यः सोऽसृजत्स्वीयं पुरं पुरुषमात्मवान् ।
तान्दृष्ट्वा ये पुरा सृष्टाः प्रशशंसुः प्रजापतिम् ॥५०॥

tebhyaḥ so 'sṛjat svīyaṁ
puraṁ puruṣam ātmavān
tān dṛṣṭvā ye purā sṛṣṭāḥ
praśaśaṁsuḥ prajāpatim

tebhyaḥ一对他们 / saḥ一主布茹阿玛 / asṛjat一给 / svīyam一他本人的 / puram一躯体 / puruṣam一人类 / ātma-vān一沉着的 / tān一他们 / dṛṣṭvā一一见到 / ye一……的那些 / purā一先前 / sṛṣṭāḥ一被造的(先前被创造的半神人和乐仙等生物体) / praśaśaṁsuḥ一为……喝彩 / prajāpatim一布茹阿玛(众生之主)

译文 沉着冷静的创造者把自己的人体形象给了他们。看到玛努后，较早被创造出的半神人和乐仙等，向宇宙的君王布茹阿玛齐声喝彩。

第 51 节 अहो एतज्जगत्स्रष्टः सुकृतं बत ते कृतम् ।
प्रतिष्ठिताः क्रिया यस्मिन् साकमन्नमदाम हे ॥५१॥

aho etaj jagat-sraṣṭaḥ
sukṛtaṁ bata te kṛtam

pratiṣṭhitāḥ kriyā yasmin
sākam annam adāma he

aho—啊 / etat—这 / jagat-sraṣṭaḥ—宇宙的创造者啊 / sukṛtam—做得好 / bata—的确 / te—由你 / kṛtam—创造 / pratiṣṭhitāḥ—牢固地建立 / kriyāḥ—所有的仪式 / yasmin—其中 / sākam—连同这一起 / annam—祭品 / adāma—我们将分享 / he—啊

译文 他们祈祷说：宇宙的创造者！我们非常高兴；您的创作很杰出。既然仪式活动现在通过这个人类形象牢固地建立起来，我们全体应该分享祭祀的献祭物。

要旨 至尊主在《博伽梵歌》第3章的第10节诗中也谈到祭祀的重要性说，在创造的一开始，布茹阿玛创造了众玛努(Manu)，制定了祭祀仪式的方法，并祝福他们道：一直不断地举行这些祭祀，你们会逐渐被提升，获得自我觉悟，同时也可以享受到物质的快乐。布茹阿玛创造的众生都是受制约的灵魂，都想要主宰物质自然。举行祭祀仪式的目的是为了使生物逐渐恢复灵性的认识。那是这个宇宙中最初的生活。然而，这些祭祀仪式都是为取悦至尊主而设立的。人除非取悦了至尊主，或者说具有奎师那意识，否则无论是在物质享乐的过程中，还是在追求灵性觉悟的过程中，都不可能有快乐可言。

第 52 节 तपसा विद्यया युक्तो योगेन सुसमाधिना ।
ऋषीनृषिर्हृषीकेशः ससर्जाभिमताः प्रजाः ॥५२॥

tapasā vidyayā yukto
yogena susamādhinā
ṛṣīn ṛṣir hṛṣīkeśaḥ
sasarjābhimatāḥ prajāḥ

tapasā—通过苦行 / vidyayā—通过崇拜 / yuktaḥ—从事 / yogena—通过满怀深情的全神专注 / su-samādhinā—通过专注的冥想 / ṛṣīn—圣人 /

ṛṣiḥ－第一位圣人(布茹阿玛) / hṛṣīkeśaḥ－感官的控制者 / sasarja－创造 / abhimatāḥ－钟爱的 / prajāḥ－儿子们

译文 自生的生物体布茹阿玛，在用苦修、崇敬、集中注意力和全神贯注于奉爱服务，以及超脱和控制自己的感官充实自己后，释放出伟大的圣人们作为他的儿子。

要旨 举行祭祀的目的在于发展物质经济；换句话说，就是使躯体处于良好的状态以便培养灵性知识。然而，要真正获得灵性知识，人还需要有其他的资格。最重要的是崇拜至尊主(vidyā)。瑜伽(yoga)一词有时被用来指有助于集中注意力的各种姿势的体操表演。一般来说，只有智力欠佳的人才会认为练瑜伽系统中的各种身体姿势是瑜伽的目的；但实际上，练那些是为了把注意力集中于超灵。布茹阿玛创造了负责发展经济的人之后，又创造了为众生树立寻求灵性觉悟之榜样的圣人。

第 53 节 तेभ्यश्चैकैकशः स्वस्य देहस्यांशमदादजः ।
यत्तत्समाधियोगर्द्धितपोविद्याविरक्तिमत् ॥५३॥

tebhyaś caikaikaśaḥ svasya
dehasyāṁśam adād ajaḥ
yat tat samādhi-yogarddhi-
tapo-vidyā-viraktimat

tebhyaḥ－给他们 / ca－和 / ekaikaśaḥ－每一个 / svasya－他自己的 / dehasya－身体 / aṁśam－部分 / adāt－给予 / ajaḥ－未经出生过程诞生的布茹阿玛 / yat－……的 / tat－那 / samādhi－深深的冥想 / yoga－集中注意力 / ṛddhi－超自然的力量 / tapaḥ－苦行 / vidyā－知识 / virakti－弃绝 / mat－拥有

译文 这位未经出生过程的宇宙创造者，给他的这些儿子每一个人他自己身体的一部分，而每一部分都具有深入冥想、注意力集中、超自然力、苦行、崇敬和弃绝等特性。

要旨　这节诗中的梵文“拥有弃绝的品质(viraktimat)”一词十分重要。物质主义者无法获得灵性的觉悟。沉溺于感官享乐的人不可能有灵性觉悟。《博伽梵歌》中说：过分追求物质拥有和物质享乐的人，无法达到瑜伽·萨玛迪(yoga-samādhi)——全神贯注于奎师那意识的境界。“人在以物质的方式享受这一生的同时，也可以取得灵性进步”的说法，纯属胡说八道。过弃绝生活要遵守的四项原则是：(1)不过非法性生活；(2)不吃肉；(3)不服用麻醉品；(4)不赌博。遵守这四项原则称为苦行(tapasya)。怀着奎师那意识把注意力集中在至尊者身上，是获得灵性觉悟的方法。

到此为止，结束了巴克提韦丹塔对《圣典博伽瓦谭》第3篇第20章——“麦垂亚和维杜茹阿的对话”所作的阐释。

第二十一章

玛努和卡尔达玛之间的对话

第 1 节

विदुर उवाच
स्वायम्भुवस्य च मनोर्वंशः परमसम्मतः ।
कथ्यतां भगवन् यत्र मैथुनेनैधिरे प्रजाः ॥१॥

vidura uvāca
svāyambhuvasya ca manor
vaṁśaḥ parama-sammataḥ
kathyatām bhagavan yatra
maithunenaidhire prajāḥ

viduraḥ uvāca—维杜茹阿说 / svāyambhuvasya—斯瓦阳布瓦的 / ca—和 / manoḥ—玛努的 / vaṁśaḥ—王朝 / parama—最 / sammataḥ—受尊敬的 / kathyatām—请描述 / bhagavan—受崇拜的圣人啊 / yatra—……的 / maithunena—通过性生活 / edhire—繁衍 / prajāḥ—后代

译文 维杜茹阿说：斯瓦阳布瓦·玛努的家族世系最受尊重。值得崇拜的圣人啊！我请求您给我历数这一通过交媾繁衍后代的宗族。

要旨 为了生育素质优良的后代而有节制地过性生活是值得做的事。维杜茹阿(Vidura)其实并不是对只忙于享受性生活的人的历史感兴趣，而是对斯瓦阳布瓦·玛努(Svāyambhuva Manu)的后代感兴趣，因为那个王朝中出了许多优秀的奉献者君王；他们用灵性知识极为谨慎地保护着他们的臣民。聆听他们活动的历史，使人从中获得更多的启示。这节诗中用了一个重要的梵文词“最受尊敬的(parama-sammataḥ)”，以表明斯瓦阳布瓦·玛努及他儿子繁衍的后代，得到伟大的权威人士的赞许。换句话说，所有的圣人和韦达经典的权威，都认同为生育优秀的后代而过的性生活。

第 2 节 प्रियव्रतोत्तानपादौ सुतौ स्वायम्भुवस्य वै ।
यथाधर्मं जुगुपतुः सप्तद्वीपवतीं महीम् ॥ २ ॥

priyavratottānapādau
sutau svāyambhuvasya vai
yathā-dharmaṁ jugupatuḥ
sapta-dvīpavatīṁ mahīm

priyavrata一普瑞亚瓦塔王 / uttānapādau一和乌塔纳帕德王 / sutau一两个儿子 / svāyambhuvasya一斯瓦阳布瓦 · 玛努的 / vai一的确 / yathā一依据 / dharmam一宗教原则 / jugupatuḥ一统治 / sapta-dvīpa-vatīm一有七大洲 / mahīm一世界

译文 斯瓦阳布瓦 · 玛努的两个卓越的儿子普瑞亚瓦塔和乌塔纳帕德，严格按照宗教原则统治由七大洲组成的世界。

要旨 《圣典博伽瓦谭》(Śrīmad-Bhāgavatam)中也记载了宇宙各地杰出统治者的历史。这节诗中谈到了斯瓦阳布瓦的两个儿子——普瑞亚瓦塔(Priyavrata)和乌塔纳帕德(Uttānapāda)。他们曾统治这个被分成七大洲的地球。这七大洲就是现在的亚洲、欧洲、非洲、北美洲、南美洲、大洋洲和南极洲。《圣典博伽瓦谭》并没有按照时间前后顺序记载印度历代君王的历史，而是记载了普瑞亚瓦塔、乌塔纳帕德、主茹阿玛禅铎(Rāmacandra)和尤帝士提尔王(Mahārāja Yudhiṣ-ṭhira)等最重要的君王的丰功伟绩，因为只有这些虔诚君王的活动才值得聆听，使研究他们历史的人从中受益。

第 3 节 तस्य वै दुहिता ब्रह्मन्देवहूतीति विश्रुता ।
पत्नी प्रजापतेरुक्ता कर्दमस्य त्वयानघ ॥ ३ ॥

tasya vai duhitā brahman
devahūtīti viśrutā
patnī prajāpater uktā
kardamasya tvayānagha

tasya—那位玛努的 / vai—的确 / duhitā—女儿 / brahman—圣洁的布茹阿玛纳啊 / devahūti—名叫黛瓦瑚缇 / iti—就此 / viśrutā—以……见称 / patnī—妻子 / prajāpateḥ—被造众生之主的 / uktā—曾被谈道 / kardamasya—卡尔达玛·牟尼的 / tvayā—由您 / anagha—无罪的人啊

译文　啊，神圣的布茹阿玛纳、无罪的人！您曾经提到过他的女儿黛瓦瑚缇，她是被造生物体的君主卡尔达玛圣人的妻子。

要旨　这节诗中谈的是斯瓦阳布瓦·玛努，而在《博伽梵歌》(Bhagavad-gītā)中我们读到的是外瓦斯瓦塔·玛努(Vaivasvata Manu)。我们所在的这个年代在外瓦斯瓦塔·玛努统治期内，斯瓦阳布瓦·玛努是他的前任，其统治期始于瓦茹阿哈年代，也就是至尊主以雄猪化身显现的年代。在布茹阿玛的一天中共有十四位玛努，在每一位玛努的一生中都有一些特定的事件发生。《博伽梵歌》中谈到的外瓦斯瓦塔·玛努与斯瓦阳布瓦·玛努不是同一个人。

第4节　तस्यां स वै महायोगी युक्तायां योगलक्षणैः ।
ससर्ज कतिधा वीर्यं तन्मे शुश्रूषवे वद ॥ ४ ॥

tasyāṁ sa vai mahā-yogī
yuktāyāṁ yoga-lakṣaṇaiḥ
sasarja katidhā vīryaṁ
tan me śuśrūṣave vada

tasyām—在她体内 / saḥ—卡尔达玛·牟尼 / vai—事实上 / mahā-yogī—具有神秘力量的伟大瑜伽师 / yuktāyām—赋予 / yoga-lakṣaṇaiḥ—

练瑜伽达到完美的八种特征 / sasarja—繁衍 / katidhā—多少次 / vīryam—子女 / tat—那叙述 / me—对我 / śuśrūṣave—渴望聆听的…… / vada—告诉

译文 这位伟大的瑜伽师，跟那位具有八种瑜伽神通的公主生了多少孩子？噢，我恳求您告诉我，我渴望聆听这些信息。

要旨 维杜茹阿在此询问卡尔达玛·牟尼(Kardama Muni)、他妻子黛瓦瑚缇(Devahūti)及他们子女的情况。这节诗中说黛瓦瑚缇练八部瑜伽达到了很高的境界。八部瑜伽的八个部分分别是：(1)控制感官；(2)严格遵循规范守则；(3)练习各种体位；(4)控制呼吸；(5)把感官的感知力从感官对象上收回；(6)集中注意力；(7)冥想；(8)觉悟自我。觉悟自我后会有八种神通，称为瑜伽的完美境界(yoga-siddhi)。卡尔达玛和黛瓦瑚缇这对夫妇练瑜伽都达到了很高的境界，丈夫是伟大的神秘瑜伽师(mahā-yogī)，妻子是高级瑜伽师(yoga-lakṣaṇa)。他们结为夫妇，生育后代。从前，伟大的圣洁之人在灵修达到完美境界后要么生育后代，要么严格遵守禁欲的规范守则。人要想达到觉悟自我的完美境界并获得神秘力量，就必须遵守禁欲原则(brahmacarya)。韦达经典中从没有说：人可以在随心所欲地进行感官享乐的同时，靠给一个无赖付些钱就能成为伟大的冥想家。

第5节 रुचिर्यो भगवान् ब्रह्मन्दक्षो वा ब्रह्मणः सुतः ।
यथा ससर्ज भूतानि लब्ध्वा भार्यां च मानवीम् ॥५॥

rucir yo bhagavān brahman
dakṣo vā brahmaṇaḥ sutaḥ
yathā sasarja bhūtāni
labdhvā bhāryāṁ ca mānavīm

ruciḥ－茹祺 / yaḥ－……的 / bhagavān－值得崇拜的 / brahman－圣人啊 / dakṣaḥ－达克沙 / vā－和 / brahmaṇaḥ－主布茹阿玛的 / sutaḥ－儿子 / yathā－以什么方式 / sasarja－生育 / bhūtāni－后代 / labdhvā－在娶……后 / bhāryām－作为他们的妻子 / ca－和 / mānavīm－斯瓦阳布瓦·玛努的女儿们

译文　神圣的圣人啊！告诉我值得崇拜的茹祺和布茹阿玛的儿子达克沙，在分别娶斯瓦阳布瓦·玛努的另外两个女儿为妻后，生育后代的情况。

要旨　在创造之初负责繁衍后代的伟大人物，都称为生物体的祖先——帕佳帕提(Prajāpati)。布茹阿玛(Brahmā)和他的一些儿子都被称为生物体的祖先。斯瓦阳布瓦·玛努，以及布茹阿玛的另一个儿子达克沙也都是生物体的祖先。斯瓦阳布瓦还有两个女儿，分别是阿库缇(Ākūti)和帕苏缇(Prasūti)。生物体的祖先茹祺娶了阿库缇，达克沙娶了帕苏缇。这两对夫妇和他们的孩子繁衍了无数的后代，遍布整个宇宙。维杜茹阿的问题是："他们在创造之初是如何繁衍后代的？"

第 6 节

मैत्रेय उवाच
प्रजाः सृजेति भगवान् कर्दमो ब्रह्मणोदितः ।
सरस्वत्यां तपस्तेपे सहस्राणां समा दश ॥ ६ ॥

maitreya uvāca
prajāḥ sṛjeti bhagavān
kardamo brahmaṇoditaḥ
sarasvatyāṁ tapas tepe
sahasrāṇāṁ samā daśa

maitreyaḥ uvāca－伟大的圣人麦垂亚说 / prajāḥ－孩子 / sṛja－生育 / iti－就此 / bhagavān－值得崇拜的 / kardamaḥ－卡尔达玛·牟尼 /

brahmaṇā—被主布茹阿玛 / uditaḥ—命令 / sarasvatyām—在萨茹阿斯瓦缇河畔 / tapaḥ—苦修 / tepe—修炼 / sahasrāṇām—成千上万 / samāḥ—年 / daśa—十

译文 伟大的圣人麦垂亚回答道：接到主布茹阿玛“在世上生育后代”的命令后，值得崇拜的卡尔达玛·牟尼便去萨茹阿斯瓦缇河畔苦修了一万年的时间。

要旨 从这节诗中我们了解到：卡尔达玛·牟尼用一万年的时间练瑜伽冥想后达到完美。同样，我们也了解到：瓦勒弥克依(Vālmīki Muni)用六万年的时间练瑜伽冥想后达到完美。因此，练瑜伽要想真正获得成功，人必须有很长的寿命，比如十万年。这样才有可能达到瑜伽的完美境界，否则不可能真正达到完美境界。遵守规范原则、控制感官、练不同的姿势，都只是初步练习。有些假瑜伽师告诉人们，只要每天打坐冥想十五分钟，人就能达到与神合一的完美境界。我们不明白人们怎么会相信这种谎言并为之着迷。我们如今所处的这个喀历年代(Kali-yuga)，是欺骗和纷争的年代。事实上，人按这种毫无价值的说法练习，根本无法达到瑜伽的完美境界。为了说明重点，韦达经典中三次明确地强调说：在这个喀历年代中，除了吟诵、吟唱神的圣名，没有其他的选择，没有其他的选择，没有其他的选择(nāsty eva nāsty eva nāsty eva)。

第 7 节 ततः समाधियुक्तेन क्रियायोगेन कर्दमः ।
सम्प्रपेदे हरिं भक्त्या प्रपन्नवरदाशुषम् ॥ ७ ॥

tataḥ samādhi-yuktena
kriyā-yogena kardamaḥ
samprapede hariṁ bhaktyā
prapanna-varadāśuṣam

tataḥ—接着，在苦修过程中 / samādhi-yuktena—在全神贯注的状态中 / kriyā-yogena—靠练奉爱瑜伽崇拜 / kardamaḥ—圣人卡尔达玛 / samprapede—服务 / harim—至尊人格首神 / bhaktyā—在奉爱服务中 / prapanna—对归依的灵魂 / varadāśuṣam——切祝福的赐予者

译文　在那段时间内，卡尔达玛圣人靠全神贯注地做崇拜至尊主的奉爱服务，取悦了会很快把一切祝福给予去投奔祂、求祂保护之人的人格首神。

要旨　这节诗中描述了冥想的重要性。为了取悦至尊人格首神哈尔依(Harim)，卡尔达玛·牟尼用一万年的时间练神秘瑜伽的打坐冥想。因此，人无论是通过练瑜伽、心智思辨还是通过调查研究去寻找神，都必须把所做的努力与奉爱服务结合起来。没有对神的奉爱之情，做什么都不可能是完美的。完美及觉悟的目标是至尊人格首神。《博伽梵歌》第6章中明确地说：一直不断地忙于为奎师那(Kṛṣṇa)做奉爱服务的人，是最高级的瑜伽师。人格首神哈尔依也满足投靠、服从祂的那些奉献者心中的愿望。为了获得真正的成功，人应该投靠人格首神哈尔依(奎师那)的莲花足。奉爱服务——怀着奎师那意识做事，是达到完美最直接的方式，其他方式虽然也受到推荐，但却是间接的。在这个喀历年代中，人们都短寿、智力欠佳、生活贫困，且总是受到众多痛苦、不幸的打击，所以直接的方法比间接的方法更切实可行。正因为如此，主柴坦亚(Caitanya)赐予我们最大的恩惠，即：这个年代的人只要吟诵、吟唱神的圣名，就能达到灵修的完美境界。

梵文“为至尊人格首神服务(samprapede harim)”一词是指，卡尔达玛·牟尼通过做奉爱服务，从各方面取悦了至尊人格首神哈尔依。梵文Kriyā-yogena也表达做奉爱服务的意思。卡尔达玛·牟尼不仅打坐冥想，同时也做奉爱服务。要想通过练瑜伽或冥想达到完美，人必须以聆听、吟诵(吟唱)和记忆至尊主等方式做奉爱服务。记忆也是冥想，但要记住谁呢？人应该记住至尊人格首神。人不仅必须记住这位

至尊人，还必须聆听有关至尊主的活动，吟诵、吟唱祂的荣耀。这些资讯都记载在权威的经典中。卡尔达玛·牟尼用一万年的时间做各种奉爱服务后，达到了冥想的完美境界，但这对喀历年代的人来说是不可能做到的事，因为这个年代里的人要活到一百岁都极为困难。如今有谁能一丝不苟地遵守那么多的瑜伽规范原则呢？更何况，事实上只有归依的灵魂才能达到完美。如果根本不谈人格首神，又何谈归依呢？而如果不冥想人格首神，又哪里谈得上练瑜伽？不幸的是，这个年代里的人，尤其是有恶魔品性的人，就想要受骗。于是，至尊人格首神便送大骗子来，打着瑜伽的幌子误导他们，使他们虚度自己的生命，最后以失败而告终。正因为如此，《博伽梵歌》第16章的第17节诗中说：自封为权威的无赖们聚敛不义之财，并因而变得骄傲自大、得意扬扬，根本不按权威经典的教导练瑜伽。他们从那些愿意上当受骗的幼稚之人那里敛财，并为此而很得意。

第 8 节 तावत्प्रसन्नो भगवान् पुष्कराक्षः कृते युगे ।
दर्शयामास तं क्षत्तः शाब्दं ब्रह्म दधद्वपुः ॥ ८ ॥

tāvat prasanno bhagavān
puṣkarākṣaḥ kṛte yuge
darśayām āsa taṁ kṣattaḥ
śābdaṁ brahma dadhad vapuḥ

tāvat—接着 / prasannaḥ—被取悦 / bhagavān—至尊人格首神 / puṣkara-akṣaḥ—莲花眼的 / kṛte yuge—在萨缇亚年代 / darśayām āsa—展示 / tam—向卡尔达玛·牟尼 / kṣattaḥ—维杜茹阿啊 / śābdam—只有通过韦达经才能了解的 / brahma—绝对真理 / dadhat—展示 / vapuḥ—祂超然的形象

译文 于是，在萨提亚年代，被取悦了的、眼如莲花的至尊人格首神，出现在卡尔达玛·牟尼面前，向他展示自己那只有透过韦达经才能了解的超然形象。

要旨　这节诗中有两点很有意义的要点。第一个要点是，卡尔达玛·牟尼在萨提亚年代(Satya-yuga)的一开始便通过练瑜伽获得了成功，那时人的寿命是十万年。卡尔达玛·牟尼灵修圆满时，至尊主因为对他很满意，所以给他看祂自己那真实而非虚构的形象。非人格神主义者有时教别人冥想自己按喜好想象出的一个形象。但这节诗中明确地说：至尊主仁慈地展示给卡尔达玛·牟尼看的形象，在韦达经典中有生动的描述。梵文śābdaṁ brahma的意思是，韦达文献中清楚地描述了至尊主的形象。卡尔达玛·牟尼没有看到无赖们虚构出的神的形象。他看到了至尊主永恒、极乐、超然的真实形象。

第9节　स तं विरजमर्काभं सितपद्मोत्पलस्रजम् ।
स्निग्धनीलालकव्रातवक्त्राब्जं विरजोऽम्बरम् ॥ ९ ॥

sa taṁ virajam arkābhaṁ
sita-padmotpala-srajam
snigdha-nīlālaka-vrāta-
vaktrābjaṁ virajo 'mbaram

saḥ—那位卡尔达玛·牟尼 / tam—祂 / virajam—毫无污染 / arka-ābham—如太阳般光芒万丈 / sita—白色的 / padma—莲花 / utpala—百合花 / srajam—花环 / snigdha—有光泽的 / nīla—蓝黑色 / alaka—几缕头发 / vrāta—浓密的 / vaktra—脸 / abjam—莲花般的 / virajaḥ—无瑕的 / ambaram—衣裳

译文　卡尔达玛·牟尼看到毫无物质污染的至尊人格首神。祂永恒的形象如太阳般放射着光芒，佩戴一条用白莲花和睡莲穿成的花环。至尊主身裹洁净无瑕的黄色丝绸，几绺鬈发似花边一样点缀着祂光滑微黑色的莲花脸。

第 10 节 किरीटिनं कुण्डलिनं शङ्खचक्रगदाधरम् ।
श्वेतोत्पलक्रीडनकं मनःस्पर्शस्मितेक्षणम् ॥१०॥

kirīṭinaṁ kuṇḍalinaṁ
śaṅkha-cakra-gadā-dharam
śvetotpala-krīḍanakaṁ
manaḥ-sparśa-smitekṣaṇam

kirīṭinam—戴着皇冠 / kuṇḍalinam—戴着耳环 / śaṅkha—海螺 / cakra—飞轮 / gadā—大头棒 / dharam—手持 / śveta—白色的 / utpala—百合 / krīḍanakam—玩物 / manaḥ—心 / sparśa—打动 / smita—微笑 / īkṣaṇam—和瞥视

译文 祂佩戴王冠和耳环，三只手中分别拿着祂特有的海螺、飞轮和大头棒，第四只手中捻着一朵白色睡莲。祂愉快地微笑着看着圣人，这形象使所有的奉献者着迷。

第 11 节 विन्यस्तचरणाम्भोजमंसदेशे गरुत्मतः ।
दृष्ट्वा खेऽवस्थितं वक्षःश्रियं कौस्तुभकन्धरम् ॥११॥

vinyasta-caraṇāmbhojam
aṁsa-deśe garutmataḥ
dṛṣṭvā khe 'vasthitaṁ vakṣaḥ-
śriyaṁ kaustubha-kandharam

vinyasta—被放在 / caraṇa-ambhojam—莲花足 / aṁsa-deśe—在肩上 / garutmataḥ—嘎茹达的 / dṛṣṭvā—看见 / khe—在空中 / avasthitam—站在 / vakṣaḥ—在祂胸前 / śriyam—吉祥标记 / kaustubha—考斯图巴宝石 / kandharam—颈项

译文 祂胸膛上有金色的条纹，颈部悬挂着著名的考斯图巴宝石。祂站在空中，莲花足踩在嘎茹达的肩上。

要旨 这一章的9至11节诗描写的至尊主超然永恒的形象，是权威的韦达文献所描述的形象。这些描述绝非出自卡尔达玛·牟尼自己的想象。至尊主的穿戴超越物质的设想。就连商卡尔阿查亚(Śaṅkarācārya)那样的非人格神主义者都承认说：至尊人格首神纳茹阿亚纳(Nārāyaṇa)超越这个物质创造。与超然的至尊主有关的一切，祂的身体、形象、服饰、教诲、话语，都不是物质能量的产物，而这一切都得到韦达文献的证实。卡尔达玛·牟尼通过练瑜伽真正看到了至尊主的真貌。人没有必要为了看一个想象出的神的形象，而用一万年的时间练瑜伽。因此悟到“虚无”或神的不具人格特征的一面，并非瑜伽的完美境界；恰恰相反，人真正看到人格首神的永恒形象时，才算达到了瑜伽的完美境界。培养奎师那意识的程序就是让人能够直接看到奎师那的形象。权威的韦达经典《布茹阿玛·萨密塔》(Brahma-saṁhitā)中描述奎师那的形象说：至尊主的住所由点金石(cintāmaṇi)构成；祂在那里如一个牧牛童般玩耍，有成千上万的牧牛姑娘(gopī)在侍奉祂。这些记载都具有权威性，有奎师那意识的人直接予以接受，并按照这些权威经典的教导行事，传播其中的知识，做奉爱服务。

第12节 जातहर्षोऽपतन्मूर्ध्ना क्षितौ लब्धमनोरथः ।
गीर्भिस्त्वभ्यगृणात्प्रीतिस्वभावात्मा कृताञ्जलिः ॥१२॥

jāta-harṣo 'patan mūrdhnā
kṣitau labdha-manorathaḥ
gīrbhis tv abhyagṛṇāt prīti-
svabhāvātmā kṛtāñjaliḥ

jāta-harṣaḥ—自然喜乐无比 / apatat—他扑倒 / mūrdhnā—用头 / kṣitau—在地上 / labdha—已达成 / manaḥ-rathaḥ—他的愿望 / gīrbhiḥ—用祈祷 / tu—和 / abhyagṛṇāt—他取悦 / prīti-svabhāva-ātmā—心中自然总是充满爱的他 / kṛta-añjaliḥ—双手合十

译文 卡尔达玛·牟尼真正看到至尊人格首神本人时，为实现了自己超然的愿望而感到极大的满足。他五体投地向至尊主的莲花足顶礼。随后，心中自然充满了对神的爱的他，双手合十地向至尊主祈祷，以取悦祂。

要旨 看到至尊主本人的形象是瑜伽最高的完美境界。《博伽梵歌》第6章中谈到瑜伽练习时说，这种能认识到至尊主本人形象的境界被称为瑜伽的完美境界。练瑜伽的人在经过体位法练习等各部分的练习后，最终进入萨玛迪(samādhi)的阶段，即：全神贯注于至尊者的阶段。在萨玛迪阶段中的人能看到至尊人格首神本人的形象或祂扩展出的超灵(Paramātmā)形象。《帕谭佳里经》(Patañjali-sūtra)等权威的瑜伽经典中，将萨玛迪描述为是一种“超然的喜悦”。帕谭佳里著作中讲述的瑜伽系统具有权威性。然而，现代有许多所谓的瑜伽师，在不尊重权威教导的情况下自创各种方法；那些东西纯属无稽之谈。帕谭佳里瑜伽系统称为八部瑜伽(aṣṭāṅga-yoga)。非人格神主义者因为是一元论者，所以有时会玷污帕谭佳里的瑜伽系统。帕谭佳里说，灵魂遇到超灵并看到祂时，会感到超然的喜悦。超灵和个体灵魂存在的事实一旦得到公认，人们便知道非人格神主义的理论纯属无稽之谈。为此，有些非人格神主义者和虚无主义哲学人士，便以他们自己的方式扭曲、玷污帕谭佳里的整个瑜伽系统。

根据帕谭佳里的观点，人去除所有的物质欲望后，便达到他真正超然的状态，而那种觉悟的状态称为灵性的力量。人从事物质活动时，完全处在物质自然属性的控制下。这类人的追求是：一、成为宗教人士；二、经济上变得富有；三、能够进行感官享乐；四、与至尊者合一。按照一元论的说法，当瑜伽师放弃自己的个体性与至尊者合一时，他便达到了被称为凯瓦利亚(kaivalya)的最高境界。但事实上，觉悟人格首神的阶段才称为凯瓦利亚。完整的认识是：至尊主是绝对灵性的；人在获得完整的灵性觉悟，能够真实地了解至尊人格首神时，称为凯瓦利亚。或者，以帕谭佳里的话说是对灵性力量的认识。他说：使人去除物质欲望，稳定地处在对自我和至尊主的灵性认识状态中的能量，称为知识能量(cit-śakti)。人在获得完整的灵性觉悟时，能感受到灵性的快乐，这种灵性快乐在《博伽梵歌》被称作是物质感官所感知不到的至高快乐。经典中说，灵性的全神贯注状态分两种：一种由心智思辨(samprajñāta)引起，另一种由自我觉悟(asamprajñāta)引起。在由自我觉悟(asamprajñāta)引起的全神贯注(samādhi)状态中，人可以靠他的灵性感官觉悟到至尊主的灵性形象。那是灵性觉悟的最高目标。

按照帕谭佳里的观点，当人稳定地处在一直不断地觉悟至尊主的至高形象的状态中时，他便达到了卡尔达玛·牟尼所达到的完美境界。人除非超越瑜伽系统的初级阶段，达到这一完美阶段，否则没有最高的觉悟可言。练八部瑜伽(aṣṭāṅga-yoga)可获得八种神通，其中包括人可以变得比最轻的还轻，比最大的还大，得到自己想要的一切。但即使练瑜伽得到这类物质成就，也不算达到完美的境界或最高的目标。这节诗描述最高的目标是：卡尔达玛·牟尼看到至尊人格首神的永恒形象。奉爱服务始于个体灵魂与至尊灵魂之间的关系，也就是奎师那与奎师那的奉献者之间的关系；人与至尊主恢复关系后，就不再有堕落的问题了。如果一个人原本想通过练瑜伽达到面对面地看至尊人格首神的境界，但在练的过程中却受到一些物质力量的吸引，想要去获得那些力量，那他就会偏离原有的轨道，不能再继续向前迈进了。假瑜伽师们所鼓励的物质享乐，与在超然觉悟的境界中感受到的灵性快乐毫无关系。练奉爱瑜伽(bhakti-yoga)的真奉献者只接受维生必不可少的物质所需，他们完全戒除所有多余的物质感官享乐。为了能在觉悟人格首神的路途上不断向前迈进，他们准备承受所有的磨难。

第 13 节

ऋषिरुवाच

जुष्टं बताद्याखिलसत्त्वराशेः

सांसिद्ध्यमक्ष्णोस्तव दर्शनान्नः ।
यद्दर्शनं जन्मभिरीड्य सद्भि-
राशासते योगिनो रूढयोगाः ॥१३॥

ṛṣir uvāca
juṣṭaṁ batādyākhila-sattva-rāśeḥ
sāṁsiddhyam akṣṇos tava darśanān naḥ
yad-darśanaṁ janmabhir īḍya sadbhir
āśāsate yogino rūḍha-yogāḥ

ṛṣiḥ uvāca—伟大的圣人说 / juṣṭam—被达到 / bata—啊 / adya—现在 / akhila—所有的 / sattva—真善美的 / rāśeḥ—是……的源头的 / sāṁsiddhyam—完全成功 / akṣṇoḥ—双眼的 / tava—您的 / darśanāt—通过看 / naḥ—被我们 / yat—……的 / darśanam—看 / janmabhiḥ—经过累世的 / īḍya—值得崇拜的至尊主啊 / sadbhiḥ—逐渐得到提升 / āśāsate—渴望 / yoginaḥ—瑜伽师们 / rūḍha-yogāḥ—已达到瑜伽的完美境界

译文 优秀的圣人卡尔达玛说：尊敬的至尊主啊！我视力的功用现在终于实现了，因为看到您——一切存在的源头，而达到了最高的完美境界。经过累世的深入冥想，高级瑜伽师都渴望看到您超然的形象。

要旨 这节诗中描述至尊人格首神是一切真善美及快乐的源泉。人除非受善良属性的影响，否则不会有真正的快乐。因此，当人用自己的身、心和活动为至尊主服务时，他便处在真善美的最完美的状态中。卡尔达玛·牟尼说：您圣上是一切真善美的源泉，面对面地看到您使我的视力达到了完美。这番话说明了纯粹奉爱的状态；对奉献者来说，感官能为至尊主服务才是感官的完美。当视觉感官被用于看至尊主的俊美，听力被用于聆听至尊主的荣耀，舌头被用于品尝给至尊主供奉过的食物(prasāda)时，它们才各自达到了它们的完美状态。当所有的感官都从事与人格首神有关的活动时，人便达到了奉爱瑜伽(bhakti-yoga)的完美境界；这时的人只用感官为至尊主服务，而不再沉溺于物质活动。当人摆脱一切被限定的受制约生活，全心投入地为至尊主做服务时，这种服务便被称为奉爱瑜伽——奉爱服务。卡尔达玛·牟尼承认，在练奉爱瑜伽的过程中看到至尊主本人是视力的完美。这种完美境界并不是卡尔达玛·牟尼虚夸出来的。他进一步证实说：练瑜伽真正达到完美境界的人，渴望生生世世看到人格首神的这个形象。卡尔达玛·牟尼并不是假瑜伽师。那些真正走在灵修进步路途上的人，只渴望看到至尊主的永恒形象。

第 14 节 ये मायया ते हतमेधसस्त्वत्-
पादारविन्दं भवसिन्धुपोतम् ।
उपासते कामलवाय तेषां
रासीश कामान्निरयेऽपि ये स्युः ॥१४॥

ye māyayā te hata-medhasas tvat-
pādāravindaṁ bhava-sindhu-potam
upāsate kāma-lavāya teṣāṁ
rāsīśa kāmān niraye 'pi ye syuḥ

ye—那些人 / māyayā—被错觉能量 / te—您的 / hata medhasaḥ—丧失了智慧的 / tvat—您的 / pāda-aravindam—莲花足 / bhava—物质生存的 / sindhu—海洋 / potam—渡船 / upāsate—崇拜 / kāma-lavāya—为获得无价值的享乐 / teṣām—他们的 / rāsi—您赐予 / īśa—至尊主啊 / kāmān—欲望 / niraye—在地狱 / api—甚至 / ye—其欲望 / syuḥ—可以得到

译文 您的莲花足是载人渡过物质世界无知之洋的航船。只有被错觉能量的魔力剥夺了智力的人，才会为了短暂而无价值的感官满足去崇拜您的双足，而这类满足就连腐烂在地狱中的人都能得到。可是，我的至尊主啊！您那么慷慨，甚至把仁慈赐予他们。

要旨 《博伽梵歌》第7章中说有两类奉献者，一类是追求物质享乐的奉献者，另一类是除了为至尊主服务别无他求的奉献者。物质享乐就连猪狗一类生活状况极差的生物体都能得到。猪也吃、也睡、也充分享受性生活，并在物质生存中这种地狱般的享受中感到十分满足。现代瑜伽师鼓吹道：人因为有感官，所以必须像猫狗一样尽情享乐，同时还可以继续练瑜伽。卡尔达玛·牟尼在这节诗中谴责这种论调说：这类物质享乐就连过着地狱般生活的猫和狗都能得到。至尊主是那么仁慈，以致既然所谓的瑜伽师喜欢这种地狱般的享乐，祂便为他们提供条件，让他们如愿以偿地得到所有的物质快乐，但他们无法达到卡尔达玛·牟尼达到的完美境界。

邪恶的人不知道什么才是最高的完美境界，于是便把感官享乐当做人生最高的目标。按他们的说法，人可以在进行感官享乐的同时，靠念一些曼陀(mantra)和某类修习轻易地达到所追求的完美境界。这节诗说这类人是“丧失了智力(hata-medhasaḥ)”，意思是“脑子坏了”。他们借由练瑜伽或打坐冥想追求物质享乐。至尊主在《博伽梵歌》中说：崇拜半神人的人丧失了智慧。同样，卡尔达玛·牟尼在这节诗中也说：借由练瑜伽追求物质享乐的人脑子坏了，是天下头号大傻瓜。事实上，有智慧的瑜伽师除了想要通过崇拜人格首神跨越无知之洋并看到至尊主的莲花足外，别无他求。但至尊主极为仁慈，甚至给现代那些头脑失灵的人提供当猫、当狗的便利条件，让他们从性生活和感官享乐中享受物质的快乐。至尊主在《博伽梵歌》中确认这种恩赐说：无论人想要从我这里得到什么，我都会按他的愿望给予他。

第15节 तथा स चाहं परिवोढुकामः
समानशीलां गृहमेधधेनुम् ।

उपेयिवान्मूलमशेषमूलं
दुराशयः कामदुघाङ्घ्रिपस्य ॥१५॥

tathā sa cāhaṁ parivoḍhu-kāmaḥ
samāna-śīlāṁ gṛhamedha-dhenum
upeyivān mūlam aśeṣa-mūlaṁ
durāśayaḥ kāma-dughāṅghripasya

tathā—同样 / saḥ—我本人 / ca—也 / aham—我 / parivoḍhu-kāmaḥ—想娶妻 / samāna-śīlām——位性格相似的少女 / gṛha-medha—婚姻生活中 / dhenum—产奶多的乳牛 / upeyivān—来找 / mūlam—根(莲花足) / aśeṣa——切的 / mūlam—源头 / durāśayaḥ—怀着色欲 / kāma-dugha—满足一切愿望 / aṅghripasya—作为树(的您)

译文　正因为如此，尽管我想要娶一个性格相似的少女为妻，她应该仿佛乳汁丰沛的乳牛般，在我的婚姻生活中满足我的情欲，但由于您恰似一棵如愿树，我也寻求作为万物源头的您莲花足的庇护。

要旨　卡尔达玛·牟尼虽然谴责为获取物质利益而去找至尊主的人，但也在至尊主面前袒露心声，揭示自己的物质欲望和软弱之处说："尽管我知道不该向您祈求物质利益，但我还是想要娶一位性格相似的少女。"梵文"性格相似"这句非常重要。以前，谈婚论嫁讲求男女双方性格相似，以便婚后夫妻生活幸福美满。二十五年前(也许时间更近)，印度家庭中的父母在谈论子女的婚嫁问题时，首先从占星学的角度算一下未来要结婚的男孩和女孩性格是否真正合得来。这方面的考虑其实非常重要。现在的男女在结婚前不作这方面的咨询，结果结婚不久就离婚、分居。以前的夫妻一生和睦相处，而现在变成很困难的事了。

卡尔达玛·牟尼之所以想娶一位性格与他相似的妻子，是因为丈夫要想在灵性和物质上有所成就，身边需要有这样一位贤内助。据说，妻子能帮助丈夫实现他在宗教、经济发展和感官享乐等方面所有的欲望。一个男人如果有一位贤惠的妻子，就被视为是最有福气的男人。从占星术的角度看，男人如果很富有、儿子很有出息或妻子很贤惠，就是有福气的人；在这三者中，能娶到贤妻的人算最有福气。人在结婚前应该选一位性格相似的女子为妻，而不是因所谓的美丽容貌或其他可供感官享乐的特征而“一见倾心”。《博伽瓦谭》第12篇中说：在喀历年代中，婚姻将建立在满足性欲的基础上，一旦性生活出现问题，就会考虑离婚。

韦达经中推荐：要想娶贤惠的妻子，就应该崇拜乌玛(Umā)。因此，卡尔达玛·牟尼本可以请求乌玛祝福他能娶到一位贤妻。然而，他更愿意崇拜至尊人格首神，因为《博伽瓦谭》中推荐说：无论是满心物质欲望的人，是没有欲望的人，还是希望解脱的人，都应该崇拜至尊主。在这三种人中，一种人想要通过满足物质欲望获得快乐；一种想通过与至尊者合一变得快乐；还有一种人是完美的人，那就是奉献者。奉献者只想为至尊主做超然的爱心服务，而并不期望人格首神给他任何回报。无论如何，人都该崇拜至尊人格首神，因为祂会满足每一个人的愿望。崇拜至尊者的好处是：人即使有物质享乐的欲望，如果他崇拜奎师那，他也会逐渐变成纯粹的奉献者，不再有任何物质的渴求。

第 16 节 प्रजापतेस्ते वचसाधीश तन्त्या
लोकः किलायं कामहतोऽनुबद्धः ।
अहं च लोकानुगतो वहामि
बलिं च शुक्लानिमिषाय तुभ्यम् ॥१६॥

prajāpates te vacasādhīśa tantyā
lokaḥ kilāyaṁ kāma-hato 'nubaddhaḥ
ahaṁ ca lokānugato vahāmi
baliṁ ca śuklānimiṣāya tubhyam

prajāpateḥ 一众生之主 / te 一您的 / vacasā 一在……的指挥下 /

adhīśa一我的至尊主啊 / tantyā一被绳子 / lokaḥ一受制约的灵魂 / kila一的确 / ayam一这些 / kāma-hataḥ一被物质欲望俘虏 / anubaddhaḥ一被绑 / aham一我 / ca一和 / loka-anugataḥ一跟随受制约的灵魂 / vahāmi一供奉 / balim一供品 / ca一和 / śukla一宗教的化身啊 / animiṣāya一作为永恒的时间而存在 / tubhyam一向您

译文　我的至尊主啊！您是全体生物的主人和领袖。在您的指导下，所有像是被绳子捆绑住的受制约的灵魂，都一直在忙于满足他们的欲望。宗教的化身啊！跟随他们，我也崇拜您——永恒的时间，向您供奉祭品。

要旨　《卡塔奥义书》(Kaṭha Upaniṣād)中说：至尊主是全体生物的领袖。祂是众生的维系者，为他们提供生活所需，满足他们的欲望。世上没有一个个体生物是独立的，所有的生物都仰赖至尊主的仁慈。正因为如此，韦达经典中的教导是：人应该在至尊领袖——人格首神的指导下享受生活。《至尊奥义书》(Īśopaniṣad)等韦达文献指示说：由于一切都属于至尊人格首神，人应该享受个人应得的财物，而不该侵占他人的财产。每一个生物都最好按照至尊主的教导享受物质生活和灵性生活。

也许有人会问：卡尔达玛·牟尼既然在灵性上很进步，为什么不请求至尊主赐予他解脱呢？他既然面对面地看到了至尊主本人，为什么还要享受物质生活？回答是：并非人人都有资格立刻摆脱物质束缚，获得解脱。因此，每一个人的责任是：在至尊主或韦达经(Vedas)的指导下按照自己现有的条件享受生活。韦达经被视为是至尊主本人的话语。至尊主给我们机会，让我们按自己的愿望享受物质生活，同时指导我们按照韦达经规定的方式生活，以使我们逐渐提升自己，摆脱物质的束缚。为实现主宰物质自然的愿望而来到物质世界的受制约灵魂，都受到自然律法的约束，因此最好遵守韦达经的规定，以使自己逐渐提升，获得解脱。

卡尔达玛·牟尼称至尊主为“宗教的领袖(śukla)”。虔诚之人应该遵守宗教的规范原则，因为这些原则是至尊主本人制定的。没人可以自创一门宗教，“宗教” 是指至尊主的指示或法律。在《博伽梵歌》中，至尊主说：宗教意味着归依祂。那是人生所能达到的最高的完美境界，所以人应该遵守韦达规定，投靠、服从至尊主。人应该过虔诚的生活，遵守宗教规则，为获得更高层次的灵性觉悟而结婚，平静地生活。

第 17 节 लोकांश्च लोकानुगतान् पशूंश्च
हित्वा श्रितास्ते चरणातपत्रम् ।
परस्परं त्वद्गुणवादसीधु-
पीयूषनिर्यापितदेहधर्माः ॥१७॥

lokāṁś ca lokānugatān paśūṁś ca
hitvā śritās te caraṇātapatram
parasparaṁ tvad-guṇa-vāda-sīdhu-
pīyūṣa-niryāpita-deha-dharmāḥ

lokān一世俗事务 / ca一和 / loka-anugatān一世俗事务的追随者 / paśūn一野兽般的 / ca一和 / hitvā一放弃 / śritāḥ一托庇 / te一您的 / caraṇa一莲花足的 / ātapatram一伞 / parasparam一相互 / tvat一您的 / guṇa一品质的 / vāda一通过谈论 / sīdhu一令人陶醉的 / pīyūṣa一以甘露 / niryāpita一熄灭 / deha-dharmāḥ一躯体的基本需要

译文 然而，谁停止从事老一套的世俗事务，放弃与从事这类事务的野兽般的人交往，转而与他人互相谈论您的品质及活动，通过畅饮这种令人陶醉的甘露，托庇于您莲花足的保护伞，谁就能摆脱物质躯体的各种基本需求所带来的困扰。

要旨 卡尔达玛·牟尼叙述对婚姻生活的需求后断言：婚姻及

其他社会事务，都是规定沉溺于物质感官享乐之人应该按照规则从事的活动。吃、睡、交配和防御这四项动物生活之活动，实际是躯体的需求，但忙于为奎师那做超然的爱心服务的人，不再从事这个物质世界里所有规定的活动，不再遵守社会习俗。以过去、现在和未来的形式展现的永恒时间——物质能量，迷惑着每一个受制约的灵魂。然而，人一旦开始从事培养奎师那意识的活动，便超越过去和现在的限制，处在从事与灵魂有关的永恒活动的状态中。想要享受物质生活的人必须遵照韦达教导行事，但为至尊主做奉爱服务的人则不必害怕这个物质世界的规则。这样的奉献者不在乎物质活动的常规，他们勇敢地托庇在那把遮挡生死轮回之阳的大伞下。

灵魂一直不断地从一个躯体转入另一个躯体，是他在物质生存中受苦的原因。梵文称物质存在中受制约的生活为生死轮回(saṁsāra)。人也许因行善而投生在一个良好的物质环境中，但生与死就像无情的大火一样不断地发生着。圣维施瓦纳特·查夸瓦尔提·塔库尔(Viśva-nātha Cakravartī Ṭhākura)在他向灵性导师祈祷时谈到了这一点。他把生死轮回比作森林大火。在无人纵火的情况下，森林大火会因为一些干树枝的相互摩擦而自动燃起。熊熊燃烧的森林大火并非消防队或一些好心人士所能扑灭，而只有当天降大雨时才能扑灭。降雨的云被比喻为是灵性导师的仁慈。靠灵性导师的仁慈又引来人格首神的仁慈之云，只有到这时，当奎师那意识的倾盆大雨从天而降时，物质存在的熊熊烈火才能被扑灭。这节诗中也谈到这一点说：为摆脱物质存在中限定了的受制约的生活，人必须托庇于至尊主的莲花足。要做到这一点，不是按照非人格神主义者所沉迷的那套方法，而是通过做奉爱服务，聆听、吟诵(吟唱)至尊主的活动。只有这样，人才能摆脱物质存在中的因果业报定律。这节诗中建议说：人应该放弃这个物质世界里的受制约的生活，避免与只是在从事经过包装的吃、睡、交配和防卫这四项动物活动的所谓文明人交往。这节诗中将聆听和歌唱至尊主的荣耀描述为是“通过谈论您那令人陶醉的品质(tvad-guṇa-vāda-sīdhu)”。人只有畅饮吟诵、吟唱和聆听至尊主娱乐活动的甘露，才可能忘了醉生梦死的物质生活。

第 18 节 न तेऽजराक्षभ्रमिरायुरेषां
त्रयोदशारं त्रिशतं षष्टिपर्व ।
षण्नेम्यनन्तच्छदि यत्त्रिणाभि
करालस्रोतो जगदाच्छिद्य धावत् ॥१८॥

na te 'jarākṣa-bhramir āyur eṣāṁ
trayodaśāraṁ tri-śataṁ ṣaṣṭi-parva
ṣaṇ-nemy ananta-cchadi yat tri-ṇābhi
karāla-sroto jagad ācchidya dhāvat

na—不 / te—您的 / ajara—不朽的布茹阿曼的 / akṣa—在轴上 / bhramiḥ—转动 / āyuḥ—寿命 / eṣām—奉献者的 / trayodaśa—十三 / aram—轮辐 / tri-śatam—三百 / ṣaṣti—六十 / parva—接头 / ṣaṭ—六 / nemi—轮网 / ananta—无数的 / chadi—叶片 / yat—……的 / tri—三 / nābhi—轮毂 / karāla-srotaḥ—飞速地 / jagat—宇宙 / ācchidya—减短 / dhāvat—奔驰

译文 您那有三个轮毂的轮以不朽的布茹阿曼为轴转动。它有十三个轮辐、三百六十个接头、六个轮网及其上雕刻出的无数叶片。尽管这个轮的旋转缩短了整个创造的生存期，但飞速旋转的它却无法触及至尊主奉献者的寿命。

要旨 时间因素无法影响奉献者的寿命。《博伽梵歌》中说：做一点点奉爱服务，都能使人免于最可怕的危险。灵魂不断地从一个躯体转入另一个躯体是最可怕的危险，只有为至尊主做奉爱服务才能中止这一过程。韦达文献中说：没有至尊主的仁慈，受制约的生物无法摆脱生死轮回(hariṁ vinā na sṛtiṁ taranti)。《博伽梵歌》中说：人只有了解至尊主的超然本性，以及祂的活动、显现和隐迹，才能摆脱生死轮回，回到祂身边。时间被划分成片刻、小时、月、年、期、季等大大小小的单位。这节诗中谈到的时间单位，都符合韦达文献中的天文学计算。这个地球上有六季，梵文称为瑞图(ṛtu)；四个月为一期(cāturmāsya)；而这样的三期是一年。按照韦达天文学的计算，有十三个月，第十三个月称为阿迪·玛萨(adhi-māsa)或玛拉·玛萨(mala-māsa)，是每到第三年才加一次。然而，时间因素无法影响奉献者的寿命。韦达文献中有另一节诗说：日出日落带走众生的生命，却带不走做奉爱服务之人的生命。时间在这节诗中被比作是一个巨大的轮子；这轮子有三百六十个接头、六圈轮网是六季，无数叶片是无数的时刻。它以永恒的存在——布茹阿曼(Brahman, 梵)为轴旋转着。

第 19 节　एकः स्वयं सञ्जगतः सिसृक्षया-
द्वितीययात्मन्नधियोगमायया ।
सृजस्यदः पासि पुनर्ग्रसिष्यसे
यथोर्णनाभिर्भगवन् स्वशक्तिभिः ॥१९॥

ekaḥ svayaṁ sañ jagataḥ sisṛkṣayā-
dvitīyayātmann adhi-yogamāyayā
sṛjasy adaḥ pāsi punar grasiṣyase
yathorṇa-nābhir bhagavan sva-śaktibhiḥ

ekaḥ—一 / svayam—您本人 / san—作为 / jagataḥ—所有宇宙 / sisṛkṣayā—想创造 / advitīyayā—没有第二个 / ātman—在您之中 / adhi—控制 / yoga-māyayā—被尤嘎玛亚 / sṛjasi—您创造 / adaḥ—这些宇宙 / pāsi—您维系 / punaḥ—再次 / grasiṣyase—您将收起 / yathā—好比 / ūrṇa-nābhiḥ—蜘蛛 / bhagavan—至尊主啊 / sva-śaktibhiḥ—靠牠自己的力量

译文　亲爱的至尊主，您独自创造所有的宇宙。人格首神啊！只是因为想要创造这些宇宙，正如蜘蛛用它自己的能量编织蜘蛛网，然后再收起它一样，您用自己的能量创造、维系了众多宇宙，并再次收起它们。这一切都在您独一无二的能量尤嘎玛亚的控制下进行。

要旨 这节诗中有两个重要的词驳斥了非人格神主义者的“一切都是神”的理论。卡尔达玛在此说：“人格首神啊，您独自一人，但却有各种能量。”蜘蛛的例子也意义重大。蜘蛛是一种生物体，牠靠自己的能量编织出一个网，在网上玩耍，到不想玩时便收起牠的网。蜘蛛用唾液编织出一张网时，它本身并没有变得无形无象。同样，物质能量或灵性能量的创造与展示，也不会使创造者失去其人格特性。这节祈祷文说明，神是有感知力、有感情的；能够听到奉献者的祈祷并满足他的愿望。正因为如此，《布茹阿玛·萨密塔》第5章的第1节诗中说，祂具有充满极乐和知识的永恒形象(sac-cid-ānanda-vigraha)。

第 20 节 नैतद्बताधीश पदं तवेप्सितं
यन्मायया नस्तनुषे भूतसूक्ष्मम् ।
अनुग्रहायास्त्वपि यर्हि मायया
लसत्तुलस्या भगवान् विलक्षितः ॥२०॥

naitad batādhīśa padaṁ tavepsitaṁ
yan māyayā nas tanuṣe bhūta-sūkṣmam
anugrahāyāstv api yarhi māyayā
lasat-tulasyā bhagavān vilakṣitaḥ

na一不 / etat一这 / bata一的确 / adhīśa一这啊 / padam一物质世界 / tava一您的 / īpsitam一愿望 / yat一……的 / māyayā一凭您的外在能量 / naḥ一为我们 / tanuṣe一您展示 / bhūta-sūkṣmam一粗糙和精微的元素 / anugrahāya一为给予仁慈 / astu一愿…… / api一也 / yarhi一当……时 / māyayā一靠您没有缘故的仁慈 / lasat一灿烂的 / tulasyā一图拉西花环 / bhagavān一至尊人格首神 / vilakṣitaḥ一被感知

译文 亲爱的至尊主，尽管那并不是您的愿望，但您还是为了满足我们的感官享乐欲望，展示了这个由粗糙和精微元素构成的创造。您以佩戴着用图拉西叶编制的灿烂花环的永恒形象出现在我们面前，那就请把您没有缘故的仁慈赐予我们吧。

要旨 这里清楚地说：创造物质世界并非至尊主本人的愿望；是因为生物想要享受物质世界，至尊主才用祂的外在能量创造了它。这个物质世界不是为毫无感官享乐欲望、一直不断地做超然的爱心服务、始终想着奎师那的人创造的。对他们来说，灵性世界永恒存在，他们在那里享受。《圣典博伽瓦谭》的另一个地方说：对托庇于至尊人格首神莲花足的人来说，这个物质世界毫无价值；这个物质世界里每一步都充满了危险，因此不是给奉献者住的地方，而是给那些为主宰物质自然而甘愿冒险的生物住的。奎师那是那么仁慈，甚至允许喜欢感官享乐的生物住在祂创造的另一个世界里，按他们的愿望进行享受，但同时还以祂本人的形象显现在这个世界中。至尊主在并不情愿的情况下创造了这个物质世界，接着不是以本人的形象降临，就是派祂信赖的儿子、仆人或像维亚萨戴瓦(Vyāsadeva)那样可靠的经典编纂者前来，教导世人。祂自己也通过宣讲《博伽梵歌》给予教导。这种宣传工作与物质创造同时进行，以劝说在物质世界中沉沦的、被误导的生物回到祂身边，投靠、服从祂。为此，至尊主在《博伽梵歌》中给予的最后的教导是：“放弃你在物质世界中所虚构出的活动，只归依我。我将保护你，使你摆脱所有的恶报。”

第 21 节 तं त्वानुभूत्योपरतक्रियार्थं
स्वमायया वर्तितलोकतन्त्रम् ।
नमाम्यभीक्ष्णं नमनीयपाद-
सरोजमल्पीयसि कामवर्षम् ॥२१॥

tam̐ tvānubhūtyoparata-kriyārtham̐
sva-māyayā vartita-loka-tantram
namāmy abhīkṣṇam̐ namanīya-pāda-
sarojam alpīyasi kāma-varṣam

tam—那 / tvā—您 / anubhūtyā—通过觉悟 / uparata—无视 / kriyā—功利性活动中所包含的快乐 / artham—为了 / sva-māyayā—通过您本人的能量 / vartita—带来 / loka-tantram—物质世界 / namāmi—我顶拜 / abhīkṣṇam—再三地 / namanīya—值得崇拜的 / pāda-sarojam—莲花足 / alpīyasi—向微不足道的人 / kāma—欲望 / varṣam—倾注

译文 我不断地向您那值得我们托庇的莲花足致以虔敬的顶礼，因为您把一切祝福倾注在我们这些微不足道的人身上。为了让众生通过认识您而摆脱功利性活动，您用自己的能量展示了这些物质世界。

要旨 至尊主可以赐予每一个人他想要的祝福，因此每一个人，无论他追求物质享乐、解脱，还是想要为至尊主做超然的爱心服务，他都应该恭恭敬敬地向至尊主顶礼。至尊主在《博伽梵歌》第4章的第11节诗中声明：祂会给予所有的人以祝福；无论是想要在这个物质世界当个成功的享乐者，是想要摆脱这个物质世界的束缚，还是想永远怀着纯粹的奎师那意识为祂服务，祂都会给予他们想要的祝福(ye yathā mām̐ prapadyante)。就有关物质享乐，祂在韦达经中规定了那么多举行祭祀仪式的方法，以使人们可以利用那些指示，达成自己的愿望，在高等星球或贵族人家中享受物质生活。韦达经中谈了所有这些方法，人们可以加以充分的利用。同样，对想要从这个物质世界解脱出去的人，韦达经典中也给予了相应的教导。

人除非对这个物质世界里的享乐感到厌恶，否则不可能寻求解脱。解脱是为厌恶物质享乐的人准备的。因此，《韦丹塔·苏陀》(Vedānta-sūtra)中说：不想再在这个物质世界里寻找快乐的人，可以询问有关绝对真理(athāto brahma-jijñāsā)。想要了解绝对真理的人可以研读《韦丹塔·苏陀》，以及对《韦丹塔·苏陀》给予了权威解释的经典《圣典博伽瓦谭》。由于《博伽梵歌》也是《韦丹塔·苏陀》，所以通过理解《圣典博伽瓦谭》、《韦丹塔·苏陀》和《博伽梵歌》，人就能得到真正的知识。人一旦获得真正的知识，就从理论的角度与至尊主合一了；他一旦真正开始为布茹阿曼(梵)服务——培养奎师那意识，就不仅仅是解脱了，而且真正进入了灵性生活。同样，对想要主宰物质自然的人，至尊主为他们提供了种类繁多的物质享乐、物质知识和物质科学，让他们享受。结论是：人无论追求什么利益，都应该崇拜至尊人格首神。梵文“欲望之雨(kāma-varṣam)”一词意义重大，因为它说明：至尊主满足每一个去找祂的人的愿望。但对那些既真心实意地爱着奎师那，又想得到物质享乐的困惑之人，奎师那会对他非常仁慈，给他提供为至尊主做超然爱心服务的机会，使他逐渐忘记自己的妄想。

第22节

ऋषिरुवाच
इत्यव्यलीकं प्रणुतोऽब्जनाभ-
स्तमाबभाषे वचसामृतेन ।
सुपर्णपक्षोपरि रोचमानः
प्रेमस्मितोद्वीक्षणविभ्रमद्भ्रूः ॥२२॥

ṛṣir uvāca
ity avyalīkaṁ praṇuto 'bja-nābhas
tam ābabhāṣe vacasāmṛtena
suparṇa-pakṣopari rocamānaḥ
prema-smitodvīkṣaṇa-vibhramad-bhrūḥ

ṛṣiḥ uvāca—伟大的圣人麦垂亚说 / iti—就此 / avyalīkam—发自内心的 / praṇutaḥ—被赞美后 / abja-nābhaḥ—主维施努 / tam—向卡尔达玛·牟尼 / ābabhāṣe—回答 / vacasā—用话语 / amṛtena—甘露般甜美的 / suparṇa—嘎茹达的 / pakṣa—肩膀 / upari—在……上 / rocamānaḥ—光芒

四射 / prema—爱的 / smita—带着微笑 / udvīkṣaṇa—看 / vibhramat—优雅地动 / bhrūḥ—眉毛

译文 麦垂亚继续说：受到圣人卡尔达玛以诚挚的话语所赞美的主维施努，站在嘎茹达肩膀上放射出极为华美的光芒，用甘露般甜美的话语开口作答。在祂满怀深情地微笑着看着圣人时，祂的眉毛雅致地挑动着。

要旨 梵文“甘露般甜美的话语(vacasāmṛtena)”一词意义重大。每当至尊主开口说话时，祂都是在灵性世界说话，而不是在物质世界说话。由于祂是超然的，祂的话语和活动也是超然的；与祂有关的一切都是超然的。梵文amṛta一词是指永远不会遭遇死亡的人。至尊主的话语和活动永恒不朽，因此并非这个物质世界的产物。这个物质世界的声音与灵性世界的声音截然不同；灵性世界的声音甜美、永恒，而物质世界的声音平庸，最终会消失。哈瑞·奎师那 哈瑞·奎师那 奎师那·奎师那 哈瑞·哈瑞(Hare Kṛṣṇa, Hare Kṛṣṇa, Kṛṣṇa Kṛṣṇa, Hare Hare)——圣名的声音，不断增加吟诵、吟唱它的人的热情。人如果不断重复单调的物质词汇，就会感到厌倦；但即使一天二十四小时吟诵、吟唱哈瑞·奎师那，他也不会感到厌倦，相反想要不断地唱下去。由于至尊主的声音来自灵性世界，诗中在谈到至尊主开口向圣人卡尔达玛作答时，便专门用了“甘露般甜美的话语”一词。祂用超然的话语作答时，充满深情地挑动着眉毛。每当奉献者赞美至尊主的荣耀时，至尊主总是感到十分满意。祂总是对祂的奉献者满怀没有缘故的仁慈，因此会毫无保留地把超然的祝福赐予祂的奉献者。

第 23 节

श्रीभगवानुवाच
विदित्वा तव चैत्यं मे पुरैव समयोजि तत् ।
यदर्थमात्मनियमैस्त्वयैवाहं समर्चितः ॥२३॥

śrī-bhagavān uvāca
viditvā tava caityaṁ me
puraiva samayoji tat
yad-artham ātma-niyamais
tvayaivāhaṁ samarcitaḥ

śrī-bhagavān uvāca一至尊主说 / viditvā一了解 / tava一你的 / caityam一内心的想法 / me一被我 / purā一以前 / eva一肯定地 / samayoji一被安排 / tat一那 / yat-artham一为了…… / ātma一心和感官的 / niyamaiḥ一通过纪律 / tvayā一由你 / eva一只 / aham一我 / samarcitaḥ一已经被崇拜

译文 至尊主说：为实现你的愿望，你通过控制你的心和感官很好地崇拜了我，因此在知道你心中所想后，我已经做了相应的安排。

要旨 至尊人格首神以祂超灵(Paramātmā)的形象居于每一个生物体的心中，因此了解每一个人的过去、现在和未来，以及他的欲望和所作所为等一切。《博伽梵歌》中说：祂作为见证者居于生物体的心中。人格首神了解卡尔达玛·牟尼内心的想法，已经作了相应的安排，以满足他的愿望。真诚的奉献者无论想要什么，至尊主都不会让他失望，但祂也绝不会把妨害奉献者做奉爱服务的事物给予奉献者。

第24节 न वै जातु मृषैव स्यात्प्रजाध्यक्ष मदर्हणम् ।
भवद्विधेष्वतितरां मयि सङ्गृभितात्मनाम् ॥२४॥

na vai jātu mṛṣaiva syāt
prajādhyakṣa mad-arhaṇam
bhavad-vidheṣv atitarāṁ
mayi saṅgṛbhitātmanām

na一不 / vai一的确 / jātu一永远 / mṛṣā一无用的 / eva一只 / syāt一也许 / prajā一众生中的 / adhyakṣa一领袖啊 / mat-arhaṇam一对我的崇

拜 / bhavat-vidheṣu－向像你一样的人 / atitarām－完全 / mayi－对我 / saṅgṛbhita－专注 / ātmanām－那些心……的人

译文 至尊主继续说：我亲爱的圣人，生物体的领袖啊！对通过怀着奉爱之情崇拜我而为我做服务的人，特别是像你这样把一切都献给我的人来说，永远都不会有失望的问题。

要旨 一个人如果心中还存有一些欲念，那么为至尊主做服务也永远不会令他失望。为至尊主做服务的人分两类，一类被称为萨卡玛(sakāma)，一类被称为阿卡玛(akāma)。怀着物质享乐的欲望去找至尊人格首神的奉献者，称为萨卡玛；不带丝毫物质感官享乐欲望，而只是出于发自内心的爱为至尊主做服务的奉献者，称为阿卡玛。萨卡玛奉献者又分四种：苦恼的人、需要钱财的人、好奇的人和有智慧的人。崇拜至尊主的人动机各不相同，有些人是因为躯体或精神上很痛苦，有些人是需要金钱，有些是出于好奇想要了解祂，有些想要像哲学家那样靠自己的聪明才智作调查研究去了解祂。这四种人都不会失望，他们都可以通过崇拜至尊主得到自己想要的结果。

第 25 节 प्रजापतिसुतः सम्राण्मनुर्विख्यातमङ्गलः ।
ब्रह्मावर्तं योऽधिवसन् शास्ति सप्तार्णवां महीम् ॥२५॥

prajāpati-sutaḥ samrāṇ
manur vikhyāta-maṅgalaḥ
brahmāvartaṁ yo 'dhivasan
śāsti saptārṇavāṁ mahīm

prajāpati-sutaḥ－主布茹阿玛的儿子 / samrāṭ－帝王 / manuḥ－斯瓦阳布瓦 · 玛努 / vikhyāta－闻名 / maṅgalaḥ－以他的公正作为 / brahmāvartam－布茹阿玛瓦尔塔 / yaḥ－……的他 / adhivasan－住在 / śāsti－统治 / sapta－七 / arṇavām－海洋 / mahīm－地球

译文　主布茹阿玛的儿子——帝王斯瓦阳布瓦·玛努，以他的公正作为闻名天下，他坐镇首都布茹阿玛瓦尔塔，统治着包括七大洲在内的整个地球。

要旨　有些人说布茹阿玛瓦尔塔(Brahmāvarta)是库茹柴陀(Kurukṣetra)的一部分，或库茹柴陀位于布茹阿玛瓦尔塔区域内，因为经典推荐半神人在库茹柴陀举行灵性的仪式。但另外一些人的看法是，布茹阿玛瓦尔塔在斯瓦阳布瓦统治的布茹阿玛星球(Brahmaloka)上。这个地球上有许多地方也存在于高等星系上。我们这个星球上有温达文(Vṛndāvana)、杜瓦尔卡(Dvārakā)和玛图茹阿(Mathurā)，它们也永恒地存在于奎师那珞卡(Kṛṣṇaloka)上。地球上有很多相似的地名。还有可能就像这节诗中说的，在至尊主化身为雄猪的年代，斯瓦阳布瓦·玛努统治这个地球。这节诗中的梵文“他杰出的品质(maṅgalaḥ)”一词很重要，它是指一个人在从事宗教活动、统治管理能力、洁净等各方面都很优秀，具有一切美好的品质。梵文“闻名(vikhyāta)”一词是指，斯瓦阳布瓦·玛努因为具备所有这些美好的品质和财富而闻名天下。

第26节　स चेह विप्र राजर्षिर्महिष्या शतरूपया ।
आयास्यति दिदृक्षुस्त्वां परश्वो धर्मकोविदः ॥२६॥

sa ceha vipra rājarṣir
mahiṣyā śatarūpayā
āyāsyati didṛkṣus tvāṁ
paraśvo dharma-kovidaḥ

saḥ—斯瓦阳布瓦·玛努 / ca—和 / iha—这里 / vipra—圣洁的布茹阿玛纳啊 / rāja-ṛṣiḥ—圣洁的君王 / mahiṣyā—与他妻子 / śatarūpayā—名叫莎塔茹帕 / āyāsyati—将会来 / didṛkṣuḥ—渴望见到 / tvām—你 / paraśvaḥ—后天 / dharma—宗教活动 / kovidaḥ—擅长

译文 布茹阿玛纳啊！后天，那位精通宗教活动的著名帝王，将会与他的王后莎塔茹帕来到这里，希望见到你。

第 27 节 आत्मजामसितापाङ्गीं वयःशीलगुणान्विताम् ।
मृगयन्तीं पतिं दास्यत्यनुरूपाय ते प्रभो ॥२७॥

ātmajām asitāpāṅgīṁ
vayaḥ-śīla-guṇānvitām
mṛgayantīṁ patiṁ dāsyaty
anurūpāya te prabho

ātma-jām—他的亲生女儿 / asita—黑色 / apāṅgīm—眼睛 / vayaḥ—成年 / śīla—品性 / guṇa—有良好的品质 / anvitām—被赋予 / mṛgayantīm—寻找 / patim—丈夫 / dāsyati—他将给 / anurūpāya—与……匹配的 / te—给你 / prabho—阁下

译文 他有一个长大成人、眼睛是黑色的女儿。她已到了适合嫁人的年龄，而且性格温顺，具有一切美好的品质。她也在寻找一位好丈夫。亲爱的先生，她的父母会来看你——正适合她的人，把他们的女儿交给你做妻子。

要旨 给一位好姑娘物色一位好丈夫，永远是父母的责任。这节诗中明确地说：玛努和他妻子会来拜访卡尔达玛·牟尼，把他们的女儿许配给他。他们的女儿具备良好的资格，所以他们做父母的要为她物色一位有同样资格的丈夫。这是父母的责任。当父母的永远都不该让女儿到街上去自己找丈夫，因为如果让长大的少女自己去寻找婚嫁对象的话，她们就会忘记考虑自己选的男子是否真正适合自己。在性欲的驱使下，她们会接受任何人，但如果父母为她们选丈夫，她们就会考虑谁合适、谁不合适。因此按照韦达传统，少女由父母做主许配给合适的男子，而从不允许她自作主张选择她的丈夫。

第 28 节　समाहितं ते हृदयं यत्रेमान् परिवत्सरान् ।
सा त्वां ब्रह्मन्नृपवधूः काममाशु भजिष्यति ॥२८॥

samāhitaṁ te hṛdayaṁ
yatremān parivatsarān
sā tvāṁ brahman nṛpa-vadhūḥ
kāmam āśu bhajiṣyati

samāhitam－被固定 / te－你的 / hṛdayam－心 / yatra－在……身上 / imān－所有这些 / parivatsarān－年 / sā－她 / tvām－你 / brahman－布茹阿玛纳啊 / nṛpa-vadhūḥ－公主 / kāmam－合你的意 / āśu－很快 / bhajiṣyati－将服务

译文　圣洁的圣人啊！那位公主正是你这许多年来一直在心中想要的那类佳偶。她很快便会成为你的人，将完全按照你的愿望侍奉你。

要旨　至尊主按照奉献者内心的愿望给予所有的祝福，所以祂告诉卡尔达玛·牟尼说："前来与你成婚的少女是一位公主，是斯瓦阳布瓦帝王的女儿，所以正合你的要求。"只有靠神的仁慈，男子才能娶到符合自己心愿的贤妻；同样也只有靠神的仁慈，女子才能嫁给自己的如意郎君。因此，如果我们在处理物质生活中的每件事情时都能向至尊主祈祷，那一切就会非常顺利，让我们最终心想事成。换句话说，在所有的情况下，我们都必须托庇于至尊人格首神，完全依靠祂的决定。谋事在人，成事在天。因此，要想实现自己的愿望，就应该把一切交给至尊人格首神。这是解决问题的最佳方式。卡尔达玛·牟尼只想娶一个妻子，但由于他是至尊主的奉献者，至尊主便替他选了一位帝王的千金做妻子。这完全超出卡尔达玛·牟尼的期望。如果我们依靠至尊人格首神的安排，我们就会得到远远超出我们期望的好结果。

在此还有一个要了解的重点是，卡尔达玛·牟尼是布茹阿玛纳(brāhmaṇa, 婆罗门)，而帝王斯瓦阳布瓦是查锤亚(kṣātriya, 刹帝利)。因此，不同阶层人士之间的通婚在当时那个年代就已经流行了。但规定是：布茹阿玛纳可以娶查锤亚的女儿，但查锤亚不能娶布茹阿玛纳的女儿。从韦达年代的历史中，我们可以找到这样的证据：舒夸查尔亚(Śukṛācārya)要把女儿许配给雅亚提王(Mahārāja Yayāti)，但君王不得不谢绝娶这位布茹阿玛纳的女儿；只有在得到这位布茹阿玛纳的特别允许后，他们才能完婚。因此，不同阶层人士间通婚，亿万年前的远古时代就不是被禁止的。当然，就有关社会行为方面，也有相应的规定。

第 29 节　या त आत्मभृतं वीर्यं नवधा प्रसविष्यति ।
वीर्ये त्वदीये ऋषय आधास्यन्त्यञ्जसात्मनः ॥२९॥

yā ta ātma-bhṛtaṁ vīryaṁ
navadhā prasaviṣyati
vīrye tvadīye ṛṣaya
ādhāsyanty añjasātmanaḥ

yā－她 / te－由你 / ātma-bhṛtam－种在她身体里 / vīryam－种子 / nava-dhā－九个女儿 / prasaviṣyati－将生下 / vīrye tvadīye－通过你生的女儿 / ṛṣayaḥ－圣人 / ādhāsyanti－将生育 / añjasā－全部 / ātmanaḥ－后代

译文　你播种在她体内的精子，会使她生育九个女儿，而靠你们生出的女儿，圣人们将大量地生育后代。

第 30 节　त्वं च सम्यगनुष्ठाय निदेशं म उशत्तमः ।
मयि तीर्थीकृताशेषक्रियार्थो मां प्रपत्स्यसे ॥३०॥

tvaṁ ca samyag anuṣṭhāya
nideśaṁ ma uśattamaḥ
mayi tīrthī-kṛtāśeṣa-
kriyārtho māṁ prapatsyase

tvam—你 / ca—和 / samyak—正确地 / anuṣṭhāya—执行 / nideśam—命令 / me—我的 / uśattamaḥ—彻底净化 / mayi—给我 / tīrthī-kṛta—交给 / aśeṣa—所有的 / kriyā—活动的 / arthaḥ—结果 / mām—我 / prapatsyase—你将到达

译文　怀着靠正确执行我的命令净化了的心态，把你一切活动的结果都献给我，你最后就会到我身边来。

要旨　这节诗中的“交出一切活动的结果(tīrthī-kṛtāśeṣa-kriyārthaḥ)”一句意义重大。梵文tīrtha的意思是从事布施活动的神圣之地。人们通常会去朝圣之地慷慨布施。这一做法至今仍然盛行。因此至尊主说：“为了净化你的活动和活动结果，你要把一切都献给我。”《博伽梵歌》中也证实说：你无论做什么、吃什么、供奉或施舍什么，都应该把结果献给我本人。在《博伽梵歌》的另一处，至尊主说：我是一切祭祀、苦行的享受者，是众生的恩人和祝愿者。因此，无论我们从事为家庭谋福利的活动，还是为社会、国家或全体人类谋福利的活动，都必须带着奎师那意识去从事。这就是至尊主给卡尔达玛·牟尼的指示。尤帝士提尔王(Mahārāja Yudhiṣṭhira)在迎接纳茹阿达·牟尼(Nārada Muni)时说：“由于至尊主永远在您心中，无论你去什么地方，那地方就变成了圣地。”同样，如果我们在至尊主和祂代表的指导下怀着奎师那意识行事，一切就会被神圣化。这是给卡尔达玛·牟尼的指示，而由于他按照这指示行事，他得到了最出色的妻子和孩子。这一切在后面的诗中将逐一揭示出来。

第 31 节　कृत्वा दयां च जीवेषु दत्त्वा चाभयमात्मवान् ।
मय्यात्मानं सह जगद्द्रक्ष्यस्यात्मनि चापि माम् ॥३१॥

kṛtvā dayāṁ ca jīveṣu
dattvā cābhayam ātmavān

mayy ātmānaṁ saha jagad
drakṣyasy ātmani cāpi mām

kṛtvā一显示 / dayām一慈悲 / ca一和 / jīveṣu一向众生 / dattvā一给予 / ca一和 / abhayam一安全的保障 / ātma-vān一自我觉悟 / mayi一在我之中 / ātmānam一你自己 / saha jagat一和宇宙 / drakṣyasi一你将感知到 / ātmani一在你之中 / ca一和 / api一也 / mām一我

译文 向众生表示你的怜悯，将使你获得自我觉悟。保障众生的安全，你将在我之中感知到你自己和所有的宇宙，在你心中感知到我。

要旨 这节诗讲述了使众生可以觉悟自我的简单方法。首先要了解的是，这个世界是按照至尊意愿创造的。这个世界与至尊主具有同一性。非人格神主义者误解这种同一性说：至尊绝对真理把自己变成整个宇宙，于是不再作为个体而独立存在。他们因此把整个世界和世界里的一切都视为是神。那就是所谓的泛神论，即：把万事万物都视为神。那是非人格神主义者的观点。然而，至尊主本人的奉献者认为：一切都归至尊主所有；我们看到的一切都是至尊主展示出来的，因此应该用一切为至尊主服务，而这才是同一性。非人格神主义者与人格神主义者的区别在于：非人格神主义者不接受至尊主以个体的形式独立存在的事实，而人格神主义者接受这一事实，明白至尊主虽然以各种方式扩展自己，但仍然以个体的形式独立存在。就有关这一点，《博伽梵歌》中阐述道：“我以我不具人格特征的形象遍布整个宇宙，一切都在我之中，我却不在其中。”太阳和太阳光的例子就很能说明问题。太阳发出的光芒照遍整个宇宙，使所有的星球都沐浴在阳光中，但所有的星球都不是太阳。人不能说由于所有的星球都沐浴在阳光中，所有这些星球也都是太阳。同样道理，持非人格神主义观点或泛神论观点的人认为“一切都是神”，这并不是个很有智慧的观点。至尊主本人解释说：真实情况是，尽管没有祂，一切都不可能存在，但说一切都是祂也并非事实。祂不同于一切。正因为如此，至尊主在这节诗中也说：你将感知到万事万物都存在于我之中。这说明应该把一切视为是至尊主能量的产物，因此应该用一切为至尊主服务。能量应该被用来为能量的拥有者服务。这是对能量的最佳运用。

如果一个人慈悲为怀的话，他就会利用这能量为自我和他人的真正利益做事。至尊主的奉献者——有奎师那意识的人，总是慈悲为怀。他不仅仅满足于自己是奉献者，还想方设法把奉爱服务的知识传播给其他人。至尊主有许多奉献者在冒着各种风险向大众传播为至尊主做奉爱服务的信息。我们就应该这么做。

经典中还说：怀着巨大的奉爱之情去神庙崇拜至尊主的人，如果不同情大众或不尊敬其他奉献者，就被视为是三流的奉献者。二流的奉献者对堕落的灵魂极为仁慈和同情。他时刻意识到自己是至尊主永恒的仆人，因此与至尊主的奉献者交朋友；对普通大众慈悲为怀，教他们做奉爱服务；但不愿意与非奉献者交往或合作。人只要还停留在为至尊主做奉爱服务但却不怜悯大众的阶段，他就还是个三流的奉献者。一流的奉献者会鼓励每一个生物体说，这个物质存在没什么值得害怕的，“让我们过充满奎师那意识的生活，摆脱愚昧的物质生活”。

至尊主在这节诗中指示卡尔达玛·牟尼在当居士时要心胸宽阔、慈悲为怀，离家过弃绝生活后要去鼓励世人。处在弃绝阶层的人——托钵僧(sannyāsī)，有责任教化、启迪世人。他应该到处旅行，挨家挨户地启发世人。有家庭的人受错觉能量玛亚(māyā)的蒙蔽，专注于家庭事务，忘了自己与奎师那的关系。如果他在这种遗忘的状态下像狗和猫一样地死去，那他的生命就毁了。因此，托钵僧有责任去教化这些健忘的灵魂，让他们重新记起自己与至尊主的永恒关系，引导他们为至尊主做奉爱服务。奉献者应该仁慈地对待堕落的灵魂，让他们有安全感，变得勇敢无畏。人一旦成为至尊主的奉献者，就会坚信至尊主在保护他。就连恐惧本身都害怕至尊主，奉献者还有什么理由害怕呢？

把“勇敢无畏”带给世人是最大的善举。托钵僧——处在弃绝阶层的人，应该尽可能走遍世界各国的城镇和乡村，挨家挨户地向居士们宣讲有关奎师那意识的科学。接受托钵僧启蒙教育后的居士，有责任在家中传播奎师那意识。他应该尽可能地把朋友和邻居请到家中，举办讲座，宣讲有关奎师那意识的知识。举办一个讲座，包括吟诵、吟唱奎师那的圣名，讲解《博伽梵歌》和《圣典博伽瓦谭》。阐述有关奎师那意识科学的经典数不胜数，每一位居士都有责任向他的托钵僧灵性导师学习有关奎师那的知识。为至尊主做服务分工不同：居士的责任是赚钱，因为托钵僧不该赚钱而应该全靠居士的布施。居士应该靠做生意或从事某项职业赚钱，并用至少百分之五十的收入传播奎师那意识，用百分之二十五的收入养家，把百分之二十五的收入存起来以备不时之需。这是茹帕·哥斯瓦米(Rūpa Gosvāmī)分配钱财的方式，奉献者应该向他学习。

事实上，与至尊主合一意味着：使自己的意愿符合至尊主的意愿。与至尊主合一并不意味着变得跟祂一样伟大。那是不可能的。部分永远不可能变得与整体一样。生物永远是极其微小的部分，因此他与至尊主合一是使自己的爱好符合至尊主的爱好。至尊主希望众生永远想着祂，成为祂的奉献者，一直崇拜祂。这在《博伽梵歌》中有清楚的说明，奎师那希望所有的人都时刻想着祂，恭恭敬敬地向祂顶礼(man-manā bhava mad-bhaktaḥ)。这是至尊主的愿望，奉献者应该努力满足祂的愿望。至尊主是无限的，祂的愿望也无穷无尽，因此奉献者为祂做的服务也从无止境。在超然的世界中，至尊主与祂的仆人之间存在着无止境的竞赛。至尊主要满足祂无穷尽的愿望，奉献者则千方百计地为祂服务，满足祂的愿望。至尊主与祂的奉献者之间永无止境地进行着意愿及爱好的合一。

第 32 节 सहाहं स्वांशकलया त्वद्वीर्येण महामुने ।
तव क्षेत्रे देवहूत्यां प्रणेष्ये तत्त्वसंहिताम् ॥३२॥

sahāhaṁ svāṁśa-kalayā
tvad-vīryeṇa mahā-mune
tava kṣetre devahūtyāṁ
praṇeṣye tattva-saṁhitām

saha—和 / aham—我 / sva-aṁśa-kalayā—我本人完整的扩展 / tvat-vīryeṇa—透过你的精子 / mahā-mune—伟大的圣人啊 / tava kṣetre—透过你妻子 / devahūtyām—在黛瓦瑚缇中 / praṇeṣye—我将教导 / tattva—最高原则的 / saṁhitām—教义

译文 杰出的圣人啊！我会透过你妻子黛瓦瑚缇，展示我本人的完整扩展，她还给你生了九个女儿。我将教导她有关最高原则或范畴的哲学体系。

要旨 这节诗中“我本人的完整扩展(svāṁśa-kalayā)”一句表明，至尊主将以黛瓦瑚缇(Devahūti)和卡尔达玛·牟尼的儿子卡皮拉戴瓦(Kapiladeva)的身份显现。卡皮拉戴瓦是数论(Sāṅkhya)哲学的创始者，这节诗中所说的“有关最高原则的教义(tattva-saṁhitā)”便是指数论哲学。至尊主事先告诉卡尔达玛·牟尼，祂将化身为卡皮拉戴瓦显现，宣讲数论哲学。如今大部分世人所了解的数论哲学是另一个名叫卡皮拉戴瓦的人传播的，但那套数论哲学与至尊主本人创立的数论哲学截然不同。世上有两种数论哲学：一种是无神论数论哲学，一种是教导人要虔敬待神的数论哲学。黛瓦瑚缇之子卡皮拉戴瓦所宣扬的是教导人要虔敬待神的数论哲学。

至尊主有各类不同的展示。祂是一，但却变出无数。祂的扩展有两类：一类扩展是不计其数的维施努扩展(viṣṇu-tattva)，称为卡拉(kalā)；另一类扩展是普通的个体灵魂，称为维宾囊萨(vibhinnāṁśa)。瓦玛纳(Vāmana)、哥文达(Govinda)、纳茹阿亚纳(Nārāyaṇa)、帕杜么纳(Pradyumna)、瓦苏戴瓦(Vāsudeva)和阿南塔(Ananta)等维施努的扩展被称为斯宛沙·卡拉(svāṁśa-kalā)。梵文“斯宛沙(svāṁśa)”指的是至尊主的直接扩展，卡拉(kalā)指的是由存在中的第一位至尊主的扩展的扩展。奎师那扩展出巴拉戴瓦(Baladeva)，巴拉戴瓦接着扩展出桑卡尔珊(Saṅkarṣaṇa)，因此桑卡尔珊是卡拉，而巴拉戴瓦是斯宛沙。然而，祂们之间没有区别。就有关这一点，《布茹阿玛纳·萨密塔》第5章的第46节诗生动地解释说：人用一根蜡烛可以点燃第二根蜡烛，用第二根蜡烛点燃第三根、第四根……以此方式，人可以点燃千千万万根蜡烛，所有这些蜡烛都具有同样的亮度(dīpārcir eva hi daśāntaram abhyupetya)。尽管每一根蜡烛都充分燃烧，放射着同等亮度的烛光，但它们彼此还是有前后次序之分，第一根、第二根、第三根……同样，至尊主的直接扩展和间接扩展之间没有区别，至尊主的名字也一样。至尊主是绝对的，所以祂的名字、形象、娱乐活动、随身用品及祂的品质都具有同样的力量。在绝对的世界里，奎师那这个名字是至尊主的超然的声音代表。祂的品质、名字和形象等之间没有力量上的区别。我们吟诵、吟唱的至尊主的名字——哈瑞-奎师那(Hare Kṛṣṇa)中，具有与至尊主本人同样的力量。我们在庙里崇拜的至尊主的形象与至尊主本人的形象毫无力量上的区别。即使其他不了解情况的人以为我们在庙里崇拜的神像只是雕像或偶像而已，我们也不应该有这种想法。因为祂们之间根本就没有区别，无论是崇拜至尊主的雕塑，还是崇拜至尊主本人，人都会得到同样的结果。这就是奎师那意识的科学。

第 33 节 मैत्रेय उवाच

एवं तमनुभाष्याथ भगवान् प्रत्यगक्षजः ।
जगाम बिन्दुसरसः सरस्वत्या परिश्रितात् ॥३३॥

maitreya uvāca
evaṁ tam anubhāṣyātha
bhagavān pratyag-akṣajaḥ
jagāma bindusarasaḥ
sarasvatyā pariśritāt

maitreyaḥ uvāca—圣人麦垂亚说 / evam—就此 / tam—对他 / anubhāṣya—说完 / atha—然后 / bhagavān—至尊主 / pratyak—直接 / akṣa—用感官 / jaḥ—被感知的 / jagāma—离开 / bindu-sarasaḥ—从泪湖 / sarasvatyā—由萨茹阿斯瓦缇河 / pariśritāt—环绕

译文　麦垂亚继续说：只向那些用所有的感官为奎师那做奉爱服务的人揭示自己的至尊主，在这样对卡尔达玛·牟尼说了一番话后，便从被萨茹阿斯瓦缇河环绕着的泪湖上消失了。

要旨　这节诗中有一个梵文词非常重要，至尊主在此被称为“直接被感官感知到的祂(pratyag-akṣaja)”。尽管物质的感官感知不到祂，但祂还是能被看到。这个说法看起来是自相矛盾的。我们有物质的感官，但怎么能看到至尊主呢？祂被称为阿窦克沙佳(adhokṣaja)，意思是说用物质感官看不到祂。梵文“阿克沙佳(akṣaja)”的意思是“用物质感官获取的知识”。由于至尊主不是我们靠物质感官的思辨所能了解的对象，所以又被称为阿吉塔(ajita)。祂可以征服一切，但没人能征服祂。那怎么又说祂仍然能被看见呢？经典解释说，没人能听到奎师那超然的名字，没人能了解祂超然的形象，没人能明白祂超然的娱乐活动。这是不可能的事。那人怎么才能看到祂、了解祂呢？当人受到为至尊主做奉爱服务的训练时，他的感官就会逐渐去除物质污染，得到净化。当人的感官这样被净化后，他就能看到、听到并了解至尊主了。这节诗用“直接被感官感知到的祂(pratyag-akṣaja)”一词说明，物质感官净化后能感知到奎师那的超然形象、名字和品质。

第 34 节 निरीक्षतस्तस्य ययावशेष-
सिद्धेश्वराभिष्टुतसिद्धमार्गः ।
आकर्णयन् पत्ररथेन्द्रपक्षै-
रुच्चारितं स्तोममुदीर्णसाम ॥३४॥

nirīkṣatas tasya yayāv aśeṣa-
siddheśvarābhiṣṭuta-siddha-mārgaḥ
ākarṇayan patra-rathendra-pakṣair
uccāritaṁ stomam udīrṇa-sāma

nirīkṣataḥ tasya一在他仰望之际 / yayau一祂离去 / aśeṣa一所有的 / siddha-īśvara一由解脱的灵魂 / abhiṣṭuta一被赞美 / siddha-mārgaḥ一通往灵性世界的路 / ākarṇayan一聆听 / patra-ratha-indra一(鸟王)嘎茹达的 / pakṣaiḥ一由翅膀 / uccāritam一扇动 / stomam一赞歌 / udīrṇa-sāma一组成萨玛·韦达

译文 在圣人站立仰头凝望之际，至尊主沿着受到所有杰出的解脱灵魂颂扬的、通往灵性世界外琨塔的路离开了。圣人站着侧耳聆听至尊主的坐骑嘎茹达扇动翅膀时发出的声音振荡，那是《萨玛·韦达》中的基础赞歌。

要旨 韦达文献中说：承载至尊主飞往各地的超然大鸟嘎茹达(Garuḍa)的两个翅膀，是《萨玛·韦达》(Sāma Veda)中分别被称为毕尔哈特(bṛhat)和茹阿唐塔尔(rathāntara)的两部分赞歌。嘎茹达是至尊主的坐骑，因此被视为是所有坐骑中的超然王子。嘎茹达一旦开始扇动它的两个翅膀，就会发出伟大的圣人为取悦至尊主而吟唱的《萨玛·韦达》。布茹阿玛、主希瓦(Śiva)、嘎茹达和其他半神人通过吟唱精心挑选的诗歌崇拜至尊主，伟大的圣人通过吟唱奥义书(Upaniṣads)和《萨玛·韦达》等韦达文献中的赞歌崇拜至尊主。当至尊主伟大的奉献者嘎茹达扇动牠的翅膀时，其他奉献者自然便会听到萨玛·韦达赞歌的声音振荡。

这节诗中清楚地说，圣人卡尔达玛仰望着至尊主被载往外琨塔(Vaikuṇṭha)的那条路。以此证实：至尊主是乘着嘎茹达从祂所在的灵性世界外琨塔降临地球的。普通的超然主义者们不崇拜通往外琨塔的路。只有已经摆脱了物质束缚的灵魂才能成为至尊主的奉献者。还未摆脱物质束缚的人无法理解超然的奉爱服务。《博伽梵歌》第7章的第3节诗明确地说：有许多人努力通过摆脱物质束缚达到完美(yatatām api siddhānām)。那些已经解脱了的人被称为布茹阿玛·布塔(brahma-bhūta)或希达(siddha)。只有希达——摆脱了物质束缚的人，才能成为奉献者。就有关这一点，《博伽梵歌》中也证实说：任何怀着奎师那意识活动——做奉爱服务的人，已经摆脱了物质自然属性的影响。这节诗中也证实：只有解脱之人才崇拜奉爱服务之途。受制约的灵魂无法理解为什么要为至尊主做奉爱服务。卡尔达玛·牟尼是解脱了的灵茹达承载着至尊主飞在外琨塔，听到嘎茹达扇动的翅膀发出的萨玛·韦达中最精华的赞歌——哈瑞·奎师那(Hare Kṛṣṇa)。

第35节　अथ सम्प्रस्थिते शुक्ले कर्दमो भगवानृषिः ।
आस्ते स्म बिन्दुसरसि तं कालं प्रतिपालयन् ॥३५॥

atha samprasthite śukle
kardamo bhagavān ṛṣiḥ
āste sma bindusarasi
taṁ kālaṁ pratipālayan

atha—之后／samprasthite śukle—当至尊主离去后／kardamaḥ—卡尔达玛·牟尼／bhagavān—强有力的／ṛṣiḥ—圣人／āste sma—留在／bindu-sarasi—在泪湖湖畔／tam—那／kālam—时间／pratipālayan—等候

译文　在至尊主离开后，值得崇拜的圣人卡尔达玛继续留在泪湖湖畔，等待至尊主所说的时刻的到来。

第 36 节 मनुः स्यन्दनमास्थाय शातकौम्भपरिच्छदम् ।
आरोप्य स्वां दुहितरं सभार्यः पर्यटन्महीम् ॥३६॥

manuḥ syandanam āsthāya
śātakaumbha-paricchadam
āropya svāṁ duhitaraṁ
sa-bhāryaḥ paryaṭan mahīm

manuḥ—斯瓦阳布瓦·玛努 / syandanam—马车 / āsthāya—乘上 / śātakaumbha—黄金制造的 / paricchadam—外部 / āropya—放在……上 / svām—他自己的 / duhitaram—女儿 / sa-bhāryaḥ—偕夫人 / paryaṭan—穿越整个 / mahīm—星球

译文 斯瓦阳布瓦·玛努偕妻子坐上他那辆用黄金饰品装饰的战车，并把女儿也安置好与他们同行后，便启程作全球旅行。

要旨 玛努帝王作为整个世界伟大的统治者，本可以派代表去替他女儿找一位合适的夫君。但作为父亲，他深爱着女儿，所以亲自乘坐黄金战车，只带上夫人便离开首都，启程去替女儿找合适的丈夫了。

第 37 节 तस्मिन् सुधन्वन्नहनि भगवान् यत्समादिशत् ।
उपायादाश्रमपदं मुनेः शान्तव्रतस्य तत् ॥३७॥

tasmin sudhanvann ahani
bhagavān yat samādiśat
upāyād āśrama-padaṁ
muneḥ śānta-vratasya tat

tasmin—在那 / su-dhanvan—伟大的弓箭手维杜茹阿啊 / ahani—在那天 / bhagavān—至尊主 / yat—……的 / samādiśat—预告 / upāyāt—他到达 / āśrama-padam—圣洁的隐居所 / muneḥ—圣人的 / śānta—完成 /

vratasya—他苦修的誓言 / tat—那

译文 啊，维杜茹阿！他们抵达圣人的隐居地，而圣人正好在至尊主预告他将要发生事情的那一天完成了他苦修的誓言。

第 38—39 节 यस्मिन् भगवतो नेत्रान्न्यपतन्नश्रुबिन्दवः ।
कृपया सम्परीतस्य प्रपन्नेऽर्पितया भृशम् ॥३८॥
तद्वै बिन्दुसरो नाम सरस्वत्या परिप्लुतम् ।
पुण्यं शिवामृतजलं महर्षिगणसेवितम् ॥३९॥

yasmin bhagavato netrān
nyapatann aśru-bindavaḥ
kṛpayā samparītasya
prapanne 'rpitayā bhṛśam
tad vai bindusaro nāma
sarasvatyā pariplutam
puṇyaṁ śivāmṛta-jalaṁ
maharṣi-gaṇa-sevitam

yasmin—其中 / bhagavataḥ—至尊主的 / netrāt—从眼里 / nyapatan—掉下 / aśru-bindavaḥ—眼泪 / kṛpayā—出于同情 / samparītasya—极度 / prapanne—对归依的灵魂(卡尔达玛) / arpitayā—放在……上 / bhṛśam—极度 / tat—那 / vai—的确 / bindu-saraḥ—泪湖 / nāma—称为 / sarasvatyā—被萨茹阿斯瓦缇河 / pariplutam—填满 / puṇyam—圣洁的 / śiva—吉祥的 / amṛta—甘露 / jalam—水 / mahā-ṛṣi—伟大的圣人们的 / gaṇa—许多 / sevitam—服务

译文 神圣的泪湖中，填满了萨茹阿斯瓦缇河的河水，许多杰出的圣人常到那里去。湖中的圣水不仅吉祥，而且如甘露般甜。这个湖之所以被称为泪湖，是因为至尊主被寻求祂保护的圣人深深地打动，极度同情他并为此流下热泪，而泪水滴到了湖中。

要旨 卡尔达玛苦修后得到至尊主没有缘故的仁慈。至尊主到他灵修的所在地时，内心充满了慈悲之情，以致落下了欢喜的泪水，泪水汇成了泪湖(Bindu-sarovara)。根据有关绝对真理的哲学概念，至尊主与祂的眼泪没有区别，泪湖因此而受到伟大的圣人和学识渊博的学者们的崇拜。正如从至尊主的脚趾流出的几滴汗水汇成了神圣的恒河，从至尊主超然的眼里流下的泪水汇成了泪湖。恒河和泪湖都是超然的，受到伟大的圣人和学者们的崇拜。这节诗把泪湖水称为“吉祥的甘露之水(śivāmṛta-jala)”。梵文“希瓦(Śiva)”的意思是“治疗”。喝过泪湖水的人，所有的一切物质疾病都能被治愈。同样，在恒河中沐浴过的人，也能除去所有的物质疾病。这一事实被历代伟大的学者和权威们所接受，即使在这个堕落的喀历(Kali)年代也依旧如此。

第 40 节 पुण्यद्रुमलताजालैः कूजत्पुण्यमृगद्विजैः ।
सर्वर्तुफलपुष्पाढ्यं वनराजिश्रियान्वितम् ॥४०॥

puṇya-druma-latā-jālaiḥ
kūjat-puṇya-mṛga-dvijaiḥ
sarvartu-phala-puṣpāḍhyaṁ
vana-rāji-śriyānvitam

puṇya—虔诚 / druma—树的 / latā—爬藤的 / jālaiḥ——丛丛的 / kūjat—鸣叫 / puṇya—虔诚的 / mṛga—动物 / dvijaiḥ—鸟 / sarva—在所有的 / ṛtu—季节 / phala—水果 / puṣpa—鲜花 / āḍhyam—许许多多的 / vana-rāji—小树林 / śriyā—被秀丽 / anvitam—装点

译文 湖畔由那些在所有季节都盛产水果和鲜花的虔诚树木及匍匐植物环绕着；虔诚的动物和飞禽栖息在树丛间，发出各种鸣叫声。森林中花果园的美装饰着这个湖。

要旨　这节诗中谈到泪湖周围都是虔诚的树木和飞鸟。正如人类社会中有各种类型的人，有些虔诚、善良，有些不虔诚、很邪恶；同样，树和鸟也有虔诚与不虔诚之分。不开花、不结出甜美果实的树被视为是不虔诚的树，而乌鸦一类专喜欢脏东西的飞鸟也属于不虔诚的鸟类。在泪湖周围的土地上没有一只不虔诚的飞鸟，没有一棵不虔诚的树。每棵树都开花结果，每只飞鸟都歌唱至尊主的荣耀：哈瑞·奎师那　哈瑞·奎师那　奎师那·奎师那　哈瑞·哈瑞/哈瑞·茹阿玛　哈瑞·茹阿玛　茹阿玛·茹阿玛　哈瑞·哈瑞 (Hare Kṛṣṇa, Hare Kṛṣṇa, Kṛṣṇa Kṛṣṇa, Hare Hare/Hare Rāma, Hare Rāma, Rāma Rāma, Hare Hare)。

第 41 节　मत्तद्विजगणैर्घुष्टं मत्तभ्रमरविभ्रमम् ।
मत्तबर्हिनटाटोपमाह्वयन्मत्तकोकिलम् ॥४१॥

matta-dvija-gaṇair ghuṣṭaṁ
matta-bhramara-vibhramam
matta-barhi-naṭāṭopam
āhvayan-matta-kokilam

matta—极乐的 / dvija—鸟的 / gaṇaiḥ—被一群群的 / ghuṣṭam—回荡 / matta—醉醺醺的 / bhramara—蜜蜂的 / vibhramam—盘旋 / matta—疯了似的 / barhi—孔雀的 / naṭa—舞蹈家的 / āṭopam—骄傲 / āhvayat—呼唤彼此 / matta—快乐的 / kokilam—布谷鸟

译文　极度高兴的鸟儿们音调优美的鸣叫声在整片区域回荡。陶醉的蜜蜂四处闲逛，狂喜的孔雀炫耀起舞，欢乐的布谷鸟呼唤着彼此。

要旨　这节诗中描述说，泪湖周围的地区内回荡着鸟儿悦耳动听的鸣叫声。黑蜜蜂吸食了花蜜后，陶醉地嗡嗡叫。欢乐的孔雀像舞台上的男女演员一样翩翩起舞；布谷鸟情侣发出婉转、动听的鸣叫声，呼唤彼此。

第 42—43 节 कदम्बचम्पकाशोककरञ्जबकुलासनैः ।
कुन्दमन्दारकुटजैश्चूतपोतैरलङ्कृतम् ॥४२॥
कारण्डवैः प्लवैर्हंसैः कुररैर्जलकुक्कुटैः ।
सारसैश्चक्रवाकैश्च चकोरैर्वल्गु कूजितम् ॥४३॥

kadamba-campakāśoka-
karañja-bakulāsanaiḥ
kunda-mandāra-kuṭajaiś
cūta-potair alaṅkṛtam
kāraṇḍavaiḥ plavair haṁsaiḥ
kurarair jala-kukkuṭaiḥ
sārasaiś cakravākaiś ca
cakorair valgu kūjitam

kadamba—卡当芭花 / campaka—昌葩卡花 / aśoka—阿首卡花 / karañja—卡冉佳花 / bakula—芭库拉花 / āsanaiḥ—被阿萨纳树 / kunda—琨达树 / mandāra—曼达尔树 / kuṭajaiḥ—以及被库塔佳树 / cūta-potaiḥ—被幼小的杧果树 / alaṅkṛtam—装饰 / kāraṇḍavaiḥ—被卡冉达瓦鸭 / plavaiḥ—被普拉瓦鸟 / haṁsaiḥ—被天鹅 / kuraraiḥ—被鹗 / jala-kukkuṭaiḥ—被水鸟 / sārasaiḥ—被鹤 / cakravākaiḥ—被查夸瓦卡鸟 / ca—和 / cakoraiḥ—被查蔻茹阿鸟 / valgu—悦耳的 / kūjitam—鸟声

译文 卡当芭、昌葩卡、阿首卡、卡冉佳、芭库拉、阿萨纳、琨达、曼达尔、库塔佳和幼小的杧果树等鲜花盛开的树木，把泪湖装点得美不胜收。空中充满了卡冉达瓦鸭、普拉瓦鸟、天鹅、鹗、水鸟、鹤、查夸瓦卡鸟和查蔻茹阿鸟鸣叫的欢乐音符。

要旨 这节诗中提到的生长在泪湖湖畔的许多树木、花果和鸟雀，都没有对应的中文译名。诗里谈到的昌葩卡(campaka)、卡当芭(kadamba)和芭库拉(bakula)树都非常虔诚，都盛开着美丽、芳香的鲜花。水鸟和仙鹤甜美的鸣叫声，使四周的气氛变得令人愉快，营造出一个十分灵性化的天然佳境。

第 44 节　तथैव हरिणैः क्रोडैः श्वाविद्गवयकुञ्जरैः ।
गोपुच्छैर्हरिभिर्मर्कैर्नकुलैर्नाभिभिर्वृतम् ॥४४॥

tathaiva hariṇaiḥ kroḍaiḥ
śvāvid-gavaya-kuñjaraiḥ
gopucchair haribhir markair
nakulair nābhibhir vṛtam

tathā eva—同样 / hariṇaiḥ—由鹿 / kroḍaiḥ—由公猪 / śvāvit—豪猪 / gavaya—一种酷似乳牛的野生动物 / kuñjaraiḥ—由大象 / gopucchaiḥ—由狒狒 / haribhiḥ—由狮子 / markaiḥ—由猴子 / nakulaiḥ—由猫鼬 / nābhibhiḥ—由麝香鹿 / vṛtam—环绕

译文　湖岸边到处是鹿、野猪、豪猪、嘎瓦亚乳牛、大象、狒狒、狮子、猴子、猫鼬和麝香鹿。

要旨　麝香鹿不是在每座森林中都能找到的，而是只出现在像泪湖那样的地方。它们总是陶醉于隐藏在它们肚脐内的麝香发出的香气。这节诗中提到一种特殊的乳牛——嘎瓦亚(Gavaya)乳牛，它们的尾巴尖端长着一束牛毛。这束牛毛被用来做拂尘，在庙里崇拜神像时为神像驱赶飞虫。嘎瓦亚有时又被称为查玛瑞(camarī)，它们被视为是非常神圣的动物。在印度至今仍有吉普赛人或靠做森林物产贸易赚钱的人，在贩卖麝香(kastūrī)和查玛瑞牛尾上的毛。印度上等阶层人士对这些货的需求量总是很大，所以这种贸易在印度的大城市和乡村中仍在进行着。

第 45—47 节　प्रविश्य तत्तीर्थवरमादिराजः सहात्मजः ।
दद‍र्श मुनिमासीनं तस्मिन् हुतहुताशनम् ॥४५॥

विद्योतमानं वपुषा तपस्युग्रयुजा चिरम् ।
नातिक्षामं भगवतः स्निग्धापाङ्गावलोकनात् ।
तद्व्याहृतामृतकलापीयूषश्रवणेन च ॥४६॥
प्रांशुं पद्मपलाशाक्षं जटिलं चीरवाससम् ।
उपसंश्रित्य मलिनं यथार्हणमसंस्कृतम् ॥४७॥

praviśya tat tīrtha-varam
ādi-rājaḥ sahātmajaḥ
dadarśa munim āsīnaṁ
tasmin huta-hutāśanam

vidyotamānaṁ vapuṣā
tapasy ugra-yujā ciram
nātikṣāmaṁ bhagavataḥ
snigdhāpāṅgāvalokanāt
tad-vyāhṛtāmṛta-kalā-
pīyūṣa-śravaṇena ca

prāṁśuṁ padma-palāśākṣaṁ
jaṭilaṁ cīra-vāsasam
upasaṁśritya malinaṁ
yathārhaṇam asaṁskṛtam

praviśya—进入 / tat—那 / tīrtha-varam—最圣洁的地方 / ādi-rājaḥ—第一位帝王(斯瓦阳布瓦·玛努) / saha-ātmajaḥ—带着女儿 / dadarśa—看见 / munim—圣人 / āsīnam—坐在 / tasmin—隐居所内 / huta—被供奉祭品 / huta-aśanam—圣洁的火 / vidyotamānam—充满光泽 / vapuṣā—用他的躯体 / tapasi—苦修中 / ugra—极度 / yujā—做瑜伽 / ciram—长时间 / na—不 / atikṣāmam—十分憔悴 / bhagavataḥ—至尊主的 / snigdha—慈爱的 / apāṅga—斜的 / avalokanāt—从瞥视 / tat—祂的 / vyāhṛta—从话语 / amṛta-kalā—明月般的 / pīyūṣa—甘露 / śravaṇena—通过聆听 / ca—和 / prāṁśum—高大 / padma—莲花 / palāśa—瓣 / akṣam—眼睛 / jaṭilam—蓬乱的头发 / cīra-vāsasam—衣衫褴褛 / upasaṁśritya—来到……跟前 /

malinam—骯脏的 / yathā—像 / arhaṇam—宝石 / asaṁskṛtam—未经打磨的

译文 第一位帝王斯瓦阳布瓦·玛努，偕女儿进入那最神圣的地方，走向圣人。他看到圣人刚刚完成向圣火供奉祭品以取悦圣火的祭祀，正坐在他的隐居所内。圣人的身体散发出最灿烂的光芒；他虽然长期苦修，但却因为至尊主充满深情地注视他，他也聆听了至尊主如月光般流泻出的话语甘露，所以并不显得憔悴。圣人身材很高，大大的眼睛恰似莲花瓣，头上是一绺绺缠结在一起的乱发。他用破布裹身。斯瓦阳布瓦·玛努走近他时看到他显得有些脏，像一块未经抛光的宝石。

要旨 这节诗中对一位练瑜伽的独身禁欲之士(brahmacārī-yogī)进行了一些描述。清晨，寻求灵性进步的独身禁欲之人，最首要的责任是向至尊主供奉祭品(huta-hutāśana)。独身禁欲的灵修之人不能睡到早上七点或九点钟才起床。他们必须清晨早起，至少在太阳升起前一个半小时起床，供奉祭品，或者，在这个年代是吟诵至尊主的圣名哈瑞·奎师那(Hare Kṛṣṇa)。正如主柴坦亚(Caitanya)所说：这个年代的人除了吟诵、吟唱至尊主的圣名，没有其他的选择，没有其他的选择，没有其他的选择(kalau nāsty eva nāsty eva nāsty eva gatir anyathā)。独身禁欲的贞守生必须清晨早起，坐定后开始吟诵至尊主的圣名。从这位圣人的外表看，他经历了严格的苦修；那是一个人遵守独身禁欲誓言的征象。不遵守这一誓言的人，脸上和身上都能显出色欲的迹象。“充满光泽(vidyotamānam)”一词表明，卡尔达玛身上展现出禁欲的征象。那征象证明一个人练瑜伽经历了严格的苦修。酒鬼、烟鬼或色鬼从没有资格练瑜伽。瑜伽师因为生活并不安逸，所以看上去大都很瘦，但卡尔达玛·牟尼因为面对面亲眼看到了至尊人格首神，所以并不显得憔悴、消瘦。这节诗中的“祂慈爱地瞥视(snigdhāpaṅgāva-lokanāt)”一句的意思是：他那么幸运，能够面对面地亲眼看到至尊主。他看上去非常健康，因为他亲耳听到了从人格首神的莲花口中流淌出的甘露般的声音。同样，聆听至尊主的圣名哈瑞·奎师那这一超然的声音振荡，也增进人的健康。我们亲眼看到国际奎师那意识协会中的许多独身禁欲的学生(brahmacārī)和居士(gṛhastha)都增进了他们的健康，脸上容光焕发。从事灵修的独身禁欲的学生，应该看上去十分健康、很有光彩。诗中恰到好处地将圣人比作是一块未经打磨的宝石。一块刚被开采出的宝石，虽未经过打磨，却也掩饰不住它的光彩。同样，尽管卡尔达玛衣衫褴褛，身体不够清洁，但全身却像宝石一样闪亮。

第 48 节 अथोटजमुपायातं नृदेवं प्रणतं पुरः ।
सपर्यया पर्यगृह्णात्प्रतिनन्द्यानुरूपया ॥४८॥

athoṭajam upāyātaṁ
nṛdevaṁ praṇataṁ puraḥ
saparyayā paryagṛhṇāt
pratinandyānurūpayā

atha—接着 / uṭajam—隐居所 / upāyātam—来到 / nṛdevam—君王 / praṇatam—跪拜 / puraḥ—在……面前 / saparyayā—尊敬地 / paryagṛhṇāt—接待他 / pratinandya—招呼他 / anurūpayā—符合君王的身份

译文 圣人看到君主来到自己的隐居所并向自己敬礼，便以祝福的方式迎接他，尊敬地接待他。

要旨 斯瓦阳布瓦·玛努不仅亲自来到隐士卡尔达玛那由干树叶搭起的小屋内，还恭恭敬敬地向圣人敬礼。同样，对经常到他林中隐居所来的君王们，圣人也有责任给予祝福。

第 49 节 गृहीतार्हणमासीनं संयतं प्रीणयन्मुनिः ।
स्मरन् भगवदादेशमित्याह श्लक्ष्णया गिरा ॥४९॥

gṛhītārhaṇam āsīnaṁ
samyataṁ prīṇayan muniḥ
smaran bhagavad-ādeśam
ity āha ślakṣṇayā girā

gṛhīta—接受 / arhaṇam—尊敬 / āsīnam—坐下 / saṁyatam—沉默不语 / prīṇayan—令人高兴的 / muniḥ—圣人 / smaran—想起 / bhagavat—至尊主的 / ādeśam—指示 / iti—就此 / āha—说话 / ślakṣṇayā—甜美的 / girā—嗓音

译文 在接受圣人的招待后，帝王沉默不语地坐了下来。卡尔达玛回忆至尊主的命令后，对帝王说了如下一番话，用他甜美的语调使帝王高兴起来。

第 50 节 नूनं चङ्क्रमणं देव सतां संरक्षणाय ते ।
वधाय चासतां यस्त्वं हरेः शक्तिर्हि पालिनी ॥५०॥

nūnaṁ caṅkramaṇaṁ deva
satāṁ saṁrakṣaṇāya te
vadhāya cāsatāṁ yas tvaṁ
hareḥ śaktir hi pālinī

nūnam—必定 / caṅkramaṇam—出巡 / deva—君主啊 / satām—善良之人的 / saṁrakṣaṇāya—为了保护 / te—你的 / vadhāya—为了消灭 / ca—和 / asatām—恶魔的 / yaḥ—……的人 / tvam—你 / hareḥ—至尊人格首神的 / śaktiḥ—能量 / hi—因为 / pālinī—保护

译文 君王啊！既然您是圣哈尔依的保护能量的具体体现，毫无疑问，您这趟旅行就是为了保护虔诚之士，消灭恶魔。

要旨 许多韦达文献，尤其是像《圣典博伽瓦谭》和往世书(Purāṇas)这类历史典籍中都记载到：古代虔诚的君王为了保护虔诚的臣民，惩罚或处死为非作歹的恶人，经常会在他的王国内四处巡视。他们常去林中狩猎，练习武艺，因为不练武功，他们就没有能力除暴安良。查锤亚(kṣatriya, 刹帝利)在这方面被允许使用暴力，因为为正义的目的而使用暴力是他们职责的一部分。这节诗中清清楚楚地用了两个梵文词，即："为了消灭"(vadhāya)和"不良分子(asatām)"。君王保护臣民的力量来自至尊主。《博伽梵歌》第4章的第8节诗中说：至尊主降临世间，保护虔诚的人，消灭邪恶之徒(paritrāṇāya sādhūnāṁ vināśāya ca duṣkṛtām)。因此，这种保护虔诚之士，消灭恶魔或邪恶之人的力量直接来自于至尊主，君王或国家的最高统治者应该具备这种力量。在这个年代中已很难找到这样一位擅长消灭不良分子的国家元首了。现代国家领导人都舒舒服服地坐在自己的官邸里，毫无理由地滥杀无辜之人。

第 51 节 योऽर्केन्द्वग्नीन्द्रवायूनां यमधर्मप्रचेतसाम् ।
रूपाणि स्थान आधत्से तस्मै शुक्लाय ते नमः ॥५१॥

yo 'rkendv-agnīndra-vāyūnāṁ
yama-dharma-pracetasām
rūpāṇi sthāna ādhatse
tasmai śuklāya te namaḥ

yaḥ—……的你 / arka—太阳的 / indu—月亮的 / agni—火神阿格尼的 / indra—天帝因铎的 / vāyūnām—风神瓦尤的 / yama—惩罚之神亚玛的 / dharma—虔诚之神达尔玛的 / pracetasām—以及水神瓦茹纳的 / rūpāṇi—形象 / sthāne—必要时 / ādhatse—你呈现 / tasmai—向祂 / śuklāya—向主维施努 / te—向你 / namaḥ—致敬

译文　在有需要时，您可以承担太阳神、月亮神、火神阿格尼、天帝因铎、风神瓦尤、惩罚之神阎罗王、虔诚之神达尔玛和水神瓦茹纳的职责。向您致以所有的敬意，您无异于主维施努。

要旨　卡尔达玛是布茹阿玛纳(brāhmaṇa, 婆罗门)，斯瓦阳布瓦是查锤亚，圣人的社会地位比君王高，因此按理说圣人根本不必向君王致敬。但卡尔达玛还是向斯瓦阳布瓦·玛努致敬，因为作为帝王的玛努(Manu)是至尊主的代表。无论一个人是布茹阿玛纳、查锤亚，还是庶铎(śūdra, 首陀罗)，都应该崇拜至尊主。作为至尊主的代表，君王值得每一个人向他虔诚地致敬。

第52—54节 न यदा रथमास्थाय जैत्रं मणिगणार्पितम् ।
विस्फूर्जच्चण्डकोदण्डो रथेन त्रासयन्नघान् ॥५२॥
स्वसैन्यचरणक्षुण्णं वेपयन्मण्डलं भुवः ।
विकर्षन् बृहतीं सेनां पर्यटस्यंशुमानिव ॥५३॥
तदैव सेतवः सर्वे वर्णाश्रमनिबन्धनाः ।
भगवद्रचिता राजन् भिद्येरन् बत दस्युभिः ॥५४॥

na yadā ratham āsthāya
jaitraṁ maṇi-gaṇārpitam
visphūrjac-caṇḍa-kodaṇḍo
rathena trāsayann aghān

sva-sainya-caraṇa-kṣuṇṇaṁ
vepayan maṇḍalaṁ bhuvaḥ
vikarṣan bṛhatīṁ senāṁ
paryaṭasy aṁśumān iva

tadaiva setavaḥ sarve
varṇāśrama-nibandhanāḥ

bhagavad-racitā rājan
bhidyeran bata dasyubhiḥ

na－不／yadā－当……时／ratham－战车／āsthāya－登上／jaitram－常胜的／maṇi－珠宝的／gaṇa－一簇簇／arpitam－镶嵌着／visphūrjat－弓弦声／caṇḍa－为教训恶徒而发出的可怕声音／kodaṇḍaḥ－弓／rathena－这辆战车的出现／trāsayan－威胁／aghān－所有的罪人／sva-sainya－您士兵的／caraṇa－被……的脚／kṣuṇṇam－踩／vepayan－使……颤抖／maṇḍalam－球体／bhuvaḥ－地球的／vikarṣan－带领／bṛhatīm－庞大的／senām－军队／paryaṭasi－您四处巡视／aṁśumān－辉煌的太阳／iva－向／tadā－那么／eva－肯定地／setavaḥ－宗教律法／sarve－所有的／varṇa－社会四阶层的／āśrama－灵性四阶段的／nibandhanāḥ－职责／bhagavat－由至尊主／racitāḥ－创立／rājan－君王啊／bhidyeran－它们将遭破坏／bata－唉／dasyubhiḥ－被恶徒

译文 如果您不乘坐那只要出现就吓得罪犯魂飞魄散的、用宝石装饰着的胜利战车；如果您不拨动您的弓弦，让它发出凶猛的声响；如果您不像光芒四射的太阳般，率领脚踩在地上使大地颤抖的亿万大军巡行世界，那么，由至尊主本人制定的管理社会四阶层和灵性四阶段制度的道德法律，就会遭到恶棍和无赖们的破坏。

要旨 忠于职守的君王有责任维护人类的社会阶层制度和灵性阶段制度。灵性阶段(āśrama)有四个：独身禁欲的学生生活阶段(brahmacarya)、居士阶段(gṛhastha)、退出家庭生活阶段(vānaprastha)和出家当托钵僧阶段(sannyāsa)。按照人的品质和工作，社会阶层也分四个：布茹阿玛纳(婆罗门)、查锤亚(刹帝利)、外夏(vaiśya, 吠舍)和庶铎(首陀罗)。《博伽梵歌》中阐述说，人类社会按照人的工作和品质分为四个阶层。不幸的是，由于缺乏有责任感的君王的维护，社会阶层和灵性阶段制度现已沦为世系的种姓制度。然而种姓制度并非真正的社会四阶层制度。人类社会意味着整体人类迈向灵性文明的社会。最进步的人类社会被称为阿尔亚(ārya)，而梵文“阿尔亚”是指那些正在进步的社会。那么问题是，“什么样的社会正在取得进步？”进步并非意味着毫无必要地制造所谓的物质“必需品”，并为增加所谓的物质安逸而大量消耗人的精力。真正的进步是增进人类在灵性方面的认识，而向着这个目标前进的社会文明被称为阿尔延(āryan, 雅利安)文明。过去，像卡尔达玛·牟尼那样有智慧的布茹阿玛纳，致力于推动社会的灵性进步；而像斯瓦阳布瓦那样的查锤亚则治理国家，为社会提供所有能增进灵性觉悟的良好设施和条件。巡视全国，察看一切是否井然有序，是君王的职责。以社会四阶层(varṇas)和灵性四阶段(āśramas)为基础的印度文明之所以衰落，是因为印度后来依靠那些不遵守社会四阶层和灵性四阶段文明制度的外国人，结果使这一制度沦为种姓制度。

这节诗中确认社会四阶层和灵性四阶段制度是至尊人格首神建立的(bhagavad-racita)。《博伽梵歌》第4章的第13节诗也证实这一点说：是我在人类社会中建立了社会四阶层和灵性四阶段制度(cātur-varṇyaṁ mayā sṛṣṭam)。至尊主创立的事物不可能被取消。社会四阶层和灵性四阶段制度，不论以其原本的形式还是被败坏的形式，都将继续存在下去，因为它是由至尊主——至尊人格首神建立的，不可能被取消。它就像至尊主创造的太阳一样，将继续留存下去。无论是晴空万里，还是浓云密布，太阳始终存在。同样，尽管社会四阶层和灵性四阶段制度败坏成为种姓制度，但每一个社会都有知识分子阶层、军人阶层、商人阶层和劳动者阶层。当人们能按照韦达原则加强社会各阶层间的相互合作时，社会就会安定和谐并取得灵性的进步；但当各阶层人士玩忽职守、营私舞弊，彼此之间相互仇恨、不信任时，整个制度败坏，造成可悲、可叹的状态。如今，由于国家领导人允许人们不受限制地满足各种自私自利的欲望，整个世界都处在这种可悲、可叹的状态中。这是社会四阶层和灵性四阶段制度败坏的结果。

第 55 节 अधर्मश्च समेधेत लोलुपैर्व्यङ्कुशैर्नृभिः ।
शयाने त्वयि लोकोऽयं दस्युग्रस्तो विनङ्क्ष्यति ॥५५॥

adharmaś ca samedheta
lolupair vyaṅkuśair nṛbhiḥ
śayāne tvayi loko 'yaṁ
dasyu-grasto vinaṅkṣyati

adharmaḥ—邪恶 / ca—和 / samedheta—会泛滥 / lolupaiḥ——味追求金钱 / vyaṅkuśaiḥ—不受控制 / nṛbhiḥ—被人 / śayāne tvayi—当你躺下休息时 / lokaḥ—世界 / ayam—这 / dasyu—被恶徒 / grastaḥ—袭击 / vinaṅkṣyati—将遭破坏

译文 如果您停止考虑世界局势，邪恶就会泛滥，因为只追求金钱的恶徒无人管束，就会肆无忌惮地侵害社会，世界将走向毁灭。

要旨 由于把整个人类社会划分为社会四阶层和灵性四阶段的科学制度已不复存在，整个世界被一些未受过有关宗教、政治或社会阶层等知识训练的素质低劣之人统治着，情况极为糟糕。在社会四阶层和灵性四阶段制度中，有对不同社会阶层和灵性阶段的人士进行正规训练的原则。正如现代社会中需要有工程师、医生和电气技师等，他们在不同的院校内受到严格的训练。同样，在过去的年代，知识分子阶层(布茹阿玛纳)、统治阶层(查锤亚)和经商阶层(外夏)这三个较高的社会阶层人士都会受到适当的训练。《博伽梵歌》讲述了布茹阿玛纳、查锤亚、外夏和庶铎(śūdra)的责任。在没有这样的训练时，人会仅仅因为自己出生在布茹阿玛纳或查锤亚家庭，就自诩为是布茹阿玛纳或查锤亚，尽管他实际在做庶铎的事。不具资格却不正当地自称是高等阶层人士的作法，使科学的社会四阶层制度沦为种姓制度，彻底摧毁了原有的制度。正因为如此，社会如今混乱不堪，既无和平也无繁荣。这节诗中明确地说：除非有个优秀的君王时刻保持警惕，否则不虔诚的、素质低劣的人就会自称属于某个社会阶层，破坏社会秩序。

第 56 节 अथापि पृच्छे त्वां वीर यदर्थं त्वमिहागतः ।
तद्वयं निर्व्यलीकेन प्रतिपद्यामहे हृदा ॥५६॥

athāpi pṛcche tvāṁ vīra
yad-arthaṁ tvam ihāgataḥ
tad vayaṁ nirvyalīkena
pratipadyāmahe hṛdā

atha api－除了这一切 / pṛcche－我询问 / tvām－你 / vīra－英勇无畏的君王啊 / yat-artham－目的 / tvam－您 / iha－这里 / āgataḥ－来 / tat－那 / vayam－我们 / nirvyalīkena－毫无保留地 / pratipadyāmahe－我们将履行 / hṛdā－一心一意

译文 英勇的帝王啊！除了所有这一切原因，我请求您告诉我您来此的目的。无论是什么，我们会毫无保留地去完成。

要旨 要明白，朋友来家做客总是有一定的目的。卡尔达玛·牟尼了解：像斯瓦阳布瓦这样伟大的君王虽说是在巡察国情，但来到他的隐居所必定还有特殊的目的。他准备满足君王的愿望。在过去的年代中，圣人去找国王或国王到圣人的隐居地拜访圣人是常有的事；他们彼此都很愿意满足对方的要求。这种互惠的关系称为巴克缇·卡尔亚(bhakti-kārya)。经典中生动地描述了布茹阿玛纳和查锤亚彼此之间这种互利互惠的关系(kṣatraṁ dvijatvam)，说明两者应该彼此帮助，互利互惠。皇室阶层人士应该保护布茹阿玛纳，以推动社会的灵性文明进步；而布茹阿玛纳就有关如何使国家和臣民逐渐提升到灵性完美境界的问题，会给皇室阶层人士一些极有价值的指示。

到此为止，结束了巴克提韦丹塔对《圣典博伽瓦谭》第3篇第21章——“玛努和卡尔达玛之间的对话”所作的阐释。

第二十二章

卡尔达玛·牟尼和黛瓦瑚缇的婚姻

第1节

मैत्रेय उवाच
एवमाविष्कृताशेषगुणकर्मोदयो मुनिम् ।
सव्रीड इव तं सम्राडुपारतमुवाच ह ॥ १ ॥

maitreya uvāca
evam āviṣkṛtāśeṣa-
guṇa-karmodayo munim
savrīḍa iva taṁ samrāḍ
upāratam uvāca ha

maitreyaḥ—伟大的圣人麦垂亚 / uvāca—说 / evam—就此 / āviṣkṛta—谈完 / aśeṣa—所有的 / guṇa—优秀品质的 / karma—活动的 / udayaḥ—杰出 / munim—伟大的圣人 / sa-vrīḍaḥ—内心很谦卑 / iva—就像 / tam—他(卡尔达玛) / samrāṭ—帝王玛努 / upāratam—沉默 / uvāca ha—对……说

译文 圣麦垂亚说：圣人描述帝王的多种品质及活动的伟大之处后沉默下来，谦逊的帝王不好意思，于是对圣人说了如下一番话。

第2节

मनुरुवाच
ब्रह्मासृजत्स्वमुखतो युष्मानात्मपरीप्सया ।
छन्दोमयस्तपोविद्यायोगयुक्तानलम्पटान् ॥ २ ॥

manur uvāca
brahmāsṛjat sva-mukhato
yuṣmān ātma-parīpsayā
chandomayas tapo-vidyā-
yoga-yuktān alampaṭān

manuḥ—玛努 / uvāca—说 / brahmā—主布茹阿玛 / asṛjat—创造 / sva-mukhataḥ—从他的脸 / yuṣmān—你们（布茹阿玛纳）/ ātma-parīpsayā—通过扩展……保护自身 / chandaḥ-mayaḥ—韦达经的人格化身 / tapaḥ-vidyā-yoga-yuktān—充满苦修、知识和神秘力量 / alampaṭān—不愿进行感官享乐

译文 玛努回答道：韦达经的人格化身——布茹阿玛，为了以韦达知识的形式扩展自己，便从他的脸部创造了你们——布茹阿玛纳。你们全神贯注于苦修、知识和神秘力量，不愿进行感官享乐。

要旨 韦达经(Vedas)的目的在于宣传有关绝对真理的超然知识。布茹阿玛纳(brāhmaṇa, 婆罗门)从至尊人的嘴部被创造出来，因此存在的目的是：为传播至尊主的荣耀而传播韦达经。在《博伽梵歌》(Bhagavad-gītā)中，主奎师那(Kṛṣṇa)也说：韦达经的目的是为了让人了解至尊人格首神。这节诗中特别提到：布茹阿玛纳充满神秘力量，完全反对感官享乐(yoga-yuktān alampaṭān)。活动分两类，一类是物质世界里的感官享乐活动，另一类是灵性活动——通过赞扬至尊主取悦祂的活动。从事感官享乐的生物体被称为恶魔；传播至尊主的荣耀或为满足至尊主的超然感官而活动的生物体被称为半神人。这节诗中特别提到：布茹阿玛纳从宇宙人物(virāṭ-puruṣa)的脸部被创造出。同样，经典中说：查锤亚(kṣatriya, 刹帝利)从祂的手臂被创造出，外夏(vaiśya, 吠舍)从祂的腰部被创造出，庶铎(śūdra, 首陀罗)从祂的腿部被创造出。布茹阿玛纳应该苦修，学习知识，而不应该从事感官享乐的活动。

第 3 节 तत्त्राणायासृजच्चास्मान्दोःसहस्रात्सहस्रपात् ।
हृदयं तस्य हि ब्रह्म क्षत्रमङ्गं प्रचक्षते ॥ ३ ॥

tat-trāṇāyāsṛjac cāsmān
doḥ-sahasrāt sahasra-pāt
hṛdayaṁ tasya hi brahma
kṣatram aṅgaṁ pracakṣate

tat-trāṇāya—为了保护布茹阿玛纳 / asṛjat—创造 / ca—和 / asmān—我们(查锺亚) / doḥ-sahasrāt—从祂千万只手臂 / sahasra-pāt—千足至尊者(宇宙形象) / hṛdayam—心 / tasya—祂的 / hi—为了 / brahma—布茹阿玛纳 / kṣatram—查锤亚 / aṅgam—手臂 / pracakṣate—被说成

译文 为保护布茹阿玛纳，有千条腿的至尊人物从祂的千条手臂创造出我们——查锤亚。由此，布茹阿玛纳被说成是祂的心脏，而查锤亚是祂的手臂。

要旨 查锤亚尤其要负责维护布茹阿玛纳，因为布茹阿玛纳一旦得到保护，文明之“头脑”就得到了保护。布茹阿玛纳应该是社会整体的“头脑”，如果“头脑”清晰，没有发疯，那么一切都处在正常的状态中。有一段祈祷文描述至尊主说：至尊主特别保护布茹阿玛纳和乳牛(namo brahmaṇya-devāya go-brāhmaṇa-hitāya ca)，然后保护社会的其他成员(jagad-dhitāya)。至尊主的旨意是，整个宇宙的福利事业要以保护乳牛和布茹阿玛纳为基础，因此对布茹阿玛纳文化和乳牛的保护是人类文明的基础。查锤亚尤其要保护布茹阿玛纳(go-brāhmaṇa-hitāya ca)：这是至尊主的至高意愿。正如心脏是身体的重要器官，布茹阿玛纳也是人类社会至关重要的成员。查锤亚更像整个躯体，但尽管整个躯体比心脏大，但心脏更重要。

第 4 节 अतो ह्यन्योन्यमात्मानं ब्रह्म क्षत्रं च रक्षतः ।
रक्षति स्माव्ययो देवः स यः सदसदात्मकः ॥ ४ ॥

ato hy anyonyam ātmānaṁ
brahma kṣatraṁ ca rakṣataḥ

rakṣati smāvyayo devaḥ
sa yaḥ sad-asad-ātmakaḥ

ataḥ—所以 / hi—肯定地 / anyonyam—相互 / ātmānam—自我 / brahma—布茹阿玛纳 / kṣatram—查锤亚 / ca—和 / rakṣataḥ—保护 / rakṣati sma—保护 / avyayaḥ—永恒不变 / devaḥ—至尊主 / saḥ—祂 / yaḥ—……的 / sat-asat-ātmakaḥ—因果的人格化身

译文 那就是为什么布茹阿玛纳和查锤亚保护彼此，以及他们自己；既是因又是果但却永恒不变的至尊主本人，则透过他们双方保护对方。

要旨 人类社会的社会四阶层(varṇa)和灵性四阶段(āśrama)制度，是相互合作的制度，目的是要把全人类提升到最高的灵性觉悟的层面上。查锤亚应该保护布茹阿玛纳，布茹阿玛纳也应该用知识启发查锤亚。当布茹阿玛纳和查锤亚合作良好时，商人阶层(vaiśya)和劳工阶层(śūdra)等从属阶层自然就会健康发展。这一整套精心设计的韦达社会制度以强调布茹阿玛纳和查锤亚两者的重要性为基础。尽管至尊主是真正的保护者，但祂并不介入保护的具体事宜。祂创造布茹阿玛纳以保护查锤亚，创造查锤亚以保护布茹阿玛纳。祂保持不介入所有活动的状态，因此被称为“没有活动者(nirvikāra)”。祂不需要做什么。祂是那么伟大，以致不需要亲自做事，而是由祂的能量为祂做事。布茹阿玛纳和查锤亚，以及我们见到的万事万物，都是相互作用的不同能量。

尽管所有的灵魂各不相同，但至尊自我——超灵(Paramātmā)，是至尊人格首神。每一个人的品质和从事的活动也许各不相同，正如布茹阿玛纳、查锤亚或外夏所从事的活动各不相同，但如果能彼此通力合作，作为超灵居于每个个体灵魂体内的至尊人格首神，就会非常满意并给予全面的保护。前面谈到过，布茹阿玛纳产自至尊主的嘴，查锤亚产自至尊主的胸部或手臂。社会的各个部分——不同的社会阶层，虽然从事不同的活动，但如果能彼此通力合作，就会使至尊主满意。这是社会四阶层和灵性四阶段制度的目的。毫无疑问，如果社会各阶层和灵性各阶段人士能满怀奎师那意识通力合作，至尊主就会保护整个社会。

《博伽梵歌》中说：至尊主拥有所有种类的躯体。尽管个体灵魂拥有他自己的躯体，但至尊主明确地说：我亲爱的巴茹阿特(Bhārata)，你必须了解，我也是躯体的知悉者和拥有者(kṣetra-jña)。个体灵魂只拥有自己的躯体，但超灵——至尊人格首神奎师那，却拥有普天下所有的躯体。祂不仅拥有人类的躯体，还拥有鸟兽等所有其他生物体的躯体，不仅仅拥有这个地球上物种的躯体，还拥有其他星球上物种的躯体。祂是至尊的拥有者，所以不会因为保护不同的个体灵魂而被四分五裂。祂始终保持是同一个人。运行到子午线上的太阳看似在每个人的头顶上，但那并不意味着太阳分裂了。一个人以为太阳只在他头上，但在五千英里之外的另一个人也以为太阳只在他头上。同样，超灵——至尊人格首神，独一无二，但却看似在单独照顾每个个体灵魂。这并不意味着个体灵魂和超灵是同一个个体；作为灵性的灵魂，他们在质上一样，但却是不同的个体。

第5节 तव सन्दर्शनादेव च्छिन्ना मे सर्वसंशयाः ।
यत्स्वयं भगवान् प्रीत्या धर्ममाह रिरक्षिषोः ॥५॥

tava sandarśanād eva
cchinnā me sarva-saṁśayāḥ
yat svayaṁ bhagavān prītyā
dharmam āha rirakṣiṣoḥ

tava－您的 / sandarśanāt－通过看 / eva－只 / chinnāḥ－解开 / me－我的 / sarva-saṁśayāḥ－所有的疑问 / yat－因为 / svayam－亲自 / bhagavān－您阁下 / prītyā－亲切地 / dharmam－职责 / āha－解释 / rirakṣiṣoḥ－渴望保护臣民的君王的

译文 与您见面消除了我全部的疑惑，因为您阁下和蔼可亲、清晰明确地解释了想要保护臣民的君王具有的责任 。

要旨 玛努(Manu)在此谈到遇见伟大的圣人对人产生的影响。主柴坦亚(Caitanya)说：人应该总是寻求与神圣之人的交往、联谊，因为人一旦与神圣的人建立适当的关系，哪怕只是片刻，都能使他达到所有的完美境界。无论如何，人只要能遇到一位神圣的人，得到他的仁慈，就完成了他人生全部的使命。我本人的经历就证明玛努的说明千真万确。一次，我有幸遇到圣恩巴克提希丹塔·萨茹阿斯瓦提·哥斯瓦米·玛哈茹阿佳(Viṣṇupāda Śrī Śrīmad Bhaktisiddhānta Sarasvatī Gosvāmī Mahārāja)。他第一眼看到敝人就提出把他讲述的信息传播到西方国家的要求。我当时并没有心理准备，但那是他的愿望，所以借他的仁慈，我们现在正在执行他的命令。这使我们有机会从事超然的活动，拯救我们摆脱了物质活动。因此事实真相是：如果人能遇到一位投入全身心从事超然活动的神圣之人，并得到其仁慈，他就达成了自己人生的使命。有幸遇到一位神圣的人，可以使人在一瞬间达成千百万世都无法达成的目标。正因为如此，韦达文献中指示说，人应该坚持不懈地努力与神圣之人交往，避免与普通人交往，因为神圣之人说一个字都能让人摆脱物质束缚。神圣之人因为灵性上非常进步，所以有能力使受制约的灵魂立刻获得解脱。玛努在此承认：由于卡尔达玛(Kardama)非常仁慈地讲解了个体灵魂的不同责任，他所有的疑惑都已一扫而空。

第6节 दिष्टया मे भगवान्दृष्टो दुर्दर्शो योऽकृतात्मनाम् ।
दिष्टया पादरजः स्पृष्टं शीर्ष्णा मे भवतः शिवम् ॥ ६॥

diṣṭyā me bhagavān dṛṣṭo
durdarśo yo 'kṛtātmanām
diṣṭyā pāda-rajaḥ spṛṣṭaṁ
śīrṣṇā me bhavataḥ śivam

diṣṭyā—有幸地 / me—我的 / bhagavān—最有力量的 / dṛṣṭaḥ—被看到 / durdarśaḥ—不易被看到 / yaḥ—……的 / akṛta-ātmanām—不控制心和感官之人的 / diṣṭyā—凭我的运气 / pāda-rajaḥ—足下的尘土 / spṛṣṭam—碰到 / śīrṣṇā—用头 / me—我的 / bhavataḥ—您的 / śivam—带来一切吉祥

译文 我很幸运能见到您，因为没有降服住心或控制住感官的人很难见到您。更幸运的是，我用我的头触碰到了您双足的神圣灰尘。

要旨 仅仅靠触碰圣人莲花足上的尘土，就能使人达到超然生活的完美境界。《博伽瓦谭》(Bhāgavatam)中说："触碰到伟大的奉献者(mahat)莲花足下的神圣尘土是最吉祥的事(mahat-pāda-rajo-'bhiṣekam)"。正如《博伽梵歌》中所说：伟大的灵魂受灵性能量的管辖；他们的表现是怀着奎师那意识全心全意地为至尊主服务(mahāt-mānas tu)。为此，他们被称为伟大的奉献者(mahat)。人除非有足够的幸运，能把伟大灵魂(mahātmā)莲花足下的尘土放在自己头上，否则无法在灵性生活中达到完美的境界。

对于想要获得灵性成就的人来说，进入师徒传承(paramparā)极为重要。凭借身为伟大奉献者的灵性导师的仁慈，人也能成为伟大的奉献者。托庇于伟大灵魂的莲花足，自己也就极有可能成为伟大的灵魂。当茹阿胡嘎纳王(Mahārāja Rahūgaṇa)向佳德·巴茹阿特(Jaḍa Bharata)询问有关他如何取得那番惊人的灵性成就时，佳德·巴茹阿特告诉国王：仅仅靠举行宗教仪式、进入弃绝阶层当托钵僧或按经典的推荐举行祭祀，并不能使人在灵性上获得成功。尽管毫无疑问，这些方法有助于人获得灵性觉悟，但要得到伟大灵魂的恩典才真正有效。维施瓦纳塔·查夸瓦尔提·塔库尔(Viśvanātha Cakravartī Ṭhākura)在他赞美灵师导师的八节诗中清楚地说：仅仅靠取悦灵性导师，人就能获得生命中最高的成就；相反，人即使举行所有的宗教仪式，但如果无法让灵性导师满意，也就无法达到灵性的完美境界。这节诗中的“那些不控制心和感官之人的(akṛtātmanām)”一句非常重要，梵文“阿特玛(ātmā)”一词的意思是躯体、灵魂或心，“阿克尔塔特玛(akṛtātmā)”的意思是“不能控制心和感官的普通人”。普通人无法控制心和感官，因此必须托庇于伟大的灵魂——至尊主伟大的奉献者，努力去取悦他。那将使他的生命达到完美的状态。普通人无法只靠举行仪式、遵守宗教原则达到灵性最高的完美境界。他必须寻求真正的灵性导师的庇护，忠心耿耿、真心诚意地按他的指示行事；这样，他无疑才能变得完美。

第 7 节 दिष्ट्या त्वयानुशिष्टोऽहं कृतश्चानुग्रहो महान् ।
अपावृतैः कर्णरन्ध्रैर्जुष्टा दिष्ट्योशतीर्गिरः ॥ ७ ॥

diṣṭyā tvayānuśiṣṭo ’haṁ
kṛtaś cānugraho mahān
apāvṛtaiḥ karṇa-randhrair
juṣṭā diṣṭyośatīr giraḥ

diṣṭyā 一幸运地 / tvayā 一由您 / anuśiṣṭaḥ 一教导 / aham 一我 / kṛtaḥ 一赐予 / ca 一和 / anugrahaḥ 一恩惠 / mahān 一巨大的 / apāvṛtaiḥ 一打开 / karṇa-randhraiḥ 一用耳孔 / juṣṭāḥ 一接收 / diṣṭyā 一有幸地 / uśatīḥ 一纯粹的 / giraḥ 一话语

译文 我幸运地得到您的指示，因而得到了巨大的恩惠。我感谢神让我竖起耳朵聆听到了您纯净的话语。

要旨 就有关如何接受一位真正的灵性导师，如何与灵性导师相处的问题，圣茹帕 · 哥斯瓦米(Rūpa Gosvāmī)在他的《奉爱服务的纯粹甘露之洋》(Bhakti-rasāmṛta-sindhu)一书中给予了指导。首先，有这方面志向的学生必须找一位真正的灵性导师，然后必须非常渴望得到灵性导师的指示，并按指示去做。这是相互的服务。真正的灵性导师——神圣的人，总想要提升前来找他的普通人。由于所有的人都在错觉能量(māyā)的迷惑下，忘了自己的主要责任是为奎师那(Kṛṣṇa)做奉爱服务——培养奎师那意识，神圣的人便总是希望所有的人也都能成为圣洁的人。神圣之人的职责是，唤醒每一个健忘的普通人心中原有的奎师那意识。

玛努说，通过聆听卡尔达玛·牟尼的建议和教导，他得到了许多仁慈。他认为自己很幸运能用耳朵接收到这些启示。这节诗中尤其提到：人应该有很强的求知欲，应该竖起耳朵从真正的灵性导师这一权威的源头处聆听教导。人如何接受知识？应该靠耳朵这个接收器官接收超然的信息。梵文“用耳孔(karṇa-randhraiḥ)”一词是指要通过耳朵接受灵性导师的仁慈，而不是躯体的其他部位。然而，这并不是说，灵性导师透过门徒的耳朵给予某个曼陀(mantra)，以换取一些美金，而门徒只要冥想那个曼陀，就能在六个月内达到完美并变成神。这纯属无稽之谈。事实真相是：真正的灵性导师知道不同的人所具有的不同素质，能在培养奎师那意识的过程中履行什么职责，并因材施教，给予不同的人以不同的指导。他会当着众人的面，而不是私下里，透过学生的耳朵给予教导说：“你适合为奎师那做这种服务。你能以这种方式做事。”一个学生得到指示，通过在神像房工作培养奎师那意识，为奎师那服务；一个学生被建议做编辑灵性书籍的工作；一个学生得到命令去传教；而另一个学生被告知通过在厨房里工作为奎师那做服务。在培养奎师那意识——为奎师那做奉爱服务的过程中，有各种不同的活动可以从事；灵性导师知道不同的人所具备的不同能力，便根据每个人的情况训练他们，使他们通过从事符合各自天性的活动达到完美。《博伽梵歌》中清楚地说明：人仅仅通过按自己的能力为至尊主做服务，就能达到灵性生活最高的完美境界。阿尔诸纳(Arjuna)用他在军事方面的才华为奎师那服务，就是一个很好的例子。阿尔诸纳作为一名战将，为满足奎师那而在战场上奋力拼杀，最终达到了完美境界。同样，画家可以通过在灵性导师的指导下为奎师那绘画而变得完美，作家可以通过在灵性导师的指导下为奎师那作诗写文章达到完美。就如何按自己的能力活动这一点，人必须听取灵性导师的意见，因为灵性导师很善于给予这方面的指导。

灵性导师给予指示，门徒忠贞地执行训喻，这种结合使整个程序发挥完美的功效。圣维施瓦纳塔·查夸瓦尔提·塔库尔在解释《博伽梵歌》中的“稳定的智力(vyavasāyātmikā buddhiḥ)”一句时说：想要确实获得灵性成功的人，必须从灵性导师那里听取指示，以了解自己究竟该做什么。他应该忠心耿耿地执行灵性导师给他的具体训令，把它视为自己的生命和灵魂。门徒唯一的职责是，忠实地按他从灵性导师那里得到的指示行事。这么做将使他走向完美。人应该透过耳朵仔细聆听、接收灵性导师所给予的信息，然后忠诚地按照指示做。这将使他的生命获得成功。

第 8 节 स भवान्दुहितृस्नेहपरिक्लिष्टात्मनो मम ।
श्रोतुमर्हसि दीनस्य श्रावितं कृपया मुने ॥ ८ ॥

sa bhavān duhitṛ-sneha-
parikliṣṭātmano mama
śrotum arhasi dīnasya
śrāvitaṁ kṛpayā mune

saḥ—您本人 / bhavān—阁下 / duhitṛ-sneha—由于疼爱我女儿 / parikliṣṭa-ātmanaḥ—心烦意乱的 / mama—我的 / śrotum—听 / arhasi—请您 / dīnasya—敝人的 / śrāvitam—祷文 / kṛpayā—仁慈地 / mune—圣人啊

译文 伟大的圣人啊！我的心因为对女儿的钟爱而感到不安，所以请仁慈地倾听敝人的恳求。

要旨　当门徒与灵性导师心心相印，从灵性导师那里接受训令，诚恳、完美地执行训令时，他就有权向灵性导师请求特殊的恩惠。一般来说，至尊主的纯粹奉献者或真正灵性导师的合格门徒，从不向至尊主或灵性导师提任何要求，即使人有需要想要向灵性导师要求恩惠，也必须等到灵性导师对自己完全满意后才能提出请求。斯瓦阳布瓦·玛努(Svāyambhuva Manu)因疼爱女儿而想替她操办终身大事，为此而对卡尔达玛·牟尼揭示自己的想法。

第9节　प्रियव्रतोत्तानपदोः स्वसेयं दुहिता मम ।
अन्विच्छति पतिं युक्तं वयःशीलगुणादिभिः ॥ ९ ॥

priyavratottānapadoḥ
svaseyaṁ duhitā mama
anvicchati patiṁ yuktaṁ
vayaḥ-śīla-guṇādibhiḥ

priyavrata-uttānapadoḥ—普瑞亚茹阿塔和乌塔纳帕德的 / svasā—妹妹 / iyam—这 / duhitā—女儿 / mama—我的 / anvicchati—寻找 / patim—丈夫 / yuktam—合适 / vayaḥ-śīla-guṇa-ādibhiḥ—年龄、性格和品德等

译文　我女儿是普瑞亚茹阿塔和乌塔纳帕德的妹妹。她正寻找在年龄、性格和美好品质方面适合她的丈夫。

要旨　斯瓦阳布瓦·玛努的女儿黛瓦瑚缇(Devahūti)已长大成人，具有优秀的品格和良好的资格，因此想找一位在年龄、品质和性格方面都适合她的丈夫。玛努在介绍女儿时之所以说她是普瑞亚茹阿塔(Priyavrata)和乌塔纳帕德(Uttānapāda)这两位伟大君王的妹妹，是为了让圣人确信这位姑娘来自高贵的家庭。她不仅是他这位帝王的女儿，同时还是两位查锤亚的亲妹妹，所以并非来自低阶层的家庭。玛

努因此想把女儿许配给卡尔达玛，而这也正符合卡尔达玛的心愿。这里有一点很清楚：尽管玛努的女儿在年龄和才能方面都已经成熟，但她并没有自己跑出去，自作主张地找一个丈夫。她向父亲表达了自己想找一位在年龄、性格和品德方面适合自己的丈夫，父亲因为疼爱女儿而负责为女儿找寻这样一位丈夫。

第 10 节 यदा तु भवतः शीलश्रुतरूपवयोगुणान् ।
अशृणोन्नारदादेषा त्वय्यासीत्कृतनिश्चया ॥१०॥

yadā tu bhavataḥ śīla-
śruta-rūpa-vayo-guṇān
aśṛṇon nāradād eṣā
tvayy āsīt kṛta-niścayā

yadā—当……时 / tu—但是 / bhavataḥ—您的 / śīla—品格高尚 / śruta—学识渊博 / rūpa—英俊 / vayaḥ—年轻 / guṇān—美德 / aśṛṇot—听到 / nāradāt—从纳茹阿达 · 牟尼 / eṣā—黛瓦瑚缇 / tvayi—在你身上 / āsīt—变得 / kṛta-niścayā——心一意地

译文 自从她听圣人纳茹阿达谈到您品德高尚、博学、外貌俊美、朝气蓬勃及其他优点后，她的心中就只有您了。

要旨 黛瓦瑚缇并没有亲眼见过卡尔达玛 · 牟尼，对他的品格等也没有切身的体验，因为当时社会上并没有这种能让她亲自去了解对方的社交活动。然而，她听权威人士纳茹阿达 · 牟尼(Nārada Muni)说了卡尔达玛 · 牟尼的情况。听权威的话比自己亲自去体验好。她听纳茹阿达 · 牟尼说卡尔达玛 · 牟尼正适合作她的丈夫，心里便下定决心要嫁给卡尔达玛 · 牟尼。她向父亲表达了这个心愿，父亲便把她带到卡尔达玛 · 牟尼面前。

第 11 节　तत्प्रतीच्छ द्विजाग्र्येमां श्रद्धयोपहृतां मया ।
सर्वात्मनानुरूपां ते गृहमेधिषु कर्मसु ॥११॥

tat pratīccha dvijāgryemāṁ
śraddhayopahṛtāṁ mayā
sarvātmanānurūpāṁ te
gṛhamedhiṣu karmasu

tat－因此 / pratīccha－请接受 / dvija-agrya－最优秀的布茹阿玛纳啊 / imām－她的 / śraddhayā－怀着信心 / upahṛtām－作为礼物献上 / mayā－由我 / sarva-ātmanā－在各方面 / anurūpām－合适 / te－对你 / gṛha-medhiṣu－家庭的 / karmasu－责任

译文　布茹阿玛纳的领袖啊！看在我十分信赖地把她交给你的分上，请接受她吧。她在各方面都适合做您的妻子，负责您的家务。

要旨　这节诗中用梵文“家庭责任(gṛhamedhiṣu karmasu)”一句和“在各方面都适合(sarvātmanānurām)”一句说明：做妻子的不仅应该在年龄、性格和品德上与丈夫匹配，而且必须帮助丈夫承担家庭职责。居士的责任不是满足自己感官享乐的欲望，而是在养妻子、孩子的同时，在灵修生活中取得进步。不这么做的人不是居士，而是贵哈梅迪(gṛhamedhī)。梵文中有两个词——贵哈斯塔(gṛhastha)和贵哈梅迪，这两者的区别在于：贵哈斯塔(居士)是灵修者在灵性生活中所处的一个阶段(āśrama)；但人结婚后如果只顾满足自己的感官，那他就是贵哈梅迪。对贵哈梅迪来说，娶妻意味着满足自己的感官；但对贵哈斯塔来说，一位有资格的妻子能在各方面协助丈夫，帮助丈夫在灵性活动中取得进步。料理家务、不与丈夫争吵，是做妻子的责任。妻子就是要帮助丈夫的，但除非丈夫与她在年龄、性格和品德方面完全相配，否则她无法帮助丈夫。

第 12 节 उद्यतस्य हि कामस्य प्रतिवादो न शस्यते ।
अपि निर्मुक्तसङ्गस्य कामरक्तस्य किं पुनः ॥१२॥

udyatasya hi kāmasya
prativādo na śasyate
api nirmukta-saṅgasya
kāma-raktasya kiṁ punaḥ

udyatasya—那自动到来的 / hi—事实上 / kāmasya—物质欲望的 / prativādaḥ—拒绝 / na—不 / śasyate—被赞许 / api—甚至 / nirmukta—摆脱……的人的 / saṅgasya—执著 / kāma—对感官快乐 / raktasya—沉溺于……的人的 / kiṁ punaḥ—何况

译文 人不该拒绝自动到来的礼物，即使毫无执著心也不该，更不用说沉溺于感官享乐的人了。

要旨 在物质生活中，人人都渴望感官享乐，因此如果一个人在并没有努力的情况下得到感官享乐的对象便不该拒绝，而是该予以接受。卡尔达玛·牟尼并没有追求感官享乐，但他想结婚并为此祈求至尊主赐予他一个合适的妻子。斯瓦阳布瓦·玛努了解这一点。所以他婉转地劝卡尔达玛·牟尼说："你想娶一个像我女儿一样的妻子，而她现在就在你面前。这是你祈祷的结果，你不该拒绝，而应该接受我的女儿。"

第 13 节 य उद्यतमनादृत्य कीनाशमभियाचते ।
क्षीयते तद्यशः स्फीतं मानश्चावज्ञया हतः ॥१३॥

ya udyatam anādṛtya
kīnāśam abhiyācate
kṣīyate tad-yaśaḥ sphītaṁ
mānaś cāvajñayā hataḥ

yaḥ—……的 / udyatam—献上的礼物 / anādṛtya—拒绝 / kīnāśam—从吝啬鬼那里 / abhiyācate—乞求 / kṣīyate—失去 / tat—他的 / yaśaḥ—名声 / sphītam—广为传播的 / mānaḥ—尊严 / ca—和 / avajñayā—因为轻慢 / hataḥ—毁了

译文　拒绝自动到来的礼物后又去向吝啬鬼乞求恩惠的人，会失去名声，而他人对他的怠慢将使他那骄傲的心谦卑下来。

要旨　韦达婚姻一般的做法是，父亲将女儿交给一位合适的青年。那是非常体面的婚姻。男方不该去找女方的父亲，请求他把女儿嫁给自己。那对男方来说是降低尊严的事。斯瓦阳布瓦·玛努知道圣人想要娶一位合适的少女，所以劝卡尔达玛·牟尼道："我现在就把这样一位合适的妻子交给你，不要拒绝这一奉献。否则，由于你需要一个妻子，你将向其他人提出要求，而那人对你也许并没那么好。那时你就很没面子了。"

在这个事件中还有一点值得注意，即：斯瓦阳布瓦·玛努虽然是世界帝王，但却去把自己那极有资格的女儿交给一个贫穷的布茹阿玛纳。从世俗的角度看，卡尔达玛·牟尼一无所有，是森林中的一个隐士。然而，他的文化素养很高。因此，人要嫁女儿时，首先要考虑的是男方的品质和文化素养，而不是钱财或其他物质方面的东西。

第 14 节　अहं त्वाशृणवं विद्वन् विवाहार्थं समुद्यतम् ।
अतस्त्वमुपकुर्वाणः प्रत्तां प्रतिगृहाण मे ॥१४॥

aham tvāśṛṇavaṁ vidvan
vivāhārthaṁ samudyatam
atas tvam upakurvāṇaḥ
prattāṁ pratigṛhāṇa me

aham—我 / tvā—你 / aśṛṇavam—听说 / vidvan—有智慧的人啊 /

vivāha-artham－为了结婚 / samudyatam－打算 / ataḥ－因此 / tvam－你 / upakurvāṇaḥ－没有发永远独身禁欲的誓言 / prattām－送给 / pratigṛhāṇa－请接受 / me－我的

译文 斯瓦阳布瓦·玛努继续道：明智的人啊！我听说您准备结婚。既然您没发誓要终身过独居禁欲的生活，就请娶她吧！

要旨 布茹阿玛查瑞(brahmacārī, 贞守生)遵守的原则是独身禁欲。有两类布茹阿玛查瑞：一类是一生遵守独身禁欲的誓言(naiṣṭhika-brahmacārī)；另一类是在某个年龄段以前遵守独身禁欲的誓言(upakurvāṇa-brahmacārī)。比如有人发誓在二十五岁前保持独身禁欲的状态，之后在得到灵性导师允许的情况下步入婚姻生活。独身禁欲的学生生活阶段(brahmacarya)，是灵性四阶段中的初始阶段，人在这个阶段中遵守的原则是独身禁欲。只有居士才被允许享受性生活，独身禁欲的学生则不被允许。由于卡尔达玛·牟尼并没有发誓要毕生独身禁欲，斯瓦阳布瓦·玛努便请卡尔达玛接受他女儿。卡尔达玛·牟尼想要结婚，出生在高贵皇室中并适合他的姑娘便被其父亲送到了他面前。

第 15 节

ऋषिरुवाच
बाढमुद्वोढुकामोऽहमप्रत्ता च तवात्मजा ।
आवयोरनुरूपोऽसावाद्यो वैवाहिको विधिः ॥१५॥

ṛṣir uvāca
bāḍham udvoḍhu-kāmo 'ham
aprattā ca tavātmajā
āvayor anurūpo 'sāv
ādyo vaivāhiko vidhiḥ

ṛṣiḥ－伟大的圣人卡尔达玛 / uvāca－说 / bāḍham－很好 / udvoḍhu-kāmaḥ－希望结婚 / aham－我 / aprattā－没有答应其他人 / ca－和 /

tava－您的 / ātma-jā－女儿 / āvayoḥ－我们俩的 / anurūpaḥ－合适 / asau－这 / ādyaḥ－首先 / vaivāhikaḥ－结婚的 / vidhiḥ－仪式

译文 伟大的圣人回答道：我的确想要结婚，而您的女儿也还没出嫁或与他人订婚。因此，按照韦达传统，我们可以结婚。

要旨 卡尔达玛 · 牟尼在接受斯瓦阳布瓦 · 玛努的女儿之前，作了多方面的考虑。最重要的是：黛瓦瑚缇先下定决心要嫁给他，只选择他做自己的丈夫。这非常关键，因为女性的心理状态是：她第一次把心交给一个男人后，就很难再收回了。而且，她以前从未结过婚，是个处女。考虑所有这些方面后，卡尔达玛 · 牟尼决定接受她，因此说："好吧，我会按照有关婚姻的宗教原则接受您女儿。"世上有不同的结婚方式，其中一流的嫁娶方式是：父亲为女儿找一位合适的新郎，然后用新衣服和漂亮的首饰把女儿打扮得漂漂亮亮后送给新郎，同时按自己的能力为女儿准备一份嫁妆。除此之外，还有甘达尔瓦(gāndharva)式婚嫁和自由恋爱式婚嫁等被认可的结婚方式。就连强行绑架女方，随后与之结为夫妻的结婚方式，也是被认可的。但卡尔达玛 · 牟尼接受了一流的结婚方式，因为那是女方父亲的意愿，而且他女儿也很有资格，更何况她从未把自己的心给予别人。考虑所有这些因素后，卡尔达玛 · 牟尼决定接受斯瓦阳布瓦 · 玛努的女儿。

第 16 节

कामः स भूयान्नरदेव तेऽस्याः
  पुत्र्याः समाम्नायविधौ प्रतीतः ।
क एव ते तनयां नाद्रियेत
  स्वयैव कान्त्या क्षिपतीमिव श्रियम् ॥१६॥

kāmaḥ sa bhūyān naradeva te 'syāḥ
  putryāḥ samāmnāya-vidhau pratītaḥ

ka eva te tanayāṁ nādriyeta
svayaiva kāntyā kṣipatīm iva śriyam

kāmaḥ一愿望 / saḥ一那 / bhūyāt一让它实现 / nara-deva一君王啊 / te一您的 / asyāḥ一这 / putryāḥ一女儿的 / samāmnāya-vidhau一韦达经所推荐的程序 / pratītaḥ一认可 / kaḥ一谁 / eva一事实上 / te一您的 / tanayām一女儿 / na ādriyeta一不爱慕 / svayā一靠她自己的 / eva一单独 / kāntyā一身上的光彩 / kṣipatīm一胜过 / iva一好像 / śriyam一饰物

译文 让您女儿那被韦达经认可的结婚愿望得以实现吧。有谁能不愿意娶她呢？她那么美丽，仅仅是她身体的光泽，就已胜过她佩戴的首饰之美了。

要旨 卡尔达玛·牟尼想要按经典规定的结婚方式娶黛瓦瑚缇。按照韦达经典的说明，一流的结婚方式是把新郎召到新娘家中，新娘家长把新娘交给新郎，同时再奉送包括必备的首饰、黄金、家具和其他家用品在内的一笔嫁妆。直至今日，印度高等阶层中仍盛行这种结婚方式。经典中说：新娘的父亲这样做，将积累下宗教方面的巨大功德。把女儿奉送给一名合适的青年做妻子，被视为是居士从事的虔诚活动之一。《玛努法典》(Manu-smṛti)中提到八种结婚方式，但现在唯一通用的是布茹阿玛(brāhma)婚姻或称激情型(rājasika)的婚姻。通过恋爱、交换花环或抢新娘等方式结婚的婚姻，在如今这个喀历(Kali)年代里受到禁止。从前，查锤亚可以随意从其他王室中抢走一位公主，引来女方家人与他大战一场，如果抢亲者赢了，女方家人就会把被抢的姑娘送给抢她的查锤亚做妻子。就连奎师那也是以这种方式娶到了茹珂弥妮(Rukmiṇī)，祂的儿子和孙子中也有人以抢亲的方式成亲。奎师那的孙子抢了杜尤丹(Duryodhana)的女儿，导致库茹(Kuru)王朝和雅杜(Yadu)王朝间的一场战争。后来经过库茹家族中的长辈出面调解，事情才算平息。这种结婚方式在过去的年代很流行，但现在却因为对查锤亚生活的严格规定已彻底遭到破坏而不可能再沿用这种方式。由于印度现在变得依赖其他国家，她的社会阶层已失去了特殊的影响力。按照经典中的说法，现如今人人都是庶铎(首陀罗)。所谓的布茹阿玛纳(婆罗门)、查锤亚(刹帝利)和外夏(吠舍)已经忘记了他们的传统活动。既然他们不再从事传统活动，他们便是庶铎。经典中说：在喀历年代中，人人都将像庶铎一样(kalau śūdra-sambhavaḥ)。在过去年代中被人们严格遵循的社会习俗，在这个年代中被弃置一旁。

第 17 节 यां हर्म्यपृष्ठे क्वणदङ्घ्रिशोभां
विक्रीडतीं कन्दुकविह्वलाक्षीम् ।
विश्वावसुर्न्यपतत्स्वाद्विमानाद्
विलोक्य सम्मोहविमूढचेताः ॥१७॥

yāṁ harmya-pṛṣṭhe kvaṇad-aṅghri-śobhāṁ
vikrīḍatīṁ kanduka-vihvalākṣīm
viśvāvasur nyapatat svād vimānād
vilokya sammoha-vimūḍha-cetāḥ

yām—……的 / harmya-pṛṣṭhe—在宫殿的楼顶上 / kvaṇat-aṅghri-śobhām—脚上戴的叮当作响的脚铃更增添其美丽的她 / vikrīḍatīm—玩 / kanduka-vihvala-akṣīm—眼睛因盯着球而视线迷离 / viśvāvasuḥ—维施瓦瓦苏 / nyapatat—掉下来 / svāt—从他自己的 / vimānāt—从飞机上 / vilokya—看见 / sammoha-vimūḍha-cetāḥ—神魂颠倒

译文 我听说，杰出的乐仙维施瓦瓦苏，在他的飞机上看到您女儿在宫殿楼顶上玩球时，因热恋她而心神恍惚，从飞机上掉了下来。原因是，她脚铃发出的叮当声及她左顾右盼的眼睛，使她显得美丽非凡。

要旨 从这节诗中可以了解到，摩天大楼不是现在才有，而在过去的年代就已经有了。这节诗中有一个梵文词“在宫殿的楼顶上

(harmya-pṛṣṭhe)”，harmya的意思是“雄伟的宫殿建筑”。诗中还有“从他自己的飞机上(svād vimānāt)”一句，说明在过去的年代中也有私人飞机或直升机。乐仙(Gandharva)维施瓦瓦苏(Viśvāvasu)驾机在天空中飞行时，可以看到黛瓦瑚缇在皇宫的楼顶上玩球。那个年代也流行玩球，但贵族少女不会在公共场所玩球。当时，玩球等娱乐活动并不是普通女子或少女所涉足的领域，只有像黛瓦瑚缇那样的公主才能享受这类运动。这节诗中描述说，维施瓦瓦苏在飞机上看到了她。这说明那皇宫非常高，否则他怎么可能在飞机上看到她？维施瓦瓦苏看得那么清楚，以致被黛瓦瑚缇的美貌及脚铃发出的声响所诱惑，神魂颠倒，竟然从飞机上掉了下来。卡尔达玛·牟尼在此说出他听到的这件事。

第 18 节 तां प्रार्थयन्तीं ललनाललाम-
मसेवितश्रीचरणैरदृष्टाम् ।
वत्सां मनोरुच्चपदः स्वसारं
को नानुमन्येत बुधोऽभियाताम् ॥१८॥

tāṁ prārthayantīṁ lalanā-lalāmam
asevita-śrī-caraṇair adṛṣṭām
vatsāṁ manor uccapadaḥ svasāraṁ
ko nānumanyeta budho 'bhiyātām

tām一她 / prārthayantīm一寻求 / lalanā-lalāmam一女人的装饰品 / asevita-śrī-caraṇaiḥ一被不曾崇拜拉珂施蜜莲花足的人 / adṛṣṭām一不被看见 / vatsām一心爱的女儿 / manoḥ一斯瓦阳布瓦·玛努的 / uccapadaḥ一乌塔纳帕德的 / svasāram一妹妹 / kaḥ一什么 / na anumanyeta一不欢迎 / budhaḥ一有智慧的人 / abhiyātām一她不请自来

译文 给女性增添光彩的人、斯瓦阳布瓦·玛努的爱女、乌塔纳帕德的妹妹，有哪位明智的男士会不欢迎她？不崇拜幸运女神仁慈双足的人，甚至看不到她，但她却自愿嫁给我。

要旨　卡尔达玛·牟尼以不同的方式赞美黛瓦瑚缇美丽的容貌及优秀品质。黛瓦瑚缇实际上是所有美丽的少女身上佩戴的首饰。少女戴上首饰后会显美丽，但黛瓦瑚缇却比首饰更美艳，被视为是美丽的少女所佩戴的首饰。半神人和乐仙们都被她的美貌所吸引。卡尔达玛·牟尼虽是伟大的圣人，但还不是天堂星球的居民。上一节诗中说，就连来自天堂星球的维施瓦瓦苏都迷恋黛瓦瑚缇的美。她不仅人长得美，还是帝王斯瓦阳布瓦的女儿和乌塔纳帕德王的亲妹妹。有谁会拒绝娶这样一位少女呢？

第19节　अतो भजिष्ये समयेन साध्वीं
यावत्तेजो बिभृयादात्मनो मे ।
अतो धर्मान् पारमहंस्यमुख्यान्
शुक्लप्रोक्तान् बहु मन्येऽविहिंस्रान् ॥१९॥

ato bhajiṣye samayena sādhvīṁ
yāvat tejo bibhṛyād ātmano me
ato dharmān pāramahaṁsya-mukhyān
śukla-proktān bahu manye 'vihiṁsrān

ataḥ一因此 / bhajiṣye一我将接受 / samayena一条件是 / sādhvīm一贞洁的姑娘 / yāvat一直到 / tejaḥ一精子 / bibhṛyāt一承接 / ātmanaḥ一从我的身体里 / me一我的 / ataḥ一之后 / dharmān一职责 / pāramahaṁsya-mukhyān一最优秀的至尊天鹅的 / śukla-proktān一由主维施努讲述 / bahu一许多 / manye一我将考虑 / avihiṁsrān一没有嫉妒

译文　因此，我将接受这位贞洁的少女做我妻子，但条件是：她在承接来自我身体的精子后，我将去过最完美的人所过的做奉爱服务的生活。那一程序由主维施努阐述，其中不掺杂丝毫嫉妒的成分。

要旨　卡尔达玛·牟尼向帝王斯瓦阳布瓦表达了自己想娶一位

美丽妻子的愿望，欣然接受帝王的女儿做自己的妻子。卡尔达玛·牟尼作为一名布茹阿玛查瑞(brahmacārī)，一直在他的隐居所灵修，过独身禁欲的生活。他熟悉韦达经典中有关人该如何度过人类生命的教导，所以虽然想结婚，但并不想从此一生过居士生活。按照韦达教导，应该用人生的第一个阶段过独身禁欲的学生生活，以培养好品质，提升自己的灵性资格。在接下来的一个阶段中，人可以娶妻生孩子，但不该像狗猫一样地生孩子。

卡尔达玛·牟尼想生一个是“至尊人格首神之光”的孩子。人应该生育能执行维施努(Viṣṇu)命令的孩子，否则就没必要生孩子。优秀的父亲生养的孩子分两种：一种受到奎师那意识科学的教育，在这一生就能摆脱错觉能量(māyā)的钳制；另一种是“至尊人格首神之光”，给世人指明生命的最高目标。正如后面几章中将谈到的，卡尔达玛·牟尼生了这样一个儿子——人格首神的化身卡皮拉(Kapila)；祂前来宣讲数论(Sāṅkhya)哲学。伟大的居士们祈求神送祂的代表前来，以便在人类社会掀起一场吉祥的运动。这是生儿育女的一个原因。生儿育女的另一个原因是：有高度灵性觉悟的父母可以训练孩子培养奎师那意识，以使孩子将来不必再回到这个充满痛苦的世界中来。为人父母者应该努力使自己的孩子今后不再进入另一个母亲的子宫。人除非能训练孩子在这一生中得到解脱，否则不必结婚或生孩子。人类如果像猫狗一样地生孩子，社会秩序就会遭到破坏，整个世界就会变得像地狱一样；而这正是这个喀历年代的状况。在这个年代中，无论是父母还是子女，都没有受到训练，都像动物一样生活着，只知道吃、睡、交配、防卫和满足自己的感官。这样一种混乱的社会生活不可能给人类社会带来和平与安宁。卡尔达玛·牟尼在结婚前预先说明：他不会与黛瓦瑚缇厮守一辈子。他将只与黛瓦瑚缇一起生活到她生下一个孩子为止。换句话说，性生活应该只是被用于生育素质优良的孩子，而不为其他目的。主柴坦亚(Caitanya)的哲学教导是：

人体生命是专为至尊主做纯粹的奉爱服务而设的。

人在履行完生育优秀子女的责任后，就该离开家庭进入弃绝阶层(sannyāsa)，从事人在至尊天鹅(paramahaṁsa)阶段所从事的最完美的活动。至尊天鹅阶段是人生最高的完美阶段。弃绝阶层又分四个层次，至尊天鹅层次是其中最高的层次。《圣典博伽瓦谭》(Śrīmad-Bhāgavatam)又被称为《至尊天鹅赞》(paramahaṁsa-saṁhitā)——最高等的人阅读的科学论文。至尊天鹅从不嫉妒。在人生的其他阶段，甚至是居士生活阶段中，都免不了有竞争和嫉妒的心态。但由于处在至尊天鹅阶段的人全心全意地从事具有奎师那意识的活动——做奉爱服务，所以没有嫉妒心。一百年前，处在与卡尔达玛·牟尼同样阶段的塔库尔·巴克提维诺德(Ṭhākura Bhaktivinoda)，也想生一个能最广泛传播主柴坦亚教导的孩子。他为此向至尊主祈祷后，至尊主赐给他一个孩子——巴克提希丹塔·萨茹阿斯瓦缇·哥斯瓦米·玛哈茹阿佳(Bhaktisiddhānta Sarasvatī Gosvāmī Mahārāja)。这位哥斯瓦米·玛哈茹阿佳如今正透过他真正的门徒，在全世界范围内传播主柴坦亚的哲学。

第20节

यतोऽभवद्विश्वमिदं विचित्रं
संस्थास्यते यत्र च वावतिष्ठते ।
प्रजापतीनां पतिरेष मह्यं
परं प्रमाणं भगवाननन्तः ॥२०॥

yato 'bhavad viśvam idaṁ vicitraṁ
saṁsthāsyate yatra ca vāvatiṣṭhate
prajāpatīnāṁ patir eṣa mahyaṁ
paraṁ pramāṇaṁ bhagavān anantaḥ

yataḥ－是……的源头的祂 / abhavat－发出 / viśvam－创造 / idam－这 / vicitram－神奇的 / saṁsthāsyate－将瓦解 / yatra－……在祂体内的那一位 / ca－和 / vā－或 / avatiṣṭhate－如今存在 / prajā-patīnām－生物

体祖先的 / patiḥ－至尊主 / eṣaḥ－这 / mahyam－对我来说 / param－最高的 / pramāṇam－权威 / bhagavān－至尊主 / anantaḥ－无限的

译文 对我来说，最高的权威是无限的至尊人格首神；这神奇的创造产自祂，在祂体内得到维系，瓦解后安息其中。祂是负责在这个世界中繁衍生物体的全体祖先的来源。

要旨 卡尔达玛·牟尼的父亲——生物体的祖先(Prajāpati)布茹阿玛，命令他承担生育子女的责任。在创造的一开始，生物体祖先的责任是，大量繁殖可以住在浩瀚宇宙中各星球上的生物体。但卡尔达玛·牟尼说：尽管他那作为生物体祖先的父亲希望他也负责繁殖生物体，但他真正的来源其实是至尊人格首神维施努，因为维施努是一切的源头。祂是这个宇宙真正的创造者、真正的维系者；而且在毁灭到来时，一切又只进入祂体内。这是《圣典博伽瓦谭》的结论。尽管布茹阿玛(Brahmā)、维施努和又名玛黑施瓦尔(Maheśvara)的希瓦(Śiva)，分别负责掌管宇宙的创造、维系和毁灭，但布茹阿玛和玛黑施瓦尔是维施努在质上的扩展。维施努是中心人物，因此负责维系宇宙。除了祂，没谁能维系整个创造。宇宙内有无数的生物，而他们有无数的要求；除了维施努，没有谁能满足无数生物的无数要求。布茹阿玛受命创造宇宙，希瓦受命毁灭宇宙，介于创造与毁灭之间的维系工作就由维施努负责。卡尔达玛·牟尼凭他在灵修生活不断进步的过程中所获得的力量，清楚地认识到：他该崇拜的是人格首神维施努。维施努的愿望，就是他唯一的职责。他不打算生很多孩子，而只要生一个能帮助履行维施努的使命的孩子。正如《博伽梵歌》中所说：无论何时，一旦世人在遵循宗教原则时出现偏离的现象，至尊主就会降临地球，保护宗教原则，消灭恶徒。

结婚和生孩子被视为是人偿还对他投生的家庭所欠的债。新生儿一出生就已经欠了许多债；他欠所投生家庭的债、半神人的债、祖先(Pitā)的债、圣人(Ṛṣi)的债……但人如果只为真正值得崇拜的至尊主——人格首神做服务，就不欠任何债了，甚至不需要试着去偿还。卡尔达玛·牟尼因为有至尊天鹅的知识，所以宁愿选择献出一生为至尊主做服务。他生孩子只是为了这个目的，而不是为了填满宇宙而生无数的孩子。

第 21 节

मैत्रेय उवाच
स उग्रधन्वन्नियदेवाबभाषे
आसीच्च तूष्णीमरविन्दनाभम् ।
धियोपगृह्णन् स्मितशोभितेन
मुखेन चेतो लुलुभे देवहूत्याः ॥२१॥

maitreya uvāca
sa ugra-dhanvann iyad evābabhāṣe
āsīc ca tūṣṇīm aravinda-nābham
dhiyopagṛhṇan smita-śobhitena
mukhena ceto lulubhe devahūtyāḥ

maitreyaḥ—伟大的圣人麦垂亚 / uvāca—说 / saḥ—他(卡尔达玛) / ugra-dhanvan—伟大的战士维杜茹阿啊 / iyat—这么多 / eva—只 / ābabhāṣe—说 / āsīt—变得 / ca—和 / tūṣṇīm—为沉默不语 / aravinda-nābham—(肚脐上长着一朵莲花的)主维施努 / dhiyā—靠冥想 / upagṛhṇan—抓住 / smita-śobhitena—因微笑而变得很美 / mukhena—被他的脸 / cetaḥ—心 / lulubhe—迷住 / devahūtyāḥ—黛瓦瑚缇的

译文 圣麦垂亚说：啊，伟大的勇士维杜茹阿！圣人卡尔达玛只说了这些后便沉默下来，想着他所崇拜的、肚脐上有朵莲花的主维施努。在他默默微笑时，他的脸庞俘获了黛瓦瑚缇的心。黛瓦瑚缇开始冥想这位伟大的圣人。

要旨 从这节诗可以看出，卡尔达玛·牟尼的意识完全是奎师那意识，因为他一旦停止讲话，便立刻开始想主维施努，这就是有奎师那意识的人的行为方式。纯粹的奉献者完全沉浸在对奎师那的冥想中，以致除了祂，根本不想别的。尽管他们表面上看好像是在想别的事、做别的事，但实际上他们总是在想奎师那。这种具有奎师那意识的人的笑容极具魅力，以致他只是一笑，就能赢得无数的崇拜者、门徒和追随者。

第22节 सोऽनु ज्ञात्वा व्यवसितं महिष्या दुहितुः स्फुटम् ।
तस्मै गुणगणाढ्याय ददौ तुल्यां प्रहर्षितः ॥२२॥

so 'nu jñātvā vyavasitaṁ
mahiṣyā duhituḥ sphuṭam
tasmai guṇa-gaṇāḍhyāya
dadau tulyāṁ praharṣitaḥ

saḥ—他(帝王玛努) / anu—之后 / jñātvā—明白了 / vyavasitam—决定 / mahiṣyāḥ—王后的 / duhituḥ—女儿的 / sphuṭam—清楚地 / tasmai—给他 / guṇa-gaṇa-āḍhyāya—具有许多美德 / dadau—送出 / tulyām—具有同样美德的他 / praharṣitaḥ—欢喜地

译文 帝王在清楚王后和黛瓦瑚缇的决定后，欣喜地把女儿交给了与她有同样多优点的圣人。

第23节 शतरूपा महाराज्ञी पारिबर्हान्महाधनान् ।
दम्पत्योः पर्यदात्प्रीत्या भूषावासः परिच्छदान् ॥२३॥

śatarūpā mahā-rājñī
pāribarhān mahā-dhanān
dampatyoḥ paryadāt prītyā
bhūṣā-vāsaḥ paricchadān

śatarūpā—王后莎塔茹帕 / mahā-rājñī—王后 / pāribarhān—嫁妆 /

mahā-dhanān—珍贵的礼物 / dam-patyoḥ—给新郎、新娘 / paryadāt—送给 / prītyā—因为疼爱…… / bhūṣā—首饰 / vāsaḥ—衣服 / paricchadān—家庭生活用品

译文　王后莎塔茹帕钟爱地把珠宝、衣服和家用品等最有价值的适用礼品作为嫁妆，送给新娘和新郎。

要旨　印度如今仍通行嫁女儿时送嫁妆的习俗。新娘的父亲按照自己的情况赠送嫁妆。梵文“珍贵的礼物作为嫁妆(pāribarhān mahā-dhanān)”一句是指，结婚时必须送给新郎的嫁妆。“珍贵的礼物(mahā-dhanān)”在此的意思是，所给予的礼物那么贵重，是适合女皇身份的嫁妆。这节诗中还有“首饰、衣服和家用品(bhūṣā-vāsaḥ paricchadān)”几个字。所有这些适合帝王女儿婚礼的物品，都赠给了直到当时还在过独身禁欲生活的卡尔达玛·牟尼。新娘黛瓦瑚缇穿戴着华丽的衣饰。

就这样，卡尔达玛·牟尼在绝对富有的情况下娶了一位有资格的妻子，并得到居士生活中的各种必需品。在如今举行的这类韦达式婚礼中，新娘的父亲还是会给新郎一笔嫁妆；即使在极度贫穷的印度，还是会看到花费成千上万卢比置办一份嫁妆的婚礼。送嫁妆的做法并不像有些人试图证明的那样，是非法的。嫁妆是父亲为表示良好的祝愿，送给女儿的一份礼物，是父亲应尽的义务。经典规定：在极少数情况下，如果父亲实在没有能力赠送嫁妆，就必须至少送上一朵花和一个水果。正如《博伽梵歌》中所说：人哪怕向神献上一朵花、一个水果，也能取悦神。在经济条件不允许的情况下，人不必通过其他方式筹备嫁妆；他可以为使新郎高兴而送上一个水果和一朵鲜花。

第 24 节　प्रत्तां दुहितरं सम्राट् सदृक्षाय गतव्यथः ।
उपगुह्य च बाहुभ्यामौत्कण्ठ्योन्मथिताशयः ॥२४॥

prattāṁ duhitaraṁ samrāṭ
sadṛkṣāya gata-vyathaḥ
upaguhya ca bāhubhyām
autkaṇṭhyonmathitāśayaḥ

prattām一被送出的 / duhitaram一女儿 / samrāṭ一帝王(玛努) / sadṛkṣāya一给一个合适的人 / gata-vyathaḥ一卸下一个责任 / upaguhya一拥抱 / ca一和 / bāhubhyām一双手 / autkaṇṭhya-unmathita-āśayaḥ一激动

译文 斯瓦阳布瓦·玛努这样完成把女儿嫁给合适男人的责任后，心中感到离别的激动，不禁张开双臂拥抱他深爱的女儿。

要旨 女儿长大成人后，父亲总是惦记着要把她托付给一个合适的小伙子。父母亲对子女的责任，一直要承担到儿女都与合适的对象成亲后为止。父亲履行这一责任后，才算卸下肩负的责任。

第25节 अशक्नुवंस्तद्विरहं मुञ्चन् बाष्पकलां मुहुः ।
आसिञ्चदम्ब वत्सेति नेत्रोदैर्दुहितुः शिखाः ॥२५॥

aśaknuvaṁs tad-virahaṁ
muñcan bāṣpa-kalāṁ muhuḥ
āsiñcad amba vatseti
netrodair duhituḥ śikhāḥ

aśaknuvan一无法忍受 / tat-viraham一与她的分离 / muñcan一洒下 / bāṣpa-kalām一眼泪 / muhuḥ一一次又一次地 / āsiñcat一他打湿了 / amba一我亲爱的母亲 / vatsa一我亲爱的女儿 / iti一就此 / netra-udaiḥ一被他眼里的泪水 / duhituḥ一他女儿的 / śikhāḥ一头发

译文 帝王无法忍受与女儿的分离，眼里不停涌流出的泪水打湿了她的头。他嘴里不停地喊着：“我亲爱的母亲！我亲爱的女儿！”

要旨　这节诗中“我亲爱的母亲(amba)”一词非常重要。父亲有时会深情地喊女儿“母亲”或“我亲爱的”。父亲之所以感到离别之情，是因为女孩子出嫁前一直是父亲的女儿，但出嫁后就必须到丈夫家去，是属于丈夫的人，不再算是自家的女儿了。按照《玛努法典》(Manu-saṁhitā)的规定，女性永远不能独自生活。她出嫁前由父亲照顾；出嫁后由丈夫照顾；等子女长大成人，她到了老年，丈夫出家当托钵僧后，她就由儿子照顾。女性该一直有所依靠，要么依靠父亲，要么依靠丈夫，要么依靠儿子。黛瓦瑚缇的一生就是一个例子。黛瓦瑚缇的父亲把她托付给她丈夫卡尔达玛·牟尼；同样，卡尔达玛·牟尼出家时把她托付给儿子卡皮拉戴瓦(Kapiladeva)。这一切在下面的章节中将一一谈到。

第 26－27 节　आमन्त्र्य तं मुनिवरमनुज्ञातः सहानुगः ।
प्रतस्थे रथमारुह्य सभार्यः स्वपुरं नृपः ॥२६॥

उभयोर्ऋषिकुल्यायाः सरस्वत्याः सुरोधसोः ।
ऋषीणामुपशान्तानां पश्यन्नाश्रमसम्पदः ॥२७॥

āmantrya taṁ muni-varam
　anujñātaḥ sahānugaḥ
pratasthe ratham āruhya
　sabhāryaḥ sva-puraṁ nṛpaḥ

ubhayor ṛṣi-kulyāyāḥ
　sarasvatyāḥ surodhasoḥ
ṛṣīṇām upaśāntānāṁ
　paśyann āśrama-sampadaḥ

āmantrya－得到允许离开 / tam－从他(卡尔达玛) / muni-varam－从最优秀的圣人那里 / anujñātaḥ－得到允许离开 / saha-anugaḥ－带随从 / pratasthe－向……进发 / ratham āruhya－登上战车 / sa-bhāryaḥ－偕夫人 / sva-puram－他的首都 / nṛpaḥ－帝王 / ubhayoḥ－在两边 / ṛṣikulyāyāḥ一令圣人感到惬意 / sarasvatyāḥ一萨茹阿斯瓦缇河的 / su-rodhasoḥ一风景迷人的河岸 / ṛṣīṇām一伟大的圣人的 / upaśāntānām一宁静的 / paśyan一看到 / āśrama-sampadaḥ一漂亮的隐居所呈现的繁荣

译文　在征得大圣人的许可后，帝王与他妻子登上战车，由随从跟着，启程驶向他的首都。一路上，他看到平静的先知们漂亮的隐居所坐落在萨茹阿斯瓦缇河迷人的两岸边，呈现一派繁荣的景象，对神圣的人们来说十分宜人。

要旨　正如现代人运用卓越的工程学和建筑学技术建设人口集中的城市；在过去的年代中，伟大的神圣之人也都比邻而居，而他们居住的区域称为瑞希·库拉(ṛṣi-kula)。印度至今仍有许多灵修胜地供灵修之人居住，很多圣人都住在恒河或雅沐娜(Yamunā)河岸边漂亮的小屋内专心灵修。斯瓦阳布瓦·玛努及其随从沿途经过瑞希·库拉时，看到一座座漂亮的小屋和隐居所，感到非常满意。诗中说：“看到漂亮的隐居所呈现的繁荣景象(paśyann āśrama-sampadaḥ)”。伟大的圣人们不住高楼大厦，但他们的隐居所是那么美观，斯瓦阳布瓦王看在眼里，感到心旷神怡。

第28节　तमायान्तमभिप्रेत्य ब्रह्मावर्तात्प्रजाः पतिम् ।
गीतसंस्तुतिवादित्रैः प्रत्युदीयुः प्रहर्षिताः ॥२८॥

tam āyāntam abhipretya
brahmāvartāt prajāḥ patim
gīta-saṁstuti-vāditraiḥ
pratyudīyuḥ praharṣitāḥ

tam一他 / āyāntam一抵达的 / abhipretya一听说 / brahmāvartāt一从布茹阿玛瓦尔塔 / prajāḥ一他的臣民 / patim一他们的主人 / gīta-saṁstuti-vāditraiḥ一用歌曲、颂词和奏乐 / pratyudīyuḥ一出来迎接 / praharṣitāḥ一欢天喜地

译文　帝王的臣民们知道他抵达后欣喜万分，纷纷涌出布茹阿玛瓦尔塔，用歌唱、祈祷及奏乐等方式迎接他们君王的归来。

要旨　君王旅行归来时迎接君王，是住在王国京城内的居民的惯例。经典中也记载了奎师那从库茹柴陀(Kurukṣetra)战场返回杜瓦尔卡(Dvārakā)时的类似情景。当时，各阶层的居民全都聚集在城门口迎接祂。以前的京城四面都筑有城墙，供人们进出的城门有好几个。德里至今还有古老的城门，一些古城都有居民聚集起来迎接国王回城的城门。布茹阿玛瓦尔塔(Brahmāvarta)王国的京城名叫巴黑施玛提(Barhiṣmatī)。这节诗中描述说，在斯瓦阳布瓦的京城巴黑施玛提内，居民穿戴、打扮得漂漂亮亮，列队奏乐来迎接帝王回城。

第 29—30 节 बर्हिष्मती नाम पुरी सर्वसम्पत्समन्विता ।
न्यपतन् यत्र रोमाणि यज्ञस्याङ्गं विधुन्वतः ॥२९॥
कुशाः काशास्त एवासन् शश्वद्धरितवर्चसः ।
ऋषयो यैः पराभाव्य यज्ञघ्नान् यज्ञमीजिरे ॥३०॥

barhiṣmatī nāma purī
sarva-sampat-samanvitā
nyapatan yatra romāṇi
yajñasyāṅgaṁ vidhunvataḥ

kuśāḥ kāśās ta evāsan
śaśvad-dharita-varcasaḥ
ṛṣayo yaiḥ parābhāvya
yajña-ghnān yajñam ījire

barhiṣmatī—巴黑施玛提 / nāma—被命名 / purī—城市 / sarva-sampat—各种财富 / samanvitā—充满 / nyapatan—掉下 / yatra—那里 / romāṇi—毛 / yajñasya—化身为雄猪的至尊主 / aṅgam—祂身体 / vidhunvataḥ—抖动 / kuśāḥ—库沙草 / kāśāḥ—喀沙草 / te—他们 / eva—

肯定地 / āsan—变成 / śaśvat-harita—常青的 / varcasaḥ—……颜色 / ṛṣayaḥ—圣人 / yaiḥ—用它 / parābhāvya—打败 / yajña-ghnān—骚扰祭祀的恶徒 / yajñam—主维施努 / ījire—他们崇拜

译文 富有的巴黑施玛提城，之所以得此称呼，是因为主维施努在以祂的雄猪形象展现时有根毛发掉在了那里。在祂抖动祂的身体时，那根毛发掉落下来，转为常青的库沙草及(另一种用来编织草席的)喀沙草的叶片。圣人们在主维施努打败干扰他们举行祭祀的恶魔后，用这些草崇拜祂。

要旨 与至尊主有直接关系的地方都称为琵塔·斯特哈纳(pīṭha-sthāna)。斯瓦阳布瓦·玛努的京城巴黑施玛提之所以地位崇高，并非因为它极度富有，而是因为主瓦茹阿哈(Varāha)身上的毛发正好就掉在这个地方。至尊主的毛发之后化作青草，圣人们在至尊主杀了恶魔黑冉亚克沙(Hiraṇyākṣa)之后，便用这草来崇拜至尊主。梵文雅格亚(Yajña, 祭祀)即指至尊人格首神维施努。《博伽梵歌》中把梵文卡尔玛(karma, 活动)解释为是雅格亚尔塔(Yajñārtha)，而雅格亚尔塔·卡尔玛(yajñārtha-karma)的意思是：只为使维施努满意而从事的活动。为感官享乐或其他目的而从事活动，活动者就会被活动所束缚。想要摆脱自己活动的报应，就必须为取悦维施努(雅格亚)而从事一切活动。在斯瓦阳布瓦·玛努的京城巴黑施玛提内，杰出的圣人和圣洁的人们都在从事这类活动。

第 31 节 कुशकाशमयं बर्हिरास्तीर्य भगवान्मनुः ।
अयजद्यज्ञपुरुषं लब्धा स्थानं यतो भुवम् ॥३१॥

kuśa-kāśamayaṁ barhir
āstīrya bhagavān manuḥ
ayajad yajña-puruṣaṁ
labdhā sthānaṁ yato bhuvam

kuśa—库沙草的 / kāśa—和喀沙草的 / mayam—……做的 / barhiḥ—座位 / āstīrya—摊开 / bhagavān—极其幸运的人 / manuḥ—斯瓦阳布瓦·玛努 / ayajat—崇拜 / yajña-puruṣam—主维施努 / labdhā—获得 / sthānam—家园 / yataḥ—从祂那里 / bhuvam—地球

译文　玛努摊开一张用库沙草和喀沙草编的坐垫，崇拜至尊主——人格首神。凭至尊主的恩典，他获得了统治整个地球的权利。

要旨　玛努是人类之父，因此英文中的“人(man)”一词来自梵文词“玛努(manu)”。玛努承认他的王国和财富都是至尊人格首神赐予他的礼物，因此总是忙于做奉爱服务。世上生活情况良好、有足够钱财的生物体，都应该效法玛努。同样，玛努的后裔——人类，尤其是处境优越、生活富裕的人，必须把他们得到的一切财富都视为是至尊人格首神赐予的礼物。这些财富应该被用于为取悦至尊主而做奉爱服务。这才是使用财富的正确方式。没有至尊者的仁慈，谁都不可能得到钱财，不可能有好出身、漂亮的外形或受到良好的教育。因此，得到这些珍贵礼物的人必须通过崇拜至尊主，向至尊主供奉一切所得，向至尊主表示他们的感恩之情。无论是家庭、国家还是社会，一旦承认并感谢至尊主的恩典，那个家庭、国家或社会就几乎与灵性世界外琨塔(Vaikuṇṭha)一样了，物质世界的三种苦在那里将失去效力。奎师那意识运动在现代社会中的使命是，让每个人都承认主奎师那的至尊地位；无论拥有什么，都应该将其视为是至尊主仁慈赐予的礼物。因此，所有的人都应该培养奎师那意识，做奉爱服务。无论作为居士、公民或人类社会的一员，人如果想在自己现有的情况下过上幸福、平静的生活，就必须提升自己，为取悦至尊主而做奉爱服务。

第 32 节　बर्हिष्मतीं नाम विभुर्यां निर्विश्य समावसत् ।
तस्यां प्रविष्टो भवनं तापत्रयविनाशनम् ॥३२॥

barhiṣmatīṁ nāma vibhur
yāṁ nirviśya samāvasat
tasyāṁ praviṣṭo bhavanaṁ
tāpa-traya-vināśanam

barhiṣmatīm—巴黑施玛提城 / nāma—名叫 / vibhuḥ—强有力的斯瓦阳布瓦 · 玛努 / yām—……的 / nirviśya—进入了 / samāvasat—他以前曾居住 / tasyām—在那城市里 / praviṣṭaḥ—进入 / bhavanam—宫殿 / tāpa-traya—三种苦 / vināśanam—消灭

译文 玛努进入他居住的巴黑施玛提城后，走进那整个氛围中全无物质存在三种苦的宫殿。

要旨 物质世界或物质存在中充满了三种苦：身心之苦，自然灾害之苦，由其他生物体施加的痛苦。人类社会应该通过传播奎师那意识的精神创造一种灵性的气氛。物质存在的苦难并不能影响人的奎师那意识。并不是说人一旦培养奎师那意识，物质世界的苦就彻底消失了；而是对有奎师那意识的人来说，物质存在之苦不再能影响他。我们无法阻止物质氛围内的苦难，但奎师那意识有“消毒”作用，能保护我们免受物质存在三种苦的影响。对有奎师那意识的人来说，住在天堂和住在地狱是一样的。斯瓦阳布瓦 · 玛努如何营造了使他不受物质苦难影响的氛围？这在下面几节诗中将有所描述。

第 33 节 सभार्यः सप्रजः कामान् बुभुजेऽन्याविरोधतः ।
सङ्गीयमानसत्कीर्तिः सस्त्रीभिः सुरगायकैः ।
प्रत्यूषेष्वनुबद्धेन हृदा शृण्वन् हरेः कथाः ॥३३॥

sabhāryaḥ saprajaḥ kāmān
bubhuje 'nyāvirodhataḥ
saṅgīyamāna-sat-kīrtiḥ
sastrībhiḥ sura-gāyakaiḥ

praty-ūṣeṣv anubaddhena
hṛdā śṛṇvan hareḥ kathāḥ

sa-bhāryaḥ—与夫人 / sa-prajaḥ—与臣民 / kāmān—生活所需 / bubhuje—他享受 / anya—从其他人 / avirodhataḥ—没有骚扰 / saṅgīyamāna—被称颂 / sat-kīrtiḥ—从事虔诚活动的美名 / sa-strībhiḥ—和妻子们 / sura-gāyakaiḥ—被天堂的歌仙 / prati-ūṣeṣu—每天清晨 / anubaddhena—因为依恋 / hṛdā—满怀爱心地 / śṛṇvan—聆听 / hareḥ—主哈尔依的 / kathāḥ—话题

译文　斯瓦阳布瓦·玛努帝王与他的妻子和臣民享受生活，在不受非宗教骚扰的情况下实现了他所有的愿望。天堂音乐家及他们的妻子齐声歌唱帝王纯洁的声望。他每天上午都满怀爱心地聆听至尊人格首神的娱乐活动。

要旨　人类社会存在的真正目的，是要使人认识到奎师那意识的完美境界。人可以与妻子和孩子一起生活，但生活的方式不该违背与宗教、经济发展、有节制的感官享乐及最终摆脱物质存在有关的原则。韦达原则是这样制定的，即：进入这个物质存在的受制约的灵魂，可以接受指导，在满足他们的物质欲望的同时，能够从中获得解脱，回归家园，回到首神身边。

从诗中我们可以了解到：斯瓦阳布瓦·玛努帝王在遵守这些原则的基础上享受他的居士生活。诗中说：清早时分，音乐家们总是弹奏着乐器歌唱至尊主的荣耀，帝王会与家人一起聆听至尊人的娱乐活动。印度今天的某些王族或神庙内仍在沿袭这项传统。清早，职业歌手在名叫施奈(śahnāi)的乐器的伴奏下吟唱赞歌，正睡着的人们在令人愉快的气氛中纷纷起床。人们就寝前，歌手又在施奈的伴奏下歌唱至尊主的娱乐活动，使居士们记着至尊主的荣耀逐渐进入梦乡。除了吟唱的节目外，每家每户晚上还会安排《博伽瓦谭》的讲课，一家人围坐在一起克依尔坦(kīrtana)——吟唱哈瑞·奎师那(Hare Kṛṣṇa)，聆听《圣典博伽瓦谭》和《博伽梵歌》，在睡前享受圣乐。人们深受集体吟唱圣名(saṅkīrtana)活动所营造的氛围的感染，以致在睡梦中还在吟唱至尊主的荣耀。以这样的方式生活，人就可以达到奎师那意识的完美境界。这一习惯做法历史悠久；从《圣典博伽瓦谭》这节诗中我们看到：在亿万年前，斯瓦阳布瓦·玛努就给自己营造了一个充满奎师那意识的氛围，在那个氛围内过着富贵、祥和的居士生活。

至于神庙，每个皇室或富贵人家中都必然有一间装饰精美、华丽的神庙。居士的家人清晨起床后，便到庙堂去观看清晨崇拜神像的吉祥仪式(maṅgalārātrika)。这仪式是清晨的第一个崇拜神像仪式；在仪式中，祭司在神像面前以环绕的方式把纯酥油灯、海螺和鲜花献给神像，并为神像扇扇子。至尊主一般很早就起床，吃过一些点心后就出来见奉献者。这之后，奉献者要么返回家中，要么在庙堂里吟唱至尊主的荣耀。直到今天，印度的神庙或王宫内还在举行清晨崇拜神像的吉祥仪式。神庙是普通大众聚在一起崇拜神像的场所，王宫中的神庙则为王室成员专用，但其中也有不少允许普通大众参访。斋埔尔(Jaipur)国王的神庙设在王宫内，但向大众开放；去那里的人会发现，庙里总是聚集着超过五百名的奉献者。他们在清晨崇拜神像仪式后坐下，在乐器的伴奏下吟唱至尊主的荣耀，这样享受人生。《博伽梵歌》中也提到王室成员在神庙内崇拜神像的事情说：在此生练奉爱瑜伽(bhakti-yoga)未获得成功的人，会得到机会在来世投生到有钱人家、王室家族、博学的布茹阿玛纳(brāhmaṇa)家庭或奉献者家中。投生在这些家庭中的人，有机会毫无困难地在充满奎师纳意识的氛围中生活。出生在这种氛围内的孩子，必能发展出奎师那意识。尽管他上一世没有达到完美的境界，但在这一生中又得到继续努力的机会，使他能够达到完美。

第 34 节 निष्णातं योगमायासु मुनिं स्वायम्भुवं मनुम् ।
यदाभ्रंशयितुं भोगा न शेकुर्भगवत्परम् ॥३४॥

niṣṇātaṁ yogamāyāsu
munim̐ svāyambhuvaṁ manum
yad ābhraṁśayituṁ bhogā
na śekur bhagavat-param

niṣṇātam－沉浸在 / yoga-māyāsu－短暂的享乐 / munim－与圣人无异的 / svāyambhuvam－斯瓦阳布瓦 / manum－玛努 / yat－从那 / ābhraṁśayitum－使偏离 / bhogāḥ－物质享乐 / na－不 / śekuḥ－能够 / bhagavat-param－是至尊人格首神的伟大奉献者的他

译文 正因为如此，斯瓦阳布瓦·玛努是圣洁的君主。他虽然沉浸在物质快乐中，但因为总是在具有奎师那意识的氛围中享受物质快乐，所以并没有被拖进最低等的生活状态。

要旨 许多君王因为纵情享受王室中的物质感官享乐，而逐渐堕入最低等的生活状态——动物生活状态中。但斯瓦阳布瓦·玛努被视为是神圣的圣人，因为他在自己的王国内和家庭中营造了一种充满奎师那意识的氛围。广大受制约的灵魂都应该效法斯瓦阳布瓦·玛努。他们为寻求感官享乐而来到这个物质世界，但如果能按照这节诗或其他启示经典的描述，营造出充满奎师那意识的氛围；毫无疑问，就可以通过在神庙中或家里崇拜神像，于享乐物质生活的同时逐渐培养起纯粹的奎师那意识。在如今这个时代，人们受现代文明的影响，极度迷恋物质化的生活方式——感官享乐。为此，奎师那意识运动可以为大众提供一个绝佳的机会，使人们在享受物质生活的同时好好利用人体生命。奎师那意识并不阻止人们享受物质生活，而只是规范化他们从事感官享乐的习惯。吟诵、吟唱至尊主的名字，哈瑞·奎师那 哈瑞·奎师那 奎师那·奎师那 哈瑞·哈瑞/哈瑞·茹阿玛 哈瑞·茹阿玛 茹阿玛·茹阿玛 哈瑞·哈瑞(Hare Kṛṣṇa, Hare Kṛṣṇa, Kṛṣṇa Kṛṣṇa, Hare Hare/Hare Rāma, Hare Rāma, Rāma Rāma, Hare Hare)，是培养奎师那意识的简便方法；这样做将使人在享受物质利益的同时，于这一世就获得解脱。

第35节 अयातयामास्तस्यासन् यामाः स्वान्तरयापनाः ।
शृण्वतो ध्यायतो विष्णोः कुर्वतो ब्रुवतः कथाः ॥३५॥

ayāta-yāmās tasyāsan
yāmāḥ svāntara-yāpanāḥ
śṛṇvato dhyāyato viṣṇoḥ
kurvato bruvataḥ kathāḥ

ayāta-yāmāḥ—从未浪费时间 / tasya—玛努的 / āsan—是 / yāmāḥ—小时 / sva-antara—他的寿命 / yāpanāḥ—告终 / śṛṇvataḥ—听 / dhyāyataḥ—冥想 / viṣṇoḥ—主维施努的 / kurvataḥ—活动 / bruvataḥ—说 / kathāḥ—话题

译文 结果是，尽管他的人生逐渐接近尾声，但由于他一直聆听、冥想、记录和歌唱至尊主的娱乐活动，他漫长的生命(曼万塔尔时代)没有虚度，他的贡献没有白费。

要旨 刚烹煮好的饭菜吃起来十分可口，但如果放置超过三到四个小时，饭菜就开始腐败，变得没味道。同样，人在精力充沛时可以一直不断地享受物质生活，但到了生命的末期，一切就变得索然无味、空虚无聊、痛苦不堪。然而，斯瓦阳布瓦·玛努帝王到老年时并未感到生活乏味，由于他始终保持奎师那意识，所以生活仍像年轻时一样新鲜。有奎师那意识的人一生的生活内容总是充满了新意。经典中说：太阳清早升起，傍晚落下，时时刻刻缩短着每一个生物体的寿命。但日出日落无法缩短为奎师那做奉爱服务的人的生命。斯瓦阳布瓦·玛努的生命并未随着时间的流逝而变得陈旧乏味，因为他总是在吟唱和冥想主维施努。他是最伟大的瑜伽师，因为他从不浪费时间。这节诗尤其提到，“谈论有关维施努活动的话题(viṣṇoḥ kurvato bruvataḥ kathāḥ)”。斯瓦阳布瓦·玛努开口说话时，只谈人格首神奎师那(维施努)；要聆听时，只听有关奎师那的内容；要冥想时，只想奎师那和祂的活动。

经典中说他的寿命长达七十一次四个年代的循环(yuga)。一次四个年代循环的长度是4320000年，而玛努活了七十一次这样的年代循环。十四个活这么长时间的玛努来来去去，就是布茹阿玛(Brahma)的一个白天。斯瓦阳布瓦·玛努在他的一生(4320000×71年)中，始终通过吟诵(吟唱)、聆听、谈论和记忆有关奎师那的一切为奎师那做奉爱服务(培养奎师那意识)。因此他的一生没有虚度，他也没有感到生活陈旧乏味。

第36节　स एवं स्वान्तरं निन्ये युगानामेकसप्ततिम् ।
वासुदेवप्रसङ्गेन परिभूतगतित्रयः ॥३६॥

sa evaṁ svāntaraṁ ninye
yugānām eka-saptatim
vāsudeva-prasaṅgena
paribhūta-gati-trayaḥ

saḥ—他(斯瓦阳布瓦·玛努) / evam—就此 / sva-antaram—他自己的时限 / ninye—度过 / yugānām—含四个年代的循环 / eka-saptatim—七十一 / vāsudeva—有关华苏戴瓦 / prasaṅgena—通过与……有关的话题 / paribhūta—超越 / gati-trayaḥ—三种归宿

译文　他在世的时间长达七十一次四个年代的循环(71×4320000年)。在此期间，他始终想着华苏戴瓦，总是从事与华苏戴瓦有关的事务。他最终超越了三种归宿。

要旨　这三种归宿是为受制于物质自然三种属性的人准备的。这三种归宿有时被描述为是：觉醒的、做梦的和无意识的状态。《博伽梵歌》把三种归宿描述为是，受善良、激情或愚昧属性影响的三种人将有的不同归宿。《博伽梵歌》中说：受善良属性影响的人被提升到高等星球，得到更好的生活条件；受激情属性影响的人仍留在这个地球上或被升上天堂星球；而受愚昧属性控制的人会坠入动物的躯体中或进入比地球更低级的星球。但具有奎师那意识的人超越这三种物质自然属性。《博伽梵歌》中说：为至尊主做奉爱服务的人自然而然就超越了物质自然中的三种归宿，处在觉悟自我(brahma-bhūta)的层面上。斯瓦阳布瓦·玛努——这个物质世界的统治者，看似沉浸在物质快乐中，但实际上却既不受善良属性的影响，也不受制于激情或愚昧属性，而是处在超然的层面上。

因此，全心全意地做奉爱服务的人总是处在解脱的状态中。至尊主伟大的奉献者彼尔瓦蒙嘎拉·塔库尔(Bilvamaṅgala Ṭhākura)曾说：“如果我对奎师那的莲花足有着坚定不移的奉爱之情，解脱之母便总是忙着为我服务；物质享乐、宗教和经济发展方面的十足成就则随时听命于我。”人们都追求宗教(dharma)、经济发展(artha)、感官享乐(kāma)和解脱(mokṣa)。一般来说，人们从事宗教活动是为了获得某些物质利益；忙于从事物质活动是为了感官享乐；而在物质感官享乐的过程中遭受挫折后，便感到心灰意冷，想要解脱，与绝对真理合而为一。迈向超然的路途上这四项活动是智力欠佳之人从事的，真正有智慧的人忙于从事增进奎师那意识的活动，而不理会这四种活动。他们立即把自己提升到高于解脱的超然层面上。对奉献者来说，就连解脱都不是什么了不起的成就，更不用说通过举行宗教仪式、发展经济和进行物质感官享乐所得到的结果了。奉献者根本不在乎这些。他们总是处在觉悟自我的超然层面上。

第 37 节 शारीरा मानसा दिव्या वैयासे ये च मानुषाः ।
भौतिकाश्च कथं क्लेशा बाधन्ते हरिसंश्रयम् ॥३७॥

śārīrā mānasā divyā
vaiyāse ye ca mānuṣāḥ

bhautikāś ca kathaṁ kleśā
bādhante hari-saṁśrayam

śārīrāḥ一与躯体有关的 / mānasāḥ一与心有关的 / divyāḥ一与超自然的力量(半神人)有关的 / vaiyāse一维杜茹阿啊 / ye一那些 / ca一和 / mānuṣāḥ一与其他人有关的 / bhautikāḥ一与其他生物体有关的 / ca一和 / katham一怎么 / kleśāḥ一痛苦 / bādhante一能打扰 / hari-saṁśrayam一托庇于主奎师那的人

译文 啊，维杜茹阿！因此，通过做奉爱服务完全托庇于主奎师那的人，怎么可能被置于由躯体、心、大自然，以及其他人和生物体造成的痛苦中呢？

要旨 这个物质世界里所有的生物体都一直在受痛苦的折磨，有些痛苦来自躯体，有些痛苦由心造成，有些痛苦是大自然带来的。冬日的严寒和夏日的酷热使这个物质世界的生物体苦不堪言，但有奎师那意识的人完全托庇于至尊主的莲花足，始终处在超然的状态中，不受由身心造成的痛苦的打扰，也不受自然界冬冷夏热的影响。他超越了所有这些痛苦。

第38节 यः पृष्टो मुनिभिः प्राह धर्मान्नानाविधाञ्छुभान् ।
नृणां वर्णाश्रमाणां च सर्वभूतहितः सदा ॥३८॥

yaḥ pṛṣṭo munibhiḥ prāha
dharmān nānā-vidhāñ chubhān
nṛṇāṁ varṇāśramāṇāṁ ca
sarva-bhūta-hitaḥ sadā

yaḥ一……的 / pṛṣṭaḥ一被问及 / munibhiḥ一被圣人 / prāha一讲 / dharmān一责任 / nānā-vidhān一各种各样的 / śubhān一吉祥的 / nṛṇām一人类社会的 / varṇa-āśramāṇām一社会四阶层和灵性四阶段的 / ca一和 / sarva-bhūta一对一切众生 / hitaḥ一谋福利的 / sadā一总是

译文　为回答一些圣人提出的问题，他(斯瓦阳布瓦·玛努)出于对众生的怜悯，教导了大众该履行的各种神圣义务，以及在社会四阶层和灵性四阶段中的不同职责。

第 39 节　एतत्त आदिराजस्य मनोश्चरितमद्भुतम् ।
वर्णितं वर्णनीयस्य तदपत्योदयं शृणु ॥३९॥

etat ta ādi-rājasya
manoś caritam adbhutam
varṇitaṁ varṇanīyasya
tad-apatyodayaṁ śṛṇu

etat一这 / te一向你 / ādi-rājasya一第一位帝王的 / manoḥ一斯瓦阳布瓦·玛努的 / caritam一品质 / adbhutam一杰出的 / varṇitam一讲述 / varṇanīyasya一声名值得讲述的 / tat-apatya一他女儿的 / udayam一荣耀 / śṛṇu一请听

译文　我给你讲述过世上第一位君王斯瓦阳布瓦·玛努的非凡品质，他的声望值得描述。现在请听我讲述他女儿黛瓦瑚缇的荣耀。

到此为止，结束了巴克提韦丹塔对《圣典博伽瓦谭》第3篇第22章——“卡尔达玛·牟尼和黛瓦瑚缇的婚姻”所作的阐释。

第二十三章

黛瓦瑚缇的悲哀

第 1 节

मैत्रेय उवाच
पितृभ्यां प्रस्थिते साध्वी पतिमिङ्गितकोविदा ।
नित्यं पर्यचरत्प्रीत्या भवानीव भवं प्रभुम् ॥१॥

maitreya uvāca
pitṛbhyāṁ prasthite sādhvī
patim iṅgita-kovidā
nityaṁ paryacarat prītyā
bhavānīva bhavaṁ prabhum

maitreyaḥ uvāca－麦垂亚说 / pitṛbhyām－由父母 / prasthite－在分离时 / sādhvī－贞洁的女性 / patim－她丈夫 / iṅgita-kovidā－明白……的愿望 / nityam－一直不断地 / paryacarat－她服务 / prītyā－满怀深爱地 / bhavānī－帕尔瓦缇女神 / iva－像 / bhavam－主希瓦 / prabhum－她的主人

译文 麦垂亚继续说：能够了解丈夫愿望的贞洁女子黛瓦瑚缇，在她父母离开后一直满怀深爱侍奉她丈夫，就像主希瓦的妻子芭瓦妮侍奉她丈夫一样。

要旨 这节诗中谈到的芭瓦妮(Bhavānī)的特殊例子非常重要。主希瓦(Śiva)的另一个名字叫巴瓦(Bhava)，芭瓦妮的意思是巴瓦的妻子。芭瓦妮就是帕尔瓦缇(Pārvatī)，是喜马拉雅山君王的女儿。她选择外表像是乞丐的主希瓦做她丈夫。主希瓦连一间住房都没有，总是坐在树下冥想。芭瓦妮虽然是非常伟大的君王的女儿，是位公主，但却为了与主希瓦在一起而历经磨难，曾像一个贫穷女子般侍奉主希瓦。同样，黛瓦瑚缇(Devahūti)是帝王斯瓦阳布瓦 · 玛努(Svāyambhuva

Manu)的女儿，但却选择卡尔达玛·牟尼(Kardama Muni)当她丈夫，不仅满怀深爱地侍奉他，而且还知道如何取悦他。正因为如此，这节诗称她为“忠贞的妻子(sādhvī)”。像她这样的例子很罕见，她是韦达文明中妇女的典范。每个妇女都该像黛瓦瑚缇或芭瓦妮一样贤惠、贞洁。在今天的印度社会中，未出嫁的少女仍然被告知要崇拜主希瓦，以便能得到一个像希瓦那样的丈夫。主希瓦是完美的丈夫。这并非从富有或感官享乐的角度衡量，而因为他是所有奉献者中最伟大的奉献者。经典中说，主希瓦——尚布(Śambhu)是至尊主完美的奉献者(vaiṣṇavānāṁ yathā śambhuḥ)。他总是在冥想主茹阿玛(Rāma)，吟诵、吟唱哈瑞·茹阿玛 哈瑞·茹阿玛 茹阿玛·茹阿玛 哈瑞·哈瑞(Hare Rāma, Hare Rāma, Rāma Rāma)。由主希瓦传下来的外士纳瓦(vaiṣṇava)师徒传承，称为维施努斯瓦米师徒传承(Viṣṇusvāmī-sampradāya)。未出嫁的姑娘崇拜主希瓦，期望能得到一个像他那样的外士纳瓦作丈夫。我们不该告诉未婚女子要为感官享乐而挑选有钱有势的人当丈夫；相反，如果一位姑娘能有幸得到像主希瓦那样优秀的奉献者当丈夫，那她的一生就完美了。妻子依靠丈夫；如果丈夫是外士纳瓦，那她自然而然会因为侍奉丈夫而分享到丈夫做奉爱服务所得到的功劳。这是完美的居士生活中夫妻间相互服务和交流爱的方式。

第2节 विश्रम्भेणात्मशौचेन गौरवेण दमेन च ।
शुश्रूषया सौहृदेन वाचा मधुरया च भोः ॥२॥

viśrambheṇātma-śaucena
gauraveṇa damena ca
śuśrūṣayā sauhṛdena
vācā madhurayā ca bhoḥ

viśrambheṇa－亲密地 / ātma-śaucena－以纯洁的身心 / gauraveṇa－以极大的敬意 / damena－以控制住的感官 / ca－和 / śuśrūṣayā－以服务 /

sauhṛdena－以爱 / vācā－以话语 / madhurayā－甜美的 / ca－和 / bhoḥ－啊，维杜茹阿

译文　啊，维杜茹阿！黛瓦瑚缇在控制感官的情况下，用爱和甜蜜的话语满怀敬意而又亲热地侍奉她丈夫。

要旨　这节诗中有两个词非常重要。黛瓦瑚缇通过两种方式侍奉她丈夫：一是亲密地(viśrambheṇa)，一是恭敬地(gauraveṇa)。这是侍奉丈夫或至尊人格首神时的两个重要方式。这节诗中用"亲密地"和"恭敬地"两个词说明，丈夫是妻子的亲密朋友，所以妻子必须像亲密的朋友那样为丈夫服务；但同时，她必须明白丈夫的地位比她高，所以必须很尊敬他。男人的心理与女人的心理不同，男人的躯体构造决定了他总想要站在高于妻子的位置上，而女人的躯体构造决定了她自然而然愿意服从丈夫。因此，做丈夫的出于天性想要站在高于妻子的位置上，而妻子必须尊重这一点。即使丈夫做错了什么，做妻子的也必须容忍；这样，夫妻间就不会产生不和。"亲密地"意思并不是说要到"亲不敬，熟生蔑"的程度。按照韦达文明，妻子不能直呼丈夫的名字。在现代文明中，妻子直呼丈夫的名字，但在印度文明中妻子不这么做。被依靠和依靠的关系从称呼中就能分清。做妻子的必须学会控制自己(dame-na ca)，哪怕有误解的情况也要控制自己。"用爱和甜蜜的话语(sauhṛdena vācā madhurayā)"一句说明，总是要丈夫好，要对他说甜言蜜语。人在外做事时，有那么多的物质接触会令他心烦意乱，因此他回到家后，做妻子的应该用甜蜜的话语款待他。

第3节　विसृज्य कामं दम्भं च द्वेषं लोभमघं मदम् ।
अप्रमत्तोद्यता नित्यं तेजीयांसमतोषयत् ॥ ३ ॥

visṛjya kāmaṁ dambhaṁ ca
dveṣaṁ lobham aghaṁ madam

apramattodyatā nityaṁ
tejīyāṁsam atoṣayat

visṛjya—放弃 / kāmam—贪图享乐的欲望 / dambham—骄傲 / ca—和 / dveṣam—妒嫉 / lobham—贪婪 / agham—罪恶活动 / madam—虚荣 / apramattā—健全的 / udyatā—勤奋地做事 / nityam—总是 / tejīyāṁsam—她强有力的丈夫 / atoṣayat—她取悦了

译文 她稳健、勤奋地操持家务，取悦了强有力的丈夫，去除了自身所有贪图享乐的欲望、骄傲、嫉妒、贪心、罪恶活动和虚荣。

要旨 这里谈到作为杰出丈夫的优秀妻子所具备的一些优良品质。卡尔达玛·牟尼所具备的灵性资格使他很杰出，这样的丈夫被形容为是“最有力量的(tejīyāṁsam)”。尽管妻子的灵性意识也许与丈夫一样强，但她绝不该因此而骄傲自负。有时会有这样的情况，即：像黛瓦瑚缇是帝王斯瓦阳布瓦·玛努的女儿那样，妻子来自非常富有的家庭，她会因自己门第高贵而骄傲自大。然而，那是不允许的。妻子不该因父母的地位而骄傲；她必须去除一切虚荣和自负，始终顺从丈夫。妻子一旦因出身而骄傲，就会造成夫妻间的不和，婚姻就会破裂。黛瓦瑚缇对此非常谨慎，因此这节诗中说她彻底去除了骄傲。黛瓦瑚缇很忠诚。对一个妻子来说，她最大的罪恶活动就是接受另一个丈夫或情人。查纳克雅·潘迪特(Cāṇakya Paṇḍita)说，家中可能有四种敌人：父亲如果欠债，就是家中的敌人；母亲如果在孩子长大成人后再嫁，就是家中的敌人；妻子如果不与丈夫和睦相处，而是对丈夫非常粗暴，她就是家中的敌人；儿子如果是傻瓜，他也是家中的敌人。父亲、母亲、妻子和孩子都是家中的财富，但如果妻子或母亲在丈夫或儿子还在的情况下接受另一个男人做丈夫，那么按照韦达文明的原则，她就是敌人。忠贞的女人绝不该从事通奸这种罪大恶极的活动。

第4—5节 स वै देवर्षिवर्यस्तां मानवीं समनुव्रताम् ।
दैवाद्गरीयसः पत्युराशासानां महाशिषः ॥ ४ ॥
कालेन भूयसा क्षामां कर्शितां व्रतचर्यया ।
प्रेमगद्गदया वाचा पीडितः कृपयाब्रवीत् ॥ ५ ॥

sa vai devarṣi-varyas tāṁ
mānavīṁ samanuvratām
daivād garīyasaḥ patyur
āśāsānāṁ mahāśiṣaḥ

kālena bhūyasā kṣāmāṁ
karśitāṁ vrata-caryayā
prema-gadgadayā vācā
pīḍitaḥ kṛpayābravīt

saḥ—他(卡尔达玛) / vai—肯定地 / deva-ṛṣi—天上圣人的 / varyaḥ—首要的 / tām—她 / mānavīm—玛努的女儿 / samanuvratām—全心奉献 / daivāt—天意 / garīyasaḥ—比……还要伟大的 / patyuḥ—从她丈夫 / āśāsānām—期待 / mahā-āśiṣaḥ—巨大的喜悦 / kālena bhūyasā—长期的 / kṣāmām—体弱 / karśitām—瘦的 / vrata-caryayā—宗教誓言 / prema—以爱 / gadgadayā—哽咽的 / vācā—以……的声音 / pīḍitaḥ—充满 / kṛpayā—以激情 / abravīt—他说

译文 玛努的女儿对她丈夫忠心耿耿；在她眼里，她丈夫甚至比神还伟大，因此期望从他那里得到非凡的祝福。在侍奉他很长一段时间后，黛瓦瑚缇因为奉行宗教原则而日渐虚弱和憔悴。看到她这种状态，最重要的天堂圣人卡尔达玛感到心疼，于是极为疼爱地、哽咽着开口对她说话。

要旨 妻子应该与丈夫同心同德，应该准备按丈夫的原则做事，这样才会有幸福的生活。如果丈夫是奉献者，而妻子是物质主义者，家庭生活就不会是和睦的。妻子必须了解丈夫的意愿，按丈夫的意愿行事。从《玛哈巴茹阿特》(Mahābhārata, 《摩诃婆罗多》)中我们看到：甘妲瑞(Gāndhārī)一旦听说她未来的丈夫兑塔瓦施陀(Dhṛtarāṣṭra)是个盲人，就立刻把自己的眼睛蒙上了。她的决定是：既然丈夫是盲人，她必须也像盲人般生活；否则她就会因为自己眼睛能看而骄傲，她丈夫就会显得不如她。诗中梵文“全心奉献(samanuvrata)”一词是指，妻子的责任是欣然接受丈夫所能安然处之的特定环境。当然，如果丈夫是像卡尔达玛·牟尼那样伟大的人物，跟随、服从他的结果自然就很好。但即使丈夫并不是像卡尔达玛·牟尼那样伟大的奉献者，做妻子的也应该按照他的心愿去做事。这样才能使婚姻生活幸福。这节诗中还说：公主黛瓦瑚缇因为恪守贞洁女子所该遵守的誓言，身体变得非常瘦弱，她丈夫因而很同情她。他知道黛瓦瑚缇是帝王的女儿，但却像普通女子一样侍奉他，身体状况因此而变得糟糕。他很同情妻子，对她说了如下一番话。

第 6 节

कर्दम उवाच
तुष्टोऽहमद्य तव मानवि मानदायाः
शुश्रूषया परमया परया च भक्त्या ।
यो देहिनामयमतीव सुहृत्स देहो
नावेक्षितः समुचितः क्षपितुं मदर्थे ॥ ६ ॥

kardama uvāca
tuṣṭo 'ham adya tava mānavi mānadāyāḥ
śuśrūṣayā paramayā parayā ca bhaktyā
yo dehinām ayam atīva suhṛt sa deho
nāvekṣitaḥ samucitaḥ kṣapituṁ mad-arthe

kardamaḥ uvāca—伟大的圣人卡尔达玛说 / tuṣṭaḥ—满意 / aham—我 / adya—今天 / tava—对你 / mānavi—玛努的女儿啊 / māna-dāyāḥ—受尊敬的 / śuśrūṣayā—以服务 / paramayā—最杰出的 / parayā—最高的 / ca—和 / bhaktyā—以奉爱 / yaḥ—……的 / dehinām—向有躯体的生物 / ayam—这 /

atīva一极端的 / suhṛt一亲切 / saḥ一那 / dehaḥ一身体 / na一不 / avekṣitaḥ一照顾 / samucitaḥ一正确的 / kṣapitum一扩展 / mat-arthe一为我

译文　卡尔达玛·牟尼说：斯瓦阳布瓦·玛努可尊敬的女儿啊！我现在对你作出的巨大奉献和最优秀的爱心服务感到十分满意。身体对有躯体的生物来说极为珍贵，但我惊讶地看到你为了侍奉我而忽视了自己的身体。

要旨　这节诗中指出：尽管人们都很珍视自己的身体，但黛瓦瑚缇因为对丈夫那么忠诚，以致不仅满怀敬意和奉爱之情侍奉他，而且连自己的身体健康状况都忽视了。这称为无私的服务。看起来，黛瓦瑚缇与丈夫生活的这段期间没有丝毫感官享乐，否则她的健康状况就不会变得那么糟了。她为了协助丈夫卡尔达玛·牟尼得到灵性的提升，一直不断地操持着各种家务，甚至无暇顾及自己的身体状况。忠贞妻子的责任是：在各方面帮助丈夫，尤其是当丈夫为奎师那做奉爱服务时，妻子更该如此。这样，奉献者丈夫就会给予妻子丰厚的回报，而那是普通人的妻子所无法想象并期望的。

第 7 节　ये मे स्वधर्मनिरतस्य तपःसमाधि-
विद्यात्मयोगविजिता भगवत्प्रसादाः ।
तानेव ते मदनुसेवनयावरुद्धान्
दृष्टिं प्रपश्य वितराम्यभयानशोकान् ॥ ७ ॥

ye me sva-dharma-niratasya tapaḥ-samādhi-
vidyātma-yoga-vijitā bhagavat-prasādāḥ
tān eva te mad-anusevanayāvaruddhān
dṛṣṭiṁ prapaśya vitarāmy abhayān aśokān

ye一那些 / me一由我 / sva-dharma一自己的宗教生活 / niratasya一忙于 / tapaḥ一苦刑 / samādhi一冥想 / vidyā一以奎师那意识 / ātma-yoga一通

过集中注意力 / vijitāḥ－得到 / bhagavat-prasādāḥ－至尊主的赐福 / tān－他们 / eva－甚至 / te－由你 / mat－向我 / anusevanayā－以奉爱服务 / avaruddhān－获得 / dṛṣṭim－超然的视阈 / prapaśya－看吧 / vitarāmi－我给予 / abhayān－摆脱了恐惧的 / aśokān－摆脱了忧伤的

译文 卡尔达玛·牟尼继续说：我本人因为过包括苦修、冥想、培养奎师那意识在内的宗教生活，已经得到至尊主的祝福。尽管你还没有体验到这些使人去除恐惧和悲伤的成就，但由于你忙于侍奉我，我要把这一切都献给你。现在就来看它们吧！我给予你超然的视力，让你看它们有多美好。

要旨 黛瓦瑚缇只是在侍奉卡尔达玛·牟尼。在苦修、体验灵性狂喜、冥想或培养奎师那意识方面，她并没有达到很高的境界；然而，在不知不觉中，她分享到她丈夫灵修的成果，而这是她无法看到或体验到的。她自然而然地得到了至尊主赐予的这些恩惠。

至尊主的这些恩赐是什么呢？这节诗中说，至尊主的恩赐是，让人变得“无畏(abhaya)”。在物质世界里，如果有人变成百万富翁，他就会一直恐惧不安，心想：“万一失去这笔钱该怎么办？”然而，至尊主的恩赐(bhagavat-prasāda)却永远不会失去。至尊主的恩赐只会被我们享受到，而根本不存在失去的问题。人只是获得那恩赐，享受那恩赐。《博伽梵歌》(Bhagavad-gītā)中也确认说：当人得到至尊主的恩典时，所有的苦恼和悲伤(sarva-duḥkhāni)都将一扫而空；人一旦处在超然的状态中，就不会再有渴求和悲叹这两种物质疾病了。《博伽梵歌》中还说：我们一旦开始为至尊主做奉爱服务，就能得到爱首神这一最高的成就；对奎师那(Kṛṣṇa)的爱，是神赐予的最高恩典(bhagavad-prasāda)。这一超然的成就是那么珍贵，任何物质的快乐都无法与之相比。帕博达南达·萨茹阿斯瓦提(Prabodhānanda Sarasvatī)说：人一旦得到主柴坦亚(Caitanya)的恩典，就会变得如此伟大，以致根本不想崇拜半神人；他认为一元论哲学荒谬绝伦；对他来说，要完全控制住感官简直是易如反掌的事，天堂的快乐就像无聊的故事。事实上，物质的快乐和超然的快乐根本无法相提并论。

凭借卡尔达玛·牟尼的仁慈，黛瓦瑚缇仅仅通过服务便体验到了真正的觉悟状态。纳茹阿达·牟尼(Nārada Muni)也有同样的经历。纳茹阿达的前世是一个女仆的儿子，但他母亲为伟大的奉献者服务。他得到机会侍奉奉献者，而仅仅靠吃他们吃剩的食物，完成他们的命令，他就得到如此大的提升，在下一世成为伟大的人物纳茹阿达。取得灵性进步最容易的方法是，托庇于一位真正的灵性导师，全心全意地为他做服务。这是成功的秘诀。维施瓦纳塔·查夸瓦尔提·塔库尔(Viśvanātha Cakravartī Ṭhākura)在他向灵性导师祈祷的八节诗中说："一个人通过为灵性导师服务，得到灵性导师的恩典，就可以得到至尊主的恩赐(yasya prasādād bhagavat-prasādaḥ)。"黛瓦瑚缇靠为她的奉献者丈夫卡尔达玛·牟尼服务，分享到丈夫的灵性成果。同样，真诚的门徒仅仅靠为一位真正的灵性导师服务，就能同时获得至尊主和灵性导师全部的仁慈。

第 8 节　अन्ये पुनर्भगवतो भ्रुव उद्विजृम्भ-
विभ्रंशितार्थरचनाः किमुरुक्रमस्य ।
सिद्धासि भुङ्क्ष्व विभवान्निजधर्मदोहान्
दिव्यान्नरैर्दुरधिगान्नृपविक्रियाभिः ॥ ८ ॥

anye punar bhagavato bhruva udvijṛmbha-
vibhraṁśitārtha-racanāḥ kim urukramasya
siddhāsi bhuṅkṣva vibhavān nija-dharma-dohān
divyān narair duradhigān nṛpa-vikriyābhiḥ

anye—其他的 / punaḥ—再次 / bhagavataḥ—至尊主的 / bhruvaḥ—眉毛的 / udvijṛmbha—以……的挑动 / vibhraṁśita—毁灭 / artha-racanāḥ—物质的成就 / kim—有什么用 / urukramasya—(迈很大一步的)主维施努的 /

siddhā－成功 / asi－你 / bhuṅkṣva－享受 / vibhavān－礼物 / nija-dharma－凭借你的真诚奉爱 / dohān－获得 / divyān－超然的 / naraiḥ－由某人 / duradhigān－难以获得 / nṛpa-vikriyābhiḥ－对自己的贵族身份感到骄傲

译文 卡尔达玛·牟尼接着说：除了至尊主的恩典，所有的享乐有什么用？至尊人格首神主维施努只要动一动眉毛，所有的物质成就便顷刻烟消云散。凭借你对你丈夫的真诚奉爱，你已经获得并可以享受超然的礼物，而这是那些对自己的贵族出身及物质拥有感到骄傲的人所难以得到的。

要旨 主柴坦亚说：人生最大的成就是，获得神的恩赐——对神的爱。祂说：获得对首神的爱是生命最高的完美境界(premā pumartho mahān)。卡尔达玛·牟尼向他妻子推荐的是同一种完美境界。他妻子出生在高贵的王室中。通常，十足的物质主义者或拥有物质财富，取得物质成就的人，根本体会不到对神的超然的爱有多么珍贵。然而，黛瓦瑚缇虽然是公主，来自一个伟大的王室家族，但却幸运地得到她非凡的丈夫卡尔达玛·牟尼的庇护。卡尔达玛·牟尼给予她人生中所能得到的最好的礼物，即：神的恩典——对神的爱。黛瓦瑚缇因为丈夫对她满意、有好感而得到了至尊主的恩典。黛瓦瑚缇诚心诚意、充满爱心地侍奉她丈夫——伟大的奉献者和神圣的人，使她丈夫卡尔达玛·牟尼十分满意。他本人得到了对神的爱这份礼物，因此欣然将这礼物赠予他妻子，并建议妻子也接受并享受这一礼物。

对神的爱不是普通的礼物。茹帕·哥斯瓦米(Rūpa Gosvāmī)崇拜柴坦亚·玛哈帕布，因为祂将对神的爱——奎师那·普瑞玛(kṛṣṇa-premā)分给世上所有的人。由于柴坦亚将智者经过生生世世才能得到的对神的爱无条件地分发给每一个人，茹帕·哥斯瓦米赞美祂是最慷慨的人(mahā-vadānya)。对奎师那的爱——奎师那意识，是我们能给予我们所爱的人的最高礼物。

这节诗中用的“凭你的真诚奉献获得(nija-dharma-dohān)”一句非常重要。黛瓦瑚缇身为卡尔达玛·牟尼的妻子，因为对丈夫非常忠贞，所以从丈夫那里得到无比珍贵的礼物。女性该遵守的第一项宗教原则是对丈夫忠贞。如果她幸运，有一位非凡的人物做丈夫，那他们夫妻的结合就是完美的，夫妻两人的人生也立刻圆满了。

第9节　एवं ब्रुवाणमबलाखिलयोगमाया-
विद्याविचक्षणमवेक्ष्य गताधिरासीत् ।
सम्प्रश्रयप्रणयविह्वलया गिरेषद्-
व्रीडावलोकविलसद्धसिताननाह ॥ ९ ॥

evaṁ bruvāṇam abalākhila-yogamāyā-
vidyā-vicakṣaṇam avekṣya gatādhir āsīt
sampraśraya-praṇaya-vihvalayā gireṣad-
vrīḍāvaloka-vilasad-dhasitānanāha

evam—如此 / bruvāṇam—说话 / abalā—妇人 / akhila—所有的 / yoga-māyā—超然科学的 / vidyā-vicakṣaṇam—精通知识 / avekṣya—聆听之后 / gata-ādhiḥ—满意 / āsīt—她变得 / sampraśraya—谦卑的 / praṇaya—以爱心 / vihvalayā—哽咽 / girā—以……的声音 / īṣat—轻微的 / vrīḍā—害羞的 / avaloka—瞥视 / vilasat—灿然生辉 / hasita—微笑 / ānanā—她的脸 / āha—她说

译文　纯真的黛瓦瑚缇，听了在超然科学知识的各个领域中都最为杰出的丈夫说的一番话后，感到极为欣慰。她含羞的眼神使她微笑的脸庞灿然生辉，极度的谦卑和深深的爱，使她说话时声音哽咽。

要旨　经典中说：如果一个人已经在培养奎师那意识，为至尊主做超然的爱心服务，就可以说他已经完成了经典推荐的苦修、忏悔、宗教活动、祭祀，冥想及神秘瑜伽的修炼。黛瓦瑚缇的丈夫是那么精通超然的科学，已经没有他不知道的知识了。听了丈夫的一席话，黛瓦瑚缇确信：既然丈夫在奉爱服务的领域中已达到很高的境界，说明他已经超越了所有超然教化的活动。她对丈夫要给她的礼物确信不疑，知道他有足够的能力给予这样的礼物。她明白丈夫给了她最珍贵的礼物时，感到心满意足。她被心中涌流着的如痴如醉的爱所淹没，一时竟不能作答；之后，作为妩媚动人的妻子，她声音颤抖地说了如下的话。

第 10 节 देवहूतिरुवाच

राद्धं बत द्विजवृषैतदमोघयोग-
मायाधिपे त्वयि विभो तदवैमि भर्तः ।
यस्तेऽभ्यधायि समयः सकृदङ्गसङ्गो
भूयाद्गरीयसि गुणः प्रसवः सतीनाम् ॥१०॥

devahūtir uvāca
rāddhaṁ bata dvija-vṛṣaitad amogha-yoga-
māyādhipe tvayi vibho tad avaimi bhartaḥ
yas te 'bhyadhāyi samayaḥ sakṛd aṅga-saṅgo
bhūyād garīyasi guṇaḥ prasavaḥ satīnām

devahūtiḥ uvāca—黛瓦瑚缇说 / rāddham—已经达到 / bata—实际上 / dvija-vṛṣa—最优秀的布茹阿玛纳啊 / etat—这 / amogha—绝无错误的 / yoga-māyā—神秘力量的 / adhipe—大师 / tvayi—在你之中 / vibho—伟大的人啊 / tat—那 / avaimi—我知道 / bhartaḥ—丈夫啊 / yaḥ—……的 / te—由你 / abhyadhāyi—给予 / samayaḥ—允诺 / sakṛt—一次 / aṅga-saṅgaḥ—身体的结合 / bhūyāt—可能 / garīyasi—当……很光荣时 / guṇaḥ—伟大的品质 / prasavaḥ—子女 / satīnām—贞洁的女性的

译文 圣黛瓦瑚缇说：我亲爱的丈夫，最优秀的布茹阿玛纳啊！我知道您已经达到了完美，而且在超然能量尤嘎玛亚的保护下成为一切绝对有效的神秘力量的主人。但你曾经许诺过我们身体的结合，既然对一个拥有光荣丈夫的贞洁女子来说，孩子是她的重要资格，你现在就该履行这诺言。

要旨　黛瓦瑚缇知道她丈夫处在极为崇高、超然的状态中，置身于尤嘎玛亚的保护下，因此用“实际上(bata)”一词表达她内心的喜悦。正如《博伽梵歌》中所说：伟大的灵魂(mahātmā)不受物质能量的控制。至尊主有两种能量，物质能量和灵性能量。生物被称为边缘能量，因为作为边缘能量，他既可以受物质能量的控制，也可以受灵性能量(尤嘎玛亚)的保护。卡尔达玛·牟尼是伟大的灵魂，因此受灵性能量的保护；这意味着他与至尊主有直接的联系，而具体表现是：他具有奎师那意识，一直不断地在为至尊主做奉爱服务。黛瓦瑚缇了解这一点，但还是十分渴望借由与圣人在躯体上的结合生一个儿子。她提醒丈夫曾经向她父母许诺说：“我会与黛瓦瑚缇在一起，直到她怀孕。”她提醒丈夫：对贞洁的女性来说，能与一位伟大的人物生孩子是最光荣的事。她想要怀孩子，并为此而祈祷。梵文strī的意思是扩展、延续；夫妻通过躯体结合生孩子，扩展、延续他们双方的品质。优秀的父母亲所生的孩子就是父母本人品质的扩展和延续。卡尔达玛·牟尼和黛瓦瑚缇都具有灵性的知识，因此黛瓦瑚缇从一开始就打算先怀孕，然后通过获得神的恩典得到对神的爱。女性的雄心壮志是生一个与杰出的丈夫有着同样美好品质的儿子。黛瓦瑚缇既然有幸能嫁给卡尔达玛·牟尼这样的丈夫，当然也同样想通过与他躯体上的结合生个孩子。

第 11 节　तत्रेतिकृत्यमुपशिक्ष यथोपदेशं
येनैष मे कर्शितोऽतिरिरंसयात्मा ।
सिद्ध्येत ते कृतमनोभवधर्षिताया
दीनस्तदीश भवनं सदृशं विचक्ष्व ॥११॥

tatreti-kṛtyam upaśikṣa yathopadeśaṁ
yenaiṣa me karśito 'tiriraṁsayātmā
siddhyeta te kṛta-manobhava-dharṣitāyā
dīnas tad īśa bhavanaṁ sadṛśaṁ vicakṣva

tatra－在那之中 / iti-kṛtyam－应该做到的 / upaśikṣa－执行 / yathā－根据 / upadeśam－经典中的教诲 / yena－由……的 / eṣaḥ－这 / me－我的 / karśitaḥ－瘦弱的 / atiriraṁ-sayā－因为强烈的欲望没有得到满足 / ātmā－身体 / siddhyeta－变得适合 / te－为你 / kṛta－兴奋的 / manaḥ-bhava－因情绪 / dharṣitāyāḥ－被打动了的 / dīnaḥ－可怜的 / tat－因此 / īśa－我的主人啊 / bhavanam－房子 / sadṛśam－合适的 / vicakṣva－请考虑

译文 黛瓦瑚缇继续说：亲爱的夫君，对您的情感使我激动不已。因此，请仁慈地按经典的指示做必要的安排，以便令我这瘦弱、因情欲未得到满足而变得憔悴的身体，变得适合与您结合。此外，我的夫君，请考虑一下为实现这一目的所需要的合适住宅。

要旨 韦达文献中并不只是满载灵性的教导，也有对为了最终达到灵性的完美，如何经营良好的物质生活环境的教导。正因为如此，黛瓦瑚缇问她丈夫，该如何按照韦达教导为将要有的性生活做适当的准备。过性生活的目的，就是为了生育优秀的后代。《性爱经》(kāma-śāstra)中讲述了，为得到品质优秀的孩子，人该如何做适当的准备，营造良好的氛围，以便过真正高尚的性生活。经典里谈到了过这种性生活所需要的一切，从需要什么样的房子，到房子里的摆设，以及妻子的穿着打扮、涂什么油膏、擦什么味道的香水、该有其他什么吸引人的特征等无所不包。在具备所有这些条件的情况下，丈夫就会受妻子美丽的吸引，就会产生良好的心情。在过性生活时，良好的心情会转移到母亲子宫内，母亲就会怀上好品质的孩子。这节诗中特别谈到了黛瓦瑚缇的身体状况。由于她当时骨瘦如柴，她担心她的身体吸引不了卡尔达玛。她想知道怎么才能改善自己的身体状况，以便使丈夫受到吸引。韦达医学专著《阿尤尔 · 韦达》(Āyur-veda)中谈到：夫妻在过性生活时，如果是丈夫受妻子的吸引，夫妻二人生出的孩子就必然是男孩；如果是妻子受丈夫的吸引，就会生女孩。相对而言，妻子的情欲更高涨时生女孩的几率比较大；丈夫的情欲更高涨时，生儿子的几率比较大。黛瓦瑚缇希望按《性爱经》中的指示做准备，以便增长她丈夫的情欲。她想让丈夫在这方面给她一些指导。此外，她还请丈夫安排一所合适的房子，因为卡尔达玛 · 牟尼当时住的隐居所太简陋，完全是善良型的，而在这种环境里不太可能激起他的情欲。

第 12 节　　**मैत्रेय उवाच**

प्रियायाः प्रियमन्विच्छन् कर्दमो योगमास्थितः ।
विमानं कामगं क्षत्तस्तर्ह्येवाविरचीकरत् ॥१२॥

maitreya uvāca
priyāyāḥ priyam anvicchan
kardamo yogam āsthitaḥ
vimānaṁ kāma-gaṁ kṣattas
tarhy evāviracīkarat

maitreyaḥ—伟大的圣人麦垂亚 / uvāca—说 / priyāyāḥ—他亲爱的妻子的 / priyam—喜悦 / anvicchan—寻找 / kardamaḥ—圣人卡尔达玛 / yogam—瑜伽的力量 / āsthitaḥ—运用 / vimānam——架飞机 / kāma-gam—按意愿活动 / kṣattaḥ—啊，维杜茹阿 / tarhi—立即 / eva—十分 / āviracīkarat—他造出

译文　麦垂亚接着说：啊，维杜茹阿！圣人卡尔达玛想要取悦他心爱的妻子，于是运用他的瑜伽力量，立刻造出一架可以按他的意愿飞行的飞行宫殿。

要旨 这节诗中的“运用瑜伽力量(yogam āsthitaḥ)”一句很重要。圣人卡尔达玛练瑜伽已达到了完美的境界。真正练瑜伽的人最后会有八种神通，即：变得比最小的还小，比最大的还大，比最轻的还轻，想要什么就有什么，甚至能造一个星球，能对他人施加影响，等等。这些都是练瑜伽能获得的成就；之后，人可以进一步达到灵性的完美境界。因此，按照心愿造出一座能在空中飞行的豪华住宅，以满足爱妻的愿望，对卡尔达玛·牟尼来说并不是什么了不起的事。下面几节诗中描述，卡尔达玛在瞬间造出了一座宫殿。

第 13 节 सर्वकामदुघं दिव्यं सर्वरत्नसमन्वितम् ।
सर्वर्द्ध्युपचयोदर्कं मणिस्तम्भैरुपस्कृतम् ॥१३॥

sarva-kāma-dughaṁ divyaṁ
sarva-ratna-samanvitam
sarvarddhy-upacayodarkaṁ
maṇi-stambhair upaskṛtam

sarva－所有的 / kāma－欲望 / dugham－满足 / divyam－奇妙的 / sarva-ratna－各种珠宝 / samanvitam－用……装饰着 / sarva－所有的 / ṛddhi－财富的 / upacaya－增加 / udarkam－逐渐地 / maṇi－宝石的 / stambhaiḥ－柱子 / upaskṛtam－装饰

译文 那是座神奇的建筑物，上面点缀着各种各样的珠宝，以及用珍贵宝石制成的柱子，而且能满足人的任何愿望。它配备有各种价值与日具增的家具等财富。

要旨 人们也许会说经典里说的空中宫殿纯属“空中楼阁”，但卡尔达玛·牟尼确实是凭他的瑜伽神秘力量在空中造出了这样一座巨大的空中宫殿。靠我们可怜的想象能力，我们想象不了会有悬在空中的楼阁，但如果再仔细想一下，就会明白这并非根本不可能的事。如果至尊人格首神能创造那么多悬在空中的星球，而星球上又承载着千千万万的高楼大厦，那么像卡尔达玛·牟尼这样完美的瑜伽师(yogī)就能很轻易地造出一座悬在空中的宫殿。这座宫殿被描述为是“能变出人想要的任何东西(sarva-kāma-dugham)”。宫殿内满是珠宝，就连柱子都是由珍珠和宝石制成的。这些珍珠、宝石不会随时间的推移而退化；相反，其光彩和富贵之气会与日俱增。我们也听说过在这个地球上有用珍珠、宝石装饰的宫殿和城堡。主奎师那为祂一万六千一百零八位王后建造的宫殿就镶满了珠宝，以致夜晚根本不需要用灯照明。

第 14—15 节　दिव्योपकरणोपेतं सर्वकालसुखावहम् ।
पट्टिकाभिः पताकाभिर्विचित्राभिरलङ्कृतम् ॥१४॥

स्रग्भिर्विचित्रमाल्याभिर्मञ्जुशिञ्जत्षडङ्घ्रिभिः ।
दुकूलक्षौमकौशेयैर्नानावस्त्रैर्विराजितम् ॥१५॥

divyopakaraṇopetaṁ
sarva-kāla-sukhāvaham
paṭṭikābhiḥ patākābhir
vicitrābhir alaṅkṛtam

sragbhir vicitra-mālyābhir
mañju-śiñjat-ṣaḍ-aṅghribhiḥ
dukūla-kṣauma-kauśeyair
nānā-vastrair virājitam

divya—奇妙的 / upakaraṇa—各种配置 / upetam—装备了 / sarva-kāla—在所有的季节里 / sukha-āvaham—带来快乐 / paṭṭikābhiḥ—用花彩 / patākābhiḥ—用旗帜 / vicitrābhiḥ—各种颜色和布料 / alaṅkṛtam—装饰着 / sragbhiḥ—用花环 / vicitra-mālyābhiḥ—用迷人的鲜花 / mañju—甜美的 / śiñjat—嗡嗡叫 / ṣaṭ-aṅghribhiḥ—蜜蜂 / dukūla—华丽的衣裳 / kṣauma—亚麻布的 / kauśeyaiḥ—丝绸的衣裳的 / nānā—各种各样的 / vastraiḥ—挂毯 / virājitam—装饰

译文 宫殿内备齐了一切生活必需品，在所有的季节都令人感到心旷神怡。宫殿四处悬挂着用亚麻、丝绸及各种织物制成的挂毯，四周装点着旗帜、花彩及各种颜色的艺术品，并用迷人的鲜花穿成的花环加以点缀，鲜花引来发出悦耳的嗡嗡声的蜜蜂。

第 16 节 उपर्युपरि विन्यस्तनिलयेषु पृथक्पृथक् ।
क्षिप्तैः कशिपुभिः कान्तं पर्यङ्कव्यजनासनैः ॥१६॥

upary upari vinyasta-
nilayeṣu pṛthak pṛthak
kṣiptaiḥ kaśipubhiḥ kāntaṁ
paryaṅka-vyajanāsanaiḥ

upari upari—一层层 / vinyasta—放置 / nilayeṣu—以楼层 / pṛthak pṛthak—分开的 / kṣiptaiḥ—安排 / kaśipubhiḥ—用床 / kāntam—迷人的 / paryaṅka—长椅 / vyajana—扇子 / āsanaiḥ—用座椅

译文 宫殿造型迷人，七个楼层都分别安置了卧床、沙发、风扇和坐椅。

要旨 从这节诗中我们看到，这座飞行宫殿有许多层楼。诗中“一层接一层(upary upari vinyasta)”一句说明，我们如今看到的摩天大楼并不是新发明的事物。即使在过去的年代中——几百万年前，也流行建造有很多层楼的高层建筑。那些建筑的每一层并不是只有一两个房间，而是有许多不同的单元房。每一个单元房都配有坐垫、床铺、坐椅和挂毯等，设备齐全。

第 17 节 तत्र तत्र विनिक्षिप्तनानाशिल्पोपशोभितम् ।
महामरकतस्थल्या जुष्टं विद्रुमवेदिभिः ॥१७॥

tatra tatra vinikṣipta-
nānā-śilpopaśobhitam
mahā-marakata-sthalyā
juṣṭaṁ vidruma-vedibhiḥ

tatra tatra一这里和那里 / vinikṣipta一放置 / nānā一各种各样的 / śilpa一艺术化的雕塑 / upaśobhitam一出奇的美丽 / mahā-marakata一珍贵的绿宝石的 / sthalyā一地板 / juṣṭam一装备了 / vidruma一珊瑚的 / vedibhiḥ一高出的台子

译文　宫殿的地面用绿宝石铺就，高台用珊瑚打造，墙壁上的雕刻等艺术品都更增添了宫殿的美。

要旨　如今的人们为他们的建筑艺术而感到自豪，但地板一般只用一些有颜色的水泥铺设而已。可是，卡尔达玛·牟尼用瑜伽力量造就的宫殿里却是用翡翠铺地，珊瑚打造高台。

第18节　द्वाःसु विद्रुमदेहल्या भातं वज्रकपाटवत् ।
शिखरेष्विन्द्रनीलेषु हेमकुम्भैरधिश्रितम् ॥१८॥

dvāḥsu vidruma-dehalyā
bhātaṁ vajra-kapāṭavat
śikhareṣv indranīleṣu
hema-kumbhair adhiśritam

dvāḥsu一在入口处 / vidruma一珊瑚的 / dehalyā一门槛 / bhātam一美丽的 / vajra一镶嵌着钻石 / kapāṭa-vat一有大门 / śikhareṣu一在圆顶上 / indra-nīleṣu一蓝宝石的 / hema-kumbhaiḥ一金制塔尖 / adhiśritam一为……加顶

译文　宫殿的门槛一律用珊瑚制成，每一个门上都镶嵌着钻石，金制塔尖耸立在用蓝宝石建造的半球形圆顶上。

第 19 节 चक्षुष्मत्पद्मरागाग्र्यैर्वज्रभित्तिषु निर्मितैः ।
जुष्टं विचित्रवैतानैर्महार्हैर्हेमतोरणैः ॥१९॥

cakṣuṣmat padmarāgāgryair
vajra-bhittiṣu nirmitaiḥ
juṣṭaṁ vicitra-vaitānair
mahārhair hema-toraṇaiḥ

cakṣuḥ-mat－就像有眼睛一样 / padma-rāga－用红宝石 / agryaiḥ－精心挑选的 / vajra－钻石的 / bhittiṣu－在墙上 / nirmitaiḥ－放置 / juṣṭam－装备了 / vicitra－各样各样的 / vaitānaiḥ－用顶篷 / mahā-arhaiḥ－极为贵重 / hema-toraṇaiḥ－金制大门

译文 钻石墙壁上镶嵌着精挑细选过的红宝石，看似有很多眼睛。宫殿安装了精美的顶篷和极为贵重的金制大门。

要旨 诗中谈到用精美的珠宝作装饰看似有许多眼睛这一点，并非是想象出来的。甚至就在近代，莫卧儿皇帝建造的宫殿里就用珠宝拼成飞禽图案作装饰，其中飞禽的眼睛就用珍贵的宝石镶嵌而成。在新德里莫卧儿皇帝建造的一些皇宫里，至今仍能看到一些飞禽图案，但宝石已被当政者挖走。皇宫中到处镶嵌着珠宝，以及类似眼睛的罕见宝石。这样，到了夜晚珍珠宝石就会反射光芒，根本无须点灯照明。

第 20 节 हंसपारावतव्रातैस्तत्र तत्र निकूजितम् ।
कृत्रिमान्मन्यमानैः स्वानधिरुह्याधिरुह्य च ॥२०॥

haṁsa-pārāvata-vrātais
tatra tatra nikūjitam
kṛtrimān manyamānaiḥ svān
adhiruhyādhiruhya ca

haṁsa－天鹅的 / pārāvata－鸽子的 / vrātaiḥ－众多的 / tatra tatra－这

里和那里 / nikūjitam—回荡着 / kṛtrimān—人造的 / manyamānaiḥ—以为 / svān—属于他们自己的 / adhiruhya adhiruhya—再三飞上 / ca—和

译文　宫殿的很多地方都有成群的天鹅与鸽子，以及栩栩如生的天鹅和鸽子雕塑。这些雕塑是那么逼真，以致真天鹅再三地飞到它们上面，以为它们跟自己一样是有生命的飞禽。这座宏伟的建筑物内因此而回荡着这些飞禽的鸣叫声。

第 21 节　विहारस्थानविश्राममसंवेशप्राङ्गणाजिरैः ।
यथोपजोषं रचितैर्विस्मापनमिवात्मनः ॥२१॥

vihāra-sthāna-viśrāma-
saṁveśa-prāṅgaṇājiraiḥ
yathopajoṣaṁ racitair
vismāpanam ivātmanaḥ

vihāra-sthāna—游乐场 / viśrāma—休息室 / saṁveśa—卧室 / prāṅgaṇa—内院 / ajiraiḥ—外院 / yathā-upajoṣam—舒适的 / racitaiḥ—设计 / vismāpanam—令人惊讶的 / iva—实际上 / ātmanaḥ—对他自己(卡尔达玛)

译文　宫殿中有极为舒适的娱乐场所、休息室、卧房，以及内外庭园。所有这一切甚至使圣人自己都惊叹不已。

要旨　身为圣人的卡尔达玛·牟尼一直住在简陋的隐居所内，因此当他看到自己用瑜伽力量建造的宫殿，看到其中有休息室、供人性享乐的房间，以及内外庭院等，连他自己都感到惊讶。那是被神赋予了力量的人的反应。卡尔达玛·牟尼作为奉献者，在妻子的要求下用他的瑜伽力量展示了这样的财富，但当这种财富真正被展示出来后，他本人都不明白怎么可能展示出这样的财富。瑜伽师展示他的瑜伽力量时，有时会惊讶于自己展示出的事物。

第 22 节 **ईदृग्गृहं तत्पश्यन्तीं नातिप्रीतेन चेतसा ।**
सर्वभूताशयाभिज्ञः प्रावोचत्कर्दमः स्वयम् ॥२२॥

īdṛg gṛhaṁ tat paśyantīṁ
nātiprītena cetasā
sarva-bhūtāśayābhijñaḥ
prāvocat kardamaḥ svayam

īdṛk 一如此 / gṛham 一房子 / tat 一那 / paśyantīm 一看着 / na atiprītena 一不十分高兴 / cetasā 一内心的 / sarva-bhūta 一每个人的 / āśaya-abhijñaḥ 一明白人的心思 / prāvocat 一他如此说 / kardamaḥ 一卡尔达玛 / svayam 一亲自

译文 卡尔达玛·牟尼发现黛瓦瑚缇看着宏伟、富丽的宫殿时并不开心；他因为能看透别人的心，所以明白黛瓦瑚缇的感受，于是对妻子这样说。

要旨 黛瓦瑚缇住在隐居所内很长时间，很少照顾自己的身体。她身上满是尘土，衣服也很旧不好看了。卡尔达玛·牟尼对自己竟能造出这样一座宫殿感到惊讶，他妻子黛瓦瑚缇也同样惊呆了，心想：以她目前的状况，她怎么敢住进这么富丽堂皇的宫殿呢？卡尔达玛·牟尼能了解妻子的心情，于是对她说了如下一番话。

第 23 节 **निमज्ज्यास्मिन् ह्रदे भीरु विमानमिदमारुह ।**
इदं शुक्लकृतं तीर्थमाशिषां यापकं नृणाम् ॥२३॥

nimajjyāsmin hrade bhīru
vimānam idam āruha
idaṁ śukla-kṛtaṁ tīrtham
āśiṣāṁ yāpakaṁ nṛṇām

nimajjya 一沐浴过后 / asmin 一在这个 / hrade 一在湖里 / bhīru 一显得很害怕的人啊 / vimānam 一飞机 / idam 一这 / āruha 一乘坐上 / idam 一这 /

śukla-kṛtam－由主维施努创造 / tīrtham－圣湖 / āśiṣām－愿望 / yāpakam－赐予 / nṛṇām－人类的

译文　亲爱的黛瓦瑚缇，你显得很害怕、担心。主维施努本人创造的泪湖能满足人的一切愿望。你先去湖中沐浴一下，然后再乘坐这架飞机。

要旨　去圣地朝圣的人仍有在当地河流、湖泊中沐浴的习惯。在温达文(Vṛndāvana)，人们到雅沐娜(Yamunā)河中沐浴。在帕亚哥(Prayāga)等其他地方，人们可以去恒河沐浴。诗中“能满足一切愿望的圣湖(tīrtham āśiṣāṁ yāpakam)”一句是指：通过在圣地中沐浴满足心愿。卡尔达玛·牟尼建议他贤惠的妻子到泪湖(Bindu-sarovara)中去沐浴，以使她的身体恢复往日美丽的光泽。

第 24 节　सा तद्भर्तुः समादाय वचः कुवलयेक्षणा ।
सरजं बिभ्रती वासो वेणीभूतांश्च मूर्धजान् ॥२४॥

sā tad bhartuḥ samādāya
vacaḥ kuvalayekṣaṇā
sarajaṁ bibhratī vāso
veṇī-bhūtāṁś ca mūrdhajān

sā－她 / tat－接着 / bhartuḥ－她丈夫的 / samādāya－接受 / vacaḥ－话语 / kuvalaya-īkṣaṇā－莲花眼 / sa-rajam－脏的 / bibhratī－穿着 / vāsaḥ－衣裳 / veṇī-bhūtān－缠结在一起的 / ca－和 / mūrdha-jān－头发

译文　长着莲花眼的黛瓦瑚缇答应按丈夫的指示做。她身上的脏衣服和头上缠结在一起的乱发，使她看上去不是很有魅力。

要旨　看起来黛瓦瑚缇的头发已经有很多年没梳过了，因此都缠结在一起。换句话说，她为了侍奉丈夫而忽视了自身的梳洗、打扮和安逸舒适。

第 25 节　अङ्गं च मलपङ्केन सञ्छन्नं शबलस्तनम् ।
आविवेश सरस्वत्याः सरः शिवजलाशयम् ॥२५॥

aṅgaṁ ca mala-paṅkena
　sañchannaṁ śabala-stanam
āviveśa sarasvatyāḥ
　saraḥ śiva-jalāśayam

aṅgam－身体 / ca－和 / mala-paṅkena－尘土 / sañchannam－覆盖着 / śabala－黯然无光 / stanam－胸脯 / āviveśa－她进入 / sarasvatyāḥ－萨茹阿斯瓦缇河的 / saraḥ－湖泊 / śiva－神圣的 / jala－水 / āśayam－装满

译文　她身上覆盖着厚厚的一层灰，胸部也黯然无光。她不顾这些，潜入了填满萨茹阿斯瓦缇河神圣河水的湖中。

第 26 节　सान्तः सरसि वेश्मस्थाः शतानि दश कन्यकाः ।
सर्वाः किशोरवयसो ददर्शोत्पलगन्धयः ॥२६॥

sāntaḥ sarasi veśma-sthāḥ
　śatāni daśa kanyakāḥ
sarvāḥ kiśora-vayaso
　dadarśotpala-gandhayaḥ

sā－她 / antaḥ－在里面 / sarasi－在湖里 / veśma-sthāḥ－在房子里 / śatāni daśa－一千 / kanyakāḥ－女孩 / sarvāḥ－所有的 / kiśora-vayasaḥ－妙龄 / dadarśa－她看到了 / utpala－如莲花 / gandhayaḥ－芬芳

译文　在湖中的一所房子里，她看到一千个妙龄少女，个个如莲花般芳香四溢。

第 27 节　तां दृष्ट्वा सहसोत्थाय प्रोचुः प्राञ्जलयः स्त्रियः ।
वयं कर्मकरीस्तुभ्यं शाधि नः करवाम किम् ॥२७॥

tāṁ dṛṣṭvā sahasotthāya
procuḥ prāñjalayaḥ striyaḥ
vayaṁ karma-karīs tubhyaṁ
śādhi naḥ karavāma kim

tām—她 / dṛṣṭvā—看到 / sahasā—突然 / utthāya—起身 / procuḥ—她们说 / prāñjalayaḥ—双手合十地 / striyaḥ—那些少女 / vayam—我们 / karma-karīḥ—女仆 / tubhyam—你的 / śādhi—请告诉 / naḥ—我们 / karavāma—我们可以做 / kim—什么

译文　少女们看到她便突然起身，双手合十地对她说："我们是您的婢女。我们能为您做什么？请吩咐我们。"

要旨　当黛瓦瑚缇正在思考如何能穿着一身脏衣服进入那座富丽堂皇的宫殿时，卡尔达玛·牟尼用他的瑜伽力量立刻变出一千个女仆准备侍奉她。她们在水中出现在黛瓦瑚缇面前，自称是她的侍女，只等着听候她的吩咐。

第 28 节　स्नानेन तां महार्हेण स्नापयित्वा मनस्विनीम् ।
दुकूले निर्मले नूत्ने ददुरस्यै च मानदाः ॥२८॥

snānena tāṁ mahārheṇa
snāpayitvā manasvinīm
dukūle nirmale nūtne
dadur asyai ca mānadāḥ

snānena—沐浴用的油 / tām—她的 / mahā-arheṇa—珍贵的 / snāpayitvā—沐浴后 / manasvinīm—贞洁的妻子 / dukūle—穿优质的衣服 /

nirmale—无瑕的 / nūtne—新的 / daduḥ—他们给予 / asyai—给她 / ca—和 / māna-dāḥ—受人尊敬的女孩

译文 少女对黛瓦瑚缇十分尊敬，带她前行，在用珍贵的油和软膏为她沐浴后，替她穿上优质、崭新、毫无瑕疵的衣服。

第 29 节 भूषणानि परार्ध्यानि वरीयांसि द्युमन्ति च ।
अन्नं सर्वगुणोपेतं पानं चैवामृतासवम् ॥२९॥

bhūṣaṇāni parārdhyāni
varīyāṁsi dyumanti ca
annaṁ sarva-guṇopetaṁ
pānaṁ caivāmṛtāsavam

bhūṣaṇāni—装饰品 / para-ardhyāni—最有价值的 / varīyāṁsi—极优等的 / dyumanti—华丽的 / ca—和 / annam—食物 / sarva-guṇa—所有的好品质 / upetam—包含 / pānam—饮料 / ca—和 / eva—也 / amṛta—甜美 / āsavam—令人陶醉

译文 接下来，她们用美丽非凡、放射异彩的珍贵珠宝装饰她，然后为她献上各种美味佳肴、甜品及喝了令人陶醉的阿萨瓦么饮料。

要旨 阿萨瓦么(āsavam)不是酒，而是按照《阿尤尔·韦达》(Āyur-veda)医学的指导用药材制成的一种有医疗作用的饮料，能提高身体新陈代谢的能力，增进身体健康。

第 30 节 अथादर्शे स्वमात्मानं स्रग्विणं विरजाम्बरम् ।
विरजं कृतस्वस्त्ययनं कन्याभिर्बहुमानितम् ॥३०॥

athādarśe svam ātmānaṁ
sragviṇaṁ virajāmbaram

virajaṁ kṛta-svastyayanaṁ
kanyābhir bahu-mānitam

atha—接着 / ādarśe—在镜子里 / svam ātmānam—她自己的影像 / srak-viṇam—装饰着花环 / viraja—清洁的 / ambaram—长袍 / virajam—没有任何身体的不洁 / kṛta-svasti-ayanam—涂着各种吉祥的符号 / kanyābhiḥ—由女仆 / bahu-mānitam—非常恭敬地服务

译文　接着，黛瓦瑚缇在镜子中注视自己的影像：她的身体一尘不染，佩戴着一条鲜花花环，穿着清洁的长袍，涂着吉祥的提拉克标志，由众多的妙龄侍女充满敬意地侍奉着。

第 31 节　**स्नातं कृतशिरःस्नानं सर्वाभरणभूषितम् ।**
निष्कग्रीवं वलयिनं कूजत्काञ्चननूपुरम् ॥३१॥

snātaṁ kṛta-śiraḥ-snānaṁ
sarvābharaṇa-bhūṣitam
niṣka-grīvaṁ valayinaṁ
kūjat-kāñcana-nūpuram

snātam—清洗 / kṛta-śiraḥ—包括头 / snānam—沐浴 / sarva—整个 / ābharaṇa—由装饰品 / bhūṣitam—装饰着 / niṣka—带盒子的金项链 / grīvam—在颈上 / valayinam—手镯 / kūjat—叮当响 / kāñcana—金制的 / nūpuram—脚镯

译文　她的整个身体包括头部，都被仔细地清洗过，全身戴满了各种首饰。她佩戴了一条悬挂着小纪念盒的特殊项链，手腕和脚踝上分别戴着金质的手镯和发出叮当声的脚环。

要旨　这节诗中出现了“包括头都清洗了(kṛta-śiraḥ-snānam)”一句。韦达文献(smṛti-śāstra)中有对日常生活的指导，其中说：妇女每日沐浴可以只向上洗到颈部为止，而不必每天洗头，因为大量的湿头发容易引起感冒。因此，女性平日沐浴只向上洗到颈部就可以，只有在一些重要的活动日和盛大的典礼时才需要作全身沐浴。黛瓦瑚缇这时清洗了全身，把头发也洗得干干净净。女士沐浴分两种，一种是平日不洗头的沐浴(mala-snāna)，另一种是包括洗头在内的全身沐浴(śiraḥ-snāna)。洗头时，女士需要在头上抹足量的头油。这是韦达文献所给予的指导。

第 32 节 श्रोण्योरध्यस्तया काञ्च्या काञ्चन्या बहुरत्नया ।
हारेण च महार्हेण रुचकेन च भूषितम् ॥३२॥

śroṇyor adhyastayā kāñcyā
kāñcanyā bahu-ratnayā
hāreṇa ca mahārheṇa
rucakena ca bhūṣitam

śroṇyoḥ—在腰上 / adhyastayā—戴着 / kāñcyā—腰带 / kāñcanyā—金制的 / bahu-ratnayā—装饰着许多的珠宝 / hāreṇa—用一串珍珠项链 / ca—和 / mahā-arheṇa—宝贵的 / rucakena—有许多吉祥物 / ca—和 / bhūṣitam—装饰着

译文 她的臀部系着一条镶满宝石的金腰带，颈部又用一条珍贵的珍珠项链和吉祥物作进一步的装饰。

要旨 藏红花、朱砂粉和檀香浆都是吉祥物品。人在沐浴前还会用姜黄粉与芥末子油的混合物等其他一些吉祥物品涂抹全身。侍女们在为黛瓦瑚缇沐浴时，给她从头到脚涂抹上了所有这些吉祥物品。

第 33 节 सुदता सुभ्रुवा श्लक्ष्णस्निग्धापाङ्गेन चक्षुषा ।
पद्मकोशस्पृधा नीलैरलकैश्च लसन्मुखम् ॥३३॥

sudatā subhruvā ślakṣṇa-
snigdhāpāṅgena cakṣuṣā
padma-kośa-spṛdhā nīlair
alakaiś ca lasan-mukham

su-datā－漂亮的牙齿 / su-bhruvā－动人的眉毛 / ślakṣṇa－可爱的 / snigdha－微湿的 / apāṅgena－眼角 / cakṣuṣā－以眼睛 / padma-kośa－莲花花蕾 / spṛdhā－胜过了 / nīlaiḥ－微蓝色的 / alakaiḥ－卷曲的头发 / ca－和 / lasat－闪亮 / mukham－面容

译文　她容光焕发的脸上，有妩媚的双眉和漂亮的牙齿。她水汪汪的眼睛秀丽动人，胜过莲花花蕾的娇美。微黑色卷曲的秀丽长发衬托着妩媚、俏丽的脸庞。

要旨　按照韦达文化，洁白的牙齿备受赞赏。黛瓦瑚缇一口洁白的牙齿更增添了她脸庞的美，使它宛如一朵莲花。脸庞长得很有魅力时，就会被比作莲花，而眼睛一般就会被比作莲花瓣。

第 34 节　यदा सस्मार ऋषभमृषीणां दयितं पतिम् ।
तत्र चास्ते सह स्त्रीभिर्यत्रास्ते स प्रजापतिः ॥३४॥

yadā sasmāra ṛṣabham
ṛṣīṇāṁ dayitaṁ patim
tatra cāste saha strībhir
yatrāste sa prajāpatiḥ

yadā－……时 / sasmāra－她想到 / ṛṣabham－最优秀的 / ṛṣīṇām－在圣人中 / dayitam－亲切 / patim－丈夫 / tatra－那儿 / ca－和 / āste－她出现了 / saha－伴随着 / strībhiḥ－女仆 / yatra－那里 / āste－出现 / saḥ－他 / prajāpatiḥ－生物体的祖先(卡尔达玛)

译文　她一旦想到她深爱着的非凡丈夫——最优秀的圣人

卡尔达玛·牟尼，她与所有的侍女便立刻出现在圣人所在的地点。

要旨 黛瓦瑚缇起初嫌自己身体很脏，衣服破旧。她丈夫于是让她到湖水中去。她一进入湖水，就看到一群侍女，她们负责照顾她。一切都是在水中完成的。她一旦想起她心爱的丈夫卡尔达玛，就立即被带回到丈夫面前。这些都是达到完美境界的瑜伽师具有的力量，他们心中想什么，就能立刻予以实现。

第35节 भर्तुः पुरस्तादात्मानं स्त्रीसहस्रवृतं तदा ।
निशाम्य तद्योगगतिं संशयं प्रत्यपद्यत ॥३५॥

bhartuḥ purastād ātmānaṁ
strī-sahasra-vṛtaṁ tadā
niśāmya tad-yoga-gatiṁ
saṁśayaṁ pratyapadyata

bhartuḥ—她丈夫的 / purastāt—在场 / ātmānam—她自己 / strī-sahasra—由一千个女仆 / vṛtam—围绕着 / tadā—于是 / niśāmya—看着 / tat—他的 / yoga-gatim—瑜伽力量 / saṁśayam pratyapadyata—她非常惊讶

译文 发现自己在一千个妙龄侍女的簇拥下出现在丈夫面前的她，见证了丈夫的瑜伽力量，不禁大吃一惊

要旨 黛瓦瑚缇看到了一幕幕奇迹，等她被带到丈夫面前时，她才恍然大悟，原来一切都是丈夫透过他非凡的瑜伽神秘力量做的。她终于明白，对像卡尔达玛·牟尼这样的瑜伽师来说，没有什么是不可能的事。

第36—37节 स तां कृतमलस्नानां विभ्राजन्तीमपूर्ववत् ।
आत्मनो बिभ्रतीं रूपं संवीतरुचिरस्तनीम् ॥३६॥

विद्याधरीसहस्रेण सेव्यमानां सुवाससम् ।
जातभावो विमानं तदारोहयदमित्रहन् ॥३७॥

sa tāṁ kṛta-mala-snānāṁ
vibhrājantīm apūrvavat
ātmano bibhratīṁ rūpaṁ
saṁvīta-rucira-stanīm

vidyādharī-sahasreṇa
sevyamānāṁ suvāsasam
jāta-bhāvo vimānaṁ tad
ārohayad amitra-han

saḥ—圣人 / tām—她(黛瓦瑚缇) / kṛta-mala-snānām—清洗干净了 / vibhrājantīm—闪闪放光 / apūrva-vat—从未有过的 / ātmanaḥ—她自己的 / bibhratīm—拥有 / rūpam—美丽 / saṁvīta—包裹得当 / rucira—迷人的 / stanīm—以胸部 / vidyādharī—音乐仙少女 / sahasreṇa—一千个 / sevyamānām—侍奉 / su-vāsasam—穿着格外美丽的袍子 / jāta-bhāvaḥ—因喜爱而心动 / vimānam—像宫殿一样的飞行器 / tat—那 / ārohayat—他让她登上飞行宫殿 / amitra-han—敌人的征服者啊

译文 圣人看出黛瓦瑚缇已经被清洗得干干净净，浑身上下闪闪放光，与进湖之前的他妻子判若两人。她完全恢复了作为君王女儿原有的美。她穿着优质的长袍，富有魅力的胸脯包裹得当，身边有一千个音乐仙少女服侍着。消灭敌人的人啊！圣人对她愈加喜爱，把她安置在航空宫殿中。

要旨 黛瓦瑚缇结婚前，当父母亲把她带到圣人卡尔达玛面前时，她是位容貌倾国倾城的公主，而卡尔达玛·牟尼记得妻子当初有多美。但结婚后，她没有条件照顾身体，一是卡尔达玛·牟尼住在简陋的小屋内，二是她一直忙于侍奉丈夫，因此便不再像当公主时那样照顾自己的身体，结果使她看上去像个普通的女仆，而不再有公主的美。卡尔达玛·牟尼用他的瑜伽力量命令音乐仙(Gandharva)少女为黛瓦瑚缇沐浴后，她此时重新恢复了她婚前那楚楚动人的美，卡尔达玛·牟尼见了感到受她的吸引。年轻女士的美很大成分由她那对乳房体现出来，卡尔达玛·牟尼虽然是位伟大的圣人，但在看到他妻子的乳房被装饰得如此优雅迷人，为她增添了好几倍的美时，还是受到吸引。为此，圣商卡尔阿查尔亚(Śaṅkarācārya)警告超然主义者们说：追求超然觉悟的人切不可受女性高耸乳房的吸引，因为那其中只不过是由血和脂肪构成的组织罢了。

第 38 节 तस्मिन्नलुप्तमहिमा प्रिययानुरक्तो
विद्याधरीभिरुपचीर्णवपुर्विमाने ।
बभ्राज उत्कचकुमुद्गणवानपीच्य-
स्ताराभिरावृत इवोडुपतिर्नभःस्थः ॥३८॥

tasminn alupta-mahimā priyayānurakto
vidyādharībhir upacīrṇa-vapur vimāne
babhrāja utkaca-kumud-gaṇavān apīcyas
tārābhir āvṛta ivoḍu-patir nabhaḥ-sthaḥ

tasmin—在那 / alupta—不损失 / mahimā—荣耀 / priyayā—和他喜爱的妻子 / anuraktaḥ—依恋 / vidyādharībhiḥ—由音乐仙少女 / upacīrṇa—侍奉 / vapuḥ—他本人 / vimāne—在飞机上 / babhrāja—他放光 / utkaca—打开 / kumut-gaṇavān—被整排的百合花追随着的明月 / apīcyaḥ—非常迷人的 / tārābhiḥ—被星星 / āvṛtaḥ—包围着 / iva—如 / uḍu-patiḥ—月亮(众星之首) / nabhaḥ-sthaḥ—天空中

译文 圣人虽然看似受到他那由音乐仙少女侍奉着的爱妻的吸引，但实际上并没有失去自我控制这一值得称道的能力。在飞行宫殿中，卡尔达玛·牟尼与他妻子两人魅力四射，仿佛群星间那使池塘中的百合花在夜晚盛开的一轮明月。

要旨　飞行宫殿高悬在空中，因此这节诗中用众星捧月作比喻十分优美。卡尔达玛·牟尼看上去就像一轮满月，围绕在他妻子黛瓦瑚缇身旁的少女们就像闪烁的群星。在满月的夜晚，群星与明月构成美不胜收的天空景象；同样，在那座空中飞行宫殿中，卡尔达玛·牟尼与他的娇妻黛瓦瑚缇由成群的少女环绕着，恰似在满月的夜晚群星环绕明月一般。

第 39 节　तेनाष्टलोकपविहारकुलाचलेन्द्र-
द्रोणीष्वनङ्गसखमारुतसौभगासु ।
सिद्धैर्नुतो द्युधुनिपातशिवस्वनासु
रेमे चिरं धनदवल्ललनावरूथी ॥३९॥

tenāṣṭa-lokapa-vihāra-kulācalendra-
droṇīṣv anaṅga-sakha-māruta-saubhagāsu
siddhair nuto dyudhuni-pāta-śiva-svanāsu
reme ciraṁ dhanadaval-lalanā-varūthī

tena—乘坐那架飞机 / aṣṭa-loka-pa—八个天堂星球的主管神明的 / vihāra—乐土 / kula-acala-indra—众山之王(梅茹)的 / droṇīṣu—在山谷里 / anaṅga—激情的 / sakha—同伴 / māruta—微风 / saubhagāsu—美丽的 / siddhaiḥ—由神秘仙 / nutaḥ—受到赞扬 / dyu-dhuni—恒河的 / pāta—落下的 / śiva-svanāsu—发出吉祥的声音 / reme—他享受了 / ciram—长时间地 / dhanada-vat—像库维尔 / lalanā—由少女 / varūthī—簇拥着

译文　他乘着那座飞行宫殿去了梅茹山的欢乐谷，激发人的情欲的凉爽、轻柔的香风给山谷增添了美感。在那些山谷中，天堂司库库维尔通常会由佳丽环绕着，聆听神秘仙们对他的赞美，从事消遣娱乐的活动。卡尔达玛·牟尼也由美丽的妻子和妙龄少女簇拥着，在那里享受了许许多多年。

要旨 库维尔(Kuvera)是负责掌管宇宙不同方向的八位半神人之一。经典中说：天帝因铎(Indra)负责掌管宇宙的东部——天堂星球所在地；火神阿格尼(Agni)负责掌管宇宙的东南方；专司惩罚罪人的阎罗王(Yama)负责掌管宇宙的南部；尼瑞提(Nirṛti)负责掌管宇宙的西南部；水神瓦茹纳(Varuṇa)负责掌管宇宙的西部；长着翅膀，能在空中飞行的风神瓦尤(Vāyu)负责掌管宇宙的西北部；半神人的司库——库维尔，负责掌管宇宙的北部。所有这些半神人都喜欢去位于地球和太阳之间的梅茹山(Meru)山谷游玩。正如诗中描述的，卡尔达玛·牟尼乘坐他的飞行宫殿游遍上述各个半神人掌管的八个方向的地区后，也去了半神人都去的梅茹山，在那里享受生活。由年轻、貌美的少女围绕着，人的性欲自然变得高涨。卡尔达玛·牟尼也不例外；他由娇妻陪伴着，在梅茹山享受了很多年。但他的性享乐是为了生育利益宇宙的优秀后代，所以受到许多有神通的生物体(Siddhas)的赞扬。

第 40 节 वैश्रम्भके सुरसने नन्दने पुष्पभद्रके ।
मानसे चैत्ररथ्ये च स रेमे रामया रतः ॥४०॥

vaiśrambhake surasane
nandane puṣpabhadrake
mānase caitrarathye ca
sa reme rāmayā rataḥ

vaiśrambhake－在外刷么巴卡花园 / surasane－在苏尔萨纳 / nandane－在南丹 / puṣpabhadrake－在普施帕巴铎卡 / mānase－在玛纳萨湖 / caitrarathye－在柴陀茹阿提亚 / ca－和 / saḥ－他 / reme－享受 / rāmayā－由他的妻子 / rataḥ－满足

译文 他妻子令他很满意。乘坐那座飞行宫殿，他不仅到梅茹山去游玩，还去了外刷么巴卡、苏尔萨纳、南丹、普施帕巴铎卡和柴陀茹阿提亚等地，以及玛纳萨·萨柔瓦尔湖畔。

第 41 节　भ्राजिष्णुना विमानेन कामगेन महीयसा ।
वैमानिकानत्यशेत चरँल्लोकान् यथानिलः ॥४१॥

bhrājiṣṇunā vimānena
kāma-gena mahīyasā
vaimānikān atyaśeta
caraṅl lokān yathānilaḥ

bhrājiṣṇunā一华丽的 / vimānena一以飞机 / kāma-gena一能随意飞行 / mahīyasā一非常伟大的 / vaimānikān一乘坐在自己飞机上的半神人 / atyaśeta一他超过了 / caran一旅游 / lokān一穿过各个星球 / yathā一好像 / anilaḥ一空气

译文　好似空气不受控制地向各个方向流动，他去不同的星球旅行。他在那座按他意愿飞行的、辉煌壮丽的巨型飞行宫殿中飞驰过天空，甚至胜过了半神人。

要旨　半神人乘坐的飞机受飞机飞行范围的限制，但卡尔达玛·牟尼却能用他的瑜伽力量控制飞机，不受限制的到宇宙各个方向的区域内旅行。物质宇宙中的生物体被称为受制约的灵魂，意思是：他们不能想去那里就去那里。我们是这个地球的居民，不能自由地到其他星球去。现代人试图去其他的星球，但到目前为止尚未成功。在自然法律的控制下，就连半神人都无法自由地从一个星球到另一个星球去，更不要说我们了。然而，卡尔达玛·牟尼却可以凭他的瑜伽力量到宇宙各个方向的区域去旅行，甚至超过了半神人的力量。这节诗中的比喻非常贴切。诗中“如空气般(yathā anilaḥ)”一句说明，恰似空气不受限制地随处流动，卡尔达玛·牟尼乘坐飞行宫殿不受限制地在宇宙各处飞行。

第 42 节　किं दुरापादनं तेषां पुंसामुद्दामचेतसाम् ।
यैराश्रितस्तीर्थपदश्चरणो व्यसनात्ययः ॥४२॥

kiṁ durāpādanaṁ teṣāṁ
puṁsām uddāma-cetasām
yair āśritas tīrtha-padaś
caraṇo vyasanātyayaḥ

kim－什么 / durāpādanam－难以获得 / teṣām－对那些 / puṁsām－人们 / uddāma-cetasām－果断的 / yaiḥ－对……的 / āśritaḥ－托庇于 / tīrtha-padaḥ－至尊人格首神的 / caraṇaḥ－足 / vyasana-atyayaḥ－战胜危险的

译文 对已经下定决心托庇于至尊人格首神莲花足的人来说，还有什么是不易得到的？至尊主的莲花足，是结束尘世生活危险的恒河等圣河的源头。

要旨 诗中“那些托庇于至尊人格首神莲花足的人(yair āśritas tīrtha-padaś caraṇo)”一句意义重大。至尊人格首神被称为提尔塔·帕达(tīrtha-pada)。恒河被称为圣河，因为它顺着维施努(Viṣṇu)的脚趾流淌下来。恒河专为清除受制约灵魂的一切物质痛苦而流淌。因此，对托庇于至尊主莲花足的人来说，没有什么事情是办不到的。卡尔达玛·牟尼之所以很独特，并不是因为他有巨大的神秘力量，而是因为他是至尊主伟大的奉献者。为此，这节诗中说，对像卡尔达玛·牟尼这样的伟大奉献者来说，没有什么事情是办不到的。瑜伽师可以像卡尔达玛已经在做的那样从事奇妙的活动，但卡尔达玛之所以比一般的瑜伽师更光荣，是因为他是至尊主伟大的奉献者。《博伽梵歌》中确认说：在众多的瑜伽师中，至尊主的奉献者是一流的瑜伽师。像卡尔达玛·牟尼那样的人，不存在受制约的问题；他已经是解脱了的灵魂，比还在受制约的半神人强。他虽然与妻子及众多的少女一起享乐，但已经超越了物质的受制约生活。正因为如此，诗中用了“战胜危险的(vyasana-atyayaḥ)”一词，以指出他超越了受制约灵魂的状态。他超越所有的物质限制。

第 43 节　प्रेक्षयित्वा भुवो गोलं पत्न्यै यावान् स्वसंस्थया ।
बह्वाश्चर्यं महायोगी स्वाश्रमाय न्यवर्तत ॥४३॥

prekṣayitvā bhuvo golaṁ
patnyai yāvān sva-saṁsthayā
bahv-āścaryaṁ mahā-yogī
svāśramāya nyavartata

prekṣayitvā－展示过后 / bhuvaḥ－宇宙的 / golam－球体 / patnyai－向他妻子 / yāvān－同样多的 / sva-saṁsthayā－以及其中的各种安排 / bahu-āścaryam－充满了奇景 / mahā-yogī－伟大的瑜伽师(卡尔达玛) / sva-āśramāya－到他自己的隐居所 / nyavartata－返回

译文　非凡的瑜伽师卡尔达玛·牟尼，在给他妻子看过宇宙球体，以及其中满是奇观的各种安排后，返回自己的隐居所。

要旨　这节诗中描述所有的星球都是圆球形的(gola)。所有的星球都是圆球形，而每一个星球就像汪洋中的岛屿一样是一个可以栖身的地方。星球有时又被称为岛屿(dvīpa)或陆地(varṣa)。这个地球被称为巴茹阿特·瓦尔萨(Bhārata-varṣa)，因为巴茹阿特王曾经统治过它。这节诗中用到的另一个重要梵文词是“充满了神奇(bahu-āścaryam)”，以指遍布宇宙八个方向不同区域内的不同星球，而每一个星球本身都很奇妙。每一个星球上都有它自己独特的气候和居民，都设施齐全，包括美好的季节。《布茹阿玛·萨密塔》第5章的第40节诗中也说，每一个星球上都有不同的财富(vibhūti-bhinnam)。在所有的星球中，没有一个星球与另一个星球完全一样。神的恩典和自然法律，使每一个星球都独具精彩的特色。卡尔达玛·牟尼与他妻子一同旅行时，亲眼看到了所有这些奇观。随后，他们再次回到他那简陋的隐居所。他让他的公主妻子看到，尽管他住在隐居所内，却可以凭他的神秘瑜伽力量到任何地方去或做任何事情。那就是瑜伽的完美境界。人无法靠表演几个姿势成为完美的瑜伽师，也不可能如有些人宣传的那样，靠这些姿势或所谓的冥想成为神。被误导的愚蠢之人相信，仅仅靠练一些可笑的冥想和体位法，人就可以在六个月内成为神。

卡尔达玛·牟尼才是完美瑜伽师的典范，他可以到宇宙各处去旅行。同样，经典中还描述了杜尔瓦萨·牟尼(Durvāsā Muni)，他也能在天空中飞行。事实上，完美的瑜伽师可以做到这一点。但即使人像卡尔达玛·牟尼那样在宇宙各处遨游，展示神奇的功力，他也无法与至尊人格首神相比。无论是受制约的灵魂还是解脱了的灵魂，都永远无法获得像至尊人格首神那样的力量和不可思议的能量。卡尔达玛·牟尼的所作所为告诉我们：他虽然拥有巨大的神秘力量，但还是当至尊主的奉献者。这是每一个生物真正的地位。

第 44 节 विभज्य नवधात्मानं मानवीं सुरतोत्सुकाम् ।
रामां निरमयन् रेमे वर्षपूगान्मुहूर्तवत् ॥४४॥

vibhajya navadhātmānaṁ
mānavīṁ suratotsukām
rāmāṁ niramayan reme
varṣa-pūgān muhūrtavat

vibhajya－已经分了 / nava-dhā－九个 / ātmānam－他自己 / mānavīm－玛努的女儿(黛瓦瑚缇) / surata－为了过性生活 / utsukām－很渴望的 / rāmām－向他的妻子 / niramayan－给予快乐 / reme－他享受 / varṣa-pūgān－许多年 / muhūrtavat－就像片刻一样

译文 他回到他的隐居所后，便把自己分身为九个人，以满足玛努之女黛瓦瑚缇渴求性生活的愿望。他以那种方式与她享受了许许多多年，那些年飞逝而过，仿佛只有一瞬间。

要旨　这节诗中描述斯瓦阳布瓦·玛努的女儿黛瓦瑚缇“很渴望性生活(suratotsuka)”。她与丈夫一起游遍宇宙并在梅茹山及天堂中美丽的花园内享受多年后，性欲自然高涨起来。为满足她的性欲，卡尔达玛·牟尼把自己一分为九。他变身出九个他，与黛瓦瑚缇发生性关系许许多多年。生理结构使然，女性的性欲比男性大九倍。这在诗中有明确的表示。如果不是这样，卡尔达玛·牟尼就没必要把自己一分为九了。这是瑜伽力量的另一种展示。正如至尊人格首神可以扩展出百万个自己，瑜伽师最多也可以扩展出九个形象。另一个例子是骚巴瑞·牟尼，他把自己一分为八。但瑜伽师无论多么有力量，也无法扩展出超过八九个那么多的形象。可是，至尊人格首神能扩展出千百万个祂自己，如《布茹阿玛·萨密塔》中所说，数不胜数的形象(ananta-rūpa)。没人能凭自己展示的有限的力量，与至尊人格首神相比。

第 45 节　तस्मिन् विमान उत्कृष्टां शय्यां रतिकरीं श्रिता ।
न चाबुध्यत तं कालं पत्यापीच्येन सङ्गता ॥४५॥

tasmin vimāna utkṛṣṭāṁ
śayyāṁ rati-karīṁ śritā
na cābudhyata taṁ kālaṁ
patyāpīcyena saṅgatā

tasmin－在那……里 / vimāne－飞机 / utkṛṣṭām－优质的 / śayyām－床铺 / rati-karīm－增加性欲的 / śritā－处于 / na－不 / ca－和 / abudhyata－她注意到 / tam－那 / kālam－时间 / patyā－和她丈夫 / apīcyena－最英俊的 / saṅgatā－陪伴

译文　在那座飞行宫殿中，黛瓦瑚缇由她英俊的丈夫陪伴着，睡在令人增强性欲的优质卧榻上，根本觉察不到时间过了多久。

要旨 对物质主义者来说，性享乐是如此快乐，致使他们忘了时间是如何流逝的。圣人卡达尔玛和黛瓦瑚缇在他们纵情性享乐时，也忘了时间是如何飞逝而过的。

第 46 节 एवं योगानुभावेन दम्पत्यो रममाणयोः ।
शतं व्यतीयुः शरदः काममलालसयोर्मनाक् ॥४६॥

evaṁ yogānubhāvena
dam-patyo ramamāṇayoḥ
śataṁ vyatīyuḥ śaradaḥ
kāma-lālasayor manāk

evam—如此 / yoga-anubhāvena—用瑜伽力量 / dam-patyoḥ—夫妻 / ramamāṇayoḥ—当他们享乐时 / śatam—一百 / vyatīyuḥ—经过 / śaradaḥ—秋天 / kāma—性的快乐 / lālasayoḥ—热切渴望……的 / manāk—像很短的时间

译文 就在这对热切渴望性享乐的夫妻，凭借神秘力量尽情享乐时，一百个秋天如一瞬间过去了。

第 47 节 तस्यामाधत्त रेतस्तां भावयन्नात्मनात्मवित् ।
नोधा विधाय रूपं स्वं सर्वसङ्कल्पविद्विभुः ॥४७॥

tasyām ādhatta retas tāṁ
bhāvayann ātmanātma-vit
nodhā vidhāya rūpaṁ svaṁ
sarva-saṅkalpa-vid vibhuḥ

tasyām—在她身体里 / ādhatta—他释放 / retaḥ—精液 / tām—她的 / bhāvayan—当做 / ātmanā—他自己的一半 / ātma-vit—知悉灵魂的人 / nodhā—九个 / vidhāya—分为 / rūpam—身体 / svam—他自己 / sarva-saṅkalpa-vit—所有欲望的知悉者 / vibhuḥ—强有力的卡尔达玛

译文　强有力的卡尔达玛·牟尼具有“他心通”的神秘力量，而且能满足人的任何愿望。在知晓灵性灵魂的情况下，他把妻子视为是他身体的另一半。他用分身术把自己一分为九，往黛瓦瑚缇体内注入九次精液。

要旨　由于卡尔达玛·牟尼能了解黛瓦瑚缇想要很多孩子，他便在第一次射精时，往黛瓦瑚缇的子宫中注入了九个孩子。这节诗把他描述为是“最强有力的主人(vibhu)”。他凭他的瑜伽力量，可以在黛瓦瑚缇的子宫中一次生产九个女儿。

第 48 节　अतः सा सुषुवे सद्यो देवहूतिः स्त्रियः प्रजाः ।
सर्वास्ताश्चारुसर्वाङ्ग्यो लोहितोत्पलगन्धयः ॥४८॥

atah̤ sā suṣuve sadyo
devahūtiḥ striyaḥ prajāḥ
sarvās tāś cāru-sarvāṅgyo
lohitotpala-gandhayaḥ

ataḥ－于是 / sā－她 / suṣuve－生出 / sadyaḥ－在当天 / devahūtiḥ－黛瓦瑚缇 / striyaḥ－女性 / prajāḥ－孩子 / sarvāḥ－所有的 / tāḥ－她们 / cāru-sarva-aṅgyaḥ－四肢都很迷人 / lohita－红色的 / utpala－像莲花 / gandhayaḥ－芳香

译文　那之后，黛瓦瑚缇立刻在当天生出九个女孩。她们个个长着迷人的四肢，浑身散发出红莲花的香气。

要旨　黛瓦瑚缇的性欲太强烈，所以排出过多的卵子，结果生了九个女儿。在韦达文献(smṛti-śāstra)和《阿尤尔·韦达》(Āyur-veda)中说：当男性排出的精液更多时，就会生男孩；女性排出的液体更多时，就会生女孩。按照情况看，黛瓦瑚缇性兴奋程度更高，因此一次生了九个女儿。这九个女儿都十分美丽，她们身材很漂亮，每一个都好似莲花一般，并散发出莲花般的体香。

第 49 节 पतिं सा प्रव्रजिष्यन्तं तदालक्ष्योशती बहिः ।
स्मयमाना विक्लवेन हृदयेन विदूयता ॥४९॥

patiṁ sā pravrajiṣyantaṁ
tadālakṣyośatī bahiḥ
smayamānā viklavena
hṛdayena vidūyatā

patim－她丈夫 / sā－她 / pravrajiṣyantam－将要离开家 / tadā－于是 / ālakṣya－看到后 / uśatī－美丽 / bahiḥ－外在的 / smayamānā－微笑 / viklavena－激动的 / hṛdayena－内心 / vidūyatā－忧伤的

译文 当黛瓦瑚缇看到丈夫就要离家出走时，她表面上虽然在微笑，但内心却激动、忧伤不已。

要旨 卡尔达玛·牟尼凭他的神秘力量，快速完成了他的居士责任。创造航空宫殿、由美少女们陪伴着与妻子游遍宇宙各地、生育孩子等居士活动都结束了；现在，在妻子生下女儿后，他便准备按他的承诺离开家，去从事提升灵性觉悟的真正重要的活动。黛瓦瑚缇明白丈夫准备离开家时心中极为难过，但为了使丈夫高兴，她还是微笑着。我们应该明白卡尔达玛·牟尼所树立的榜样：在人生中首要关心的内容是培养奎师那意识的人，即使身陷居士生活的束缚中，也应该随时准备尽快摆脱居士生活的诱惑。

第 50 节 लिखन्त्यधोमुखी भूमिं पदा नखमणिश्रिया ।
उवाच ललितां वाचं निरुध्याश्रुकलां शनैः ॥५०॥

likhanty adho-mukhī bhūmiṁ
padā nakha-maṇi-śriyā
uvāca lalitāṁ vācaṁ
nirudhyāśru-kalāṁ śanaiḥ

likhantī—刮 / adhaḥ-mukhī—她低下头 / bhūmim—地上 / padā—用脚 / nakha—指甲 / maṇi—像宝石一样的 / śriyā—放射着光芒 / uvāca—她说了 / lalitām—迷人的 / vācam—声调 / nirudhya—压抑的 / aśru-kalām—眼泪 / śanaiḥ—缓慢地

译文 她站立着，用她那放射着宝玉般光芒的脚趾甲刮着地面。她低垂着头不让泪水流下来，用缓慢但却迷人的声调讲话。

要旨 黛瓦瑚缇是如此美丽，就连她的脚趾都如同珍珠一般。她用脚趾甲抓挠地板时，仿佛珍珠掉落在地。当一位女士用她的脚抓挠地板时，表明她的心很乱。牧牛姑娘们在奎师那面前有时会有这样的表现。当牧牛姑娘在深夜来与奎师那会面，而奎师那要求她们返回各自的家时，牧牛姑娘们心乱如麻，所以也这样抓挠地面。

第 51 节

देवहूतिरुवाच
सर्वं तद्भगवान्मह्यमुपोवाह प्रतिश्रुतम् ।
अथापि मे प्रपन्नाया अभयं दातुमर्हसि ॥५१॥

devahūtir uvāca
sarvaṁ tad bhagavān mahyam
upovāha pratiśrutam
athāpi me prapannāyā
abhayaṁ dātum arhasi

devahūtiḥ—黛瓦瑚缇 / uvāca—说 / sarvam—全部 / tat—那 / bhagavān—夫君 / mahyam—对我 / upovāha—已经满足了 / pratiśrutam—

承诺 / atha api－但 / me－向我 / prapannāyai－向已经归依的人 / abhayam－无畏 / dātum－给予 / arhasi－你应该

译文 圣黛瓦瑚缇说：我的夫君，您履行了您对我的一切承诺，但由于我是依靠、服从您的灵魂，您应该也赐予我无畏。

要旨 黛瓦瑚缇要求她丈夫给予她使她不再恐惧的事物。作为妻子，她把心完全交给了她丈夫，而丈夫的责任是使妻子没有恐惧。就有关人如何使依靠他的人不再恐惧这一点，《圣典博伽瓦谭》(Śrīmad-Bhāgavatam)第5篇中给予了指导。无法摆脱死亡钳制的人需要依靠他人的仁慈，因此不能成为灵性导师、丈夫、父亲或母亲等。强者的责任是使弱者不再恐惧。所以，人无论当父亲、母亲、灵性导师或丈夫等，只要他负责照顾其他人，就必须承担使被他照顾的人摆脱物质存在的可怕处境的责任。物质存在永远是可怕的，充满了焦虑。黛瓦瑚缇说："您已经用您的瑜伽力量给予我所有的舒适生活；既然您现在准备离开，您必须给我最后一件礼物，以使我可以摆脱这种受制约的物质生活。"

第52节 ब्रह्मन्दुहितृभिस्तुभ्यं विमृग्याः पतयः समाः ।
कश्चित्स्यान्मे विशोकाय त्वयि प्रव्रजिते वनम् ॥५२॥

brahman duhitṛbhis tubhyaṁ
vimṛgyāḥ patayaḥ samāḥ
kaścit syān me viśokāya
tvayi pravrajite vanam

brahman－亲爱的布茹阿玛纳 / duhitṛbhiḥ－由女儿自己 / tubhyam－给你 / vimṛgyāḥ－找到 / patayaḥ－丈夫 / samāḥ－合适的 / kaścit－某人 / syāt－应该 / me－我的 / viśokāya－安慰 / tvayi－当你 / pravrajite－离开 / vanam－去森林

译文 我亲爱的布茹阿玛纳，就您的女儿们而言，她们将找到适合她们的丈夫，离开这里去她们各自的家。可是，您离开家去当托钵僧后，会有谁来抚慰我呢？

要旨 俗话说，儿子代表父亲。因此，父亲和儿子被视为是一样的。有儿子的寡妇其实不是寡妇，因为她有她丈夫的代表在。同样，黛瓦瑚缇间接地要求卡尔达玛·牟尼给她留下一个代表，以使她因为有一个好儿子而在他离开后感到安慰。居士不该终其一生留在家中；在儿女各自成家后，居士就可以从家庭生活中退出，把妻子留给长大成人的儿子去照顾。那是韦达系统的社会惯例。黛瓦瑚缇间接地要求，丈夫离开家时至少该给她留一个儿子，让她感到安慰。这种慰藉是指灵性的教导，而不是物质的舒适生活。物质的舒适随躯体的完结而结束，但灵性的指导永远不会终止，而会一直跟随着灵性的灵魂。受教育取得灵性的进步是必要的，但如果没有一个称职的儿子，黛瓦瑚缇又如何能在灵性知识方面取得进步呢？当丈夫的有责任偿还他对妻子负的债。妻子真诚地侍奉丈夫，丈夫为此而欠妻子的债，因为人在无法给依赖他的人以任何回报的情况下，不该接受他们的服务。灵性导师在不给门徒灵性教导的情况下，不能接受门徒的服务。那是爱与责任的交流。因此，黛瓦瑚缇提醒她丈夫卡尔达玛·牟尼：她忠心耿耿地为他服务，哪怕是考虑到向妻子还债，他也必须在离开前给她一个男孩。黛瓦瑚缇间接地要求她丈夫在家中多留几天，或者至少等生了个男孩再走。

第 53 节 एतावतालं कालेन व्यतिक्रान्तेन मे प्रभो ।
इन्द्रियार्थप्रसङ्गेन परित्यक्तपरात्मनः ॥५३॥

etāvatālaṁ kālena
vyatikrāntena me prabho

indriyārtha-prasaṅgena
parityakta-parātmanaḥ

etāvatā—如此多 / alam—没有理由 / kālena—时间 / vyatikrāntena—经过 / me—我的 / prabho—我的主人啊 / indriya-artha—感官享乐 / prasaṅgena—放纵 / parityakta—无视 / para-ātmanaḥ—有关至尊主的知识

译文 直到现在，我们都只是在浪费时间进行感官享乐，忽视了培养有关至尊主的知识。

要旨 人体生命不该用来像动物一样在忙于感官享乐的活动中白白浪费掉。动物总是在忙于吃、睡、防卫和交配这四项满足感官的活动；人虽然因为有物质躯体，所以需要按照规定原则满足感官，但那四项活动并不是人主要该做的事情。正因为如此，黛瓦瑚缇对她丈夫说："到目前为止，我们有了九个女儿。我们在飞行宫殿中享受物质生活，游遍宇宙各处。这一切都有赖于您的恩赐，但全都属于感官享乐的范畴。现在，必须有些可以让我取得灵性进步的内容。"

第 54 节 इन्द्रियार्थेषु सज्जन्त्या प्रसङ्गस्त्वयि मे कृतः ।
अजानन्त्या परं भावं तथाप्यस्त्वभयाय मे ॥५४॥

indriyārtheṣu sajjantyā
prasaṅgas tvayi me kṛtaḥ
ajānantyā paraṁ bhāvaṁ
tathāpy astv abhayāya me

indriya-artheṣu—感官享乐 / sajjantyā—执著 / prasaṅgaḥ—情感 / tvayi—为你 / me—由我 / kṛtaḥ—完成了 / ajānantyā—不知道 / param bhāvam—你的超然地位 / tathā api—尽管如此 / astu—愿 / abhayāya—为了无畏 / me—我的

译文 在不了解您的超然状态的情况下，我在爱您的同时却继续依恋感官对象。尽管如此，请还是让我产生的对您的喜爱驱除我所有的恐惧吧！

要旨　黛瓦瑚缇为她的处境而悲伤。作为一名女性，她必须要爱某个人，而她最终爱上了卡尔达玛·牟尼，可却不清楚他灵性进步的情况。卡尔达玛·牟尼可以理解黛瓦瑚缇的心；一般来说，所有的妇女都想要物质享乐。经典之所以称她们为智力欠佳的人，是因为她们通常都有物质享乐的倾向。黛瓦瑚缇悲伤的原因是：尽管她丈夫给她提供了最好的物质享乐条件，但她却不知道她丈夫在灵性觉悟方面有多进步。她恳求丈夫说：尽管她不知道她卓越的丈夫的光荣，但由于她托庇于丈夫，她就必须得到拯救，摆脱物质的束缚。与伟大的人物联谊至关重要。在《永恒的柴坦亚经》(Caitanya-caritāmṛta)中，主柴坦亚说：与伟大的圣人交往、联谊十分重要，因为一个人哪怕不了解多少知识，但仅仅靠与伟大圣人的交往、联谊，就能立刻在灵性生活中取得相当大的进步。作为一个女人、一个普通的妻子，黛瓦瑚缇为了满足她的感官和其他物质所需而爱上卡尔达玛·牟尼，但实际上是在与一位伟大的人物联谊。她现在明白到这一点，因此想利用她与伟大的丈夫联谊的有利条件。

第 55 节　सङ्गो यः संसृतेर्हेतुरसत्सु विहितोऽधिया।
स एव साधुषु कृतो निःसङ्गत्वाय कल्पते ॥५५॥

saṅgo yaḥ saṁsṛter hetur
asatsu vihito 'dhiyā
sa eva sādhuṣu kṛto
niḥsaṅgatvāya kalpate

saṅgaḥ－联谊 / yaḥ－……的 / saṁsṛteḥ－生与死的圈子的 / hetuḥ－原因 / asatsu－与那些感官享乐的人 / vihitaḥ－做了 / adhiyā－在愚昧中 /

saḥ－同样的 / eva－肯定地 / sādhuṣu－和圣人 / kṛtaḥ－执行了 / niḥsaṅgatvāya－解脱 / kalpate－导致

译文 为感官享乐而与人交往、联谊无疑是走上捆绑之途。但同样的交往、联谊，因为对象是神圣的人，却引人走上解脱之途，即使人在无知的情况下这样做也不例外。

要旨 人无论以哪种方式与神圣的人交往、联谊，所得到的结果都是一样的。例如：主奎师那遇到许多种生物体，有的像对待敌人一样对待祂，有的把祂当做感官享乐的媒介一样待祂。总体而言，牧牛姑娘虽然是因为感官的吸引而依恋上奎师那，但却成了一流的奉献者。然而，康萨(Kaṁsa)、锡舒帕勒(Śiśupāla)、丹塔瓦夸(Dantavakra)和其他恶魔，与奎师那的关系却都是敌人的关系。但无论生物体与奎师那的交往是如同敌人一般，是为了感官享乐，是出于恐惧，还是当祂的纯粹奉献者，他们都得到了解脱。这就是与至尊主交往、联谊的结果。即使一个人根本不知道祂是谁，也会得到同样的结果。正如人无论是在知道的情况下还是不知道的情况下靠近火，火都会让人感到热起来，与伟大的神圣之人交往、联谊的结果是得到解脱。黛瓦瑚缇表达了她的感激之情，因为尽管她只是为了感官享乐而想要与卡尔达玛·牟尼结合，但由于卡尔达玛的灵性境界非常高，她必然会凭借丈夫的祝福而获得解脱。

第 56 节 नेहयत्कर्मधर्मायनविरागायकल्पते।
न तीर्थपदसेवायै जीवन्नपि मृतो हि सः ॥५६॥

neha yat karma dharmāya
na virāgāya kalpate
na tīrtha-pada-sevāyai
jīvann api mṛto hi saḥ

na－不 / iha－这里 / yat－……的 / karma－工作 / dharmāya－为了达

到宗教生活的完美境界 / na－不 / virāgāya－为了摆脱 / kalpate－导致 / na－不 / tīrtha-pada－至尊主的莲花足的 / sevāyai－奉爱服务 / jīvan－活着 / api－虽然 / mṛtaḥ－死亡 / hi－实际上 / saḥ－他

译文　任何人，他工作如果不是为了提升他过宗教生活，他举行的宗教仪式如果不使他升上弃绝的层面，他的弃绝如果不把他引向为至尊人格首神做奉爱服务，那么尽管他还在呼吸，都必被视为已经死去。

要旨　黛瓦瑚缇想要说明的是：感官享乐并不能使人从物质束缚中解脱出去，因此由于她为了感官享乐而想要与她丈夫生活在一起，她的生活只不过是在浪费时间。人所从事的活动如果不使人过上宗教生活，那所有的活动就是毫无价值的。每一个人都出于本性想要从事某类活动，当那活动使人过上宗教生活，宗教生活使人变得弃绝，而弃绝使人为至尊主做奉爱服务时，人的活动就完美了。正如《博伽梵歌》第3章的第9节诗中所说：不使人最终上升到为至尊主做奉爱服务之层面的活动，是致使人被捆绑在物质世界里的原因(yajñārthāt karmaṇo 'nyatra loko 'yaṁ karma-bandhanaḥ)。人除非以从事符合自己本性的活动为开始，逐渐上升到做奉爱服务的层面，否则就被认为是行尸走肉。不使人培养奎师那意识的活动，是毫无价值的活动。

第57节　साहं भगवतो नूनं वञ्चिता मायया दृढम् ।
यत्त्वां विमुक्तिदं प्राप्य न मुमुक्षेय बन्धनात् ॥५७॥

sāhaṁ bhagavato nūnaṁ
　vañcitā māyayā dṛḍham
yat tvāṁ vimuktidaṁ prāpya
　na mumukṣeya bandhanāt

sā－那个人 / aham－我是 / bhagavataḥ－至尊主的 / nūnam－肯定地 / vañcitā－欺骗 / māyayā－被错觉能量 / dṛḍham－牢固地 / yat－因为 /

tvām 一 你 / vimukti-dam 一 给予解脱的人 / prāpya 一 已经获得 / na mumukṣeya一我没有寻求摆脱 / bandhanāt一物质的枷锁

译文 我的夫君，毫无疑问，我完全被至尊人格首神那无法超越的错觉能量所蒙蔽，因为虽然得到您那能使人摆脱物质束缚的联谊，但却没有追求这一解脱。

要旨 有智慧的人应该善用良机。第一个良机是得到人体生命，第二个良机是出生在能够培养灵性知识的合适家庭中，而这种机会很难得到。最佳的机会是与神圣的人交往、联谊。黛瓦瑚缇意识到：尽管她生为帝王的女儿，受到足够的教育和文化熏陶，最后还得到神圣之人、伟大的瑜伽师卡尔达玛·牟尼做她的丈夫，但她还是没有摆脱物质能量的束缚，接着无疑会被无法战胜的错觉能量所欺骗。事实上，错觉——物质能量，正欺骗着每一个生物体。当人为了得到物质利益而崇拜以卡莉(Kālī)或杜尔嘎(Durgā)女神的形象出现的物质能量时，他们根本不知道自己在做什么。他们向那位女神企求道："母亲啊！请让我变成富翁，赐予我贤惠、漂亮的妻子，让我出名，让我成功。"然而，玛亚(Māyā)——杜尔嘎女神的这些信奉者不知道，他们已经被她骗了。物质的成功并非真正的成功，因为人一旦被物质所得迷惑住，便越来越紧地被捆绑在物质世界里，根本没有解脱可言。人应该有足够的智慧了解如何利用物质的资产使自己获得灵性的觉悟。那称为活动瑜伽(karma-yoga)或思辨瑜伽(jñāna-yoga)。我们应该用自己有的一切为至尊人服务。《博伽梵歌》中建议说：人应该努力用自己拥有的一切崇拜至尊人格首神(sva-karmaṇā tam abhyar-cya)。为至尊主服务有很多形式，每个人都可以根据自己的能力尽量为祂做服务。

到此为止，结束了巴克提韦丹塔对《圣典博伽瓦谭》第3篇第23章——"黛瓦瑚缇的悲哀"所作的阐释。

第二十四章

卡尔达玛 · 牟尼的弃绝

第 1 节

मैत्रेय उवाच
निर्वेदवादिनीमेवं मनोर्दुहितरं मुनिः ।
दयालुः शालिनीमाह शुक्लाभिव्याहृतं स्मरन् ॥१॥

maitreya uvāca
nirveda-vādinīm evaṁ
manor duhitaraṁ muniḥ
dayāluḥ śālinīm āha
śuklābhivyāhṛtaṁ smaran

maitreyaḥ—伟大的圣人麦垂亚 / uvāca—说 / nirveda-vādinīm—话语充满了弃绝精神的 / evam—如此 / manoḥ—斯瓦阳布瓦 · 玛努的 / duhitaram—女儿 / muniḥ—卡尔达玛 / dayāluḥ—仁慈的 / śālinīm—值得称赞的 / āha—回答 / śukla—由主维施努 / abhivyāhṛtam—所说的 / smaran—回忆

译文 斯瓦阳布瓦 · 玛努值得称赞的女儿黛瓦瑚缇，说完一番充满弃绝精神的话语后，仁慈的圣人卡尔达玛回忆起主维施努的话语，这样回答她。

第 2 节

ऋषिरुवाच
मा खिदो राजपुत्रीत्थमात्मानं प्रत्यनिन्दिते ।
भगवांस्तेऽक्षरो गर्भमदूरात्सम्प्रपत्स्यते ॥२॥

ṛṣir uvāca
mā khido rāja-putrīttham
ātmānaṁ praty anindite

bhagavāṁs te 'kṣaro garbham
adūrāt samprapatsyate

ṛṣiḥ uvāca—圣人说 / mā khidaḥ—不要失望 / rāja-putri—公主啊 / ittham—就这样 / ātmānam—你自己 / prati—向着 / anindite—值得称赞的黛瓦瑚缇啊 / bhagavān—至尊人格首神 / te—你的 / akṣaraḥ—不会犯错的 / garbham—子宫 / adūrāt—毫不延迟 / samprapatsyate—进入

译文 圣人说：公主啊！不要对你自己失望。其实你是值得赞许的。绝对可靠的至尊人格首神很快就会以你儿子的身份进入你的子宫。

要旨 卡尔达玛·牟尼鼓励他妻子不要难过，不要以为自己很不幸，因为至尊人格首神即将以祂的化身进入她体内了。

第3节 धृतव्रतासि भद्रं ते दमेन नियमेन च ।
तपोद्रविणदानैश्च श्रद्धया चेश्वरं भज ॥ ३ ॥

dhṛta-vratāsi bhadraṁ te
damena niyamena ca
tapo-draviṇa-dānaiś ca
śraddhayā ceśvaraṁ bhaja

dhṛta-vratā asi—你发下了神圣的誓言 / bhadram te—愿至尊主赐福你 / damena—通过控制感官 / niyamena—通过遵守宗教原则 / ca—和 / tapaḥ—苦行 / draviṇa—以金钱 / dānaiḥ—通过布施 / ca—和 / śraddhayā—以坚定的信心 / ca—和 / īśvaram—至尊主 / bhaja—崇拜

译文 你发下了神圣的誓言。神会祝福你。从现在开始，你应该通过控制感官、奉行宗教原则、苦修和布施金钱等方式，信心坚定地崇拜至尊主。

要旨　为了取得灵性进步或得到至尊主的仁慈，人必须用以下方式控制自己：他必须限制他的感官享乐，必须遵守宗教的规范原则。不苦修、不献出自己拥有的钱财的人，无法得到至尊主的仁慈。卡尔达玛·牟尼建议他妻子说："你要真做奉爱服务，苦修，遵守宗教原则，布施。那样，至尊主就会对你满意，就会以你儿子的身份到来。"

第4节　स त्वयाराधितः शुक्लो वितन्वन्मामकं यशः ।
छेत्ता ते हृदयग्रन्थिमौदर्यो ब्रह्मभावनः ॥ ४ ॥

sa tvayārādhitaḥ śuklo
vitanvan māmakaṁ yaśaḥ
chettā te hṛdaya-granthim
audaryo brahma-bhāvanaḥ

saḥ—祂 / tvayā—由你 / ārādhitaḥ—被崇拜 / śuklaḥ—人格首神 / vitanvan—传播 / māmakam—我的 / yaśaḥ—声望 / chettā—祂会割断 / te—你的 / hṛdaya—心中的 / granthim—结 / audaryaḥ—你儿子 / brahma—有关布茹阿曼的知识 / bhāvanaḥ—教导

译文　人格首神受到你的崇拜后，将扩大我的名望。祂会通过成为你的儿子并教导布茹阿曼(梵)的知识，打开你的心结。

要旨　当至尊人格首神为全体人类的利益来宣传灵性知识时，祂一般都会因为对奉献者所做的奉爱服务感到满意而降临为奉献者的儿子。至尊人格首神是一切众生的父亲，因此没有谁是祂的父亲。然而，祂透过祂不可思议的能量，接受一些奉献者当祂的父母和后代。这节诗中解释说，灵性的知识会去除心结。错误的自我意识(假我)，把物质和灵魂绑在一起。所有受制约的灵魂都有这种将自我与物质相认同(hṛdaya-granthi)的问题，而这个问题在受到性生活太多的影响时就变得越来越严重。主瑞沙巴(Ṛṣabha)在给祂儿子解释这个问题时说：这个物质世界是男女异性相吸的地方。那种吸引以心结的形式存在，并借由物质的情感系得越来越紧。对追求物质的拥有、社会、友情和爱的人来说，这情感之结十分牢固。只有可以使人不断增加灵性知识的教导(brahma-bhāvana)，才能砍碎这心结。物质的武器对这心结无可奈何，只有真正灵性的教导才能去除它。卡尔达玛·牟尼教导他妻子黛瓦瑚缇说，至尊主即将显现为她儿子，宣传灵性知识，以挥砍物质认同的心结。

第 5 节

मैत्रेय उवाच
देवहूत्यपि सन्देशं गौरवेण प्रजापतेः ।
सम्यक्श्रद्धाय पुरुषं कूटस्थमभजद्गुरुम् ॥५॥

maitreya uvāca
devahūty api sandeśaṁ
gauraveṇa prajāpateḥ
samyak śraddhāya puruṣaṁ
kūṭa-stham abhajad gurum

maitreyaḥ uvāca—麦垂亚说 / devahūtī—黛瓦瑚缇 / api—也 / sandeśam—方向 / gauraveṇa—怀着极大的敬意 / prajāpateḥ—卡尔达玛的 / samyak—完全的 / śraddhāya—有信心 / puruṣam—至尊人格首神 / kūṭa-stham—在每个人心中 / abhajat—受崇拜 / gurum—最值得崇拜的

译文 圣麦垂亚说：卡尔达玛是负责繁衍宇宙人类的生物体祖先之一，黛瓦瑚缇对她这位丈夫所给予的指示充满信心和敬意。伟大的圣人啊！她因此便开始崇拜宇宙的主人——处在每个生物体心中的至尊人格首神。

要旨 人必须从真正的灵性导师那里接受教导；这是灵性觉悟的程序。卡尔达玛·牟尼是黛瓦瑚缇的丈夫，但由于他教导黛瓦瑚缇达到灵性完美的方法，他自然也就成了黛瓦瑚缇的灵性导师。世上有许多丈夫成为灵性导师的例子。主希瓦(Śiva)也是他妻子帕尔瓦缇(Pārvatī)的灵性导师。当丈夫的应该十分博学，以致应该成为他妻子的灵性导师，教导妻子不断增强奎师那意识。女性(strī)的智力一般比男性低，所以丈夫如果有足够的智慧，就可以为他妻子提供受到灵性教育的良机。

这节诗中明确地说：人应该充满信心(samyak śraddhāya)地从灵性导师那里接受知识，充满信心地做奉爱服务。圣维施瓦纳特·查夸瓦尔提·塔库尔(Viśvanātha Cakravartī Ṭhākura)在他对《博伽梵歌》(Bha-gavad-gītā)的评注中，特别强调了接受灵性导师教导的重要性。人应该把灵性导师的教导视为是自己的生命之魂；无论解脱与否，都该怀着巨大的信心执行灵性导师的指示。这节诗中也说：至尊主处在每一个生物体的心中。人不需要向外寻找至尊主，祂就在心中。人只要按照真正的灵性导师的指示，满怀信心、全神贯注地崇拜至尊主，总有一天就会获得成功。还有一点也很清楚，即：至尊人格首神不会像一个普通孩子那样到来；祂以祂原本的自我显现。正如《博伽梵歌》中所说：祂透过祂的内在能量(ātmā-māyā)显现。那祂如何显现呢？当祂对奉献者的崇拜感到满意时，祂就显现了。奉献者也许会请求至尊主显现为她儿子。至尊主已经坐在每一个生物体的心中了，因此即使祂从某位奉献者的体内出来，也并不意味着从物质的角度讲，那位女性就是祂母亲了。祂永远存在，但为了让祂的奉献者高兴，祂显现为她的儿子。

第 6 节　तस्यां बहुतिथे काले भगवान्मधुसूदनः ।
कार्दमं वीर्यमापन्नो जज्ञेऽग्निरिव दारुणि ॥ ६ ॥

tasyāṁ bahu-tithe kāle
bhagavān madhusūdanaḥ

kārdamaṁ vīryam āpanno
jajñe 'gnir iva dāruṇi

tasyām—在黛瓦珊缇之中 / bahu-tithe kāle—经过许多年后 / bhagavān—至尊人格首神 / madhu-sūdanaḥ—杀死玛杜魔的人 / kārdamam—卡尔达玛的 / vīryam—精子 / āpannaḥ—进入了 / jajñe—祂出现了 / agniḥ—火 / iva—就像 / dāruṇi—在木柴中

译文 经过许许多多年后，至尊人格首神玛杜苏丹——杀死玛杜魔的人，进入卡尔达玛的精子，恰似火从祭祀用木柴中燃起一般显现在黛瓦珊缇的体内。

要旨 这节诗中明确地说，至尊主虽然显现为卡尔达玛·牟尼的儿子，但永远是至尊人格首神。尽管火元素已经存在于木柴中，但要靠一定的程序才能点燃。同样道理，神无所不在，祂在每一个地方；由于祂可以从任何地方出来，祂这次便在祂奉献者的精液内显现。 正如普通生物通过托庇于某个生物体的精液投生，至尊人格首神用祂奉献者的精液作掩护，以他儿子的身份展示自己。这展现了祂完全的独立性，完全可以按祂的意愿行事的特点，而并不意味着祂是一个普通的生物，必须被迫投生在某种类型的子宫中。主尼尔星哈(Nṛsiṁha)从黑冉亚卡希普(Hiraṇyakaśipu)宫殿的柱子里出来，主瓦茹阿哈(Varāha)从布茹阿玛(Brahmā)的鼻孔出来；而主卡皮拉(Kapila)透过卡尔达玛的精液显现。然而，这并不意味着布茹阿玛的鼻孔、黑冉亚卡希普宫殿的柱子或卡尔达玛·牟尼的精液，是至尊主显现的源头。至尊主永远是至尊主。祂是各种恶魔的杀戮者(bhagavān madhu-sūdanaḥ)；祂永远是至尊主，即使显现为某个奉献者的儿子也不例外。诗中“卡尔达玛的(kārdamam)”一词意味深长，因为它指出：至尊主与卡尔达玛和黛瓦珊缇透过奉爱服务有某种奉爱的情感或关系。但我们不该误解祂像普通生物那样从卡尔达玛·牟尼的精液投生进黛瓦珊缇的子宫。

第 7 节　अवादयंस्तदा व्योम्नि वादित्राणि घनाघनाः ।
गायन्ति तं स्म गन्धर्वा नृत्यन्त्यप्सरसो मुदा ॥ ७ ॥

avādayaṁs tadā vyomni
vāditrāṇi ghanāghanāḥ
gāyanti taṁ sma gandharvā
nṛtyanty apsaraso mudā

avādayan—回响 / tadā—那时候 / vyomni—天空中 / vāditrāṇi—乐器 / ghanāghanāḥ—乌云 / gāyanti—歌唱 / tam—向祂 / sma—肯定地 / gandharvāḥ—音乐仙 / nṛtyanti—跳舞 / apsarasaḥ—天堂舞女 / mudā—欣喜若狂地

译文　在祂降临地球的那个时刻，半神人们以雨云为乐器在天空中奏响了仙乐。天堂音乐家甘达尔瓦们歌唱至尊主的荣耀，天堂舞女阿帕萨茹阿则欣喜若狂地翩翩起舞。

第 8 节　पेतुः सुमनसो दिव्याः खेचरैरपवर्जिताः ।
प्रसेदुश्च दिशः सर्वा अम्भांसि च मनांसि च ॥ ८ ॥

petuḥ sumanaso divyāḥ
khe-carair apavarjitāḥ
praseduś ca diśaḥ sarvā
ambhāṁsi ca manāṁsi ca

petuḥ—落下 / sumanasaḥ—鲜花 / divyāḥ—美丽的 / khe-caraiḥ—被在天空上飞的半神人 / apavarjitāḥ—抛撒 / praseduḥ—变得满足 / ca—和 / diśaḥ—方向 / sarvāḥ—所有的 / ambhāṁsi—水 / ca—和 / manāṁsi—内心 / ca—和

译文　至尊主显现时，半神人们在天空中自由飞翔，抛撒鲜花。所有的方向、水世界及众生的心都感到极为满足和欢快。

要旨 从这节诗中我们了解到，在更高的天空中存在着能够自由飞翔的生物体。我们现在虽然能在外太空旅行，但却受到那么多的阻碍，而他们却不受阻碍。从《圣典博伽瓦谭》(Śrīmad-Bhāgavatam)的篇章中我们了解到，住在希达星球(Siddhaloka)上的居民，能够不受阻碍地从一个星球到另一个星球去。当主卡皮拉显现为卡尔达玛的儿子时，他们向地球抛撒鲜花。

第9节 तत्कर्दमाश्रमपदं सरस्वत्या परिश्रितम् ।
स्वयम्भूः साकमृषिभिर्मरीच्यादिभिरभ्ययात् ॥ ९ ॥

tat kardamāśrama-padaṁ
sarasvatyā pariśritam
svayambhūḥ sākam ṛṣibhir
marīcy-ādibhir abhyayāt

tat—那 / kardama—由卡尔达玛 / āśrama-padam—到隐居所 / sarasvatyā—被萨茹阿斯瓦缇河 / pariśritam—环绕着 / svayambhūḥ—布茹阿玛(自生者) / sākam—跟……一起 / ṛṣibhiḥ—圣人们 / marīci—伟大的圣人玛瑞琪 / ādibhiḥ—还有其他人 / abhyayāt—他到那里

译文 第一位出生的生物体布茹阿玛，与玛瑞祺等圣人一起，去到由萨茹阿斯瓦缇河环绕着的卡尔达玛的隐居所。

要旨 布茹阿玛之所以被称为“自生者(Svayambhū)”，是因为他不是由物质的父母生出来的。他是宇宙中的第一位生物体，从生长自至尊人格首神嘎尔博达卡沙依·维施努(Garbhodakaśāyī Viṣṇu)腹部的莲花上诞生出来。正因为如此，他被称为“自生者”。

第10节 भगवन्तं परं ब्रह्म सत्त्वेनांशेन शत्रुहन् ।
तत्त्वसङ्ख्यानविज्ञप्त्यै जातं विद्वानजः स्वराट् ॥१०॥

bhagavantaṁ paraṁ brahma
sattvenāṁśena śatru-han
tattva-saṅkhyāna-vijñaptyai
jātaṁ vidvān ajaḥ svarāṭ

bhagavantam一至尊主 / param一至高无上的 / brahma一布茹阿曼 / sattvena一有个不受污染的存在 / aṁśena一透过一位完整部分 / śatru-han一啊，杀敌者，维杜茹阿 / tattva-saṅkhyāna一有关二十四种物质元素的哲学 / vijñaptyai一为了解释 / jātam一显现 / vidvān一知悉 / ajaḥ一未经出生者(主布茹阿玛) / sva-rāṭ一独立的

译文　麦垂亚继续说：杀敌者啊！未经出生过程而诞生的布茹阿玛，几乎可以独立获取知识，因此能明白至尊人格首神的完整扩展以祂纯粹的存在状态，显现在黛瓦瑚缇的子宫中，目的是阐释桑克亚瑜伽(数论哲学)的完整知识。

要旨　《博伽梵歌》第15章中说：至尊主本人是《韦丹塔·苏陀》(Vedānta-sūtra)的编纂者，是《韦丹塔·苏陀》的完美知悉者。同样，数论(Sāṅkhya)哲学是至尊人格首神在显现为卡皮拉时宣讲的。世上有一个假卡皮拉自创了一套数论哲学，但神的化身卡皮拉与那个卡皮拉不同。卡尔达玛·牟尼的儿子卡皮拉，在祂的数论哲学体系中，不仅明确地解释了物质世界，还清楚地解释了灵性世界。布茹阿玛因为是斯瓦茹阿特(svarāṭ)——几乎可以独立地获取知识，所以能了解这一事实。他之所以被称为斯瓦茹阿特，是因为他没去任何学校或学院学习，而是从内在学到了一切。布茹阿玛是宇宙中的第一个生物体，因此没有老师；他的老师是处在每一个生物体心中的至尊人格首神本人。布茹阿玛从处在他内心的至尊主那里直接得到知识，所以有时被称为斯瓦茹阿特或阿佳(aja)。

这节诗中以梵文“由一个完整扩展以不受污染的存在(sattvenāṁśena)”一句，强调了另一个重点，即：至尊人格首神显现时，把祂

在外琨塔(Vaikuṇṭha)的一切也都带在身边；因此，祂的名字、形象、品质、随身用品和随员，都属于超然的世界。真正的善良属性在超然的世界中。在这个物质世界里，善良属性并不纯净。这里有善良属性，但其中必定掺杂了激情和愚昧属性。灵性世界中全部是品质纯正的善良属性，那里的善良属性被称为纯粹的善良属性(śuddha-sattva)。纯粹的善良属性又被称为瓦苏戴瓦(vasudeva)，因为神显现为瓦苏戴瓦的儿子。瓦苏戴瓦的另一个意思是：人处在纯粹善良属性的层面上时，就能明白至尊人格首神的形象、名字、品质、随身用品和随员了。梵文词“由一个完整部分(aṁśena)”也指出，至尊人格首神奎师那，以祂的一个完整扩展卡皮拉戴瓦显现。神要么扩展为“直接扩展(aṁśa)”，要么扩展为“扩展的扩展(kalā)”。至尊人格首神本人与祂的直接扩展及扩展的扩展之间并没有区别；正如一根蜡烛与另一根蜡烛没有区别，但点燃其他蜡烛的第一根蜡烛被称为最初的蜡烛，因此奎师那被称为至尊梵(Parabrahman)——存在中的至尊首神和一切原因的起因。

第 11 节 सभाजयन् विशुद्धेन चेतसा तच्चिकीर्षितम् ।
प्रहृष्यमाणैरसुभिः कर्दमं चेदमभ्यधात् ॥११॥

sabhājayan viśuddhena
cetasā tac-cikīrṣitam
prahṛṣyamāṇair asubhiḥ
kardamaṁ cedam abhyadhāt

sabhājayan—崇拜 / viśuddhena—纯粹的 / cetasā—心 / tat—至尊人格首神的 / cikīrṣitam—意图 / prahṛṣyamāṇaiḥ—高兴地 / asubhiḥ—以感官 / kardamam—向卡尔达玛 · 牟尼 / ca—和黛瓦瑚缇 / idam—这个 / abhyadhāt—说

译文 就至尊主化身前来将要从事的活动，布茹阿玛以纯净的心高兴地崇拜至尊主后，对卡尔达玛及黛瓦瑚缇说了如下一番话。

要旨　正如《博伽梵歌》第4章中所解释的：了解至尊人格首神的超然活动、显现和隐迹的人，被认为已经解脱了。由此看来，布茹阿玛是解脱了的灵魂。他虽然负责创造这个物质宇宙，但与普通生物体还不完全一样。由于他摆脱了普通生物体所具有的大部分的愚昧，他了解至尊人格首神的显现，所以崇拜至尊主的活动，并因为至尊人格首神以卡皮拉的身份显现为卡尔达玛·牟尼的儿子而心情愉快地赞美卡尔达玛。能当至尊人格首神父亲的人，无疑是伟大的奉献者。有一位布茹阿玛纳(brāhmaṇa, 婆罗门)作诗道：他不知道什么是韦达经(Vedas)和往世书(purāṇas)，但在他人有可能对韦达经和往世书感兴趣的时候，他本人对当奎师那父亲的南达王(Nanda Mahārāja)感兴趣。那位布茹阿玛纳之所以想要崇拜南达王，是因为至尊人格首神曾作为一个孩子在南达王的庭院里爬行。这都是奉献者的美好情感。如果一位公认的奉献者有至尊人格首神当儿子，他该受到怎样的赞美啊！正因为如此，布茹阿玛不仅崇拜人格首神的化身卡皮拉，而且还赞美他所谓的父亲卡尔达玛·牟尼。

第12节

ब्रह्मोवाच
त्वया मेऽपचितिस्तात कल्पिता निर्व्यलीकतः ।
यन्मे सञ्जगृहे वाक्यं भवान्मानद मानयन् ॥१२॥

brahmovāca
tvayā me 'pacitis tāta
kalpitā nirvyalīkataḥ
yan me sañjagṛhe vākyaṁ
bhavān mānada mānayan

brahmā—主布茹阿玛 / uvāca—说 / tvayā—由你 / me—我的 /

apacitiḥ—崇拜 / tāta—儿子啊 / kalpitā—完成了 / nirvyalīkataḥ—没有心口不一 / yat—因为 / me—我的 / sañjagṛhe—已经完全接受了 / vākyam—训诲 / bhavān—你 / māna-da—(向别人表示敬意的)卡尔达玛呀 / mānayan—尊敬

译文 主布茹阿玛说：我亲爱的儿子卡达尔玛，你真诚地接受我给你的一切指示并表示出适当的敬意，以此方式正确地崇拜了我。你执行了我给你的一切命令，为我增了光。

要旨 主布茹阿玛作为这个宇宙中的第一个生物体，既是众生的灵性导师，也是父亲、创造者。卡尔达玛·牟尼是生物体的祖先之一(Prajāpati)，也是布茹阿玛的一个儿子。布茹阿玛因为卡尔达玛忠实地执行灵性导师所有的命令而赞美他。物质世界里受制约的灵魂，都具有包括欺骗在内的四项缺点，它们分别是：必定会犯错误，必定被迷惑，有欺骗他人的倾向，以及感官不完美。但人如果执行师徒传承(paramparā)中的灵性导师的命令，就能克服这四项缺点。所以，从真正的灵性导师那里得到的知识，没有欺骗的成分。其他由受制约的灵魂杜撰的知识，只不过是欺骗而已。布茹阿玛很清楚卡尔达玛·牟尼忠实地执行他给予的指示，实际上是在给灵性导师增光。为灵性导师增光、尊敬灵性导师，意味着一字不差地按灵性导师的指示去做。

第 13 节 एतावत्येव शुश्रूषा कार्या पितरि पुत्रकैः ।
बाढमित्यनुमन्येत गौरवेण गुरोर्वचः ॥१३॥

etāvaty eva śuśrūṣā
kāryā pitari putrakaiḥ
bāḍham ity anumanyeta
gauraveṇa guror vacaḥ

etāvatī—到这个程度 / eva—完全地 / śuśrūṣā—服务 / kārya—应该做

的 / pitari－为父亲 / putrakaiḥ－由儿子 / bāḍham iti－接受说 “是的，先生” / anumanyeta－他应该遵守 / gauraveṇa－顺从地 / guroḥ－灵性导师的 / vacaḥ－指令

译文　当儿子的就应该这样侍奉父亲。人应该服从父亲或灵性导师的命令，并尊敬地说：“是，先生。”

要旨　这节诗中有两个梵文词非常重要，一个词是“为父亲(pitari)”，一个词是“灵性导师的(guroḥ)”。儿子或门徒应该毫不犹豫地接受他父亲或灵性导师的话。父亲和灵性导师无论有什么吩咐，儿子和门徒都应该不加争辩地说“是”，而不该说“这不对，我无法执行这个命令”。当他这么说时，他就堕落了。父亲和灵性导师在同一个层面上，因为灵性导师就是再生之父。高阶层的人士被称为“再生者(dvija)”。一旦牵涉到出生，就必然有一位父亲。人的第一次出生由亲生父亲给予，第二次出生由灵性导师给予。有时，父亲和灵性导师是同一个人，有时是不同的人。无论如何，对父亲的命令或灵性导师的命令，人都该立刻说“是”，并毫不犹豫地加以执行，绝不该去争辩。这才是对父亲和灵性导师所做的真正的服务。维施瓦纳特·查夸瓦尔提·塔库尔说：灵性导师的命令是门徒的生命之魂。正如人无法把他的生命与躯体分开，门徒不能把他的生命与灵性导师的命令分开。如果门徒这样执行灵性导师的命令，他无疑就会变得完美。就有关这一点，奥义书(Upaniṣad)中确认说：韦达教导的重要性只会自动揭示给对至尊人格首神和灵性导师有绝对信心的人。一个人也许从物质的角度看是个文盲，但如果他对灵性导师和至尊人格首神有信心，经典的启示就会立刻展现在他眼前。

第 14 节　इमा दुहितरः सत्यस्तव वत्स सुमध्यमाः ।
सर्गमेतं प्रभावैः स्वैर्बृंहयिष्यन्त्यनेकधा ॥१४॥

imā duhitaraḥ satyas
tava vatsa sumadhyamāḥ
sargam etaṁ prabhāvaiḥ svair
bṛṁhayiṣyanty anekadhā

imāḥ—这些 / duhitaraḥ—女儿们 / satyaḥ—贞洁的 / tava—你的 / vatsa—亲爱的儿子啊 / su-madhyamāḥ—腰身纤细的 / sargam—创造物 / etam—这个 / prabhāvaiḥ—由后代 / svaiḥ—她们自己的 / bṛṁhayiṣyanti—她们会增加 / aneka-dhā—以各种方式

译文 主布茹阿玛接着赞美卡尔达玛·牟尼的九个女儿说：你所有这些腰身纤细的女儿无疑都很贞洁。我确信她们会透过她们的后代以各种方式增加这个创造中的人口。

要旨 在创造初期阶段，布茹阿玛关心的主要是增加宇宙内的生物体数量，因此当他看到卡尔达玛·牟尼已经生了九个女儿，便希望那些女儿能生许多今后负责物质世界创造原则的后代。为此，他很高兴看到卡尔达玛的女儿们。诗中用“腰身纤细的(sumadhyamā)”一词指那些美丽的好女儿。一位女士如果腰身纤细，就被视为是十分美丽的。卡尔达玛·牟尼所有的女儿都身材漂亮，相貌美丽。

第 15 节 अतस्त्वमृषिमुख्येभ्यो यथाशीलं यथारुचि ।
आत्मजाः परिदेह्यद्य विस्तृणीहि यशो भुवि ॥१५॥

atas tvam ṛṣi-mukhyebhyo
yathā-śīlaṁ yathā-ruci
ātmajāḥ paridehy adya
vistṛṇīhi yaśo bhuvi

ataḥ—因此 / tvam—你 / ṛṣi-mukhyebhyaḥ—向最优秀的圣人 / yathā-śīlam—按照性格 / yathā-ruci—按照爱好 / ātma-jāḥ—你的女儿们 / paridehi—请给予 / adya—今天 / vistṛṇīhi—传播 / yaśaḥ—声望 / bhuvi—整个宇宙

译文 因此，请你今天就按你女儿各自不同的性格和爱好，把她们分别给予那些一流的圣人，以此使你的名望传遍整个宇宙。

要旨 宇宙中有九位主要的圣人(ṛṣi)，他们分别是玛瑞祺(Marīci)、阿特瑞(Atri)、安给茹阿(Aṅgirā)、菩拉斯提亚(Pulastya)、菩拉哈(Pulaha)、克茹阿图(Kratu)、布瑞古(Bhṛgu)、瓦希施塔(Vasiṣṭha)和阿塔尔瓦(Atharvā)。所有这些圣人都是最重要的，布茹阿玛希望卡尔达玛·牟尼能把他的九个女儿嫁给他们。这节诗中用了两个十分重要的词——“按照性格(yathā-śīlam)”及“按照爱好(yathā-ruci)”。不应该盲目地把每一个女儿嫁给不同的圣人，而应该把她们嫁给性格和爱好与之相似的圣人。那是男性和女性相结合的艺术。男性和女性是否结合，不应该只从性生活的角度去考虑，还需要考虑很多其他方面，特别是性格与爱好是否相投。男性和女性如果彼此之间的性格和爱好不同，相互结合就不会幸福。甚至就在四十年前，在印度的婚姻中，性格和爱好是否相投，还是父母允许不允许他们的孩子结婚的首要考虑因素。父母亲习惯通过占星结果看他们的儿子、女儿在性格和爱好方面是否一致，如果很相投，就会决定让他们结婚。婚姻中其他方面的考虑都是次要的。在创造的初期，布茹阿玛也建议同样的方法说：“应该按照你女儿的性格和爱好，把她们嫁给不同的圣人。”

根据占星学的计算，人按照其所拥有的虔诚品质和邪恶品质被分成不同的类别。选择配偶就通过这种方法。有虔诚品质的姑娘应该嫁给同样有虔诚品质的年轻男子，而有邪恶品质的姑娘该嫁给同样有邪恶品质的年轻男子。这样，夫妻在一起就会感到幸福。但如果有邪恶品质的姑娘嫁给有虔诚品质的年轻男了，他们的生活就不会和谐，不会感到婚姻的幸福。如今，由于年轻人不按照性格和爱好结合，结果绝大多数婚姻都不幸福，离婚率直线上升。

《圣典博伽瓦谭》第12篇中预言道：在喀历(Kali)年代中，人们会只从性生活的角度考虑，决定结婚与否；当男女双方在性生活中感到快乐了，就决定结婚，性生活一旦出问题，他们就离婚。那不是真正的婚姻，而是男女像猫狗一样的结合。正因为如此，在现代出生的孩子都不完全是人类。人类必须经过两次出生；首先是品质优秀的父母给予的第一次出生，接着是灵性导师和韦达经所给予的第二次出生。把他带到这个世界来的父母是他的第一父母；接着，灵性导师和韦达经成为他的第二父母。按照为生育孩子而结婚的韦达系统原则，每一个男人和女人都首先受到灵性知识的教育，然后结婚生子，所有的过程都经过仔细检查，按照科学的方式去做。

第 16 节 वेदाहमाद्यं पुरुषमवतीर्णं स्वमायया ।
भूतानां शेवधिं देहं बिभ्राणं कपिलं मुने ॥१६॥

vedāham ādyaṁ puruṣam
avatīrṇaṁ sva-māyayā
bhūtānāṁ śevadhiṁ dehaṁ
bibhrāṇaṁ kapilaṁ mune

veda－知道 / aham－我 / ādyam－原本的 / puruṣam－享受者 / avatīrṇam－化身 / sva-māyayā－由祂自己的内在能量 / bhūtānām－所有生物体的 / śevadhim－如巨大宝库般的、一切愿望的满足者 / deham－身体 / bibhrāṇam－呈现 / kapilam－卡尔达玛 · 牟尼 / mune－圣人卡尔达玛啊

译文 卡尔达玛啊！我知道，存在中的第一位至尊人格首神已经凭祂的内在能量以化身的形式显现了。祂是满足众生一切愿望的人，现在显现为卡皮拉 · 牟尼。

要旨 在这节诗中我们看到“享受者用祂自己的内在能量化身(puruṣam avatīrṇaṁ sva-māyayā)”一句。至尊人格首神是永恒的，祂作为享受者或主宰的形象(puruṣa)是永恒的。祂显现时永远都不会接受

物质能量中的一切。灵性世界是祂个人内在能量的展示，而物质世界是祂分离出的物质能量的展示。诗中梵文“用祂自己的内在能量(sva-māyayā)”一句指出，至尊人格首神无论何时降临，都透过祂自己的能量来。祂也许呈现出一个人体形象，但那身体不是物质的。正因为如此，《博伽梵歌》中明确地说：只有蠢人和无赖(mūḍha)才会认为奎师那的身体跟普通人的身体一样。诗中“如巨大宝库般的、一切愿望的满足者(śevadhim)”一句的意思是：祂是生物生活所需一切的最初的给予者。韦达经中也说：祂是众生的领袖，为所有其他的生物提供他们想要的一切。由于祂是所有其他生物生活所需的提供者，祂被称为神。至尊者也是活生生的个体，并非不具人格特性。就像我们是个体一样，至尊人格首神也是个体，但祂是至高无上的个体。那就是神与普通生物之间的区别。

第 17 节　ज्ञानविज्ञानयोगेन कर्मणामुद्धरन् जटाः ।
हिरण्यकेशः पद्माक्षः पद्ममुद्रापदाम्बुजः ॥१७॥

jñāna-vijñāna-yogena
  karmaṇām uddharan jaṭāḥ
hiraṇya-keśaḥ padmākṣaḥ
  padma-mudrā-padāmbujaḥ

jñāna－经典知识的 / vijñāna－和实践 / yogena－通过神秘瑜伽的方法 / karmaṇām－物质活动的 / uddharan－根除 / jaṭāḥ－根 / hiraṇya-keśaḥ－金发 / padma-akṣaḥ－莲花般的眼睛 / padma-mudrā－有莲花的标志 / pada-ambujaḥ－拥有莲花足

译文　长着一头金发的卡皮拉・牟尼，眼睛恰似莲花瓣，莲花足上有莲花标记。祂将通过神秘瑜伽和对经典知识的实际运用，连根拔除人想要在这个物质世界里活动的根深蒂固的欲望。

要旨 这节诗中生动地描述了卡皮拉·牟尼的活动和身体特征。这节诗中预报卡皮拉·牟尼的活动说：祂将以一种方式呈现数论(Sāṅkhya)瑜伽哲学，使得研究这一哲学的人能够连根拔除想要从事功利性活动(karma)的根深蒂固的欲望。这个物质世界里的每一个人，都在从事靠劳动得到结果的活动。人们都试图靠自己诚实的劳动换取的成果使自己过上幸福的生活，但实际上却被越来越紧地束缚起来。人除非具有完美的知识，做奉爱服务，否则摆脱不了这一束缚。

想要靠心智思辨摆脱这一束缚的人也在尽他们的努力，但我们在韦达经典中看到：人如果怀着奎师那意识做奉爱服务，就能轻而易举地把从事功利性活动的、根深蒂固的欲望连根拔除。为此，卡皮拉·牟尼将广泛传播数论哲学。这节诗还描述了祂的身体特征。诗中梵文“根据经典的知识(jñāna)”一句并非是指普通的研究工作，而是限定于透过师徒传承中的灵性导师接收经典里的知识。现代人倾向于靠心智思辨、推测进行研究，但这么做的人忘了他自己是天生具有四种缺陷的人，即：他必定会犯错，他的感官不完美，他必定受错觉、假象的迷惑，他在骗人骗己。人除非从师徒传承得到完美的知识；否则，如果他只是提出一套自编的理论，他就是在骗人。诗中梵文“根据经典的知识”是指透过师徒传承从经典得到的知识，“实际运用的知识(vijñāna)”是指实际运用通过师徒传承从经典得到的知识。卡皮拉·牟尼的数论哲学体系中，包含了上述这两种知识。

第 18 节 एष मानवि ते गर्भं प्रविष्टः कैटभार्दनः ।
अविद्यासंशयग्रन्थिं छित्त्वा गां विचरिष्यति ॥१८॥

eṣa mānavi te garbhaṁ
pravisṭaḥ kaiṭabhārdanaḥ
avidyā-saṁśaya-granthiṁ
chittvā gāṁ vicariṣyati

eṣaḥ—同一位至尊人格首神 / mānavi—玛努的女儿啊 / te—你的 / garbham—子宫 / praviṣṭaḥ—已经进入 / kaiṭabha-ardanaḥ—杀死凯塔巴魔的人 / avidyā—愚昧的 / saṁśaya—和疑惑的 / granthim—结 / chittvā—砍断 / gām—这个世界 / vicariṣyati—祂将游遍

译文　接着，主布茹阿玛告诉黛瓦瑚缇：我亲爱的玛努之女，杀死凯塔巴魔的至尊人格首神，现在就在你的子宫中。祂将斩断你所有的愚昧和疑惑之结，然后去全世界旅行。

要旨　这节诗中用的梵文“愚昧的(avidyā)”一词非常重要。“愚昧的”是指人忘记了自己的身份。我们每一个人都是灵性的灵魂，但我们忘记了这一点，认为“我是这个躯体”。这称为愚昧。梵文“诱惑的结(saṁśaya-granthi)”是说，当灵魂与物质世界认同时就产生了诱惑的心结。那个结又被称为“物质与灵魂的连接(ahaṅkāra)”。通过从师徒传承中接收正确的经典知识，通过正确地运用所得到的知识，人可以解开这个把物质与灵魂捆绑在一起的结。布茹阿玛向黛瓦瑚缇保证说，她儿子将用超然的知识教导她，然后便去全世界旅行，传播数论哲学体系的知识。

梵文“诱惑的(saṁśaya)”也指“可疑的知识”。靠主观推测得出的假瑜伽知识，全部都是可疑的。现代所谓的瑜伽系统，试图告诉人们：通过刺激身体的不同部位，人就可以发现自己是神了。心智思辨者的想法也类似，但他们告诉人们的知识都是可疑的。《博伽梵歌》中阐述真正的知识说：人唯一要做的是，培养奎师那意识；崇拜奎师那，成为奎师那的奉献者。这才是真正的知识，按照这知识做的人无疑会变得完美。

第 19 节　अयं सिद्धगणाधीशः साङ्ख्याचार्यैः सुसम्मतः ।
लोके कपिल इत्याख्यां गन्ता ते कीर्तिवर्धनः ॥१९॥

ayaṁ siddha-gaṇādhīśaḥ
sāṅkhyācāryaiḥ susammataḥ
loke kapila ity ākhyāṁ
gantā te kīrti-vardhanaḥ

ayam－人格首神 / siddha-gaṇa－完美的圣人的 / adhīśaḥ－领袖 / sāṅkhya-ācāryaiḥ－精通数论哲学的宗师 / su-sammataḥ－基于韦达原则被认可 / loke－在世界里 / kapilaḥ iti－作为卡皮拉 / ākhyām－庆祝 / gantā－祂将旅游 / te－你的 / kīrti－声望 / vardhanaḥ－提高

译文 你儿子将是全体完美灵魂的领袖。祂将得到传播真正知识、经验丰富的灵性导师们的一致认可，并在人类中以卡皮拉这个名字闻名。作为黛瓦瑚缇的儿子，祂将增加你的知名度。

要旨 数论哲学是由黛瓦瑚缇的儿子卡皮拉宣讲的。不是黛瓦瑚缇儿子的另一个卡皮拉是冒牌货。这是布茹阿玛的声明；我们属于布茹阿玛师徒传承，所以应该接受他的声明，即：真正的卡皮拉是黛瓦瑚缇的儿子，真正的数论哲学是祂教导的哲学体系；这一哲学体系将得到师徒传承中的灵性指导者们(ācāryas)的一致认可。诗中梵文“基于韦达原则被认可(susammata)”一句的意思是：真正的卡皮拉将被那些总是给予有价值的建议的可信赖者所接受。

第 20 节 मैत्रेय उवाच

तावाश्वास्य जगत्स्रष्टा कुमारैः सहनारदः ।
हंसो हंसेन यानेन त्रिधामपरमं ययौ ॥२०॥

maitreya uvāca
tāv āśvāsya jagat-sraṣṭā
kumāraiḥ saha-nāradaḥ
haṁso haṁsena yānena
tri-dhāma-paramaṁ yayau

maitreyaḥ uvāca一麦垂亚说 / tau一那对夫妻 / āśvāsya一再次使……放心 / jagat-sraṣṭā一宇宙的创造者 / kumāraiḥ一和库玛尔四兄弟一起 / saha-nāradaḥ一和纳茹阿达 / haṁsaḥ一主布茹阿玛 / haṁsena yānena一乘坐他的天鹅坐骑 / tri-dhāma-paramam一到最高的星系 / yayau一离去

译文　圣麦垂亚说：宇宙的创造者——又被称为天鹅的主布茹阿玛，对卡尔达玛·牟尼和黛瓦瑚缇夫妻说完这番话后，乘坐他的天鹅坐骑，与库玛尔四兄弟和纳茹阿达一起，回到他在三个星系中最高处的住所。

要旨　诗中梵文“乘坐他的天鹅坐骑(haṁsena yānena)”一句非常重要。布茹阿玛在外太空到处旅行乘坐的飞机，是一只天鹅的形状(haṁsa-yāna)。布茹阿玛本人也因为能够从所有的事物中提取精华而被称为天鹅(haṁsa)。他的住所被称为最高的星系(tri-dhāma-paramam)。宇宙中的星系分上、中、下三层，但他的住所甚至比上层星系中的星球希达珞卡还要高。他与库玛尔(Kumāras)四兄弟和纳茹阿达(Nārada)一起返回他自己的住所，因为他们都不打算结婚。玛瑞祺和阿特瑞等其他与布茹阿玛一起来的圣人都留下了，因为他们准备与卡尔达玛的女儿结婚。布茹阿玛的其他儿子，萨纳特、萨纳卡、萨南丹、萨纳坦和纳茹阿达，都乘坐他的天鹅形状的飞机与他回去了。库玛尔四兄弟和纳茹阿达都是终身过独身禁欲生活的布茹阿玛查瑞(naiṣṭhika-brahmacārī)，是在任何时候都不释放自己精液的人。他们不参加玛瑞祺等其他兄弟的婚礼，所以与他们被称为天鹅的父亲一起回去了。

第 21 节　गते शतधृतौ क्षत्तः कर्दमस्तेन चोदितः ।
यथोदितं स्वदुहितॄः प्रादाद्विश्वसृजां ततः ॥२१॥

gate śata-dhṛtau kṣattaḥ
kardamas tena coditaḥ

yathoditaṁ sva-duhitṝḥ
  prādād viśva-sṛjāṁ tataḥ

gate—在他离开后 / śata-dhṛtau—主布茹阿玛 / kṣattaḥ—维杜茹阿呀 / kardamaḥ—卡尔达玛·牟尼 / tena—由他 / coditaḥ—指令 / yathā-uditam—按……的话 / sva-duhitṝḥ—他自己的女儿们 / prādāt—交给 / viśva-sṛjām—给了世界人口的创造者 / tataḥ—以后

译文 啊，维杜茹阿！布茹阿玛离开后，卡尔达玛·牟尼便按布茹阿玛的指令，把他的九个女儿分别嫁给了负责繁衍世界人口的九位大圣人。

第 22—23 节 मरीचये कलां प्रादादनसूयामथात्रये ।
श्रद्धामङ्गिरसेऽयच्छत्पुलस्त्याय हविर्भुवम् ॥२२॥
पुलहाय गतिं युक्तां क्रतवे च क्रियां सतीम् ।
ख्यातिं च भृगवेऽयच्छद्वसिष्ठायाप्यरुन्धतीम् ॥२३॥

marīcaye kalāṁ prādād
  anasūyām athātraye
śraddhām aṅgirase 'yacchat
  pulastyāya havirbhuvam

pulahāya gatiṁ yuktāṁ
  kratave ca kriyāṁ satīm
khyātiṁ ca bhṛgave 'yacchad
  vasiṣṭhāyāpy arundhatīm

marīcaye—向玛瑞琪 / kalām—喀拉 / prādāt—他交给 / anasūyām—阿娜苏雅 / atha—接着 / atraye—向阿特瑞 / śraddhām—刷妲 / aṅgirase—向安给茹阿 / ayacchat—他给予 / pulastyāya—向菩拉斯提亚 / havirbhuvam—哈维尔布 / pulahāya—向菩拉哈 / gatim—嘎缇 / yuktām—合适的 / kratave—向克茹阿图 / ca—和 / kriyām—奎雅 / satīm—由道德

的 / khyātim—克雅缇 / ca—和 / bhṛgave—向布瑞古 / ayacchat—他给予 / vasiṣṭhāya—向圣人瓦希施塔 / api—也 / arundhatīm—阿润妲缇

译文　卡尔达玛·牟尼把他女儿喀拉嫁给了玛瑞祺，把另一个女儿阿娜苏雅嫁给了阿特瑞。他把刷妲嫁给安给茹阿，把哈维尔布嫁给菩拉斯提亚，把嘎缇嫁给菩拉哈，把贞节的奎雅嫁给克茹阿图，把克雅缇嫁给布瑞古，把阿润妲缇嫁给瓦希施塔。

第 24 节　अथर्वणेऽददाच्छान्तिं यया यज्ञो वितन्यते ।
विप्रर्षभान् कृतोद्वाहान् सदारान् समलालयत् ॥२४॥

atharvaṇe 'dadāc chāntiṁ
yayā yajño vitanyate
viprarṣabhān kṛtodvāhān
sadārān samalālayat

atharvaṇe—向阿塔尔瓦 / adadāt—他给予 / śāntim—商缇 / yayā—……的 / yajñaḥ—祭祀 / vitanyate—得到执行 / vipra-ṛṣabhān—最优秀的布茹阿玛纳 / kṛta-udvāhān—结婚 / sa-dārān—和他们的妻子 / samalālayat—供养他们

译文　他把商缇嫁给阿塔尔瓦。由于有商缇，祭祀仪式举行得很成功。就这样，他使最首要的布茹阿玛纳都结婚，并款待他们及他们的妻子。

第 25 节　ततस्त ऋषयः क्षत्तः कृतदारा निमन्त्र्य तम् ।
प्रातिष्ठन्नन्दिमापन्नाः स्वं स्वमाश्रममण्डलम् ॥२५॥

tatas ta ṛṣayaḥ kṣattaḥ
kṛta-dārā nimantrya tam
prātiṣṭhan nandim āpannāḥ
svaṁ svam āśrama-maṇḍalam

tataḥ—接着 / te—他们 / ṛṣayaḥ—圣人们 / kṣattaḥ—维杜茹阿呀 / kṛta-dārāḥ—这样结婚了 / nimantrya—告辞 / tam—卡尔达玛 / prātiṣṭhan—他们离开 / nandim—高兴 / āpannāḥ—获得 / svam svam—各自返回各自的…… / āśrama-maṇḍalam—隐居所

译文 维杜茹阿啊！结了婚的圣人们纷纷向卡尔达玛告辞，满心欢喜地启程回自己的隐居所。

第 26 节 स चावतीर्णं त्रियुगमाज्ञाय विबुधर्षभम् ।
विविक्त उपसङ्गम्य प्रणम्य समभाषत ॥२६॥

sa cāvatīrṇaṁ tri-yugam
ājñāya vibudharṣabham
vivikta upasaṅgamya
praṇamya samabhāṣata

saḥ—圣人卡尔达玛 / ca—和 / avatīrṇam—降临 / tri-yugam—主维施努 / ājñāya—已经明白 / vibudha-ṛṣabham—半神人的领袖 / vivikte—在隐蔽的地方 / upasaṅgamya—去找 / praṇamya—顶礼 / samabhāṣata—他说

译文 卡尔达玛·牟尼了解到全体半神人的领袖——至尊人格首神维施努已经降临，便到隐蔽的地方去找他，向祂顶礼后说了如下一番话。

要旨 主维施努之所以被称为“特瑞·依乌嘎(tri-yuga)”，是因为祂分别在萨提亚(Satya, 金)、特瑞塔(Tretā, 银)和杜瓦帕尔(Dvāpara, 铜)三个年代显现，但在喀历年代中不显现。可是，我们从帕拉德王(Prahlāda Mahārāja)的祈祷中了解到，祂在喀历年代中扮装成祂的奉献者降临。主柴坦亚(Caitanya)就是那位奉献者。奎师那以祂奉献者的形象降临；尽管祂从未揭示自己，但茹帕·哥斯瓦米(Rūpa Gosvāmī)却能了解祂的身份，因为至尊主无法在祂的纯粹奉献者面前隐藏自己。茹帕·哥斯瓦米在他第一次向主柴坦亚顶礼时就说穿了祂的真实身份。他知道主柴坦亚是奎师那本人，因此在向柴坦亚顶礼时说："我向现在以主柴坦亚身份显现的奎师那致敬。"帕拉德王在他的祈祷中也确认这一点说：祂在喀历年代中不直接显现，而是以祂奉献者的身份显现。正因为如此，维施努被称为"特瑞·依乌嘎"。对"特瑞·依乌嘎"的另一种解释是：祂有三对特质，分别是力量与富裕，虔诚与名望，以及智慧与冷静。按照施瑞达尔·斯瓦米(Śrīdhara Svāmī)的解释，祂的三对财富分别是：完整的富裕与完整的力量，全部的名望与绝对的美丽，以及全部的智慧和彻底的弃绝。尽管对"特瑞·依乌嘎"有不同的解释，但所有博学的学者都承认，"特瑞·依乌嘎"是指维施努。当卡尔达玛·牟尼了解到他儿子卡皮拉就是维施努本人时，他要去致以他的敬意。所以，当卡皮拉独自一人时，卡尔达玛·牟尼向祂顶礼，并表达自己心中的想法。

第 27 节　अहो पापच्यमानानां निरये स्वैरमङ्गलैः ।
कालेन भूयसा नूनं प्रसीदन्तीह देवताः ॥२७॥

aho pāpacyamānānāṁ
niraye svair amaṅgalaiḥ
kālena bhūyasā nūnaṁ
prasīdantīha devatāḥ

aho—哎 / pāpacyamānānām—那些受了很多苦的人 / niraye—被地狱般的物质世界所束缚 / svaiḥ—他们自己 / amaṅgalaiḥ—因错误的行为 / kālena bhūyasā—经过很长时间后 / nūnam—实际上 / prasīdanti—他们感到满意 / iha—在这个世界 / devatāḥ—半神人

译文　卡尔达玛·牟尼说：哎，经过漫长的时间后，这个宇宙的半神人们终于为所有因自身的错误而陷在物质捆绑中的痛苦灵魂感到高兴。

要旨 这个物质世界是受苦之地，而其中的居民——受制约的灵魂之所以受苦，是因为他们自己所犯的罪。痛苦并不是无端强加给他们的；相反，是受制约的灵魂以自己的所作所为给自己制造了痛苦。在森林中，火会自动燃烧起来，而并不需要有人去那里放一把火；各种树木之间的摩擦，就会使火自动点燃。当这个物质世界的森林大火产出太多的热时，包括布茹阿玛本人在内的半神人们，就会很烦恼，于是去找至尊主——至尊人格首神，请求祂来减轻这种痛苦的情况。那时，至尊人格首神便降临到这个物质世界。换句话说，当半神人们因为看到受制约灵魂受苦而感到忧伤时， 他们就找至尊主来去除痛苦，人格首神于是降临。至尊主降临时，所有的半神人都感到快乐。因此，卡尔达玛 · 牟尼说："受制约的灵魂痛苦了许许多多年后，半神人们终于因为首神的化身卡皮拉戴瓦的显现而感到满足。"

第 28 节 बहुजन्मविपक्वेन सम्यग्योगसमाधिना ।
द्रष्टुं यतन्ते यतयः शून्यागारेषु यत्पदम् ॥२८॥

bahu-janma-vipakvena
samyag-yoga-samādhinā
draṣṭuṁ yatante yatayaḥ
śūnyāgāreṣu yat-padam

bahu—许多的 / janma—经过累世 / vipakvena—成熟的 / samyak—完全 / yoga-samādhinā—通过瑜伽专注 / draṣṭum—看 / yatante—他们努力 / yatayaḥ—瑜伽师们 / śūnya-agāreṣu—在隐蔽的地方 / yat—……的 / padam—足

译文 经过累世的灵修，成熟的瑜伽师在人迹罕至之地努力全神贯注于瑜伽冥想，才能看到至尊人格首神的莲花足。

要旨 这节诗中提到了有关瑜伽(yoga)的一些重要事项。诗中说“成熟的瑜伽师经过累世的瑜伽练习(bahu janma-vipakvena)”，还说“通过完整的练习瑜伽冥想(samyag-yoga-samādhinā)”。完整的瑜伽练习是指奉爱瑜伽(bhakti-yoga)；人除非练了奉爱瑜伽——皈依至尊人格首神，否则其瑜伽修炼不算完整。就有关这一点，圣典《博伽梵歌》第7章的第19节诗证实说：经过许许多多次出生后，真正有超然知识的成熟之人就会皈依至尊人格首神(bahūnāṁ janmanām ante)。卡尔达玛·牟尼在此重复了同一个声明。经过许多生世的完整的瑜伽练习后，人可以在人迹罕至的地方看到至尊主的莲花足。并不是人练习一些瑜伽姿势后就立刻变得完美了。人必须长时间地练瑜伽——许多生世，才能变得成熟，而瑜伽师必须在与世隔绝的地方练瑜伽。人不能在城市里或大众公园练瑜伽，并声称他靠做一些金钱交易就变成了神。这都是些荒谬的宣传。真正的瑜伽师在人迹罕至的地方练瑜伽，经过许多生世后，才在投靠至尊人格首神的情况下获得成功。这就是完整的瑜伽。

第 29 节　स एव भगवानद्य हेलनं न गणय्य नः ।
गृहेषु जातो ग्राम्याणां यः स्वानां पक्षपोषणः ॥२९॥

sa eva bhagavān adya
helanaṁ na gaṇayya naḥ
gṛheṣu jāto grāmyāṇāṁ
yaḥ svānāṁ pakṣa-poṣaṇaḥ

saḥ eva－同一位 / bhagavān－至尊人格首神 / adya－今天 / helanam－忽视了 / na－没有 / gaṇayya－考虑高和低 / naḥ－我们的 / gṛheṣu－在家中 / jātaḥ－显现 / grāmyāṇām－普通居士的 / yaḥ－……祂 / svānām－祂的奉献者的 / pakṣa-poṣaṇaḥ－支持……的祂

译文　不考虑我们是粗心的普通居士，这位至尊人格首神仅仅为支持祂的奉献者而显现在我们家中。

要旨 奉献者是那么爱人格首神，以致人格首神即使不在那些累世在与世隔绝的地方练瑜伽的人面前出现，也要显现在为祂做奉爱服务而不练物质性瑜伽的居士奉献者家里。换句话说，为至尊主做奉爱服务是如此容易，就连居士都能够看到成为他家庭一员的至尊人格首神。这就像卡尔达玛·牟尼所体验到的，至尊主当了他的儿子。卡尔达玛·牟尼虽然是瑜伽师，也是居士，但至尊人格首神的化身卡皮拉当了他的儿子。

奉爱服务这一方法强大、超然，胜过所有其他获得超然觉悟的方法。因此至尊主说：祂既不住在灵性世界外琨塔，也不在瑜伽师的心中，而是住在祂纯粹的奉献者总是歌唱赞美祂的地方。至尊人格首神被称为疼爱奉献者的人(bhakta-vatsala)，而从未被称为疼爱思辨者的人(jñānī-vatsala)或疼爱瑜伽师的人(yogī-vatsala)。这其中的原因是：比起其他的超然主义者，祂更喜爱祂的奉献者。就有关“只有奉献者才能如实地了解祂”这一点，《博伽梵歌》第18章的第55节诗中证实说：“只有做奉爱服务，才能如实地了解作为至尊人格首神的我(bhaktyā mām abhijānāti)。”这是千真万确的事实！因为心智思辨者(jñānī)只能认识到至尊人格首神身体放射出的光芒，瑜伽师只能认识到至尊人格首神在局部区域的扩展，而奉献者不仅认识至尊人格首神的真貌，而且还面对面地与祂交往、联谊。

第 30 节 स्वीयं वाक्यमृतं कर्तुमवतीर्णोऽसि मे गृहे ।
चिकीर्षुर्भगवान् ज्ञानं भक्तानां मानवर्धनः ॥३०॥

svīyaṁ vākyam ṛtaṁ kartum
avatīrṇo 'si me gṛhe
cikīrṣur bhagavān jñānaṁ
bhaktānāṁ māna-vardhanaḥ

svīyam—你自己的 / vākyam—话语 / ṛtam—成真 / kartum—实现 /

avatīrṇaḥ—降临 / asi—您就是 / me gṛhe—在我家中 / cikīrṣuḥ—渴望传播 / bhagavān—人格首神 / jñānam—知识 / bhaktānām—奉献者的 / māna—荣光 / vardhanaḥ—增加……的

译文　卡尔达玛·牟尼说：我亲爱的至尊主，总是为奉献者增光的您，降临到我家只是为了实现您的诺言，宣讲获取真正知识的程序。

要旨　至尊主等卡尔达玛·牟尼练瑜伽达到成熟阶段后出现在他面前；那时，祂承诺说，祂将成为卡尔达玛的儿子。为了实现祂的这一诺言，祂化身降临为卡尔达玛·牟尼的儿子。祂显现的另一个目的是“传播知识(cikīrṣur bhagavān jñānam)”。为此，祂被称为“为祂奉献者增光的人(bhaktānāṁ māna-vardhanaḥ)”。祂将透过传播数论哲学为祂的奉献者增光，所以数论哲学不是枯燥的心智思辨。数论哲学就是奉爱服务。数论哲学如果不是有关奉爱服务的知识，怎么会增加奉献者的光荣？奉献者对心智思辨不感兴趣，因此卡皮拉·牟尼所宣讲的数论哲学，是使人更坚定地做奉爱服务的知识。真正的知识和真正的解脱是：投靠、服从至尊人格首神，为祂做奉爱服务。

第 31 节　तान्येव तेऽभिरूपाणि रूपाणि भगवंस्तव ।
यानि यानि च रोचन्ते स्वजनानामरूपिणः ॥३१॥

tāny eva te 'bhirūpāṇi
rūpāṇi bhagavaṁs tava
yāni yāni ca rocante
sva-janānām arūpiṇaḥ

tāni—那些 / eva—真实的 / te—您的 / abhirūpāṇi—合适的 / rūpāṇi—形象 / bhagavan—至尊主啊 / tava—您的 / yāni yāni—无论哪一个 / ca—和 / rocante—令人愉快 / sva-janānām—对您自己的奉献者 / arūpiṇaḥ—没有物质形象的一位

译文　亲爱的至尊主，您虽然没有物质形象，但却有自己无数的形象。那些形象是真正令您的奉献者赏心悦目的超然形象。

要旨　《布茹阿玛·萨密塔》(Brahma-saṁhitā)第5章的第33节诗中说：至尊主是独一无二的绝对真理，但却有无数的形象(advaitam acyutam anādim ananta-rūpam)。至尊主有祂的原本形象，但也有很多种其他的形象。祂按照祂各种奉献者的喜好，超然地展示祂多种多样的形象。有一次，主茹阿玛禅铎(Rāmacandra)伟大的奉献者哈努曼(Hanumān)说：他知道幸运女神拉珂施蜜(Lakṣmī)的丈夫纳茹阿亚纳(Nārāyaṇa)，与悉塔(Sītā)的丈夫茹阿玛(Rāma)是同一个人，而拉珂施蜜和悉塔也没有区别，但他自己就是喜欢主茹阿玛的形象。同样，有些奉献者崇拜至尊主奎师那的原本形象。当我们说“奎师那”时，我们是指至尊主所有的形象，不仅指奎师那，也指茹阿玛、尼尔星哈(Nṛsiṁha)、瓦茹阿哈(Varāha)、纳茹阿亚纳等。至尊主的各种形象都同时存在。《布茹阿玛·萨密塔》中也声明：祂已经以多种形象存在，但没有一个形象是物质的(rāmādi-mūrtiṣu...nānāvatāram)。施瑞达尔·斯瓦米评论道：梵文“没有形象(arūpiṇaḥ)”的意思是：没有物质的形象。至尊主有形象，否则这节诗中怎么可能说“您有您的形象，但它们都不是物质的。从物质的角度看，您没有形象；但从灵性的、超然的角度看，您有多种多样的形象(tāny eva te 'bhirūpāṇi rūpāṇi bhagavaṁs tava)”呢？假象宗(Māyāvādī)哲学家不了解至尊主的这些超然形象，便在沮丧的情况下说“至尊主不具人格特征”。但那不是事实；有形象就必定有人格特征。许多韦达文献中在多处描述至尊主是菩茹沙(puruṣa)，其意思是“原本的形象，第一位享受者”。结论是：至尊主没有物质的形象，但按照祂不同级别的奉献者的喜好；祂同时以茹阿玛、尼尔星哈、瓦茹阿哈及穆琨达(Mukunda)等多种多样的形象存在。祂有成千上万的形象，但祂们都属于维施努范畴，都是奎师那。

第 32 节　त्वां सूरिभिस्तत्त्वबुभुत्सयाद्धा
सदाभिवादार्हणपादपीठम् ।
ऐश्वर्यवैराग्ययशोऽवबोध-
वीर्यश्रिया पूर्तमहं प्रपद्ये ॥३२॥

tvāṁ sūribhis tattva-bubhutsayāddhā
sadābhivādārhaṇa-pāda-pīṭham
aiśvarya-vairāgya-yaśo-'vabodha-
vīrya-śriyā pūrtam ahaṁ prapadye

tvām—向您 / sūribhiḥ—由伟大的圣人 / tattva—绝对的真理 / bubhutsayā—渴望理解 / addhā—肯定地 / sadā—总是 / abhivāda—充满敬意地 / arhaṇa—值得的 / pāda—您莲花足的 / pīṭham—向座位 / aiśvarya—富丽的 / vairāgya—弃绝 / yaśaḥ—声望 / avabodha—知识 / vīrya—力量 / śriyā—美丽 / pūrtam—充满了 / aham—我 / prapadye—皈依

译文　亲爱的至尊主，您的莲花足是永远值得全体渴望了解绝对真理的伟大圣人充满敬意地加以崇拜的源泉。您充满了财富、弃绝、超然声望、知识、力量和美丽，因此我把自己交给您的莲花足。

要旨　实际上，探索绝对真理的人，必须托庇于至尊人格首神的莲花足，崇拜祂。在《博伽梵歌》中，主奎师那多次建议阿尔诸纳(Arjuna)要投靠、服从祂；尤其是在第9章结束时祂说：“你要想完美，就总是想着我，成为我的奉献者，崇拜我，向我顶礼致敬。以这种方式，你就会了解我——人格首神，最终回到我身边，回归家园(man-manā bhava mad-bhaktaḥ)。”为什么是这样呢？至尊主永远绝对地拥有六种财富，正如这节诗所谈到的：资源、弃绝、声望、知识、力量和美丽。诗中用的梵文词是“充满了(pūrtam)”。没人能声称所有的财富都属于他，但奎师那因为拥有全部的财富，所以可以这么说。同样，祂充满了知识，绝对地弃绝，拥有全部的力量，绝对美丽。祂全部地拥有一切，没人能超过祂。奎师那的另一个名字是阿萨毛尔铎(asamaurdhva)，意思是：没人与祂平等或比祂伟大。

第 33 节 परं प्रधानं पुरुषं महान्तं
कालं कविं त्रिवृतं लोकपालम् ।
आत्मानुभूत्यानुगतप्रपञ्चं
स्वच्छन्दशक्तिं कपिलं प्रपद्ये ॥३३॥

paraṁ pradhānaṁ puruṣaṁ mahāntaṁ
kālaṁ kaviṁ tri-vṛtaṁ loka-pālam
ātmānubhūtyānugata-prapañcaṁ
svacchanda-śaktiṁ kapilaṁ prapadye

param－超然的 / pradhānam－至尊 / puruṣam－人物 / mahāntam－是物质世界源头的祂 / kālam－是时间的祂 / kavim－知晓一切 / tri-vṛtam－物质自然三种属性 / loka-pālam－所有宇宙的维系者 / ātma－在祂之中 / anubhūtya－以内在能量 / anugata－瓦解 / prapañcam－祂的物质创造的 / sva-chanda－独立的 / śaktim－强有力的祂 / kapilam－向主卡皮拉 / prapadye－我顶拜

译文 我皈依以卡皮拉的形象降临的至尊人格首神，您独立自主、强大有力而且超然。您是至高无上的人，物质总体和永恒时间的至尊主人；是无所不知的维系者，维系着物质自然三种属性控制下的所有宇宙，而且在宇宙毁灭后吸收物质展示。

要旨 在这节诗中，卡尔达玛·牟尼对他儿子卡皮拉·牟尼说话时，把祂称为“超然的(param)”，以说明祂拥有资源、力量、声望、美丽、知识和弃绝这六种财富。在《圣典博伽瓦谭》最开始的短句“至善——至尊人格首神(paraṁ satyam)”中，也用了param这个词。在这节诗中，为进一步说明param，接下来用了梵文pradhānam一词，以说明至尊主是至高无上的，是万事万物的源头，是一切原因的起因(sarva-kāraṇa-kāraṇam)。至尊人格首神并非没有形象；祂是享受者(puruṣam)——存在中的第一人。祂是时间，祂知道一切。正如《博伽梵歌》中所证实的，祂知道过去、现在和未来的一切。至尊主说："我知道宇宙中的每一个角落在过去、现在和未来发生的一切事情。"在物质自然三种属性的控制下运作的物质世界，也是至尊主能量的展示。《水塔刷塔尔奥义书》(Śvetāśvatara Upaniṣad)第6章的第8节诗中说：我们所看到的一切都是祂的能量相互作用的结果(parāsya śaktir vividhaiva śrūyate)。《维施努往世书》(Viṣṇu Purāṇa)中说：尽管我们所看到的一切都是物质自然三种属性相互作用的结果，但都是至尊主的能量相互作用的结果(parasya brahmaṇaḥ śaktis tathedam akhilaṁ jagat)。祂实际上是众生的维系者(loka-pālam)。祂是众生的领袖(nityo nityānām)；祂一人维系着数不胜数的众生。神维系着所有其他生物，但没有谁能够维系神。祂不依靠任何人(svacchanda-śakti)，那就是祂独一无二的状态。世上有的人也许声称他是独立的，但他还是得依靠某个比他强的人。然而，人格首神是绝对的；没有人比祂伟大或与祂平等。

尽管卡皮拉·牟尼显现为卡尔达玛·牟尼的儿子，但由于卡皮拉是至尊人格首神的一个化身，卡尔达玛·牟尼还是以全然投靠的心恭恭敬敬地向祂顶礼。这节诗中的另一个句子"用内在能量毁灭物质世界的祂(ātmānubhūtyānugata-prapañcam)"也很重要。至尊主无论以卡皮拉降临物质世界，还是以茹阿玛、尼尔星哈、瓦茹阿哈……的形象降临，所有这些形象都透过祂个人的内在能量展示出来。所有这些形象永远不是由物质能量所构成。在这个物质世界里展示的普通生物体，躯体都由物质能量创造，但当奎师那或祂的任何一个扩展、扩展的扩展降临这个物质世界时，尽管祂看似有物质躯体，但祂的躯体并非由物质构成。祂的身体永远是超然的。然而，被称为穆达(mūḍha)的愚蠢之人和无赖们，却认为祂是他们中的一员，因此而轻视祂。

他们无法了解奎师那，所以拒绝承认祂是至尊人格首神。《博伽梵歌》中说："愚蠢之人和无赖轻视我(avajānanti māṁ mūḍhāḥ)。当神以一种形象降临时，并不意味着祂借助物质能量的帮助变出祂的形象。祂只是展示了祂在灵性王国中已经有的灵性形象而已。"

第 34 节 आ स्माभिपृच्छेऽद्य पतिं प्रजानां
त्वयावतीर्णर्ण उताप्तकामः ।
परिव्रजत्पदवीमास्थितोऽहं
चरिष्ये त्वां हृदि युञ्जन् विशोकः ॥३४॥

ā smābhipṛcche 'dya patiṁ prajānāṁ
tvayāvatīrṇarṇa utāpta-kāmaḥ
parivrajat-padavīm āsthito 'haṁ
cariṣye tvāṁ hṛdi yuñjan viśokaḥ

ā sma abhipṛcche—我询问 / adya—现在 / patim—至尊主 / prajānām—众生的 / tvayā—由您 / avatīrṇa-ṛṇaḥ—没有债 / uta—和 / āpta—实现的 / kāmaḥ—欲望 / parivrajat—云游僧的 / padavīm—途径 / āsthitaḥ—接受 / aham—我 / cariṣye—我将云游四方 / tvām—您 / hṛdi—我心中 / yuñjan—保持 / viśokaḥ—不再悲伤

译文 今天我有事要请求您——众生的至尊主人。既然您现在解除了我对我父亲的债，既然我所有的愿望都已实现，我希望当一个云游僧。我想要退出这家庭生活，云游四方，不再悲伤，始终在心中想着您。

要旨 事实上，过放弃居士生活的弃绝生活(sannyāsa)，需要人完全专注地培养奎师那意识，专注于真正的自我。过摆脱家庭责任的弃绝生活，并不是要打着弃绝的幌子建立另一个家庭或制造一个令人尴尬的"超然"骗局。当托钵僧(sannyāsī)不是为了成为众多资产的拥有者，也不是为了从无辜的大众那里收集金钱。一个托钵僧感到自豪的应该是，他总在自己的心中想着奎师那。当然，至尊主的奉献者分两种：一种是被称为勾斯提·阿南迪(goṣṭhy-ānandī)的传教者，他们因为传播至尊主的荣耀而有很多追随者，并为了组织传教活动与众多的追随者住在一起；另一种是不冒险去从事传教活动，只是独自与神相处的被称为阿特玛南迪(ātmānandī)的自足者。卡尔达玛·牟尼就属于后者。他想要完全没有任何焦虑，只在自己的心中与至尊人格首神相处。诗中谈到“云游僧(parivrāja)”，这样的僧侣不该在一个地方住超过三天的时间。他的责任是挨家挨户地教导人们有关奎师那意识的知识，所以他必须一直不断地旅行。

第 35 节

श्रीभगवानुवाच
मया प्रोक्तं हि लोकस्य प्रमाणं सत्यलौकिके ।
अथाजनि मया तुभ्यं यदवोचमृतं मुने ॥३५॥

śrī-bhagavān uvāca
mayā proktaṁ hi lokasya
pramāṇaṁ satya-laukike
athājani mayā tubhyaṁ
yad avocam ṛtaṁ mune

śrī-bhagavān uvāca—至尊人格首神说 / mayā—由我 / proktam—说 / hi—实际上 / lokasya—对世人 / pramāṇam—权威 / satya—经典中的话 / laukike—在平常的话语中 / atha—因此 / ajani—出生了 / mayā—由我 / tubhyam—向你 / yat—……的 / avocam—我说 / ṛtam—真的 / mune—圣人啊

译文　人格首神卡皮拉说：我所说的一切，无论是亲口说的，还是记载在经典中的，对世人来说，在各方面都具有权威性，是可信赖的。牟尼啊！由于我以前告诉过你我会当你的儿子，我现在降临使诺言成真。

要旨 卡尔达玛·牟尼离开家庭生活是为了能够全心全意地为至尊主做服务，但既然他知道至尊主本人已经以他儿子卡皮拉的身份显现在他家里了，为什么还准备离开家去追求自我觉悟或对神的认识呢？神本人就在他家里，他为什么要离开家呢？人们一定会问这个问题。这节诗说：韦达经中所说的一切，以及按照韦达经的指令去实践的一切，都被人类社会公认为是具有权威性的。韦达权威说：居士必须在五十岁后离开他的家庭生活，到森林里去(pañcāśordhvaṁ vanaṁ vrajet)。人的一生分四个阶段的生活：独身禁欲的学生生活阶段(brah-macarya)、居士生活阶段(gṛhastha)、退出家庭生活阶段(vānaprastha)和托钵僧阶段(sannyāsa)。“居士五十岁以后要离开家”，是韦达经基于人的四个阶段的生活所给予的权威性说明。

卡尔达玛·牟尼在结婚前当独身禁欲的学生(brahmacārī)时，非常严格地练瑜伽，结果变得十分强大有力并得到许多神秘力量。他父亲布茹阿玛于是命令他结婚当居士，生育后代。卡尔达玛按他父亲的命令做了，生了九个优秀的女儿和一个儿子卡皮拉·牟尼，很好地履行了他作为居士的责任。现在，他的责任是离开家。他虽然有至尊人格首神做他的儿子，但还是尊重韦达经的权威。这是非常重要的一课。人即使有神本人在他家当他的儿子，也应该遵守韦达训喻。经典中说：人应该走伟大的人物走过的路(mahājano yena gataḥ sa panthāḥ)。

卡尔达玛·牟尼的所作所为十分有教育意义，因为尽管他有至尊人格首神当他儿子，他还是为了服从韦达训喻而离家出走。卡尔达玛·牟尼在此说明他离开家的主要原因是：他在作为云游僧走遍全世界时，会始终在心中记着至尊人格首神，从而免于物质存在中的一切焦虑。经典禁止人在这个喀历年代中出家当托钵僧，因为这个年代里的人都是庶铎(śūdra, 首陀罗)，都无法遵守托钵僧生活的规范守则。人们经常会发现所谓的托庇僧(出家人)在胡作非为，甚至私下里与女人有关系。这是这个年代中的可恶状况。他们虽然把自己打扮成托钵僧，但却无法控制自己不从事非法性生活、吃肉、吸食麻醉品和赌博这四项罪恶活动。既然他们还在从事这四项罪恶活动，他们冒充斯瓦米就是在欺骗大众。

经典中说，人在喀历年代里不该当托钵僧。当然，那些真正遵守规范守则的人必须进入弃绝阶层。然而，人们一般无法接受托钵僧的弃绝生活。为此，柴坦亚·玛哈帕布(Caitanya Mahāprabhu)强调说：在这个年代里没有其他的选择、没有其他的选择、没有其他的选择，只有吟诵、吟唱至尊主的圣名：哈瑞·奎师那　哈瑞·奎师那　奎师那·奎师那　哈瑞·哈瑞(kalau nāsty eva nāsty eva nasty eva gatir anyathā)。托钵僧生活的主要目的是：能够一直不断地以在心中想至尊主的方式或用耳朵聆听有关祂的方式，与至尊主交往。在这个年代里，聆听比想念还重要，因为心中的各种念头都会打扰人的思想。但人如果专心聆听，就会被迫与奎师那的声音振荡接触。奎师那和“奎师那”的声音振荡没有区别，所以人如果大声发出哈瑞·奎师那的声音振荡，就能立刻想起奎师那。这一吟诵、吟唱的方法是这个年代中觉悟自我最好的方法。正因为如此，主柴坦亚为全人类的利益而极为出色地推广它。

第 36 节　एतन्मे जन्म लोकेऽस्मिन्मुमुक्षूणां दुराशयात् ।
प्रसङ्ख्यानाय तत्त्वानां सम्मतायात्मदर्शने ॥३६॥

etan me janma loke 'smin
mumukṣūṇāṁ durāśayāt
prasaṅkhyānāya tattvānāṁ
sammatāyātma-darśane

etat—这个 / me—我的 / janma—出生 / loke—在这个世界 / asmin—在这个 / mumukṣūṇām—由追求解脱的伟大圣人 / durāśayāt—多余的物质欲望 / prasaṅkhyānāya—为了解释 / tattvānām—真理的 / sammatāya—极受尊敬的 / ātma-darśane—觉悟自我

译文　我专为解释数论哲学而来到这世界，想要通过去除多余的物质欲望觉悟自我的人，对它推崇备至。

要旨　这节诗中的梵文“无用的物质欲望(durāśayāt)”一词非常重要，其中杜尔(dur)是指麻烦或痛苦(duḥkha)，阿沙亚特(āśayāt)是指“从托庇处”。我们受制约的灵魂托庇于充满麻烦和痛苦的物质躯体。愚蠢之人无法了解真实情况，这称为愚昧、错觉或玛亚(māyā)的迷惑。人类应该很认真地了解这一事实，即：躯体本身是一切痛苦生活的根源。人们以为现代文明正在争取科学知识的进步，但这科学知识是什么？它只关注身体的舒适，却不知道人无论把身体维持得多么舒适，身体最终还是会毁灭。正如《博伽梵歌》中所说，这些躯体注定会被毁灭(antavanta ime dehāḥ)。躯体中活生生的灵魂或生命火花(nityasyoktāḥ śarīriṇaḥ)是永恒的，但躯体是短暂的。我们因为自己的所作所为而被迫套上一个躯体；没有躯体，就没有感官，没有活动。但人们也不问一问，是否有可能得到一个永恒的躯体？事实上，所有的人都想要有一个永恒的身体，因为即使他们进行感官享乐，但那感官享乐也不是永恒的。为此，他们需要有什么可以让他们能永恒享乐的事物，但却不知道该怎样达到那完美的境界。所以，卡皮拉戴瓦在这里讲述的数论哲学是“真理(tattvānām)”。数论哲学体系是为使人了解真相而设计的一套知识。什么是那真相？真相就是了解怎么才能摆脱物质躯体——一切苦难的根源。至尊主以卡皮拉化身降临，就是为了实现这一目的。这节诗中明确地说明了这一点。

第 37 节　एष आत्मपथोऽव्यक्तो नष्टः कालेन भूयसा ।
तं प्रवर्तयितुं देहमिमं विद्धि मया भृतम् ॥३७॥

eṣa ātma-patho 'vyakto
naṣṭaḥ kālena bhūyasā
taṁ pravartayituṁ deham
imaṁ viddhi mayā bhṛtam

eṣaḥ－这个 / ātma-pathaḥ－自我觉悟的途径 / avyaktaḥ－难以理解 / naṣṭaḥ－失去 / kālena bhūyasā－随着时间的流逝 / tam－这个 / pravartayitum－再次介绍 / deham－身体 / imam－这个 / viddhi－请了解 / mayā－由我 / bhṛtam－采用

译文 这门难以理解的觉悟自我的知识，随时间的流逝失传了。请了解，我以这个卡皮拉化身显现，再次向人类社会介绍和解释这门知识。

要旨 物质主义哲学家总喜欢不时推出自己主观推测出的理论，去取代另一个哲学家的理论，但数论哲学并不是卡皮拉像他们那样介绍的一套新哲学。在物质的层面上，每一个人，尤其是心智思辨者，总试图显得比他人优秀。思辨者的活动场所是头脑；而人可以用无数的方式刺激他的头脑去活跃地思维，从而推出无数的理论。但数论哲学并不是靠心智思辨得出的理论。它句句讲的都是事实，但在卡皮拉显现时失传了。

在一段时间内，特定的知识也许失传了或暂时被遮盖了；这就是物质世界的本质。对此，主奎师那在《博伽梵歌》中也声明说："《博伽梵歌》中所阐述的瑜伽系统知识随时间的流逝失传了(sa kāleneha mahatā yogo naṣṭaḥ)。"它经师徒传承(paramparā)传下来，但随着时间的流逝失传了。时间因素具有十足的强制性，随着时间的流逝，这个物质世界里的一切都会被毁坏。《博伽梵歌》中阐述的瑜伽系统知识，在奎师那和阿尔诸纳相遇前失传了。为此，奎师那再次给无法真正了解《博伽梵歌》的阿尔诸纳宣讲那套古老的瑜伽系统知识。同样，卡皮拉也说：数论哲学体系并不完全是祂介绍的；它早就存在，但随着时间的流逝失传了，祂为此显现重新介绍这套哲学。那就是首神化身的目的。《博伽梵歌》第4章的第7节诗中说：无论何时何地，每当宗教衰落，反宗教盛行，我就会亲自降临(yadā yadā hi dharmasya glānir bhavati bhārata)。梵文“达尔玛(dharma)”的意思是，生物真正的职责。当生物没有在履行其永恒的职责时，至尊主就会来介绍生命的真正职责。不介绍为至尊主做奉爱服务的任何所谓的宗教体系，都被称为是传播反宗教的教义(adharma-saṁsthāpana)。当人们遗忘了他们与神的永恒关系，不做奉爱服务，而去从事其他活动时，他们从事的活动称为反宗教的活动。数论哲学中说明人如何才能摆脱物质生活的痛苦处境，这门崇高的知识由至尊主本人加以讲解。

第 38 节 गच्छ कामं मयापृष्टो मयि सन्न्यस्तकर्मणा ।
जित्वा सुदुर्जयं मृत्युममृतत्वाय मां भज ॥३८॥

gaccha kāmaṁ mayāpṛṣṭo
mayi sannyasta-karmaṇā
jitvā sudurjayaṁ mṛtyum
amṛtatvāya māṁ bhaja

gaccha—去 / kāmam—如你所愿 / mayā—由我 / āpṛṣṭaḥ—同意 / mayi—向我 / sannyasta—完全皈依 / karmaṇā—以你的活动 / jitvā—已经征服了 / sudurjayam—不可征服的 / mṛtyum—死亡 / amṛtatvāya—为了获得永生 / mām—为我 / bhaja—做奉爱服务

译文 现在我允许你可以按你的愿望离开，把你所有的活动都献给我。去战胜不可战胜的死亡，为赢得永恒的生命而崇拜我。

要旨 这节诗中说明了数论哲学的目的。想要过真正、永恒生活的人，必须为奎师那做奉爱服务——具有奎师那意识。摆脱生死并不是件容易的事。生与死是这个物质躯体的自然规律，是“很难征服的(sudurjayam)”。现代所谓的科学家们没有足够的方法了解战胜生死的程序，于是便把生死的问题搁置一旁，不去想它。他们只是忙于解决与短暂的、必定会死的物质躯体有关的问题。

事实上，人生是专门为了攻克生死这一不可攻克的程序而设的。正如这节诗中所说，这个问题是可以解决的。人必须为至尊主做奉爱服务(māṁ bhaja)。在《博伽梵歌》中，至尊主也说："成为我的奉献者，崇拜我(man-manā bhava mad-bhaktaḥ)。"但愚蠢的所谓学者们却说：我们必须要崇拜并投靠、服从的不是奎师那，而是其他事物。没有奎师那的仁慈，没人能理解数论哲学或任何一门专门帮助人解脱的哲学。韦达知识证实：人因为愚昧才被捆绑在这个物质生活环境中，而通过按照真正的知识去做，就可以摆脱物质的窘境。数论(sāṅkhya)哲学是可以使人摆脱物质束缚的真知识。

第 39 节　मामात्मानं स्वयंज्योतिः सर्वभूतगुहाशयम् ।
आत्मन्येवात्मना वीक्ष्य विशोकोऽभयमृच्छसि ॥३९॥

māṁ ātmānaṁ svayaṁ-jyotiḥ
sarva-bhūta-guhāśayam
ātmany evātmanā vīkṣya
viśoko 'bhayam ṛcchasi

māṁ—我 / ātmānam—至尊灵魂或超灵 / svayam-jyotiḥ—自放光芒 / sarva-bhūta—众生的 / guhā—在心中 / āśayam—处在 / ātmani—在你的心中 / eva—实际上 / ātmanā—靠你的智慧 / vīkṣya—一直看到，一直想起 / viśokaḥ—没有悲伤 / abhayam—没有恐惧 / ṛcchasi—你会达到

译文　你将透过你的智力，在心中一直看到我——住在众生心中自放光芒的至尊灵魂。这样，你就会达到永恒生命的状态，免于一切悲伤和恐惧。

要旨　人们很急切地想以各种方式了解绝对真理，尤其是通过冥想、心智思辨，以及通过体验梵光(brahmajyoti)。但卡皮拉戴瓦用梵文"我(māṁ)"一词强调，人格首神是绝对真理最高的形象。人格首神在《博伽梵歌》中总是说"向我(māṁ)"，但无赖们扭曲这显

而易见的意思。“我”就是至尊人格首神。人如果能看到至尊人格首神化身的各种形象，明白祂并没有采用物质躯体，而是以祂本人永恒、灵性的形象出现，就能了解人格首神的本性了。由于智力欠佳之人无法了解这一点，至尊主便在整部《博伽梵歌》中一再强调它。只要看到至尊主透过祂自己的内在能量展现的祂本人的奎师那、茹阿玛或卡皮拉的形象，人就能直接看到梵光，因为梵光只不过是祂身体放射出的光芒而已。既然阳光是太阳球体放射出的光芒，那么通过看太阳，人自然就看到了阳光。同样道理，通过看至尊人格首神，人便同时看到并体验到了至尊者的超灵(Paramātmā)特征，以及不具人格特性的梵(Brahman)的特征。

《圣典博伽瓦谭》已经明确宣布：绝对真理以三种特征展现；人们对祂的认识在初级阶段是不具人格特征的梵，下一个阶段是每一个生物体心中的超灵，最后也是最高的认识是绝对真理——至尊人格首神本人(Bhagavān)。看到至尊人的人自然能认识到祂的其他特征——超灵和梵光。这节诗中“你会免于一切悲伤和恐惧(viśoko 'bhayam ṛcchasi)”一句说明，仅仅靠看人格首神，人就能觉悟到一切，最终处在没有悲伤和恐惧的状态中。只要为人格首神做奉爱服务，就可以达到这种状态。

第 40 节 मात्र आध्यात्मिकीं विद्यां शमनीं सर्वकर्मणाम् ।
वितरिष्ये यया चासौ भयं चातितरिष्यति ॥४०॥

mātra ādhyātmikīṁ vidyāṁ
śamanīṁ sarva-karmaṇām
vitariṣye yayā cāsau
bhayaṁ cātitariṣyati

mātre－向我母亲 / ādhyātmikīm－打开通向灵性生活的大门的 / vidyām－知识 / śamanīm－终结 / sarva-karmaṇām－一切功利性活动 /

vitariṣye一我会给予 / yayā一……的 / ca一也 / asau一她 / bhayam一害怕 / atitariṣyati一会克服

译文　我所讲述的这门非凡的知识，是通向灵性生活的入口。我也会给我母亲讲述它，使她也能达到完美，觉悟自我，终结一切功利性活动的报应。这样，她也将去除一切物质恐惧。

要旨　卡尔达玛 · 牟尼在离开家时最担心的是他的贤妻黛瓦瑚缇，所以称职的儿子便承诺说，不仅卡尔达玛 · 牟尼将摆脱物质束缚，就连黛瓦瑚缇也将通过接受她儿子的教导获得自由。这里树立的榜样是：丈夫离开家，为觉悟自我而去当托钵僧，但他的代表——有同样教养的儿子，留在家中拯救母亲。托钵僧不该把妻子带在身边。在退出家庭生活阶段(vānaprastha)，也就是在居士生活和托钵僧生活的中间阶段，男人还可以把妻子视为没有性关系的助手与妻子在一起。然而，一旦进入托钵僧的生活阶段，男人就不能再把妻子留在身边了。否则，像卡尔达玛 · 牟尼那样的人就会把妻子留在身边，他在觉悟自我的过程中就不存在障碍了。

卡尔达玛 · 牟尼遵守韦达训喻，即：过托钵僧生活的人不能与女性有任何关系。但是，被丈夫留在家中的妻子的处境又如何呢？她被托付给儿子照顾，儿子承诺说他会把母亲从束缚中解救出来。女性不该出家当弃绝者。现代所谓的灵修社团甚至给女性“萨尼亚希(托钵僧)”的称号，尽管韦达文献中并没有批准人可以这样做。否则，如果有这样的条例，卡尔达玛 · 牟尼离家时就可以带着他妻子，并给她托钵僧的称号了。妇女必须留在家中。她的人生阶段只有三个：在孩童时期依靠父亲，在青壮年时期依靠丈夫，在老年时依靠像卡皮拉那样的长大成人的儿子。女性在老年时的进步依靠长大的儿子。理想的儿子卡皮拉 · 牟尼向祂父亲保证要解救祂母亲，以使祂父亲能平静地离开家而不用为贤妻担心。

第 41 节

मैत्रेय उवाच
एवं समुदितस्तेन कपिलेन प्रजापतिः ।
दक्षिणीकृत्य तं प्रीतो वनमेव जगाम ह ॥४१॥

maitreya uvāca
evaṁ samuditas tena
kapilena prajāpatiḥ
dakṣiṇī-kṛtya taṁ prīto
vanam eva jagāma ha

maitreyaḥ uvāca—伟大的圣人麦垂亚说 / evam—如此 / samuditaḥ—对……说 / tena—由祂 / kapilena—由卡皮拉 / prajāpatiḥ—人类的祖先 / dakṣiṇī-kṛtya—绕行 / tam—祂 / prītaḥ—安抚了 / vanam—去森林 / eva—实际上 / jagāma—他离开 / ha—于是

译文 圣麦垂亚说：人类社会的祖先卡尔达玛·牟尼，聆听儿子卡皮拉讲完话，绕拜了祂，随后立即心情愉快、平静地动身去了森林。

要旨 去森林是每一个人的必修课，而不是个人随心所欲的决定。每一个人都应该至少在退出家庭生活时去森林。正如在《圣典博伽瓦谭》第7篇第5章的第5节诗中，帕拉德王(Prahlāda Mahārāja)跟他父亲说话时所解释的，去森林意味着百分之百地托庇于至尊者。接受了短暂的物质躯体的人，总是满心焦虑(sadā samudvigna-dhiyām)。因此，人不该太受这个物质躯体的影响，而应该努力挣脱它。自由的初步程序是：到森林去或切断家庭关系，专心培养奎师那意识——为奎师那做奉爱服务。那是去森林的目的。否则，森林只不过是猴子和野兽居住的地方。去森林并不意味着成为猴子或凶猛的野兽，而意味着百分之百地托庇于至尊人格首神，全身心投入地做奉爱服务。人并不一定非去森林不可。这不是给现代那些一生都住在大城市的人提的建议。正如帕拉德王所解释的：人不该总是忙于做家务事，因为没有奎师那意识的家庭生活恰似一口黑暗的井(hitvātma-pātaṁ gṛham andha-kūpam)。如果一个人独自在旷野行走时坠入一口井，没人可以在那里救他，那么他即使哭喊上好几年，也没人会看见或听见他的喊叫声。他必死无疑。同样，遗忘了自己与至尊主永恒关系的人，在家庭生活的黑井中，处境很不吉祥。帕拉德王劝告说，人应该千方百计地离开这口井，走培养奎师那意识的路，从而摆脱充满焦虑不安的物质束缚。

第42节　व्रतं स आस्थितो मौनमात्मैकशरणो मुनिः ।
निःसङ्गो व्यचरत्क्षोणीमनग्निरनिकेतनः ॥४२॥

vrataṁ sa āsthito maunam
ātmaika-śaraṇo muniḥ
niḥsaṅgo vyacarat kṣoṇīm
anagnir aniketanaḥ

vratam—誓言 / saḥ—他(卡尔达玛) / āsthitaḥ—接受了 / maunam—沉默 / ātma—由至尊人格首神 / eka—唯一的 / śaraṇaḥ—受庇护 / muniḥ—圣人 / niḥsaṅgaḥ—没有联谊 / vyacarat—他旅行 / kṣoṇīm—地球 / anagniḥ—没有火 / aniketanaḥ—没有住所

译文　圣人卡尔达玛为了全神贯注地记忆、托庇于至尊人格首神而发下沉默的誓言。在不与人接触的情况下，他作为云游僧独自行遍整个地球，既不使用火，也没有住所。

要旨　这节诗中所用的梵文“没有火、没有住所(anagnir aniketanaḥ)”两个词非常重要。托钵僧(sannyāsī)应该完全不接触火和任何住所。居士(gṛhastha)通过供奉祭祀或做饭而与火有关联，但托钵僧没有这两项责任。他不必做饭或供奉火祭，因为一直忙于为奎师那做奉爱服务，已经完成了所有的宗教仪式。“没有住所(aniketanaḥ)”的意思是：他不该有自己的房子；就有关吃住问题，他应该完全依靠至尊主。他应该旅行。

诗中说“沉默(mauna)”。人除非变得沉默，否则不可能全神贯注地想至尊主的娱乐活动和逍遥时光。并不是蠢人、说话不流利的人才要遵守沉默的誓言。相反，人变得沉默，以使他人不再打扰他。查纳克雅·潘迪特(Cāṇakya Paṇḍita)说：傻瓜不开口说话前会显得很有智慧。但说话是对真假智者的检测。沉默的非人格神主义斯瓦米所谓的沉默，表示他没什么可以说；他只想乞讨。但卡尔达玛·牟尼的沉默并非如此。他沉默是为了不说废话。始终深沉、不说废话的人，被称为牟尼。安巴瑞施王(Mahārāja Ambarīṣa)树立了很好的榜样；他只要开口说话，就说有关至尊主的娱乐活动。沉默意味着人必须控制自己不要说废话，用谈话的能力谈论至尊主的娱乐活动。为了使自己的生命达到完美的境界，人可以吟诵、吟唱并聆听有关至尊主的一切。梵文“誓言(vratam)”一词是指，人应该像《博伽梵歌》中所解释的那样发誓，不求他人对自己的尊重(amānitvam)，不对自己的物质地位感到自豪(adambhitvam)，要做到非暴力(ahiṁsā)。获取知识、达到完美的途径有十八种，卡尔达玛·牟尼通过发誓，遵守了觉悟自我所该遵守的全部原则。

第 43 节 मनो ब्रह्मणि युञ्जानो यत्तत्सदसतः परम् ।
गुणावभासे विगुण एकभक्त्यानुभाविते ॥४३॥

mano brahmaṇi yuñjāno
yat tat sad-asataḥ param
guṇāvabhāse viguṇa
eka-bhaktyānubhāvite

manaḥ—注意力 / brahmaṇi—在至尊者身上 / yuñjānaḥ—专注 / yat—……的 / tat—那 / sat-asataḥ—因果 / param—超越 / guṇa-avabhāse—展示物质自然三种属性的人 / viguṇe—超越物质属性的人 /

eka-bhaktyā—通过忠诚的奉爱 / anubhāvite—被感知的祂

译文　他把注意力完全集中于至尊人格首神——至尊梵。这位至尊梵超越因果，展示了物质自然三种属性并超越那些属性，只有靠坚持不懈地做奉爱服务才能感知到祂。

要旨　有奉爱(bhakti)的时候，就必有奉献者(bhakta)、奉爱服务(bhakti)和至尊主(Bhagavān)这三者。没有奉献者、奉爱服务和至尊主，奉爱一词就没有意义。卡尔达玛·牟尼全神贯注于至尊梵，通过做奉爱服务认识祂。这意味着他全神贯注于至尊主的个人特征，因为人除非认识到绝对真理的人的特征，否则无法做奉爱服务。诗中说祂超越物质自然三种属性(guṇāvabhāse)，但物质自然三种属性因为祂才展示。换句话说，尽管物质能量是至尊主释放出来的，但祂本人并不像我们一样受物质自然三种属性的影响。我们是受制约的灵魂，但祂不是，所以祂虽然释放出物质自然，却不受影响。祂是至尊生物，从不受错觉能量玛亚的影响，但我们从属于祂，是微小的生物，受到玛亚的限制和影响。受制约的生物如果通过做奉爱服务一直不停地与至尊主接触，也能摆脱玛亚的影响。对此，《博伽梵歌》第14章的第26节诗证实说：为主奎师那做奉爱服务(培养奎师那意识)的人，立刻摆脱物质自然三种属性的影响(sa guṇān samatītyaitān)。换句话说，受制约的灵魂一旦为至尊主做奉爱服务，就立刻变得像至尊主一样处在自由的状态中。

第 44 节　निरहङ्कृतिर्निर्ममश्च निर्द्वन्द्वः समदृक्स्वदृक् ।
प्रत्यक्प्रशान्तधीर्धीरः प्रशान्तोर्मिरिवोदधिः ॥४४॥

nirahaṅkṛtir nirmamaś ca
nirdvandvaḥ sama-dṛk sva-dṛk

pratyak-praśānta-dhīr dhīraḥ
praśāntormir ivodadhiḥ

nirahaṅkṛtiḥ－没有错误的自我意识 / nirmamaḥ－没有物质牵挂 / ca－和 / nirdvandvaḥ－没有二元性 / sama-dṛk－平等看待 / sva-dṛk－看他自己 / pratyak－向内部 / praśānta－绝对稳定 / dhīḥ－心 / dhīraḥ－沉着的，不受干扰 / praśānta－平静的 / ūrmiḥ－海浪 / iva－就像 / udadhiḥ－海洋

译文 就这样，他逐渐变得不受与物质身份认同的假我的影响，不再有物质的执著。在不受打扰、平等对待众生、无相对概念的情况下，他确实也看到了真正的自我。他把注意力转向内部，恰似不受海浪刺激的海洋般绝对平静。

要旨 当人心中充满了奎师那意识，全心全意地为至尊主做奉爱服务时，他便立刻变得像不受海浪刺激的海洋般平静。《博伽梵歌》中也举同样的例子说，人应该变得像海洋一般。千条江河的水流入海洋，百万吨的水被蒸发形成云，但海洋还是那同一个不受刺激的海洋。尽管自然法律正常运作，但人如果坚持不懈地为至尊主的莲花足做奉爱服务，时刻内观自我，他就不会受打扰。他不把注意力放在外界的物质自然上，而是时刻内观他的灵性本性；他头脑清醒，只为至尊主做服务。这样，他就会认识到他真正的自我，而不把自我错误地与物质相认同，不受物质拥有的影响。这样一位伟大的奉献者，永远不会与他人结怨，因为他从灵性理解的层面上看每一个人；他用正确的观点看待自己和他人。

第 45 节 वासुदेवे भगवति सर्वज्ञे प्रत्यगात्मनि ।
परेण भक्तिभावेन लब्धात्मा मुक्तबन्धनः ॥४५॥

vāsudeve bhagavati
sarva-jñe pratyag-ātmani

pareṇa bhakti-bhāvena
labdhātmā mukta-bandhanaḥ

vāsudeve－向华苏戴瓦 / bhagavati－人格首神 / sarva-jñe－全知的 / pratyak-ātmani－众生心中的超灵 / pareṇa－超然的 / bhakti-bhāvena－通过奉爱服务 / labdha-ātmā－恢复原本的自我 / mukta-bandhanaḥ－摆脱物质束缚

译文　他这样摆脱了受制约的生活，自我完全处在为人格首神维施努——住在众生心中全知的超灵，做超然奉爱服务的状态中。

要旨　人一旦为至尊主做超然的奉爱服务，就开始了解他作为个体灵魂的原本地位其实是至尊主华苏戴瓦(Vāsudeva)永恒的仆人。觉悟自我并不是说，由于至尊灵魂和个体灵魂两者都是灵魂，他们便在各方面都是平等的。个体灵魂有受制约的倾向，至尊灵魂却永不受制约。当受制约的灵魂认识到，他从属于至尊灵魂时，他就处在觉悟自我的状态中(labdhātmā)，或者说是摆脱物质污染的状态中(mukta-bandhana)。人只要还认为自己与至尊主一样或与祂平等，就处在受制约的状态中。这是玛亚设置的最后一个陷阱。玛亚永远影响着受制约的灵魂。人哪怕从事再多的冥想和心智思辨，只要还继续认为自己与至尊主一样，他就还身陷在玛亚所设置的最后一道陷阱内。诗中梵文“超然的(pareṇa)”的一词意义重大，是指没有沾染上物质的污垢。完全意识到自己是至尊主永恒的仆人这种状态，称为超然的奉爱(parā bhakti)。人如果还与物质事物认同，为获得物质利益而做奉爱服务，那种状态就称为被污染的奉爱(viddhā bhakti)。通过做超然的奉爱服务，人可以真正获得自由。

这节诗中谈到的另一个词是“全知的(sarva jñe)”。处在生物体心中的超灵无所不知、无所不晓。由于躯体的更换，我也许会遗忘自己过去从事过的活动。然而，由于至尊主作为超灵处在我的心中，祂知道一切，因此按照我过去的活动(karma)，给予我应得的结果。我也许忘了，但祂让我因为过去从事过的罪行而受苦，因为从事过的善行而享乐。人不该以为只要忘了自己在过去生活中从事过的活动，就能免于活动的报应。报应终将会到来，但具体是什么样的报应，要由至尊灵魂——见证者来裁决。

第 46 节 आत्मानं सर्वभूतेषु भगवन्तमवस्थितम् ।
अपश्यत्सर्वभूतानि भगवत्यपि चात्मनि ॥४६॥

ātmānaṁ sarva-bhūteṣu
bhagavantam avasthitam
apaśyat sarva-bhūtāni
bhagavaty api cātmani

ātmānam—超灵 / sarva-bhūteṣu—所有的生物体中 / bhagavantam—至尊人格首神 / avasthitam—处于 / apaśyat—他看到 / sarva-bhūtāni—所有的生物体 / bhagavati—在至尊人格首神中 / api—而且 / ca—和 / ātmani—在超灵

译文 他开始看到至尊人格首神就坐在每一个生物体的心中，而每一个生物都存在于祂之中；祂是每一个生物体的超灵。

要旨 说每一个生物体都存在于至尊人格首神之中，并不意味着每一个生物都是首神。《博伽梵歌》中也说，一切都依靠至尊主而存在，但那并不是说至尊主本人同时在所有的地方。这种神秘的状态只有灵性觉悟高的奉献者才能了解。奉献者分三类：初级奉献者、中级奉献者和高级奉献者。初级奉献者不了解奉爱服务的技巧，只是为庙里的神像做奉爱服务。中级奉献者了解谁是神，谁是奉献者，谁是非奉献者，谁是无辜之人，并以不同的方式与不同的人打交道。但谁看到至尊主作为超灵处在每一个生物体的心中，而且一切都依靠至尊主的超然能量而存在，谁就处在最高级的奉爱状态中。

第 47 节　**इच्छाद्वेषविहीनेन सर्वत्र समचेतसा ।**
भगवद्भक्तियुक्तेन प्राप्ता भागवती गतिः ॥४७॥

icchā-dveṣa-vihīnena
sarvatra sama-cetasā
bhagavad-bhakti-yuktena
prāptā bhāgavatī gatiḥ

icchā－欲望 / dveṣa－与憎恨 / vihīnena－摆脱了 / sarvatra－到处 / sama－平等的 / cetasā－在心里 / bhagavat－向至尊人格首神 / bhakti-yuktena－通过做奉爱服务 / prāptā－达到了 / bhāgavatī gatiḥ－奉献者达到的目的地(回归家园，回归首神)

译文　卡尔达玛·牟尼去除了一切憎恨和欲望，因为一直做不受污染的奉爱服务而平等对待众生，最后走上了回归首神的路。

要旨　正如《博伽梵歌》中所说，人只有靠做奉爱服务，才能了解至尊主的超然本性，并在完全了解祂超然的地位后进入神的王国。使人进入神的王国的整个程序，就是回归家园、回归首神的路，经这条路，人能够达到生命的最高目标(tri-pāda-bhūti-gati)。卡尔达玛·牟尼凭借他完整的奉爱知识做奉爱服务，达到了这一被称为巴嘎瓦提·嘎提(bhāgavatī gatiḥ)的最高目标。

到此为止，结束了巴克提韦丹塔对《圣典博伽瓦谭》第3篇第24章——“卡尔达玛·牟尼的弃绝”所作的阐释。

第二十五章

奉爱服务的荣耀

第 1 节 शौनक उवाच

कपिलस्तत्त्वसङ्ख्याता भगवानात्ममायया ।
जातः स्वयमजः साक्षादात्मप्रज्ञप्तये नृणाम् ॥ १ ॥

śaunaka uvāca
kapilas tattva-saṅkhyātā
bhagavān ātma-māyayā
jātaḥ svayam ajaḥ sākṣād
ātma-prajñaptaye nṛṇām

śaunakaḥ uvāca—圣绍纳卡说 / kapilaḥ—主卡皮拉 / tattva—真理的 / saṅkhyātā—讲述者 / bhagavān—至尊人格首神 / ātma-māyayā—由祂的内在能量 / jātaḥ—诞生 / svayam—祂自己 / ajaḥ—未经出生 / sākṣāt—他本人 / ātma-prajñaptaye—为了传播超然的知识 / nṛṇām—向人类

译文 圣绍纳卡说：至尊人格首神虽然不经出生就存在，但却透过祂的内在能量以卡皮拉·牟尼的身份诞生。祂为全人类的利益而降临，以宣讲超然的知识。

要旨 诗中说，“至尊主为全人类的利益降临，宣讲超然的知识(ātma-prajñaptaye)”。韦达文献中提供了足够物质生活所需的知识，告诉人们如何能有一个良好的生活环境并逐渐提升到善良属性的层面上。在善良属性的影响下，人的知识会不断增加。在激情属性的影响下，人没有知识，因为激情、情欲只会驱使人享受物质利益。在愚昧属性的影响下，人既没有知识，也没有享乐，只是在过几乎像动物一样的生活。

韦达经(Vedas)就是为了把人从愚昧属性的控制下提升到善良属性的层面上而编纂的。人受善良属性的影响时，能了解有关自我的知识——超然的知识。普通人理解不了这知识。为此，这知识需要由至尊人格首神本人或祂真正的奉献者加以详细解释，并经由师徒传承传递。绍纳卡·牟尼(Śaunaka Muni)在这节诗中也说：至尊人格首神的化身卡皮拉出生或显现的目的，就是为了宣讲超然的知识。只知道人不是物质而是灵魂，知道“我本性是梵——布茹阿曼(ahaṁ brahmās-mi)”，并不足以了解真正的自我及其活动。人必须以布茹阿曼的身份活动，而至尊人格首神本人讲解了有关那些活动的知识。这节诗中明确地说，这样的知识“是给予人类的(nṛṇām)”，因此只有人才能理解，动物无法理解。人类就该过规范化的生活。动物生活受大自然的限制也有规律，但却不同于经典或权威人士所描述的规范化的生活。人类过的是规范化了的生活，而不是动物生活。人只有过规范化了的生活，才能理解超然的知识。

第 2 节 न ह्यस्य वर्ष्मणः पुंसां वरिम्णः सर्वयोगिनाम् ।
विश्रुतौ श्रुतदेवस्य भूरि तृप्यन्ति मेऽसवः ॥ २ ॥

na hy asya varṣmaṇaḥ puṁsāṁ
varimṇaḥ sarva-yoginām
viśrutau śruta-devasya
bhūri tṛpyanti me 'savaḥ

na一不 / hi一实际上 / asya一关于祂 / varṣmaṇaḥ一最伟大的 / puṁsām一众人之中 / varimṇaḥ一最优秀的 / sarva一所有的 / yoginām一瑜伽师中 / viśrutau一聆听 / śruta-devasya一韦达经的主人 / bhūri一重复的 / tṛpyanti一心满意足 / me一我的 / asavaḥ一感官

译文 圣绍纳卡继续说：没人比至尊主本人知道得多；没人比祂更值得崇拜，世上也没有比祂更成熟的瑜伽师。正因为如此，祂是韦达经的主人，总是不断聆听有关祂的一切，可以使感官得到真正的满足。

要旨　《博伽梵歌》(Bhagavad-gītā)中说，没人能与至尊人格首神平等或比祂伟大。韦达经中也证实说：祂是至高无上的生物，为所有其他生物提供所需要的一切(eko bahūnāṁ yo vidadhāti kāmān)。因此，所有的生物，无论他属于维施努范畴(viṣṇu-tattva)，还是属于个体灵魂范畴(jīva-tattva)，都低于至尊人格首神奎师那(Kṛṣṇa)。这节诗中也证实这一点说：在所有的生物中，没有谁高于至尊人，因为没人比祂更富有、著名、强壮、美丽、有智慧或弃绝(na hy asya varṣmaṇaḥ puṁsāṁ)。这些品质使祂成为至尊首神——一切原因的起因。瑜伽师(yogī)因为能做一些神奇的事而骄傲自大，但事实上没人能与至尊人格首神相比。

与至尊主相连的人被视为是一流的瑜伽师。奉献者也许没像至尊主那样强大有力，但通过一直不断地与至尊主接触而变得几乎与至尊主本人一样，有时甚至做出比至尊主还要强有力的举动。当然，那力量是至尊主赐予的。

这节诗中还用了“最优秀的(varimṇaḥ)”的一词，以说明至尊主是“最卓越的瑜伽师”。聆听奎师那的话语是感官真正的享受；由于祂的话语、祂的教导，祂的指示——与祂有关的一切，使感官充满生机，祂被称为哥文达(Govinda)。祂教导的一切都是超然的，祂的教导因为是绝对的，所以与祂本人没有区别。聆听奎师那的话语，或卡皮拉那样的祂的完整扩展的话语，使感官极为满足。人可以一遍又一遍地阅读或聆听《博伽梵歌》，但由于它使人获得巨大的满足，人读得越多，就越想多读并理解它，每读一遍都会得到新的启发。那就是超然信息的本质。我们在《圣典博伽瓦谭》(Śrīmad-Bhāgavatam)中也找到了同样的快乐。我们越多地聆听和吟诵、吟唱至尊主的荣耀，就感到越大的快乐。

第 3 节 यद्यद्विधत्ते भगवान् स्वच्छन्दात्मात्ममायया ।
तानि मे श्रद्दधानस्य कीर्तन्यान्यनुकीर्तय ॥ ३ ॥

yad yad vidhatte bhagavān
svacchandātmātma-māyayā
tāni me śraddadhānasya
kīrtanyāny anukīrtaya

yat yat—无论是什么 / vidhatte—祂所做的 / bhagavān—至尊人格首神 / sva-chanda-ātmā—独立自主 / ātma-māyayā—由祂的内在能量 / tāni—他们所有的 / me—向我 / śraddadhānasya—充满信心的 / kīrtanyāni—值得称颂的 / anukīrtaya—请描述

译文 可以随心所欲实现自己愿望的人格首神，通过祂的内在力量从事一切活动。请极为详细地描述人格首神的一切活动及娱乐时光。

要旨 梵文“请描述(anukīrtaya)”一词意义重大，以指明不要去说用自己的脑子编造出的理论，而要按照原本的知识讲述。绍纳卡圣人要求苏塔·哥斯瓦米(Sūta Gosvāmī)讲述他从他灵性导师舒卡戴瓦·哥斯瓦米(Śukadeva Gosvāmī)那里听到的、有关至尊主透过祂的内在能量展示的超然的娱乐活动。至尊人格首神——巴嘎万(Bhagavān)，没有物质的躯体，而是能按照祂至高无上的意愿以任何种类的形象出现。那是祂内在能量活动的结果。

第 4 节 सूत उवाच
द्वैपायनसखस्त्वेवं मैत्रेयो भगवांस्तथा ।
प्राहेदं विदुरं प्रीत आन्वीक्षिक्यां प्रचोदितः ॥ ४ ॥

sūta uvāca
dvaipāyana-sakhas tv evaṁ
maitreyo bhagavāṁs tathā

prāhedaṁ viduraṁ prīta
ānvīkṣikyāṁ pracoditaḥ

sūtaḥ uvāca－苏塔·哥斯瓦米说 / dvaipāyana-sakhaḥ－维亚萨戴瓦的朋友 / tu－于是 / evam－如此 / maitreyaḥ－麦垂亚 / bhagavān－值得崇拜 / tathā－以那种方式 / prāha－说 / idam－这个 / viduram－向维杜茹阿 / prītaḥ－被取悦了 / ānvīkṣikyām－有关超然的知识 / pracoditaḥ－被询问

译文　圣苏塔·哥斯瓦米说：最强有力的圣人麦垂亚是维亚萨戴瓦的朋友。受到维杜茹阿询问有关超然知识的激励，感到满意的麦垂亚说了如下一番话。

要旨　当询问者很有诚意，讲述者经过授权时，问与答的交流就会使人感到十分满意。麦垂亚(Maitreya)被认为是强有力的圣人，所以在此也被称为巴嘎万(bhagavān)。梵文“巴嘎万”一词不仅能用来指至尊人格首神，也可以指几乎与至尊主一样强大有力的人。麦垂亚之所以被称为巴嘎万，是因为他在灵性上极为进步。他是至尊主的文学化身兑帕亚纳·维亚萨戴瓦(Dvaipāyana Vyāsadeva)的私人朋友。维杜茹阿(Vidura)询问麦垂亚有关一个真正进步的奉献者的情况，他的问题使麦垂亚感到十分高兴，受到鼓舞，于是想要给予回答。有同样心态的奉献者之间谈论超然的话题时，提问与回答使双方都获益良多，受到鼓舞。

第5节　मैत्रेय उवाच
पितरि प्रस्थितेऽरण्यं मातुः प्रियचिकीर्षया ।
तस्मिन् बिन्दुसरेऽवात्सीद्भगवान् कपिलः किल ॥ ५ ॥

maitreya uvāca
pitari prasthite 'raṇyaṁ
mātuḥ priya-cikīrṣayā

tasmin bindusare 'vātsīd
bhagavān kapilaḥ kila

maitreyaḥ uvāca一麦垂亚说 / pitari一当父亲 / prasthite一离开 / araṇyam一去森林 / mātuḥ一祂的母亲 / priya-cikīrṣayā一渴望取悦…… / tasmin一在那 / bindusare一泪湖 / avātsīt一祂停留 / bhagavān一至尊主 / kapilaḥ一卡皮拉 / kila一实际上

译文 麦垂亚说：卡尔达玛离开家去森林时，主卡皮拉为满足祂母亲黛瓦瑚缇而留在泪湖边。

要旨 父亲不在时，长大成人的儿子的责任是照顾母亲，尽全力侍奉她，使她感觉不到与丈夫的分离。丈夫的责任是：一旦儿子长大可以照顾母亲、照料家事时，就该离开家。那是韦达传统的居士生活。男人不该一直到死都留在家中纠缠于家庭事务中。他必须离开，让长大成人的儿子照料家事，照顾母亲。

第 6 节 तमासीनमकर्माणं तत्त्वमार्गाग्रदर्शनम् ।
स्वसुतं देवहूत्याह धातुः संस्मरती वचः ॥ ६ ॥

tam āsīnam akarmāṇaṁ
tattva-mārgāgra-darśanam
sva-sutaṁ devahūty āha
dhātuḥ saṁsmaratī vacaḥ

tam一向祂(卡皮拉) / āsīnam一坐下 / akarmāṇam一从容不迫的 / tattva一绝对真理的 / mārga-agra一终极目标 / darśanam一可以展示……的人 / sva-sutam一她儿子 / devahūtiḥ一黛瓦瑚缇 / āha一说 / dhātuḥ一布茹阿玛的 / saṁsmaratī一想起 / vacaḥ一话语

译文 当可以向黛瓦瑚缇展示绝对真理最高目标的卡皮拉，从容不迫地坐在黛瓦瑚缇面前时，黛瓦瑚缇回忆起布茹阿玛对她说过的话，因此这样开始向卡皮拉提问。

第 7 节

देवहूतिरुवाच
निर्विण्णा नितरां भूमन्नसदिन्द्रियतर्षणात् ।
येन सम्भाव्यमानेन प्रपन्नान्धं तमः प्रभो ॥ ७ ॥

devahūtir uvāca
nirviṇṇā nitarāṁ bhūmann
asad-indriya-tarṣaṇāt
yena sambhāvyamānena
prapannāndhaṁ tamaḥ prabho

devahūtiḥ uvāca—黛瓦瑚缇说 / nirviṇṇā—腻歪 / nitarām—非常 / bhūman—我的主啊 / asat—短暂的 / indriya—感官的 / tarṣaṇāt—对……的冲动 / yena—……的 / sambhāvyamānena—变得强烈 / prapannā—我已经堕落 / andham tamaḥ—陷入物质的深渊 / prabho—我的主啊

译文　黛瓦瑚缇说：我的至尊主，我很反感我的物质感官给我造成的干扰，因为这种感官干扰使我坠入了愚昧的深渊。

要旨　这节诗中“对暂时的感官产生的冲动(asad-indriya-tarṣaṇāt)”一句非常重要，说明人被物质躯体暂时出现的感官产生的冲动所打扰。我们都曾经在不同的物质躯体中轮回，有时住在人体中，有时住在动物躯体中，不断更换着不同的物质感官。一直在改变的事物是短暂的(asat)。我们应该知道：除了这些短暂的感官，我们有永恒的感官，但它们现在被这个物质躯体覆盖住了。永恒的感官受到物质的污染，没有正常运作。奉爱服务可以清除这些感官上的污垢。当感官彻底被净化后，就可以为奎师那做纯粹的奉爱服务，我们所从事的活动就是永恒的感官活动(sad-indriya)。永恒的感官活动被称为奉爱服务；相反，短暂的感官活动被称为感官享乐。人除非厌倦了感官享乐，否则没有机会从像卡皮拉(Kapila)那样的人那里听到超然的信息。黛瓦瑚缇(Devahūti)表明她厌倦了感官享乐，她丈夫现在离开了家，她要透过聆听至尊主卡皮拉的教导得到拯救。

第 8 节 तस्य त्वं तमसोऽन्धस्य दुष्पारस्याद्य पारगम् ।
सच्चक्षुर्जन्मनामन्ते लब्धं मे त्वदनुग्रहात् ॥ ८ ॥

tasya tvaṁ tamaso 'ndhasya
duṣpārasyādya pāragam
sac-cakṣur janmanām ante
labdhaṁ me tvad-anugrahāt

tasya 一那 / tvam 一你 / tamasaḥ 一愚昧 / andhasya 一黑暗 / duṣpārasya 一很难跨越 / adya 一现在 / pāra-gam 一横渡 / sat 一超然的 / cakṣuḥ 一眼睛 / janmanām 一出生的 / ante 一最后 / labdham 一到达 / me 一我的 / tvat-anugrahāt 一靠您的仁慈

译文 您圣上是助我逃出这最黑暗的愚昧区域的唯一依靠，因为您是我超然的眼睛。这眼睛是靠您的仁慈，在我经历过许许多多次出生后得到的。

要旨 这节诗说明了灵性导师与门徒的关系，因此很具有启发性。门徒——受制约的灵魂，被置于这愚昧的黑暗区域内，从而被捆绑在感官享乐的物质存在中。要摆脱这种束缚，获得自由，非常困难；但人如果有幸得到像卡皮拉·牟尼或祂的代表那样的灵性导师的联谊，就可以凭借灵性导师的恩典从愚昧的泥潭中被救出去。灵性导师因为用知识的火炬把门徒从愚昧的泥潭中救出而受到崇拜。诗中梵文“横渡(pāragam)”一词非常重要，是指能把门徒带到彼岸去的人。这一边是受制约的生活，彼岸是自由的生活。灵性导师通过用知识照亮门徒眼前的一切，把他带到彼岸去。我们仅仅是因为愚昧才受苦。

灵性导师的教导驱除愚昧的黑暗，使门徒能到彼岸去享受自由的生活。《博伽梵歌》中说：经过许许多多生世后，人才投靠、服从至尊人格首神。同样，人在许许多多生世后如果能找到一位真正的灵性导师，投靠、服从这样一位奎师那的真正代表，就会被带到光明的彼岸去。

第 9 节　य आद्यो भगवान् पुंसामीश्वरो वै भवान् किल ।
लोकस्य तमसान्धस्य चक्षुः सूर्य इवोदितः ॥ ९ ॥

ya ādyo bhagavān puṁsām
īśvaro vai bhavān kila
lokasya tamasāndhasya
cakṣuḥ sūrya ivoditaḥ

yaḥ—……的祂 / ādyaḥ—起源 / bhagavān—至尊人格首神 / puṁsām—众生的 / īśvaraḥ—至尊主 / vai—实际上 / bhavān—您 / kila—确实 / lokasya—宇宙的 / tamasā—由黑暗的愚昧 / andhasya—瞎了 / cakṣuḥ—眼睛 / sūryaḥ—太阳 / iva—就像 / uditaḥ—升起

译文　您是至尊人格首神，是众生的起源和至尊主人。为了驱散宇宙愚昧的黑暗，您显现并放射太阳般的光芒。

要旨　卡皮拉·牟尼公认是至尊人格首神奎师那的一个化身。这节诗中“起源(ādyaḥ)”的意思是“全体生物的源头”，祂是“众生的至尊主人(puṁsām īśvaraḥ)”。《布茹阿玛·萨密塔》第5章的第1节诗中说，奎师那是至尊主人(īśvaraḥ paramaḥ kṛṣṇaḥ)。卡皮拉·牟尼是奎师那的直接扩展，灵性知识的太阳。正如太阳驱散宇宙的黑暗，当至尊人格首神的光芒照下来时，错觉玛亚(māyā)的黑暗便立刻被驱散。我们都有眼睛，但没有太阳放射的光芒，我们的眼睛就没有用。同样，没有至尊主的光芒或灵性导师的恩典，人无法看清一切事物的真相。

第 10 节 अथ मे देव सम्मोहमपाक्रष्टुं त्वमर्हसि ।
योऽवग्रहोऽहं ममेतीत्येतस्मिन् योजितस्त्वया ॥१०॥

atha me deva sammoham
apākraṣṭuṁ tvam arhasi
yo 'vagraho 'haṁ mametīty
etasmin yojitas tvayā

atha－现在 / me－我的 / deva－主啊 / sammoham－错觉 / apākraṣṭum－驱散 / tvam－您 / arhasi－被取悦 / yaḥ－……的 / avagrahaḥ－错误概念 / aham－我 / mama－我的 / iti－如此 / iti－如此 / etasmin－在这个 / yojitaḥ－从事 / tvayā－由你

译文 现在，我的至尊主，如果您对我满意，请驱除我严重的错觉。由于假我的影响，我被您的错觉能量玛亚迷惑得团团转，把自我认同于躯体及与躯体有关的人事物。

要旨 把躯体认同于自我并声称自己拥有与这个躯体有关的一切这种错误的自我意识，被称为玛亚。在《博伽梵歌》第15章中，至尊主说："我坐在每一个生物体的心中，一切记忆和遗忘都来自我。"黛瓦瑚缇说，错误地把躯体与自我相认同，并依恋与躯体有关的一切，也是在至尊主的安排下发生的。这是否意味着至尊主通过安排一个人为祂做奉爱服务，另一个人进行感官享乐而有区别地对待众生呢？如果那是真的，就是至尊主有分别心了。但事实真相并非如此。生物一旦遗忘了他真正原本的、与至尊主的永恒关系，想要自己进行感官享乐，他就被玛亚捕获了。这种被玛亚捕获的状态是，人具有错误地与躯体认同并依恋躯体的意识。这些都是玛亚的活动，而由于玛亚是至尊主的代理人，这种活动便是至尊主的间接行为。至尊主极为仁慈；如果有人想要忘了祂并享受这个物质世界，祂就通过祂的物质能量这一代理，间接地为其提供充分的便利条件。因此，由于物质能量是至尊主的能量，至尊主就是在间接地为生物提供遗忘祂的便利条件。所以黛瓦瑚缇说："我进行感官享乐也是您引起的。现在请使我摆脱这一束缚。"

至尊主仁慈地允许生物享受这个物质世界，但当人对这种物质享乐感到厌倦、沮丧时，当人真诚地投靠至尊主的莲花足时，至尊主就会仁慈地使人摆脱束缚。正因为如此，奎师那在《博伽梵歌》中说："首先要投靠、服从我，然后我就会负责照顾你，使你摆脱一切罪恶活动的报应。"在遗忘我们与至尊主的关系的情况下从事的活动，就是罪恶活动。在这个物质世界里，那些被视为是虔诚的物质享乐的活动，其实也是罪恶的。例如，人有时怀着想要得到四倍回报的动机向贫穷之人布施金钱。怀着要得到什么的目的去给予，被称为是在激情属性影响下的施舍。在这个物质世界里所做的一切，都是在物质自然属性的控制下做的，因此除了为至尊主做服务，所有其他的活动都是有罪的。由于从事罪恶活动，我们变得受物质执著这种错觉的吸引，认为"我是这个躯体"，把躯体视为是我自己，把与躯体有关的拥有视为是"我的"。黛瓦瑚缇请求主卡皮拉，让她摆脱错误认同及错误拥有感的束缚。

第 11 节　तं त्वा गताहं शरणं शरण्यं
स्वभृत्यसंसारतरोः कुठारम् ।
जिज्ञासयाहं प्रकृतेः पूरुषस्य
नमामि सद्धर्मविदां वरिष्ठम् ॥११॥

taṁ tvā gatāhaṁ śaraṇaṁ śaraṇyaṁ
sva-bhṛtya-saṁsāra-taroḥ kuṭhāram
jijñāsayāhaṁ prakṛteḥ pūruṣasya
namāmi sad-dharma-vidāṁ variṣṭham

tam—那个人 / tvā—向你 / gatā—已经离开 / aham—我 / śaraṇam—庇护 / śaraṇyam—值得托庇 / sva-bhṛtya—为了依靠你的人 / saṁsāra—物质存在的 / taroḥ—树的 / kuṭhāram—斧头 / jijñāsayā—渴望知道 /

aham－我 / prakṛteḥ－有关物质(妇女) / pūruṣasya－有关灵性(男人) / namāmi－我顶礼 / sat-dharma－有关永恒的职责 / vidām－知悉者的 / variṣṭham－向最伟大的

译文 黛瓦瑚缇继续说：您是唯一可以投靠的人，所以我托庇于您的莲花足。您是能砍断物质存在之树的斧头。因此，我顶礼您——最伟大的超然主义者。就有关男人和女人的关系，以及灵性和物质的关系，我向您提出询问。

要旨 众所周知，数论(Sāṅkhya)哲学谈论的是帕奎缇(prakṛti)和菩茹沙(puruṣa)。菩茹沙是至尊人格首神或想要模仿至尊人格首神成为享受者的生物，帕奎缇的意思是“自然”。在这个物质世界里，菩茹沙——生物，剥削物质自然。享受者(生物)与被享受者(物质自然)在物质世界里的错综复杂的关系，被称为物质的束缚(saṁsāra)。黛瓦瑚缇想要斩断物质束缚之树，并发现卡皮拉·牟尼是合适的武器。《博伽梵歌》第15章把物质存在解释为是，一棵根朝上长、枝向下长的榕树(aśvattha)；其中建议说，人必须用超脱这把斧子砍断这棵物质存在之树。什么是执著？执著牵涉到享受者与被享受者。生物试图骑在物质自然身上作威作福。受制约的灵魂把自己当做享受者，把物质自然当做是他享受的对象，所以被称为菩茹沙。

黛瓦瑚缇因为知道只有卡皮拉·牟尼能够斩断她对这个物质世界的依恋，所以向祂提出请求。装扮成男人和女人的生物，试图享受物质能量，因此从一个意义上说所有的生物都是菩茹沙，因为梵文菩茹沙的意思是享受者，而帕奎缇的意思是被享受者。在这个物质世界里，所谓的男人和所谓的女人都在模仿真正的享受者；从超然的意义上说，至尊人格首神才是真正的享受者——菩茹沙，而其他生物都是被享受者——帕奎缇。在《博伽梵歌》的分析中，物质是低等能量(aparā)，而在这个低等能量外有另一个高等能量——生物。生物也是被享受者——帕奎缇，但却在玛亚的迷惑下错误地想要站在享受者的位置上。那就是受制约生活(saṁsāra-bandha)的根源。黛瓦瑚缇想要摆脱受制约的生活，全身心地投靠至尊主。至尊主是“唯一值得人全心投靠的人物(śaraṇya)”，因为祂绝对拥有所有的财富。如果有人真想要获得解脱，那就最好投靠至尊人格首神。这节诗中还说至尊主是“永恒职责的最伟大的知悉者(sad-dharma-vidāṁ variṣṭham)”，以表明在所有的超然职责中，为至尊人格首神做永恒的爱心服务是最佳的职责。梵文达尔玛(dharma)有时被翻译成“宗教”，但那并不完全体现达尔玛的意思。达尔玛真正的意思是“人放弃不了的那个”，“与自身无法分离的那个”。热无法与火分开，所以热就被称为是火的本性——达尔玛。同样，“永恒的职责(sad-dharma)”是指，为至尊主做超然的爱心服务。卡皮拉戴瓦的数论哲学，是宣传纯粹的、没有污染的奉爱服务。正因为如此，祂在这里被称作 “在了解生物的超然职责的人中最为重要的人物”。

第 12 节

मैत्रेय उवाच
इति स्वमातुर्निरवद्यमीप्सितं
निशम्य पुंसामपवर्गवर्धनम् ।
धियाभिनन्द्यात्मवतां सतां गति-
र्बभाष ईषत्स्मितशोभिताननः ॥१२॥

maitreya uvāca
iti sva-mātur niravadyam īpsitaṁ
niśamya puṁsām apavarga-vardhanam
dhiyābhinandyātmavatāṁ satāṁ gatir
babhāṣa īṣat-smita-śobhitānanaḥ

maitreyaḥ uvāca－麦垂亚说 / iti－如此 / sva-mātuḥ－祂母亲的 / niravadyam－没有被污染的 / īpsitam－渴望 / niśamya－在聆听后 / puṁsām－人们的 / apavarga－结束了物质存在 / vardhanam－促使 /

dhiyā—思想上的 / abhinandya—已经感激 / ātma-vatām—对自我觉悟感兴趣 / satām—超然主义者的 / gatiḥ—途径 / babhāṣe—祂解释 / īṣat—微微的 / smita—微笑 / śobhita—美丽的 / ānanaḥ—祂的脸

译文 麦菙亚说：听了母亲为追求超然的觉悟所表达的没有污染的愿望后，至尊主在内心感谢你的提问。为此，祂面露微笑，开始讲解有志于觉悟自我的超然主义者所走的路。

要旨 黛瓦瑚缇向主卡皮拉坦白了自己被物质束缚的情况和想要解脱的愿望。真正要摆脱物质束缚并达到人生完美境界的人，都对她向主卡皮拉提出的问题感兴趣。人除非很想要了解自己的灵性生命或原本状态，除非感到在物质世界里很麻烦，否则他的人体生命就被浪费掉了。谁不在乎生命中的这些超然需要，而只是像动物一样整日忙于吃、睡、防卫和交配，谁就是在糟蹋他的生命。主卡皮拉很满意祂母亲提的问题，因为答案会促使人想要摆脱物质存在的受制约生活。这样的问题被说成是“促使物质存在的结束(apavarga-vardhanam)”。真正对灵性感兴趣的人被称为奉献者(sat)。必须与奉献者交往(satām prasaṅgāt)。“Sat”的意思是“永恒存在的那个”，“asat”的意思是“不永恒的那个”。只有处在灵性层面上的人才是永恒的，否则便是不永恒的。不永恒的人站在短暂存在的层面上，只有站在灵性的层面上才会永恒存在。作为灵性的灵魂，每一个生物都是永恒存在的，但不永恒的人把物质世界当做他的庇护所，因此内心充满了焦虑。灵性的灵魂一旦有想要享受物质的错误概念，就会处在不和谐的处境中(asad-grāhān)，而这是造成他处于不永恒状态的根源。事实上，灵性的灵魂不是不永恒的。人一旦意识到这一事实，开始培养奎师那意识，他就回复其永恒的状态(sat)。追求解脱的人对通向永恒的途径(satāṁ gatiḥ)十分感兴趣，圣卡皮拉开始讲述有关这条途径。

第 13 节 श्रीभगवानुवाच
योग आध्यात्मिकः पुंसां मतो निःश्रेयसाय मे ।
अत्यन्तोपरतिर्यत्र दुःखस्य च सुखस्य च ॥१३॥

śrī-bhagavān uvāca
yoga ādhyātmikaḥ puṁsāṁ
mato niḥśreyasāya me
atyantoparatir yatra
duḥkhasya ca sukhasya ca

śrī-bhagavān uvāca－至尊人格首神说 / yogaḥ－瑜伽系统 / ādhyātmikaḥ－与灵魂有关 / puṁsām－生物体的 / mataḥ－被认可 / niḥśreyasāya－为了终极的利益 / me－由我 / atyanta－完全的 / uparatiḥ－不执著 / yatra－那里 / duḥkhasya－从痛苦 / ca－和 / sukhasya－从快乐 / ca－和

译文 人格首神回答说：最高级的瑜伽系统是与至尊主和个体灵魂有关，确定能使生物获得最高利益，使人超脱物质世界里一切苦乐的瑜伽系统。

要旨 在物质世界中，每一个生物体都试图得到一些物质快乐，但我们一旦得到某种物质快乐，随之而来的就是物质痛苦。物质世界里不可能有纯粹的快乐，任何快乐都掺杂着痛苦。例如，我们要想喝牛奶的话，就必须承担养乳牛并使它能产奶的麻烦。喝牛奶很好，也让人感到愉快，但为了喝到牛奶，人必须承受很多的麻烦。正如至尊主在此所说，瑜伽(yoga)系统的目的，是为了使人摆脱所有的物质苦乐；而最好的瑜伽，就是奎师那在《博伽梵歌》中所教的奉爱瑜伽(bhakti-yoga)。《博伽梵歌》中还谈到，人应该尽量忍受，不受物质快乐或痛苦的打扰。当然，人也许会说，他不受物质快乐的打扰，但不知道刚享受完所谓的物质快乐，物质痛苦便接踵而来。这是物质世界的规律。主卡皮拉说：瑜伽系统是灵性的科学。人练瑜伽是为了达到灵性层面的完美，那里没有物质的快乐或痛苦。它是超然的。主卡皮拉最后就会解释，它怎么是超然的，这节诗里给的是初步的教导。

第 14 节　तमिमं ते प्रवक्ष्यामि यमवोचं पुरानघे ।
ऋषीणां श्रोतुकामानां योगं सर्वाङ्गनैपुणम् ॥१४॥

tam imaṁ te pravakṣyāmi
yam avocaṁ purānaghe
ṛṣīṇāṁ śrotu-kāmānāṁ
yogaṁ sarvāṅga-naipuṇam

tam imam一就是那个 / te一向你 / pravakṣyāmi一我要解释 / yam一……的 / avocam一我解释 / purā一从前 / anaghe一虔诚的母亲啊 / ṛṣīṇām一向圣人们 / śrotu-kāmānām一渴望聆听 / yogam一瑜伽系统 / sarva-aṅga一从所有方面 / naipuṇam一实用的

译文　最虔诚的母亲啊！我现在就要给您讲解我以前曾给伟大的瑜伽师们讲解过的古老的瑜伽系统。它在所有方面都很实用。

要旨　至尊主并没有编一套新的瑜伽系统。有人有时会自称为是神的化身，解说一套有关绝对真理的新神学。但我们在此看到，尽管卡皮拉·牟尼就是至尊主本人，有能力为祂母亲编一套新的教义，但祂却说：我只给你解释我曾经给伟大的圣人们解释过的古老的瑜伽系统，他们当时也都很渴望聆听它。既然韦达经典中已经有了一套无比卓越的程序，人就没必要再编一套新的系统误导无辜大众了。如今社会上很流行抛弃已有的标准系统，打着“新发明的瑜伽程序”的幌子给大众一些假货的做法。

第 15 节　चेतः खल्वस्य बन्धाय मुक्तये चात्मनो मतम् ।
गुणेषु सक्तं बन्धाय रतं वा पुंसि मुक्तये ॥१५॥

cetaḥ khalv asya bandhāya
muktaye cātmano matam
guṇeṣu saktaṁ bandhāya
rataṁ vā puṁsi muktaye

cetaḥ－意识 / khalu－确实 / asya－他的 / bandhāya－为了捆绑 / muktaye－为了解脱 / ca－和 / ātmanaḥ－生物体的 / matam－被认为 / guṇeṣu－物质自然三种属性中 / saktam－受吸引 / bandhāya－为了受制约的生活 / ratam－执著 / vā－或者 / puṁsi－至尊人格首神 / muktaye－为了解脱

译文　生物体的意识受物质自然三种属性吸引的生活阶段，称为受制约的生活阶段。但当同一个意识转而依恋至尊人格首神时，人就处在解脱的意识阶段中了。

要旨　这节诗中对奎师那意识和玛亚意识作了区分。玛亚意识(guṇeṣu)牵涉到对物质自然三种属性的依附；在这种情况下，人有时在善良属性和知识的影响下活动，有时在激情属性的控制下活动，有时则在愚昧属性的控制下活动。这些以物质享乐为执著中心的不同性质的活动，是灵魂过受制约生活的根源。但同一个意识(cetaḥ)被转向至尊人格首神奎师那，也就是说当人具有奎师那意识时，他就走在解脱的路途上了。

第 16 节　अहं ममाभिमानोत्थैः कामलोभादिभिर्मलैः ।
वीतं यदा मनः शुद्धमदुःखमसुखं समम् ॥१६॥

ahaṁ mamābhimānotthaiḥ
kāma-lobhādibhir malaiḥ

vītaṁ yadā manaḥ śuddham
aduḥkham asukhaṁ samam

aham—我 / mama—我的 / abhimāna—从错误的概念 / utthaiḥ—产生了 / kāma—贪图享受的欲望 / lobha—贪婪 / ādibhiḥ—等等 / malaiḥ—从不纯洁 / vītam—摆脱 / yadā—当……时 / manaḥ—心 / śuddham—纯粹的 / aduḥkham—没有痛苦 / asukham—没有快乐 / samam—平衡

译文 人一旦完全清除了以“我”为中心的错误的躯体认同，及以“我的”为表现形式的躯体拥有感所产生的物质享乐的欲望和贪婪，人的心就纯净了。在那种纯净的状态中，他超越所谓的物质苦乐。

要旨 “物质享乐的欲望(kāma)”和“贪婪(lobha)”是物质存在的征象。每一个生物体都想要拥有些什么。这节诗中说，物质享乐的欲望和贪婪是错误地把自我与躯体相认同的产物。人一旦清除这种污染，他的心和意识也就获得自由，恢复它们原本的状态。心、意识和生物都存在。每当我们说生物时，就包括了心和意识。我们的心和意识一旦得到净化，我们的生活状态就立刻从受制约的生活状态，转变为解脱的生活状态。心和意识净化后，人就超越了物质的快乐和痛苦。

主卡皮拉一开始说，完美的瑜伽可以使人超越物质的快乐和痛苦。这节诗解释了如何能做到这一点，那就是：人必须通过练奉爱瑜伽净化他的心和意识。正如《纳茹阿达 · 潘查茹阿陀》(Nārada-pañca-rātra)中所说，人的心和感官都应该得到净化(tat-paratvena nirmalam)。人的感官必须用于为至尊主做奉爱服务。方法就是如此。心必须要有所从事。人不能使心放空。当然，有人愚蠢地试图使心放空，但那是不可能的。真正能净化心的方法是，让它全神贯注于奎师那。这样，意识自然也就被彻底净化，使物质享乐的欲望和贪婪无机可乘。

第 17 节　तदा पुरुष आत्मानं केवलं प्रकृतेः परम् ।
निरन्तरं स्वयंज्योतिरणिमानमखण्डितम् ॥१७॥

tadā puruṣa ātmānaṁ
kevalaṁ prakṛteḥ param
nirantaraṁ svayaṁ-jyotir
aṇimānam akhaṇḍitam

tadā－那时 / puruṣaḥ－个体灵魂 / ātmānam－他自己 / kevalam－纯粹 / prakṛteḥ param－超越物质存在 / nirantaram－没有不同 / svayam-jyotiḥ－自放光芒 / aṇimānam－极微小的 / akhaṇḍitam－不会成碎片

译文　那时，灵魂可以看到他自己超越物质存在，总是自放光芒，尽管体积很小，但却永远不被分成碎片。

要旨　在纯粹的意识状态——奎师那意识状态中，人可以看到自己是在质上与至尊主一样的一个微小部分。正如《博伽梵歌》中所说：个体灵魂——吉瓦(jīva)，永恒是至尊主不可缺少的一部分。就像每一个阳光粒子，都是太阳光芒的一个微小部分，生物是至尊灵魂的微小部分。与物质世界中的展现不同，个体灵魂和至尊主其实永远在一起，并非是毫无关系地分开存在着。尽管个体灵魂从一开始就是独立的灵性粒子，但人不该以为，由于个体灵魂是灵性的粒子，所以被完全从整体灵性能量分离出来，不再与整体灵性能量有关系。假象宗(Māyāvāda)哲学承认整体灵性能量的存在，但却说整体灵性能量被分割出来的碎片部分——个体灵魂(jīva)，受到了错觉能量的蒙蔽。但这种哲学令人无法接受，因为灵性无法像物质一样被分成碎片。只要有至尊灵魂，就有祂不可缺少的一部分。只要有太阳，就有太阳光粒子。

韦达文献中描述个体灵魂的大小是头发尖的一万分之一。因此灵魂极其微小。至尊灵魂无限大，个体灵魂无限小，但他在质上与至尊灵魂一样。这节诗中有两个词特别值得我们留意，其中的一个是“没有区别或质上一样的(nirantaram)”。个体灵魂在这节诗中被说成是“极其微小的(aṇimānam)”。至尊灵魂无所不在，但个体灵魂是很小的灵魂。梵文akhaṇḍitam的意思不是“被分成碎片”，而是“从构成上来说永远是极其微小的”。没人能把阳光粒子跟太阳分开，但阳光粒子无法扩张到与太阳本身一样大。同样，生物的原本状态是：在质上与至尊灵魂一样，但却极其微小。

第 18 节 ज्ञानवैराग्ययुक्तेन भक्तियुक्तेन चात्मना ।
परिपश्यत्युदासीनं प्रकृतिं च हतौजसम् ॥१८॥

jñāna-vairāgya-yuktena
bhakti-yuktena cātmanā
paripaśyaty udāsīnaṁ
prakṛtiṁ ca hataujasam

jñāna－知识 / vairāgya－弃绝 / yuktena－具备了 / bhakti－奉爱服务 / yuktena－具备了 / ca－和 / ātmanā－以心 / paripaśyati－人看到 / udāsīnam－不再关心 / prakṛtim－物质存在 / ca－和 / hata-ojasam－力量减弱

译文 在觉悟了自我的状态下，人通过做奉爱服务实践知识与弃绝，就会以正确的观点看待一切，就会不再关心物质存在，而物质的影响力对他的作用也越来越小。

要旨 正如病菌传播后会影响体弱者，物质自然的影响或错觉能量会对灵性虚弱的人——受制约的灵魂起作用，但却影响不了解脱的灵魂。觉悟自我是灵魂解脱了的状态。人可以靠知识和弃绝(vairāgya)了解他原本的状态。没有知识不可能有觉悟。觉悟到自己是至尊灵魂极微小的部分，使人不再依恋物质受制约的生活，而这是奉爱服务的开始。人除非摆脱了物质的污染，否则无法为至尊主做奉爱服务。这节诗中说：当人充分了解了自己的原本状态，处在人生的弃绝阶段(jñāna-vairāgya-yuktena)，不再受物质的吸引时，他就可以怀着爱心为至尊主做纯粹的奉爱服务(bhakti-yuktena)。梵文“人会看到(pari-paśyati)”一句的意思是：他能以正确的观点看待一切。那时，物质自然的影响对他来说便几乎不存在了。《博伽梵歌》第18章的第54节诗中也证实这一点说：人一旦觉悟了自我，就会变得快乐，不再受物质自然的影响，不再悲伤和渴求(brahma-bhūtaḥ prasannātmā)。在同一节诗中，至尊主还说：那种状态是奉爱服务真正开始的状态(mad-bhak-tiṁ labhate parām)。同样，《纳茹阿达·潘查茹阿陀》(Nārada-pañcarā-tra)中说，感官得到净化后，才能为至尊主做奉爱服务。还有物质污染的人，无法成为真正的奉献者。

第 19 节　न युज्यमानया भक्त्या भगवत्यखिलात्मनि ।
सदृशोऽस्ति शिवः पन्था योगिनां ब्रह्मसिद्धये ॥१९॥

na yujyamānayā bhaktyā
bhagavaty akhilātmani
sadṛśo 'sti śivaḥ panthā
yogināṁ brahma-siddhaye

na－不 / yujyamānayā－做 / bhaktyā－奉爱服务 / bhagavati－向至尊人格首神 / akhila-ātmani－超灵 / sadṛśaḥ－如 / asti－那是 / śivaḥ－吉祥 / panthāḥ－途径 / yoginām－瑜伽师们的 / brahma-siddhaye－为了达到觉悟自我的完美境界

译文　瑜伽师无论练哪种瑜伽，除非为至尊人格首神做奉爱服务，否则不可能彻底觉悟自我，因为做奉爱服务之途是唯一吉祥的路。

要旨 这节诗中明确地说，知识与弃绝除非与奉爱服务联系上，否则永远都不是完美的。诗中梵文“不从事(na yujyamānayā)”是指“没有契合于奉爱服务”。一旦提到奉爱服务，就要问是为谁服务。答案是：奉爱服务的对象是至尊人格首神——一切的超灵，因为那是唯一可靠的获得自我觉悟(梵觉, Brahman realization)的方法。梵文“为了达到觉悟自我的完美境界(brahma-siddhaye)”一句是指，了解自己不同于物质，了解自己是梵(布茹阿曼)。梵文的另一种说法是“我是灵魂(ahaṁ brahmāsmi)”。“觉悟自我的完美境界(brahma-siddhi)”的意思是，人应该知道他不是物质，而是纯洁的灵魂。瑜伽师们练的瑜伽虽然种类不同，但每一位瑜伽师最终都应该努力觉悟自我——获得梵觉。这节诗中明确地说，人除非全心全意地为至尊人格首神做奉爱服务，否则无法轻易地接近觉悟自我的完美境界。

《圣典博伽瓦谭》第1篇第2章的一开始便说，人一旦为华苏戴瓦(Vāsudeva)做奉爱服务，灵性的知识和对物质世界的弃绝精神便自动展示出来。因此，奉献者不必为获得知识或弃绝而做额外的努力。奉爱服务本身是如此强大有力，以致凭借人的服务态度，一切就揭示了。这节诗中说，这是获得自我觉悟的唯一吉祥的路(śivaḥ panthāḥ)。奉爱服务之途是获得梵觉最机密的途径。通过做奉爱服务的吉祥途径所达到的梵觉中的完美境界(brahma-siddhi)，不是指所谓的梵觉——对梵光的认识。梵光(brahmajyoti)的后面有至尊人格首神。在奥义书中，奉献者向至尊主祈祷说，请祂仁慈地移开梵光，以便奉献者能看到被梵光遮住的至尊主那真正、永恒的形象。人除非觉悟到至尊主的超然形象，否则没有奉爱(bhakti)可言。奉爱需要有接受奉爱服务的人，以及做奉爱服务的奉献者。通过做奉爱服务所达到的梵觉的完美境界，是对至尊人格首神的认识。了解至尊人格首神身体放射出的光芒，并不是梵觉的完美境界。对至尊人的超灵(Paramātmā)特征的认识也不完美，因为至尊人格首神(Bhagavān)就是超灵(akhilātmā)。认识了至尊人物的人，自然也就认识到衪的超灵特征和梵光特征，而这种完整的认识才是完整的梵觉(brahma-siddhi)。

第 20 节　प्रसङ्गमजरं पाशमात्मनः कवयो विदुः ।
स एव साधुषु कृतो मोक्षद्वारमपावृतम् ॥२०॥

prasaṅgam ajaraṁ pāśam
ātmanaḥ kavayo viduḥ
sa eva sādhuṣu kṛto
mokṣa-dvāram apāvṛtam

prasaṅgam一执著 / ajaram一强大的 / pāśam一纠缠 / ātmanaḥ一灵魂的 / kavayaḥ一有学识的人 / viduḥ一知道 / saḥ eva一同一个 / sādhuṣu一向奉献者们 / kṛtaḥ一应用 / mokṣa-dvāram一解脱之门 / apāvṛtam一打开了

译文　每一位博学之人都清楚，对灵性的灵魂来说，依恋物质是最大的束缚。但如果把那同一种依恋用来依恋觉悟了自我的奉献者，解脱的大门就敞开了。

要旨　这节诗中明确地声明：对一件事物的依恋是被捆绑在受制约生活中的根源，但当同一个依恋被用在另一件事物上时，解脱的大门就敞开了。人无法扼杀依恋这种情感，它只需要转移。当人依恋物质事物时，他的意识就被称为是物质意识，而当他依恋奎师那或奎师那的奉献者时，他的意识就被称为是奎师那意识。有意识才会有依恋的情感，而依恋物质对象还是灵性对象取悦于人的意识状态。这节诗中明确地说，当我们净化自己的意识，使之从物质意识转变为奎师那意识时，我们就获得了解脱。尽管有一种说法是，人应该中止依恋的情感，但对生物来说，要变得没有愿望是不可能的事。生物的本性使之具有依恋某种事物的倾向。我们看到，如果某人没有孩子，没有任何可依恋的对象，他就会把依恋的情感转移到猫和狗身上。这说明人无法去除依恋的倾向；它必须被用在最佳的对象上。如果我们把依恋的情感用于依恋物质事物，我们就会继续被束缚在受制约的状态中，但同样的依恋情感如果转移到至尊人格首神或祂的奉献者身上，那它就成了解脱的根源。

这节诗中推荐说，应该把依恋的情感转向圣人(sādhu)——觉悟了自我的奉献者。那么，什么样的人是圣人呢？并不是一个普通人穿上一身橙黄色长袍或留长胡子就是圣人了。《博伽梵歌》中描述说，坚定不移地做奉爱服务的人是圣人。即使一个人无法严格地遵守奉爱服务的规范守则，但只要他对至尊人格首神奎师那有坚定不移的信心，他就被视为是圣人(sādhur eva sa mantavyaḥ)(《博伽梵歌》9.30)。圣人是全心全意走奉爱服务之途的人。这节诗中推荐说：谁一心一意想要觉悟梵——布茹阿曼，达到灵性的完美境界，谁就应该把依恋之情转向奉献者——圣人。在《永恒的柴坦亚经》中篇第22章的第54节诗中，主柴坦亚(Caitanya)证实这一点说：仅仅与圣人联谊片刻，就能使人达到完美(lava-mātra sādhu-saṅge sarva-siddhi haya)。

梵文“伟大的灵魂(mahātmā)”与“圣人(sādhu)”是同义词。《圣典博伽瓦谭》第5篇第5章的第2节诗中说：侍奉伟大的灵魂——至尊主的崇高奉献者，是通向解脱的康庄大道；为物质主义者服务则适得其反(mahat-sevāṁ dvāram āhur vimuktes tamo-dvāraṁ yoṣitāṁ saṅgi-saṅgam)。谁为一心只忙于感官享乐的人服务，谁就会因为与这种十足的物质主义者联谊而为自己打开了通向地狱的门。这节诗中证实了同一个道理。依恋奉献者就是依恋为至尊主的服务，因为人与圣人联谊的结果是：圣人会教导他如何成为奉献者，以及至尊主的崇拜者和真诚的仆人。这些是圣人给予的礼物。我们如果想要与圣人交往、联谊，就不能期望他教我们如何改善物质状况。他会给我们的教导是：如何斩断物质情感的结，去除物质污染，如何提升自我进入奉爱服务的领域。那就是与圣人联谊的结果。解脱之途始于与圣人的交往、联谊：这是卡皮拉·牟尼首先给予祂母亲的教导。

第 21 节　तितिक्षवः कारुणिकाः सुहृदः सर्वदेहिनाम् ।
अजातशत्रवः शान्ताः साधवः साधुभूषणाः ॥२१॥

titikṣavaḥ kāruṇikāḥ
suhṛdaḥ sarva-dehinām
ajāta-śatravaḥ śāntāḥ
sādhavaḥ sādhu-bhūṣaṇāḥ

titikṣavaḥ—忍受 / kāruṇikāḥ—慈悲 / suhṛdaḥ—友好 / sarva-dehinām—对所有的生物体 / ajāta-śatravaḥ—不与任何人为敌 / śāntāḥ—平静的 / sādhavaḥ—遵守经典的指示 / sādhu-bhūṣaṇāḥ—以崇高的品格为装饰

译文　圣人的表现是：他忍受、仁慈，友好对待众生。他不与任何生物为敌，总是平静安详；他遵守经典的指示，各项品德都很崇高。

要旨　如以上所说，圣人(sādhu)就是至尊主的奉献者。他所关心的是教导人们为至尊主做奉爱服务。那是他的仁慈。他知道，没有为至尊主做奉爱服务，人生就被糟蹋了。奉献者走遍全世界，挨家挨户地宣传说：“培养奎师那意识。当主奎师那的奉献者。不要仅仅为满足动物的习性而糟蹋了你的人生。人生是为使受制约的灵魂觉悟自我、培养奎师那意识而设的。”这些都是圣人宣传的内容。他不满足于只是自己得到解脱，而总想着其他人。他是最同情全体堕落灵魂的人。对堕落灵魂满怀同情(kāruṇikāḥ)是他的品德之一。至尊主的奉献者——圣人，在传播知识的过程中会遇到那么多的阻力，因此他必须能忍受一切。由于受制约的灵魂并没有准备接受有关奉爱服务的超然知识，有人也许就会虐待他。受制约的灵魂处在生病的状态中；他们不喜欢超然的知识。为了让人们深入了解奉爱服务的重要性，圣人必须从事吃力不讨好的工作，有时甚至受到暴力的攻击。耶稣基督被钉上了十字架；哈瑞达斯·塔库尔(Haridāsa Ṭhākura)被拖到二十二个集市上挨打；主柴坦亚的主要助手尼提阿南达(Nityānanda)被佳盖(Jagāi)和玛戴(Mādhāi)用暴力攻击。然而，由于他们的使命是拯救堕落的灵魂，他们忍受这一切。圣人的品德之一是：他非常能忍受，并对所有堕落的灵魂十分仁慈。他仁慈，因为他是众生的祝愿者。他不仅是人类社会的祝愿者，还是动物社会的祝愿者。这节诗中的梵文“对所有的生物体(sarva-dehinām)”一句，是指所有接受了物质躯体的生物。不仅是人类有物质躯体，猫和狗等其他生物体也都有物质躯体。至尊主的奉献者对猫、狗、树木等一切众生都很仁慈。他以能使他们最终摆脱物质束缚的方式对待他们。主柴坦亚的门徒之一希瓦南达·塞纳(Śivānanda Sena)，通过以超然的方式对待一条狗，使那条狗得到了解脱。有关狗得到圣人的善待而得到解脱的例子有很多，因为圣人们从事的是对一切众生有益的最高等的慈善活动。然而，尽管圣人对众生没有敌意，但整个世界是如此的忘恩负义，有许多人甚至把圣人当敌人。

敌人和朋友之间的区别在哪里？在于行为方式和态度。圣人对待全体受制约的灵魂的方式和态度是，要让他们最终摆脱物质束缚。因此，从救助受制约灵魂这方面看，没有谁比圣人更友好了。圣人冷静、沉着，平静地遵守经典的原则。遵守经典原则，同时当至尊主的奉献者的人，才是圣人。真正遵守经典原则的人，必然是神的奉献者，因为所有的经典(śāstra)都指示我们要服从人格首神的命令。因此说，遵守经典的教导并当至尊主的奉献者的人，才是圣人。所有这些特征在奉献者身上都很明显。奉献者培养出半神人所有美好的品德；相反，非奉献者即使具有学术上的资格，但按照超然觉悟的标准看，却没有真正美好的品质或资格。

第22节 मय्यनन्येन भावेन भक्तिं कुर्वन्ति ये दृढाम् ।
मत्कृते त्यक्तकर्माणस्त्यक्तस्वजनबान्धवाः ॥२२॥

mayy ananyena bhāvena
bhaktiṁ kurvanti ye dṛḍhām
mat-kṛte tyakta-karmāṇas
tyakta-svajana-bāndhavāḥ

mayi－向我 / ananyena bhāvena－以坚定不移的决心 / bhaktim－奉爱服务 / kurvanti－执行 / ye－……的那些人 / dṛḍhām－坚定 / mat-kṛte－为我 / tyakta－弃绝 / karmāṇaḥ－活动 / tyakta－放弃了 / sva-jana－家庭关系 / bāndhavāḥ－种种友谊

译文 这样的圣人坚定不移地为至尊主做奉爱服务。为了至尊主，他切断与家人及亲朋好友的关系等在这个世界里的一切联系。

要旨 处在人生的弃绝阶段的人——托钵僧(sannyāsī)，因为放弃了家庭、安逸生活、朋友、亲属，以及对家人和朋友的责任，又被称为圣人——萨杜(sādhu)。他为了至尊人格首神的缘故而放弃一切。托钵僧属于人生的弃绝阶层，但他的弃绝只有当他尽力以极为苦行的方式为至尊主做服务时才会获得成功。正因为如此，这节诗中说，坚定不移地为至尊主做奉爱服务(bhaktiṁ kurvanti ye dṛḍhām)并处在弃绝状态的人才是圣人。谁放弃对社会和家庭的一切责任，以及世俗人道主义，只为至尊主服务，谁就是圣人。人一旦在世上出生，就要对大众、半神人、伟大的圣人、一般生物体、自己的父母和祖先等承担许多责任。当他为侍奉至尊主而放弃所有这些责任时，他不会因此而受到惩罚；但如果为自己的感官享乐而放弃所有这些责任，就会受到自然法律的惩罚。

第23节 मदाश्रयाः कथा मृष्टाः शृण्वन्ति कथयन्ति च ।
तपन्ति विविधास्तापा नैतान्मद्गतचेतसः ॥२३॥

mad-āśrayāḥ kathā mṛṣṭāḥ
śṛṇvanti kathayanti ca
tapanti vividhās tāpā
naitān mad-gata-cetasaḥ

mat-āśrayāḥ—有关我的 / kathāḥ—叙述 / mṛṣṭāḥ—令人愉快的 / śṛṇvanti—他们聆听 / kathayanti—他们吟诵、吟唱 / ca—和 / tapanti—造成痛苦 / vividhāḥ—各种各样的 / tāpāḥ—物质痛苦 / na—不会 / etān—向他们 / mat-gata—稳定地想着我 / cetasaḥ—他们的思想

译文 圣人一直不断地吟诵、吟唱和聆听有关我——至尊人格首神的一切，心中总是充满对我的娱乐时光和活动的记忆，因此感受不到来自物质存在的痛苦。

要旨 物质存在中有多种多样的痛苦，其中有与躯体和心有关的痛苦，有其他生物体强加的痛苦，也有自然灾害造成的痛苦。然而，圣人因为心中充满了奎师那意识，所以不受这些痛苦情况的打扰。正因为如此，圣人除了喜欢谈论至尊主的活动，不愿意谈与至尊主无关的一切。安巴瑞施王(Mahārāja Ambarīṣa)一生只谈与至尊主的娱乐活动有关的内容。《圣典博伽瓦谭》第9篇第4章的第18节诗中说：他把他的言语只用于赞美至尊人格首神(vacāṁsi vaikuṇṭha-guṇānu-varṇane)。圣人总是喜欢聆听至尊主或祂的奉献者的活动。由于他们充满了奎师那意识，他们竟忘了物质的痛苦。普通的受制约的灵魂，因为忘了至尊主的活动，所以总是内心充满焦虑和物质的烦恼。然而，奉献者由于总是在谈论有关至尊主的话题，便忘了物质存在的痛苦。

第 24 节　त एते साधवः साध्वि सर्वसङ्गविवर्जिताः ।
सङ्गस्तेष्वथ ते प्रार्थ्यः सङ्गदोषहरा हि ते ॥२४॥

ta ete sādhavaḥ sādhvi
sarva-saṅga-vivarjitāḥ
saṅgas teṣv atha te prārthyaḥ
saṅga-doṣa-harā hi te

te ete一那些 / sādhavaḥ一奉献者们 / sādhvi一贞洁的妇女 / sarva一所有的 / saṅga一执著 / vivarjitāḥ一摆脱了 / saṅgaḥ一执著 / teṣu一向他们 / atha一因此 / te一由你 / prārthyaḥ一必须寻求 / saṅga-doṣa一物质依恋所产生的有害影响 / harāḥ一……的抵消者 / hi一事实上 / te一他们

译文　啊，我的母亲，贞洁的女士！这些都是去除一切执著的伟大奉献者所具有的品德。您必须追求对这种神圣之人的依恋，因为这会抵消物质依恋所产生的有害影响。

要旨　卡皮拉·牟尼在这节诗中建议祂母亲黛瓦瑚缇说：如果她想要去除物质的依恋，她就应该增强对圣人的依恋之情，这些圣人是完全摆脱了一切物质依恋的奉献者。《博伽梵歌》第15章的第5节诗中谈到什么样的人有资格进入首神的王国说：谁彻底摆脱了因物质拥有而骄傲自大的状态(nirmāna-mohā jita-saṅga-doṣāḥ)，谁才有资格进入神的王国。一个人从物质的角度看也许很富有、很值得尊敬，但他如果真想要进入灵性的王国，回归家园，回到首神身边，就必须摆脱因物质拥有而骄傲的状态，因为物质拥有只是幻象而已。

这里用“错觉、幻觉(moha)”一词是指，对贫穷或富有的错误理解。在这个物质世界里，对有关贫穷与富有等与物质存在有关的这类概念都是错误的，因为我们现有的这个躯体本身就是短暂、不真实的。准备摆脱这个物质束缚的纯洁灵魂，必须先摆脱与物质自然三种属性的接触。我们的意识因为与物质自然三种属性的接触，在现阶段是被污染了的。正因为如此，《博伽梵歌》中谈到同样的原则说：人应该摆脱物质自然三种属性接触的污染(jita-saṅga-doṣāḥ)。在《圣典博伽瓦谭》的这节诗中也确认说：准备把自己转入灵性王国的纯粹奉献者，摆脱了物质自然三种属性的影响。我们必须寻求与这样的奉献者联谊。为此，我们开创了国际奎师那意识协会。人类社会中有许许多多贸易、科技等协会，以发展某种教育或培养某种意识，但却没有一个协会是帮助人摆脱物质能量束缚的。人如果达到下决心要清除物质污染的阶段，就必须寻求奉献者的联谊，通过这种联谊培养奎师那意识，以此摆脱物质能量的束缚。

奉献者因为免于物质能量的污染，所以不受物质存在痛苦的影响。他虽然身在物质世界里，但却不受物质世界痛苦的影响。这怎么可能呢？猫的活动就是一个很好的例子。母猫用它的嘴衔住它的小猫仔，也用它的嘴叼住被它杀死的老鼠；同样是在猫嘴里，但小猫仔和老鼠的处境却截然不同。小猫仔在妈妈的嘴里感到很舒适，但被猫捕住的老鼠在猫嘴里感到的却是死亡的气息。同样道理，怀着奎师那意识为至尊主做超然服务的奉献者，感受不到物质存在的痛苦，但没有奎师那意识的非奉献者却实实在在地感到物质存在的痛苦。因此，人应该停止与物质主义者交往，寻求为主奎师那做奉爱服务的人的联谊。通过这样的联谊，他将受益于灵性的提升。靠奉献者的话语和教导，他将能够斩断对物质存在的依恋。

第 25 节 सतां प्रसङ्गान्मम वीर्यसंविदो
भवन्ति हृत्कर्णरसायनाः कथाः ।
तज्जोषणादाश्वपवर्गवर्त्मनि
श्रद्धा रतिर्भक्तिरनुक्रमिष्यति ॥२५॥

satāṁ prasaṅgān mama vīrya-saṁvido
bhavanti hṛt-karṇa-rasāyanāḥ kathāḥ

taj-joṣaṇād āśv apavarga-vartmani
śraddhā ratir bhaktir anukramiṣyati

satām—纯粹奉献者的 / prasaṅgāt—通过联谊 / mama—我的 / vīrya—种种奇妙的活动 / saṁvidaḥ—通过讨论 / bhavanti—变成 / hṛt—对心 / karṇa—对耳朵 / rasa-ayanāḥ—令人愉快 / kathāḥ—叙述 / tat—那 / joṣaṇāt—培养 / āśu—很快 / apavarga—解脱的 / vartmani—在道路上 / śraddhā—坚定的信念 / ratiḥ—吸引 / bhaktiḥ—奉爱 / anukramiṣyati—将依次跟随

译文 在与纯粹奉献者联谊的过程中，谈论至尊人格首神的娱乐时光和活动，能使耳朵及心感到极为快乐与满足。通过培养这样的知识，人在解脱之途上逐步向前迈进。之后，他达到解脱的状态，变得稳定地受这一切的吸引。接着，真正的热爱之情及奉爱服务就开始了。

要旨 这里讲述了增强奎师那意识和做奉爱服务的程序。首先，人必须寻找具有奎师那意识并在积极地做奉爱服务的人，争取与他们交往、联谊。没有这样的联谊，人无法取得灵性的进步。仅仅靠理论知识或研究，人无法取得大的进步。人必须停止与物质主义者交往、联谊，寻求奉献者的联谊，因为没有奉献者的联谊，人无法了解至尊主的活动。人们一般都相信绝对真理不具人格特征。由于他们不与奉献者交往、联谊，他们无法了解绝对真理可以是一个人并有个人的活动。这是个非常难理解的主题，人除非理解绝对真理是至尊人，否则根本谈不上奉爱之情。人无法为不具人格特征的事物服务或怀有奉爱之情。服务的对象必定是人。非奉献者无法通过阅读《圣典博伽瓦谭》或其他描述至尊主活动的韦达文献，欣赏、领会到奎师那意识；从没有人以正确的心态向他们解释真正的灵性生活，所以他们以为这些活动都是人虚构出的故事。要理解至尊主个人的活动，人必须寻求奉献者们的联谊；透过这样的联谊，当人用心思索并努力理解至尊主的活动时，解脱的路途就在他面前展开，他就自由了。对至尊人格首神有坚定的信心之人变得稳定，越来越受到与至尊主和奉献者交往、联谊的吸引。与奉献者交往、联谊，就意味着与至尊主交往、联谊。争取这一交往、联谊的奉献者，发展出为至尊主做服务的意识。随后，由于处在做奉爱服务的超然状态中，他逐渐变得完美。

第 26 节

भक्त्या पुमाञ्जातविराग ऐन्द्रियाद्
दृष्टश्रुतान्मद्रचनानुचिन्तया ।
चित्तस्य यत्तो ग्रहणे योगयुक्तो
यतिष्यते ऋजुभिर्योगमार्गैः ॥२६॥

bhaktyā pumāñ jāta-virāga aindriyād
dṛṣṭa-śrutān mad-racanānucintayā
cittasya yatto grahaṇe yoga-yukto
yatiṣyate ṛjubhir yoga-mārgaiḥ

bhaktyā—靠奉爱服务 / pumān—人 / jāta-virāgaḥ—发展出厌恶 / aindriyāt—感官享乐 / dṛṣṭa—看到(在这个世界里) / śrutāt—听到(在另一个世界里) / mat-racana—我创造的活动等 / anucintayā—通过不断地向着 / cittasya—在心中 / yattaḥ—从事 / grahaṇe—控制住 / yoga-yuktaḥ—坚持做奉爱服务 / yatiṣyate—将会努力 / ṛjubhiḥ—容易 / yoga-mārgaiḥ—通过神秘力量的程序

译文 这样，在与奉献者联谊的情况下自觉地做奉爱服务，一直不断地想着至尊主的活动，人就会对这一生和下一世的感官享乐感到厌倦。这个奎师那意识程序，是获得神秘力量最容易的程序；人一旦真正走在奉爱服务之途上，就有能力控制他的心了。

要旨 所有的经典中都鼓励人以虔诚的方式活动，以便他们不仅在这一生可以享受感官满足，在来世也可以。例如，经典许诺人如果从事虔诚的功利性活动，就可以被提升到更高星系上的天堂王国中去。但与奉献者们交往、联谊的奉献者，更愿意思考至尊主的活动：祂是如何创造了这个宇宙的？祂如何维系它？这个创造是如何被毁灭的？至尊主的娱乐活动在灵性王国中是如何进行的？有许多经典中都充满了对至尊主活动的描述，尤其是《博伽梵歌》、《布茹阿玛·萨密塔》和《圣典博伽瓦谭》。与其他奉献者联谊的真诚的奉献者，得到机会聆听和思索有关至尊主娱乐活动的内容，结果是：他对这个或那个世界、天堂或其他星球的所谓快乐感到厌烦。奉献者只对被转到可以与至尊主本人交往、联谊的地方感兴趣；短暂的所谓快乐对他们不再有吸引力。这就是“坚持做奉爱服务的人(yoga-yukta)”的状态。总是全神贯注于练神秘瑜伽的人，不受这个世界或那个世界的诱惑的打扰。他只对与灵性理解或灵性处境有关的内容感兴趣。这种超然、崇高的境界通过奉爱瑜伽这一最简单的程序就能轻易达到。这节诗中说“通过神秘瑜伽力量的程序轻易地……(ṛjubhir yoga-mārgaiḥ)”，其中用了“非常容易(ṛjubhiḥ)”一词。有很多种瑜伽程序(yoga-mārga)可以使人达到瑜伽的完美境界，但为至尊主做奉爱服务这一程序最简单。它不仅是最简单的程序、方法，而且所得到的结果是最完美的。因此，大家都应该尝试采用培养奎师那意识——为奎师那做奉爱服务这一程序，争取达到生命的最完美的境界。

第 27 节　असेवयायं प्रकृतेर्गुणानां
ज्ञानेन वैराग्यविजृम्भितेन ।
योगेन मय्यर्पितया च भक्त्या
मां प्रत्यगात्मानमिहावरुन्धे ॥२७॥

asevayāyaṁ prakṛter guṇānāṁ
jñānena vairāgya-vijṛmbhitena

yogena mayy arpitayā ca bhaktyā
mām pratyag-ātmānam ihāvarundhe

asevayā一不做服务 / ayam一这样的人 / prakṛteḥ guṇānām一物质自然属性的 / jñānena一由知识 / vairāgya一以弃绝 / vijṛmbhitena一培养出 / yogena一通过练瑜伽 / mayi一向我 / arpitayā一专注 / ca一和 / bhaktyā一以奉爱 / mām一向我 / pratyak-ātmānam一绝对真理 / iha一就在此生 / avarundhe一会达到

译文 我是至高无上的人物——绝对真理。因此，通过培养奎师那意识，在有知识的情况下弃绝，而不是为物质自然属性服务，通过练习始终全神贯注地为至尊人格首神做奉爱服务的瑜伽，人在这一生就会得到我的联谊。

要旨 权威经典中宣布奉爱瑜伽中共有聆听(śravaṇam)、吟诵吟唱(kīrtanam)、记忆、崇拜、祈祷和提供个人服务等九种方法，当人以这九种方法中的一种、两种、三种或全部的方法为至尊主做奉爱服务时，他自然就没机会为物质自然三种属性服务了。人除非积极地做灵性服务，否则没有可能摆脱对物质服务的依恋。正因为如此，非奉献者们对开办医院或慈善机构等所谓的人道主义活动感兴趣。从虔诚活动的角度看，这些无疑是善行，而从事这种善行的结果是：行善者会在此生或来世得到一些享受感官满足的机会。然而，奉爱服务超越感官享乐的范畴，完全是灵性的活动。当人从事奉爱服务的灵性活动时，他自然就不会有机会从事感官享乐的活动了。

具有奎师那意识的活动并非在盲目的情况下从事，而是在清楚了解知识的情况下以弃绝的精神从事的。这种怀着奉爱之情始终全神贯注于至尊人格首神的瑜伽练习，使人在这一世就生活在解脱的状态中。从事奉爱服务这种灵性活动的人，接触上了至尊人格首神。正因为如此，主柴坦亚推荐从觉悟了的奉献者那里聆听有关至尊主的娱乐活动这一方法。听众属于哪一种类型并不重要，只要他从觉悟了自我的灵魂那里恭顺地聆听有关至尊主的娱乐活动，他就能征服用任何其他方法都无法征服的至尊人格首神。聆听或与奉献者交往、联谊，是最重要的觉悟自我的方法。

第 28 节

देवहूतिरुवाच
काचित्त्वय्युचिता भक्तिः कीदृशी मम गोचरा ।
यया पदं ते निर्वाणमञ्जसान्वाश्नवा अहम् ॥२८॥

devahūtir uvāca
kācit tvayy ucitā bhaktiḥ
kīdṛśī mama gocarā
yayā padaṁ te nirvāṇam
añjasānvāśnavā aham

devahūtiḥ uvāca—黛瓦瑚缇说 / kācit—什么 / tvayi—向你 / ucitā—适当的 / bhaktiḥ—奉爱服务 / kīdṛśī—什么样的 / mama—由我 / gocarā—适于练习的 / yayā—……的 / padam—足 / te—您的 / nirvāṇam—解脱 / añjasā—立即 / anvāśnavai—会达到 / aham—我

译文 听了至尊主的这番说明后，黛瓦瑚缇询问道：哪一类的奉爱服务可以帮助我更容易地实际去做，并使我能立刻获得侍奉您莲花足的机会。

要旨 《博伽梵歌》中说：人人有权利为至尊主做奉爱服务。一个人，无论是女性、劳工还是商人，只要他为至尊主做奉爱服务，就会被提升到最完美的境界中，回归家园，回到首神身边。灵性导师仁慈地决定让不同类型的奉献者做最适合于自身灵修的奉爱服务。

第 29 节

यो योगो भगवद्बाणो निर्वाणात्मंस्त्वयोदितः ।
कीदृशः कति चाङ्गानि यतस्तत्त्वावबोधनम् ॥२९॥

yo yogo bhagavad-bāṇo
nirvāṇātmaṁs tvayoditaḥ
kīdṛśaḥ kati cāṅgāni
yatas tattvāvabodhanam

yaḥ一……的 / yogaḥ一神秘瑜伽程序 / bhagavat-bāṇaḥ一目的是至尊人格首神 / nirvāṇa-ātman一涅槃的人格化身啊 / tvayā一由您 / uditaḥ一解释了 / kīdṛśaḥ一什么样的 / kati一有多少 / ca一和 / aṅgāni一分支 / yataḥ一……的 / tattva一真理的 / avabodhanam一理解

译文 如您所解释的，神秘瑜伽系统的目标是至尊人格首神，练习的目的是彻底结束物质存在。请让我了解那个瑜伽系统的本质。有多少方法可以使人实际了解那个崇高的瑜伽体系呢？

要旨 有不同种类的神秘瑜伽系统，可以使人觉悟绝对真理不同的方面。思辨瑜伽(jñāna-yoga)系统的目标是觉悟不具人格特征的梵光；哈塔瑜伽(haṭha-yoga)系统的目标是，觉悟绝对真理处在局部区域的具有人格性的特征——超灵特征；而以聆听和吟诵、吟唱为首的含有九种执行方式的奉爱瑜伽(奉爱服务)系统，以获得对至尊主的全面认识为目标。觉悟自我的方法有很多种，但黛瓦瑚缇在此特别指出的是，至尊主主要解释的奉爱瑜伽系统。奉爱瑜伽系统的九种不同的方式是：聆听、吟诵(吟唱)、记忆、向至尊主祈祷、在庙里崇拜至尊主、为至尊主做服务、执行祂的命令、与祂建立友好的关系，最终为侍奉至尊主而献出一切。这节诗中的“涅槃的人格化身(nirvāṇātman)”一词非常重要。人除非接受奉爱服务的程序，否则无法摆脱物质存在。就思辨者(jñānī)而言，他们对思辨瑜伽感兴趣，但在从事了巨大的苦行后，即使把自己提升到梵光的境界中，还是有可能再次坠入物质世界。因此，思辨瑜伽并不能使人真正结束物质存在。至于以觉悟至尊主处在局部区域的超灵为目标的哈塔瑜伽，纵观历史，包括维施瓦弥陀(Viśvāmitra)等许多练这种瑜伽的瑜伽师都失败了。然而，正如《博伽梵歌》中所证实的，练奉爱瑜伽的人只要接近至尊人格首神，就再也不会回到这个物质世界。《博伽梵歌》第15章的第6节诗中说："去了之后就再也不回来(yad gatvā na nivartante)。"《博伽梵歌》第4章的第9节诗中说：放弃这个躯体后，他永远不再回来接受另一个物质躯体(tyaktvā dehaṁ punar janma naiti)。涅槃(nirvāṇa)并不是灵魂结束其存在。灵魂永存。因此，涅槃的意思是结束物质存在，而结束物质存在意味着回归家园，回到首神身边。

有人会问，生物是怎么从灵性世界掉到物质世界的？回答是：除非人升入外琨塔(Vaikuṇṭha)星球，直接与至尊人格首神接触，否则他无论是处在对不具人格特征的梵的认识的层面上，还是打坐冥想的出神入定状态中，都很容易坠落到世俗的层面上。这节诗中的"目的是至尊人格首神(bhagavad-bāṇaḥ)"一句也很重要，其中梵文词bāṇaḥ的意思是"箭"。奉爱瑜伽系统好似目标对准至尊人格首神的箭，它从不鼓励人把目标对着不具人格特征的梵光或处在局部区域的超灵。这支箭是如此尖锐和快速，以致它贯穿非人格梵和处在局部区域的超灵的范畴，直接飞向至尊人格首神。

第 30 节　तदेतन्मे विजानीहि यथाहं मन्दधीर्हरे ।
सुखं बुद्ध्येय दुर्बोधं योषा भवदनुग्रहात् ॥३०॥

tad etan me vijānīhi
yathāhaṁ manda-dhīr hare
sukhaṁ buddhyeya durbodhaṁ
yoṣā bhavad-anugrahāt

tat etat—同样的那个／me—向我／vijānīhi—请解释／yathā—以便于／aham—我／manda—慢的／dhīḥ—智慧的／hare—我的主啊／sukham—很容易地／buddhyeya—可以理解／durbodham—非常难以理解／yoṣā—一个女人／bhavat-anugrahāt—依靠您的恩慈

译文 亲爱的儿子卡皮拉，我毕竟是个女人。我的智力水平没那么高，所以对我来说，了解绝对真理是非常困难的事。但如果您仁慈地给我讲解，我即使不很聪明，也能理解，从而感到超然的快乐。

要旨 有关绝对真理的知识对普通的智力欠佳之人来说不是很容易理解；但如果灵性导师对门徒足够仁慈，那么无论门徒有多么愚笨，依靠灵性导师神圣的恩典，一切都会揭示给门徒。正因为如此，维施瓦纳特·查夸瓦尔提·塔库尔说：依靠灵性导师的仁慈(ya-sya prasādād)，人可以得到至尊人格首神的仁慈(bhagavat-prasādaḥ)。黛瓦瑚缇请求她伟大的儿子对她仁慈，因为她是智力欠佳的女子，也是祂的母亲。尽管祂所谈论的内容对普通人，尤其是妇女来说很难理解，但凭借卡皮拉戴瓦的仁慈，她就有相当的把握能了解绝对真理。

第31节

मैत्रेय उवाच
विदित्वार्थं कपिलो मातुरित्थं
जातस्नेहो यत्र तन्वाभिजातः ।
तत्त्वाम्नायं यत्प्रवदन्ति साङ्ख्यं
प्रोवाच वै भक्तिवितानयोगम् ॥३१॥

maitreya uvāca
viditvārthaṁ kapilo mātur itthaṁ
jāta-sneho yatra tanvābhijātaḥ
tattvāmnāyaṁ yat pravadanti sāṅkhyaṁ
provāca vai bhakti-vitāna-yogam

maitreyaḥ uvāca—麦垂亚说 / viditvā—知道了 / artham—目的 / kapilaḥ—主卡皮拉 / mātuḥ—祂母亲的 / ittham—如此 / jāta-snehaḥ—变得怜悯 / yatra—向她 / tanvā—从她的身体 / abhijātaḥ—出生 / tattva-āmnāyam—靠师徒传承所接受的真理 / yat—……的 / pravadanti—他们

称为 / sāṅkhyam—数论哲学 / provāca—祂描述 / vai—实际上 / bhakti—奉爱服务 / vitāna—传播 / yogam—神秘瑜伽

译文　圣麦垂亚说：卡皮拉听了祂母亲的说明后，能了解她的用意，并因为自己从她体内生出而对她产生了怜悯之情。祂按照师徒传承传递的信息，阐述结合了奉爱服务与神秘觉悟的数论哲学系统。

第 32 节

श्रीभगवानुवाच
देवानां गुणलिङ्गानामानुश्रविककर्मणाम् ।
सत्त्व एवैकमनसो वृत्तिः स्वाभाविकी तु या ।
अनिमित्ता भागवती भक्तिः सिद्धेर्गरीयसी ॥३२॥

śrī-bhagavān uvāca
devānāṁ guṇa-liṅgānām
　ānuśravika-karmaṇām
sattva evaika-manaso
　vṛttiḥ svābhāvikī tu yā
animittā bhāgavatī
　bhaktiḥ siddher garīyasī

śrī-bhagavān uvāca—至尊人格首神说 / devānām—感官或控制感官的神明 / guṇa-liṅgānām—察觉感官对象的 / ānuśravika—根据经典 / karmaṇām—工作的 / sattve—向心或者向至尊主 / eva—只有 / eka-manasaḥ—内心专注的人 / vṛttiḥ—倾向 / svābhāvikī—自然的 / tu—实际上 / yā—……的 / animittā—没有动机的 / bhāgavatī—对人格首神 / bhaktiḥ—奉爱服务 / siddheḥ—比拯救 / garīyasī—更好

译文　主卡皮拉说：感官是半神人们的象征性代表，其自然倾向是在韦达训示的指导下工作。正如感官是各个半神人的代表，心是至尊人格首神的代表。心的自然倾向是做服务。

当人用那种服务倾向为人格首神做奉爱服务且毫无私人动机时，他就达到了比解脱还要高的境界。

要旨 生物体总是在用感官从事一些活动，要么是韦达经的教导中所规定的活动，要么是物质活动。感官的自然倾向是为某人、某事而工作，心是感官的中心。心实际上是感官的领导者，因此被称为萨特瓦(sattva)。同样，领导太阳神、月亮神、天帝因铎(Indra)等在这个物质世界里活动的全体半神人的领袖人物，是至尊人格首神，因此在这节诗中也被称为萨特瓦(sattva)。

韦达文献中说，半神人是至尊人格首神宇宙之躯上的各个部分。我们的感官由不同的半神人控制着；我们的感官是各种半神人的代表，而心是至尊人格首神的代表。由心领导着的感官，在半神人的控制下工作。当做服务的最终对象是至尊人格首神时，感官就处在它们原本自然的状态中。至尊主被称为慧希凯施(Hṛṣīkeśa)，因为祂是感官真正的拥有者和最终的主人。工作是感官和心的本能，尽管它们真正该服务的对象本是至尊人格首神，但当它们被物质污染时，它们就会为物质的收益工作，或者为半神人服务。梵文称感官是慧希卡(hṛṣīka)，至尊人格首神是慧希凯施。所有的感官都有为至尊主服务的自然倾向。那被称为奉爱(bhakti)。

卡皮拉戴瓦说：当人在没有要获取物质利益等自私动机的情况下，用感官为至尊人格首神服务时，他所做的服务就是奉爱服务。那种服务的精神远比想要获得神通(siddhi)或拯救而去服务的精神强。奉爱——想要侍奉至尊人格首神的愿望，是超然的，远比要得到解脱(mukti)的愿望强。因此，奉爱是解脱后会达到的阶段。人除非解脱了，否则无法用其感官为至尊主服务。无论感官是从事感官享乐的物质活动，还是从事韦达文献中规定的活动，从事这些活动的人都怀有某种动机，但当人用同样的感官为至尊主服务，而且不带任何私人动机时，他的心的状态就是原本自然的状态，那种状态被说成是“没有动机的(animittā)”。结论是：当人全心全意地为至尊人格首神做奉爱服务——沉浸在奎师那意识中，不分心从事韦达文献规定的活动，也不分心从事物质活动时，那种状态远比极为向往摆脱物质的束缚要强。

第 33 节 जरयत्याशु या कोशं निगीर्णमनलो यथा ॥३३॥

jarayaty āśu yā kośaṁ
nigīrṇam analo yathā

jarayati－溶解 / āśu－很快地 / yā－……的 / kośam－精微躯体 / nigīrṇam－所吃的食物 / analaḥ－火 / yathā－如

译文 就像胃火消化我们吃下去的一切，巴克缇——奉爱服务，使人在无须做额外努力的情况下分解精微的躯体。

要旨 奉爱远高于解脱，因为做奉爱服务自然而然就可以摆脱物质束缚。这节诗中所举的例子是，胃火能消化我们吃下去的食物。如果消化力量足够的话，我们无论吃下什么，胃火都可以消化掉。同样，奉献者不必为获得解脱而做额外的努力。为至尊人格首神做奉爱服务的过程，就是使奉献者解脱的过程，因为奉献者为至尊主服务时就在逐渐摆脱物质的束缚。圣彼尔瓦蒙嘎拉·塔库尔(Bilvamaṅgala Ṭhākura)生动地解释这一要点说：“如果我对至尊主的莲花足有坚定不移的奉爱，解脱就会像我的女仆那样侍奉我，时刻准备为我做我所要求的一切。”

对一位奉献者来说，解脱根本不是问题，根本不需要额外的努力。因此，奉爱远比解脱或非人格神主义者的状态强。非人格神主义者为获得解脱而经历严酷的苦行，但奉献者(bhakta)仅仅靠按照奉爱服务的程序做，尤其是吟诵、吟唱哈瑞·奎师那 哈瑞·奎师那 奎师那·奎师那 哈瑞·哈瑞/哈瑞·茹阿玛 哈瑞·茹阿玛 茹阿玛·茹

阿玛 哈瑞·哈瑞(Hare Kṛṣṇa, Hare Kṛṣṇa, Kṛṣṇa Kṛṣṇa, Hare Hare/ Hare Rāma, Hare Rāma, Rāma Rāma, Hare Hare)，就立刻发展出控制舌头的能力，让它只从事吟诵、吟唱及接受给人格首神供奉过的食物这类活动。舌头一旦被控制住，其他的感官自然就被控制住了。控制感官是瑜伽达到的一个完美境界，人一旦为至尊主做服务就立刻开始解脱了。卡皮拉戴瓦证实说，奉爱服务(bhakti)比解脱更光荣(garīyasī)。

第 34 节 नैकात्मतां मे स्पृहयन्ति केचिन्
मत्पादसेवाभिरता मदीहाः ।
येऽन्योन्यतो भागवताः प्रसज्य
सभाजयन्ते मम पौरुषाणि ॥३४॥

naikātmatāṁ me spṛhayanti kecin
mat-pāda-sevābhiratā mad-īhāḥ
ye 'nyonyato bhāgavatāḥ prasajya
sabhājayante mama pauruṣāṇi

na－从不 / eka-ātmatām－与……合一 / me－我的 / spṛhayanti－他们渴望 / kecit－任何 / mat-pāda-sevā－侍奉我的莲花足 / abhiratāḥ－从事 / mat-īhāḥ－努力达到我 / ye－……的人 / anyonyataḥ－相互的 / bhāgavatāḥ－纯粹奉献者 / prasajya－聚会 / sabhājayante－赞美 / mama－我的 / pauruṣāṇi－光荣活动

译文 纯粹奉献者喜爱奉爱服务这种活动，总是忙于侍奉我的莲花足，因此从不想要与我合一。这种不屈不挠地为我做服务的奉献者，总是歌颂我的娱乐时光和活动。

要旨 经典中说有五种解脱，其中一种是与至尊人格首神成为一体，或者说放弃自己的个体性，融入至尊灵魂。这称为“与至尊主合一的解脱(ekātmatām)”。奉献者永远都不会接受这种解脱。另外的四种解脱是：被升上神所在的星球外琨塔，与至尊主本人交往、联谊，获得与至尊主一样的财富，以及得到与至尊主一样的身体特征。正如卡皮拉·牟尼将要解释的，纯粹奉献者对这五种解脱都不感兴趣，尤其憎恶与至尊人格首神合一的想法。主柴坦亚伟大的奉献者圣帕博达南达·萨茹阿斯瓦提(Prabodhānanda Sarasvatī)说："假象宗人士所向往的与至尊主合一的快乐，被奉献者视为是可憎的(kaivalyaṁ narakāyate)。"那不是纯粹奉献者所要的。

有许多所谓的奉献者认为：在受制约的状态中，我们可以崇拜人格首神，但最终绝对真理并不具备人格特征。他们说：绝对真理是不具人格特征的，人可以在现阶段把不具人格特征的绝对真理想象为一个人的形象，但人一旦解脱后就不必再崇拜祂了。那就是假象宗哲学的理论。事实上，非人格神主义者并没有融入至尊人的存在中，而是进入祂本人的身体放射出的光芒中。那光芒被称为梵光——布茹阿玛玖提(brahmajyoti)。尽管那梵光与至尊主本人的身体没有不同，但纯粹的奉献者还是不能接受融入人格首神身体光芒的那种一体性，因为奉献者做奉爱服务所得到的快乐比融入至尊主的存在得到的所谓快乐要大得多。最大的快乐是为至尊主服务。奉献者总是想着该如何侍奉至尊主，总是制定各种为至尊主服务的计划，即使在面对物质存在中最大的障碍时也不例外。

假象宗人士把对至尊主娱乐活动的描述视为是故事，但事实上它们并非故事，而是历史事实。纯粹的奉献者认为对至尊主娱乐活动的叙述是绝对真理，而不是故事。这节诗中的"我的光荣活动(mama pauruṣāṇi)"一句非常重要。奉献者极喜欢赞美至尊主的活动，但假象宗人士甚至不能想这些活动。按照他们的理论，绝对真理不具人格特性。在不存在人格特性的情况下怎么可能有活动？非人格神主义者把《圣典博伽瓦谭》、《博伽梵歌》和其他韦达文献中听到的至尊主的活动，视为是虚构的故事，因此以最害人的方式去解释它们。他们对人格首神一无所知，但却多此一举地把他们的鼻子伸到经典中，为误导无辜大众而用迷惑人的方式曲解经典的意思。假象宗哲学的内容对大众构成巨大的危险，主柴坦亚因此警告我们永远不要听任何假象宗人士解释任何一部经典。他们会糟蹋获取知识的整个程序；听了他们的解释的人，将永远无法走上奉爱服务之途，永远无法达到最高的完美境界，或者是在经过漫长的时间后才能接触到奉爱服务。

卡皮拉·牟尼明确地说：奉爱活动(bhakti)——做奉爱服务的活动，超越解脱(mukti)。这种境界在经典中被说成是人生要追求的第五个目标(pañcama-puruṣārtha)。人们一般都从事宗教活动、发展经济活动和感官享乐的活动，最终则为达到与至尊主合一(解脱)的目的而做事。但奉爱服务超越所有这些活动。正因为如此，《圣典博伽瓦谭》一开篇就声明：《博伽瓦谭》根除一切伪宗教活动。为发展经济和感官享乐而从事的仪式性活动，以及在感官享乐的活动中遇到挫折后要与至尊主合一的想法，一律遭到《博伽瓦谭》的排斥。《博伽瓦谭》是专为纯粹奉献者编纂的，这些奉献者始终忙于加强奎师那意识，忙着参加至尊主的活动，总是赞美这些超然的活动。纯粹的奉献者崇拜《圣典博伽瓦谭》和其他往世书中描述的至尊主在温达文(Vṛndāvana)、杜瓦尔卡(Dvārakā)和玛图茹阿(Mathurā)的超然活动。假象宗哲学家把对这些活动的描述视为是故事而全部加以排斥，但它们实际上是伟大的、值得崇拜的内容，只有奉献者才能品味、欣赏其中的美妙。那就是假象宗人士和纯粹奉献者之间的区别。

第 35 节 पश्यन्ति ते मे रुचिराण्यम्ब सन्तः
प्रसन्नवक्त्रारुणलोचनानि ।
रूपाणि दिव्यानि वरप्रदानि
साकं वाचं स्पृहणीयां वदन्ति ॥३५॥

paśyanti te me rucirāṇy amba santaḥ
prasanna-vaktrāruṇa-locanāni
rūpāṇi divyāni vara-pradāni
sākaṁ vācaṁ spṛhaṇīyāṁ vadanti

paśyanti一看到 / te一他们 / me一我的 / rucirāṇi一美丽 / amba一母亲啊 / santaḥ一奉献者们 / prasanna一微笑 / vaktra一面容 / aruṇa一就像早上的太阳 / locanāni一眼睛 / rūpāṇi一形象 / divyāni一超然的 / vara-pradāni一有爱心的 / sākam一和我 / vācam一话语 / spṛhaṇīyām一善意的 / vadanti一他们说

译文　母亲啊！我的奉献者总是看到我眼如东升旭日般的微笑脸庞。他们喜欢看我各种超然的形象，这些形象都充满了爱心。他们也都满怀善意地与我交谈。

要旨　假象宗人士和无神论者把至尊主在庙里的神像视为是偶像，但奉献者不崇拜偶像。奉献者直接崇拜人格首神的神像化身(arcā)。神像是我们在现在的状态下可以崇拜的至尊主的形象。事实上，我们在现阶段根本无法看到神的灵性形象，因为我们所具有的物质眼睛和感官无法感知到灵性形象。我们甚至看不到个体灵魂的灵性形象。人死亡时，我们看不到躯体里的灵性形象是如何离开躯体的。那是我们的物质感官具有缺陷造成的。至尊人格首神为了让我们的物质感官能看到祂，便以被称为阿尔查·维卦哈(arcā-vigraha)的神像形象显现。这有时被称为神像化身的神像形象，与祂本人没有区别。正如至尊人格首神有各种不同的化身，祂也以用黏土、木头、金属和珠宝等物质材料构成的形象显现。

就有关如何雕塑至尊主的形象，许多经典中都给予了详细的指示。这些形象不是物质的。如果神无所不在，那祂无疑也在物质元素中。但无神论者对此不以为然。他们虽然宣传说一切都是神，但到神庙中看到至尊主的形象时却否认祂是神。他们既然说一切都是神，那为什么神像就不是神了呢？事实上，他们对神根本就没有概念。然而，奉献者与他们的看法不同；奉献者的眼睛上涂了对神的爱的眼膏。奉献者一旦看到至尊主不同的形象，心中就充满了爱。与无神论者不同，奉献者看不到至尊主与祂在神庙里的形象有什么区别。奉献者看到的庙里神像的微笑脸庞是超然、灵性的；奉献者十分欣赏至尊主神像形象身上的装扮。灵性导师的责任是教导门徒如何打扮庙里的神像，如何清洁神庙，如何崇拜神像。维施努的神庙中有不同的该遵守的程序和规范守则，奉献者到那里去看神像，并因为所有的神像都仁慈、亲切而获得灵性的享受。奉献者在神像面前表达他们的心声，在很多情况下，神像也给予回答。但要能够与至尊主对话，人必须是非常崇高的奉献者。至尊主有时在梦中告诉奉献者一些事情。神像与奉献者之间的这些情感交流，虽然不为无神论者所理解，但奉献者事实上却很享受这些交流。卡皮拉·牟尼解释奉献者如何看神像身上和脸上的装饰，如何怀着做奉爱服务的心态跟神像说话。

第 36 节 तैर्दर्शनीयावयवैरुदार-
विलासहासेक्षितवामसूक्तैः ।
हृतात्मनो हृतप्राणांश्च भक्ति-
रनिच्छतो मे गतिमण्वीं प्रयुङ्क्ते ॥३६॥

tair darśanīyāvayavair udāra-
vilāsa-hāsekṣita-vāma-sūktaiḥ
hṛtātmano hṛta-prāṇāṁś ca bhaktir
anicchato me gatim aṇvīṁ prayuṅkte

taiḥ—由那些形象 / darśanīya—迷人的 / avayavaiḥ—四肢……的 / udāra—高贵的 / vilāsa—娱乐 / hāsa—微笑 / īkṣita—扫视 / vāma—令人愉悦的 / sūktaiḥ—说动听话语的他们 / hṛta—迷住了 / ātmanaḥ—他们的心 / hṛta—迷住了 / prāṇān—他们的感官 / ca—和 / bhaktiḥ—奉爱服

务 / anicchataḥ－不情愿的 / me－我的 / gatim－居所 / aṇvīm－精微的 / prayuṅkte－保障

译文　看到至尊主微笑着的迷人形象，聆听祂悦耳动听的话语，奉献者几乎失去了所有其他的感知和思考能力。他不再用感官从事其他活动，变得只专注于做奉爱服务。在这种情况下，他虽然并不想要解脱，但却在没有做额外努力的情况下获得了解脱。

要旨　奉献者分三类，一流的奉献者、二流的奉献者和三流的奉献者。就连三流的奉献者都是解脱的灵魂。这节诗中解释说，尽管这些奉献者没有知识，但只是看到庙中神像的美丽装扮，他们的心就全部被祂吸引住，失去了所有其他的感觉。仅仅靠专注于奎师那意识，用自己的感官为至尊主服务，人就不知不觉地解脱了。就有关这一点，《博伽梵歌》中也证实说：人只要按照经典中的规定做纯洁的奉爱服务，就会变得与布茹阿曼(梵)平等(brahma-bhūyāya kalpate)。这意味着生物是至尊梵不可缺少的一部分，因此原本就是梵。然而由于他忘了自己是至尊主永恒的仆人这一真正的身份，他被错觉能量玛亚征服、钳制住了。这种对他原本真正的地位的遗忘就是错觉玛亚。否则，他就是永恒的布茹阿曼——梵。

但当人受到训练，变得能够意识到自己的地位时，他就认识到自己是至尊主的仆人。梵文“布茹阿曼(brahman)”一词是指觉悟自我的状态。就连对绝对真理没有多少知识的三流奉献者，只要满怀奉爱之情向至尊主顶礼，想念至尊主，看至尊主在神庙中的形象，带着鲜花和水果去献给神像，就会在不知不觉的情况下解脱了。奉献者满怀奉爱之情向神像献上虔诚的敬意及各种用品(śraddhayānvitāḥ)。茹阿妲(Rādhā)与奎师那(Kṛṣṇa)，拉[illegible]施蜜(Lakṣmī)与纳茹阿亚纳(Nārāyaṇa)，以及悉塔(Sītā)与茹阿玛(Rāma)的神像，是那么深深地吸引着奉献者， 以致当他们看到神庙中装扮漂亮的神像时，他们的注意力便

不由自主地完全集中在至尊主的身上了。那是解脱的状态。换句话说，就连三流的奉献者都处在超然的状态中，超越那些试图靠思辨或其他方法得到解脱的人。就连舒卡戴瓦·哥斯瓦米和库玛尔(Kumāra)四兄弟那样的非人格神主义者，都因为受到庙里美丽的神像，以及给神像的打扮和供奉给神像的图拉西叶(tulasī)的芳香的吸引，最终成为了奉献者。他们已经解脱了，但并没有停留在当非人格神主义者的阶段，而是受至尊主美丽的吸引，成为了奉献者。

这节诗中的梵文“娱乐(vilāsa)”一词非常重要，它是指至尊主的娱乐活动。神庙崇拜的规定职责是：人不仅该到神庙中去看神像美丽的装扮，还应该去聆听庙里安排的定期朗诵《圣典博伽瓦谭》、《博伽梵歌》等经典的内容。在温达文，每一间神庙都有朗诵经典的活动，使甚至没有经典知识或没时间阅读《圣典博伽瓦谭》、《博伽梵歌》的三流奉献者，都有机会聆听到至尊主的娱乐活动。这样，他们的心就总是保持在全神贯注思念至尊主的状态中，时刻想着至尊主的形象、活动和祂超然的本性。奎师那意识的这种状态，就是解脱的状态。正因为如此，主柴坦亚推荐五种主要的奉爱服务程序：(1)吟诵、吟唱至尊主的圣名，哈瑞·奎师那 哈瑞·奎师那 奎师那·奎师那 哈瑞·哈瑞/哈瑞·茹阿玛 哈瑞·茹阿玛 茹阿玛·茹阿玛 哈瑞·哈瑞；(2)与奉献者交往、联谊，尽全力为他们做服务；(3)聆听《圣典博伽瓦谭》；(4)看装扮漂亮的神庙和神像；(5)如果有可能，就住在像温达文或玛图茹阿那样的圣地。这五项奉爱服务能帮助奉献者达到最高的完美境界。这一点在《博伽梵歌》和《圣典博伽瓦谭》中都给予了证实。所有的韦达经典中都公认，三流的奉献者也能在不知不觉的情况下获得解脱。

第 37 节 अथो विभूतिं मम मायाविनस्ता-
मैश्वर्यमष्टाङ्गमनुप्रवृत्तम् ।

श्रियं भागवतीं वास्पृहयन्ति भद्रां
परस्य मे तेऽश्नुवते तु लोके ॥३७॥

atho vibhūtiṁ mama māyāvinas tām
aiśvaryam aṣṭāṅgam anupravṛttam
śriyaṁ bhāgavatīṁ vāspṛhayanti bhadrāṁ
parasya me te 'śnuvate tu loke

atho—那时 / vibhūtim—财富、光彩 / mama—我的 / māyāvinaḥ—玛亚的主人的 / tām—那 / aiśvaryam—神秘主义的完美境界 / aṣṭa-aṅgam—由八个部分组成 / anupravṛttam—跟随 / śriyam—壮观的 / bhāgavatīm—神的王国的 / vā—或者 / aspṛhayanti—他们不渴望 / bhadrām—喜乐的 / parasya—至尊主的 / me—我的 / te—那些奉献者们 / aśnuvate—享受 / tu—但是 / loke—在此生

译文　由于全神贯于地想念我，奉献者甚至不想得到在萨提亚珞卡等高等星系中的最高利益。他不想要通过练神秘瑜伽能得到的八种物质神通，不想要升上神的王国。然而，奉献者虽然并没有想要这一切，但却甚至在这一生就享受到所有这些利益。

要旨　错觉能量玛亚所提供的“财富(vibhūti)”多种多样。我们甚至在这个星球上就体验到各种不同的物质享乐，但如果人能把自己提升到月亮星球(Candraloka)、太阳或更高的玛哈尔星球(Maharloka)、佳纳星球(Janaloka)和塔珀星球(Tapoloka)，甚至布茹阿玛(Brahmā)居住的最高的萨提亚星球(Satyaloka)上，就能享受到更多更多的快乐。例如，高等星球上居民的寿命比这个星球上居民的寿命长得多。据说，月亮上的一天是我们这里的六个月。我们甚至无法想象最高星球上居民的寿命有多长。《博伽梵歌》中说，布茹阿玛的十二个小时对我们的数学家来说是无法想象的长。这些都是对至尊主的外在能量玛亚的一点说明。除了这些，还有瑜伽师用他们的神秘力量可

以获得的其他财富。那些财富也都是物质的。奉献者虽然只要想要就能得到所有这些物质财富，但他却并不想要它们。依靠至尊主的恩典，奉献者只要愿意就能得到神奇的成就，但真正的奉献者并不喜欢那些。主柴坦亚·玛哈帕布(Caitanya Mahāprabhu)教导说，人不该想要物质的资产或物质的名望，不该试图享受物质的美丽，而应该只是渴求全神贯注地为至尊主做奉爱服务，哪怕没有获得解脱，但还是生生世世不断地继续做服务。但事实上，对忙于培养奎师那意识——做奉爱服务的人来说，解脱已经是既定的事实了。奉献者也享受高等星球和外琨塔星球上的一切利益。这节诗中特别提到“神的王国中的快乐(bhāgavatīṁ bhadrām)”。在外琨塔星球中，一切都永恒地平静，但奉献者甚至不渴望被升到那里去。可尽管如此，他还是得到那些利益，甚至在这一生就享受到物质世界和灵性世界中的一切便利条件。

第 38 节

न कर्हिचिन्मत्पराः शान्तरूपे
　नङ्क्ष्यन्ति नो मेऽनिमिषो लेढि हेतिः ।
येषामहं प्रिय आत्मा सुतश्च
　सखा गुरुः सुहृदो दैवमिष्टम् ॥३८॥

na karhicin mat-parāḥ śānta-rūpe
　naṅkṣyanti no me 'nimiṣo leḍhi hetiḥ
yeṣām ahaṁ priya ātmā sutaś ca
　sakhā guruḥ suhṛdo daivam iṣṭam

na—不 / karhicit—曾经 / mat-parāḥ—我的奉献者 / śānta-rūpe—母亲啊 / naṅkṣyanti—将会失去 / no—不 / me—我的 / animiṣaḥ—时间 / leḍhi—摧毁 / hetiḥ—武器 / yeṣām—他们的 / aham—我 / priyaḥ—亲爱的 / ātmā—自己 / sutaḥ—儿子 / ca—和 / sakhā—朋友 / guruḥ—教师 / suhṛdaḥ—祝福者 / daivam—神像 / iṣṭam—选择的

译文　至尊主继续说：我亲爱的母亲，得到这些超然财富的奉献者，从不会失去它们；任何武器或时间的改变也无法摧毁它们。奉献者把我当做他们的朋友、亲人、儿子、指导者、恩人和至尊神明，因此他们拥有的一切在任何时候都不会被剥夺。

要旨　《博伽梵歌》中说：人可以靠从事虔诚活动把自己提升到高等星系中，甚至布茹阿玛珞卡上，但当这些虔诚活动的结果被耗尽后，人再次回到这个地球上开始新的一生的活动。因此，既使人被提升到高等星系去长时间地享乐，那也还不是永恒的结局。然而就奉献者来说，他们的资产——奉爱服务的成就和随之而来的外琨塔财富，即使是在这个星球上也永远不会遭毁灭。在这节诗中，卡皮拉戴瓦称祂母亲为商塔·茹帕(śānta-rūpā)，以指出奉献者所具有的财富不会失去，因为他们永恒地在外琨塔的氛围内。外琨塔处在纯粹的善良属性中，没有丝毫的激情和愚昧属性的污染，因此被称为商塔·茹帕。人一旦稳定地为至尊主做奉爱服务，他这种超然的状态就不可能被破坏了；相反，服务和快乐只会无限地增加。对在外琨塔氛围内为至尊主做奉爱服务的奉献者来说，根本不存在时间的影响。在物质世界里，时间的影响摧毁一切，但在外琨塔的氛围内不存在时间或半神人的影响，因为外琨塔星球上没有半神人。在物质世界里，我们所有的活动都受半神人的控制；就连动一动我们的手脚，都是由半神人控制的。但在外琨塔氛围内没有半神人或时间的影响，因此不存在毁灭的问题。只要有时间存在，就必定会有毁灭，但当不存在过去、现在或未来的时间因素时，一切就都是永恒的了。正因为如此，这节诗中用“不会失去(na naṅkṣyanti)”一句指出，超然的财富永远不会被毁灭。

这节诗中也解释了免于毁灭的原因。奉献者把至尊主视为是最亲的人，以不同的关系与祂交流。他们把祂视为是最好的朋友、亲人、儿子、导师、祝愿者或神像。至尊主是永恒的，因此我们无论以哪一种关系与祂交流也是永恒的。这节诗中明确地证实，我们和祂之间的关系不可能被毁灭，因此那些关系所牵涉到的财富也永远不会被毁灭。每一个生物都有爱的倾向。我们可以看到，某人如果没有爱的对象，就会把他的爱转移到猫或狗等宠物身上。每一个生物所具有的爱的永恒倾向，总是在寻求归属的地方。从这节诗中可以了解到：我们可以把至尊人格首神当做我们最亲的朋友、儿子、导师或祝愿者去爱，这样的爱没有欺骗、永不结束。我们应该从不同的方面永恒地享受与至尊主的关系。这节诗教导的重点是，把至尊主当做至高无上的导师。《博伽梵歌》由至尊主亲口讲述，阿尔诸纳(Arjuna)把奎师那接受为是灵性导师——古茹(guru)。同样，我们应该只把奎师那接受为是至尊灵性导师。

当然，说到奎师那一定是指奎师那和祂信任的奉献者；奎师那不是孤独一人。当我们说奎师那时，“奎师那”是指奎师那的名字、形象、品质、住所和祂的同伴。奎师那永远不是独自一人，因为奎师那的奉献者不是非人格神主义者。这就像国王总是与他的秘书、指挥官、仆人等众多随从在一起一样。我们一旦把奎师那和祂的同伴接受为是我们的导师，我们的知识就不可能被不良的影响所破坏。在物质世界里，我们所获取的知识都会因时间的影响而改变，但从至尊主奎师那亲口讲述的《博伽梵歌》所接收到的结论性知识，却永远不会改变。它是永恒的，因此人没有必要再对它的含义妄加解释。

人应该把至尊主奎师那视为是自己最好的朋友。祂永远都不会骗我们。祂总是会给奉献者友好的建议和保护。如果把奎师那视为儿子，祂就是永远不死的儿子。我们如果有一个心爱的孩子，做父母的或爱这孩子的人就会始终希望“我的孩子不死”。但奎师那确实永远都不会死。因此，把至尊主奎师那视为儿子的人永远都不会失去他们的这个儿子。奉献者把神像视为儿子的实际例子有很多。例如在孟加拉就有很多奉献者这样做，甚至奉献者死后，神像为祂父亲举行刷达(śrāddha)仪式。至尊主与奉献者的关系永远都不会被毁坏。人们习惯于崇拜半神人不同的形象，但《博伽梵歌》谴责这样的做法；因此，我们应该足够明智地只崇拜至尊人格首神的拉珂施蜜·纳茹阿亚纳、悉塔·茹阿玛和茹阿妲·奎师那等不同的形象。这样做的人永远都不会被欺骗。崇拜半神人的人也许可以使自己提升到高等星球去，但在物质世界毁灭期间，半神人和半神人的住所都将遭毁灭。然而，崇拜至尊人格首神的人被提升到外琨塔星球，那里没有时间的影响、没有毁灭。结论是：对于把至尊人格首神视为一切的奉献者来说，时间的影响不起作用。

第 39—40 节 इमं लोकं तथैवामुमात्मानमुभयायिनम् ।
आत्मानमनु ये चेह ये रायः पशवो गृहाः ॥३९॥
विसृज्य सर्वानन्यांश्च मामेवं विश्वतोमुखम् ।
भजन्त्यनन्यया भक्त्या तान्मृत्योरतिपारये ॥४०॥

imaṁ lokaṁ tathaivāmum
ātmānam ubhayāyinam
ātmānam anu ye ceha
ye rāyaḥ paśavo gṛhāḥ

visṛjya sarvān anyāṁś ca
mām evaṁ viśvato-mukham
bhajanty ananyayā bhaktyā
tān mṛtyor atipāraye

imam—这个 / lokam—世界 / tathā—相应地 / eva—肯定的 / amum—那个世界 / ātmānam—精微躯体 / ubhaya—在两者间 / ayinam—旅行 / ātmānam—身体 / anu—相关的 / ye—……的人 / ca—也 / iha—在这个世界 / ye—……的 / rāyaḥ—财富 / paśavaḥ—家畜 / gṛhāḥ—房屋 / visṛjya—放弃了 / sarvān—所有的 / anyān—其他 / ca—和 / mām—我 /

evam一如此 / viśvataḥ-mukham一无所不在的宇宙之主 / bhajanti一他们崇拜 / ananyayā一不动摇的 / bhaktyā一以奉爱服务 / tān一他们 / mṛtyoḥ一死亡 / atipāraye一我带到另一边

译文 奉献者通过坚定地做奉爱服务崇拜我——无所不在的宇宙之主，放弃升上天堂星球的抱负，也不想在这个世界里靠钱财、孩子、家畜、房子或与身体有关的一切得到快乐。我把这样的奉献者带到生死的彼岸去。

要旨 这两节诗中所说的“坚定不移的奉爱服务”，意味着人把至尊主视为全部的一切，全身心地为祂做奉爱服务，从事充满了奎师那意识的活动。既然至尊主就是一切，那么以坚定不移的信心崇拜祂的人，就会自然而然得到所有其他的财富，在不知不觉中履行了所有其他的责任。至尊主在这节诗中承诺说，祂会把奉献者带到生死的彼岸去。正因为如此，主柴坦亚建议渴望超越生死的人要放弃物质拥有。这意味着人不该试图在这个地球上获得快乐或想要提升到天堂世界去，也不该谋求物质的财产、孩子、房子或家畜。

这节诗中解释了纯粹的奉献者是如何不知不觉获得解脱的，他们有什么表现。对受制约的灵魂来说，生存分两种状态，一种是这一生的状态，另一种是为来生做准备的状态。如果我受善良属性的影响，那我就可能被提升到高等星球去；如果我受激情属性的影响，那我就会继续留在这个活动十分活跃的社会中；如果我受愚昧属性的影响，我就有可能被降级过动物的生活或低等人类的生活。但奉献者因为在任何生活状态中都不想要获取物质的成功或被提升到更高级的生活环境中，所以根本也不关心今生或来世。奉献者向至尊主祈祷说：“我亲爱的至尊主，我出生在何处并不重要，但请允许我出生，哪怕是在奉献者的房子里当一个蚂蚁也好。”纯粹的奉献者不向至尊主祈求要从这个物质束缚中摆脱出去。事实上，纯粹的奉献者从不认为自己有资格获得解脱。考虑到他的前生和从事过的恶行，他认为自己应该被遣送到地狱最低等的地带去。既使我在这一生努力成为奉献者，也并不意味着我在许多前世百分之百的虔诚。那是不可能的。就这样，奉献者总是很清楚自己的真实状态。只有靠全身心地投靠、服从至尊主，靠至尊主的恩典，他的痛苦才会被缩短或减轻。正如《博伽梵歌》中所说："向我皈依，我将保护你免于所有种类的恶报。"那是至尊主的仁慈。但这并不意味着投靠至尊主莲花足的人，在前世从没有行过恶。奉献者总是祈祷说："由于我的恶行，我也许会再三出生，但我唯一的祈祷是，让我永远都不再忘记为您服务。"奉献者有如此大的决心，以致他向至尊主祈祷："也许我会再三出生，但请让我出生在您纯粹奉献者的家中，以使我再次获得成长的机会。"

纯粹的奉献者并不渴望在来世有更好的生活环境。他已经放弃了那类希望。人无论出生在哪种生存状态中，当一个居士或甚至是一个动物，他都必定会有些孩子、资源或财产，但奉献者不渴望拥有任何事物。他满足于凭神的恩典所能得到的一切。他一点都不执著于提高他的社会地位或改善他孩子的教育问题。他不是不负责任，而是责任心非常强的人，但他不会花太多的时间去提高短暂的居士生活或社会生活的品质。他全心全意地为至尊主做服务，只花必须花的时间去处理其他事务(yathārham upayuñjataḥ)。这样的纯粹奉献者根本不在乎来世或今生会发生什么事；也甚至不在乎家庭、孩子或社会。他满怀奎师那意识全身心地为至尊主做服务。《博伽梵歌》中说：至尊主在奉献者不知情的情况下，安排他在离开现有的这个躯体后就可以立刻转到祂超然的住所去，而不再进入另一个母亲的子宫。普通的生物体死后，按照他的活动(karma)转入另一个母亲的子宫，得到另一种类型的躯体。至于奉献者，他立刻转入灵性世界，与至尊主交往、联谊。那是至尊主特殊的仁慈。这其中的可能性在下面的诗中给予了解释。至尊主是全能的，可以做任何事情。祂免除一个人所有的恶报，立刻把那人转到外琨塔星球去。那就是喜爱纯粹奉献者的至尊人格首神所具有的不可思议的力量。

第 41 节 नान्यत्र मद्भगवतः प्रधानपुरुषेश्वरात् ।
आत्मनः सर्वभूतानां भयं तीव्रं निवर्तते ॥४१॥

nānyatra mad bhagavataḥ
pradhāna-puruṣeśvarāt
ātmanaḥ sarva-bhūtānāṁ
bhayaṁ tīvraṁ nivartate

na一不 / anyatra一否则 / mat一和我自己相比 / bhagavataḥ一至尊人格首神 / pradhāna-puruṣa-īśvarāt一帕奎缇和菩茹沙的主人 / ātmanaḥ一灵魂 / sarva-bhūtānām一所有生物的 / bhayam一害怕 / tīvram一可怕的 / nivartate一被抛弃

译文 我是全能的至尊主、至尊人格首神、一切创造的源头，也是所有灵魂的至尊灵魂；因此，不依靠我而去求助于其他对象的人，永远无法去除对生死的极度恐惧。

要旨 这节诗中指出，人除非是至尊主纯粹的奉献者，否则无法中止生死轮回。其他经典中也说，人除非受到至尊人格首神的优待，否则无法超越生死轮回(hariṁ vinā na sṛtiṁ taranti)。这节诗中谈到同一个概念说：人也许通过用自己不完美的感觉去推测绝对真理，也许试图靠练神秘瑜伽认识自我；但无论人做什么，除非他最终投靠、服从至尊人格首神，否则没有一种方法可以让他解脱。我们也许会问，这是否意味着那些通过严格遵守规范原则从事大量苦行的人，所做的努力都是白费工夫。答案就在《圣典博伽瓦谭》第10篇第2章的第32节诗中。当奎师那在黛瓦克伊(Devakī)的子宫中时，主布茹阿玛和其他半神人向祂祈祷说：“亲爱的眼如莲花的至尊主，有些人以为自己解脱了、与神合一了或成为神了，于是变得骄傲自大，但尽管他们有这种狂妄的想法，他们的智慧却不值得赞赏。他们是智力欠佳的人(ye 'nye 'ravindākṣa vimukta-mānina)。”经典说，他们的智力无论是高是低，其实甚至都还没得到净化。在智力得到净化的情况下，生物除了投靠、服从至尊主，根本不可能想别的。因此，《博伽梵歌》证实说，只有非常明智的人才有净化了的智力。《博伽梵歌》第7章的第19节诗中说，经过许许多多次生死后，真正有智慧的人就会皈依至尊主(bahūnāṁ janmanām ante jñānavān māṁ prapadyate)。

不皈依的人无法获得解脱。《博伽瓦谭》中说：“那些骄傲自大，以为自己可以靠某种非奉献的程序获得解脱的人，智力不是纯净的，因为他们还没有投靠您。尽管他们从事各种苦行或甚至旅行到梵觉这一灵性认识的边缘地带，以为自己在梵光中，但事实上，他们因为没有从事超然的活动而堕落从事物质活动。”人不该只满足于知道自己是梵——布茹阿曼，而必须让自己为至尊梵服务。那是奉爱——巴克提(bhakti)。梵(Brahman)所该从事的活动应该是为至尊梵(Parabrahman)服务。经典中说，人除非成为梵，否则无法为至尊梵服务。至尊人格首神是至尊梵，生物是梵。人如果认识不到自己是梵、灵性的灵魂、至尊主永恒的仆人，而只是想着自己是梵，那么他的认识就只是理论性的认识。他必须觉悟到这一点，同时让自己为至尊主做奉爱服务。他只有这样才能以梵的状态存在，否则就会堕落。

《圣典博伽瓦谭》中说：由于非奉献者忽视为人格首神的莲花足做超然的爱心服务，他们的智力不足，因此堕落。生物必须从事活动；他如果不做超然的服务，就必然堕落从事物质活动。人一旦堕落从事物质活动，就不可能被救出生死轮回。主卡皮拉在这节诗中说“没有我的仁慈(nānyatra mad bhagavataḥ)”。至尊主在此被称为至尊人格首神——巴嘎万，以说明祂充满了一切财富，因此绝对有能力把人从生死轮回中拯救出去。祂是至尊主，所以又被称为物质能量的主人(pradhāna)。祂平等对待一切众生，尤其喜爱投靠、服从祂的生物。《博伽梵歌》中也证实说：至尊主平等对待众生，没人是祂的敌人，也没人是祂的朋友；但祂特别喜爱投靠、服从祂的人。人只要皈依至尊主，就可以凭借至尊主的恩典，摆脱这个生死轮回圈；否则就不得不用生生世世去无数次地尝试用其他方法获得解脱。

第 42 节 मद्भयाद्वाति वातोऽयं सूर्यस्तपति मद्भयात् ।
वर्षतीन्द्रो दहत्यग्निर्मृत्युश्चरति मद्भयात् ॥४२॥

mad-bhayād vāti vāto 'yaṁ
sūryas tapati mad-bhayāt
varṣatīndro dahaty agnir
mṛtyuś carati mad-bhayāt

mat-bhayāt—因为害怕我 / vāti—吹 / vātaḥ—风 / ayam—这个 / sūryaḥ—太阳 / tapati—发光 / mat-bhayāt—因为害怕我 / varṣati—下雨 / indraḥ—因铎 / dahati—燃烧 / agniḥ—火 / mṛtyuḥ—死亡 / carati—去 / mat-bhayāt—因为害怕我

译文 由于我至高无上的地位，风因害怕我而吹动，太阳因惧怕我而放光，云朵的控制者因铎出于对我的恐惧而发送雨水。火因为怕我而燃烧，死亡因为怕我而四处制造伤亡。

要旨 在《博伽梵歌》中，至尊人格首神奎师那说：由于祂的指挥，祂制定的自然法律在一切活动中都起作用。我们不要以为大自然是在没有指挥的情况下自动运作的。韦达文献中说：云朵由半神人因铎控制，热由太阳神散发，镇静人心的月光由月亮神昌铎放射，空气的流动在风神瓦尤(Vāyu)的安排下进行。但在所有这些半神人之上的，是生物的领袖至尊人格首神(nityo nityānāṁ cetanaś cetanānām)。半神人也是普通的生物，但由于他们的忠诚——他们做奉爱服务的态度，他们被提升到这些位置上。月神昌铎、水神瓦茹纳(Varuṇa)和风神瓦尤这些不同的半神人——主管，都被称为阿迪卡瑞·戴瓦塔(adhikāri-devatā)。半神人都是部门主管。至尊主的政府不是只由一个、二个或三个星球组成；一个宇宙中有千百万个星球，而物质世界中有千百万个宇宙。至尊人格首神有一个庞大的政府机构，祂需要助手。半神人们被视为是祂身体的不同部分。这些都是韦达文献的描述。就这样，太阳神、月亮神、火神和风神都在至尊主的指挥下工作。对此，《博伽梵歌》中证实说，自然法律在祂的指挥监督下运作(mayādhyakṣeṇa prakṛtiḥ sūyate sa-carācaram)。由于祂在背后指挥的原因，一切都有规律地准时完成。

托庇于至尊人格首神的人，得到全面的保护，不再受其他影响，不再需要侍奉任何对象，不再对任何人负债。当然，他不是不服从任何人，而是全神贯注于为至尊主做服务。至尊人格首神卡皮拉所说的，“在祂的指挥下，风在吹、火在燃烧、太阳在给予热量”，并不是在抒情。非人格神主义者也许说，至尊主的奉献者把某人设计、想象为至尊人格首神，把一些品质安在祂身上；但事实上，经典中的那些描述既不是想象，也不是添油加醋地把不存在的力量说成是某个人具有的，然后就说他是神。韦达经中说：“因为害怕至尊主，风神和太阳神在做事(bhīṣāsmād vātaḥ pavate/bhīṣodeti sūryaḥ)。火神、天帝因铎和死神也在祂的指挥下工作(bhīṣāsmād agniś candraś ca/ mṛtyur dhāvati pañcamaḥ)。”这些都是韦达经的说明。

第 43 节　**ज्ञानवैराग्ययुक्तेन भक्तियोगेन योगिनः ।**
क्षेमाय पादमूलं मे प्रविशन्त्यकुतोभयम् ॥४३॥

jñāna-vairāgya-yuktena
bhakti-yogena yoginaḥ
kṣemāya pāda-mūlaṁ me
praviśanty akuto-bhayam

jñāna－以知识 / vairāgya－和弃绝 / yuktena－装备 / bhakti-yogena－通过奉爱服务 / yoginaḥ－那些瑜伽师 / kṣemāya－为了永恒的利益 / pāda-mūlam－足 / me－我的 / praviśanti－托庇于 / akutaḥ-bhayam－没有恐惧

译文 为自身永恒的利益着想而做奉爱服务，并用超然的知识和弃绝装备自己的瑜伽师，托庇于我的莲花足；而由于我是至尊主，他们因此有资格毫无恐惧地进入首神的王国。

要旨 真正想要从这个物质世界的束缚中摆脱出去，回归家园、回归首神的人，实际上才是神秘瑜伽师。这节诗中用“通过做奉爱服务(yuktena bhakti-yogena)”一词，说明那些做奉爱服务的瑜伽师或神秘主义者是一流的瑜伽师。正如《博伽梵歌》中所说，那些一直不断地想着至尊人格首神奎师那的人，是一流的奉献者。所有这些瑜伽师都具有知识，也都非常弃绝。成为奉爱瑜伽师意味着自然而然就会获得知识和弃绝的品质。那是练奉爱瑜伽的结果。在《圣典博伽瓦谭》第1篇第2章中也证实说：为华苏戴瓦——奎师那做奉爱服务的人，在原因不明的情况下就具有了完善的知识和绝对的弃绝精神。“没有原因(ahaitukī)”，意味着它们是自动到来的。哪怕一个人是一字不识的文盲，仅仅因为他做奉爱服务，经典中的知识就会向他揭示出来。韦达文献中也声明了这一点。人只要对至尊人格首神和灵性导师有完全的信心，韦达文献的所有内涵都会向他揭示出来。他不必为寻求知识而做额外的努力；做奉爱服务的瑜伽师充满了知识和弃绝精神。如果一个人缺乏知识和弃绝精神，就应该明白，他没有在全心全意地做奉爱服务。结论是：人除非投靠、托庇于至尊主的莲花足，否则不保证能进入至尊主不具人格特征的梵光或在梵光中的外琨塔星球等灵性王国。皈依的灵魂被称为无畏者(akuto-bhaya)。他们没有疑惑、没有恐惧，而且得到保证必定能进入灵性王国。

第 44 节　एतावानेव लोकेऽस्मिन् पुंसां निःश्रेयसोदयः ।
तीव्रेण भक्तियोगेन मनो मय्यर्पितं स्थिरम् ॥४४॥

etāvān eva loke 'smin
puṁsāṁ niḥśreyasodayaḥ
tīvreṇa bhakti-yogena
mano mayy arpitaṁ sthiram

etāvān eva—直到 / loke asmin—在这个世界上 / puṁsām—人的 / niḥśreyasa—生命的完美境界 / udayaḥ—达到 / tīvreṇa—以极大的力量 / bhakti-yogena—通过奉爱服务 / manaḥ—内心 / mayi—向我 / arpitam—稳定 / sthiram—坚定

译文　正因为如此，注意力专注于至尊主的人，尽全力练习做奉爱服务。那是达到生命最完美境界的唯一方法。

要旨　这节诗中说的“全神贯注于我(mano mayy arpitam)”一句十分重要。人应该把他的注意力专注于奎师那或祂化身的莲花足上。使自己稳定地处在那种自由的状态中，是人获得解脱的方法。安巴瑞施王就是这方面的一个典范。他把他的注意力固定在至尊主的莲花足上，只谈至尊主的娱乐活动，只闻给至尊主供奉过的鲜花和图拉西叶，只走向至尊主的神庙，亲手清洗神庙，用自己的舌头品尝给至尊主供奉过的食物，用耳朵聆听至尊主非凡的娱乐活动。他就这样用他所有的感官做奉爱服务。人首先应该把心稳定、自然地专注在至尊主的莲花足上。因为心是其他感官的主人，当心这样去做时，其他感官也就跟着去做了。这就是奉爱瑜伽。瑜伽的意思是控制感官。从严格的角度说，感官无法受到控制；它们总是受到刺激。这对于孩子来说也是事实，他能被迫沉默地坐多久？那是不可能的。就连阿尔诸纳都对奎师那说：纷乱的心总是多变、静不下来(cañcalaṁ hi manaḥ kṛṣṇa)。最好的做法是把心专注于至尊主的莲花足(mano mayy arpitaṁ sthiram)。真诚地为奎师那做奉爱服务——满怀奎师那意识，是最完美的状态。所有具有奎师那意识的活动，都处在人类生活最完美的层面。

到此为止，结束了巴克提韦丹塔对《圣典博伽瓦谭》第3篇第25章——“奉爱服务的荣耀”所作的阐释。

第二十六章

物质自然的基本构造

第 1 节

श्रीभगवानुवाच
अथ ते सम्प्रवक्ष्यामि तत्त्वानां लक्षणं पृथक् ।
यद्विदित्वा विमुच्येत पुरुषः प्राकृतैर्गुणैः ॥१॥

śrī-bhagavān uvāca
atha te sampravakṣyāmi
tattvānāṁ lakṣaṇaṁ pṛthak
yad viditvā vimucyeta
puruṣaḥ prākṛtair guṇaiḥ

śrī-bhagavān uvāca 一人格首神说 / atha 一现在 / te 一向你 / sampravakṣyāmi 一我将描述 / tattvānām 一绝对真理的范畴的 / lakṣaṇam 一特征 / pṛthak 一逐一地 / yat 一……的 / viditvā 一知晓 / vimucyeta 一人可以摆脱 / puruṣaḥ 一任何人 / prākṛtaiḥ 一物质属性的 / guṇaiḥ 一从各种属性

译文 人格首神卡皮拉接着说：亲爱的母亲，我现在要给你讲解绝对真理的不同范畴，了解这知识的人可以摆脱物质自然属性的影响。

要旨 正如《博伽梵歌》(Bhagavad-gītā)第18章的第55节诗中所说：人只有靠做奉爱服务才能了解至尊人格首神——绝对真理(bhaktyā mām abhijānāti)。《博伽瓦谭》(Bhāgavatam)中说：奉爱服务的对象是奎师那(Kṛṣṇa)——玛么(mām)。《永恒的柴坦亚经》(Caitanya-caritāmṛta)中解释说：了解奎师那意味着了解祂本人的形象，以及祂的内在能量、外在能量、扩展和化身。有很多知识体系可以帮助人了解有关奎师那的知识。数论(Sāṅkhya)哲学是专为这个物质世界里受制约的人准备的。奉爱服务的科学一般是透过师徒传承(paramparā)了解。前面已经解释过奉爱服务的基本知识。至尊主现在要讲解对奉爱服务的分析性研究，祂说：透过这种分析性研究，人可以摆脱物质自然属性。就有关这一点，《博伽梵歌》也证实说：通过了解有关至尊主的不同范畴的知识，人变得有资格进入神的王国(tato māṁ tattvato jñātvā)。这节诗中也解释说：透过了解数论哲学阐述的奉爱服务科学，人可以摆脱物质自然属性的影响。永恒的自我在摆脱物质自然的迷惑后，变得有资格进入神的王国。人只要还有丝毫的享乐或主宰物质自然的欲望，就没机会摆脱物质自然属性的影响。因此，人必须按照主卡皮拉戴瓦所解释的数论哲学的分析性知识，了解至尊人格首神。

第2节 ज्ञानं निःश्रेयसार्थाय पुरुषस्यात्मदर्शनम् ।
यदाहुर्वर्णये तत्ते हृदयग्रन्थिभेदनम् ॥२॥

jñānaṁ niḥśreyasārthāya
  puruṣasyātma-darśanam
yad āhur varṇaye tat te
  hṛdaya-granthi-bhedanam

jñānam—知识 / niḥśreyasa-arthāya—为了最终的完美 / puruṣasya—人的 / ātma-darśanam—自我觉悟 / yat—……的 / āhuḥ—他们说 / varṇaye—我要解释 / tat—那 / te—向你 / hṛdaya—在心中 / granthi—结 / bhedanam—斩断

译文 知识是自我觉悟的最高完美境界。我会给你讲解那知识，它可以斩断对物质世界的依恋之结。

要旨 诗中说，正确地了解纯净的自我，或者说靠认识自我，人就能斩断物质的依恋。知识引领人达到生命的最高完美境界，看清真实的自我。《水塔刷塔尔奥义书》(Śvetāśvatara Upaniṣad)第3章的第8节诗中也证实说：只要了解自己的灵性地位，或者说看到真实的自我，人就能摆脱物质束缚(tam eva viditvāti-mṛtyum eti)。韦达文献中讲解了各种看清自我的方法，并在《博伽瓦谭》中确认说：人必须看清自己，了解自己究竟是什么(puruṣasya ātma-darśanam)。正如卡皮拉戴瓦向祂母亲所解释的，通过从权威的来源处正确地聆听就能够看清自我。卡皮拉戴瓦是人格首神，所以是最伟大的权威。人如果接受祂所阐述的知识，而不加自己的解释，就能看清自己。

在《永恒的柴坦亚经》中，主柴坦亚(Caitanya)亲自向萨纳坦·哥斯瓦米(Sanātana Gosvāmī)解释个体灵魂的原本地位说：每一个个体灵魂都是主奎师那的永恒仆人(jīvera 'svarūpa' haya—kṛṣṇera 'nitya-dāsa')。人一旦明确了解自己是至尊灵魂不可缺少的一部分，永恒的状态是与至尊主在一起并为祂做服务，就认清了自我。这种对自我的正确了解，斩断物质依恋之结(hṛdaya-granthi-bhedanam)。由于假我(错误的自我意识)——错误地将自我与躯体和物质世界相认同，人落入错觉能量玛亚(māyā)的罗网中。然而，人一旦明白自己实质上与至尊主一样，都属于灵性灵魂的范畴，自己的永恒地位是至尊主的仆人，人就通过知识看清了自我(ātma-darśanam)，获得了自我觉悟(hṛdaya-granthi-bhedanam)。当人能够斩断对物质世界的依恋之结，他的了解便称为知识。因此，当人通过培养真正的知识去除错误的自我意识，他就看清了自我，而那是人生最高的需求。这时，灵魂便摆脱了物质自然的二十四种元素的包裹。被称为数论的系统性哲学分析程序，被称为知识和自我启示。

第 3 节　अनादिरात्मा पुरुषो निर्गुणः प्रकृतेः परः ।
प्रत्यग्धामा स्वयंज्योतिर्विश्वं येन समन्वितम् ॥ ३ ॥

anādir ātmā puruṣo
nirguṇaḥ prakṛteḥ paraḥ
pratyag-dhāmā svayaṁ-jyotir
viśvaṁ yena samanvitam

anādiḥ一没有开始 / ātmā一至尊灵魂 / puruṣaḥ一人格首神 / nirguṇaḥ一超越物质自然属性 / prakṛteḥ paraḥ一超越了这个物质世界 / pratyak-dhāmā一在任何地方都可以被感知到的 / svayam-jyotiḥ一自放光芒 / viśvam一整个创造 / yena一由祂 / samanvitam一被维系

译文 至尊人格首神是至尊灵魂，祂没有开始存在的时间。祂超越物质自然属性，在这个物质存在之外。祂自放光芒，而且整个创造都靠祂自身放射出的光芒维系，所以在任何地方都可以被感知到。

要旨 至尊人格首神被描述为是没有开始存在的时间。祂是至尊灵魂——菩茹沙(puruṣa)。梵文“菩茹沙”的意思是“人”。我们用我们现有的经验去想一个人时，知道这个人是有开始存在的时间的。这意味着他在一定的时间出生，有他从人生开始的一段历史。然而，这节诗说至尊主是“没有开始存在的时间(anādi)”。如果我们调查所有的人，我们就会发现：所有的人都有开始存在的时间。但当我们找到一个没有开始存在的时间的人时，祂就是至高无上的人。这就是《布茹阿玛·萨密塔》(Brahma-saṁhitā)第5章的第1节诗中所给予的定义，即至尊控制者奎师那，是至尊人格首神(īśvaraḥ paramaḥ kṛṣṇaḥ)；祂没有开始存在的时间，祂是一切生物的起源。这一定义被记载在所有的韦达文献中。

至尊主在此被描述为是灵魂。灵魂的定义是什么？我们随处都可以感知到灵魂的存在。布茹阿曼(Brahman)——梵，意思是“伟大”。至尊主的伟大随处都可以被感知到。那伟大是什么呢？意识。我们对意识都有亲身体验，因为我们可以意识到全身的感觉，我们的每一个毛囊都是有知觉的。这是个体意识。同样，存在着超意识。我们可以用微弱的光线和阳光的例子来说明问题。阳光普照各处，既可以照进房间里，也照亮了天空；但微弱的光线只能在有限的小范围内被感知到。同样道理，我们只能感知到我们自己体内的意识存在，但超意识——神的存在，可以在任何地方被感知到。祂透过祂的能量无所不在。《维施努往世书》(Viṣṇu Purāṇa)中说：我们在任何地方所发现的一切，都是至尊主能量的分布。《博伽梵歌》中也证实说：至尊主无所不在，透过祂的物质和灵性这两种能量遍布各处。灵性和物质能量遍布各处，这就是对至尊人格首神存在的证明。

遍布各处的意识不是短暂的。这意识没有开始存在的时间，而由于没有开始存在的时间，也就没有结束存在的时候。这节诗中说遍存各处的意识没有开始存在的时间，因此“意识是物质组合到一定阶段发展出来的”理论在此没得到承认。物质主义者的理论或无神论声称：没有灵魂，没有神，意识是物质组合的产物。这种理论无法让人接受。物质不是没有开始存在的时间，而是有开始存在的时间。正如这个物质躯体有开始存在的时间，宇宙形体也有。而正如我们的物质躯体因为我们的灵魂而开始存在，巨大的宇宙形体也因为有至尊灵魂而开始存在。《韦丹塔·苏陀》(Vedānta-sūtra,《吠檀多经》)和《圣典博伽瓦谭》第1篇第1章的第1节诗中都说：这整个物质展示，以及它的创造、发展、维系和毁灭，都是至尊人释放出来的(janmādy asya)。至尊主在《博伽梵歌》中也说：我是起源，万事万物诞生的源头。

这节诗描述至尊人格首神不是短暂存在的人，也没有开始存在的时间。祂是一切原因的起因，祂没有源头。梵文“帕茹阿哈(paraḥ)”一词的意思是“超然”，“超越创造能量的”。至尊主是创造能量的创造者。我们可以看到物质世界里有创造能量，但祂不在这能量的控制下。祂是超越这一物质能量的(prakṛti-paraḥ)。祂超越物质能量，因此不受物质能量制造的三种苦的奴役。物质自然属性根本碰不到祂。

这节诗中解释说：“祂自放光芒，祂就是光(svayaṁ-jyotiḥ)”。对于一种光线是另一种光线的反射这一现象，我们在物质世界里都有所体会，例如，我们知道月光是阳光的反射。同样，阳光是灵性的光芒梵光(brahmajyoti)的反射，而梵光是至尊主身体放射的光芒。就有关这一点，《布茹阿玛·萨密塔》第5章的第40节诗中说：梵光布茹阿玛玖提是至尊主身体的光辉(yasya prabhā prabhavataḥ)。正因为如此，这节诗中说：“祂自放光芒，祂就是光(svayaṁ-jyotiḥ)”。祂的光芒以梵光、阳光和月光等各种方式发散各处。《博伽梵歌》中证实说：灵性世界里不需要阳光、月光或电。众多的奥义书中也确认说：由于至尊人格首神身体的光辉已经足以照亮灵性世界，灵性世界中根本不需要阳光、月光、电灯光或其他的光。这一自放光芒的事实也否定了说“灵魂——灵性意识是物质组合发展到一定程度的产物”的理论。“自放光芒”指明，根本不存在丝毫的物质事物或物质的反应。这节诗也证实了至尊主遍布一切的概念，原因是至尊者的光芒照亮各处。我们的经验是，太阳在一个地方，但阳光却照亮了千百万英里范围内的一切。那是我们的亲身体验。同样，尽管至尊光源就在祂本人的住所外琨塔(Vaikuṇṭha)或温达文(Vṛndāvana)中，祂的光芒却不仅遍布灵性世界，还发散到灵性世界之外。在物质世界里，祂放射的光芒被太阳球体反射出来，然后月亮球体再反射太阳的光芒。因此，尽管祂身在祂自己的住所内，祂放射的光芒却遍布灵性世界和物质世界。《布茹阿玛·萨密塔》第5章的第37节诗证实这一点说：祂住在哥珞卡(Goloka)，但却出现在创造的各个角落(goloka eva nivasaty akhilātma-bhūtaḥ)。祂是万事万物的超灵——至尊人格首神，祂具有数不胜数的超然品质。经典还总结说：尽管祂毫无疑问是一个人，但却不是这个物质世界里的人(puruṣa)。假象宗哲学家(Māyāvādī)无法明白在这个物质世界之外可以有一个人，因此他们是非人格神主义者。但这节诗中清楚地解释说，人格首神超越物质存在。

第 4 节　स एष प्रकृतिं सूक्ष्मां दैवीं गुणमयीं विभुः ।
यदृच्छयैवोपगतामभ्यपद्यत लीलया ॥ ४ ॥

sa eṣa prakṛtiṁ sūkṣmāṁ
daivīṁ guṇamayīṁ vibhuḥ
yadṛcchayaivopagatām
abhyapadyata līlayā

saḥ eṣaḥ－那位至尊人格首神 / prakṛtim－物质能量 / sūkṣmām－精微的 / daivīm－与维施努有关的 / guṇamayīm－充满物质自然三种属性 / vibhuḥ－伟人中最伟大的人物 / yadṛcchayā－按祂自己的意愿 / iva－彻底 / upagatām－获得 / abhyapadyata－祂接受了 / līlayā－作为祂的娱乐活动

译文　至尊人格首神——伟人中最伟大的人物，如消遣般接受了与维施努有关的、充满了物质自然三种属性的精微物质能量。

要旨　这节诗中的梵文“充满物质自然三种属性(guṇamayīm)”一词十分重要。另一个词“与维施努有关的(daivīm)”意思是，至尊人格首神的能量。当至尊人格首神的物质能量展现时，它展示为物质自然三种属性，起覆盖的作用。至尊人格首神发散出的能量有两个特点，一是由至尊主释放出来，一是遮住至尊主的脸庞。《博伽梵歌》中说：由于整个世界被物质自然三种属性所迷惑，普通的受制约灵魂都被这种能量所蒙蔽，以致无法看到至尊人格首神。有关这方面的说明，云朵的例子非常恰当：天空中突然出现大片的云朵，而这片云朵被两方面感知到，对太阳来说，云朵是它能量的产物；对受制约的普通人来说，云朵遮住了他的视线，使他看不到太阳了。事实上，太阳并没有被云朵遮住，只是普通生物体的视线被遮住了。同样，尽管错觉能量玛亚无法遮住超越玛亚的至尊主，但这物质能量却遮住了普通生物体的视线。被遮住视线的受制约灵魂是个体生物，而产出错觉能量玛亚的，是至尊人格首神。

《圣典博伽瓦谭》(Śrīmad-Bhāgavatam)第1篇第7章中说：维亚萨戴瓦(Vyāsadeva)透过他的灵性视觉，看到至尊主以及站在至尊主背后的物质能量。这说明，就像黑暗无法遮住太阳一样，物质能量无法遮住至尊主。黑暗只能遮住与太阳相比简直是微不足道的一小块区域。它能遮住一个小洞穴，但却无法遮住无垠的天空。同样，物质能量遮盖的能力是有限的，无法对至尊人格首神起作用，至尊人格首神因此被称为最伟大的(vibhu)。正如太阳接受了云朵的出现，至尊主在一定程度上接受了物质能量的出现。尽管祂的物质能量被用来创造物质世界，但这并不意味着祂被那能量遮住了。被物质能量遮住的是受制约的灵魂。至尊主为了祂创造、维系和毁灭物质世界的娱乐活动而接受物质能量。但受制约的灵魂被遮住了；他无法了解在这物质能量之外有一切原因的起因——至尊人格首神，就像智力欠佳的人无法了解在密布的乌云之上是耀眼的阳光一样。

第 5 节 गुणैर्विचित्राः सृजतीं सरूपाः प्रकृतिं प्रजाः ।
विलोक्य मुमुहे सद्यः स इह ज्ञानगूहया ॥५॥

guṇair vicitrāḥ sṛjatīṁ
sa-rūpāḥ prakṛtiṁ prajāḥ
vilokya mumuhe sadyaḥ
sa iha jñāna-gūhayā

guṇaiḥ一透过三种属性 / vicitrāḥ一多种多样的 / sṛjatīm一创造 / sa-rūpāḥ一以形体 / prakṛtim一物质自然 / prajāḥ一生物体 / vilokya一看到了 / mumuhe一被蒙蔽了 / sadyaḥ一立即 / saḥ一生物体 / iha一在这个世界 / jñāna-gūhayā一被遮蔽知识的特点

译文 物质自然通过把她的三种属性分成多种，创造了生物寄居的各种形体，生物看到这些，便被错觉能量遮蔽知识的特点迷惑了。

要旨　物质能量有遮蔽知识的力量，但这种遮蔽的力量对至尊人格首神不起作用。它只对有物质躯体的受制约灵魂(prajāḥ)起作用。正如《博伽梵歌》和其他韦达经典中解释的，世上之所以有不同的物种，是因为每一个生物的物质躯体由不同的物质自然三种属性构成。《博伽梵歌》第7章的第12节诗中明确地解释说：尽管物质的善良、激情和愚昧属性都产自至尊人格首神，但祂不受这些物质自然属性的控制。换句话说，至尊人格首神释放出的能量无法作用于祂本人，而只能作用于被物质能量包裹住的受制约的灵魂。至尊主是众生的父亲，因为是祂使物质能量受孕，怀上了受制约的灵魂。受制约的灵魂得到由物质能量制造的躯体，而生物体的父亲却远离物质自然三种属性。

前一节诗中说：为了展示娱乐活动，以使想要享受和主宰物质能量的生物获得利益，至尊人格首神接受了物质能量。这个世界是至尊主为了这类生物的所谓享乐而通过物质能量创造的。“为什么要创造这个物质世界，让受制约的灵魂受苦”这个问题十分复杂。就有关这个问题，前一节诗中的梵文“为了至尊主的娱乐活动(līlayā)”一词给予了提示。至尊主想要纠正受制约灵魂的享乐倾向。《博伽梵歌》中说，除了至尊人格首神，没人是享乐者。因此，为了妄图享乐的灵魂，至尊主创造了这个物质能量。在此，用监狱的例子可以说明问题。政府本来没必要额外建立警察局，但因为现实情况是，有些国民不遵守国家的法律，因此就有必要建立一个对付罪犯的部门了。在没有必要的同时又有必要。同样，本来没有必要创造这个物质世界，让受制约的灵魂受苦，但同时，就有那么一些被称为永恒受制约的灵魂(nitya-baddha)，想要在没有至尊主的情况下享受、主宰物质自然。说他们永恒受制约，是因为没人能追溯出这些生物——至尊主不可缺少的一部分，是从什么时候开始不承认至尊主至高无上的地位，想要造反的。

真实情况是：整个创造中有两类生物，一种服从至尊主的法律；另一种是无神论者或不可知论者，他们不承认神的存在，而想要编一套自己的法律。他们想制造一种情况，那就是：任何人都可以编自己的一套法律或开创自己的宗教之途。我们虽然追溯不出这两类生物是从何时开始存在的，但知道有些生物反抗至尊主的法律是事实。这种生物受物质自然三种属性的制约，所以被称为受制约的灵魂。因此，这节诗中用了“三种属性构成多种多样的(guṇair vicitrāḥ)”一句。

这个物质世界里有八百四十万种生命形式——物种。作为灵性的灵魂，他们都超越这个物质世界。但他们为什么要以不同等级的生命形式展示自己呢？这节诗中的回答是：他们被物质自然三种属性迷惑住了，因为他们的躯体是物质能量创造的，由物质元素构成。被物质躯体包裹住的灵性个体迷失了自我；正因为如此，这节诗中用了“被蒙蔽了(mumuhe)”一词，以说明他们忘了自己的灵性身份。只有被物质自然能量包裹住的受制约的灵魂，才会出现遗忘自己的灵性身份的现象。这节诗中用的另一个梵文词是“被遮蔽知识的特点(jñāna-gūhayā)”，其中古哈(gūhā)的意思是“覆盖”。由于微小的受制约灵魂的知识被覆盖住，他们便以许多种生命形式表现自己。《圣典博伽瓦谭》第1篇的第7章中说：“生物被物质能量所迷惑。”韦达经(Veda)也说：永恒的生物被不同的自然属性所覆盖，被称为红、白、蓝三色生物体。红色是激情属性的代表，白色是善良属性的代表，而蓝色是愚昧属性的代表。这些物质自然属性都属于物质能量，而在这些不同的物质自然属性控制下的生物有着不同的物质躯体。由于他们遗忘了自己的灵性身份，他们把物质躯体视为是他们自己。对受制约的灵魂来说，“我”就是物质躯体。这种情况被称为“迷惑(moha)”。

《卡塔奥义书》(Kaṭha Upaniṣad)中重复说：至尊人格首神永远不受物质自然影响力的左右。相反，受制约的灵魂——至尊者不可缺少的极其微小的部分，才受物质自然影响力的左右，出现在由物质属性控制的各种躯体中。

第 6 节　एवं पराभिध्यानेन कर्तृत्वं प्रकृतेः पुमान् ।
कर्मसु क्रियमाणेषु गुणैरात्मनि मन्यते ॥ ६ ॥

evaṁ parābhidhyānena
kartṛtvaṁ prakṛteḥ pumān
karmasu kriyamāṇeṣu
guṇair ātmani manyate

evam—就这样 / para—其他 / abhidhyānena—由于认同 / kartṛtvam—从事种种活动 / prakṛteḥ—物质自然的 / pumān—生物体 / karmasu kriyamāṇeṣu—当从事种种活动时 / guṇaiḥ—被三种属性 / ātmani—向他自己 / manyate—他认为

译文　超然的生物因遗忘而把物质能量当做他活动的领域，并把物质自然属性的活动视为是他本人的活动。

要旨　遗忘了自己灵性身份的生物，可以被比喻为是受疾病折磨变得疯狂的人，或是被鬼魂附体，尽管行动不受控制，但却以为自己还掌握着控制权的人。在物质自然的影响下，受制约的灵魂全神贯注于物质意识。在这种意识状态中，受制约的灵魂把他在物质能量的控制下所做的一切都视为是“自己在做一切”。事实上，灵魂在他纯净的存在状态中时，其意识是奎师那意识。当人没有怀着奎师那意识活动时，我们应该知道他是怀着物质意识在活动。意识不可能被杀死，因为灵魂的征象就是意识。意识只是需要被净化，去除物质的污染。承认至尊主奎师那是主人，把物质意识转化为奎师那意识，人就解脱了。

第 7 节 तदस्य संसृतिर्बन्धः पारतन्त्र्यं च तत्कृतम् ।
भवत्यकर्तुरीशस्य साक्षिणो निर्वृतात्मनः ॥ ७ ॥

tad asya saṁsṛtir bandhaḥ
pāra-tantryaṁ ca tat-kṛtam
bhavaty akartur īśasya
sākṣiṇo nirvṛtātmanaḥ

tat一从错误的概念 / asya一受制约的灵魂的 / saṁsṛtiḥ一受制约的生活 / bandhaḥ一捆绑 / pāra-tantryam一依靠 / ca一和 / tat-kṛtam一由那造成 / bhavati一是 / akartuḥ一不活动者的 / īśasya一独立 / sākṣiṇaḥ一见证者 / nirvṛta-ātmanaḥ一本性喜悦

译文 物质的意识使生物陷入受制约的生活状态，这种状态是物质能量强加给生物的。在这种情况下，尽管灵性的灵魂什么都没做，而且超越物质活动，但还是被受制约的生活所影响。

要旨 不认为至尊灵魂和个体灵魂有区别的假象宗哲学家说，生物受制约的存在是他的娱乐活动(līlā)。但“娱乐活动”一词只适用于至尊主的活动。假象宗人士误用这个词说，哪怕生物成了吃粪便的猪，他也是在享受他的娱乐活动。这是最危险的解释。至尊主事实上是众生的领袖和维系者。祂的娱乐活动超越所有的物质活动。我们绝不能把至尊主的娱乐活动，拖降到生物受制约的活动层面。过着受制约生活的生物其实就像被物质能量钳制住的囚犯，对物质能量俯首听命。他其实控制不了局面；他只不过是活动的目击者，但却因为抗拒与主奎师那的永恒关系而被迫以某种方式做事。正因为如此，主奎师那在《博伽梵歌》中说：祂的物质能量玛亚是如此强大有力，以致是不可超越的。然而，生物只要明白自己的原本职责是为奎师那服务，而且努力按照这一原则行事，那么无论他当时受制约的状态如何，玛亚的影响都会立刻消失殆尽。就有关这一点，《博伽梵歌》第7章中明确地说：奎师那负责照管在无助的情况下投靠祂的灵魂，赶走玛亚的影响，解除他受制约的生活状态。

灵性的灵魂实际上是永恒、充满快乐和知识的(sac-cid-ānanda)。然而在玛亚的钳制下，他承受无尽的生老病死的痛苦。人应该认真努力，解决他的这种受制约的物质生存状态，把自己的意识转变为奎师那意识，因为这使他可以毫不费力地减轻长期所受的苦。总而言之，受制约灵魂所受的苦，是由他对物质自然的依恋造成的。因此，应该把这种依恋转变为对与奎师那有关的一切的依恋。

第8节 कार्यकारणकर्तृत्वे कारणं प्रकृतिं विदुः ।
भोक्तृत्वे सुखदुःखानां पुरुषं प्रकृतेः परम् ॥८॥

kārya-kāraṇa-kartṛtve
kāraṇaṁ prakṛtiṁ viduḥ
bhoktṛtve sukha-duḥkhānāṁ
puruṣaṁ prakṛteḥ param

kārya—身体 / kāraṇa—感官 / kartṛtve—至于半神人 / kāraṇam—原因 / prakṛtim—物质自然 / viduḥ—有学识的人理解 / bhoktṛtve—至于对……的感知 / sukha—快乐的 / duḥkhānām—和痛苦的 / puruṣam—灵魂 / prakṛteḥ—向物质自然 / param—超然

译文 导致受制约灵魂具有物质躯体和感官的原因，以及控制感官的神明——半神人，是物质自然。博学之人都明白这一点。本质超然的灵魂感受到的快乐与痛苦，由灵性的灵魂自己造成。

要旨 《博伽梵歌》中说：当至尊主降临到这个物质世界时，祂本人透过祂自己的能量阿特玛·玛亚(ātma-māyā)到来。祂不是由任何能量迫使祂前来，而是按祂自己的意愿到来，而这可以被称作祂的娱乐活动——丽拉(līlā)。但这节诗中明确地说，受制约的灵魂是被迫接受在物质自然三种属性控制下的某种躯体和感官，而不是按照他自己的选择得到他想要的躯体。换句话说，受制约的灵魂没有自由选择的权利；他不得不按照他的业报(karma)接受某种类型的躯体。然而，当躯体感到快乐和痛苦等反应时，我们应该明白，那是由灵性的灵魂自己造成的。灵性的灵魂如果愿意，他可以通过选择为奎师那服务改变这种充满相对性的受制约的生活。生物受苦是他自己造成的，但他也可以使自己得到永恒的快乐。当他想要怀着奎师那意识为主奎师那做服务时，至尊主的灵性能量——内在能量，就会为他提供一个合适的身体；当他想要满足自己的感官时，他就会得到一个物质躯体。因此，接受灵性的身体还是物质之躯，取决于他自己的自由选择，可他一旦接受了一个身躯，就必须承受快乐或痛苦的结果。假象宗哲学家提出的理论是：生物通过接受一个猪的躯体享受他的娱乐活动。但这种理论是不能被接受的，因为“娱乐活动”一词意味着为了享受而自愿接受某种事物或情况。所以，这种解释是最误导人的。被迫受苦并不是娱乐活动。至尊主的娱乐活动与受制约的生物承受业报不在同一个层面上。

第 9 节

देवहूतिरुवाच
प्रकृतेः पुरुषस्यापि लक्षणं पुरुषोत्तम ।
ब्रूहि कारणयोरस्य सदसच्च यदात्मकम् ॥ ९ ॥

devahūtir uvāca
prakṛteḥ puruṣasyāpi
lakṣaṇaṁ puruṣottama
brūhi kāraṇayor asya
sad-asac ca yad-ātmakam

devahūtiḥ uvāca—黛瓦瑚缇说 / prakṛteḥ—祂能量的 / puruṣasya—至尊者的 / api—也 / lakṣaṇam—特性 / puruṣa-uttama—至尊人格首神啊 / brūhi—请仁慈地解释 / kāraṇayoḥ—起源 / asya—物质创造的 / sat-asat—展示及未展示的 / ca—和 / yat-ātmakam—由……构成

译文　黛瓦瑚缇说：至尊人格首神啊！至尊人的特质及祂的能量是导致这个展示了的和未展示的创造的原因，请对这两者加以阐释。

要旨　正如一位妇女作为妻子与她丈夫相连，作为母亲与她孩子相连，物质自然帕奎缇(prakṛti)与至尊主和生物都有联系。至尊主在《博伽梵歌》中说：是祂将生物孩子注入自然母亲的体内，使其怀孕后，所有种类的生物体才得以展现。这解释了众生与物质自然之间的关系。现在，黛瓦瑚缇(Devahūti)想要了解物质自然与至尊主之间的关系。那种关系的产物被说成是展示了的和未展示的物质世界。未展示的物质世界是精微的物质能量总体(mahat-tattva)，从物质能量总体那里物质展示显露出来。

韦达文献中说：至尊主通过祂的瞥视使物质能量总体受孕。一切随之从物质自然诞生了。《博伽梵歌》第9章也证实说，在祂的瞥视下，在祂的指挥下(adhyakṣeṇa)，物质自然按祂的意愿工作。物质自然并不是盲目地运作。黛瓦瑚缇了解了受制约的灵魂在与物质自然的关系中所处的地位后，想要知道物质自然是如何在至尊主的指挥下运作的，以及物质自然与至尊主的关系是什么。换句话说，她想要了解至尊主在与物质自然的关系中所展现的特性。

生物与物质的关系，以及至尊主与物质的关系，无疑不在同一个层面上，尽管假象宗人士会以那种方式解释它。当经典说生物被迷惑时，假象宗哲学家便说是至尊主被迷惑了。但那不是事实。至尊主永远都不会被迷惑。这就是人格神主义和非人格神主义之间的区别。黛瓦瑚缇并不愚蠢无知。她有足够的智慧了解，生物与至尊主不在同一个层面上。生物因为极其微小，所以被物质自然迷惑，受物质自然的制约，但这并不意味着至尊主也受制约或被迷惑。受制约的灵魂与至尊主的区别在于：至尊主是至高无上的主人，是物质自然的主人，因此不受物质自然的控制。祂既不受灵性自然的控制，也不受物质自然的控制。祂是至高无上的控制者本人，受物质自然法律控制的普通生物根本无法与祂相比。

这节诗中用了两个词“萨特(sat)”和“阿萨特(asat)”；宇宙展示不存在——萨特(sat)，但至尊主的物质能量是永恒存在的——阿萨特(asat)。物质自然作为至尊主的能量以精微的形式永恒存在着，有时展示出这个不存在的或说短暂存在的大自然——宇宙。用父亲和母亲的例子也许可以说明这个问题：父亲和母亲都存在，但母亲有时怀孕生孩子。同样道理，这个来自至尊主未展示的物质自然的宇宙展示，有时出现，然后消失。但物质自然永恒存在，至尊主是这个物质世界精微和粗糙展示的至高原因。

第 10 节

श्रीभगवानुवाच
यत्तत्त्रिगुणमव्यक्तं नित्यं सदसदात्मकम् ।
प्रधानं प्रकृतिं प्राहुरविशेषं विशेषवत् ॥१०॥

śrī-bhagavān uvāca
yat tat tri-guṇam avyaktaṁ
nityaṁ sad-asad-ātmakam
pradhānaṁ prakṛtiṁ prāhur
aviśeṣaṁ viśeṣavat

śrī-bhagavān uvāca—至尊人格首神说 / yat—现在进一步 / tat—那 / tri-guṇam—三种属性的结合 / avyaktam—没有展示的 / nityam—永恒的 / sat-asat-ātmakam—由原因和结果构成的 / pradhānam—帕丹 /

prakṛtim－帕奎缇 / prāhuḥ－他们称呼 / aviśeṣam－没有区别的 / viśeṣa-vat－有区别的

译文　至尊人格首神说：未展示的三种属性的永恒结合，是导致这一展示状态的原因，被称为帕丹。它在存在的展示状态时被称为帕奎缇。

要旨　至尊主指出，物质自然在它的精微阶段时被称为帕丹(pradhāna)，并对这个帕丹作了分析。对帕丹和帕奎缇(prakṛti)的解释是：帕丹是精微的、无区分的全部物质元素的总体。尽管它们还没有被区分开来，但我们可以了解，帕丹中包含了所有的物质元素。当所有的物质元素在物质自然三种属性的相互作用下展现时，那展示了的一切就被称为帕奎缇。非人格神主义者说，布茹阿曼——梵，没有多样性，没有区别。人也许会说，帕丹是梵的阶段，但实际上梵的阶段并非帕丹。帕丹不同于梵，因为在梵中不存在物质自然属性。人也许争辩说，物质能量总体(mahat-tattva)也不同于帕丹，因为物质能量总体有展示。然而，这节诗对帕丹给予准确的解释说：当因和果还没有清晰地展现时(avyakta)，总体元素并没有反应，物质自然在那个阶段被称为帕丹。帕丹不是时间元素；时间元素中有作用与反作用，以及创造与毁灭。帕丹也不是至尊主的边缘能量个体灵魂(jīva)，不是被加上了各种称呼的受制约的灵魂，因为那些称呼都不是永恒的。就有关这一点，诗中用了一个梵文形容词“永恒的(nitya)”。因此，物质自然在即将要展示之前的状态，被称为帕丹。

第 11 节　पञ्चभिः पञ्चभिर्ब्रह्म चतुर्भिर्दशभिस्तथा ।
एतच्चतुर्विंशतिकं गणं प्राधानिकं विदुः ॥११॥

pañcabhiḥ pañcabhir brahma
caturbhir daśabhis tathā

etac catur-viṁśatikaṁ
  gaṇaṁ prādhānikaṁ viduḥ

pañcabhiḥ－以五种(粗糙元素) / pañcabhiḥ－五种(精微元素) / brahma－布茹阿曼 / caturbhiḥ－四个(内在感官) / daśabhiḥ－十个(五个获取知识的感官，五个负责活动的感官) / tathā－就那样 / etat－这个 / catuḥ-viṁśatikam－由二十四种元素构成的 / gaṇam－集合体 / prādhānikam－组成了帕丹 / viduḥ－他们知道

译文 包括五种粗糙元素、五种精微元素、四个体内的感官、五个获取知识的感官及五个外在的活动感官在内的元素集合体，被称为帕丹。

要旨 按照《博伽梵歌》的教导，这节诗中所描述的二十四种元素的集合体被称为出生的根源——整个物质实体布茹阿曼或物质总体能量布茹阿曼(yonir mahad brahma)。全体受制约的生物被注入这个物质总体能量后，以不同的形象诞生，上至布茹阿玛(Brahmā)，下至微小的小蚂蚁。在《圣典博伽瓦谭》和其他韦达经典中，这个包含二十四种元素的集合体也被称为是众生诞生和存在的源头(yonir mahad brahma)。

第 12 节 महाभूतानि पञ्चैव भूरापोऽग्निर्मरुन्नभः ।
तन्मात्राणि च तावन्ति गन्धादीनि मतानि मे ॥१२॥

mahā-bhūtāni pañcaiva
  bhūr āpo 'gnir marun nabhaḥ
tan-mātrāṇi ca tāvanti
  gandhādīni matāni me

mahā-bhūtāni－粗糙的元素 / pañca－五 / eva－确切的 / bhūḥ－土 / āpaḥ－水 / agniḥ－火 / marut－气 / nabhaḥ－空间 / tat-mātrāṇi－精

微元素 / ca—也 / tāvanti—那么多 / gandha-ādīni—气味等(滋味、颜色、触感和声音) / matāni—被认为 / me—由我

译文　有五种粗糙的元素，分别是土、水、火、气和空间。还有五种精微的元素是：气味、滋味、颜色、触感和声音。

第 13 节　इन्द्रियाणि दश श्रोत्रं त्वग्दृग्रसननासिकाः ।
वाक्करौ चरणौ मेढ्रं पायुर्दशम उच्यते ॥१३॥

indriyāṇi daśa śrotraṁ
tvag dṛg rasana-nāsikāḥ
vāk karau caraṇau meḍhraṁ
pāyur daśama ucyate

indriyāṇi—各种感官 / daśa—十 / śrotram—听的感官 / tvak—触碰的器官 / dṛk—视觉器官 / rasana—味觉感官 / nāsikāḥ—嗅觉感官 / vāk—说话的感官 / karau—两只手 / caraṇau—负责移动的感官(两只脚) / meḍhram—负责繁殖的感官 / pāyuḥ—负责排泄的感官 / daśamaḥ—第十个 / ucyate—被称为

译文　获取知识的感官和负责行动的感官共有十个，分别是：听的感官，品尝滋味的感官，触觉感官，视觉感官，嗅觉感官，负责说话的器官，负责工作的器官，以及负责移动、生育和排泄的器官。

第 14 节　मनो बुद्धिरहङ्कारश्चित्तमित्यन्तरात्मकम् ।
चतुर्धा लक्ष्यते भेदो वृत्त्या लक्षणरूपया ॥१४॥

mano buddhir ahaṅkāraś
cittam ity antar-ātmakam
caturdhā lakṣyate bhedo
vṛttyā lakṣaṇa-rūpayā

manaḥ－心 / buddhiḥ－智力 / ahaṅkāraḥ－自我 / cittam－意识 / iti－如此 / antaḥ-ātmakam－内在的、精微感官 / catuḥ-dhā－有四个方面 / lakṣyate－被观察到 / bhedaḥ－差别 / vṛttyā－透过它们的功能 / lakṣaṇa-rūpayā－代表了不同特性

译文 内在、精微的感官，通过心、智力、假我和被污染的意识这四种形式被感知到。人们只能透过它们不同的作用所表现出的不同特征，对它们加以区别。

要旨 这节诗中说，四个精微的感官——内在感官，有各自分明的特性。当纯净的意识沾染上物质污垢时，当灵魂明显地与物质躯体认同时，就说生物处在假我的影响下。意识是灵魂的功能，因此意识背后是灵魂。被物质污染后的意识，称为假我(ahaṅkāra)。

第 15 节 एतावानेव सङ्ख्यातो ब्रह्मणः सगुणस्य ह ।
सन्निवेशो मया प्रोक्तो यः कालः पञ्चविंशकः ॥१५॥

etāvān eva saṅkhyāto
brahmaṇaḥ sa-guṇasya ha
sanniveśo mayā prokto
yaḥ kālaḥ pañca-viṁśakaḥ

etāvān－如此 / eva－正好 / saṅkhyātaḥ－例举 / brahmaṇaḥ－布茹阿曼的 / sa-guṇasya－以物质品质 / ha－实际上 / sanniveśaḥ－安排 / mayā－由我 / proktaḥ－说 / yaḥ－……的 / kālaḥ－时间 / pañca-viṁśakaḥ－第二十五个

译文 所有这些都被视为是具有物质属性的布茹阿曼(梵)。人所共知的时间这一混合元素，被算作第二十五种元素。

要旨　按照韦达观点：存在的一切都是布茹阿曼——梵(sarvaṁ khalv idaṁ brahma)。这观点记载在《昌窦给亚奥义书》(Chāndogya Upaniṣad)第3篇第14章的第1节诗中。《维施努往世书》中也说：我们所看到的一切，都是至尊绝对真理布茹阿曼的能量的扩展(parasya brahmaṇaḥ śaktiḥ)。当梵(布茹阿曼)与善良、激情和愚昧这三种物质自然属性混合在一起时，就产生有时被说成是具有物质属性(saguṇa)的物质扩展——包含了二十五种元素的梵。没有物质属性(nirguṇa)的梵中没有物质污染；或者说，在灵性世界中不存在善良、激情和愚昧这三种物质自然属性。在没有物质属性的梵中只存在着纯粹的善良属性。数论(Sāṅkhya)哲学体系将具有物质属性的梵(saguṇa Brahman)，描述为是包含时间元素(过去、现在和未来)在内的二十五种元素。

第16节　प्रभावं पौरुषं प्राहुः कालमेके यतो भयम् ।
अहङ्कारविमूढस्य कर्तुः प्रकृतिमीयुषः ॥१६॥

prabhāvaṁ pauruṣaṁ prāhuḥ
kālam eke yato bhayam
ahaṅkāra-vimūḍhasya
kartuḥ prakṛtim īyuṣaḥ

prabhāvam－影响 / pauruṣam－至尊人格首神的 / prāhuḥ－他们说了 / kālam－那时间的因素 / eke－一些 / yataḥ－从中 / bhayam－害怕 / ahaṅkāra-vimūḍhasya－被假我迷惑了 / kartuḥ－个体灵魂的 / prakṛtim－物质自然 / īyuṣaḥ－接触了

译文　至尊人格首神的影响，透过时间这一元素被感知到，而时间使那些因为与物质自然接触而受假我蒙蔽的灵魂产生对死亡的恐惧。

要旨 生物与躯体认同的错误的自我意识(假我)，是使他产生对死亡的恐惧感的根源。众生都惧怕死亡，但对灵性的灵魂来说根本就没有死亡的问题。然而，我们因为一心把躯体认同于是真正的自我，所以就产生了对死亡的惧怕。在《圣典博伽瓦谭》第11篇第2章的第37节诗中也说：生物受至尊主外在的错觉能量影响，错误地将自己认同于物质躯体时，就会产生对死亡的恐惧(bhayaṁ dvitīyābhinive-śataḥ syāt)。不在灵性范畴内的物质(dvitīya)，是灵性能量的次要展示，因为物质产自灵性能量。正如经典中所阐述的，物质元素来源于至尊主——至尊灵魂，生物的物质躯体也产自灵魂。正因为如此，物质躯体被称为是"第二的、次等的(dvitīya)"。全神贯注于灵魂的这个次要元素或次要展示的生物体，都惧怕死亡。当人完全确信他不是他的躯体时，就不再害怕死亡了，因为灵性的灵魂永恒不死。

灵性的灵魂如果从事奉爱服务这样的灵性活动，就会完全免于生死，得到没有物质躯体的灵性自由。对死亡的恐惧是时间元素卡拉(kāla)的作用，而时间代表至尊人格首神在起作用。换句话说，时间具有毁灭性。在时间的作用下，被创造的任何事物最终都会被毁灭和瓦解。时间是至尊主的一个代表，它也提醒我们必须投靠至尊主。至尊主以时间的形式对每一个受制约的灵魂说话。祂在《博伽梵歌》中说：归依祂的人不再有生死的问题。因此，我们应该把时间视为是站在我们面前的至尊人格首神。这在下面的诗中有进一步的解释。

第 17 节 प्रकृतेर्गुणसाम्यस्य निर्विशेषस्य मानवि ।
चेष्टा यतः स भगवान् काल इत्युपलक्षितः ॥१७॥

prakṛter guṇa-sāmyasya
nirviśeṣasya mānavi
ceṣṭā yataḥ sa bhagavān
kāla ity upalakṣitaḥ

prakṛteḥ－物质自然的 / guṇa-sāmyasya－没有三种属性的相互作用 / nirviśeṣasya－没有特殊的品质 / mānavi－玛努的女儿啊 / ceṣṭā－活动 / yataḥ－从他 / saḥ－祂 / bhagavān－至尊人格首神 / kālaḥ－时间 / iti－如此 / upalakṣitaḥ－被理解为

译文　亲爱的母亲，斯瓦阳布瓦·玛努的女儿啊！正如我所解释的，时间元素是至尊人格首神，处于平衡状态、不展示的自然受到其刺激后开始了创造。

要旨　物质自然未展示的状态帕丹，已经解释过了。至尊主说：未展示的物质自然被至尊人格首神的瞥视刺激后，便开始以不同的方式展示自己。在这一刺激前，它保持平衡的中性状态，没有物质自然三种属性的相互作用。换句话说，物质自然在没有与至尊人格首神接触前，无法产出多样化的展示。这一点在《博伽梵歌》中有清楚的解释。至尊人格首神是物质自然产物的起因，没有祂的触碰，物质自然无法生产任何东西。

就有关这一点，《永恒的柴坦亚经》中也举了个非常恰当的例子说：尽管山羊的颈部长着像乳房一样的东西，但它们产不出奶来。同样道理，物质自然虽然在物质主义科学家看来以神奇的方式作用与反作用，但实际上，如果没有至尊人格首神的代表——时间，给予刺激，物质自然无法开始运作。当时间刺激处在中性平衡状态的物质自然时，物质自然便开始生产出多样化的展示。经典中说，至尊人格首神最终是创造的起因。正如除非有男子让女子怀孕，否则她无法生孩子一样，除非至尊人格首神以时间的形式使物质自然受孕，物质自然无法产出和展示出任何事物。

第 18 节　अन्तः पुरुषरूपेण कालरूपेण यो बहिः ।
समन्वेत्येष सत्त्वानां भगवानात्ममायया ॥१८॥

antaḥ puruṣa-rūpeṇa
kāla-rūpeṇa yo bahiḥ
samanvety eṣa sattvānāṁ
bhagavān ātma-māyayā

antaḥ—在……内 / puruṣa-rūpeṇa—以超灵的形象 / kāla-rūpeṇa—以时间的形象 / yaḥ—……的祂 / bahiḥ—在……外 / samanveti—存在着 / eṣaḥ—祂 / sattvānām—所有生物体的 / bhagavān—至尊人格首神 / ātma-māyayā—以祂的能量

译文 至尊人格首神通过展示祂的力量，对所有这些不同的因素进行调整，使祂自己在生物体内以超灵的形式展现，外在以时间的形式展现。

要旨 这里说，至尊人格首神以超灵的形式居住在众生的心中。对此，《博伽梵歌》中也说：超灵就在个体灵魂的旁边，以见证者的身份行事。其他韦达文献中也证实说：躯体之树上落着两只鸟，一只在见证着，另一只在啄食树上的果实。《博伽梵歌》第13章的第23节诗中，把住在受制约灵魂体内的这位主宰(puruṣa)或超灵(paramātmā)，描述为是见证者(upadraṣṭā)和给予准许的权威(anumantā)。至尊主的外在能量安排给受制约的灵魂某个躯体，受制约的灵魂便为那躯体的快乐和痛苦而忙碌。然而，至尊生物——超灵，不同于受制约的灵魂。《博伽梵歌》中把至尊生物描述为是至尊主(maheśvara)。祂是超灵——帕茹阿玛特玛(Paramātmā)，不是个体灵魂——吉瓦特玛(jīvātmā)。超灵坐在受制约的灵魂身旁批准他的活动。受制约的灵魂为主宰物质自然来到这个物质世界。由于没有至尊主的批准，生物体无法做任何事，至尊主便作为见证者和批准者与个体灵魂住在一起。祂还是受制约灵魂的维系者和供养者(bhoktā)。

生物原本就是至尊人格首神不可缺少的一部分，因此至尊主对生物充满深情。不幸的是：当生物被外在能量所迷惑时，他遗忘了自己与至尊主永恒的关系。一旦他记起自己的原本地位，他就解脱了。受制约的灵魂的微小独立性，透过他可以游走于灵性领域与物质领域之间这种状态表现出来。如果他愿意，他可以忘记至尊人格首神，带着要主宰物质自然的错误的自我意识进入物质存在；但如果他愿意，他也可以把脸转向至尊主，为至尊主服务。个体生物被赐予这种独立性。他一旦把脸转向至尊主，他的受制约生活便宣告结束，他的生命就成功了。然而，由于他误用他的独立性，他进入了物质存在。尽管如此，至尊主是那么仁慈，祂作为超灵始终陪伴着个体灵魂。至尊主并不关心物质躯体的快乐与痛苦。祂只是作为批准者和见证者与个体灵魂在一起，以便个体灵魂能得到他活动的好或坏的结果。

在受制约灵魂的体外，至尊人格首神以时间的形式出现。按照数论哲学系统，物质世界里共有二十四种元素，再加上时间，就是二十五种元素。按照某些博学的哲学家的说法，加上超灵就是二十六种元素。

第 19 节　दैवात्क्षुभितधर्मिण्यां स्वस्यां योनौ परः पुमान् ।
आधत्त वीर्यं सासूत महत्तत्त्वं हिरण्मयम् ॥१९॥

daivāt kṣubhita-dharmiṇyāṁ
svasyāṁ yonau paraḥ pumān
ādhatta vīryaṁ sāsūta
mahat-tattvaṁ hiraṇmayam

daivāt－被受制约灵魂的命运 / kṣubhita－激发 / dharmiṇyām－三种属性的平衡状态 / svasyām－祂自己 / yonau－在子宫(物质自然)中 / paraḥ pumān－至尊人格首神 / ādhatta－受孕 / vīryam－精子(祂的内在能量) / sā－她(物质自然) / asūta－释放出 / mahat-tattvam－所有宇宙智慧的总合 / hiraṇmayam－被称为黑冉玛亚

译文　至尊人格首神用祂的内在能量使物质自然受孕后，

物质自然生出了被称为黑冉玛亚的宇宙智慧总体。这是物质自然被受制约灵魂的命运刺激后发生的。

要旨 有关物质自然受孕的问题，《博伽梵歌》第14章的第3节诗作出了描述。物质自然最初的状态是万物诞生的根源——物质能量总体(mahat-tattva)。至尊人格首神使处在被称为帕丹或梵的这种状态的物质自然受孕，生出各种各样的生物体。物质自然在这种情况下被称为梵——布茹阿曼，因为它是灵性自然扭曲了的倒影。

《维施努往世书》中描述说：生物属于灵性能量。至尊主的能量是灵性的，生物虽然被称为边缘能量，也是灵性的。如果生物不是灵性的，说是至尊主使物质自然受孕就不恰当了。至尊主不会把非灵性的能量以精液的形式注入物质自然，但这节诗中说，至尊人将祂的精液注入物质自然。这说明生物本质上是灵性的。物质自然受孕后，生出了各种各样的生物体，上至最伟大的生物体布茹阿玛，下至微不足道的小蚂蚁，形象各异。《博伽梵歌》第14章的第4节诗中，明确地说物质自然生出了“所有种类的生物体(sarva-yoniṣu)”；物质自然是包括半神人、人类、动物、飞禽和野兽等在内的众生的母亲，而至尊人格首神是播种的父亲。人们一般的经验是：父亲给予孩子生命，母亲则给予孩子身体；尽管生命的种子是父亲给予的，但躯体在母亲的子宫中发育起来。同样，灵性的生物被注入物质自然的子宫，物质自然提供各种各样的躯体，生出生命形式各不相同的生物体。这里不支持所谓“二十四种物质元素相互作用后展示出生命征象”的理论。生命力直接来源于至尊人格首神，是绝对灵性的。因此，物质科技再进步，也无法生产出生命。生命力来自灵性世界，与物质元素的相互作用毫无关系。

第20节 विश्वमात्मगतं व्यञ्जन् कूटस्थो जगदङ्कुरः ।
स्वतेजसापिबत्तीव्रमात्मप्रस्वापनं तमः ॥२०॥

viśvam ātma-gataṁ vyañjan
kūṭa-stho jagad-aṅkuraḥ
sva-tejasāpibat tīvram
ātma-prasvāpanaṁ tamaḥ

viśvam—宇宙 / ātma-gatam—包含在它之中 / vyañjan—展示 / kūṭa-sthaḥ—不可改变的 / jagat-aṅkuraḥ—所有宇宙展示的根源 / sva-tejasā—以它自己的光芒 / apibat—吞没 / tīvram—密集的 / ātma-prasvāpanam—那覆盖了玛哈·塔特瓦的 / tamaḥ—浓密的黑暗

译文 光辉灿烂的物质能量总体包含了所有的宇宙，是宇宙展示的根基，在毁灭时不被毁灭。它在显示了多样化的展示后，吞下在毁灭时遮住光芒的黑暗。

要旨 既然至尊人格首神永恒存在、绝对快乐和全知，祂不同的能量也以沉睡的状态永恒存在。因此，当物质能量总体玛哈·塔特瓦被创造时，它展示了物质的自我意识，吞下在宇宙毁灭时遮盖宇宙展示的黑暗。对这个概念可以作进一步的解释：一个人在黑夜的笼罩下处在不活动的状态，但当他清晨醒来时，黑暗的笼罩——沉睡时的遗忘状态，就消失了。同样道理，物质能量总体在一切都瓦解的黑暗过后出现时放射光芒，展示出这个物质世界的多样化。

第21节 यत्तत्सत्त्वगुणं स्वच्छं शान्तं भगवतः पदम् ।
यदाहुर्वासुदेवाख्यं चित्तं तन्महदात्मकम् ॥२१॥

yat tat sattva-guṇaṁ svacchaṁ
śāntaṁ bhagavataḥ padam
yad āhur vāsudevākhyaṁ
cittaṁ tan mahad-ātmakam

yat—……的 / tat—那 / sattva-guṇam—善良属性 / svaccham—清楚

的 / śāntam－镇定的 / bhagavataḥ－人格首神的 / padam－理解的状态 / yat－……的 / āhuḥ－被称为 / vāsudeva-ākhyam－以华苏戴瓦的名字 / cittam－意识 / tat－那 / mahat-ātmakam－展示在玛哈·塔特瓦中

译文 善良属性是了解人格首神的清晰、清醒状态，通常被称为华苏戴瓦——意识。它在物质能量总体中展现。

要旨 华苏戴瓦(vāsudeva)的表现形式——对至尊人格首神的领悟状态，被称为纯粹的善良属性(śuddha-sattva)。在纯粹的善良属性状态中，没有掺杂激情和愚昧属性。韦达文献中谈到至尊主扩展出的四位人格首神，祂们分别是：华苏戴瓦(Vāsudeva)、桑卡尔珊(Saṅkarṣaṇa)、帕杜么纳(Pradyumna)和阿尼如达(Aniruddha)。当物质能量总体(mahat-tattva)再次出现时，首神的这四个扩展也展示了。以超灵的身份处在生物体体内的祂，首先扩展为华苏戴瓦。

华苏戴瓦状态中没有物质欲望，是能够使人了解至尊人格首神的状态，是《博伽梵歌》中描述的人所能达到的妙境(adbhuta)。这种状态是物质能量总体的另一个特征。华苏戴瓦状态也称为奎师那意识，因为它丝毫没有物质的激情和愚昧属性。这种领悟的清明状态，帮助人了解至尊人格首神。《博伽梵歌》中也把华苏戴瓦状态解释为是“场所的知悉者(kṣetra-jña)”，以指活动场所的知悉者和至高无上的知悉者。占用某个特定躯体的生物了解他所占用的躯体，但至高无上的知悉者华苏戴瓦不仅了解某个特定的躯体，而且了解所有不同的躯体。为了能具有纯净的意识——奎师那意识，人必须崇拜华苏戴瓦。华苏戴瓦就是奎师那本人。当奎师那(维施努)只有祂本人，而不附带祂的内在能量时，祂就是华苏戴瓦。当祂与祂的内在能量在一起时，祂被称为杜瓦尔卡迪施(Dvārakādhīśa)。要想有纯净的意识——奎师那意识，人必须崇拜华苏戴瓦。《博伽梵歌》中还解释说，人在经历了许许多多生世的出生后归依华苏戴瓦。这种伟大的灵魂极为罕见。

为了去除错误的自我意识(假我)，人必须崇拜桑卡尔珊。桑卡尔珊要通过主希瓦(Śiva)去崇拜；缠绕在主希瓦身上的蛇，是桑卡尔珊的代表。主希瓦总是在冥想桑卡尔珊。作为桑卡尔珊的奉献者崇拜主希瓦的人，能够去除错误的、物质的自我意识。人要想摆脱内心的烦恼，就必须崇拜阿尼如达。为达到内心平静的目的，韦达文献也推荐对月亮星球的崇拜。同样，人要想有稳定的智力，就必须通过崇拜布茹阿玛去崇拜帕杜么纳。韦达文献中对这一切都有解释。

第 22 节　स्वच्छत्वमविकारित्वं शान्तत्वमिति चेतसः ।
वृत्तिभिर्लक्षणं प्रोक्तं यथापां प्रकृतिः परा ॥२२॥

svacchatvam avikāritvaṁ
śāntatvam iti cetasaḥ
vṛttibhir lakṣaṇaṁ proktaṁ
yathāpāṁ prakṛtiḥ parā

svacchatvam－清楚 / avikāritvam－免于一切困惑和焦躁不安 / śāntatvam－平静的 / iti－如此 / cetasaḥ－意识的 / vṛttibhiḥ－以……的特征 / lakṣaṇam－特点 / proktam－被称为 / yathā－正如 / apām－水的 / prakṛtiḥ－自然状态 / parā－纯净

译文　物质能量总体展示后，这些特征都同时出现。正如水在与土接触之前，它原本的状态是清澈、甜美和平静的，纯净意识的特征是平静、清晰，没有困惑和焦躁不安。

要旨　纯净的意识状态——奎师那意识，存在于一开始；在刚刚创造后，意识还没有被污染。后来，随着生物沾染的物质污垢越多，意识就越不纯净。在纯净的意识状态中，生物可以感知到至尊人格首神淡淡的影像。在清澈、洁净和平静的水中，人可以看到水中的一切；同样，在纯净的意识状态——奎师那意识状态中，生物可以看清事情的真相。生物可以看到至尊人格首神的影像，也能看到自己的存在。这种意识状态使人非常快乐、坦率和持重。在一开始，意识是纯净的。

第 23—24 节 महत्तत्त्वाद्विकुर्वाणाद्भगवद्वीर्यसम्भवात् ।
क्रियाशक्तिरहङ्कारस्त्रिविधः समपद्यत ॥२३॥
वैकारिकस्तैजसश्च तामसश्च यतो भवः ।
मनसश्चेन्द्रियाणां च भूतानां महतामपि ॥२४॥

mahat-tattvād vikurvāṇād
bhagavad-vīrya-sambhavāt
kriyā-śaktir ahaṅkāras
tri-vidhaḥ samapadyata
vaikārikas taijasaś ca
tāmasaś ca yato bhavaḥ
manasaś cendriyāṇāṁ ca
bhūtānāṁ mahatām api

mahat-tattvāt一从玛哈·塔特瓦 / vikurvāṇāt一经历变化 / bhagavat-vīrya-sambhavāt一从至尊主自身的能量发展 / kriyā-śaktiḥ一被赋予活动的力量 / ahaṅkāraḥ一物质的自我意识 / tri-vidhaḥ一三种……的 / samapadyata一发展出来 / vaikārikaḥ一受善良属性影响的物质自我意识 / taijasaḥ一受激情属性影响的物质自我意识 / ca一和 / tāmasaḥ一受愚昧属性影响的物质自我意识 / ca一也 / yataḥ一从……的 / bhavaḥ一源头 / manasaḥ一心的 / ca一和 / indriyāṇām一感知与活动的感官的 / ca一和 / bhūtānām mahatām一五种粗糙元素的 / api一也

译文 由至尊主本人的能量逐渐形成的物质能量总体继而产生出物质的自我意识。物质的自我意识被主要赋予善良、激情和愚昧这三种类型的活动力。从这三种类型的物质自我意识，心智、负责感知的感官、行动器官及粗糙元素逐步形成。

要旨　在创造初期，从纯净的意识——奎师那意识的纯净状态中，出现了第一种污染，那就是：错误的自我意识(假我)——把自我与躯体相认同。生物原本处在奎师那意识的自然状态中，但他有微小的独立性，而这允许他遗忘奎师那。起初，生物的意识是奎师那意识，但他因为误用他微小的独立性而遗忘了奎师那。现实生活中这样的例子就很多，某些人本是怀着奎师那意识在行事，突然之间就改变了。因此，许多奥义书中都说：灵性觉悟之途就像剃刀锋利的刀刃一样。这个例子十分恰当。人用锋利的剃刀刮胡子很好，但一不留神，就会因为操作上的小小失误划伤自己的脸颊。

人不仅必须把自己的意识提升到纯粹的奎师那意识状态，而且必须十分谨慎小心。任何的懈怠或粗心大意都有可能造成堕落。这堕落是由错误的自我意识(假我)造成的。误用独立性使错误的自我意识从纯净的意识状态中产生出来。我们无法推测错误的自我意识为什么会从纯净的意识产生出来。事实上，这种情况始终有机会发生，因此人必须十分小心。错误的自我意识(假我)是一切物质活动的基础，而所有的物质活动都是在物质自然属性的影响下从事的。人一旦脱离纯净的奎师那意识，就会增加他与物质反作用的纠缠。束缚物质主义者的是物质的心态，从这种物质的心态，各种感官和物质器官展示出来。

第 25 节　सहस्रशिरसं साक्षाद्यमनन्तं प्रचक्षते ।
सङ्कर्षणाख्यं पुरुषं भूतेन्द्रियमनोमयम् ॥२५॥

sahasra-śirasaṁ sākṣād
yam anantaṁ pracakṣate
saṅkarṣaṇākhyaṁ puruṣaṁ
bhūtendriya-manomayam

sahasra-śirasam—有一千个头 / sākṣāt—直接的 / yam—……的他 /

anantam－阿南塔 / pracakṣate－他们称为 / saṅkarṣaṇa-ākhyam－名为桑卡尔珊 / puruṣam－至尊人格首神 / bhūta－粗糙元素 / indriya－感官 / manaḥ-mayam－由心构成

译文 粗糙元素、感官及心智的源头——三种假我(错误的自我意识)，因为是产生它们的根源，所以与它们本是一体。它被命名为桑卡尔珊，而桑卡尔珊就是有着一千个头的主阿南塔。

第 26 节 कर्तृत्वं करणत्वं च कार्यत्वं चेति लक्षणम् ।
शान्तघोरविमूढत्वमिति वा स्यादहङ्कृतेः ॥२६॥

kartṛtvaṁ karaṇatvaṁ ca
kāryatvaṁ ceti lakṣaṇam
śānta-ghora-vimūḍhatvam
iti vā syād ahaṅkṛteḥ

kartṛtvam－作为活动者 / karaṇatvam－作为工具 / ca－和 / kāryatvam－作为结果 / ca－也 / iti－如此 / lakṣaṇam－特征 / śānta－平静的 / ghora－活跃的 / vimūḍhatvam－迟钝的 / iti－如此 / vā－或者 / syāt－也许 / ahaṅkṛteḥ－假我(错误的自我意识)的

译文 这假我(错误的自我意识)以活动者、工具和作用为表现形式，根据它如何被善良、激情和愚昧属性所影响，又进一步被描述为是安详的、活跃的或迟钝的。

要旨 错误的自我意识——假我(ahaṅkāra)，被转化为半神人——控制各种物质事务的主管。作为一个工具，错误的自我意识以不同的感官和感觉器官为代表展示出来，半神人和感官结合产生了物质事物。在物质世界里，我们生产出那么多的东西，并把它称为文明的进步，但事实上这种“进步的文明”是错误的自我意识的展现。透过这种错误的自我意识，人们制造出所有的物质产品作为享乐对象。

人必须停止增加人为的需要，停止生产、积累各种物品。伟大的灵性导师纳若塔玛·达斯·塔库尔(Narottama dāsa Ṭhākura)哀叹道：人一旦偏离纯净的华苏戴瓦意识——奎师那意识，就会被捆绑在物质活动中。他的原话是："为了在这短暂的物质展示中享乐，我离弃了纯净的意识状态，从此陷入业报的罗网(sat-saṅga chāḍi' kainu asate vilāsa/ te-kāraṇe lāgila ye karma-bandha-phāṅsa)。"

第 27 节　वैकारिकाद्विकुर्वाणान्मनस्तत्त्वमजायत ।
यत्सङ्कल्पविकल्पाभ्यां वर्तते कामसम्भवः ॥२७॥

vaikārikād vikurvāṇān
manas-tattvam ajāyata
yat-saṅkalpa-vikalpābhyāṁ
vartate kāma-sambhavaḥ

vaikārikāt－受善良属性影响的假我 / vikurvāṇāt－经过转化 / manaḥ－心 / tattvam－原则 / ajāyata－进化 / yat－……的 / saṅkalpa－思想 / vikalpābhyām－由倒影 / vartate－发生 / kāma-sambhavaḥ－欲望的产生

译文　受善良属性影响的假我发生另一个变化，产生出心，而它负责思考和引起欲望的想法。

要旨　心的表现是因为各种欲望而接受或拒绝。我们想要得到有利于我们满足感官的事物，拒绝不利于我们满足感官的事物。物质的心飘忽不定，但同样的心可以被固定于从事具有奎师那意识的活动。相反，心一旦处在物质的层面上，它就会徘徊不定，而它所有的接受或拒绝都是短暂的(asat)。经典中说，心没有固定于奎师那意识时，必然徘徊在接受和拒绝之间。一个人无论有多高的学术资格，只要他没有稳定的奎师那意识，他的心就会只是徘徊在接受和拒绝之间，永远无法把注意力专注在某个主题上。

第 28 节 यद्विदुर्ह्यनिरुद्धाख्यं हृषीकाणामधीश्वरम् ।
शारदेन्दीवरश्यामं संराध्यं योगिभिः शनैः ॥२८॥

yad vidur hy aniruddhākhyaṁ
hṛṣīkāṇām adhīśvaram
śāradendīvara-śyāmaṁ
saṁrādhyaṁ yogibhiḥ śanaiḥ

yat—那心 / viduḥ—被了解 / hi—事实上 / aniruddha-ākhyam—以阿尼茹达的名字命名 / hṛṣīkāṇām—感官的 / adhīśvaram—至尊的统治者 / śārada—秋天的 / indīvara—像蓝色的莲花 / śyāmam—蓝黑色 / saṁrādhyam—被……发现的 / yogibhiḥ—由瑜伽师们 / śanaiḥ—逐渐地

译文 生物体的心，以主阿尼如达的名字命名。主阿尼如达是感官的至尊控制者，祂拥有类似长在秋季里的莲花般蓝黑色的形象。祂被瑜伽师们逐渐找到。

要旨 练瑜伽需要控制心，而心的至尊主人是阿尼如达。经典中说：阿尼如达有四只手臂，手中分别持有苏达尔珊飞轮(Sudarśana cakra)、海螺、大头棒和莲花。维施努(Viṣṇu)有二十四种形象，每一个都有不同的名字。在这二十四种形象中，《永恒的柴坦亚经》生动地描述了桑卡尔珊、阿尼如达、帕杜么纳和华苏戴瓦，其中说：阿尼如达受到瑜伽师们的崇拜。冥想“空”是某些主观推测者用脑子的丰富想象力发明出的现代产物。事实上，正如这节诗中所描述的，瑜伽冥想的程序应该是把注意力专注于阿尼如达的形象上。靠冥想阿尼如达，人可以不再受心念的接受与拒绝的刺激。当人把心念专注于阿尼如达的形象上时，人就会逐渐对神有所认识，就会逐步接近奎师那意识的纯净状态，而这是瑜伽的最终目的。

第 29 节 तैजसात्तु विकुर्वाणाद् बुद्धितत्त्वमभूत्सति ।
द्रव्यस्फुरणविज्ञानमिन्द्रियाणामनुग्रहः ॥२९॥

taijasāt tu vikurvāṇād
buddhi-tattvam abhūt sati
dravya-sphuraṇa-vijñānam
indriyāṇām anugrahaḥ

taijasāt—从受激情属性影响的假我 / tu—于是 / vikurvāṇāt—经过转化 / buddhi—智慧 / tattvam—原则 / abhūt—诞生 / sati—贞洁的妇女啊 / dravya—对象 / sphuraṇa—进入视野 / vijñānam—确定 / indriyāṇām—对感官 / anugrahaḥ—给予支持

译文 贞洁的女士啊！受激情属性影响的假我发生变化，产生智力。智力的作用是：当事物进入视野后辨明其性质并帮助感官。

要旨 智力是了解事物用的辨别力，它帮助感官作出抉择。因此，智力应该是感官的主人。当人坚定地从事具有奎师那意识的活动时，人的智力就起到了完美的作用。正确地运用智力，可以使人提升意识，而最高层面的意识是奎师那意识。

第 30 节 संशयोऽथ विपर्यासो निश्चयः स्मृतिरेव च ।
स्वाप इत्युच्यते बुद्धेर्लक्षणं वृत्तितः पृथक् ॥३०॥

saṁśayo 'tha viparyāso
niścayaḥ smṛtir eva ca
svāpa ity ucyate buddher
lakṣaṇaṁ vṛttitaḥ pṛthak

saṁśayaḥ—疑问 / atha—于是 / viparyāsaḥ—误解 / niścayaḥ—正确的理解 / smṛtiḥ—记忆 / eva—也 / ca—和 / svāpaḥ—睡眠 / iti—如此 / ucyate—被说成 / buddheḥ—智慧的 / lakṣaṇam—特点 / vṛttitaḥ—根据它们的功能 / pṛthak—不同

译文 疑问、误解、正确的理解、记忆力和睡眠，按它们不同的作用，被说成是智力的不同特性。

要旨 怀疑是智力的一个重要的作用；盲目地接受某种事物是不用智力的表现。因此，诗中梵文“怀疑(saṁśaya)”一词非常重要。为了提高智力，人应该在一开始提出质疑。但当人从正确的源头接受信息时，疑惑就不利于人接受知识了。至尊主在《博伽梵歌》中说，怀疑权威说的话是遭毁灭的原因。

帕谭佳里(Patañjali)瑜伽系统中说有五种心智状态，即：正确的认知、错误的认知、幻想、睡眠和记忆(pramāṇa-viparyaya-vikalpa-nidra-smṛtyaḥ)。人只有靠智慧才能了解事情的真相，只有靠智慧才能明白自己不是他的躯体。通过研究来判断生物本身究竟是灵性的还是物质的这个问题始于质疑。当人能够分析他真正的身份时，他就能看清，与躯体认同是错误的，是“误解(viparyāsa)”。看穿虚假的身份后，就能明白真正的身份了。这节诗中把真正的了解说成是“被证实了的实验性知识(niścayaḥ)”这种实验性的知识可以在人了解了错误的知识后获得。靠实验性的或证实了的知识，人可以了解他不是躯体，而是灵性的灵魂。

诗中用了梵文“记忆(smṛti)”和“睡觉(svāpa)”两个词。睡觉对于智力能够正常工作来说也是需要的。没有睡眠，脑子就无法很好地运作。《博伽梵歌》中特别提到：练瑜伽的人以正确的方式控制自己，适度地满足身体的吃、睡和其他需要，就会获得成功。就有关这些对智力进行分析性研究的内容，帕谭佳里的瑜伽体系及卡皮拉戴瓦在《圣典博伽瓦谭》中讲述的数论哲学都有论述。

第 31 节 तैजसानीन्द्रियाण्येव क्रियाज्ञानविभागशः ।
प्राणस्य हि क्रियाशक्तिर्बुद्धेर्विज्ञानशक्तिता ॥३१॥

taijasānīndriyāṇy eva
kriyā-jñāna-vibhāgaśaḥ

prāṇasya hi kriyā-śaktir
buddher vijñāna-śaktitā

taijasāni—从受激情属性影响的假我产出 / indriyāṇi—感官 / eva—肯定地 / kriyā—活动 / jñāna—知识 / vibhāgaśaḥ—根据 / prāṇasya—生命能量的 / hi—实际上 / kriyā-śaktiḥ—活动的感官 / buddheḥ—智慧的 / vijñāna-śaktitā—获取知识的感官

译文　受激情属性影响的假我，产生两类感官——获取知识的感官和行动的感官。行动的感官依靠生命能量，而获取知识的感官依靠智力。

要旨　前面的诗中解释说：心是受善良属性影响的假我的产物，而心的作用是按照欲望接受或拒绝。在这节诗中说，智力是受激情属性影响的假我的产物。这是心和智力的区别之所在；受善良属性影响的错误的自我意识产生出心，而受激情属性影响的错误的自我意识产生出智力。想要接受或拒绝某件事物，是心的十分重要的作用。由于心是善良属性的产物，如果它专注于心的主人阿尼如达，它就能转变，从而具有奎师那意识。纳若塔玛·达斯·塔库尔说，我们永远都有愿望。愿望是无法停止的。但如果我们转变我们的愿望到想要取悦至尊人格首神，生命就完美了。一旦愿望变得是想要主宰物质自然，它就受到了物质的污染。我们一定要净化自己的愿望。在净化过程的初期阶段，人必须按照灵性导师的命令做，因为灵性导师知道如何能让门徒转变自己的愿望，使之成为想为奎师那服务的愿望。就智力而言，这节诗中明确地说：它是激情属性的产物。人通过灵修上升到善良属性的层面上，并通过把心专注于或交给至尊人格首神，成为杰出的人物——伟大的灵魂(mahātmā)。《博伽梵歌》中清楚地说："这样伟大的灵魂十分罕见(sa mahātmā sudurlabhaḥ)。"

这节诗中明确地说：获取知识的感官和负责行动的感官，都是受激情属性影响的假我的产物。而由于获取知识的感官和负责行动的感官都需要能量，受激情属性影响的假我便也生产出生命能量——精力。因此，我们可以亲眼看到，热情似火、斗志昂扬、情欲旺盛的人，可以很快获得他们想要的物质收益。韦达经典中推荐道：要想鼓励一个人获取物质财物，就应该也鼓励他过性生活。我们很自然地看到，那些沉溺于性生活的人，在物质生活上也相当先进，因为性生活或情欲生活是物质文明进步的推动力。然而，在想要取得灵性进步的人身上几乎看不到激情属性的影响，但善良属性的影响则十分突出。我们发现，从事具有奎师那意识活动的人在物质上看来贫穷，但却拥有一双眼睛，使他能看清谁更伟大。有奎师那意识的人虽然表面看来是个穷人，但实际上并不穷；然而，对培养奎师那意识没兴趣的人虽然表面看似在物质上富有、快乐，但实际上非常贫穷、可怜。充满物质意识的人在发现提高物质生活舒适度的事物方面非常聪明，但却没有能力了解灵性的灵魂和灵性生活。因此，人如果想要在灵性生活中取得进步，就必须先净化自己的愿望，使自己具有为至尊主做奉爱服务的纯净愿望。正如《纳茹阿达·潘查茹阿陀》(Nārada-pañcarātra)中所说：当感官在培养奎师那意识的过程中得到净化后，用它们所做的奉爱服务，是纯粹的奉爱服务。

第 32 节 तामसाच्च विकुर्वाणाद्भगवद्वीर्यचोदितात् ।
शब्दमात्रमभूत्तस्मान्नभः श्रोत्रं तु शब्दगम् ॥३२॥

tāmasāc ca vikurvāṇād
bhagavad-vīrya-coditāt
śabda-mātram abhūt tasmān
nabhaḥ śrotraṁ tu śabdagam

tāmasāt 一 从受愚昧属性影响的错误的自我意识 / ca 一 和 /

vikurvāṇāt—经过转化 / bhagavat-vīrya—被至尊人格首神的能量 / coditāt—推动 / śabda-mātram—精微元素声音 / abhūt—展现了 / tasmāt—从这 / nabhaḥ—空间 / śrotram—听的感官 / tu—于是 / śabda-gam—接收到声音

译文　当受愚昧属性影响的假我被至尊人格首神的性能量所刺激时，精微元素声音展示了；从声音、精致的空间和聆听的感官产生出来。

要旨　从这节诗中看，我们感官享乐的对象都产自受愚昧属性影响的错误的自我意识(假我)。从这节诗中还能了解到：受到在愚昧属性影响下的错误的自我意识的刺激后，第一个产生的事物是声音——空间的精微形式。《韦丹塔·苏陀》中也说：声音既是一切物质事物的起源，也可以透过它瓦解这个物质存在。声音可以使人得到解脱(anāvṛttiḥ śabdāt)。整个物质展示始于声音，而具有特殊力量的声音也可以终止物质束缚。有能力达到这种功效的声音是哈瑞·奎师那(Hare Kṛṣṇa)这一超然的声音振荡。我们受物质束缚的状态始于物质的声音。我们现在必须通过灵性的认识净化那声音。在灵性世界中也有声音，如果我们与那声音接触，我们的灵性生活就开始了，而且可以得到为取得灵性进步所需要的一切。我们必须清楚：声音是对一切感官享乐的物质对象进行创造的开始；同样，如果声音得到净化，它也可以制造出我们的灵性所需。

这节诗中说，从声音展示出空间，空间又展示出气。究竟声音如何产出精微的空间，空间如何产出气，气又如何产出火，后面都会给予解释。声音产出空间，而空间产出耳朵(śrotram)。耳朵是获取知识的第一个感官。要想获取灵性或物质的知识，就必须运用听觉器官，所以耳朵非常重要。韦达知识被称为“必须通过聆听接受的知识(śruti)”。我们只有靠聆听才能得到物质的或灵性的享乐。

在物质世界里，我们光是靠听就制造出增进物质生活舒适度的事物。它们已经存在了，只是靠聆听就能变化出来。我们想要建造一座摩天大楼，并不意味着我们要创造它。木材、金属、泥土等建造摩天大楼的原材料已经有了，我们只是通过聆听，学习如何运用那些已经被创造好了的物质元素，与它们建立比较亲密的关系而已。为制造产品而发展出的现代经济，也是聆听的产物。同样，我们可以通过从正确的源头聆听，创造一个有利于从事灵性活动的领域。阿尔诸纳一开始是持有生命的躯体化概念的十足的物质主义者，并因为持有这种观念而承受了巨大的痛苦，但后来仅仅靠聆听就变成了灵性化的、具有奎师那意识的人。聆听非常重要，而那个听产自空间。我们只有靠聆听才能正确地运用已经存在的一切。只有通过聆听，才知道如何正确地运用已经被创造好了的原材料，而聆听这一原则也适用于灵性的范畴。我们必须从正确的灵性源头那里聆听。

第 33 节 अर्थाश्रयत्वं शब्दस्य द्रष्टुर्लिङ्गत्वमेव च ।
तन्मात्रत्वं च नभसो लक्षणं कवयो विदुः ॥३३॥

arthāśrayatvaṁ śabdasya
draṣṭur liṅgatvam eva ca
tan-mātratvaṁ ca nabhaso
lakṣaṇaṁ kavayo viduḥ

artha-āśrayatvam一传达了某个对象的内涵的 / śabdasya一声音的 / draṣṭuḥ一说话者的 / liṅgatvam一表面……的存在 / eva一也 / ca一和 / tat-mātratvam一精微元素 / nabhasaḥ一空间的 / lakṣaṇam一定义 / kavayaḥ一有学识的人 / viduḥ一知道

译文 有真正知识的知识渊博之人，解释声音是对某个对象的概念的传达；表明不在我们视野中的讲话者的存在；而且是构成空间的精微形式。

要旨　这节诗中明确地说，我们一旦谈到聆听，就必然有说话者；没有说话者就不存在聆听的问题了。因此，被称为施茹缇(śruti)的靠聆听接受的韦达知识，又被说成是“并非由物质创造的人所说的话(apauruṣa)。《圣典博伽瓦谭》开篇就说：梵(布茹阿曼)的声音——韦达经(Veda)，先被灌输进第一位博学之人(ādi-kavaye)布茹阿玛的心中(tene brahma hṛdā)。他怎么变得博学的？一旦牵涉到学习，就必然有知识的讲述者和聆听的过程。但布茹阿玛是第一位被创造的生物体。是谁向他讲话的？既然当时除了他没有别人，那么谁是给予他知识的那位灵性导师呢？他是当时唯一的生物体，因此是以超灵形式处在每一个生物体心中的至尊人格首神把韦达知识注入他心中的。我们了解，韦达知识是至尊主讲述的，因此不存在物质认识中的缺陷。物质的认识有缺陷。如果我们从受制约的灵魂那里听到什么，那内容中必定充满了缺陷。所有物质的、世俗的知识中，都有由错觉、差错、欺骗和感官的不完美所造成的缺陷。但由超越物质创造的至尊主所灌输的韦达知识，却是尽善尽美的。如果我们从布茹阿玛传下来的师徒传承中接受韦达知识，就会得到完美的知识。

我们听到的每一个字都有它的意思。当我们听到“水”这个词时，这个词代表了一种实体——水。同样，我们一旦听到“神”这个词，它就代表了一个内涵。如果我们从神本人那里了解到“神”一词的概念和对它的解释，那么它所包含的意思就是完美的。但如果我们推测“神”一词的意思，那么对它的定义就是不完美的。《博伽梵歌》——神的科学，由人格首神本人亲自讲述。这是完美的知识。物质主义思辨者或所谓的哲学家，想要靠调查、研究了解神究竟是什么；他们永远都无法了解神的本质。神本人首先把有关祂自己的知识传授给布茹阿玛，所以我们必须从布茹阿玛的师徒传承中了解神的科学。我们可以通过聆听师徒传承中被授权了人讲述《博伽梵歌》，了解有关神的知识。

当我们提到看时，就必然存在着形象。凭我们的感官知觉，我们开始感受到的是空间。空间是最开始的形象，其他的形象都产自空间。因此，知识的对象和感官知觉来自空间。

第 34 节 भूतानां छिद्रदातृत्वं बहिरन्तरमेव च ।
प्राणेन्द्रियात्मधिष्ण्यत्वं नभसो वृत्तिलक्षणम् ॥३४॥

bhūtānāṁ chidra-dātṛtvaṁ
bahir antaram eva ca
prāṇendriyātma-dhiṣṇyatvaṁ
nabhaso vṛtti-lakṣaṇam

bhūtānām—所有生物体的 / chidra-dātṛtvam—提供空间 / bahiḥ—外在的 / antaram—内在的 / eva—也 / ca—和 / prāṇa—生命之气的 / indriya—感官 / ātma—还有心 / dhiṣṇyatvam—作为活动的场所 / nabhasaḥ—空间元素的 / vṛtti—活动 / lakṣaṇam—特性

译文 空间元素的活动和特性是给所有的生物体提供外在存在的场所，以及生命之气、感官和心的内在活动的场所。

要旨 生物体的心、感官和生命力都有形象，尽管我们用肉眼看不到它们。形象以精微的形式存在于空间内，在体内以生命之气的循环和血管的形式被感知到；在体外则有不可见的感官对象的形象。对不可见的感官对象的生产，是空间元素在躯体外的活动，生命之气和血液的循环则是它在躯体内的活动。存在于空间中的精微形象被现代科技中的电视影像传输所证实；将影像或照片从一个地方传输到另一个地方，是空间元素作用的结果。这节诗中解释了这一切。这节诗中的内容被当做伟大的科学研究工作的基础，因为它解释了精微形象是如何从空间元素中产生出来的，它们的特性和活动是什么，以及气、火、水和土等粗糙元素是如何从精微的形象中展现的。思考、感受及意愿等心理活动，也都是在精微存在的基础上进行的。这节诗中还证实了《博伽梵歌》中的声明，即：来世的生活状况取决于人死亡时内心的状态。由于粗糙的元素是从精微的形象发展而来，内心的所思所想一旦有机会就会转化为可见的形象。

第 35 节　नभसः शब्दतन्मात्रात्कालगत्या विकुर्वतः ।
स्पर्शोऽभवत्ततो वायुस्त्वक्स्पर्शस्य च सङ्ग्रहः ॥३५॥

nabhasaḥ śabda-tanmātrāt
kāla-gatyā vikurvataḥ
sparśo 'bhavat tato vāyus
tvak sparśasya ca saṅgrahaḥ

nabhasaḥ一从空间 / śabda-tanmātrāt一从精微元素声音进化而来的 / kāla-gatyā一在时间的推动下 / vikurvataḥ一经过转化 / sparśaḥ一精微的触碰元素 / abhavat一进化 / tataḥ一从那时起 / vāyuḥ一空气 / tvak一触碰的感官 / sparśasya一触碰的 / ca一和 / saṅgrahaḥ一感知

译文　由声音发展而来的空间存在，在时间的推动下发生进一步的变化，产生出精微的触碰元素，从触碰元素，空气及触觉感官展现了。

要旨　当精微的形象最终转化为粗糙的形象时，它们就变成触碰的对象。触碰的对象和触觉感官也是在这段演变期发展出来的。声音是第一个体现物质存在的感官对象，从对声音的感知，触觉逐渐形成；从触觉，视觉逐渐产生出来。这就是我们感知客观事物的渐进过程。

第 36 节　मृदुत्वं कठिनत्वं च शैत्यमुष्णत्वमेव च ।
एतत्स्पर्शस्य स्पर्शत्वं तन्मात्रत्वं नभस्वतः ॥३६॥

mṛdutvaṁ kaṭhinatvaṁ ca
śaityam uṣṇatvam eva ca
etat sparśasya sparśatvaṁ
tan-mātratvaṁ nabhasvataḥ

mṛdutvam—柔软 / kaṭhinatvam—坚硬 / ca—和 / śaityam—冷 / uṣṇatvam—热 / eva—也 / ca—和 / etat—这个 / sparśasya—精微的触碰元素的 / sparśatvam—特点 / tat-mātratvam—精微形象 / nabhasvataḥ—空气

译文 触觉是空气的精微形式所具有的特征，而软、硬、冷、热，都是触觉能感知到的特点。

要旨 有形、可触知，是对形象的证明。在现实生活中，物体以两种方式被感知到。它们要么软、要么硬，要么冷、要么热，等等。触觉感官这种实际的作用，是产自空间的气演化的结果。

第 37 节 चालनं व्यूहनं प्राप्तिर्नेतृत्वं द्रव्यशब्दयोः ।
सर्वेन्द्रियाणामात्मत्वं वायोः कर्माभिलक्षणम् ॥३७॥

cālanaṁ vyūhanaṁ prāptir
netṛtvaṁ dravya-śabdayoḥ
sarvendriyāṇām ātmatvaṁ
vāyoḥ karmābhilakṣaṇam

cālanam—活动 / vyūhanam—混合 / prāptiḥ—允许接近 / netṛtvam—携带着 / dravya-śabdayoḥ—物质的微粒和声音 / sarva-indriyāṇām—所有的感官的 / ātmatvam—提供……的适当的功能 / vāyoḥ—空气的 / karma—由活动 / abhilakṣaṇam—特质

译文 空气的作用展现为移动，混合，允许接近声音和其他感官知觉的对象，以及为所有的感官提供适当的功能。

要旨　当树木枝叶摇撼或满地的干树叶被聚集在一起时，我们可以感知到空气的作用。同样，身体的运作也是靠气在作用，当气的循环受阻时，许多疾病就产生了。麻痹、瘫痪、神经衰弱、精神错乱和其他许多疾病，实际上都是由气的循环流动不足、不恰当造成的。在韦达医学《阿尤尔·韦达》(Āyur-veda)体系中，治疗所有这些疾病基本上都是以调节气的循环为基础。如果人从一开始就注意调节气的循环过程，身体就不会生这些病。《阿尤尔·韦达》和《圣典博伽瓦谭》中明确地说：身体内部和外在那么多的活动，都是靠气的作用得以进行；气的循环一旦不足或不当，这些活动就无法正常进行。这节诗中明确地说："携带着物质的微粒和声音(netṛtvaṁ dravya-śabda-yoḥ)"。我们之所以想要活动，都是气流动的结果。如果气的循环停滞了，我们就无法听到声音或去到声音传出的地方。我们之所以能听到别人叫我们，是气循环的结果；也是由于气的循环，我们才能去到声音发出的地方。这节诗中清楚地说这一切都是气的流动造成的。能闻到气味的能力也是气作用的结果。

第 38 节　वायोश्च स्पर्शतन्मात्राद्रूपं दैवेरितादभूत् ।
समुत्थितं ततस्तेजश्चक्षू रूपोपलम्भनम् ॥३८॥

vāyoś ca sparśa-tanmātrād
rūpaṁ daiveritād abhūt
samutthitaṁ tatas tejaś
cakṣū rūpopalambhanam

vāyoḥ一从空气 / ca一和 / sparśa-tanmātrāt一从精微的触碰元素进化而来 / rūpam一形象 / daiva-īritāt一根据命运 / abhūt一进化 / samutthitam一激发 / tataḥ一从那 / tejaḥ一火 / cakṣuḥ一视觉感官 / rūpa一颜色和形象 / upalambhanam一感知

译文 靠空气和触觉的相互影响，生物按其命运接受不同的形象。通过种种形象的演化，就有了火元素，使眼睛透过颜色看到不同的形象。

要旨 由于命运、触觉、气的相互作用，以及产自空间元素的心理状态，生物根据他前世的活动得到一个躯体；这就是生物从一个形体转入另一个形体的轮回。按照他的命运，以及控制气的相互作用和心理状态的更高权威的安排，生物不断地更换他的形体。形体是各种感官知觉的组合。内心的状态和气的相互作用，使生物从事注定的活动。

第 39 节 द्रव्याकृतित्वं गुणता व्यक्तिसंस्थात्वमेव च ।
तेजस्त्वं तेजसः साध्वि रूपमात्रस्य वृत्तयः ॥३९॥

dravyākṛtitvaṁ guṇatā
vyakti-saṁsthātvam eva ca
tejastvaṁ tejasaḥ sādhvi
rūpa-mātrasya vṛttayaḥ

dravya—一个物体的 / ākṛtitvam—尺寸 / guṇatā—质量 / vyakti-saṁsthātvam—个体特征 / eva—也 / ca—和 / tejastvam—光芒 / tejasaḥ—火的 / sādhvi—贞洁的妇女啊 / rūpa-mātrasya—精微的物质形象 / vṛttayaḥ—特点

译文 我亲爱的母亲，形象的特点要透过大小、品质和个体特征去了解。火的形象因其光芒被感知到。

要旨 我们所感知到的每一个形体，都有它具体的体积大小和特性。看不见的形体只有通过触碰了解；这是对不可见的形象的特殊的感知方法。声音是不同的。可见的形体要靠分析研究它们的结构去了解。物体的结构要通过它们的内在特征去感知，例如，盐要通过对咸味的品尝去了解，而糖要靠对甜味的品尝去欣赏。滋味和构造等是了解物体的基础。

第 40 节　द्योतनं पचनं पानमदनं हिममर्दनम् ।
तेजसो वृत्तयस्त्वेताः शोषणं क्षुत्तृडेव च ॥४०॥

dyotanaṁ pacanaṁ pānam
adanaṁ hima-mardanam
tejaso vṛttayas tv etāḥ
śoṣaṇaṁ kṣut tṛḍ eva ca

dyotanam—光明 / pacanam—烹饪、消化 / pānam—喝 / adanam—吃 / hima-mardanam—消除寒冷 / tejasaḥ—火的 / vṛttayaḥ—功能 / tu—实际上 / etāḥ—这些 / śoṣaṇam—蒸发 / kṣut—饥饿 / tṛṭ—口渴 / eva—也 / ca—和

译文　火被感知到的途径是：透过它的光，以及烹煮、消化、驱除寒冷、蒸发水分等能力，引起饥饿、口渴的现象，让人有想要进食、喝水的愿望。

要旨　火的首要表征是散发光和热，在胃里也可以感知到火的存在。没有火，我们无法消化吃进的食物。没有消化作用，就没有饥饿、口渴，以及进食和喝水的能力。如果一个人没有适当的饥饿和口渴的感觉，就应该明白是他的胃火不足，而《阿尤尔·韦达》中推荐的治疗方法，都与火元素(agni-māndyam)有关。由于胆汁的分泌增加胃火，治疗方法便是增加胆汁的分泌。所以，《阿尤尔·韦达》的治疗方法，证实了《圣典博伽瓦谭》的说明。众所周知，火通过征服寒冷的影响展现它的特性。火总是能抵消极度的寒冷感。

第 41 节 रूपमात्राद्विकुर्वाणात्तेजसो दैवचोदितात् ।
रसमात्रमभूत्तस्मादम्भो जिह्वा रसग्रहः ॥४१॥

rūpa-mātrād vikurvāṇāt
tejaso daiva-coditāt
rasa-mātram abhūt tasmād
ambho jihvā rasa-grahaḥ

rūpa-mātrāt一从精微的物质形象发展而来 / vikurvāṇāt一经过转化 / tejasaḥ一从火 / daiva-coditāt一在高等力量的安排下 / rasa-mātram一精微的滋味元素 / abhūt一展现出来 / tasmāt一从那 / ambhaḥ一水 / jihvā一味觉 / rasa-grahaḥ一感知味道

译文 在更高力量的安排下，火与视觉的相互作用产生出精微的滋味元素。从滋味元素，水产生出来，舌头——味觉也展现了。

要旨 这节诗中把舌头描述为是品尝滋味的感官。由于滋味是水的产物，舌头上就总是有唾液。

第 42 节 कषायो मधुरस्तिक्तः कट्वम्ल इति नैकधा ।
भौतिकानां विकारेण रस एको विभिद्यते ॥४२॥

kaṣāyo madhuras tiktaḥ
kaṭv amla iti naikadhā
bhautikānāṁ vikāreṇa
rasa eko vibhidyate

kaṣāyaḥ一涩 / madhuraḥ一甜 / tiktaḥ一苦 / kaṭu一辛辣 / amlaḥ一酸 / iti一如此 / na-ekadhā一多样的 / bhautikānām一其他物质的 / vikāreṇa一经过转化 / rasaḥ一精微的滋味元素 / ekaḥ一原本是一体 / vibhidyate一被分开了

译文　尽管起初只有一种滋味元素，但它因为与其他物质接触而具有了涩、甜、苦、辣、酸和咸等多种滋味

第 43 节　क्लेदनं पिण्डनं तृप्तिः प्राणनाप्यायनोन्दनम् ।
तापापनोदो भूयस्त्वमम्भसो वृत्तयस्त्विमाः ॥४३॥

kledanaṁ piṇḍanaṁ tṛptiḥ
prāṇanāpyāyanondanam
tāpāpanodo bhūyastvam
ambhaso vṛttayas tv imāḥ

kledanam—使湿润 / piṇḍanam—使凝固 / tṛptiḥ—引起满足感 / prāṇana—维持生命 / āpyāyana—使凉爽 / undanam—使柔软 / tāpa—热 / apanodaḥ—驱除 / bhūyastvam—充足的 / ambhasaḥ—水的 / vṛttayaḥ—典型的功能 / tu—实际上 / imāḥ—这些

译文　水展示它特性的方式是：把其他物体弄湿，使各种混合物凝固，产生满足感，维持生命，使东西变软，驱除热，不断地灌入能蓄水的地方，使人在解除口渴的感觉后变得有精神。

要旨　喝水可以减轻饥饿感。我们有时发现，人在遵守断食的誓言期间，如果间或喝一点点水，就可以立刻减缓由断食造成的筋疲力尽感。韦达经中也说："生命离不开水(āpomayaḥ prāṇaḥ)。"水可以把一切弄湿。用水可以和面。水与土混合制成泥浆。正如《圣典博伽瓦谭》一开始所说，水可以使各种物质元素的组合变得更牢固。如果我们要盖一所房子，水其实就是制作砖块的重要成分。尽管火、水和气是整个物质展示所需要的组合元素，但水最为重要。而且，只要把水注入热的地区，就能抵消过度的热。

第 44 节 रसमात्राद्विकुर्वाणादम्भसो दैवचोदितात् ।
गन्धमात्रमभूत्तस्मात्पृथ्वी घ्राणस्तु गन्धगः ॥४४॥

rasa-mātrād vikurvāṇād
ambhaso daiva-coditāt
gandha-mātram abhūt tasmāt
pṛthvī ghrāṇas tu gandhagaḥ

rasa-mātrāt—从精微滋味元素发展而来 / vikurvāṇāt—经过转化 / ambhasaḥ—从水 / daiva-coditāt—在高等力量的安排下 / gandha-mātram—精微的气味元素 / abhūt—得以展示 / tasmāt—从那 / pṛthvī—土 / ghrāṇaḥ—嗅觉感官 / tu—实际上 / gandha-gaḥ—感知气味的

译文 在更高力量的安排下，水和味觉的相互作用产生出精微的气味元素。从气味元素，土和让我们能闻到泥土芳香的嗅觉器官展现了。

第 45 节 करम्भपूतिसौरभ्यशान्तोग्राम्लादिभिः पृथक् ।
द्रव्यावयववैषम्याद्गन्ध एको विभिद्यते ॥४५॥

karambha-pūti-saurabhya-
śāntogrāmlādibhiḥ pṛthak
dravyāvayava-vaiṣamyād
gandha eko vibhidyate

karambha—混合的 / pūti—令人作呕的 / saurabhya—芳香的 / śānta—温和的 / ugra—强烈、辛辣的 / amla—酸的 / ādibhiḥ—等等 / pṛthak—分别 / dravya—物质的 / avayava—部分否认 / vaiṣamyāt—根据多样性 / gandhaḥ—气味 / ekaḥ——体 / vibhidyate—被分开

译文 气味虽然是一种元素，但按照它与各种实体接触的不同比例，变成混合型的、令人作呕的、芳香的、淡淡的、强烈的、发酸的等多种气味。

要旨　我们从用蔬菜与各种香料混合烹煮的菜肴中，可以闻到混合的气味。在不洁的地方可以闻到不好的气味，而樟脑、薄荷脑等产品散发好闻的气味。大蒜和洋葱发出刺激的气味，姜黄和与之类似的物质发出酸味。最初的气味从土产生出来，当它与不同的物质混合时，就会散发不同的气味。

第46节　**भावनं ब्रह्मणः स्थानं धारणं सद्विशेषणम् ।**
सर्वसत्त्वगुणोद्भेदः पृथिवीवृत्तिलक्षणम् ॥४६॥

bhāvanaṁ brahmaṇaḥ sthānaṁ
dhāraṇaṁ sad-viśeṣaṇam
sarva-sattva-guṇodbhedaḥ
pṛthivī-vṛtti-lakṣaṇam

bhāvanam—造型 / brahmaṇaḥ—至尊梵的 / sthānam—建造居住地 / dhāraṇam—具有装东西的功能 / sat-viśeṣaṇam—具有分割空间的功能 / sarva—所有 / sattva—存在的 / guṇa—品质 / udbhedaḥ—展示的地方 / pṛthivī—土的 / vṛtti—功能的 / lakṣaṇam—特性

译文　土的作用特点可以透过至尊梵的神像、居所的建筑及制作水罐等途径感知到。换句话说，土是一切元素的基础。

要旨　声音、空间、气、火和水等不同的元素，都可以在土中感知到。这节诗里特别提到土的另一个特点是，土能展示出至尊人格首神不同的形象。卡皮拉的这一说明证实：正如众多的经典中所描述的，至尊人格首神布茹阿曼(梵)有无数的形象。用土，以及石头、木材和宝石等土的产物，就可以将至尊主的形象展现在我们眼前。用土制成的主奎师那或主维施努的塑像，并不是凭想象虚构出的。正如经典中所说，土将至尊主形象的外形展示出来。

《布茹阿玛·萨密塔》描述了主奎师那的王国——丰富多彩的灵

性居所，以及至尊主的灵性身体和祂吹笛子的形象。经典里描述了至尊主所有这些形象；这些形象这样被呈现出来后，人们就可以崇拜了。假象宗哲学说这些形象都是人想象出的，但事实并非如此。人们有时把梵文巴瓦纳(bhāvana)一词错误地解释为是“想象、幻想”，但它不是这个意思；它真正的意思是：呈现韦达文献所描述的真正的外形。土透过特定的变化把生物体的不同特性展示出来。

第 47 节 नभोगुणविशेषोऽर्थो यस्य तच्छ्रोत्रमुच्यते ।
वायोर्गुणविशेषोऽर्थो यस्य तत्स्पर्शनं विदुः ॥४७॥

nabho-guṇa-viśeṣo 'rtho
yasya tac chrotram ucyate
vāyor guṇa-viśeṣo 'rtho
yasya tat sparśanaṁ viduḥ

nabhaḥ-guṇa-viśeṣaḥ—天空的独特性质(声音) / arthaḥ—感知的对象 / yasya—……的 / tat—那 / śrotram—听觉感官 / ucyate—被称为 / vāyoḥ guṇa-viśeṣaḥ—空气的独特性质(触碰) / arthaḥ—感知的对象 / yasya—……的 / tat—那 / sparśanam—触觉感官 / viduḥ—他们知道

译文 感知声音的感官被称为听觉器官，感知触碰的感官被称为触觉器官。

要旨 声音是空间的特性之一，是听觉的对象。同样，触碰是气的特性之一，是触觉的对象。

第 48 节 तेजोगुणविशेषोऽर्थो यस्य तच्चक्षुरुच्यते ।
अम्भोगुणविशेषोऽर्थो यस्य तद्रसनं विदुः ।
भूमेर्गुणविशेषोऽर्थो यस्य स घ्राण उच्यते ॥४८॥

tejo-guṇa-viśeṣo 'rtho
　yasya tac cakṣur ucyate
ambho-guṇa-viśeṣo 'rtho
　yasya tad rasanaṁ viduḥ
bhūmer guṇa-viśeṣo 'rtho
　yasya sa ghrāṇa ucyate

tejaḥ-guṇa-viśeṣaḥ－火的独特性质(形象) / arthaḥ－感知的对象 / yasya－……的 / tat－那 / cakṣuḥ－视觉感官 / ucyate－被称为 / ambhaḥ-guṇa-viśeṣaḥ－水的独特性质(滋味) / arthaḥ－感知的对象 / yasya－……的 / tat－那 / rasanam－味觉感官 / viduḥ－他们知道 / bhūmeḥ guṇa-viśeṣaḥ－土的独特性质(气味) / arthaḥ－感知的对象 / yasya－……的 / saḥ－那 / ghrāṇaḥ－嗅觉感官 / ucyate－被称为

译文　感知形象的感官——体现火之特性的感官，是视觉器官。感知滋味的感官——体现水之特性的感官，是味觉器官。最后，感知气味的感官——体现土之特性的感官，被称为嗅觉器官。

第 49 节　परस्य दृश्यते धर्मो ह्यपरस्मिन् समन्वयात् ।
अतो विशेषो भावानां भूमावेवोपलक्ष्यते ॥४९॥

parasya dṛśyate dharmo
　hy aparasmin samanvayāt
ato viśeṣo bhāvānāṁ
　bhūmāv evopalakṣyate

parasya－原因的 / dṛśyate－被观察到 / dharmaḥ－特点 / hi－实际上 / aparasmin－在效果中 / samanvayāt－秩序 / ataḥ－因此 / viśeṣaḥ－特性 / bhāvānām－所有元素的 / bhūmau－在土中 / eva－单独 / upalakṣyate－可以看到

译文 由于原因也存在于它的结果之中，前者的特性在后者中也能被观察到。那就是一切元素的特性都存在于土中的缘故。

要旨 空间产自声音，气产自空间，火产自气，水产自火，而土产自水。空间中只有声音，气中有声音和触碰，火中有声音、触碰和形象，水中有声音、触碰、形象和滋味，土中有声音、触碰、形象、滋味和气味。因此，土是所有其他元素的品质和特性的储存库。土是所有其他元素的总和。土有所有元素的五种特性，水有四种，火有三种，气有两种，而空间只有声音这一种特性。

第 50 节 एतान्यसंहत्य यदा महदादीनि सप्त वै ।
कालकर्मगुणोपेतो जगदादिरुपाविशत् ॥५०॥

etāny asaṁhatya yadā
mahad-ādīni sapta vai
kāla-karma-guṇopeto
jagad-ādir upāviśat

etāni—这些 / asaṁhatya—未混杂的 / yadā—当……时 / mahat-ādīni—总体物质能量、假我和五种粗糙元素 / sapta—共七个 / vai—实际上 / kāla—时间 / karma—工作 / guṇa—物质自然三种属性 / upetaḥ—伴随着 / jagat-ādiḥ—创造的源头 / upāviśat—进入

译文 当所有这些元素还未相互混合时，创造的源头——至尊人格首神，与时间、活动和物质自然属性的品质一起，进入总体物质能量被分为七部分的宇宙中。

要旨 卡皮拉戴瓦阐明原因的产生后，开始讲解结果的产生。那时，当众多的原因还未混合在一起时，至尊人格首神以衪嘎尔博达卡沙依·维施努(Garbhodakaśāyī Viṣṇu)的形象，进入每一个宇宙。伴

随祂的是七种主要的元素，即：五种物质元素，总体物质能量(mahat-tattva)，以及错误的自我意识(假我)。至尊人格首神甚至进入物质世界的每一个原子中。对此，《布茹阿玛·萨密塔》第5章的第35节诗中证实说：祂存在于遍布整个宇宙的所有的原子中(aṇḍāntara-stha-paramāṇu-cayāntara-stham)。祂不仅在宇宙中，也在原子中。祂在每一个生物体的心中。至尊人格首神嘎尔博达卡沙依·维施努进入万物。

第 51 节　ततस्तेनानुविद्धेभ्यो युक्तेभ्योऽण्डमचेतनम् ।
उत्थितं पुरुषो यस्मादुदतिष्ठदसौ विराट् ॥५१॥

tatas tenānuviddhebhyo
yuktebhyo 'ṇḍam acetanam
utthitaṁ puruṣo yasmād
udatiṣṭhad asau virāṭ

tataḥ—那时 / tena—由至尊主 / anuviddhebhyaḥ—从受到刺激并进入活动状态的这七个主要元素 / yuktebhyaḥ—结合 / aṇḍam——一个蛋 / acetanam—没有智慧的 / utthitam—产出 / puruṣaḥ—宇宙生物体 / yasmāt—从那 / udatiṣṭhat—出现 / asau—那 / virāṭ—著名的

译文　至尊主的出现刺激这七部分能量进入活动状态并相互结合，从而产出一个无知的蛋，而著名的第一位宇宙生物体就诞生于它。

要旨　父母通过性生活所产生的包括乳化分泌物在内的混合物，营造了一个有利于灵魂进入的物质环境；随后，混合的物质元素逐渐发育、成长为一个完整的物质躯体。宇宙创造的原理是一样的，即：原材料都有了，但只有当至尊主进入物质元素时，物质才真正受刺激运作起来。那就是创造的原因。我们透过日常生活的经验可以明白这一点。尽管我们有了土、水和火，但只有当我们付出劳动，把这些原材料组合在一起时，所有这些元素才能形成砖头的形状。没有有生命的生物，物质不可能成形。同样，除非有至尊主的宇宙形象(virāṭ-puruṣa)给予刺激，否则这个物质世界不会发展。因祂给予的刺激，空间被创造出来，至尊主的宇宙形象也在其中展示(yasmād udatiṣṭhad asau virāṭ)。

第 52 节 एतदण्डं विशेषाख्यं क्रमवृद्धैर्दशोत्तरैः ।
तोयादिभिः परिवृतं प्रधानेनावृतैर्बहिः ।
यत्र लोकवितानोऽयं रूपं भगवतो हरेः ॥५२॥

etad aṇḍaṁ viśeṣākhyaṁ
krama-vṛddhair daśottaraiḥ
toyādibhiḥ parivṛtaṁ
pradhānenāvṛtair bahiḥ
yatra loka-vitāno 'yaṁ
rūpaṁ bhagavato hareḥ

etat—这 / aṇḍam—蛋 / viśeṣa-ākhyam—被称为维蛇沙 / krama——个接一个 / vṛddhaiḥ—增加 / daśa—十倍 / uttaraiḥ—比……大 / toya-ādibhiḥ—由水等 / parivṛtam—包裹住 / pradhānena—由帕丹 / āvṛtaiḥ—被覆盖 / bahiḥ—在外面 / yatra—那里 / loka-vitānaḥ—星系的扩展 / ayam—这 / rūpam—形象 / bhagavataḥ—至尊人格首神的 / hareḥ—主哈尔依的

译文 这个宇宙之蛋，或者说是蛋形宇宙，被称为物质能量的展示。它的水层、气层、火层、空间层、自我意识层和物质能量总体层，一层比一层厚，每一层都比前一层厚十倍，最后一层是帕丹覆盖层。在这个蛋中的，是至尊主哈尔依的宇宙形象，十四个星系是祂身体的不同部位。

要旨 我们所能看到的这个有无数星球在内的宇宙——宇宙空间，形状恰似一个蛋。正如一个蛋由壳包裹着，宇宙也由很多层物质包裹着。第一层是水，然后依次是火、气、空间……最后是由帕丹组成的支撑一切的外壳。在这个蛋形宇宙中，是至尊主巨大的宇宙形象(virāṭ-puruṣa)，所有不同层次的星系是祂身体的各个部分。这在《圣典博伽瓦谭》第2篇的开始部分已经解释过了。不同的星系被视为是至尊主宇宙形象的身体的不同部位。无法直接崇拜至尊主超然形象的人，被建议去思索和崇拜祂的这个宇宙形象。最底层的星系帕塔拉(Pātāla)被视为是至尊主的脚底，地球被视为是至尊主的腹部。布茹阿玛居住的最高层星系布茹阿玛珞卡(Brahmaloka)，被视为是至尊主的头。

至尊主的这个宇宙形象被视为是祂的一个化身。至尊主最初的形象是奎师那，《布茹阿玛·萨密塔》中证实说，奎师那是第一位享乐者、主宰者(ādi-puruṣa)。宇宙形象也是享乐者、主宰者(puruṣa)，但不是第一位享乐者、主宰者(ādi-puruṣa)。第一位享乐者、主宰者是奎师那。《布茹阿玛·萨密塔》第5章的第1节诗中说：哥文达——奎师那，是一切原因的起因。祂是首要的原因。祂的形象是由永恒、知识和极乐构成的(īśvaraḥ paramaḥ kṛṣṇaḥ sac-cid-ānanda-vigrahaḥ/ anādir ādir govindaḥ)。《博伽梵歌》中也说奎师那是第一位享乐者；奎师那在其中说："没有谁比我更伟大。"至尊主有数不胜数的扩展，祂们都是享乐者，但无论是宇宙形象，是卡冉诺达卡沙依·维施努(Kāraṇoda-kaśāyī Viṣṇu)、嘎尔博达卡沙依·维施努和祺柔达卡沙依·维施努(Kṣīrodakaśāyī Viṣṇu)等主宰化身(puruṣa-avatāra)，还是其他许多扩展，都不是最初的，不是第一位的。每一个物质宇宙中都有嘎尔博达卡沙依·维施努、宇宙形象和祺柔达卡沙依·维施努。这节诗中描述了宇宙形象的活动展现。对至尊人格首神不甚了解的人，可以按照《博伽瓦谭》的建议思索至尊主的宇宙形象。

这节诗中大致描述了宇宙的体积。包裹宇宙的外壳由水、气、火、空间、假我和物质总体能量组成，每一层都比前一层厚十倍。宇宙中空无一物的空间部分是任何人类的科学家或其他人所无法测量的，在空间之外有七层包裹层，每一层都比前一层厚十倍。水层的厚度是宇宙直径的十倍，火层比水层厚十倍，气层比火层厚十倍。对人类的小脑瓜来说，这些尺寸都是不可思议的。

经典中说，这只是对一个蛋形宇宙的描述。在这个宇宙之外，还有数不胜数的宇宙，其中有的比这个宇宙大许许多多倍。事实上，这个宇宙被认为是最小的；因此，掌管它的神明布茹阿玛为了管理它，只需要四个头就够了。在其他比这个宇宙大得多的宇宙中，主管神明布茹阿玛有更多的头。《永恒的柴坦亚经》中说：有一天，主奎师那应最小的布茹阿玛的请求，把所有这些布茹阿玛都召集在一起，最小的布茹阿玛看到所有更大的布茹阿玛时惊呆了。那就是至尊主不可思议的力量。没有谁能靠主观臆测或错误地认为自己就是神，估量出神的长、宽、高。只有精神失常的人才会试图做这种事。

第 53 节 हिरण्मयादण्डकोशादुत्थाय सलिले शयात् ।
तमाविश्य महादेवो बहुधा निर्बिभेद खम् ॥५३॥

hiraṇmayād aṇḍa-kośād
utthāya salile śayāt
tam āviśya mahā-devo
bahudhā nirbibheda kham

hiraṇmayāt－金的 / aṇḍa-kośāt－从蛋中 / utthāya－产生 / salile－在水上 / śayāt－躺着 / tam－其中 / āviśya－进入了 / mahā-devaḥ－至尊人格首神 / bahudhā－以许多方式 / nirbibheda－分开 / kham－洞

译文 至尊人格首神以祂的宇宙形象处在那个躺在水中的金蛋内，把它分成许多部分。

第 54 节 निरभिद्यतास्य प्रथमं मुखं वाणी ततोऽभवत् ।
वाण्या वह्निरथो नासे प्राणोतो घ्राण एतयोः ॥५४॥

nirabhidyatāsya prathamaṁ
mukhaṁ vāṇī tato 'bhavat
vāṇyā vahnir atho nāse
prāṇoto ghrāṇa etayoḥ

nirabhidyata—出现了 / asya—祂的 / prathamam—首先 / mukham—一张嘴 / vāṇī—说话的器官 / tataḥ—之后 / abhavat—展示了 / vāṇyā—与说话的器官 / vahniḥ—火神 / athaḥ—于是 / nāse—两个鼻孔 / prāṇa—生命之气 / utaḥ—结合 / ghrāṇaḥ—嗅觉器官 / etayoḥ—在它们当中

译文 祂首先展示出嘴，随后展示出说话的器官，以及控制说话器官的神明——火神。接着，一对鼻孔出现了，从其中展示出嗅觉器官，以及生命之气。

要旨 随着说话器官的展示，火也展示出来。随着鼻孔的展示，生命之气、呼吸程序和嗅觉器官也展示了。

第 55 节 घ्राणाद्वायुरभिद्येतामक्षिणी चक्षुरेतयोः ।
तस्मात्सूर्यो न्यभिद्येतां कर्णौ श्रोत्रं ततो दिशः ॥५५॥

ghrāṇād vāyur abhidyetām
akṣiṇī cakṣur etayoḥ
tasmāt sūryo nyabhidyetāṁ
karṇau śrotraṁ tato diśaḥ

ghrāṇāt—从嗅觉器官 / vāyuḥ—风神 / abhidyetām—出现 / akṣiṇī—两只眼睛 / cakṣuḥ—视觉器官 / etayoḥ—在它们当中 / tasmāt—从那 / sūryaḥ—太阳神 / nyabhidyetām—显现 / karṇau—两只耳朵 / śrotram—听觉感官 / tataḥ—从那 / diśaḥ—控制方向的神

译文 继嗅觉器官展现之后出来的，是负责控制它的风神。那以后，宇宙形象展示出一双眼睛，以及其中的视觉器官。随即，负责控制视觉器官的太阳神出现了。接下来，祂的宇宙形象展示出一对耳朵，以及其中的听觉器官和随之而来的、负责控制方向的神明。

要旨 诗中描述了至尊主宇宙形象不同的身体部位的展现，以及掌管那些部位的神明的显现。正如胎儿在母亲的子宫中，身体的各个部分逐渐发育成长，在至尊主宇宙形象的宇宙子宫中，各种相关事物的创造逐一展现。不同的器官出现了，而每一个都有掌管它的神明。《圣典博伽瓦谭》的这节诗和《布茹阿玛·萨密塔》都证实：太阳是在至尊主宇宙形象的眼睛展现后出现的。太阳要依靠宇宙形象的眼睛。《布茹阿玛·萨密塔》中还说：太阳是至尊人格首神奎师那的眼睛(yac-cakṣur eṣa savitā)。梵文“萨维塔(savitā)”的意思是太阳。太阳是至尊人格首神的眼睛。事实上，所有的一切都是由至尊首神的宇宙身体创造的。物质自然只不过是原材料的提供者。就有关创造实际上是由至尊主完成的这一事实，《博伽梵歌》第9章的第10节诗中证实说：“在我的指挥下，物质自然在宇宙创造中产生动与不动的一切(mayādhyakṣeṇa prakṛtiḥ sūyate sa-carācaram)。”

第 56 节 निर्बिभेद विराजस्त्वग्रोमश्मश्र्वादयस्ततः ।
तत ओषधयश्चासन् शिश्नं निर्बिभिदे ततः ॥५६॥

nirbibheda virājas tvag-
roma-śmaśrv-ādayas tataḥ
tata oṣadhayaś cāsan
śiśnaṁ nirbibhide tataḥ

nirbibheda—出现 / virājaḥ—宇宙形体的 / tvak—皮肤 / roma—毛发 / śmaśru—胡须 / ādayaḥ—等等 / tataḥ—于是 / tataḥ—因此 /

oṣadhayaḥ—药草 / ca—和 / āsan—出现 / śiśnam—生殖器 / nirbibhide—出现 / tataḥ—此后

译文　随后，至尊主的宇宙形象展示了祂的皮肤，以及其上的毛发和嘴唇上下方的胡子。这以后，所有的药草展示了，祂的生殖器官也展现出来。

要旨　皮肤是触觉的所在地。管理草本植物和医药的半神人，是掌管触觉器官的神明。

第 57 节　रेतस्तस्मादाप आसन्निरभिद्यत वै गुदम् ।
गुदादपानोऽपानाच्च मृत्युर्लोकभयङ्करः ॥५७॥

retas tasmād āpa āsan
nirabhidyata vai gudam
gudād apāno 'pānāc ca
mṛtyur loka-bhayaṅkaraḥ

retaḥ—精子 / tasmāt—从那 / āpaḥ—掌管水的神明 / āsan—出现 / nirabhidyata—展现了 / vai—实际上 / gudam—肛门 / gudāt—从肛门 / apānaḥ—排泄器官 / apānāt—从排泄器官 / ca—和 / mṛtyuḥ—死亡 / loka-bhayam-karaḥ—令全宇宙恐惧

译文　接着，精液(生育能力)和负责控制水的神明出现了。继那之后逐一显现的是，肛门——排便器官，以及令全宇宙恐惧的死神。

要旨　从这节诗了解到：排放精液的机能，是死亡的原因。正因为如此，想要长寿的瑜伽师(yogī)和超然主义者们，自愿控制自己不排放精液。人越能控制自己不射精，就越能远离死亡。有许多瑜伽师就通过这一方法活到三百岁或七百岁。《博伽瓦谭》中明确地说，排放精液是造成可怕死亡的原因。人越沉迷于性享乐，就使自己离死亡越近。

第 58 节 हस्तौ च निरभिद्येतां बलं ताभ्यां ततः स्वराट् ।
पादौ च निरभिद्येतां गतिस्ताभ्यां ततो हरिः ॥५८॥

hastau ca nirabhidyetāṁ
balaṁ tābhyāṁ tataḥ svarāṭ
pādau ca nirabhidyetāṁ
gatis tābhyāṁ tato hariḥ

hastau—两只手 / ca—和 / nirabhidyetām—展示了 / balam—能力 / tābhyām—从它们 / tataḥ—接着 / svarāṭ—天帝因铎 / pādau—两只脚 / ca—和 / nirabhidyetām—展示出来 / gatiḥ—运动的程序 / tābhyām—从它们 / tataḥ—接着 / hariḥ—主维施努

译文 那以后，至尊主宇宙形象的两只手展现了，接着逐一出现的是抓举和丢弃东西的能力，以及天帝因铎。下一个展现的是宇宙形象的双腿和随之而来的移动的程序，主维施努随即出现。

要旨 主管手的神明是天帝因铎(Indra)，而主管移动的神明是至尊人格首神维施努。维施努在宇宙形象的腿展示后显现。

第 59 节 नाड्योऽस्य निरभिद्यन्त ताभ्यो लोहितमाभृतम् ।
नद्यस्ततः समभवन्नुदरं निरभिद्यत ॥५९॥

nāḍyo 'sya nirabhidyanta
tābhyo lohitam ābhṛtam
nadyas tataḥ samabhavann
udaraṁ nirabhidyata

nāḍyaḥ－血管 / asya－宇宙形象的 / nirabhidyanta－展示出来 / tābhyaḥ－从它们 / lohitam－血 / ābhṛtam－产出 / nadyaḥ－河流 / tataḥ－从那 / samabhavan－出现 / udaram－胃 / nirabhidyata－展现出来

译文　宇宙之躯的血管展现后，出现了血液。继它们之后，河流(负责掌控血管的神明)和腹部逐一展现。

要旨　血管被比作河流；当宇宙形象的血管展现后，各个星球上的河流也产生出来。控制河流的神明也负责控制神经系统。在韦达医学的治疗方法中，那些神经紧张、不安的病人被建议到流动的河水中去浸泡、沐浴。

第 60 节　क्षुत्पिपासे ततः स्यातां समुद्रस्त्वेतयोरभूत् ।
अथास्य हृदयं भिन्नं हृदयान्मन उत्थितम् ॥६०॥

kṣut-pipāse tataḥ syātāṁ
samudras tv etayor abhūt
athāsya hṛdayaṁ bhinnaṁ
hṛdayān mana utthitam

kṣut-pipāse－饥饿和口渴 / tataḥ－接着 / syātām－出现 / samudraḥ－海洋 / tu－接着 / etayoḥ－随即 / abhūt－出现 / atha－接着 / asya－宇宙形象的 / hṛdayam－心脏 / bhinnam－出现 / hṛdayāt－从心脏内 / manaḥ－心念 / utthitam－出现

译文　接着发展出的是饥饿和口渴的感觉，海洋随即展现。之后，一颗心脏展现了，随即出现的是心念。

要旨　海洋是掌管肚腹的神明，而肚腹是饥饿和口渴感的发源地。当人的饥饿和口渴感异常时，韦达医学治疗方法是建议病人到海里去沐浴。

第 61 节 मनसश्चन्द्रमा जातो बुद्धिर्बुद्धेर्गिरां पतिः ।
अहङ्कारस्ततो रुद्रश्चित्तं चैत्यस्ततोऽभवत् ॥६१॥

manasaś candramā jāto
buddhir buddher girāṁ patiḥ
ahaṅkāras tato rudraś
cittaṁ caityas tato 'bhavat

manasaḥ—从心念 / candramāḥ—月亮 / jātaḥ—出现 / buddhiḥ—智力 / buddheḥ—从智力 / girām patiḥ—掌管说话的神明(布茹阿妈) / ahaṅkāraḥ—假我 / tataḥ—接着 / rudraḥ—主希瓦 / cittam—意识 / caityaḥ—掌管意识的神明 / tataḥ—接着 / abhavat—出现

译文 继心念之后，出现了月亮。下一个展现的是智力，智力之后，主布茹阿玛显现了。接着，假我展现出来，主希瓦随即而至。主希瓦出现后，意识和负责控制意识的神明展示了。

要旨 心展示后，月亮便展现了，这说明月亮是控制心的神明。同样，在智力展示后显现的主布茹阿玛，是掌管智力的神明；继假我(错误的自我意识)展示后显现的主希瓦，是掌管假我的神明。换句话说，这一切意味着月亮神受善良属性的影响，而主布茹阿玛受激情属性的影响，主希瓦受愚昧属性的影响。“继假我出现后意识才展示”这一事实表明：物质意识从一开始就受愚昧属性的影响，因此人必须通过净化自己的意识来净化自己。这一净化程序称为培养奎师那意识。意识一旦被净化，假我就消失了。把躯体与真正的自我相认同，被称为错误的认同——假我(错误的自我意识)。就有关这一点，主柴坦亚在祂的八条训诫(Śikṣāṣṭaka)中说：吟诵、吟唱伟大的曼陀(mahā-mantra)——哈瑞·奎师那，所得到的第一个结果是清除意识或说心镜上的污物，物质存在的熊熊大火随即立刻被扑灭。物质存在的熊熊大火由假我(错误的自我意识)点燃，假我一旦被去除，人就可以了解他真正的身份了。那时，他就真正摆脱了错觉能量玛亚的钳制。人一旦摆脱假我的钳制，他的智力也就变得纯净，他的心就始终专注于至尊人格首神的莲花足上了。

至尊主在满月那一天作为无瑕的超然月亮高茹阿昌铎(Gaura-candra)显现。物质的月亮上有瑕点，但超然的月亮高茹阿昌铎上没有瑕点。为了使净化了的心专注于为至尊主服务，人必须崇拜无瑕的月亮高茹阿昌铎。受激情属性影响的人，也就是想要为了提高物质生活质量展示自己智慧的人，一般都崇拜主布茹阿玛。处在与躯体认同的极为愚昧的状态中的人，崇拜主希瓦。黑冉亚卡希普(Hiraṇyakaśipu)和茹阿瓦纳(Rāvaṇa)等物质主义者，都崇拜主布茹阿玛或主希瓦，但帕拉德(Prahlāda)和怀着奎师那意识做奉爱服务的其他奉献者，都崇拜至尊主——人格首神。

第 62 节　एते ह्यभ्युत्थिता देवा नैवास्योत्थापनेऽशकन् ।
पुनराविविशुः खानि तमुत्थापयितुं क्रमात् ॥६२॥

ete hy abhyutthitā devā
naivāsyotthāpane 'śakan
punar āviviśuḥ khāni
tam utthāpayituṁ kramāt

ete—这些 / hi—实际上 / abhyutthitāḥ—展现 / devāḥ—半神人 / na—不 / eva—根本 / asya—宇宙形象的 / utthāpane—唤醒 / aśakan—能够 / punaḥ—再次 / āviviśuḥ—他们进入 / khāni—身体的孔 / tam—祂 / utthāpayitum—醒来 / kramāt——个接一个

译文　半神人们和负责掌管各种感官的神明这样出现后，就想要唤醒自己出现的来源，但却没有达到目的。于是，他们一个接一个地重返宇宙形象的体内，想要唤醒祂。

要旨 为了唤醒处在内心的、正在睡觉的控制神明，人必须把感官的活动从忙于外界事务转向内心世界。下面的诗中生动地解释了需要唤醒宇宙形象的那些感官活动。

第 63 节 वह्निर्वाचा मुखं भेजे नोदतिष्ठत्तदा विराट् ।
घ्राणेन नासिके वायुर्नोदतिष्ठत्तदा विराट् ॥६३॥

vahnir vācā mukhaṁ bheje
nodatiṣṭhat tadā virāṭ
ghrāṇena nāsike vāyur
nodatiṣṭhat tadā virāṭ

vahniḥ—火神 / vācā—带着说话的器官 / mukham—嘴巴 / bheje—进入 / na—不 / udatiṣṭhat—醒来 / tadā—接着 / virāṭ—宇宙形象 / ghrāṇena—带着嗅觉器官 / nāsike—进入祂的两个鼻孔 / vāyuḥ—风神 / na—不 / udatiṣṭhat—醒来 / tadā—接着 / virāṭ—宇宙形象

译文 火神带着说话的器官进入祂的嘴，但宇宙形象并没有被唤醒。接着，风神带着嗅觉器官进入祂的鼻孔，但宇宙形象还是拒绝醒来。

第 64 节 अक्षिणी चक्षुषादित्यो नोदतिष्ठत्तदा विराट् ।
श्रोत्रेण कर्णौ च दिशो नोदतिष्ठत्तदा विराट् ॥६४॥

akṣiṇī cakṣuṣādityo
nodatiṣṭhat tadā virāṭ
śrotreṇa karṇau ca diśo
nodatiṣṭhat tadā virāṭ

akṣiṇī—祂的两只眼睛 / cakṣuṣā—带着视觉器官 / ādityaḥ—太阳神 / na—不 / udatiṣṭhat—醒来 / tadā—接着 / virāṭ—宇宙形象 / śrotreṇa—带着听觉器官 / karṇau—祂的两只耳朵 / ca—和 / diśaḥ—掌管

方向的神明 / na－不 / udatiṣṭhat－醒来 / tadā－接着 / virāṭ－宇宙形象

译文　太阳神带着视觉器官进入宇宙形象的眼睛，可宇宙形象就是不醒来。同样，负责掌管方向的神明带着听觉器官进入祂的耳朵，但祂还是不起来。

第 65 节　त्वचं रोमभिरोषध्यो नोदतिष्ठत्तदा विराट् ।
रेतसा शिश्नमापस्तु नोदतिष्ठत्तदा विराट् ॥६५॥

tvacaṁ romabhir oṣadhyo
nodatiṣṭhat tadā virāṭ
retasā śiśnam āpas tu
nodatiṣṭhat tadā virāṭ

tvacam－宇宙形象的皮肤 / romabhiḥ－身体上的毛发 / oṣadhyaḥ－掌管药草和植物的神明 / na－不 / udatiṣṭhat－醒来 / tadā－接着 / virāṭ－宇宙形象 / retasā－带着生殖力 / śiśnam－生殖器官 / āpaḥ－水神 / tu－接着 / na－不 / udatiṣṭhat－醒来 / tadā－接着 / virāṭ－宇宙形象

译文　负责掌管皮肤、药草和植物的神明，带着宇宙形象的毛发进入宇宙形象的皮肤，但即便如此，这位宇宙人也还是不起来。负责掌管水的神明与生殖力一起进入宇宙形象的生殖器官，但祂就是不起身。

第 66 节　गुदं मृत्युरपानेन नोदतिष्ठत्तदा विराट् ।
हस्ताविन्द्रो बलेनैव नोदतिष्ठत्तदा विराट् ॥६६॥

gudaṁ mṛtyur apānena
nodatiṣṭhat tadā virāṭ
hastāv indro balenaiva
nodatiṣṭhat tadā virāṭ

gudam－祂的肛门 / mṛtyuḥ－掌管死亡的神明 / apānena－带着排泄器官 / na－不 / udatiṣṭhat－醒来 / tadā－尽管那样 / virāṭ－宇宙形象 / hastau－两只手 / indraḥ－天帝因铎 / balena－带着抓举和丢弃的能力 / eva－实际上 / na－不 / udatiṣṭhat－醒来 / tadā－尽管那样 / virāṭ－宇宙形象

译文 死神与排便器官一起进入宇宙形象的肛门，但也无法刺激祂进入活动的状态。天帝因铎带着双手抓举和丢弃的能力进入宇宙形象的双手，但宇宙形象还是不起身。

第 67 节 विष्णुर्गत्यैव चरणौ नोदतिष्ठत्तदा विराट् ।
नाडीर्नद्यो लोहितेन नोदतिष्ठत्तदा विराट् ॥६७॥

viṣṇur gatyaiva caraṇau
nodatiṣṭhat tadā virāṭ
nāḍīr nadyo lohitena
nodatiṣṭhat tadā virāṭ

viṣṇuḥ－主维施努 / gatyā－带着移动的能力 / eva－实际上 / caraṇau－祂的两只脚 / na－不 / udatiṣṭhat－醒来 / tadā－尽管那样 / virāṭ－宇宙形象 / nāḍīḥ－祂的血管 / nadyaḥ－河流或河神 / lohitena－带着血和循环力 / na－不 / udatiṣṭhat－唤醒 / tadā－尽管那样 / virāṭ－宇宙形象

译文 主维施努带着移动能力一起进入宇宙形象的双脚，但宇宙形象拒绝站起来。河流带着血液和循环力进入宇宙人的血管，但还是无法唤醒祂。

第 68 节 क्षुत्तृड्भ्यामुदरं सिन्धुर्नोदतिष्ठत्तदा विराट् ।
हृदयं मनसा चन्द्रो नोदतिष्ठत्तदा विराट् ॥६८॥

kṣut-tṛḍbhyām udaraṁ sindhur
nodatiṣṭhat tadā virāṭ
hṛdayaṁ manasā candro
nodatiṣṭhat tadā virāṭ

kṣut-tṛḍbhyām—带着饥饿和口渴 / udaram—祂的肚子 / sindhuḥ—海洋或海神 / na—不 / udatiṣṭhat—醒来 / tadā—尽管那样 / virāṭ—宇宙形象 / hṛdayam—祂的心 / manasā—带着心念 / candraḥ—月亮神 / na—不 / udatiṣṭhat—醒来 / tadā—尽管那样 / virāṭ—宇宙形象

译文　海洋带着饥饿和口渴进入宇宙人的腹部，但祂还是拒绝起身。月亮神带着心念一起进入宇宙人的心脏，但祂就是不醒来。

第 69 节　बुद्ध्या ब्रह्मापि हृदयं नोदतिष्ठत्तदा विराट् ।
रुद्रोऽभिमत्या हृदयं नोदतिष्ठत्तदा विराट् ॥६९॥

buddhyā brahmāpi hṛdayaṁ
nodatiṣṭhat tadā virāṭ
rudro 'bhimatyā hṛdayaṁ
nodatiṣṭhat tadā virāṭ

buddhyā—带着智力 / brahmā—主布茹阿玛 / api—也 / hṛdayam—祂的心 / na—不 / udatiṣṭhat—醒来 / tadā—尽管那样 / virāṭ—宇宙形象 / rudraḥ—主希瓦 / abhimatyā—带着自我意识 / hṛdayam—祂的心 / na—不 / udatiṣṭhat—醒来 / tadā—尽管那样 / virāṭ—宇宙形象

译文　布茹阿玛带着智力一起进入宇宙人的心脏，但即使如此，也无法使祂起身。主茹铎带着自我意识进入祂的心脏，但照样无法唤醒祂。

第 70 节　चित्तेन हृदयं चैत्यः क्षेत्रज्ञः प्राविशद्यदा ।
विराट् तदैव पुरुषः सलिलादुदतिष्ठत ॥७०॥

cittena hṛdayaṁ caityaḥ
  kṣetra-jñaḥ prāviśad yadā
virāṭ tadaiva puruṣaḥ
  salilād udatiṣṭhata

cittena—带着理智、意识一起 / hṛdayam—心 / caityaḥ—掌管意识的神明 / kṣetra-jñaḥ—场地的知悉者 / prāviśat—进入 / yadā—当……时 / virāṭ—宇宙形象 / tadā—那时 / eva—正如 / puruṣaḥ—宇宙生物 / salilāt—从水中 / udatiṣṭhata—起来

译文 然而，当内在的控制者——负责掌管意识的神明，带着理智进入宇宙人的心脏时，祂马上就从原因之水中起来了。

第 71 节 यथा प्रसुप्तं पुरुषं प्राणेन्द्रियमनोधियः ।
प्रभवन्ति विना येन नोत्थापयितुमोजसा ॥७१॥

yathā prasuptaṁ puruṣaṁ
  prāṇendriya-mano-dhiyaḥ
prabhavanti vinā yena
  notthāpayitum ojasā

yathā—正如 / prasuptam—睡觉 / puruṣam——个人 / prāṇa—生命之气 / indriya—活动和获取知识的感官 / manaḥ—心 / dhiyaḥ—智力 / prabhavanti—能够 / vinā—没有 / yena—……的祂(超灵) / na—不 / utthāpayitum—唤醒 / ojasā—以它们自己的力量

译文 人在睡觉时，他的生命活力、获取知识的感官、工作的感官、心和智力等他所有的物质资产，都无法唤醒他。只有当超灵帮助他时，他才能被唤醒。

要旨 这节诗详细阐述了数论哲学的解释，说明至尊人格首神的宇宙形象是所有不同的感官及掌管它们的神明的最初源头。至尊主

的宇宙形象与主管神明(生物体)之间的关系错综复杂，光靠由主管神明分别掌管的感觉器官的活动，根本无法唤醒至尊主的宇宙形象。靠物质的活动无法唤醒至尊主的宇宙形象，或者与至尊绝对人格首神取得联系。人只有靠做奉爱服务和超脱，才能与绝对者取得联系。

第 72 节　**तमस्मिन् प्रत्यगात्मानं धिया योगप्रवृत्तया ।**
भक्त्या विरक्त्या ज्ञानेन विविच्यात्मनि चिन्तयेत् ॥७२॥

tam asmin pratyag-ātmānaṁ
dhiyā yoga-pravṛttayā
bhaktyā viraktyā jñānena
vivicyātmani cintayet

tam－向祂 / asmin－在这里 / pratyak-ātmānam－超灵 / dhiyā－用心 / yoga-pravṛttayā－投入奉爱服务 / bhaktyā－靠奉爱服务 / viraktyā－靠弃绝 / jñānena－靠灵性知识 / vivicya－仔细考虑 / ātmani－在体内 / cintayet－人应该苦思冥想

译文　因此，人应该靠奉爱之情和超脱，以及全力以赴地做奉爱服务获得的越来越多的灵性知识，苦思冥想那位既在现有的这个身体内同时又在体外的超灵。

要旨　人可以在自己的内心觉悟到超灵。祂虽然处在每一个生物体的体内，但却超越生物体的躯体。超灵虽然与个体灵魂同处于一个躯体内，但对那躯体没有感情，而个体灵魂却很眷恋那躯体。因此，人必须靠做奉爱服务，使自己不再依恋他居住其中的物质躯体。这节诗中清楚地说“通过奉爱服务(bhaktyā)”，以说明人必须为至尊者做奉爱服务。正如《圣典博伽瓦谭》第1篇第2章的第7节诗中所说：通过为华苏戴瓦——无所不在的至尊人格首神维施努做纯粹的奉爱服务，人立刻开始不再依恋物质世界(vāsudeve bhagavati bhakti-yogaḥ prayojitaḥ)。数论哲学的最终目的，就是要让人能够摆脱物质污染，而仅仅靠为至尊人格首神做奉爱服务就能做到这一点。

当人不再受物质繁荣与成功地吸引时，他就能把注意力真正地集中在超灵身上了。人的心只要还受物质事物的干扰，他就不可能把注意力和智力集中在至尊人格首神或祂的部分代表超灵身上。换句话说，人除非不再依恋物质世界，否则无法把自己的心思和精力集中在至尊者身上。人变得超脱，不再依恋物质世界后，就能够真正得到有关绝对真理的超然知识。人只要还沉溺于感官享乐——物质享乐，就不可能了解绝对真理。对此，《博伽梵歌》第18章的第54节诗也证实说：去除物质污染的人充满喜悦之情，可以进入做奉爱服务的境界，并通过奉爱服务得到解脱。

《圣典博伽瓦谭》第1篇中说：人通过做奉爱服务变得快乐幸福。在心中充满快乐的情况下，他可以理解神的科学——培养奎师那意识的程序；否则没有可能性。对物质自然中的元素的分析研究，以及把注意力专注于超灵，是数论哲学的实质性内容。为绝对真理做奉爱服务是数论瑜伽(sāṅkhya-yoga)的完美境界。

到此为止，结束了巴克提韦丹塔对《圣典博伽瓦谭》第3篇第26章——“物质自然的基本构造”所作的阐释。

第二十七章
了解物质自然

第 1 节

श्रीभगवानुवाच
प्रकृतिस्थोऽपि पुरुषो नाज्यते प्राकृतैर्गुणैः ।
अविकारादकर्तृत्वान्निर्गुणत्वाज्जलार्कवत् ॥ १ ॥

śrī-bhagavān uvāca
prakṛti-stho 'pi puruṣo
nājyate prākṛtair guṇaiḥ
avikārād akartṛtvān
nirguṇatvāj jalārkavat

śrī-bhagavān uvāca—人格首神说／prakṛti-sthaḥ—住在物质躯体里／api—尽管／puruṣaḥ—生物／na—不／ajyate—受影响／prākṛtaiḥ—物质自然的／guṇaiḥ—被属性／avikārāt—没有变化／akartṛtvāt—摆脱拥有感／nirguṇatvāt—不受物质自然属性的影响／jala—在水面上／arkavat—像太阳

译文 人格首神卡皮拉继续说：当生物就这样不再受物质自然属性的影响，变得“没有改变”，不声称拥有什么时，他即使还住在物质躯体中，也保持不受物质自然属性影响的状态，恰似太阳远离它在水面上的倒影。

要旨 主卡皮拉戴瓦(Kapiladeva)在前一章中总结说，仅仅靠开始做奉爱服务，人就可以变得超脱，就可以获得了解神的科学的超然知识。这节诗中确认的是同一个原则。超越物质自然属性影响的人，始终保持在水面上投下倒影的太阳的状态。太阳在水面上投下它的倒影，但水的流动、清凉或水面泛起涟漪，都影响不到太阳。同样道理，《圣典博伽瓦谭》(Śrīmad-Bhāgavatam)第1篇第2章的第7节诗中说：当人全身心投入地做奉爱服务——练奉爱瑜伽(bhakti-yoga)时，他就像在水面投下倒影的太阳一样不受打扰了(vāsudeve bhagavati bhakti-yogaḥ prayojitaḥ)。奉献者看似身在物质世界，但实际上在超然的世界中。正如太阳虽然把倒影投在水面上，但本身却离开水有千百万公里；练奉爱瑜伽的人不受物质自然属性的影响(nirguṇa)。

诗中提到“阿维卡茹阿(avikāra)”一词，意思是“没有改变”。《博伽梵歌》(Bhagavad-gītā)中确认说：每一个生物都是至尊主不可缺少的一部分，因此其永恒的状态是与至尊主合作，或者说用他的能量按照至尊主的心愿做事。那就是他没有改变的状态。他一旦用他的能量从事感官享乐的活动，这种改变了的状态就称为维卡茹阿(vikāra)。同样，人只要按照灵性导师的指导练习做奉爱服务，那么即使是在现有的物质躯体内，也恢复到他没有改变的状态，因为那是他天赋的责任。正如《圣典博伽瓦谭》中所说，解脱意味着恢复生物的原本状态。生物的原本状态是为至尊主做服务(bhakti-yogena, bhaktyā)；当人不再受物质的吸引，全神贯注地做奉爱服务时，那就是他没有改变的状态。诗中说“摆脱拥有感(akartṛtvāt)”，意思是“不为感官享乐而做事”。当人为自己而冒险做事时，他认为自己拥有感官，是活动者，因此就会有活动的报应。但是，当人为奎师那做一切时，他就没有那种拥有感或认为自己是活动者的感觉，他所从事的活动就没有报应。靠处在没有改变的状态中，靠不声称拥有活动的结果，人可以立刻处在超然的状态中，不被物质自然属性触碰到，恰似太阳虽然把倒影投射在水面上，但却不受水的影响。

第 2 节 स एष यर्हि प्रकृतेर्गुणेष्वभिविषज्जते ।
अहङ्क्रियाविमूढात्मा कर्तास्मीत्यभिमन्यते ॥ २॥

sa eṣa yarhi prakṛter
guṇeṣv abhiviṣajjate

ahaṅkriyā-vimūḍhātmā
kartāsmīty abhimanyate

saḥ－那生物体 / eṣaḥ－这 / yarhi－当……时 / prakṛteḥ－物质自然的 / guṇeṣu－属性中 / abhiviṣajjate－专注于 / ahaṅkriyā－由假我 / vimūḍha－迷惑了 / ātmā－个体灵魂 / kartā－活动者 / asmi－我是 / iti－如此 / abhimanyate－他想

译文　当灵魂受物质自然和假我魔力的控制，把真正的自我认同于他的躯体，从而沉溺于物质活动时，他在假我的影响下，认为自己是一切的拥有者。

要旨　事实上，受制约的灵魂在物质自然属性的催逼下被迫行事。生物没有自主权。当他接受至尊人格首神的指导时，他是自由的；但当他以为自己在满足自己的感官并从事感官享乐的活动时，他其实就在物质自然的魔力掌控下了。《博伽梵歌》中说：生物在他得到的某种自然属性的影响下活动(prakṛteḥ kriyamāṇāni)。梵文“古纳(guṇa)是指自然属性。他受自然属性的控制，但却错误地以为自己是拥有者、活动者。人们只要在至尊主或他真正的代表灵性导师的指导下做奉爱服务，就可以去除这种错误的拥有感和活动感。据《博伽梵歌》的记载，阿尔诸纳(Arjuna)一开始想要自己承担在战斗中杀死他祖父和老师的责任，所以尽管他当时不想打仗，想要做到非暴力，但所有的责任都落在了他身上；然而，他一旦在奎师那的指导下行事，便去除了自己是活动者的错误概念，所以虽然作战，但实际上却免于作战的报应。那就是解脱和受制约之间的区别。受制约的灵魂也许很善良，在善良属性的影响下做事，但还是受物质自然魔力的制约。可是，奉献者完全听从至尊主的指导，所以他的活动在普通人看来也许品质不是很高，但奉献者不承担责任。

第 3 节　तेन संसारपदवीमवशोऽभ्येत्यनिर्वृतः ।
प्रासङ्गिकैः कर्मदोषैः सदसन्मिश्रयोनिषु ॥ ३ ॥

tena saṁsāra-padavīm
avaśo 'bhyety anirvṛtaḥ
prāsaṅgikaiḥ karma-doṣaiḥ
sad-asan-miśra-yoniṣu

tena—由这个 / saṁsāra—重复生死的 / padavīm—途径 / avaśaḥ—无助的 / abhyeti—他经历 / anirvṛtaḥ—不满 / prāsaṅgikaiḥ—与物质自然接触的结果 / karma-doṣaiḥ—因为从事有缺陷的活动 / sat—好的 / asat—坏的 / miśra—混合的 / yoniṣu—不同的生命种类中

译文 受制约的灵魂因为与物质自然属性的接触，在各种高等和低等的生命形式中轮回。他除非停止从事物质活动，否则不得不因为从事有缺陷的活动而接受这种情况。

要旨 这节诗中说“因为从事有缺陷的活动(karma-doṣaiḥ)”，以指在这个物质世界里好或坏的任何活动。这些活动都是被污染的，因为与物质的接触，都是有缺陷的。愚蠢的受制约的灵魂也许会想，他通过开设医院为大众谋取物质利益或建立教育机构给人们物质的教育，是在做善事，但却不知道，所有这些活动都是有缺陷的，因为它们不能使他摆脱不断更换躯体的命运。这节诗中明确地说，“在各种高等和低等的生命形式中(sad-asan-miśra-yoniṣu)”，这意思是：人也许会因为在物质世界里从事所谓的虔诚活动，投生到非常高贵的人家中或高等星球上当半神人。然而，这种活动也是有缺陷的，因为它不能令人解脱。投生在一个好地方或高贵的家庭中，并不意味着人就不会经历物质的磨难，不受生老病死的痛苦了。在物质自然魔力控制下的受制约的灵魂无法了解：他为感官享乐所从事的任何活动都是有缺陷的，只有为至尊主做奉爱服务才能使他摆脱因从事缺陷的活动给他带来的报应。由于他不停止从事有缺陷的活动，他不得不一直不断地更换各种高级或低级的躯体。这种状态被称为“在这个物质世界(saṁsāra-padavīm)中不得超脱”的状态。想要从物质世界解脱出去的人，必须转变自己的活动，去做奉爱服务。这是没有选择的。

第4节　अर्थे ह्यविद्यमानेऽपि संसृतिर्न निवर्तते ।
ध्यायतो विषयानस्य स्वप्नेऽनर्थागमो यथा ॥ ४ ॥

arthe hy avidyamāne 'pi
saṁsṛtir na nivartate
dhyāyato viṣayān asya
svapne 'narthāgamo yathā

arthe—真正的原因 / hi—肯定地 / avidyamāne—不存在 / api—尽管 / saṁsṛtiḥ—物质存在的状态 / na—不 / nivartate—终结 / dhyāyataḥ—冥思苦想 / viṣayān—感官对象 / asya—生物体的 / svapne—在梦中 / anartha—不利条件的 / āgamaḥ—到达 / yathā—就像

译文　生物其实超越物质存在，但他因为有想要主宰物质自然的心态而不得不继续留在物质存在中，正如他在一场梦里受到各种不利因素的影响。

要旨　梦的例子非常恰当。由于有不同的心态，我们在梦中被置于有利和不利的情况中。同样，灵性的灵魂虽然原本与这个物质自然毫无关系，但由于他想要主宰物质自然，结果被置于受制约的生存状态中。

这节诗中描述受制约的存在是"生物体冥思苦想感官对象(dhyāyato viṣayān asya)"，其中梵文"维沙亚(viṣaya)"的意思是"享乐的对象"。人只要还继续认为自己能享受物质利益，他就在过着受制约的生活，但他只要恢复理智，就能明白自己不是享受者，只有至尊人格首神才是享受者。正如《博伽梵歌》第5章的第29节诗中所证实的：祂是一切祭祀及苦修结果的受益者(bhoktāraṁ yajña-tapasām)，是三个世界的拥有者(sarva-loka-maheśvaram)，是众生真正的朋友。然而，我们不承认至尊人格首神是一切的拥有者、享受者和众生真正的朋友这一事实，相反却声称自己是拥有者、享受者和朋友。我们从事慈善工作，以为自己才是人类社会的朋友。某人也许宣称自己是杰出的国家工作者，是国家和人民最好的朋友，但事实上，他不可能是大家最好的朋友。唯一的朋友是奎师那。我们应该为提升受制约灵魂的意识而努力，使他了解奎师那才是他真正的朋友。人如果与奎师那交朋友，就永远不会被欺骗，就会得到他所需要的一切帮助。唤醒受制约灵魂的这种意识才是最伟大的服务，而冒充自己是其他生物体的好朋友则并非最好的服务。物质世界中的友谊的力量极为有限。尽管一个人声称自己是朋友，但他无法不受限制地当朋友。生物体的数量无限多，而我们的资源却有限，因此我们自己无法给人民大众以真正的利益。对人民大众最好的服务是唤醒他们的奎师那意识，以使他们了解奎师那才是至高无上的享受者、拥有者和最好的朋友。这样，他们就会不再做梦以为自己可以主宰物质自然。

第 5 节 अत एव शनैश्चित्तं प्रसक्तमसतां पथि ।
भक्तियोगेन तीव्रेण विरक्त्या च नयेद्वशम् ॥ ५ ॥

ata eva śanaiś cittaṁ
prasaktam asatāṁ pathi
bhakti-yogena tīvreṇa
viraktyā ca nayed vaśam

ataḥ eva—因此 / śanaiḥ—逐渐地 / cittam—心、意识 / prasaktam—依恋 / asatām—物质享受的 / pathi—在……路上 / bhakti-yogena—由奉爱服务 / tīvreṇa—非常认真的 / viraktyā—没有依恋 / ca—和 / nayet—他必须 / vaśam—控制住

译文 怀着超脱的心态，利用自己现有的依恋物质享乐的污浊意识非常认真地做奉爱服务，是每一个受制约灵魂的责任。这样他就能完全控制住他的心和意识。

要旨　这节诗中十分清楚地解释了解脱的方法。生物之所以变得受物质自然的制约，是因为他认为自己是享乐者、拥有者或众生的朋友。冥思苦想感官享乐，就会使人产生这种错误的思想。当人以为他是国人、社会大众或人类最好的朋友时，他就从事各种与国家主义、民主主义有关的活动，以及慈善事业和利他主义活动，而所有那些活动都是把注意力集中于感官享乐的活动。所谓的国家领袖或人道主义者，并没有为大家服务，而只是在侍奉他自己的感官。那是事实。但受制约的灵魂无法明白这一切，因为他被物质自然的魔力蒙蔽了。所以，这节诗建议人要十分认真地为至尊主做奉爱服务。这意味着人不该以为自己是拥有者、恩人、朋友或享受者。他应该始终清醒地认识到，至尊人格首神奎师那才是真正的享受者，而这是奉爱瑜伽的基本原则。人必须坚定不移地信守这三条原则，那就是：人应该永远想着奎师那是拥有者，奎师那是享受者，奎师那是朋友。我们不仅要自己清楚这些原则，而且要努力说服他人，传播奎师那意识。

人只要认真地为至尊主做奉爱服务，他想要主宰物质自然的错误倾向就自然消失了。那种超脱被称为外茹阿给亚(vairāgya)。不再专注于想要主宰物质，而是培养奎师那意识；这是对意识的控制。练瑜伽需要控制感官(yoga indriya-saṁyamaḥ)。感官始终是活跃的，人无法阻止它们活动，因此应该让它们从事做奉爱服务的活动。想要人为地阻止感官活动的人，其努力必将以失败告终。就连伟大的瑜伽师维施瓦弥陀(Viśvāmitra)试图用瑜伽程序控制他的感官都以失败告终，堕落成为梅娜卡(Menakā)美色的牺牲品。历史上这样的事件很多。人的心和意识除非装满做奉爱服务的内容，否则总会给感官享乐的欲望有机可乘。

这节诗中谈到的一点非常重要，那就是：心总是受到短暂的(asat)物质存在的吸引(prasaktam asatāṁ pathi)。由于我们自无法追溯的时候起就与物质自然接触，我们已经习惯依恋这个短暂的物质自然了。我们的心必须全神贯注于至尊主永恒的莲花足。经典中说，人将注意力集中于奎师那的莲花足后(sa vai manaḥ kṛṣṇa-padāravindayoḥ)，一切就会十分美好。这节诗强调了奉爱瑜伽的严肃性。

第 6 节 यमादिभिर्योगपथैरभ्यसञ्श्रद्धयान्वितः ।
मयि भावेन सत्येन मत्कथाश्रवणेन च ॥ ६ ॥

yamādibhir yoga-pathair
abhyasañ śraddhayānvitaḥ
mayi bhāvena satyena
mat-kathā-śravaṇena ca

yama-ādibhiḥ—从练习遵守戒律开始 / yoga-pathaiḥ—由瑜伽系统 / abhyasan—练习 / śraddhayā anvitaḥ—以极大的信心 / mayi—向我 / bhāvena—满怀深情地 / satyena—纯粹的 / mat-kathā—有关我的事迹 / śravaṇena—通过聆听 / ca—和

译文 人必须按照瑜伽系统的控制程序练习，使自己变得忠诚；必须通过吟诵、吟唱和聆听有关我的一切，使自己上升到做纯粹奉爱服务的层面。

要旨 八部瑜伽有八个不同的练习阶段，它们分别是：练习遵守戒律(yama)、品德训练(niyama)、体位法(āsana)、控制呼吸(prāṇāyāma)、收回感官感觉(pratyāhāra)、集中注意力(dhāraṇā)、冥想(dhyāna)和灵性的全神贯注(samādhi)。在其中，练习遵守戒律和品德训练是通过遵守严格的规范守则练习控制自我；体位法是指各种姿势。这些都帮助人能达到忠诚地做奉爱服务的标准。瑜伽中身体部分的练习并不是最终的目标；练瑜伽的真正目的是控制心，使它变得专注，训练自己坚持不懈地做奉爱服务。

在瑜伽练习或灵修的过程中，“以奉爱之心(bhāvena或bhāva)”这一因素非常重要。《博伽梵歌》第10章的第8节诗中解释“以奉爱之心(bhāva)”说：人应该全神贯注地怀着爱想念奎师那(budhā bhāva-samanvitāḥ)。人一旦知道至尊人格首神奎师那是一切的源头，一切都来自祂(ahaṁ sarvasya prabhavaḥ)，就可以明白《圣典博伽瓦谭》第1篇第1章的第1节诗中记载的韦丹塔(Vedānta)格言“一切的根源(janmādy asya yataḥ)”这句话的含义了。随后，他就能全神贯注于爱首神的初级阶段——巴瓦(bhāva)阶段了。

在《奉爱服务的纯粹甘露之洋》(Bhakti-rasāmṛta-sindhu)中，茹帕·哥斯瓦米(Rūpa Gosvāmī)生动地解释达到爱神的初级阶段的方法说：人首先必须变得忠诚(śraddhayānvitaḥ)。信心要通过控制感官才能得到，而要达到控制感官的目的有两种方法：一种是遵守瑜伽练习中的规范守则，练习瑜伽体位法；另一种是按前一节诗中的建议，直接练奉爱瑜伽。在奉爱瑜伽的九种活动中，首要的是吟诵、吟唱和聆听有关至尊主的一切。这节诗中也谈到这一点说，“通过聆听有关我的一切(mat-kathā-śravaṇena ca)”。人靠遵守瑜伽体系中的规范守则可以获得信心，但仅仅靠吟诵、吟唱和聆听至尊主的超然活动也可以达到同样的目的。诗中“和(ca)”一词非常重要。奉爱瑜伽是直接的方式，而其他程序是间接的方法。但即便采用间接的方法，如果最后不完全进入聆听和吟诵、吟唱至尊主荣耀的直接程序，也不会获得成功。正因为如此，这节诗中用了“忠诚的(satyena)”的一词。就有关这一点，施瑞达尔·斯瓦米(Svāmī Śrīdhara)评论说，“忠诚的(satyena)”意思是“不口是心非(niṣkapaṭena)”。非人格神主义者的理论中充满了欺骗和口是心非的内容。他们有时装出做奉爱服务的样子，但实际上是想要变成至尊者。这是欺骗(kapaṭa)。《圣典博伽瓦谭》不允许这种欺骗，因此一开篇就明确地说：“《圣典博伽瓦谭》这部巨著是为完全没有嫉妒心的人编纂的(paramo nirmatsarāṇām)。这节诗也强调了同样的要点。人除非对至尊人格首神忠心耿耿，从事吟诵、吟唱和聆听至尊主的荣耀的活动，否则不可能获得解脱。”

第 7 节 सर्वभूतसमत्वेन निर्वैरेणाप्रसङ्गतः ।
ब्रह्मचर्येण मौनेन स्वधर्मेण बलीयसा ॥ ७ ॥

sarva-bhūta-samatvena
nirvaireṇāprasaṅgataḥ
brahmacaryeṇa maunena
sva-dharmeṇa balīyasā

sarva—所有的 / bhūta—生物体 / samatvena—通过平等看待 / nirvaireṇa—没有敌人 / aprasaṅgataḥ—没有亲密的接触 / brahma-caryeṇa—通过独身禁欲 / maunena—通过保持沉默 / sva-dharmeṇa—通过履行个人的职责 / balīyasā—通过献出……的结果

译文 在做奉爱服务的过程中，人必须平等看待众生，既不要敌视谁，也不要跟谁有亲密的接触。人必须奉行独身禁欲的原则，严肃、认真地从事自己的永恒活动，把结果献给至尊人格首神。

要旨 为至尊人格首神认真做奉爱服务的奉献者，平等对待众生。生物体的种类多种多样，但奉献者不会看外在的包裹，而是看体内的灵魂。奉献者看到的是：每一个灵魂都是至尊人格首神不可缺少的一部分，其他没有不同。那就是博学的奉献者所看的。正如《博伽梵歌》中解释的：奉献者或博学的圣人，平等看待一位博学的布茹阿玛纳(brāhmaṇa)、一只狗、一头大象或一头乳牛，因为他知道，躯体只不过是外在的包裹，其中的灵魂才真正是至尊主不可缺少的一部分。奉献者对所有的生物体都没有敌意，但那并不意味着他会与随便什么人交往。那是被禁止的。诗中说“没有亲密的接触(aprasaṅgataḥ)”。奉献者总是在想他要做的奉爱服务，因此应该只与奉献者在一起，以便不断向他的目标迈进。他不与非奉献者交往；他虽然对任何人都没有敌意，但只与做奉爱服务的人打交道。

奉献者应该遵守禁欲的誓言。禁欲并不是说绝对没有性生活；在被允许的情况下满足于只与自己的妻子在一起，也是遵守禁欲的誓言。最好是完全避免性生活。那样做更好。否则，奉献者可以在遵守规范守则的情况下结婚，与妻子平静地在一起生活。

奉献者不该说不必要的话。真诚的奉献者没有时间说废话。他总是忙于从事具有奎师那意识的活动。他每当开口说话，就谈论有关奎师那的一切。梵文“沉默(mauna)”并不意味着人一句话都不该说，而是不该说废话。他应该很热情地说有关奎师那的话题。这节诗中的另一个重要的词汇是“通过履行个人的职责(sva-dharmeṇa)”，意思是：专注地从事自己永恒的工作，即：作为至尊主的永恒仆人行事——怀着奎师那意识活动。另一个词“献出结果(balīyasā)”的意思是：“把一切活动的结果献给至尊人格首神”。奉献者不为自己的感官享乐而做事。为了取悦至尊人格首神，他把所赚取的一切、所吃的一切和所做的一切都献给至尊主。

第 8 节　यदृच्छयोपलब्धेन सन्तुष्टो मितभुङ् मुनिः ।
विविक्तशरणः शान्तो मैत्रः करुण आत्मवान् ॥८॥

yadṛcchayopalabdhena
santuṣṭo mita-bhuṅ muniḥ
vivikta-śaraṇaḥ śānto
maitraḥ karuṇa ātmavān

yadṛcchayā—没有困难的情况下／upalabdhena—所获得的／santuṣṭaḥ—满足于／mita—少量／bhuk—进食／muniḥ—沉思／vivikta-śaraṇaḥ—居住在僻静的地方／śāntaḥ—平静／maitraḥ—友善／karuṇaḥ—慈悲／ātma-vān—镇静的、自我觉悟

译文　奉献者应该满足于在不太困难的情况下赚取的收入。他进食的量不该超过自己的需要；应该住在与世隔绝的地方，始终保持富有思想、平静、友好、慈悲和自我觉悟的状态。

要旨 被迫接受了物质躯体的人，为维持躯体的需要都必须做事、赚钱。奉献者应该只是为赚取绝对需要的收入而工作。他应该总是满足于这样的收入，而不是为了积累不必要的钱财去奋斗，以不断增加自己的收入。我们发现，处在没钱的受制约状态中的人，总是很努力地工作，以便赚取某些钱财，好主宰物质自然。卡皮拉戴瓦教导我们说，我们不该为那些不必额外劳动就会自动到来的事物而辛苦努力。这节诗中在讲述这一点时用的梵文词是“没有困难的(yadṛcchayā)”，其意思是：每一个生物在他现有的躯体中都注定了有什么样的快乐和痛苦；这称为业报(karma)法律。人并不是努力赚取和积累金钱就能够有更多的钱，否则所有的人都会很有钱了。事实真相是：每一个人都按照他的业报，注定好了会赚取多少钱。根据《博伽瓦谭》的结论：我们有时在没有做什么的情况下就要被迫面对危险的或痛苦的情况；同样，我们在没有努力的情况下，就拥有了成功与富有。我们得到的建议是，让这一切注定的事情自动到来吧。我们应该用我们宝贵的时间培养奎师那意识。换句话说，人应该满足于他的自然情况。如果因为命运的安排，人被置于跟他人比起来不是很富有、成功的处境中，他不该感到心烦意乱。他应该只是努力用他的宝贵时间增强自己的奎师那意识。奎师那意识的增强不取决于任何物质的成功或痛苦等情况；它不受物质生活的控制。经济上十分贫穷的人可以与非常富有的人一样有效地培养奎师那意识，为奎师那做奉爱服务。因此，人应该满足于至尊主为他提供的境况。

这节诗中的另一个词是“少量进食(mita-bhuk)”。这意味着人应该只吃维持生命所需要的量。人不该为满足舌头而贪吃。五谷、水果、牛奶等类似的食物，是人类该吃的。人不该过度渴望满足舌头，吃不属于人类该吃的东西；尤其是奉献者，应该只吃给人格首神供奉过的食物帕萨达(prasāda)，只吃至尊主吃过的食物。至尊主只接受用五谷、蔬菜、水果、鲜花和牛奶等准备的未涉及暴力的善良型食物，因此不该供奉激情型和愚昧型的食物。奉献者不该贪婪。诗中还劝告奉献者要“富有思想(muni)”；要始终想着奎师那，想着该如何更好地为至尊人格首神服务。这应该是他唯一的考虑。正如物质主义者总是想着要改善他的物质处境，奉献者总是想着要改善他为奎师那做奉爱服务，增强奎师那意识的处境。为此，他应该富有思想、善于思考。

接下来教导的内容是：奉献者应该住在僻静的地方。普通人一般都感兴趣的金钱或物质生活水平的提高，对奉献者来说并不是必要的。奉献者应该选择一个人人都对做奉爱服务感兴趣的地方居住。为此，奉献者一般都到有奉献者居住的圣地去。经典建议他要住在没有很多世俗之人居住的地方。住在僻静的地方(vivikta-śaraṇa)这一原则非常重要。下一个内容是“平静(śānta)”。奉献者不该激动不安。他应该满足于不需过度努力所得到的收入，只吃维持健康所需要的量，住在僻静的地方，总是保持心平气和的状态。做奉爱服务、培养奎师那意识，需要心中很平静。

诗中接着教导奉献者要“友好(maitra)”。奉献者应该对众生友好，但只与奉献者保持亲密关系，对他人则客气、礼貌。他也许说：“是，先生，你说的都对。”但他并不与他们亲热。奉献者同情无辜的人，那些人既不是无神论者，也没有很高的灵性觉悟。奉献者应该同情他们，尽可能地教导他们增强奎师那意识。奉献者应该始终保持“他的灵性状态(ātmavān)”。他应该始终不忘他最关心的是提升灵性意识——奎师那意识，而不该无知地把自己与身体或心认同。尽管梵文“阿特玛(ātmā)”的意思是躯体或心，但这节诗中的“阿特玛万(ātmavān)”专指人应该自制，应该始终清醒地意识到自己是灵性的灵魂，不是物质的躯体或心念。那将使他信心坚定地在培养奎师那意识的路途上向前迈进。

第9节　सानुबन्धे च देहेऽस्मिन्नकुर्वन्नसदाग्रहम् ।
ज्ञानेन दृष्टतत्त्वेन प्रकृतेः पुरुषस्य च ॥ ९ ॥

sānubandhe ca dehe 'sminn
akurvann asad-āgraham
jñānena dṛṣṭa-tattvena
prakṛteḥ puruṣasya ca

sa-anubandhe一与躯体有关的一切的联系 / ca一和 / dehe一向着身体的 / asmin一这个 / akurvan一并不做 / asat-āgraham一生命的躯体化概念 / jñānena一通过知识 / dṛṣṭa一看到 / tattvena一真相 / prakṛteḥ一物质的 / puruṣasya一灵性的 / ca一和

译文 人应该透过灵性和物质的知识增加自己的洞察力，不要没有必要地把自我认同于躯体，从而受躯体关系的吸引。

要旨 受制约的灵魂急切地与躯体认同，认为那躯体就是“我自己(aham)”，与躯体有关的一切或躯体拥有的一切都是“我的(mamatā) ”。这种概念是受制约生活的根源。人应该看到天下万物是物质和灵性的结合。他应该认清物质自然和灵性自然的区别，清楚他真正的身份是灵性的，而不是物质的。凭借这一知识，人就会去除错误的躯体化的生命概念。

第10节 निवृत्तबुद्ध्यवस्थानो दूरीभूतान्यदर्शनः ।
उपलभ्यात्मनात्मानं चक्षुषेवार्कमात्मदृक् ॥१०॥

nivṛtta-buddhy-avasthāno
dūrī-bhūtānya-darśanaḥ
upalabhyātmanātmānaṁ
cakṣuṣevārkam ātma-dṛk

nivṛtta一超然 / buddhi-avasthānaḥ一物质意识的阶段 / dūrī-bhūta一远远地 / anya一其他 / darśanaḥ一生命的概念 / upalabhya一觉悟了 / ātmanā一由他的纯净智力 / ātmānam一他自己 / cakṣuṣā一用他的眼睛 / iva一就像 / arkam一太阳 / ātma-dṛk一觉悟了自我的灵魂

译文　人应该处在超越物质意识层面的超然状态中，不理会所有其他的生命概念。这样去除假我后，人就会像在空中看到太阳一样看到真正的自我。

要旨　物质的生命概念，使意识分三个阶段行事。我们醒着时，意识以一定的方式行事，睡觉时以不同的方式活动，沉睡时的表现又不一样。培养奎师那意识的人必须超越处在这三个阶段的意识状态。我们应该清除现有意识中所有的生命概念，只意识到至尊人格首神奎师那的存在。这种状态是：当人具有完美的奎师那意识时，他除了奎师那看不到别的(dūrī-bhūtānya-darśanaḥ)。《永恒的柴坦亚经》(Caitanya-caritāmṛta)中说：完美的奉献者在看众多可移动和不可移动的物体时，看到奎师那的能量在运作；他一旦想起奎师那的能量，就立刻想起奎师那本人的形象，因此他唯一看到的就是奎师那。《布茹阿玛·萨密塔》第5章的第38节诗中说：当人的眼睛沾染上对奎师那的爱(premāñjana-cchurita)时，他就总是在内心和外在看到奎师那。这节诗也证实这一点说：人应该去除其他的观念，以此清除对自我身份的错误认识，认清自己是至尊主永恒的仆人。正如我们无疑能看到太阳(cakṣuṣevārkam)，奎师那意识完全发展起来的人，看到奎师那和祂的能量。凭借这样的视力，人认识到真正的自我(ātma-dṛk)。人一旦去除把自我与躯体相认同的假我(错误的自我意识)，对生命就有了真正的洞察力，感官也从而得到净化。感官被净化后，人就开始真正为至尊主做服务了。我们不必停止感官活动，但要去除与躯体认同的假我。去除假我后，感官自然而然就会得到净化。只有用净化了的感官，才能做真正的奉爱服务。

第 11 节　मुक्तलिङ्गं सदाभासमसति प्रतिपद्यते ।
सतो बन्धुमसच्चक्षुः सर्वानुस्यूतमद्वयम् ॥११॥

mukta-liṅgaṁ sad-ābhāsam
asati pratipadyate
sato bandhum asac-cakṣuḥ
sarvānusyūtam advayam

mukta-liṅgam－超然的 / sat-ābhāsam－展现为倒影 / asati－在错误的自我意识中 / pratipadyate－他觉悟 / sataḥ bandhum－物质原因的基础 / asat-cakṣuḥ－错觉能量的眼睛(展示者) / sarva-anusyūtam－进入一切之中 / advayam－独一无二的

译文 解脱的灵魂认识到绝对的人格首神，祂超然，如影像般甚至展示在错误的自我意识中。祂是物质原因的基础，进入万事万物。祂绝对、独一无二，是错觉能量的眼睛。

要旨 纯粹的奉献者可以看到至尊人格首神存在于物质展示的万事万物中。祂只是以影像的形式存在着，但纯粹的奉献者能够认识到，在物质错觉的黑暗中，唯一的光是支撑物质世界的至尊主。《博伽梵歌》中证实说：物质展示的背后是主奎师那。而且，正如《布茹阿玛·萨密塔》中所确认的，奎师那是一切原因的起因。《布茹阿玛·萨密塔》中说：至尊主虽然独一无二，但却透过祂的完整或部分扩展，不仅出现在包括这个宇宙在内的所有宇宙中，还出现在每一个原子中。这节诗中所用的“独一无二的(advayam)”一词表明，尽管至尊人格首神出现在包括原子的万物中，但祂并没有分裂开来。就有关祂在万物中的事实，下一节诗给予了解释。

第12节 यथा जलस्थ आभासः स्थलस्थेनावदृश्यते ।
स्वाभासेन तथा सूर्यो जलस्थेन दिवि स्थितः ॥१२॥

yathā jala-stha ābhāsaḥ
sthala-sthenāvadṛśyate
svābhāsena tathā sūryo
jala-sthena divi sthitaḥ

yathā－就像 / jala-sthaḥ－水上 / ābhāsaḥ－倒影 / sthala-sthena－墙上 / avadṛśyate－被感知到 / sva-ābhāsena－由它的倒影 / tathā－正如 / sūryaḥ－太阳 / jala-sthena－在水上 / divi－在空中 / sthitaḥ－处于

译文　至尊主的出现可以被领悟为是：尽管太阳本身处在天空中，但首先被看到的，是它在水中的倒影；其次被看到的，则是它在房间墙上的投影。

要旨　这节诗中所举的例子十分恰当。太阳处在天空中，离地球很远、很远，但我们在墙脚的一个水罐子中也能看到它的倒影。房间是暗的，太阳远远地高挂在天空，但太阳在水中的倒影却照亮了黑暗的房间。纯粹的奉献者透过至尊人格首神的能量反射，认识到至尊主存在于万事万物中。《维施努往世书》(Viṣṇu Purāṇa)中说：正如火以光和热展示它的存在，至尊人格首神虽然独一无二，但却通过祂扩散的各种能量被感知到。对此，《至尊奥义书》(Īśopaniṣad)中确认说：正如太阳虽然离地球很远，但我们随处都能感知到阳光和太阳的倒影，解脱的灵魂随处都感知到至尊主的存在。

第 13 节　एवं त्रिवृदहङ्कारो भूतेन्द्रियमनोमयैः ।
स्वाभासैर्लक्षितोऽनेन सदाभासेन सत्यदृक् ॥१३॥

evaṁ trivṛd-ahaṅkāro
bhūtendriya-manomayaiḥ
svābhāsair lakṣito 'nena
sad-ābhāsena satya-dṛk

evam－就这样 / tri-vṛt－三种 / ahaṅkāraḥ－假我 / bhūta-indriya-manaḥ-mayaiḥ－由身体、感官和心组成的 / sva-ābhāsaiḥ－被他自己的影子 / lakṣitaḥ－被展示 / anena－由这个 / sat-ābhāsena－由布茹阿曼的影子 / satya-dṛk－觉悟了自我的灵魂

译文 就这样，觉悟了自我的灵魂首先透过三种自我意识展现自己，然后透过躯体、感官和心展现自己。

要旨 受制约的灵魂想“我是这个躯体”，但解脱的灵魂想“我不是这个躯体，而是灵性的灵魂”。“我是”被称为自我意识或对自我的认识。“我是这个躯体”或“与这个躯体有关的一切都是我的”，被称为假我或错误的自我意识。然而，当人觉悟了自我，想着他是至尊主永恒的仆人时，就是对真正自我的认识。一种概念是在善良、激情和愚昧这三种物质自然属性的黑暗中对真相的认识结果，另一种概念是在被称为华苏戴瓦(vāsudeva)的纯粹善良属性(śuddha-sattva)的状态中对真相的认识。当我们说我们去除了我们的自我时，是指我们去除了错误的自我意识——假我，但真正的自我永远存在。当灵魂透过躯体及错误认同的思想等物质污染展现自己时，他处在受制约的状态中，但当他在纯净的状态中展现自己时，他被说成是解脱了。生物必须清除将自我与自己在受制约的状态中拥有的物质相认同的错误概念，必须认清自己与至尊主的关系。在受制约的状态中，生物把一切都视为是供自己进行感官享乐的对象；在解脱的状态中，生物为侍奉至尊主而接受一切。怀着奎师那意识活动——做奉爱服务，是生物真正解脱了的状态；否则，在物质层面上的接受和拒绝，以及虚无主义或非人格神主义，对纯净的灵魂来说都不是完美的状态。

通过了解纯净的灵魂(satya-dṛk)，人可以看清一切都是至尊人格首神的展现。就有关这一点，可以举一个具体的例子：一个受制约的灵魂看到一朵十分美丽的玫瑰花，他想这朵芬芳的花朵应该被用来供自己感官享乐；但一个解脱的灵魂看这朵花是至尊人格首神的展现，所以心想，“由于至尊主的高等能量，这朵花才有可能这么美，因此它属于至尊主，应该把它用在为祂的服务中”。这是两种不同的看法。受制约的灵魂看那朵花是供他自己享乐的，奉献者看那朵花是该用来为至尊主服务的。同样道理，人可以在自己的感官、心、躯体及万物中看到至尊主的展现。具有这种正确的洞察力的人，可以把一切用来为至尊主服务。《奉爱服务的纯粹甘露之洋》中说：把自己的生命力、财产、智慧和话语等一切都用来为至尊主服务，或想要用这一切为至尊主服务的人，无论处在什么样的情况下，都被认为是解脱了的灵魂(satya-dṛk)。这样的人了解事实真相。

第 14 节　भूतसूक्ष्मेन्द्रियमनोबुद्ध्यादिष्विह निद्रया ।
लीनेष्वसति यस्तत्र विनिद्रो निरहङ्क्रियः ॥१४॥

bhūta-sūkṣmendriya-mano-
buddhy-ādiṣv iha nidrayā
līneṣv asati yas tatra
vinidro nirahaṅkriyaḥ

bhūta—物质元素 / sūkṣma—享受的对象 / indriya—物质感官 / manaḥ—心 / buddhi—智力 / ādiṣu—等等 / iha—这里 / nidrayā—由睡眠 / līneṣu—融入 / asati—在不展示的状态中 / yaḥ—……的人 / tatra—那里 / vinidraḥ—觉醒 / nirahaṅkriyaḥ—摆脱了假我

译文　奉献者虽然看似被五种物质元素、物质享乐对象，以及物质的感官、心和智力包围着，但实际上已经被唤醒，去除了假我。

要旨　这节诗更详细地解释了茹帕·哥斯瓦米在《奉爱服务的纯粹甘露之洋》中所解释的要点，即：一个人怎么能甚至在现有的这个躯体中就得到解脱。成为解脱灵魂(satya-dṛk)的生物，认识到自己在与至尊人格首神的关系中的地位；这样的灵魂虽然目前也许还被五种元素、五个感官对象、十个感官及心智包裹着，但仍被认为是清醒的，不再受假我(错误的自我意识)的影响。这节诗中的“融入(līna)”一词非常重要。假象宗(Māyāvādī)哲学人士说，灵魂融入布茹阿曼(Brahman，梵)不具人格特征的光芒中；那是他们的最高目标或目的地。这节诗中也谈了那种融入。但尽管是合并在一起的，生物仍可以保持他的个体性。对此，吉瓦·哥斯瓦米(Jīva Gosvāmī)举例说：一只绿鸟飞进一棵绿叶茂盛的树中时，看起来像是与绿色融为一体了，但实际上，那只鸟并没有失去它的个体性。同样道理，生物无论是融入物质自然还是灵性自然，都不会失去他的个体性。了解自己是至尊主永恒的仆人，才是对个体性的真正认识。这一信息是主柴坦亚亲口告知的。应萨纳坦·哥斯瓦米(Sanātana Gosvāmī)的请求，主柴坦亚明确地说：生物永恒是奎师那的仆人。奎师那本人在《博伽梵歌》中也证实说，生物永恒是祂不可缺少的一部分。部分要为整体服务。这就是个体性。这条规律即使在这个物质中存在，在灵魂看起来融入物质时也适用。他的粗糙躯体由五种元素构成，精微躯体由心、智力、假我和被污染的意识构成；他有五个活动感官、五个获取知识的感官。他就这样被物质重重包裹着，被认为与物质融为一体。但即使他在二十四种物质元素的包裹中，他还是能保持他作为至尊主永恒仆人的个体性。无论是在灵性自然中，还是在物质自然中，这样的仆人都被视为是解脱了的灵魂。权威人士们所给予的这一解释，在这节诗中得到了证实。

第 15 节 मन्यमानस्तदात्मानमनष्टो नष्टवन्मृषा ।
नष्टेऽहङ्करणे द्रष्टा नष्टवित्त इवातुरः ॥१५॥

manyamānas tadātmānam
anaṣṭo naṣṭavan mṛṣā
naṣṭe 'haṅkaraṇe draṣṭā
naṣṭa-vitta ivāturaḥ

manyamānaḥ—思想 / tadā—接着 / ātmānam—他自己 / anaṣṭaḥ—尽管没有失去 / naṣṭa-vat—就像已经失去 / mṛṣā—错误地 / naṣṭe ahaṅkaraṇe—因为假我的消失 / draṣṭā—观察者 / naṣṭa-vittaḥ——个失去了财富的人 / iva—就像 / āturaḥ—难过

译文　生物可以实实在在地感觉到自己是作为观察者存在着，但由于处在沉睡状态中时自我的缺席，他错误地认为失去了自我；正如一个不走运的人感到忧伤，他认为自己很倒霉。

要旨　生物只有在愚昧状态中时才会认为失去了自我。如果他了解到他永恒存在的真正状态时，他就会知道他并没有失去自我。这节诗中举了一个恰当的例子说：就像一个失去了大笔金钱的人，认为失去了自己，但他其实并没有失去自我，而只是失去了他的金钱而已。然而，由于他太注重金钱并与金钱认同，他以为他失去了自我。同样道理，当我们错误地把物质自然视为我们活动的领域时，我们就会以为自己失去了自我，尽管事实并非如此。人一旦得到纯粹的知识清醒过来，明白自己是至尊主永恒的仆人，他自己真正的地位和状态就会被揭示出来。生物永远都不会失去自我。当人在沉睡期间忘记自己的身份时，他就全神贯注于梦境，认为自己是不同的人物或认为失去了他自己。但事实上，他的身份并没有改变或缺失。失去自我的概念由假我引起，人只要还没有清醒过来、恢复理智，认清自己作为至尊主的永恒仆人存在着，他就会继续认为自己失去了自我。假象宗哲学人士要与至尊主合一的概念，是由假我引起的失去自我的观念的另一种表现。人也许会错误地声称自己是至尊主，但事实并非如此。这是错觉能量玛亚(māyā)的影响力给生物设置的最后一道罗网。以为自己与至尊主平等或自己就是至尊主本人，也是假我在作祟。

第 16 节　एवं प्रत्यवमृश्यासावात्मानं प्रतिपद्यते ।
साहङ्कारस्य द्रव्यस्य योऽवस्थानमनुग्रहः ॥१६॥

evaṁ pratyavamṛśyāsāv
ātmānaṁ pratipadyate
sāhaṅkārasya dravyasya
yo 'vasthānam anugrahaḥ

evam—如此 / pratyavamṛśya—理解后 / asau—那人 / ātmānam—他自己 / pratipadyate—觉悟 / sa-ahaṅkārasya—在假我的影响下接受的 / dravyasya—……的处境 / yaḥ—……的人 / avasthānam—居住的地方 / anugrahaḥ—展示者

译文 当人借由成熟的认识领悟到自己的个体身份时，他就明白了自己在错误的自我意识状态中所接受的处境。

要旨 假象宗哲学家认为：灵魂最终失去个体性，一切都合为一体，知悉者、可知的及知识没有区别。然而，我们只要稍作分析，就会发现这种观点并不正确。个体性永远不会失去，既使当人以为知悉者、可知的和知识这三者合而为一时也不会。认为三者合为一体是另一种知识，而既然知识的理解者依然存在，怎么能说知悉者、可知的及知识合为一体了呢？理解这一知识的个体灵魂依然保持着他的个体性。个体性在物质自然和灵性自然中都一直存在；唯一的区别是，灵魂所认同的对象的性质不同。在错误地与物质相认同时，由于假我的作用，人对事物的看法与事实真相不符。这就是受制约生活的基本状态。人去除假我后， 就会以正确的观点看待一切。那是解脱的状态。

《至尊奥义书》中说，一切都属于至尊主(īśāvāsyam idaṁ sarvam)。一切都依靠至尊主的能量而存在。就有关这一点，《博伽梵歌》也给予了证实。因为一切都是祂能量的产物，都依靠祂的能量而存在，所以祂的能量和祂本人之间没有区别。即便如此，至尊主还是声明："我不在那里。"当人清楚地了解自己的原本地位时，一切就向他揭示出来。在错误的自我意识的影响下接受事物，使人受制约；相反，接受事物的真相使人解脱。前一节诗所举的例子在此也适用，即：极为注重金钱，把自己与金钱相认同的人，一旦失去金钱，就会认为连自己也失去了。但事实上，他既不是金钱，金钱也不属于他。

当真相大白时，我们就明白：金钱不属于任何个人或生物体，也不是由人生产的。金钱最终归至尊主所有，根本就不存在失去它的问题。然而，人只要错误地认为“我是享乐者”或“我是至尊主”，就会一直受束缚。人一旦清除错误的自我意识——假我，就解脱了；正如《博伽瓦谭》中所证实的，人处在他真正的原本状态——解脱(muk-ti)的状态中。

第 17 节

देवहूतिरुवाच
पुरुषं प्रकृतिर्ब्रह्मन्न विमुञ्चति कर्हिचित् ।
अन्योन्यापाश्रयत्वाच्च नित्यत्वादनयोः प्रभो ॥१७॥

devahūtir uvāca
puruṣaṁ prakṛtir brahman
na vimuñcati karhicit
anyonyāpāśrayatvāc ca
nityatvād anayoḥ prabho

devahūtiḥ uvāca一黛瓦瑚缇说 / puruṣam一灵魂 / prakṛtiḥ一物质自然 / brahman一布茹阿玛纳啊 / na一不 / vimuñcati一释放 / karhicit一在任何时间 / anyonya一彼此 / apāśrayatvāt一从……的吸引 / ca一和 / nityatvāt一始终 / anayoḥ一他们两者 / prabho一我的主啊

译文　圣黛瓦瑚缇询问道：我亲爱的布茹阿玛纳，物质自然有没有释放灵性灵魂的时候？既然灵魂始终受物质自然的吸引，他们怎么可能分开呢？

要旨　卡皮拉戴瓦的母亲黛瓦瑚缇(Devahūti)在此问了她的第一个问题：人既使明白灵性的灵魂不同于物质，但要使他们分开也是不可能的，无论是靠哲学推测还是正确的了解都不可能。灵魂是至尊主的边缘能量，物质是至尊主的外在能量；至尊主的这两种永恒的能量因为某种原因结合在一起，而由于把他们分开是那么困难，个体灵魂怎么可能解脱呢？人透过具体的经历可以看到：当灵魂与躯体分开时，躯体并没有真正存在；当躯体与灵魂分开时，我们无法感知到灵魂的存在。只有灵魂和躯体结合在一起时，我们才能明白存在着生命。但当他们分开时，就没有了躯体或灵魂存在的展示。黛瓦瑚缇向卡皮拉戴瓦询问的这个问题，多多少少受到虚无主义哲学的影响。虚无主义者说：意识是物质组合的产物，意识一旦离去，物质组合就瓦解了，因此最终除了一片虚无外，什么都没有。假象宗哲学把这种意识的缺席称为涅槃(nirvāṇa)。

第 18 节 यथा गन्धस्य भूमेश्च न भावो व्यतिरेकतः ।
अपां रसस्य च यथा तथा बुद्धेः परस्य च ॥१८॥

yathā gandhasya bhūmeś ca
na bhāvo vyatirekataḥ
apāṁ rasasya ca yathā
tathā buddheḥ parasya ca

yathā—如同 / gandhasya—气味的 / bhūmeḥ—土的 / ca—和 / na—不 / bhāvaḥ—存在 / vyatirekataḥ—分开 / apām—水的 / rasasya—滋味的 / ca—和 / yathā—好像 / tathā—如此 / buddheḥ—智慧的 / parasya—意识的、灵性的 / ca—和

译文 正如土与它的芳香，水与它的滋味没有分开存在，智力和意识也无法分开存在。

要旨 这节诗中举的例子是说，物质的一切都有气味。鲜花、土壤……一切都有气味。如果气味与发出它的物质本体分开的话，物质就无法被辨识出来了。如果水没有滋味，就不成其为水；如果火中没有热，也就不是火了。同样，灵魂如果没有智力，就不是灵魂了。

第 19 节　अकर्तुः कर्मबन्धोऽयं पुरुषस्य यदाश्रयः ।
गुणेषु सत्सु प्रकृतेः कैवल्यं तेष्वतः कथम् ॥१९॥

akartuḥ karma-bandho 'yaṁ
puruṣasya yad-āśrayaḥ
guṇeṣu satsu prakṛteḥ
kaivalyaṁ teṣv ataḥ katham

akartuḥ—被动的执行者的、非作为者的 / karma-bandhaḥ—功利性活动的束缚 / ayam—这个 / puruṣasya—灵魂的 / yat-āśrayaḥ—由对属性的执著 / guṇeṣu—在属性……时 / satsu—存在着 / prakṛteḥ—物质自然的 / kaivalyam—自由 / teṣu—那些 / ataḥ—因此 / katham—如何

译文　因此，尽管灵魂在被动地从事一切活动，但只要物质自然继续作用于灵魂、继续捆绑他，他怎么可能获得自由？

要旨　尽管生物想不受物质的污染，但并没有得到豁免。事实上，生物一旦把自己置于物质自然属性的控制下，其活动就受到物质自然属性的影响，自己就很被动了。《博伽梵歌》中证实说：生物在物质自然属性的影响下活动(prakṛteḥ kriyamāṇāni guṇaiḥ)。他错误地以为是自己在做事，但不幸的是：他并没有在做事，而是被动地接受一切。换句话说，物质自然已经钳制住他，使他没机会摆脱物质自然的控制。《博伽梵歌》中也说：要摆脱物质自然的钳制极为困难。人们也许试图通过以不同的方式思考来解决这个问题，要么想最终一切都是空的，要么认为没有神，要么以为既使一切的背后有灵魂存在，它也不具人格特征，等等。然而，人们可以一直不断地这样推测下去，但却无法摆脱物质自然的钳制。黛瓦瑚缇提问到，一个人也许以多种方式思辨，但只要他还受物质自然魔力的控制，哪里有解脱可言？对此，在《博伽梵歌》第7章的第14节诗中也可以找到答案，那就是：只有投靠至尊主奎师那莲花足的人(mām eva ye prapadyante)，才能摆

脱玛亚的钳制。

黛瓦瑚缇逐渐谈到了关键问题——皈依，她的询问很有智慧。人怎么才能解脱？人只要还被物质自然属性紧紧地抓住，他怎么能处在灵性存在的纯净状态中？这对所谓的打坐冥想之人也是一个提示。世上有许多所谓的打坐冥想之人，心想：“我是至尊灵魂。我在物质自然中掌控着活动。在我的指挥下，太阳运行，月亮升起。”他们以为靠这样的冥想就可以获得自由，但人们看到，他们在结束这种荒谬的打坐冥想后三分钟，就立刻被物质自然属性钳制住了。在这位“冥想者”听起来似乎很了不起的打坐冥想之后，他马上感到口渴，想要抽烟或喝水。他被物质自然紧紧抓住，但却以为自己已经摆脱了玛亚的钳制。黛瓦瑚缇问的这个问题，是针对那些错误地宣称“自己就是一切”、“最终一切都是空，不存在罪恶或虔诚活动”的人提的。那些说法都是无神论者编造出的。事实上，正如《博伽梵歌》中所说，生物除非投靠、服从至尊人格首神，否则没有摆脱玛亚的钳制可言。

第 20 节 क्वचित्तत्त्वावमर्शेन निवृत्तं भयमुल्बणम् ।
अनिवृत्तनिमित्तत्वात्पुनः प्रत्यवतिष्ठते ॥२०॥

kvacit tattvāvamarśena
nivṛttaṁ bhayam ulbaṇam
anivṛtta-nimittatvāt
punaḥ pratyavatiṣṭhate

kvacit－在特定的情况下 / tattva－基本原则 / avamarśena－通过深思熟虑 / nivṛttam－避免 / bhayam－恐惧 / ulbaṇam－巨大的 / anivṛtta－没有结束 / nimittatvāt－因为源头 / punaḥ－再次 / pratyavatiṣṭhate－出现

译文 即使靠心智思辨或询问基本原则避开了对捆绑的巨大恐惧，但由于造成它的原因并没有去除，它还是会再次出现。

要旨　物质的束缚是由灵魂错误地想要主宰物质自然，从而把自己置于物质的控制之下造成的。《博伽梵歌》第7章的第27节诗中说：众生被欲望和憎恨产生的二元性所迷惑(icchā-dveṣa-samutthena)。受制约的灵魂会产生两种倾向，一种是想要主宰物质自然(icchā)；一种是想要变得与至尊主一样伟大。每一个生物都想在这个物质世界里成为最伟大的人物，而这就是嫉妒(dveṣa)。当人嫉妒至尊人格首神奎师那时，他就会想："为什么奎师那是一切的一切？我跟奎师那一样。"想要成为至尊主或嫉妒至尊主这两种心态，是人开始受物质捆绑的根源。哲学人士、传道者或虚无主义者只要还想成为至尊者、一切，或者否定神的存在，他被束缚的原因就依然存在，他的解脱便是无望的。

黛瓦瑚缇非常有智慧地说："人也许进行理论分析，然后说他因为有知识而变得自由，但事实上，只要束缚的根源还在，他就不是自由的。"《博伽梵歌》证实说：当人在生生世世从事这种思辨活动后真正清醒过来，向至尊主奎师那皈依时，他才真正达到了他研究知识的目的。理论上的解脱和真正摆脱物质束缚之间有着天壤之别。《博伽瓦谭》第10篇第14章的第4节诗中说：如果人放着做奉爱服务的吉祥路途不走，而只想靠思辨了解真相，那他就是在浪费他宝贵的时间(kliśyanti ye kevala-bodha-labdhaye)。这种按自己的想法去辛苦努力所得到的结局是徒劳无功的。思辨这一脑力劳动的结局就是精疲力竭。这就像努力想从空稻壳中打出米一样徒劳无功。同样道理，光是靠推测、思辨无法使人摆脱物质的束缚，因为造成捆绑的根源还在。原因一旦去除，也就不会有结果了。对此，至尊人格首神在下面的诗中作了解释。

第21节

श्रीभगवानुवाच
अनिमित्तनिमित्तेन स्वधर्मेणामलात्मना ।
तीव्रया मयि भक्त्या च श्रुतसम्भृतया चिरम् ॥२१॥

śrī-bhagavān uvāca
animitta-nimittena
sva-dharmeṇāmalātmanā
tīvrayā mayi bhaktyā ca
śruta-sambhṛtayā ciram

śrī-bhagavān uvāca—至尊人格首神说 / animitta-nimittena—不追求活动的结果 / sva-dharmeṇa—通过履行自己的规定职责 / amala-ātmanā—以纯洁的心 / tīvrayā—认真的 / mayi—向我 / bhaktyā—通过奉爱服务 / ca—和 / śruta—聆听 / sambhṛtayā—被赋予 / ciram—很长的时间

译文 至尊人格首神说：靠真诚地为我做奉爱服务，从而长时间地聆听有关我的一切或我说的话，人就可以获得解脱。这样履行自己的规定职责不会有报应，并将使人清除物质的污染。

要旨 施瑞达尔·斯瓦米就有关这个内容评论道：只是与物质自然接触，并不会使生物受制约；只有当生物感染上物质自然属性时，他才开始过上受制约的生活。与警察局有联系的人并不一定是罪犯。人只要不从事犯罪活动，即使国家有警察局，他也不会受惩罚。同样道理，解脱的灵魂即使在物质世界中也不受影响。至尊人格首神降临时与物质自然打交道，但祂并不受影响。人必须以尽管在物质世界里，但却不受物质污染影响的方式行事。莲花出污泥而不染。这就是人格首神卡皮拉戴瓦在此所讲解的人该生活的方式(animitta-nimittena sva-dharmeṇāmalātmanā)。

人仅仅靠认真地做奉爱服务，就能摆脱任何不利的情况和环境。这节诗中解释了人如何做这种奉爱服务，逐渐变得成熟。人一开始必须用纯净的意识履行他的规定职责。纯净的意识就是奎师那意识。人必须带着奎师那意识履行他的规定职责。我们不必要更改自己的规定职责，而只需要怀着奎师那意识做事。在履行与奎师那意识有关的职责时，人必须先确定他所从事的活动是否会使至尊人格首神奎师那满意。《博伽瓦谭》第1篇第2章的第13节诗中说：每个人都有要履行的规定职责，但只有当至尊人格首神哈尔依对我们所做的感到满意时，我们才算圆满地履行了自己的职责(svanuṣṭhitasya dharmasya saṁsiddhir hari-toṣaṇam)。例如：阿尔诸纳(Arjuna)的规定职责是打仗，而他是否圆满地履行了他打仗的职责，则要受到至尊主奎师那是否满意的检验。奎师那要他作战，当他为满足至尊主而作战时，他就是完美地履行了他的奉爱专职。而当他违背奎师那的意愿不愿意作战时，他就没有完美地履行他的职责。

人要想有完美的生活，就必须为满足奎师那履行他的规定职责。人必须从事为奎师那做奉爱服务的活动，因为这样的活动永远都不会有报应(animitta-nimittena)。对此，《博伽梵歌》中证实说：应该以取悦维施努(Viṣṇu)——雅格亚(Yajña)为前提，从事所有的活动(yajñār-thāt karmaṇo 'nyatra)。如果不是为了取悦维施努(雅格亚)而从事活动，所从事的活动就会产生束缚。正因为如此，卡皮拉·牟尼在这节诗中讲解道：人可以靠怀着奎师那意识行事——认真地做奉爱服务，摆脱物质束缚。这种真诚的奉爱服务可以靠长时间的聆听发展起来。吟诵、吟唱和聆听是奉爱服务程序的开始。人应该在与奉献者联谊的时候，听他们讲述至尊主的超然显现、活动、隐迹和教导等。

经典(śruti)分两种，一种由至尊主本人讲述，另一种讲述有关至尊主和祂的奉献者；《博伽梵歌》是前者，《圣典博伽瓦谭》是后者。为了能坚持不懈地认真做奉爱服务，人应该从可信赖的权威人士那里反复地聆听这些经典。做这样的奉爱服务，使人摆脱错觉能量玛亚的污染。《圣典博伽瓦谭》中说：聆听有关至尊人格首神的一切，使人清除心中由物质自然三种属性造成的污染。一直不断有规律地聆听，清除想要主宰物质自然的贪图物质享乐的欲望和贪婪所造成的污染。贪图物质享乐的欲望和贪婪被清除后，人处在纯粹善良属性的影响中。这是梵觉——灵性觉悟的阶段。人以这种方式稳定地处在超然的层面上，而这就是摆脱了物质捆绑。

第 22 节 ज्ञानेन दृष्टतत्त्वेन वैराग्येण बलीयसा ।
तपोयुक्तेन योगेन तीव्रेणात्मसमाधिना ॥२२॥

jñānena dṛṣṭa-tattvena
vairāgyeṇa balīyasā
tapo-yuktena yogena
tīvreṇātma-samādhinā

jñānena—带着知识 / dṛṣṭa-tattvena—靠对绝对真理的认识 / vairāgyeṇa—靠弃绝 / balīyasā—非常坚强 / tapaḥ-yuktena—通过苦修 / yogena—通过神秘瑜伽 / tīvreṇa—非常坚定地 / ātma-samādhinā—靠专注于自我

译文 人必须带着完美的知识和超然的眼光坚定地做这种奉爱服务；必须坚定地弃绝，从事苦修，并为了稳定地处在全神贯注的状态中而练神秘瑜伽。

要旨 怀着奎师那意识做奉爱服务，不应该出于物质的情感或按自己的想法盲目地做。这节诗中特别谈到，人应该心中想着绝对真理的形象，充满知识地做奉爱服务。培养超然的知识可以使我们了解有关绝对真理，有这种超然知识的结果是，人展示出弃绝的精神。那弃绝不是短暂或造作的，而是非常坚定、强有力的。经典中说，奎师那意识的增强与对物质的超脱(vairāgya)成正比。如果人不使自己脱离物质享乐，就可以明白他的奎师那意识并没有增强。具有奎师那意识的弃绝是如此强而有力，任何诱惑人的幻象和错觉都无法动摇它。人必须在完全苦修(tapasya)的状态中做奉爱服务；应该在每个月满月的第十一天和月缺的第十一天这两个艾卡达西日(ekādaśī)，以及主奎师那(Kṛṣṇa)、茹阿玛(Rāma)和柴坦亚·玛哈帕布(Caitanya Mahāpra-bhu)的显现日断食。断食的日子有很多。诗中"通过神秘瑜伽(yogena)"一词的意思是"通过练瑜伽控制感官和心(yoga indriya-saṁya-maḥ)"。这意味着人真诚地全神贯注于自我，通过培养知识，有能力了解他在与至尊自我的关系中原有的地位。人以这种方式稳定地做奉爱服务，任何物质的诱惑都无法动摇他的信心。

第23节　प्रकृतिः पुरुषस्येह दह्यमाना त्वहर्निशम् ।
तिरोभवित्री शनकैरग्नेर्योनिरिवारणिः ॥२३॥

prakṛtiḥ puruṣasyeha
　dahyamānā tv ahar-niśam
tiro-bhavitrī śanakair
　agner yonir ivāraṇiḥ

prakṛtiḥ—物质自然的影响 / puruṣasya—生物体的 / iha—这里 / dahyamānā—被烧毁 / tu—但是 / ahaḥ-niśam—白天和晚上 / tiraḥ-bhavitrī—消失了 / śanakaiḥ—逐渐地 / agneḥ—火的 / yoniḥ—显现的原因 / iva—就像 / araṇiḥ—木柴

译文　物质自然的影响包围着生物，使生物仿佛始终身陷在熊熊烈火中。但真诚地做奉爱服务可以去除这种影响，恰似引燃烈火的木柴本身被火焰烧尽一般。

要旨　火存在于木柴中，当条件适合时，火就被点燃了。然而，如果方法得当，引燃火的木柴就会被火烧尽。同样道理，生物之所以在物质存在中过受制约的生活，是因为他想要主宰物质自然，以及他嫉妒至尊主。因此，他主要的疾病是想要变得与至尊主合一或主宰物质自然。功利性活动者(karmī)试图利用物质自然的资源，从而作威作福、进行感官享乐。追求解脱的思辨者(jñānī)在享受物质资源受到挫折时，就想要与至尊人格首神合一或融入祂不具人格特征的光芒。这两种疾病都是由物质的污染引起的。奉爱服务之所以能清除物质的污染，是因为奉爱服务中没有想要主宰物质自然和想要与至尊主合一这两种疾病。因此，怀着奎师那意识谨慎地做奉爱服务，就能立刻消除物质存在的根源。

满怀奎师那意识的奉献者表面看来是优秀的功利性活动者——总是在工作，但重要的是，他们内心的动机实际上是为了取悦至尊主。这就是奉爱服务——巴克缇(bhakti)。阿尔诸纳表面上是个战将，但当他通过作战满足了主奎师那的感官时，他就成了奉献者。奉献者为了准确地了解至尊主也进行哲学研究，所以他的活动看似与心智思辨者的活动一样，但他实际上是想要了解灵性自然和超然的活动。因此，奉献者虽然存在着哲学思辨的倾向，但他的活动并不产生功利性活动和经验性思辨的物质结果，因为这种活动是专为了解至尊人格首神而进行的。

第 24 节　भुक्तभोगा परित्यक्ता दृष्टदोषा च नित्यशः ।
नेश्वरस्याशुभं धत्ते स्वे महिम्नि स्थितस्य च ॥२४॥

bhukta-bhogā parityaktā
dṛṣṭa-doṣā ca nityaśaḥ
neśvarasyāśubhaṁ dhatte
sve mahimni sthitasya ca

bhukta—享乐的 / bhogā—享受 / parityaktā—放弃 / dṛṣṭa—发现 / doṣā—错误 / ca—和 / nityaśaḥ—总是 / na—不 / īśvarasya—独立者的 / aśubham—伤害 / dhatte—她造成 / sve mahimni—在自己的荣誉中 / sthitasya—处于

译文　生物通过发现自己想要主宰物质自然的欲望是错误的，从而放弃它，最终变得独立，处在自身的光荣中。

要旨　由于生物不是物质资源的真正享乐者，他试图主宰物质自然的努力最终就会以失败告终。挫败的结果使他想要得到比普通生物更多的力量，因此想要融入至尊享乐者的存在中。他就这样计划得到更大的享乐。

当人真正在做奉爱服务时，他便处在他独立的状态中。智力欠佳的人无法理解至尊主永恒仆人的地位。“仆人”一词使他们迷惑；他们不知道这种仆人与物质世界里被奴役的人不同。至尊主的仆人地位最崇高。如果人能明白这一点，并能恢复他作为至尊主永恒仆人的原本状态，他就处在完全独立的状态中了。生物因为与物质接触而失去了他的独立性。在灵性的领域中，他是完全独立的，因此根本不存在依赖物质自然三种属性的问题。这种状态只有奉献者才能达到；因此，他在看清物质享乐的缺陷后就不再想要进行感官享乐了。

奉献者和非人格神主义者的区别在于：非人格神主义者试图变得与至尊者一样，以便能没有障碍地享受；相反，奉献者彻底去除享乐的心态，忙于为至尊主做超然的爱心服务。做奉爱服务是奉献者原本的光荣状态。那时，他是控制者伊士瓦尔(īśvara)，是完全独立的。真正的控制者或至尊控制者(īśvaraḥ paramaḥ)——至高无上的独立之人，是奎师那。生物只有在为至尊主服务时才是独立的。换句话说，通过为至尊主做爱心服务得到的超然快乐，才是真正独立的。

第25节　यथा ह्यप्रतिबुद्धस्य प्रस्वापो बह्वनर्थभृत् ।
स एव प्रतिबुद्धस्य न वै मोहाय कल्पते ॥२५॥

yathā hy apratibuddhasya
prasvāpo bahv-anartha-bhṛt
sa eva pratibuddhasya
na vai mohāya kalpate

yathā 一 好像 / hi 一 的确 / apratibuddhasya 一 睡着的人的 /

prasvāpaḥ—梦 / bahu-anartha-bhṛt—承受许多不吉祥的事 / saḥ eva—那梦中 / pratibuddhasya—醒着的人的 / na—不 / vai—肯定地 / mohāya—从疑惑 / kalpate—能够

译文 人的意识在睡梦中几乎完全被遮蔽着，因此会看到许多不吉祥的事，但当他被唤醒，神志完全清醒时，梦中所见的不祥之事便无法再迷惑他。

要旨 做梦时，人在意识几乎完全被覆盖的情况下也许看到许多令他焦虑不安或心烦意乱的不吉利的事物；但他醒来后，即使还记得梦中发生的事情，也不受打扰了。同样，觉悟自我——明了自我与至尊主真正的关系，使人心满意足，一切烦恼的根源——物质自然三种属性，不再能影响他。在意识被污染的情况下，人看一切都是供他自己享乐的；但当他的意识纯净，是奎师那意识时，他看存在的一切都是为至尊享乐者享受用的。那就是做梦的状态和清醒状态的区别。被污染的意识就好比生活中做梦时的状态，奎师那意识就好比生活中的清醒状态。事实上，正如《博伽梵歌》中所说的，唯一绝对的享乐者是奎师那。谁能明白奎师那是三个世界的拥有者、众生的朋友，谁就是平静、自由的。受制约的灵魂只要还没有这知识，就想要成为一切的享受者；想当慈善家，为与他属于同一物种的人类开设医院和学校。这都是错觉、假象，因为人无法通过这种物质活动造福任何人。人如果想要造福他的人类兄弟，就必须唤醒他沉睡着的奎师那意识。奎师那意识是纯净的意识(pratibuddha)。

第 26 节 एवं विदिततत्त्वस्य प्रकृतिर्मयि मानसम् ।
युञ्जतो नापकुरुत आत्मारामस्य कर्हिचित् ॥२६॥

evaṁ vidita-tattvasya
prakṛtir mayi mānasam

yuñjato nāpakuruta
ātmārāmasya karhicit

evam—如此 / vidita-tattvasya—对了解绝对真理的人 / prakṛtiḥ—物质自然 / mayi—向我 / mānasam—心 / yuñjataḥ—专注 / na—不 / apakurute—可造成伤害 / ātma-ārāmasya—对在自我中找到快乐的人 / karhicit—任何时候

译文　有知识的灵魂即使还在物质世界里活动，但因为知道绝对者的真相，始终全神贯注于至尊人格首神，所以物质自然的影响伤害不了他。

要旨　主卡皮拉说：奉献者的心始终专注于至尊人格首神的莲花足(mayi mānasam)的状态，称为阿特玛茹阿玛(ātmārāma)或维迪塔·塔特瓦(vidita-tattva)。梵文"阿特玛茹阿玛(ātmārāma)"的意思是"因专注于自我而快乐的人"或"在灵性氛围中感到快乐的人"。从物质的角度看，"阿特玛(ātmā)"是指躯体和心，但在谈到把心专注于至尊主的莲花足时，阿特玛茹阿玛的意思便是，"专注于与至尊灵魂有关的灵性活动"。至尊灵魂是人格首神，个体灵魂是生物。当两者彼此为对方的利益着想，为对方服务时，生物就被说成是处在阿特玛茹阿玛的状态。了解真相的人，能够达到这种阿特玛茹阿玛的状态。真相是：至尊人格首神是享受者，生物专门为了侍奉祂及配合祂的享乐而存在。了解这一真相并努力用一切资源为至尊主做奉爱服务的人，将摆脱物质自然属性的一切物质反应和影响。

我们举例来说明这个内容：物质主义者忙于兴建一座摩天大楼，奉献者忙着为维施努兴建一座宏伟的庙宇。从表面上看，兴建摩天大楼和兴建庙宇一样，都需要备齐木材、石料、铁和其他建筑材料。但兴建摩天大楼的人是物质主义者，而兴建维施努庙宇的人则是阿特玛茹阿玛。物质主义者想通过兴建与他的躯体有关的摩天大楼满足自己，但奉献者想通过兴建神庙取悦至尊自我——至尊人格首神。尽管两者都忙于与物质有关的活动，但奉献者是解脱的，物质主义者是受制约的。这其中的原因是：兴建神庙的奉献者把他的注意力集中在至尊人格首神身上，但兴建摩天大楼的非奉献者，把他的注意力集中在感官享乐上。即便是在物质世界里，人如果从事任何活动时都全神贯注于人格首神的莲花足，就不会被束缚或受制约。满怀奎师那意识在做奉爱服务的活动者，永远不受物质自然的影响。

第 27 节 यदैवमध्यात्मरतः कालेन बहुजन्मना ।
सर्वत्र जातवैराग्य आब्रह्मभुवनान्मुनिः ॥२७॥

yadaivam adhyātma-rataḥ
kālena bahu-janmanā
sarvatra jāta-vairāgya
ābrahma-bhuvanān muniḥ

yadā－当……时 / evam－如此 / adhyātma-rataḥ－从事觉悟自我的活动 / kālena－许多年 / bahu-janmanā－许多生世 / sarvatra－所有的地方 / jāta-vairāgyaḥ－产生弃绝心 / ā-brahma-bhuvanāt－直到布茹阿玛珞卡 / muniḥ－有思想的人

译文 人这样做奉爱服务，生生世世从事觉悟自我的活动后，他就彻底不再想要到任何一个物质星球上去享乐了，哪怕是被称为布茹阿玛珞卡的最高星球；他的意识得到充分的提升。

要旨 为至尊人格首神做奉爱服务的人都以奉献者闻名，但纯粹的奉献者和混合型的奉献者是有区别的。混合型的奉献者做奉爱服务是为了谋取物质利益，但纯粹的奉献者做奉爱服务，则是为了能够得到永恒在充满极乐和知识的至尊主超然的住所中活动的灵性利益。

在物质存在中，当奉献者还没有完全净化时，他期望从至尊主那里得到各种物质的利益，即：摆脱物质痛苦，增加物质收入，更多地了解生物与至尊人格首神之间的关系或至尊主的真实本性。当人超越这些条件时，他被称为纯粹的奉献者。他不为得到物质利益或了解至尊主而侍奉祂，而纯粹是出于对至尊人格首神的爱，不由自主地为取悦祂而忙碌。

做纯粹奉爱服务最高级的奉献者典范是温达文(Vṛndāvana)的牧牛姑娘(gopī)。她们对了解奎师那并不感兴趣，但无论如何就是爱祂。这种层次的爱是纯粹的奉爱。人除非上升到奉爱服务的这一纯粹的状态，否则就会有想要升上物质高位的倾向。混合型的奉献者也许想在布茹阿玛珞卡(Brahmaloka)等其他星球上长时间地享受舒适的生活。这些都是物质的欲望，但由于混合型的奉献者在为至尊主服务，他无疑就会在体验了许许多多生世的物质享乐后培养奎师那意识。他具有奎师那意识的征象是，对任何类型的进步的物质生活都不再感兴趣。他甚至不想成为主布茹阿玛那样的人物。

第 28－29 节　मद्भक्तः प्रतिबुद्धार्थो मत्प्रसादेन भूयसा ।
निःश्रेयसं स्वसंस्थानं कैवल्याख्यं मदाश्रयम् ॥२८॥
प्राप्नोतीहाञ्जसा धीरः स्वदृशा च्छिन्नसंशयः ।
यद्गत्वा न निवर्तेत योगी लिङ्गाद्विनिर्गमे ॥२९॥

mad-bhaktaḥ pratibuddhārtho
　mat-prasādena bhūyasā
niḥśreyasaṁ sva-saṁsthānaṁ
　kaivalyākhyaṁ mad-āśrayam

prāpnotīhāñjasā dhīraḥ
　sva-dṛśā cchinna-saṁśayaḥ
yad gatvā na nivarteta
　yogī liṅgād vinirgame

mat-bhaktaḥ－我的奉献者 / pratibuddha-arthaḥ－自我觉悟 / mat-prasādena－靠我没有缘故的仁慈 / bhūyasā－无限的 / niḥśreyasam－最完美的目标 / sva-saṁsthānam－他的居所 / kaivalya-ākhyam－称为凯瓦利亚 / mat-āśrayam－受我的保护 / prāpnoti－达到 / iha－在这一生 / añjasā－真实的 / dhīraḥ－稳定地 / sva-dṛśā－凭有关自我的知识 / chinna-saṁśayaḥ－没有疑惑 / yat－到那居所 / gatvā－已经去 / na－从不 / nivarteta－回来 / yogī－练神秘瑜伽的奉献者 / liṅgāt－粗糙和精微的物质躯体 / vinirgame－离开……后

译文 事实上，我的奉献者是凭借我没有缘故的无限仁慈觉悟自我的。他这样去除一切疑惑后，便稳定地迈向他注定要去的居所。那居所直接受我纯粹的灵性快乐能量的保护，是生物最完美的目的地。练神秘瑜伽的奉献者在放弃他现有的物质躯体后，到那超然的居所去，不再回来。

要旨 觉悟自我的真正意思是，成为至尊主纯粹的奉献者。奉献者的存在必然包含了奉爱服务和奉爱服务的对象。觉悟自我最终意味着了解人格首神和生物。了解个体自我，以及生物与至尊人格首神之间的爱心服务交流，是真正的自我觉悟。非人格神主义者或其他超然主义者，无法得到这种觉悟。他们了解不了奉爱服务的科学。奉爱服务是至尊主出于无限的、没有缘故的仁慈，揭示给纯粹奉献者的。对此，至尊主在这节诗中特别指出，“靠我特殊的仁慈(mat-prasādena)”。《博伽梵歌》中也证实说：只有那些怀着爱和信心做奉爱服务的人，才能从至尊人格首神那里得到必要的智慧，以便能够在通向人格首神住所的路途上逐步向前迈进。

诗中谈到“最终的目的地(niḥśreyasa)”。梵文“他的住所(sva-saṁsthāna)”一词，在说明奉献者有特定的住所可以住的同时，也指出非人格神主义者没有具体可以住的地方。非人格神主义者牺牲他们的个体性，以使作为生命火花的自己能够融入至尊主超然身体放射出的不具人格特性的光芒。众多的星球悬挂在阳光中，但阳光本身并没有具体的安身之处。人到达某个星球上时，就会有安身之处。在被称为凯瓦利亚(kaivalya)的灵性天空中，有的只是受到至尊人格首神保护的无边无际的明亮光芒。正如《博伽梵歌》第14章的第27节诗中所说：至尊人格首神的身体是不具人格特征的梵光的基础(brahmaṇo hi pratiṣṭhāham)。换句话说，至尊人格首神的身体放射的光芒是不具人格特征的布茹阿曼(梵)——凯瓦利亚。在那不具人格特征的光芒中，有被称为外琨塔(Vaikuṇṭha)的灵性星球，其中最首要的星球是奎师那珞卡(Kṛṣṇaloka)。有些奉献者被提升到外琨塔星球，有些被提升到奎师那珞卡。按照每一个奉献者的愿望，至尊主会给奉献者提供一个具体的住所，也就是他想去的目的地(sva-saṁsthāna)。凭借至尊主的恩典，忙于做奉爱服务的觉悟了自我的奉献者，甚至还在现有的物质躯体中就已经清楚自己要去的目的地了。正因为如此，他没有疑惑、坚定不移地从事他的奉爱活动，并在离开他的物质躯体后立刻去到他早就准备要去的目的地。到达那住所后，他永远都不回到这个物质世界来。

这节诗中说“摆脱粗糙和精微的物质躯体后(liṅgād vinirgame)”。精微的躯体由心、智力、假我和污染的意识组成；粗糙的躯体由土、水、火、气和空间构成。灵魂在被转移到灵性世界时，他放弃这个物质世界里的精微和粗糙的躯体，以他纯洁、灵性的身体进入灵性世界，住在其中的一个灵性星球上。非人格神主义者虽然在放弃他的精微和粗糙的躯体后也到达灵性天空，但却进不了灵性星球；根据他们的愿望，他们被允许融入至尊主超然身体放射出的灵性光芒。梵文“他的住所(sva-saṁsthānam)”一句也很重要。生物按照他的心愿和准备，去到他的目的地。不具人格特征的梵光，提供给非人格神主义者居住，但谁想要与住在外琨塔中以纳茹阿亚纳(Nārāyaṇa)的超然形象出现的至尊人格首神交往，或者在奎师那珞卡中与奎师那交往，谁就到那些住所去，永不再回来。

第 30 节

यदा न योगोपचितासु चेतो
मायासु सिद्धस्य विषज्जतेऽङ्ग ।
अनन्यहेतुष्वथ मे गतिः स्या-
दात्यन्तिकी यत्र न मृत्युहासः ॥३०॥

yadā na yogopacitāsu ceto
māyāsu siddhasya viṣajjate 'ṅga
ananya-hetuṣv atha me gatiḥ syād
ātyantikī yatra na mṛtyu-hāsaḥ

yadā—当……时 / na—不 / yoga-upacitāsu—对练瑜伽产生的力量 / cetaḥ—注意力 / māyāsu—玛亚的展示 / siddhasya—完美的瑜伽师的 / viṣajjate—受吸引 / aṅga—亲爱的母亲 / ananya-hetuṣu—再没有别的原因 / atha—于是 / me—向我 / gatiḥ—他的进步 / syāt—变得 / ātyantikī—没有限制 / yatra—那里 / na—不 / mṛtyu-hāsaḥ—死亡的力量

译文 瑜伽师达到完美的境界后，他的注意力不再受那些由外在能量展示的神秘力量等副产品的吸引。那时，他迈向我的路途上不再有障碍，死亡的力量再也无法征服他。

要旨 瑜伽师(yogī)一般都受练瑜伽可以得到的神秘瑜伽力量这一副产品的吸引，因为他们有了这些就可以变得比最小的还小或比最大的还大，可以得到他们想要的一切，有甚至可以创造一个星球的力量，或者控制他们想要控制的任何一个人。对奉爱服务的结果不十分清楚的瑜伽师受这些力量的吸引，但这些力量都是物质的，与灵性进步毫无关系。正如其他的物质力量是物质能量的产物，神秘瑜伽力量也是物质的。完美的瑜伽师的心不受任何物质力量的吸引，而只关注为至尊主做纯粹的奉爱服务。对奉献者来说，融入梵光是极为可怕的处境；而瑜伽力量或瑜伽力量的初级完美阶段——能够控制感官，自然而然就可以达到。至于升上更高的星球，奉献者认为那只不过是个幻觉而已。奉献者的注意力完全集中于永恒地为至尊主做爱心服务，因此死亡的力量影响不了他。在这种奉爱的状态中，完美的瑜伽师可以达到永恒充满知识和极乐的状态。

到此为止，结束了巴克提韦丹塔对《圣典博伽瓦谭》第3篇第27章——“了解物质自然”所作的阐释。

第二十八章

卡皮拉就奉爱服务给予指示

第 1 节

श्रीभगवानुवाच
योगस्य लक्षणं वक्ष्ये सबीजस्य नृपात्मजे ।
मनो येनैव विधिना प्रसन्नं याति सत्पथम् ॥ १ ॥

śrī-bhagavān uvāca
yogasya lakṣaṇaṁ vakṣye
sabījasya nṛpātmaje
mano yenaiva vidhinā
prasannaṁ yāti sat-patham

śrī-bhagavān uvāca—人格首神说 / yogasya—瑜伽系统的 / lakṣaṇam—描述 / vakṣye—我将解释 / sabījasya—授权的 / nṛpa-ātmaje—君王的女儿啊 / manaḥ—心 / yena—…的 / eva—肯定地 / vidhinā—通过练习 / prasannam—喜悦的 / yāti—获得 / sat-patham—通往绝对真理的路

译文 人格首神说：我亲爱的母亲，君王的女儿啊！现在我要给你讲解的目的是要使注意力集中的瑜伽系统。练这种瑜伽可以使人快乐，并在通向绝对真理的路途上不断向前迈进。

要旨 主卡皮拉戴瓦(Kapiladeva)在这一章中所解释的瑜伽程序是权威、标准的，因此我们应该十分谨慎地遵守这些指示。至尊主开始时说：人可以靠瑜伽练习逐渐了解绝对真理——至尊人格首神。接着，祂在前一章中明确地说，瑜伽的完美结果并不是获得一些神奇的神秘力量。瑜伽师根本不该受这种神秘力量的吸引，而应该在了解至尊人格首神的路途上不断提高觉悟。对此，《博伽梵歌》(Bhagavad-gītā)第6章的最后一节诗中也确认说：一直不断地在自己心中想着奎师那(具有奎师那意识)的人，是最伟大的瑜伽师(yogī)。

这节诗中说，按照瑜伽系统练习的人可以变得快乐。瑜伽的最高权威——人格首神主卡皮拉，在此解释的瑜伽体系是八部瑜伽(aṣṭāṅga-yoga)，其中包括遵守戒律(yama)、品德训练(niyama)、体位法(āsana)、控制呼吸(prāṇāyāma)、收回感官感觉(pratyāhāra)、集中注意力(dhāraṇā)、冥想(dhyāna)和灵性的全神贯注(samādhi)这八个部分的训练。通过所有这些阶段的训练，人必然会认识到一切瑜伽的目标主维施努(Viṣṇu)。世上有种把注意力集中于"空"或不具人格特征的事物的所谓瑜伽，但从卡皮拉戴瓦所讲解的权威的瑜伽体系来看，那种瑜伽是不被承认的。帕谭佳里(Patañjali)解释说：所有瑜伽体系的目标都是维施努。八部瑜伽最终的目标是要认识维施努，因此也属于外士纳瓦(Vaiṣṇava)传统的一部分。获得一些神秘力量并不代表练瑜伽取得了成功，前一节诗中甚至谴责了为获取神秘力量而练瑜伽的想法。相反，练瑜伽是为了摆脱一切物质名称，恢复自己的原本状态。那才是瑜伽练习的最高成就。

第2节 स्वधर्माचरणं शक्त्या विधर्माच्च निवर्तनम् ।
दैवाल्लब्धेन सन्तोष आत्मविच्चरणार्चनम् ॥२॥

sva-dharmācaraṇaṁ śaktyā
vidharmāc ca nivartanam
daivāl labdhena santoṣa
ātmavic-caraṇārcanam

sva-dharma-ācaraṇam—履行自己的规定职责 / śaktyā—尽自己最大的努力 / vidharmāt—未经授权的职责 / ca—和 / nivartanam—避免 / daivāt—靠至尊主的恩赐 / labdhena—对达到的 / santoṣaḥ—满足 / ātmavit一自我觉悟的灵魂的 / caraṇa一足 / arcanam一崇拜

译文　人应该尽全力履行他的规定责任，避免履行没有指定给他的责任。人应该满足于凭借至尊主的恩典所获得的一切，应该崇拜灵性导师的莲花足。

要旨　这节诗中有许多重要的梵文词可以给予非常详细的解释，但我们将简明扼要地谈论每一个词的重要意思。诗中最后一句说明是“崇拜觉悟了自我的灵魂的双足(ātmavic-caraṇārcanam)”，其中“阿特玛·维特(ātma-vit)”一词是指觉悟了自我的灵魂或灵性导师。人除非认清了自我，知道他与超灵的关系，否则无法当一名真正合格的灵性导师。这节诗中建议人要找一位真正的灵性导师，投靠、服从他(arcanam)，因为通过向灵性导师询问并崇拜他，人可以学会从事灵性的活动。

诗中的第一项建议是，“履行自己的规定职责(sva-dharmācara-ṇam)”。我们只要还在这个物质躯体中，就有各种各样要履行的职责。这些职责按社会四阶层划分为：布茹阿玛纳(brāhmaṇa, 婆罗门)、查锤亚(kṣatriya, 刹帝利)、外夏(vaiśya, 吠舍)和庶铎(śūdra, 首陀罗)。经典中，尤其是《博伽梵歌》中都提到了这些职责。履行自己的规定职责是指，人必须忠实地履行他所在的社会阶层所规定的职责，并且尽全力去履行。人不该去履行他人的职责。如果一个人出生在某个社会阶层中，他就该履行那个阶层的规定职责。然而，如果一个人足够幸运，通过提升自我到灵性的层面，超越他所在的社会阶层的称号，那他唯一的职责(sva-dharma)就是为至尊人格首神服务了。具有强烈的奎师那意识的人的真正职责，是为至尊主服务。只要一个人还持有躯体化的生命概念，他就得按照社会常规行事；但如果一个人上升到灵性的层面上，那他就只需要为至尊主服务了，而这是真正的规定职责。

第 3 节 ग्राम्यधर्मनिवृत्तिश्च मोक्षधर्मरतिस्तथा ।
मितमेध्यादनं शश्वद्विविक्तक्षेमसेवनम् ॥ ३ ॥

grāmya-dharma-nivṛttiś ca
moksa-dharma-ratis tathā
mita-medhyādanaṁ śaśvad
vivikta-kṣema-sevanam

grāmya—常规的 / dharma—宗教活动 / nivṛttiḥ—终止 / ca—和 / mokṣa—为了解脱 / dharma—宗教活动 / ratiḥ—受吸引 / tathā—那样 / mita—小 / medhya—纯粹的 / adanam—吃 / śaśvat—总是 / vivikta—偏僻的 / kṣema—平静的 / sevanam—住处

译文 人应该停止从事属于习俗性质的宗教活动，应该受使人获得拯救的活动的吸引。人应该吃得非常简单，应该总是隐居，以使自己能达到生命最高的完美境界。

要旨 这节诗中劝告说，应该避免为发展经济或满足感官而从事宗教活动。应该只为摆脱物质自然的钳制而从事宗教活动。《圣典博伽瓦谭》(Śrīmad-Bhāgavatam)一开始便说：使从事之人到达不由自主地为至尊主做超然服务之境界的活动，是最高级的宗教活动。这样的宗教活动永远不受任何障碍的阻挡，从事它的人会真正感到心满意足。这节诗中劝告说“为获得拯救或摆脱物质污染的钳制而从事宗教活动(mokṣa-dharma)”。人们从事宗教活动通常是为了发展经济或感官享乐，但经典不建议想要通过练瑜伽取得进步的人这么做。

下一个重要的短句是说“人应该吃得非常简单(mita-medhyādanam)”。韦达文献中推荐说，瑜伽师应该只吃让他感到半饱的量。人如果感到太饿时，就会狼吞虎咽地吃光一磅的食物；但瑜伽师应该只吃半磅的食物，让胃剩下的二分之一空间中，有一半靠喝水填塞，另一半留给气流通过。这样进食将使人避免消化不良和疾病。《圣典博伽瓦谭》和所有其他权威经典都建议瑜伽师该这样进食。瑜伽师应该生活在一个僻静的地方，以避免他的瑜伽练习受到打扰。

第 4 节　अहिंसा सत्यमस्तेयं यावदर्थपरिग्रहः ।
ब्रह्मचर्यं तपः शौचं स्वाध्यायः पुरुषार्चनम् ॥ ४ ॥

ahiṁsā satyam asteyaṁ
yāvad-artha-parigrahaḥ
brahmacaryaṁ tapaḥ śaucaṁ
svādhyāyaḥ puruṣārcanam

ahiṁsā—非暴力 / satyam—诚实 / asteyam—戒盗 / yāvat-artha—按需要尽可能地 / parigrahaḥ—拥有 / brahmacaryam—独身禁欲 / tapaḥ—苦行 / śaucam—洁净 / sva-adhyāyaḥ—学习韦达经 / puruṣa-arcanam—崇拜至尊人格首神

译文　人应该实践非暴力、诚实、不偷盗，应该满足于拥有维持生活所需的一切。他应该戒除性生活，应该从事苦修、保持清洁，应该学习韦达经，崇拜至尊人格首神的至尊形象。

要旨　这节诗中的“崇拜至尊人格首神(puruṣārcanam)”一句，尤其是指崇拜主奎师那的形象。阿尔诸纳(Arjuna)在《博伽梵歌》中证实说，奎师那是存在中的第一位人格首神(puruṣa śāśvatam)。因此，练瑜伽的人不仅必须全神贯注于奎师那这个人，而且必须每天崇拜奎师那的形象或神像。

过独身禁欲生活的贞守生(brahmacārī)，要控制自己的性生活。人不可能在享受无限度的性生活的同时练瑜伽；这是荒谬绝伦的谎言。所谓的瑜伽师们宣传说，人可以在按照自己的意愿继续享乐的同时成为一名瑜伽师，但这根本是未经许可的说法。这节诗中明确地解释说，人应该戒除性生活。“独身(brahmacaryam)”的意思是：人应该让自己只过与布茹阿曼(Brahman，梵)有关系的生活，也就是充满奎师那意识的生活。对性生活上瘾的人，无法遵守使他们培养奎师那意识的规范守则。性生活应该只限于结婚之人。结婚的人如果严格控制性生活，也被称为禁欲之人(brahmacārī)。

对瑜伽师来说，梵文“戒盗(asteyam)”一词也很重要。从更广泛的意义上说，积累超过自己所需财物的人也是盗贼。按照灵性共产主义的观点，人不能拥有超过他个人维持生活所需的财物。那是大自然的法律。积累超过自己所需钱财的人，被称为盗贼；而只是积累钱财，不用它们举行祭祀或崇拜人格首神的人，是大盗贼。

诗中劝告人们要“阅读、学习经授权的韦达经典(svadhyayau)”。既使一个正在练瑜伽的人还没有奎师那意识，他也必须为了理解真理而研读标准的韦达文献。只是实际练习瑜伽并不足够。在高迪亚·外士纳瓦传承(Gauḍīya Vaiṣṇava-sampradāya)中，有位伟大的奉献者、一代宗师(ācārya)纳若塔玛·达斯·塔库尔(Narottama dāsa Ṭhākura)说，我们应该从圣人、标准的经典和灵性导师这三个来源处了解所有的灵性活动。这三个指导者对在灵性生活中取得进步来说十分重要。为了让人更好地实践做服务的瑜伽，灵性导师指定该研读的标准经典，而他自己也只谈经典中的内容。因此，练瑜伽需要研读标准经典；在不研读标准经典的情况下练瑜伽，只是在浪费时间。

第 5 节 मौनं सदासनजयः स्थैर्यं प्राणजयः शनैः ।
प्रत्याहारश्चेन्द्रियाणां विषयान्मनसा हृदि ॥५॥

maunaṁ sad-āsana-jayaḥ
sthairyaṁ prāṇa-jayaḥ śanaiḥ
pratyāhāraś cendriyāṇāṁ
viṣayān manasā hṛdi

maunam一沉默 / sat一好的 / āsana一瑜伽姿势 / jayaḥ一控制 / sthairyam一稳定 / prāṇa-jayaḥ一控制生命之气 / śanaiḥ一逐渐地 / pratyāhāraḥ一收回 / ca一和 / indriyāṇām一感官的 / viṣayāt一从感官对象 / manasā一把注意力 / hṛdi一在心中

译文　人必须奉行沉默，通过练习困难的瑜伽姿势、控制生命之气的呼吸，以及收回感官投射到感官对象上的注意力，培养稳定性，以此把注意力集中于心脏。

要旨　一般的瑜伽练习和哈塔·瑜伽(haṭha-yoga)本身并不是目的；它们的目的是使人变得稳定。人首先必须能够保持坐姿的正确，然后使心和注意力变得足够稳定可以练瑜伽。逐渐地，人必须控制生命之气的循环，通过这么做使自己能够把感官注意力从感官对象上收回。前一节诗中说，人必须戒除性生活。控制感官最重要的一部分就是控制性生活。那称为禁欲(brahmacarya)。人通过练习不同的坐姿、控制生命之气，可以控制感官，不让其进行无限制的享受。

第 6 节　स्वधिष्ण्यानामेकदेशे मनसा प्राणधारणम् ।
वैकुण्ठलीलाभिध्यानं समाधानं तथात्मनः ॥ ६ ॥

sva-dhiṣṇyānām eka-deśe
manasā prāṇa-dhāraṇam
vaikuṇṭha-līlābhidhyānaṁ
samādhānaṁ tathātmanaḥ

sva-dhiṣṇyānām一在生命之气的循环中 / eka-deśe一在一个地方 / manasā一以心念 / prāṇa一生命之气 / dhāraṇam一集中 / vaikuṇṭha-līlā一在至尊人格首神的娱乐活动 / abhidhyānam一专注 / samādhānam一全神贯注 / tathā一如此 / ātmanaḥ一心智的

译文 把生命之气和心念集中在体内的六个生命之气循环圈中的一个上，从而全神贯注于至尊人格首神的超然娱乐活动，被称为心智的全神贯注状态(萨玛迪或萨玛丹)。

要旨 躯体中有六个生命之气的循环圈，其中第一个圈在腹部；第二个圈在心脏部位；第三个圈在肺部；第四个圈在上颚部；第五个圈在两眉间；第六个圈，也是部位最高的圈，在头顶。人必须集中注意力和生命之气的循环，从而思索至尊主的超然娱乐活动。经典从没有提到过，人应该把注意力集中在不具人格特征的事物或“空”上，而是清楚地说集中在“至尊人格首神的娱乐活动”上。梵文“丽拉(līlā)”的意思是“娱乐活动”。如果绝对真理——人格首神没有从事超然的活动，我们怎么有机会去想这些娱乐活动呢？人只有按照吟诵、吟唱和聆听至尊人格首神的娱乐活动这一奉爱服务的程序做，才能达到经典所说的全神贯注的境界。正如《圣典博伽瓦谭》中所描述的，至尊主按照祂与不同的奉献者的关系显现和隐迹。韦达文献内记载了许许多多对至尊主娱乐活动的讲述，包括库茹柴陀(Kurukṣetra)战争，以及与帕拉德王(Prahlāda Mahārāja)、杜茹瓦王(Dhruva Mahārāja)和安巴瑞施王(Ambarīṣa Mahā-rāja)等奉献者的生活和教导有关的历史事实。人只需要把他的思想集中在其中的一个史实上，始终全神贯注地去想它就够了。这样，他就会处在被称为萨玛迪(samādhi)的全神贯注的状态中。萨玛迪不是矫揉造作的一种身体状态，而是当人的思想确实专注于想至尊人格首神时所达到的一种状态。

第7节 एतैरन्यैश्च पथिभिर्मनो दुष्टमसत्पथम् ।
बुद्ध्या युञ्जीत शनकैर्जितप्राणो ह्यतन्द्रितः ॥ ७ ॥

etair anyaiś ca pathibhir
mano duṣṭam asat-patham

buddhyā yuñjīta śanakair
jita-prāṇo hy atandritaḥ

etaiḥ一靠这些 / anyaiḥ一靠其他 / ca一和 / pathibhiḥ一程序 / manaḥ一心 / duṣṭam一污染 / asat-patham一在物质享受的路途上 / buddhyā一靠智慧 / yuñjīta一人必须控制 / śanakaiḥ一逐渐地 / jita-prāṇaḥ一稳定的生命之气 / hi一实际上 / atandritaḥ一警觉

译文　人必须靠这些程序或其他合法的程序，控制被污染的、如脱缰野马般总是受感官享乐吸引的心，以使自己专注地想着至尊人格首神。

要旨　诗中说“靠这些瑜伽程序和其他程序(etair anyaiś ca)”。一般的瑜伽程序都必须遵守规范守则，练习不同的坐姿，把注意力集中在生命之气的循环上，然后冥想在外琨塔(Vaikuṇṭha)从事娱乐活动的至尊人格首神。这是瑜伽的一般程序。但同样的全神贯注状态也可以透过被推荐的其他程序达到，因此诗中说也可以用“其他程序(anyaiś ca)”。重点是：必须把受物质吸引而被污染了的心控制住，使其专注于至尊人格首神。它不可能专注于“空”或不具人格特征的事物。正因为如此，任何标准的瑜伽经典(yoga-śāstra)都没有推荐人去练习冥想“空”或不具人格特征事物的所谓瑜伽。真正的瑜伽师是奉献者，因为他的心总是专注于主奎师那的娱乐活动。所以，培养奎师那意识是最高级的瑜伽体系。

第 8 节　शुचौ देशे प्रतिष्ठाप्य विजितासन आसनम् ।
तस्मिन् स्वस्ति समासीन ऋजुकायः समभ्यसेत् ॥ ८ ॥

śucau deśe pratiṣṭhāpya
vijitāsana āsanam
tasmin svasti samāsīna
ṛju-kāyaḥ samabhyaset

śucau deśe－在神圣的地方 / pratiṣṭhāpya－铺设……后 / vijita-āsanaḥ－控制坐姿 / āsanam－一个座位 / tasmin－在那个地方 / svasti samāsīnaḥ－以舒适的姿势坐下 / ṛju-kāyaḥ－保持躯干挺直 / samabhyaset－人应该练习

译文 控制住自己的心和坐姿后，人应该到一个隐蔽、神圣的地方去铺设一个座位，采用一个轻松的坐姿，挺直躯干，练习控制呼吸。

要旨 以一个自己感到容易做的姿势坐下，就是“以舒适的姿势坐下(svasti samāsīnaḥ)”。瑜伽经典中推荐说，人应该盘腿坐下，保持上身挺直；这个姿势将有助于人全神贯注于至尊人格首神。《博伽梵歌》第6章也推荐了这个方法。经典进一步推荐说，人应该到一个僻静、圣洁的地方去坐下练瑜伽，座位应该用鹿皮和库沙草(kuśa)铺就，上面用棉布覆盖。

第9节 प्राणस्य शोधयेन्मार्गं पूरकुम्भकरेचकैः ।
प्रतिकूलेन वा चित्तं यथा स्थिरमचञ्चलम् ॥ ९ ॥

prāṇasya śodhayen mārgaṁ
pūra-kumbhaka-recakaiḥ
pratikūlena vā cittaṁ
yathā sthiram acañcalam

prāṇasya－生命之气的 / śodhayet－人该清洁 / mārgam－通道 / pūra-kumbhaka-recakaiḥ－通过吸气，屏住气，然后再呼气 / pratikūlena－通过逆转 / vā－或者 / cittam－心 / yathā－以便 / sthiram－坚定 / acañcalam－不受打扰

译文 瑜伽师应该按如下的方法呼吸，清理生命之气的通道：他首先应该深深地吸气，然后屏住气，最后呼气。

或者把程序反过来，瑜伽师可以先呼气，然后不吸气，最后吸气。这样做可以使心变得稳定，不受外界的干扰。

要旨　这些呼吸练习的目的是控制心，使其专注于至尊人格首神。奉献者安巴瑞施王一天二十四小时全神贯注于主奎师那的莲花足(sa vai manaḥ kṛṣṇa-padāravindayoḥ)。培养奎师那意识的程序是：吟诵、吟唱哈瑞·奎师那(Hare Kṛṣṇa)并专注地聆听那声音振荡，从而使注意力集中于奎师那名字的声音振荡；奎师那的名字与奎师那本人没有区别。人如果直接把心专注于奎师那的莲花足，就可以立刻实现通过用规定的方法净化在体内流动的生命之气控制心的真正目的。哈塔·瑜伽系统——呼吸系统，是专门为那些专注于躯体存在概念的人推荐的，但能够按吟诵、吟唱哈瑞·奎师那的简单方法做的人，可以更容易地控制住心。

经典推荐了净化呼吸的三种活动，它们分别是：吸气(pūraka)，屏气(kumbhaka)和最后的呼气(recaka)。经典推荐的这些顺序也可以反过来做，即：呼气后，人可以屏气不吸，然后吸气。控制吸气和呼气的神经通道，梵文术语称为伊达(iḍā)和拼嘎拉(piṅgalā)。净化伊达和拼嘎拉这两个呼吸通道的最终目的是让人转移注意力，使其不再专注于物质享乐。正如《博伽梵歌》中声明的：人的心既是他的敌人，也是他的朋友；人对待它的方式不同，它的状态就不同。如果我们让自己的心专注于去想物质享乐，我们的心就变成我们的敌人；如果我们使自己的心专注于奎师那的莲花足，那我们的心就是我们的朋友。通过吸气、屏气和呼气的瑜伽程序，或者把注意力直接集中在奎师那的声音振荡或奎师那的形象上，都能达到同样的目的。《博伽梵歌》第8章的第8节诗中说：人必须练呼吸(abhyāsa-yoga-yuktena)，依靠这些控制程序的功用，使心不再徘徊于对外界事物的思考上(cetasā nānya-gāminā)。这样，人就可以始终把注意力集中在至尊人格首神身上，就可以到祂那里去了。

这个年代的人很难按瑜伽程序及呼吸程序训练自己。为此，主柴坦亚(Caitanya)推荐说：人应该总是吟诵、吟唱至尊主奎师那的圣名，因为奎师那这个名字最适合至尊人格首神(kīrtanīyaḥ sadā hariḥ)。奎师那的名字与至尊人奎师那本人没有区别。因此，如果人全神贯注地吟诵、吟唱哈瑞·奎师那，就能得到同样的结果。

第 10 节 मनोऽचिरात्स्याद्विरजं जितश्वासस्य योगिनः ।
वाय्वग्निभ्यां यथा लोहं ध्मातं त्यजति वै मलम् ॥१०॥

mano 'cirāt syād virajaṁ
jita-śvāsasya yoginaḥ
vāyv-agnibhyāṁ yathā lohaṁ
dhmātaṁ tyajati vai malam

manaḥ—心 / acirāt—很快地 / syāt—能够 / virajam—不受打扰 / jita-śvāsasya—控制住呼吸的 / yoginaḥ—瑜伽师的 / vāyu-agnibhyām—通过空气和火 / yathā—正如 / loham—金子 / dhmātam—扇 / tyajati—摆脱 / vai—肯定地 / malam—不纯洁

译文 正如把金子放在火中同时扇风，就会炼出纯金；练习这样呼吸的瑜伽师，很快就会免于一切内心困扰。

要旨 主柴坦亚也推荐这个净化心的程序说：人应该吟诵、吟唱哈瑞·奎师那。祂进一步说："一切荣耀归于聚众歌唱圣主奎师那的圣名(paraṁ vijayate)！"之所以一切荣耀都归于吟诵、吟唱奎师那的圣名，是因为人一旦开始按照这个吟诵、吟唱的方法做，他的心就得到了净化。吟诵、吟唱奎师那的圣名，净化人心中堆积的灰尘(ceto-darpaṇa-mārjanam)。正如人可以通过把金子放在火中并靠风箱送风来提炼纯金，人可以用呼吸程序或吟诵、吟唱的方法净化自己的心。

第 11 节　प्राणायामैर्दहेद्दोषान्धारणाभिश्च किल्बिषान् ।
प्रत्याहारेण संसर्गान्ध्यानेनानीश्वरान् गुणान् ॥११॥

prāṇāyāmair dahed doṣān
dhāraṇābhiś ca kilbiṣān
pratyāhāreṇa saṁsargān
dhyānenānīśvarān guṇān

prāṇāyāmaiḥ－通过练习控制呼吸 / dahet－人可清除 / doṣān－污染 / dhāraṇābhiḥ－通过集中注意力 / ca－和 / kilbiṣān－罪恶活动 / pratyāhāreṇa－通过约束感官 / saṁsargān－物质的接触 / dhyānena－靠冥想 / anīśvarān guṇān－物质自然属性

译文　按照控制呼吸的程序练习可以使人净化身体，集中注意力可以使人不再从事各种罪恶活动。控制感官可以使人摆脱与物质能量的接触，冥想至尊人格首神可以使人摆脱物质自然三种属性的束缚。

要旨　按照阿尤尔·韦达(Āyur-vedic)医学的理论，躯体的生理状态由黏液(kapha)、胆汁(pitta)和气(vāyu)维系。现代医学不承认这种生理学分析的可靠根据，但古代阿尤尔·韦达的治疗方法，就以这些为基础。正如《博伽瓦谭》在许多地方提到的，阿尤尔·韦达的治疗以这三种元素作为造成身体各种基本状况的原因。这节诗中推荐说：靠练习控制呼吸(prāṇāyāma)的方法，人可以净化由这些主要的生理因素造成的污染；靠集中注意力可以使人不再从事罪恶活动，靠把感官从感官对象上收回，人可以摆脱与物质能量的接触。

为了把自己提升到不再受物质自然三种属性影响的超然状态中，人最终要冥想至尊人格首神。《博伽梵歌》第14章的第26节诗中也证实说：忙于做纯粹奉爱服务的人，立刻超越物质自然属性的影响，认清他作为布茹阿曼的身份(sa guṇān samatītyaitān brahma-bhūyāya kalpate)。奉爱瑜伽(bhakti-yoga)中包含了所有其他瑜伽系统中的每一项类似的活动，但这个年代练奉爱瑜伽更容易。主柴坦亚所介绍的方法并不是新的。奉爱瑜伽是以吟诵、吟唱和聆听为开始的切实可行的程序。奉爱瑜伽与其他瑜伽的最终目标都一样是人格首神，但奉爱瑜伽更实用，其他瑜伽更困难。人必须先通过集中注意力和控制感官净化自己的生理状况，然后才能全神贯注于至尊人格首神。那种状态称为萨玛迪。

第12节 यदा मनः स्वं विरजं योगेन सुसमाहितम् ।
काष्ठां भगवतो ध्यायेत्स्वनासाग्रावलोकनः ॥१२॥

yadā manaḥ svaṁ virajaṁ
yogena susamāhitam
kāṣṭhāṁ bhagavato dhyāyet
sva-nāsāgrāvalokanaḥ

yadā一当……时 / manaḥ一心 / svam一自己 / virajam一净化了 / yogena一通过瑜伽练习 / su-samāhitam一控制住了 / kāṣṭhām一完整扩展 / bhagavataḥ一至尊人格首神的 / dhyāyet一人该冥想 / sva-nāsā-agra一鼻尖 / avalokanaḥ一看着

译文 当人的心通过练这种瑜伽完全得到净化后，人就应该把注意力集中在鼻尖上，眼睛半闭，看至尊人格首神的形象。

要旨 这节诗中清楚地谈到，人必须冥想维施努的扩展。梵文“完整扩展(kaṣṭhām)”是指维施努扩展的扩展——超灵(Paramātmā)。诗中“至尊人格首神(Bhagavataḥ)”一词是指主维施努。存在中的第一位至尊人格首神是奎师那；祂扩展出巴拉戴瓦(Baladeva)，而巴拉戴瓦扩展出桑卡尔珊(Saṅkarṣaṇa)、阿尼如达(Aniruddha)和许多其他形象，接着是主宰化身(puruṣa-avatāra)。正如前面的诗中谈到的，这位主宰以超灵为代表(puruṣārcanam)。在接下来的诗中将描述人必须冥想的超灵形象。这节诗中明确地说，人必须通过把目光集中于鼻尖冥想，全神贯注于维施努的完整扩展(kalā)。

第 13 节　प्रसन्नवदनाम्भोजं पद्मगर्भारुणेक्षणम् ।
नीलोत्पलदलश्यामं शङ्खचक्रगदाधरम् ॥१३॥

prasanna-vadanāmbhojaṁ
padma-garbhāruṇekṣaṇam
nīlotpala-dala-śyāmaṁ
śaṅkha-cakra-gadā-dharam

prasanna－欢愉的 / vadana－表情 / ambhojam－莲花般的 / padma-garbha－莲花心 / aruṇa－红润的 / īkṣaṇam－用眼睛 / nīla-utpala－蓝色的莲花 / dala－花瓣 / śyāmam－黑肤色的 / śaṅkha－海螺 / cakra－飞轮 / gadā－大头棒 / dharam－带着

译文　至尊人格首神黑色的身体仿佛蓝色的莲花瓣，祂那欢愉的莲花般脸庞上长着如莲花内侧一样微红的眼睛。祂用三只手分别拿着海螺、飞轮和大头棒。

要旨　这节诗中明确地说，人要把注意力集中在维施努的形象上。《主柴坦亚的教导》中描述说，维施努有十二种不同的形象。人无法把自己的注意力集中在虚无或任何不具人格特征的事物上，而应该把心专注于这节诗所描述的至尊主情绪欢快的人的形象上。《博伽梵歌》中说：冥想不具人格特征的事物或“空”，对冥想者来说十分艰难。执著于这种冥想的人必然经历重重困难，因为我们不习惯把注意力集中在任何不具人格特征的事物上。事实上，那根本就不可能。《博伽梵歌》中也证实说：人应该把注意力集中在人格首神身上。

这节诗中描述人格首神奎师那的肤色“恰似浅蓝色的莲花瓣(nīlotpala-dala)”。人们总是问，奎师那的肤色为什么是蓝色的？我们要知道，至尊主的肤色并非艺术家的想象，而是权威经典中说明的。《布茹阿玛·萨密塔》(Brahma-saṁhitā)中也说，奎师那身体的肤色恰似浅蓝色云朵的颜色。至尊主的肤色不是诗人的想象。就有关至尊主的身体、武器和所有其他随身用品，《布茹阿玛·萨密塔》、《圣典博伽瓦谭》、《博伽梵歌》和许多往世书(purāṇa)中都有权威性的说明。这节诗中描述至尊主的形象说，祂的眼睛恰似莲花内侧的颜色(padma-garbhāruṇekṣaṇam)。经典还描述说，祂的四只手中分别持有海螺、飞轮、大头棒和莲花这四个象征物。

第 14 节 लसत्पङ्कजकिञ्जल्कपीतकौशेयवाससम् ।
श्रीवत्सवक्षसं भ्राजत्कौस्तुभामुक्तकन्धरम् ॥१४॥

lasat-paṅkaja-kiñjalka-
pīta-kauśeya-vāsasam
śrīvatsa-vakṣasaṁ bhrājat
kaustubhāmukta-kandharam

lasat一光亮的 / paṅkaja一莲花的 / kiñjalka一蕊 / pīta一黄色的 / kauśeya一丝衣 / vāsasam一衣服……的祂 / śrīvatsa一有施瑞瓦特萨标志 / vakṣasam一胸部 / bhrājat一闪耀着 / kaustubha一考斯图巴宝石 / āmukta一放在 / kandharam一祂的颈部

译文 祂的腰部裹着一块恰似莲花蕊般黄色的光亮织物。祂的胸部有一块螺旋状的白毛称为施瑞瓦特萨标志，颈部悬挂着一块光芒四射的考斯图巴宝石。

要旨 这节诗中不仅描述了至尊主所穿衣服的颜色恰似莲花蕊的黄色，还描述了悬挂在祂胸前的考斯图巴宝石。祂的颈部用宝石和珍珠作装饰。至尊主完全拥有六项财富，其中一项是富有。祂佩戴着许多这个物质世界里根本没有的珍贵宝石。

第 15 节　मत्तद्विरेफकलया परीतं वनमालया ।
पराध्यर्हारवलयकिरीटाङ्गदनूपुरम् ॥१५॥

matta-dvirepha-kalayā
parītaṁ vana-mālayā
parārdhya-hāra-valaya-
kirīṭāṅgada-nūpuram

matta－陶醉的 / dvi-repha－和蜜蜂 / kalayā－嗡嗡叫 / parītam－花环 / vana-mālayā－森林中的鲜花穿成的花环 / parārdhya－无价的 / hāra－珍珠项链 / valaya－手镯 / kirīṭa－皇冠 / aṅgada－臂环 / nūpuram－脚环

译文　祂的颈部还围绕着一串用美丽的森林鲜花穿成的花环，一群蜜蜂被它散发出的甜美芳香所陶醉，围着花环不停地嗡嗡叫。此外，祂还佩戴了一条华美珍贵的珍珠项链、一顶皇冠，以及成双成对的臂环、手镯和脚镯。

要旨　从这节诗中看，至尊人格首神佩戴的花环非常新鲜。事实上，灵性天空外琨塔中的一切都生气勃勃、永远新鲜，就连从树上和植物上采摘的鲜花都始终芬芳、新鲜，不会凋谢、枯萎，因为树和鲜花都是灵性的。无论是花环上的鲜花，还是树上的鲜花都一样吸引蜜蜂。重点在于：灵性的一切都是永恒、无穷无尽的。在那里，一减一还等于一，一加一也还等于一；从一件事物中抽取一件事物，原本的那件事物仍保持不变。嗡嗡叫的蜜蜂围绕着鲜花飞舞，它们发出的甜美声音令至尊主十分享受。至尊主的手镯、项链、王冠和脚环上都镶嵌着极为贵重的珠宝。那些宝石和珍珠都是灵性的，因此根本无法用物质的计算估量它们的价值。

第 16 节 काञ्चीगुणोल्लसच्छ्रोणिं हृदयाम्भोजविष्टरम् ।
दर्शनीयतमं शान्तं मनोनयनवर्धनम् ॥१६॥

kāñcī-guṇollasac-chroṇiṁ
hṛdayāmbhoja-viṣṭaram
darśanīyatamaṁ śāntaṁ
mano-nayana-vardhanam

kāñcī—腰带 / guṇa—性质 / ullasat—明亮的 / śroṇim—祂的腰部和臀部 / hṛdaya—心 / ambhoja—莲花 / viṣṭaram—祂的座位 / darśanīya-tamam—看起来十分迷人 / śāntam—平静的 / manaḥ—思想，内心 / nayana—眼睛 / vardhanam—使喜悦

译文 祂在腰部和臀部佩戴了一条腰带，站在祂奉献者的心莲上。祂看上去具有无与伦比的魅力，祂安详的样子令注视祂的奉献者赏心悦目、心满意足。

要旨 这节诗中所用的“看起来十分迷人(darśanīyatamam)”一词的意思是：至尊主如此美丽，以致奉献者瑜伽师除了想要看祂外，不再想看别的；通过看至尊主，他要看美丽对象的愿望被彻底满足了。在物质世界里，我们想要看美的事物，但这一愿望从未被彻底满足过。在这个物质世界里，由于物质的污染，我们所有的倾向都得不到满足。但当我们把看、听、触摸等活动，与满足至尊人格首神结合起来时，它们就处在最完美的层面上了。

尽管至尊人格首神的永恒形象是那么美丽，令人赏心悦目，但想要冥想祂的非人格特征的非人格神主义者，就是不受祂的人的形象的吸引。他们为冥想至尊主的非人格特征所进行的努力，不过是在做无用功。真正的瑜伽师眼睛半闭，全神贯注于至尊人格首神的形象，而绝不会冥想虚无或不具人格特征的事物。

第 17 节　अपीच्यदर्शनं शश्वत्सर्वलोकनमस्कृतम् ।
सन्तं वयसि कैशोरे भृत्यानुग्रहकातरम् ॥१७॥

apīcya-darśanaṁ śaśvat
sarva-loka-namaskṛtam
santaṁ vayasi kaiśore
bhṛtyānugraha-kātaram

apīcya-darśanam－看起来很漂亮 / śaśvat－永恒的 / sarva-loka－被所有星球上的居民 / namaḥ-kṛtam－值得崇拜 / santam－处于 / vayasi－年轻的 / kaiśore－少年的 / bhṛtya－向祂的奉献者 / anugraha－给予赐福 / kātaram－渴望

译文　至尊主永远美丽动人，值得所有星球上所有居民的崇拜。祂永远年轻、朝气蓬勃，永远渴望祝福祂的奉献者。

要旨　诗中说，至尊主值得每一个星球上的每一个生物体加以崇拜(sarva-loka-namaskṛtam)。物质世界里有无数的星球，灵性世界中也有无数的星球。在每一个星球上都有无数的居民在崇拜至尊主；除了非人格神主义者，所有的生物都崇拜至尊主。至尊主极为美丽。诗中梵文“永恒的(śaśvat)”一词意义重大。祂并非在祂的奉献者看来美丽，但最终却不具人格特征。“永恒的”意思是“永远存在”。那美丽不是短暂的，而是永远的。祂永远年轻、朝气蓬勃。《布茹阿玛·萨密塔》第5章的第33节诗中说：存在中的第一人独一无二；看上去永远充满青春朝气、风华正茂，永远不显得老(advaitam acyutam anādim ananta-rūpam ādyaṁ purāṇa-puruṣaṁ nava-yauvanaṁ ca)。

至尊主的面部表情，永恒表达着祂随时准备向奉献者表示善意、给予祝福的意思；但对非奉献者，祂却保持沉默。正如《博伽梵歌》中所说：尽管由于祂是至尊人格首神、众生的父亲，祂平等对待众生，但祂尤其喜爱为祂做奉爱服务的生物。这节诗也证实同样的真相说：祂永远渴望向奉献者表示祂的善意。正如奉献者永远渴望为至尊人格首神做服务，至尊主也非常渴望赐予纯粹的奉献者以祝福。

第 18 节 कीर्तन्यतीर्थयशसं पुण्यश्लोकयशस्करम् ।
ध्यायेद्देवं समग्राङ्गं यावन्न च्यवते मनः ॥१८॥

kīrtanya-tīrtha-yaśasaṁ
puṇya-śloka-yaśaskaram
dhyāyed devaṁ samagrāṅgaṁ
yāvan na cyavate manaḥ

kīrtanya一值得歌颂的 / tīrtha-yaśasam一至尊主的光荣 / puṇya-śloka一奉献者的 / yaśaḥ-karam一增添荣耀 / dhyāyet一人该冥想 / devam一向至尊主 / samagra-aṅgam一所有的肢体 / yāvat一就好像 / na一不 / cyavate一偏离 / manaḥ一内心

译文 至尊主的荣耀永远值得歌颂，因为祂的荣耀更增添祂奉献者的光荣。因此，人应该冥想至尊人格首神和祂的奉献者。人应该冥想至尊主的永恒形象，直到变得全神贯注。

要旨 人应该始终全神贯注于至尊人格首神。当人习惯于去想至尊主的奎师那(Kṛṣṇa)、维施努(Viṣṇu)、茹阿玛(Rāma)和纳茹阿亚纳(Nārāyaṇa)等无数的形象中的一个形象时，他就达到了瑜伽的完美境界。对此，《布茹阿玛·萨密塔》中确认说：谁发展出对至尊主纯粹的爱，谁的眼睛上涂抹着超然的爱的交流的眼膏，谁就会在自己的心中永远看到至尊人格首神。奉献者看到的尤其是至尊主美丽、微黑的夏玛逊达尔(Śyāmasundara)形象。这是瑜伽的完美境界。人应该持续不断地练瑜伽，直到自己的心片刻都不离开至尊主美丽的形象。维施努的形象是最高级的个体形象，对神圣的人来说是永远可见的(oṁ tad viṣṇoḥ paramaṁ padaṁ sadā paśyanti sūrayaḥ)。

奉献者在庙里崇拜至尊主的形象可以达到同样的目的。在神庙中做奉爱服务与在心中冥想至尊主的形象没有区别，因为至尊主的形象无论是展现在人的心中，还是以某种具体的物质元素展现，都一样。经典推荐奉献者看至尊主透过八种元素展现的形象，祂们分别是用沙子、泥土、木头、石头、宝石和金属塑造成的形象，用颜料画出的形象，以及我们在心中冥思苦想的形象。这些形象都一样，而并非是人在心中冥想的形象与在庙里看到的形象不一样。至尊人格首神是绝对的，因此两者并没有区别。不想理会至尊主永恒形象的非人格神主义者，想象出某个圆形。他们尤其喜欢欧么卡尔(oṁkāra)，而这个梵文词也有形象。《博伽梵歌》中说，欧么卡尔是至尊主的字母形象。同样，至尊主也有雕塑形象和绘画形象。

这节诗中另一个重要的句子是“增添奉献者的荣耀(puṇya-śloka-yaśaskaram)”。奉献者被称为具有美名的人(puṇya-śloka)。正如人可以靠吟诵、吟唱至尊主的圣名得到净化，人也可以只靠吟诵、吟唱神圣的奉献者的名字得到净化。至尊主纯粹的奉献者和至尊主本人没有区别。我们有时也可以吟诵、吟唱神圣的奉献者的名字。这是极能使人神圣化的方法。主柴坦亚有一次吟唱了牧牛姑娘(gopī)的圣名，祂的学生批评祂说：“你为什么要吟唱牧牛姑娘的名字？为什么不吟唱奎师那的名字？”这批评使主柴坦亚感到恼怒，因此祂与祂的学生之间产生了一些误会。他们竟然想要就吟诵、吟唱的超然程序教训祂，祂要为此谴责他们。

至尊主的美在于：与祂活动有关联的奉献者也受到赞扬。阿尔诸纳(Arjuna)、帕拉德(Prahlāda)、佳纳卡王(Janaka Mahārāja)、巴利王(Bali Mahārāja)和许多其他的奉献者，甚至都没有进入生命的弃绝阶段，而处在居士阶段，其中帕拉德王和巴利王甚至出生在恶魔的家庭中。帕拉德王的父亲是恶魔，巴利王是帕拉德王的孙子；尽管如此，他们还是因为与至尊主交往而变得闻名天下。跟至尊主永恒在一起的生物，与至尊主一起受到赞美。结论是：完美的瑜伽师应该习惯于一直不断地看至尊主的形象；除非他的心处在这种全神贯注的状态中，否则他应该继续练瑜伽。

第 19 节 **स्थितं व्रजन्तमासीनं शयानं वा गुहाशयम् ।**
प्रेक्षणीयेहितं ध्यायेच्छुद्धभावेन चेतसा ॥१९॥

sthitaṁ vrajantam āsīnaṁ
śayānaṁ vā guhāśayam
prekṣaṇīyehitaṁ dhyāyec
chuddha-bhāvena cetasā

sthitam－站立 / vrajantam－移动 / āsīnam－坐着 / śayānam－躺着 / vā－或者 / guhā-āśayam－居于心中的至尊主 / prekṣaṇīya－美丽的 / īhitam－娱乐活动 / dhyāyet－他该看 / śuddha-bhāvena－纯洁的 / cetasā－在心中

译文 这样始终沉浸在奉爱服务中的瑜伽师，在他心中看至尊主站立、走动、躺下或坐着的样子，因为至尊主的娱乐活动永远甜美，魅力无限。

要旨 在自己心中冥想至尊人格首神的方法，与吟诵、吟唱至尊主的荣耀和娱乐活动的方法一样。唯一的区别是：聆听并把注意力集中在至尊主的娱乐活动上，比在自己的心中看至尊主的形象要容易；尤其是在这个年代，人一旦开始想至尊主，人的心就会因为有那么多的刺激而变得很乱，致使在心中看至尊主的程序被打断。但是，当有赞美至尊主的超然活动的声音振荡时，人就会被迫听到。那声音进入心中，瑜伽练习的程序就自动起作用了。例如：就连一个孩子都可以只靠聆听大人朗诵《博伽瓦谭》中描述至尊主准备与祂的朋友去放牧乳牛的事情，得到冥想至尊主娱乐活动的好处。聆听包括对心的运用。在喀历年代(Kali-yuga)中，主柴坦亚推荐人应该一直不断地吟诵和聆听《博伽梵歌》。至尊主还说：伟大的灵魂(mahātmā)，一直不断地吟诵、吟唱至尊主的荣耀，而其他人仅仅靠聆听便得到同样的利益。瑜伽需要人不断地冥想至尊主站着、走动或躺下时的各种超然的娱乐活动。

第 20 节　तस्मिँल्लब्धपदं चित्तं सर्वावयवसंस्थितम् ।
विलक्ष्यैकत्र संयुज्यादङ्गे भगवतो मुनिः ॥२०॥

tasmil̐ labdha-padaṁ cittaṁ
sarvāvayava-saṁsthitam
vilakṣyaikatra saṁyujyād
aṅge bhagavato muniḥ

tasmin－在至尊主的形象上 / labdha-padam－专注 / cittam－注意力 / sarva－所有的 / avayava－肢体 / saṁsthitam－专注于 / vilakṣya－感知到了 / ekatra－在一个地方 / saṁyujyāt－应该把注意力集中于…… / aṅge－每个肢体 / bhagavataḥ－至尊主的 / muniḥ－圣人

译文　把注意力集中于至尊主的永恒形象的牟尼们，不要在同一时间内观看祂所有的肢体，而应该把注意力逐一地集中在至尊主的每一个肢体上。

要旨　梵文"牟尼(muni)"一词非常重要，其意思是：精通心智思辨或思考、感觉和意愿的人。这节诗中并没有说这样的人是奉献者或瑜伽师。试图冥想至尊主形象的人被称为牟尼——缺乏智慧的人；相反，真正为至尊主做服务的人，被称为奉爱瑜伽师(bhakti-yogī)。接下来阐述的思想程序，是为教育牟尼而讲解的。为了让瑜伽师相信，绝对真理——至尊人格首神，永远都不是不具人格特征的，下面的诗讲解了要一个肢体接一个肢体地观看至尊主的个人形象。只想至尊主的整体形象有时也许会落入非人格神主义的思维模式，因此这节诗中推荐人要首先想至尊主的莲花足，接下来逐一地想祂的脚踝、大腿、腰部、胸部、颈部和脸庞等。人应该从莲花足开始，逐渐向上地看至尊主超然身体的各个肢体。

第 21 节 सञ्चिन्तयेद्भगवतश्चरणारविन्दं
वज्राङ्कुशध्वजसरोरुहलाञ्छनाढ्यम् ।
उत्तुङ्गरक्तविलसन्नखचक्रवाल-
ज्योत्स्नाभिराहतमहद्धृदयान्धकारम् ॥२१॥

sañcintayed bhagavataś caraṇāravindaṁ
vajrāṅkuśa-dhvaja-saroruha-lāñchanāḍhyam
uttuṅga-rakta-vilasan-nakha-cakravāla-
jyotsnābhir āhata-mahad-dhṛdayāndhakāram

sañcintayet一他应该专注于 / bhagavataḥ一至尊主的 / caraṇa-aravindam一莲花足 / vajra一雷电 / aṅkuśa一(赶大象用的)棒子 / dhvaja一旗帜 / saroruha一莲花 / lāñchana一标志 / āḍhyam一装饰着 / uttuṅga一卓越的 / rakta一红色 / vilasat一闪耀的 / nakha一指甲 / cakravāla一月亮的光圈 / jyotsnābhiḥ一光彩的 / āhata一驱散 / mahat一浓密的 / hṛdaya一内心的 / andhakāram一黑暗

译文 奉献者应该先把注意力集中于至尊主的莲花足。祂的莲花足上装饰着霹雳、刺棒、旗帜和莲花等标志，脚趾甲上闪烁着的美丽的红宝石光芒恰似月光驱散人心中浓密的黑暗。

要旨 假象宗人士(Māyāvādī)说，人因为无法把注意力集中在绝对真理不具人格特征的存在方面，所以可以按自己的喜好想象出一个形象，然后把注意力集中在那个形象上。然而，这里并没有推荐那种方法。想象永远是想象，结果是进一步的想象。

这节诗具体地描述了至尊主永恒的形象。至尊主的脚底有雷电、旗帜、莲花和驱赶家畜用的刺棒等线条标志。祂脚趾甲上闪烁的光泽恰似月光。瑜伽师如果看至尊主脚底上的标志和脚趾甲上耀眼的光芒，就可以摆脱物质存在中愚昧的黑暗。这样的解脱并非靠心智思辨得来，而是靠看至尊主光亮的脚趾甲发出的光芒得到。换句话说，瑜伽师要想摆脱物质存在中愚昧的黑暗，就必须先把他的心专注于至尊主的莲花足。

第 22 节　यच्छौचनिःसृतसरित्प्रवरोदकेन
तीर्थेन मूर्ध्न्यधिकृतेन शिवः शिवोऽभूत् ।
ध्यातुर्मनःशमलशैलनिसृष्टवज्रं
ध्यायेच्चिरं भगवतश्चरणारविन्दम् ॥२२॥

yac-chauca-niḥsṛta-sarit-pravarodakena
tīrthena mūrdhny adhikṛtena śivaḥ śivo 'bhūt
dhyātur manaḥ-śamala-śaila-nisṛṣṭa-vajraṁ
dhyāyec ciraṁ bhagavataś caraṇāravindam

yat－至尊主的莲花足 / śauca－洗涤 / niḥsṛta－流出 / sarit-pravara－恒河的 / udakena－用水 / tīrthena－神圣的 / mūrdhni－在他头上 / adhikṛtena－承担着 / śivaḥ－主希瓦 / śivaḥ－吉祥的 / abhūt－变得 / dhyātuḥ－冥想者的 / manaḥ－在心中 / śamala-śaila－堆积如山的罪恶 / nisṛṣṭa－投掷 / vajram－霹雳 / dhyāyet－人该冥想 / ciram－长时间地 / bhagavataḥ－至尊主的 / caraṇa-aravindam－莲花足上

译文　神圣的主希瓦因为用自己的头承接神圣的恒河水而变得更加吉祥，恒河源头的水清洗过至尊主的莲花足。至尊主的莲花足如雷电般击碎冥想祂的奉献者心中堆积如山的罪恶。正因为如此，人应该长时间地冥想至尊主的莲花足。

要旨　这节诗特别谈到了主希瓦(Śiva)的地位。非人格神主义者说：绝对真理没有形象，因此人既可以想象主维施努的形象，也可以想象主希瓦的形象、杜尔嘎女神的形象，以及他们的儿子甘内什的形象，结果都一样。但事实上，至尊人格首神是众生至高无上的主人。《永恒的柴坦亚经》首篇(Ādi)第5章的第142节诗中说，至尊主是奎师那，包括主希瓦和主布茹阿玛(Brahmā)等伟大的半神人在内的众生都是奎师那的仆人(ekale īśvara kṛṣṇa, ara saba bhṛtya)。这节诗中也阐述了同一个原则。主希瓦用自己的头承接着神圣的恒河水，而恒河源头的水冲洗了主维施努的莲花足，因此主希瓦是非常重要的人物。萨纳坦·哥斯瓦米(Sanātana Gosvāmī)在他的《对主哈尔依的奉爱之美》(Hari-bhakti-vilāsa)中说，把至尊主与包括主希瓦和布茹阿玛在内的半神人放在同一层面上看的人，立刻成为无神论者(pāṣaṇḍī)。我们永远都不该认为至尊主维施努和半神人是平等的。

这节诗中谈到的另一个重点是：受制约的灵魂的心因为从无法追溯的时代起就与物质能量接触，其中堆积了以想要主宰物质自然为表现形式的大量污垢。这污垢堆积如山，但山遭到雷击时就会被击碎。冥想至尊主的莲花足，就像霹雳落在瑜伽师内心堆积的污垢山上。瑜伽师如果想要击碎他心中的污垢山，就应该专注于至尊主的莲花足，而不是想象出的“空”或不具人格特征的事物。由于心中的污垢堆积得像是坚固的高山，人必须用相当长的时间冥想至尊主的莲花足。但是，对习惯于一直不断地想至尊主的莲花足的人来说，情况就不一样了。奉献者的心是如此专注于至尊主的莲花足，以致他们根本不想其他的一切。按照瑜伽程序训练自己的人，必须在遵守规范原则后长时间地冥想至尊主的莲花足，从而控制住感官。

这节诗中特别谈到，“人必须想至尊主的莲花足(bhagavataś caraṇāravindam)”。假象宗人士想象人可以靠冥想主希瓦、主布茹阿玛或杜尔嘎女神的莲花足而得到解脱，但事实并非如此。诗中强调的是“至尊人格首神维施努的(bhagavataḥ)”，而不是别人的。诗中另一个重要的短句是“希瓦变得吉祥(śivaḥ śivo ’bhūt)”。主希瓦原本的状态和地位永远是伟大、吉祥的，但由于他用自己的头承接洗过至尊主莲花足的恒河水，他变得更加吉祥和重要。真正重要的是至尊主的莲花足，与祂莲花足的关系甚至能增加主希瓦的重要性，更不要说其他普通的生物了。

第 23 节　जानुद्वयं जलजलोचनया जनन्या
लक्ष्म्याखिलस्य सुरवन्दितया विधातुः ।
ऊर्वोर्निधाय करपल्लवरोचिषा यत्
संलालितं हृदि विभोरभवस्य कुर्यात् ॥२३॥

jānu-dvayaṁ jalaja-locanayā jananyā
lakṣmyākhilasya sura-vanditayā vidhātuḥ
ūrvor nidhāya kara-pallava-rociṣā yat
saṁlālitaṁ hṛdi vibhor abhavasya kuryāt

jānu-dvayam—上到膝盖 / jalaja-locanayā—具有莲花般眼睛的 / jananyā—母亲 / lakṣmyā—被幸运女神拉珂施蜜 / akhilasya—整个宇宙的 / sura-vanditayā—受到半神人们的崇拜 / vidhātuḥ—布茹阿玛的 / ūrvoḥ—在大腿 / nidhāya—放置 / kara-pallava-rociṣā—用她闪亮的手指 / yat—……的 / saṁlālitam—按摩 / hṛdi—在心中 / vibhoḥ—至尊主的 / abhavasya—超越物质存在 / kuryāt—人应该冥想

译文　瑜伽师应该在心中专注地冥想幸运女神拉珂施蜜的活动；她受到全体半神人的崇拜，是这个宇宙中最重要的人物布茹阿玛的母亲。她总是被看到在按摩超然的至尊主的小腿和大腿，以这种方式极为细心地侍奉祂。

要旨　布茹阿玛是被指定的这个宇宙的主管。由于他父亲是嘎尔博达卡沙依·维施努(Garbhodakaśāyī Viṣṇu)，幸运女神拉珂施蜜(Lakṣmī)自然就是他母亲了。拉珂施蜜受到全体半神人及其他星球上的居民的崇拜。人类也渴望得到幸运女神的恩宠。拉珂施蜜一直在忙着给躺在宇宙嘎尔巴(Garbha)汪洋上的至尊人格首神纳茹阿亚纳按摩小腿和大腿。这节诗中说布茹阿玛是幸运女神的儿子，但他实际上并不是她生的。布茹阿玛诞生于至尊主本人的腹部。嘎尔博达卡沙依·维施努的腹部长出一朵莲花，布茹阿玛就诞生在那朵莲花上。因此，拉玡施蜜按摩至尊主腿部的举动，不该被视为是普通的妻子做的事。至尊主超越普通男女间的行为举止和态度。梵文“超越物质存在(abhavasya)”一词十分重要，因为它说明至尊主可以在不与幸运女神接触的情况下生出布茹阿玛。

既然超然的行为举止和态度，不同于尘世的行为举止和态度，我们就不该认为至尊主接受祂妻子的服务，等同于半神人或人接受自己妻子的服务。这节诗中建议说，瑜伽师应该把幸运女神为至尊主按摩腿的这幅画面永远保持在心中。奉献者永远想着幸运女神拉玡施蜜与至尊主纳茹阿亚纳之间的关系，因此心中冥想的内容不同于非人格神主义者和虚无主义者冥想的内容。非人格神主义者和虚无主义者冥想的是他们自己虚构出的内容。

梵文“巴瓦(bhava)”的意思是“接受了物质躯体的人”，“阿巴瓦(abhava)”的意思是“不接受物质躯体，而以原本的灵性身体降临的人”。主纳茹阿亚纳并非产自物质。物质产自物质，但纳茹阿亚纳并非物质的产物。布茹阿玛在物质世界创造后出生，但至尊主存在于创造之前，因此没有物质的躯体。

第 24 节 ऊरू सुपर्णभुजयोरधि शोभमाना-
वोजोनिधी अतसिकाकुसुमावभासौ ।
व्यालम्बिपीतवरवाससि वर्तमान-
काञ्चीकलापपरिरम्भि नितम्बबिम्बम् ॥२४॥

ūrū suparṇa-bhujayor adhi śobhamānāv
ojo-nidhī atasikā-kusumāvabhāsau
vyālambi-pīta-vara-vāsasi vartamāna-
kāñcī-kalāpa-parirambhi nitamba-bimbam

ūrū—两条大腿 / suparṇa—嘎茹达的 / bhujayoḥ—两个肩膀 / adhi—在……上 / śobhamānau—美丽的 / ojaḥ-nidhī——切能量的储存库 /

atasikā-kusuma－亚麻子花的 / avabhāsau－像……光泽 / vyālambi－向下垂的 / pīta－黄色的 / vara－精美的 / vāsasi－在布料上 / vartamāna－存在着 / kāñcī-kalāpa－用一条腰带 / parirambhi－环绕 / nitamba-bimbam－祂浑圆的臀部

译文　接下来，瑜伽师应该全神贯注地冥想人格首神的大腿——一切能量的宝库。至尊主大腿的颜色是发白的蓝色，如同亚麻子花的色泽，当至尊主乘坐在嘎茹达的肩膀上时显得最优美。瑜伽师还应该凝视至尊主浑圆的臀部，臀部裹着直垂到脚踝的、精美的黄色丝绸织物，上面环绕着一条腰带。

要旨　人格首神是一切力量的储存库，而储存祂的力量的地方就在祂超然身体的大腿部。祂的全身充满了所有的富有、所有的力量、所有的名望、所有的美丽、所有的知识和所有的弃绝等所有的财富。瑜伽师被建议要冥想至尊主的超然形象，从祂的脚底开始，逐渐上升到膝盖、大腿，最后到脸庞。冥想至尊人格首神的程序始于祂的双足。

神庙中的神像(arcā-vigraha)完全体现了经典对至尊主超然形象的描述。至尊主神像的下身通常都裹着一块黄色的丝绸。那是外琨塔的装束，或者说是至尊主在灵性世界穿的服装。这块丝绸直垂到至尊主的脚踝。我们可以看到，瑜伽师有那么多超然的内容可以冥想，所以没有理由像冥想不具人格特征的事物的所谓瑜伽师那样，去冥想他自己想象出的东西。

第 25 节　नाभिह्रदं भुवनकोशगुहोदरस्थं
यत्रात्मयोनिधिषणाखिललोकपद्मम् ।
व्यूढं हरिन्मणिवृषस्तनयोरमुष्य
ध्यायेद् द्वयं विशदहारमयूखगौरम् ॥२५॥

nābhi-hradaṁ bhuvana-kośa-guhodara-sthaṁ
yatrātma-yoni-dhiṣaṇākhila-loka-padmam
vyūḍhaṁ harin-maṇi-vṛṣa-stanayor amuṣya
dhyāyed dvayaṁ viśada-hāra-mayūkha-gauram

nābhi-hradam一肚脐湖 / bhuvana-kośa一所有世界的 / guhā一根本 / udara一腹部的 / stham一处于 / yatra一那里 / ātma-yoni一布茹阿玛的 / dhiṣaṇa一居所 / akhila-loka一包含了所有的星系 / padmam一莲花 / vyūḍham一涌出 / harit-maṇi一像绿宝石 / vṛṣa一最精美的 / stanayoḥ一乳头的 / amuṣya一至尊主的 / dhyāyet一他该冥想 / dvayam一一对 / viśada一白色的 / hāra一珍珠项链的 / mayūkha一从那光芒 / gauram一发白的

译文 瑜伽师随后应该冥想至尊主腹部中央月亮般的肚脐。从祂那作为整个宇宙基础的肚脐，长出一根容纳所有不同星系的莲花茎。那朵莲花是第一个被创造的生物体布茹阿玛的住所。瑜伽师应该用同样的方法全神贯注于至尊主的乳头，它们仿佛一对精美的绿宝石，被垂在祂胸前的乳白色珍珠项链的光泽映照得有些发白。

要旨 瑜伽师接下来被建议冥想至尊主的肚脐——一切物质创造的基础。正如胎儿通过脐带与母亲相连，这个宇宙中第一个被创造的生物体布茹阿玛，按照至尊主的最高意愿，通过莲花茎与至尊主相连。前一节诗中说，忙于按摩至尊主的脚踝、小腿和大腿的幸运女神拉珂施蜜，被称为是布茹阿玛的母亲，但布茹阿玛实际是从至尊主的腹部诞生出来，而不是从他母亲的腹部。这些都是有关至尊主的不可思议的概念，人不该以物质的方式去想：“父亲怎么能生孩子呢？”

《布茹阿玛·萨密塔》中解释说：至尊主的每一个肢体都有其他所有肢体的力量；由于一切都是灵性的，祂的各个部分不受限制。至尊主可以用祂的耳朵看。物质的耳朵只能听不能看，但我们从《布茹阿玛 · 萨密塔》中了解到：至尊主可以用祂的耳朵看，也可以用祂的眼睛听。祂超然身体上的每一个器官，都能起到其他器官的功用。祂的腹部是一切星系的基础。布茹阿玛站在创造所有星系的岗位上，但他的创造能量产自至尊主的腹部。这个宇宙中的任何一项创造活动，都直接与至尊主有关连。装饰至尊主上半身的珍珠项链也是灵性的，瑜伽师被建议要凝视垂挂在祂胸前的珍珠所具有的白色光泽。

第 26 节　वक्षोऽधिवासमृषभस्य महाविभूतेः
पुंसां मनोनयननिर्वृतिमादधानम् ।
कण्ठं च कौस्तुभमणेरधिभूषणार्थं
कुर्यान्मनस्यखिललोकनमस्कृतस्य ॥२६॥

vakṣo 'dhivāsam ṛṣabhasya mahā-vibhūteḥ
puṁsāṁ mano-nayana-nirvṛtim ādadhānam
kaṇṭhaṁ ca kaustubha-maṇer adhibhūṣaṇārthaṁ
kuryān manasy akhila-loka-namaskṛtasya

vakṣaḥ－胸膛 / adhivāsam－住所 / ṛṣabhasya－至尊人格首神的 / mahā-vibhūteḥ－玛哈 · 拉珂施蜜的 / puṁsām－某些人的 / manaḥ－心 / nayana－眼睛 / nirvṛtim－超然的喜悦 / ādadhānam－给予 / kaṇṭham－颈 / ca－和 / kaustubha-maṇeḥ－考斯图巴宝石的 / adhibhūṣaṇa-artham－增加了美丽的 / kuryāt－他该冥想 / manasi－在心中 / akhila-loka－被全宇宙 / namaskṛtasya－受崇拜的……

译文　瑜伽师接着应该冥想至尊人格首神的胸部——幸运女神玛哈 · 拉珂施蜜的住所。至尊主的胸膛不仅是心中一切超然快乐的源泉，而且使观看它的眼睛感到十分满足。瑜伽师随即应该把受全宇宙崇拜的人格首神的颈部铭记在心。至尊主的颈部增添了悬挂在祂胸部的考斯图巴宝石的美。

要旨 众多的奥义书中说：至尊主的各种能量，为宇宙的创造、毁灭和维系而运作。这些不可思议、多种多样的能量，被储存在至尊主的腹部。正如人们通常所说，神是全能的。那非凡的能力以一切能量的储存库玛哈·拉珂施蜜(Mahā-Lakṣmī)为代表，她住在至尊主超然身体的胸膛部位。能够完美地冥想至尊主超然形象的那个部位的瑜伽师，可以得到包括瑜伽八种神通在内的许多物质力量。

这节诗中说，是至尊主颈部的美增添了考斯图巴宝石的美，而不是考斯图巴宝石增添至尊主颈部的美。考斯图巴宝石因为被挂在至尊主的颈部而变得更美丽。为此，瑜伽师被建议要冥想至尊主的颈部。至尊主超然的形象既可以在心中冥想，也可以通过安置在神庙中的神像方式体现，然后精心地打扮祂，让每一个人都凝视、冥想祂。所以，庙宇崇拜专为灵性不太进步的人能够冥想至尊主的形象而设。不断地去神庙看至尊主的神像形象，与直接看至尊主的超然形象没有区别；两者的重要性一样。瑜伽师可以坐在任何一个僻静的地方，冥想至尊主的形象；但灵性上不太进步的人必须去神庙，否则就看不到至尊主的形象。无论是聆听、观看还是冥想，其目标都是至尊主的超然形象；根本就不存在虚无或非人格神主义。至尊主可以把超然的快乐赐给朝拜神庙的人、打坐冥想的瑜伽师，或者聆听《圣典博伽瓦谭》和《博伽梵歌》等经典描述的至尊主超然形象的人。奉爱服务共有九种方法，冥想(smaraṇam)是其中的一种。瑜伽师采用冥想的方法，奉爱瑜伽师则特别采用聆听和吟诵、吟唱的方法。

第 27 节 बाहूंश्च मन्दरगिरेः परिवर्तनेन
निर्णिक्तबाहुवलयानधिलोकपालान् ।
सञ्चिन्तयेद्दशशतारमसह्यतेजः
शङ्खं च तत्करसरोरुहराजहंसम् ॥२७॥

bāhūṁś ca mandara-gireḥ parivartanena
nirṇikta-bāhu-valayān adhiloka-pālān
sañcintayed daśa-śatāram asahya-tejaḥ
śaṅkhaṁ ca tat-kara-saroruha-rāja-haṁsam

bāhūn 一手臂 / ca 一和 / mandara-gireḥ 一曼达尔山的 / parivartanena 一由于旋转 / nirṇikta 一被磨光的 / bāhu-valayān 一手臂的装饰 / adhiloka-pālān 一宇宙控制者的源头 / sañcintayet 一人该冥想 / daśa-śata-aram 一(有一千根轮辐的)飞轮 / asahya-tejaḥ 一耀眼的光芒 / śaṅkham 一海螺 / ca 一和 / tat-kara 一在至尊主的手中 / saroruha 一像莲花一样的 / rāja-haṁsam 一如天鹅一般

译文　瑜伽师应该进一步冥想至尊主的四只手臂，它们是掌管物质自然各种功用的半神人们所具有的一切力量的源头。这之后，瑜伽师应该全神贯注于至尊主佩戴的那些光芒四射的首饰，它们在曼达尔山转动时被抛光过。此外，瑜伽师还应该冥想至尊主那有一千根轮辐、放射着耀眼光芒的苏达尔珊飞轮，以及在祂莲花般手掌中看似一只白天鹅的海螺。

要旨　一切法律与秩序的部门，都来自至尊人格首神的手臂。宇宙的法律与秩序由不同的半神人掌管，而这节诗中说它来自至尊主的手臂。诗中之所以提到曼达尔(Mandara)山，是因为当恶魔与半神人分开两边搅拌牛奶之洋时，曼达尔山被用来当做搅拌杆。至尊主化身为乌龟充当搅拌杆的枢轴，祂佩戴的首饰因而被旋转着的曼达尔山抛光。换句话说，至尊主手臂上佩戴的装饰品就像刚被抛光过一样闪烁着耀眼的光芒。至尊主手持的飞轮称为苏达尔珊·查夸(Sudarśana cakra)，上面有一千根轮辐。瑜伽师被建议冥想每一根轮辐。他应该冥想至尊主超然形象的每一个部分。

第 28 节　कौमोदकीं भगवतो दयितां स्मरेत
दिग्धामरातिभटशोणितकर्दमेन ।

मालां मधुव्रतवरूथगिरोपघुष्टां
चैत्यस्य तत्त्वममलं मणिमस्य कण्ठे ॥२८॥

kaumodakīṁ bhagavato dayitāṁ smareta
digdhām arāti-bhaṭa-śoṇita-kardamena
mālāṁ madhuvrata-varūtha-giropaghuṣṭāṁ
caityasya tattvam amalaṁ maṇim asya kaṇṭhe

kaumodakīm—名叫考摩达克依的大头棒 / bhagavataḥ—人格首神的 / dayitām—十分亲切 / smareta—人该记住 / digdhām—沾着 / arāti—敌人的 / bhaṭa—士兵 / śoṇita-kardamena—带着血迹 / mālām—花环 / madhuvrata—大黄蜂的 / varūtha—蜂群的 / girā—声音 / upaghuṣṭām—环绕着 / caityasya—生物体的 / tattvam—原则，真理 / amalam—纯洁 / maṇim—珍珠项链 / asya—至尊主的 / kaṇṭhe—在颈部

译文 瑜伽师应该冥想至尊主极为珍视的名叫考摩达克依的大头棒。这根大头棒猛击那些总是心怀敌意的恶魔斗士，上面沾满了他们的鲜血。人应该冥想至尊主颈部垂挂着的漂亮花环，发出动听的嗡嗡声的大黄蜂们总是绕着它飞舞。人还应该冥想至尊主颈部佩戴的珍珠项链，它被视为是代表了一直忙于为祂做服务的纯洁生物。

要旨 瑜伽师必须冥想、注视至尊主超然身体的不同部位。这节诗中说，生物应该了解自己的原本地位和状态。这节诗中谈到了两种生物，其中一种被称为是“充满敌意的(arāti)”。他们不愿意了解至尊人格首神的娱乐活动。对于他们，至尊主以手持大头棒的形象出现；那大头棒上始终沾着祂杀恶魔溅上的斑斑血迹。恶魔们也是至尊人格首神的儿子。正如《博伽梵歌》中所说：所有不同种类的生物体都是至尊人格首神的儿子，但生物体分两类，以两种不同的方式活动。至尊主把纯洁的生物置于祂的颈部，如同人保护戴在自己胸前和脖子上的宝石和珍珠一般。具有纯粹的奎师那意识

的生物，以祂颈部的珍珠为象征。恶魔以及对至尊人格首神的娱乐活动怀有敌意的人，受到祂的大头棒的惩罚。那大头棒上总是沾着那些堕落生物体的血。至尊主很看重祂的大头棒，用它击打恶魔的躯体，使他们鲜血飞溅。正如泥浆由水和泥土混合而成，至尊主用祂的大头棒打击对祂怀有敌意的无神论者那成分主要是土的躯体，使那根大头棒上因沾满了这种恶魔的鲜血和肉而看上去像是沾满了泥浆。

第 29 节

भृत्यानुकम्पितधियेह गृहीतमूर्तेः
सञ्चिन्तयेद्भगवतो वदनारविन्दम् ।
यद्विस्फुरन्मकरकुण्डलवल्गितेन
विद्योतितामलकपोलमुदारनासम् ॥२९॥

bhṛtyānukampita-dhiyeha gṛhīta-mūrteḥ
sañcintayed bhagavato vadanāravindam
yad visphuran-makara-kuṇḍala-valgitena
vidyotitāmala-kapolam udāra-nāsam

bhṛtya—对奉献者们 / anukampita-dhiyā—出于怜悯 / iha—在这个世界 / gṛhīta-mūrteḥ—以不同的形象显现 / sañcintayet—人该冥想 / bhagavataḥ—人格首神的 / vadana—面容 / aravindam—莲花般的 / yat—…的 / visphuran—闪闪发光的 / makara—鳄鱼状的 / kuṇḍala—耳环的 / valgitena—通过摆动 / vidyotita—照亮 / amala—完全透明的 / kapolam—祂的脸颊 / udāra—显著的 / nāsam—祂的鼻子

译文　至尊主因为同情想念祂的奉献者们，以祂的各种形象出现在这个世界，瑜伽师接下来应该冥想这位至尊主莲花般的面容。祂鼻子高挺，如水晶般透明的脸颊在摆动着的鳄鱼状闪亮耳坠的映照下发着光。

要旨　至尊主出于祂对奉献者的深刻同情降临物质世界。有两种原因使至尊主显现或化身降临物质世界。人类社会一旦不正确地履行宗教原则，以及违反宗教原则的活动猖獗、泛滥时，至尊主就会降临，保护祂的奉献者，消灭非奉献者。祂显现时的主要目的是抚慰祂的奉献者。祂在物质世界里有许多代理人，因此不需要亲自来消灭恶魔；就连祂的外在能量(māyā)都有足够的力量杀死他们。但是，当祂来向祂的奉献者表示同情时，祂理所当然也会杀死非奉献者。

至尊主以不同的奉献者所爱的不同的形象显现。至尊主的形象有千百万个，但祂们都是同一个绝对者。正如《布茹阿玛·萨密塔》第5章的第33节诗中所说：至尊主所有不同的形象都是祂一人展现的(advaitam acyutam anādim ananta-rūpam)，但奉献者们有些想要看祂的茹阿妲(Rādhā)和奎师那(Kṛṣṇa)的形象，有些想要看祂的悉塔(Sītā)和茹阿玛禅铎(Rāmacandra)的形象，有些喜欢看祂的拉珂施蜜·纳茹阿亚纳(Lakṣmī-Nārāyaṇa)形象，有些则更愿意看祂四臂的纳茹阿亚纳形象或华苏戴瓦(Vāsudeva)形象。至尊主有数不胜数的形象，祂根据祂奉献者不同的爱好，展现祂不同的形象。瑜伽师被建议要冥想奉献者们证实、认可的形象，而不要冥想自己想象出的形象。所谓的瑜伽师们编造出一个圆圈或目标去做无聊的冥想。事实上，瑜伽师必须冥想至尊主的纯粹奉献者看到过的至尊人格首神的形象。瑜伽师就是奉献者。并非纯粹奉献者的瑜伽师，应该向纯粹的奉献者学习。这节诗强调指出，瑜伽师应该冥想已经被证实过的至尊主的形象，而不能自己捏造至尊主的形象。

第 30 节 यच्छ्रीनिकेतमलिभिः परिसेव्यमानं
भूत्या स्वया कुटिलकुन्तलवृन्दजुष्टम् ।
मीनद्वयाश्रयमधिक्षिपदब्जनेत्रं
ध्यायेन्मनोमयमतन्द्रित उल्लसद्भ्रु ॥३०॥

yac chrī-niketam alibhiḥ parisevyamānaṁ

bhūtyā svayā kuṭila-kuntala-vṛnda-juṣṭam
mīna-dvayāśrayam adhikṣipad abja-netraṁ
dhyāyen manomayam atandrita ullasad-bhru

yat一那至尊主的脸 / śrī-niketam一莲花 / alibhiḥ一被蜜蜂 / parisevyamānam一环绕 / bhūtyā一优雅的 / svayā一它的 / kuṭila一卷曲的 / kuntala一头发 / vṛnda一由众多的 / juṣṭam一装饰着 / mīna一鱼的 / dvaya一一对 / āśrayam一住处 / adhikṣipat一使黯然失色 / abja一莲花 / netram一有眼睛 / dhyāyet一人该冥想 / manaḥ-mayam一心中的形象 / atandritaḥ一专心的 / ullasat一舞蹈 / bhru一有眉毛

译文　瑜伽师随后应该冥想至尊主美丽的脸庞，脸庞上有莲花般的眼睛、舞动的眉毛，以及卷曲的头发作装饰。它的精致、典雅使那从有一对鱼儿游动的水中长出、由群蜂环绕着的莲花黯然失色。

要旨　这节诗中的一个重要说明是“人该冥想心中的形象(dhyāyen manomayam)”。“心中的形象(manomayam)”不是想象出的形象。非人格神主义者以为瑜伽师可以按照自己的喜好随意想象一个形象，但正如这节诗中所说，瑜伽师必须冥想奉献者们看到过的至尊主的形象。奉献者永远不会虚构至尊主的形象。虚构的事物不使他们感到满足。至尊主有不同的永恒形象；不同的奉献者喜欢祂不同的形象，并通过崇拜自己喜欢的形象为祂服务。不同的经典都描述了至尊主不同的形象。正如前面谈到过的，至尊主的原本形象有八种代表。奉献者根据自己有的资源，可以用黏土、石头、木头、绘画和沙子等呈现至尊主的这些代表形象。

“心中的形象(manomayam)”是奉献者按照经典的描述铭记在心中的形象。这形象属于用八种元素塑造出的至尊主形象中的一种，而不是想象的产物。我们可以冥想以不同的方式呈现的至尊主的真正形象，但绝不该以为可以虚构一个形象。这节诗中有两个比喻，一个是先把至尊主的脸庞比作莲花，随后把祂的黑发比喻为是嗡嗡叫着围绕莲花飞舞的蜂群；另一个是把祂的双眉比作两条游动着的鱼儿。在嗡嗡叫的蜜蜂和在水中游动的鱼儿的衬托下，水上的莲花显得极为美丽。至尊主的脸美艳绝伦，使真正的莲花自愧不如。

第 31 节 तस्यावलोकमधिकं कृपयातिघोर-
तापत्रयोपशमनाय निसृष्टमक्ष्णोः ।
स्निग्धस्मितानुगुणितं विपुलप्रसादं
ध्यायेच्चिरं विपुलभावनया गुहायाम् ॥३१॥

tasyāvalokam adhikaṁ kṛpayātighora-
tāpa-trayopaśamanāya nisṛṣṭam akṣṇoḥ
snigdha-smitānuguṇitaṁ vipula-prasādaṁ
dhyāyec ciraṁ vipula-bhāvanayā guhāyām

tasya－人格首神的 / avalokam－瞥视 / adhikam－频繁的 / kṛpayā－以慈悲 / atighora－最令人害怕的 / tāpa-traya－三种苦 / upaśamanāya－安抚 / nisṛṣṭam－投掷 / akṣṇoḥ－从祂的眼睛 / snigdha－满怀深情 / smita－微笑 / anuguṇitam－伴随着 / vipula－丰富的 / prasādam－充满仁慈 / dhyāyet－他应该冥想 / ciram－很长的时间 / vipula－充满 / bhāvanayā－以奉爱 / guhāyām－在心中

译文 瑜伽师应该满怀奉爱之情地冥想至尊主眼里频繁投射出的慈悲的目光，因为那目光减轻祂奉献者所感受到的最可怕的三种苦。祂的瞥视加上深情的微笑，充满了无限的仁慈。

要旨 只要人还在过受制约的生活，在物质躯体中，他自然就会受焦虑和烦恼等各种痛苦。人无法避开物质能量的影响，即使在超然的层面也不例外。当痛苦来临时，奉献者一旦想起至尊人格首神的美丽形象或微笑的脸庞，心中的焦虑和烦恼就立刻得到缓解。至尊主把无数的恩惠赐予祂的奉献者，其中最大的恩惠就是祂让祂的奉献者看到祂那充满对纯粹奉献者同情的微笑脸庞。

第 32 节　हासं हरेरवनताखिललोकतीव्र-
शोकाश्रुसागरविशोषणमत्युदारम् ।
सम्मोहनाय रचितं निजमाययास्य
भ्रूमण्डलं मुनिकृते मकरध्वजस्य ॥३२॥

hāsaṁ harer avanatākhila-loka-tīvra-
śokāśru-sāgara-viśoṣaṇam atyudāram
sammohanāya racitaṁ nija-māyayāsya
bhrū-maṇḍalaṁ muni-kṛte makara-dhvajasya

hāsam—微笑 / hareḥ—圣主哈尔依的 / avanata—顶礼 / akhila—所有 / loka—对某些人 / tīvra-śoka—因强烈的痛苦 / aśru-sāgara—眼泪的海洋 / viśoṣaṇam—干枯了 / ati-udāram—最慈悲的 / sammohanāya—为使着迷 / racitam—展示 / nija-māyayā—以祂内在的能量 / asya—祂的 / bhrū-maṇḍalam—弓形眉毛 / muni-kṛte—为了圣人的利益 / makara-dhvajasya—色欲之神的

译文　瑜伽师同样应该冥想主哈尔依最亲切的微笑；对所有向祂顶礼的人来说，这微笑抽干由强烈的悲伤填满的眼泪之洋。瑜伽师还应该冥想至尊主那对弯弯的眉毛，那是祂为圣人们的利益去吸引色欲之神而用祂的内在能量展示的。

要旨　这整个物质宇宙都充满了痛苦，因此这个宇宙中的居民不停地因强烈的哀痛而流泪，他们的眼泪流成了汪洋。然而，谁投靠至尊人格首神，谁的眼泪汪洋就立刻干枯了。人只需要看至尊主迷人的微笑。换句话说，看到至尊主迷人的微笑，物质存在的伤痛便立刻平息下来。

这节诗中说，至尊主迷人的双眉是如此有魅力，使看到它们的人立刻忘了感官享乐的吸引力。受制约的灵魂受感官享乐，尤其是性享乐的吸引力的钳制，因而被捆绑在物质存在中。色欲之神名叫玛卡茹阿·德瓦佳(Makara-dhvaja)。至尊人格首神迷人的眉毛保护奉献者和圣人们，使他们不受贪图物质感官享乐的欲望和性吸引的诱惑。伟大的灵性导师雅沐纳查尔亚(Yāmunācārya)说：自从他看到至尊主迷人的娱乐活动后，性生活的诱惑令他恶心；光是想到性享乐，他就会转过脸去，向那个念头吐口水。因此，想要不受性享乐诱惑的人，必须看至尊人格首神迷人的微笑和魅力无限的双眉。

第 33 节 ध्यानायनं प्रहसितं बहुलाधरोष्ठ-
भासारुणायिततनुद्विजकुन्दपङ्क्ति ।
ध्यायेत्स्वदेहकुहरेऽवसितस्य विष्णो-
र्भक्त्यार्द्रयार्पितमना न पृथग्दिदृक्षेत् ॥३३॥

dhyānāyanaṁ prahasitaṁ bahulādharoṣṭha-
bhāsāruṇāyita-tanu-dvija-kunda-paṅkti
dhyāyet svadeha-kuhare 'vasitasya viṣṇor
bhaktyārdrayārpita-manā na pṛthag didṛkṣet

dhyāna-ayanam—容易冥想 / prahasitam—笑声 / bahula—大量的 / adhara-oṣṭha—祂嘴唇的 / bhāsa—被……的光辉 / aruṇāyita—变成粉红色的 / tanu—小的 / dvija—牙齿 / kunda-paṅkti—像一排茉莉花的花蕾 / dhyāyet—他该冥想 / sva-deha-kuhare—在内心深处 / avasitasya—居住着的…… / viṣṇoḥ—维施努的 / bhaktyā—以奉爱 / ārdrayā—沉浸在爱中 / arpita-manāḥ—他的心专注 / na—不 / pṛthak—任何别的东西 / didṛkṣet—他渴望看到

译文 瑜伽师应该充满爱的深情，在他的心底深处冥想主维施努的笑声。主维施努的笑声如此令人神魂颠倒、永生难忘，人能够轻易地去冥想它。至尊主笑起来时，人可以看到祂如茉莉花蕾般细小并被祂红唇的光彩映成玫瑰色的牙齿。瑜伽师只要把他的心专注于这一点，就再也不想看其他事物了。

要旨　这节诗中推荐瑜伽师在仔细研究至尊主的微笑后，要让心中浮现出祂的大笑。对瑜伽师所要冥想的至尊主的微笑、大笑、脸庞、嘴唇和牙齿的描述，明确说明神不是不具人格特征的。这节诗中描述说，人应该冥想维施努的大笑和微笑；除此之外，没有哪一种活动可以彻底净化奉献者的心。主维施努的笑之所以无比甜美，是因为祂笑起来时，祂那些恰似茉莉花蕾的小牙齿立刻被祂玫瑰般的红唇映照得发红。瑜伽师如果能把至尊主美丽的脸庞置于心底深处，就会感到心满意足。换句话说，当人全神贯注于在自己心中观看至尊主的美时，物质的诱惑就再也吸引不了他了。

第 34 节　एवं हरौ भगवति प्रतिलब्धभावो
भक्त्या द्रवद्धृदय उत्पुलकः प्रमोदात् ।
औत्कण्ठ्यबाष्पकलया मुहुरर्द्यमान-
स्तच्चापि चित्तबडिशं शनकैर्वियुङ्क्ते ॥३४॥

evaṁ harau bhagavati pratilabdha-bhāvo
bhaktyā dravad-dhṛdaya utpulakaḥ pramodāt
autkaṇṭhya-bāṣpa-kalayā muhur ardyamānas
tac cāpi citta-baḍiśaṁ śanakair viyuṅkte

evam－如此 / harau－向主哈尔依 / bhagavati－人格首神 / pratilabdha－培养 / bhāvaḥ－纯粹的爱 / bhaktyā－通过奉爱服务 / dravat－融化了 / hṛdayaḥ－他的心 / utpulakaḥ－有毛发直竖的体验 / pramodāt－因极度的喜悦感 / autkaṇṭhya－因强烈的爱 / bāṣpa-kalayā－泪如雨下 / muhuḥ－不断地 / ardyamānaḥ－受制于 / tat－那 / ca－和 /

api—甚至 / citta—内心 / baḍiśam—鱼钩 / śanakaiḥ—逐渐地 / viyuṅkte—退出

译文 按照上述程序，瑜伽师逐渐培养出对至尊人格首神哈尔依纯洁的爱。在他做奉爱服务取得进步的过程中，他会因为欣喜若狂而毛发直竖，并始终沐浴在由强烈的爱造就的泪河中。正如钓鱼之人用鱼钩钓鱼，奉献者用他的心吸引至尊主，甚至逐渐从物质活动那里抽回他的心。

要旨 这节诗中清楚地说：心的活动——冥想，并不是全神贯注(samādhi)的完美状态。在初级阶段，心被用来吸引至尊人格首神的形象，但到高级阶段时就不存在利用心的问题了。奉献者习惯于用净化了的感官为至尊主服务了。换句话说，只有当人还没处在做纯粹奉爱服务的阶段时，才需要用到打坐冥想的瑜伽程序。冥想时，心被用来净化感官，但当感官靠冥想得到净化后，就不需要继续坐在一个地方，努力冥想至尊主的形象了。人变得那么习惯于为至尊主本人做奉爱服务，以致不由自主地就要做服务。在练瑜伽的过程中，当瑜伽师处在迫使心去冥想至尊主的形象的阶段时，那种瑜伽状态称为无生命的瑜伽(nirbīja-yoga)，因为瑜伽师并没有不由自主地为至尊主本人做服务。但当瑜伽师一直不断地想念至尊主时，那种瑜伽状态称为充满活力的瑜伽(sabīja-yoga)。人必须上升到练充满活力的瑜伽的层面。

正如《布茹阿玛·萨密塔》中确认的，人应该一天二十四小时忙着为至尊主服务。发展出对至尊主全心全意的爱的人，可以达到眼睛上涂了爱神眼膏(premāñjana-cchurita)的阶段。当人通过为至尊主做奉爱服务完全发展出对至尊人格首神的爱时，他就会在心中一直看到至尊主，甚至不需要靠人为冥想的程序就可以看到。他的眼睛因为除了看至尊主以外不再看其他事物而被神性化。在这个阶段，他不需要为获取灵性觉悟而特意去用他的心、注意力和思想。既然打坐冥想是为了使灵性觉悟较低的人上升到做奉爱服务的层面，那么，已经在为至尊主做超然爱心服务的人，就不必再练这种打坐冥想了。这一完美的阶段称为拥有奎师那意识的阶段。

第 35 节 मुक्ताश्रयं यर्हि निर्विषयं विरक्तं
निर्वाणमृच्छति मनः सहसा यथार्चिः ।
आत्मानमत्र पुरुषोऽव्यवधानमेक-
मन्वीक्षते प्रतिनिवृत्तगुणप्रवाहः ॥३५॥

muktāśrayaṁ yarhi nirviṣayaṁ viraktaṁ
nirvāṇam ṛcchati manaḥ sahasā yathārciḥ
ātmānam atra puruṣo 'vyavadhānam ekam
anvīkṣate pratinivṛtta-guṇa-pravāhaḥ

mukta-āśrayam—解脱了 / yarhi—那时 / nirviṣayam—不依恋感官对象 / viraktam—无动于衷的 / nirvāṇam—消除了 / ṛcchati—获得 / manaḥ—内心 / sahasā—立即 / yathā—就像 / arciḥ—火焰 / ātmānam—内心 / atra—在这时 / puruṣaḥ—人 / avyavadhānam—没有分离 / ekam—人 / anvīkṣate—体验 / pratinivṛtta—摆脱了 / guṇa-pravāhaḥ—物质属性之流

译文 当他的心以此方式完全清除一切污染，不再依恋物质对象时，它恰似一盏油灯的火焰。那时，他的心就与至尊主的心真正结合在一起，并因为它不再受物质属性相互作用的影响而体会到与至尊主的一致。

要旨 在物质世界里。心的活动是接受和拒绝。心只要还沉浸在物质意识中，就要被迫接受训练去冥想至尊人格首神；但当人真正上升到爱至尊主的层面上时，他的心就自动全神贯注于想至尊主了。在这种状态下的瑜伽师除了想要为至尊主服务外不想别的。这种心中的愿望与至尊人格首神的愿望相吻合的状态，被说成是保持与至尊主同一条心——涅槃(nirvāṇa)。

《博伽梵歌》中展现了与至尊主同一条心的最佳例子。阿尔诸纳一开始的想法与奎师那不同，奎师那想要阿尔诸纳作战，但阿尔诸纳不想作战，所以他们的意见不统一。然而，在聆听至尊人格首神讲述《博伽梵歌》后，阿尔诸纳使自己的想法密切配合奎师那的意愿。这称为统一。但这种统一并没有使阿尔诸纳和奎师那失去他们各自的个体性。假象宗哲学家无法了解这一点。他们认为统一、合一就需要失去个体性。可事实上我们在《博伽梵歌》中看到，奉献者并没有失去个体性。当对首神的爱使我们的心彻底净化后，我们的心中所想就是至尊人格首神的想法。那时，我们的想法既不会与至尊主的不一样，也不会不想要满足至尊主的愿望。解脱的个体灵魂除了为至尊主服务外，不从事其他的活动。

诗中说“摆脱物质属性之流产生的影响(pratinivṛtta-guṇa-pravāhaḥ)”。在受制约的状态下，生物体的心总是在物质自然三种属性的驱动下从事活动。但物质属性无法打扰处在超然状态中的奉献者的心。奉献者唯一想的就是如何满足至尊主的愿望。这种最完美的境界，梵文称为“涅槃(nirvāṇa)”或“涅槃的解脱(nirvāṇa-mukti)”。处在这种状态的生物体的心中，完全没有物质欲望。

诗中谈到“恰似火焰(yathārciḥ)”，ārciḥ的意思是火焰。当一盏灯被打破或灯油烧尽时，我们看到油灯就熄灭了。但科学的理解是：火焰并没有熄灭，而是被转化了。这是能量守恒定律。同样，当我们的心停止物质层面的活动时，它就转而从事与至尊主有关的灵性活动。这节诗中解释假象宗哲学人士所谈的“心理活动的中止”说：心理活动的中止，意味着在物质自然三种属性影响下的活动停止了。

第 36 节 सोऽप्येतया चरमया मनसो निवृत्त्या
तस्मिन्महिम्न्यवसितः सुखदुःखबाह्ये ।

हेतुत्वमप्यसति कर्तरि दुःखयोर्यत्
स्वात्मन् विधत्त उपलब्धपरात्मकाष्ठः ॥३६॥

so 'py etayā caramayā manaso nivṛttyā
tasmin mahimny avasitaḥ sukha-duḥkha-bāhye
hetutvam apy asati kartari duḥkhayor yat
svātman vidhatta upalabdha-parātma-kāṣṭhaḥ

saḥ—瑜伽师 / api—此外 / etayā—靠这个 / caramayā—最终的 / manasaḥ—内心的 / nivṛttyā—通过中断物质的反应 / tasmin—在他的……中 / mahimni—最高荣耀 / avasitaḥ—处于 / sukha-duḥkha-bāhye—痛苦和快乐之外 / hetutvam—原因 / api—实际上 / asati—愚昧的产物 / kartari—假我 / duḥkhayoḥ—快乐和痛苦的 / yat—……的 / sva-ātman—向他自己 / vidhatte—认为……是因为 / upalabdha—觉悟 / para-ātma—人格首神 / kāṣṭhaḥ—最高的真理

译文 这样处在最高级的超然阶段时，心停止了所有的物质反应，处在它自身的光荣中，超越一切快乐与痛苦的物质概念。那时，瑜伽师认识到自己与至尊人格首神之间的真正关系。他发现了，快乐与痛苦及其相互间的影响原来并非由他自己造成，而是愚昧的产物——假我造成的。

要旨 愚昧使人遗忘自身与至尊人格首神的关系。靠瑜伽练习，人可以根除这种“认为自己独立于至尊主”的愚蠢想法。人永恒与至尊主有着爱的关系。生物存在的目的就是要为至尊主做超然的爱心服务。遗忘我们与至尊主那种甜美的关系称为愚昧，在愚昧的状态下，生物体在物质自然三种属性的控制下认为自己是享乐者。奉献者的心一旦得到净化，就会明白他的想法应该符合至尊人格首神的愿望。这时，他就达到了完美的超然境界，而这境界超越物质的痛苦感和快乐感。

人只要为满足自己而活动，就会被物质的所谓快乐感和痛苦感所左右。事实上，在物质世界里根本没有快乐可言。正如一个疯子的活动中没有快乐，在从事物质活动的过程中，心中构想出的快乐和痛苦都是假的。其实一切都是痛苦。

人一旦按照至尊主的愿望想问题，就达到了超然的阶段。想要主宰物质自然是造成愚昧的原因，当人彻底去除那种欲望，让自己的愿望符合至尊主的愿望时，人就达到了完美的阶段。诗中说“觉悟至尊真理人格首神(upalabdha-parātma-kāṣṭhaḥ)”，其中梵文upalabdha的意思是“觉悟”。觉悟必然是指个体灵魂而言。在完美的解脱阶段，我们才有真正的觉悟。诗中“通过中断物质反应(nivṛttyā)”一句说明生物保持他的个体性；同一性是指个体灵魂认识到，自己的快乐包含在至尊主的快乐中。在至尊主的存在中除了快乐没有别的。至尊主本性充满了超然的快乐(ānandamayo ’bhyāsāt)。与至尊主“同一”的意思是，人在解脱的阶段唯一体验到的就是快乐。然而，个体性依然存在。否则，诗中就不会用“觉悟(upalabdha)”一词说明个体灵魂对超然快乐的认识了。

第 37 节 देहं च तं न चरमः स्थितमुत्थितं वा
सिद्धो विपश्यति यतोऽध्यगमत्स्वरूपम् ।
दैवादुपेतमथ दैववशादपेतं
वासो यथा परिकृतं मदिरामदान्धः ॥३७॥

deham ca taṁ na caramaḥ sthitam utthitaṁ vā
siddho vipaśyati yato ’dhyagamat svarūpam
daivād upetam atha daiva-vaśād apetaṁ
vāso yathā parikṛtaṁ madirā-madāndhaḥ

deham一物质身体 / ca一和 / tam一那 / na一不 / caramaḥ一持续 / sthitam一坐着 / utthitam一起身 / vā一或者 / siddhaḥ一觉悟的灵魂 / vipaśyati一可以明白 / yataḥ一因为 / adhyagamat一他已经获得 / svarūpam一他真实的身份 / daivāt一根据他的命运 / upetam一达到 / atha一

此外 / daiva-vaśāt一根据命运 / apetam一离开 / vāsaḥ一衣服 / yathā一就像 / parikṛtam一穿上 / madirā-mada-andhaḥ一一个喝醉的人

译文　认识到自己真正的身份后，有着完美觉悟的灵魂对物质躯体如何移动或行为完全不清楚，就好似一个喝醉的人不知道自己有没有穿衣服一样。

要旨　茹帕·哥斯瓦米(Rūpa Gosvāmī)在他的《奉爱服务的纯粹甘露之洋》(Bhakti-rasāmṛta-sindhu)中，解释了生命中的这一阶段。使自己的想法完全符合至尊人格首神的愿望并全心全意地为至尊主做奉爱服务的人，就会忘记物质躯体的需求。

第 38 节　देहोऽपि दैववशगः खलु कर्म यावत्
स्वारम्भकं प्रतिसमीक्षत एव सासुः ।
तं सप्रपञ्चमधिरूढसमाधियोगः
स्वाप्नं पुनर्न भजते प्रतिबुद्धवस्तुः ॥३८॥

deho 'pi daiva-vaśagaḥ khalu karma yāvat
svārambhakaṁ pratisamīkṣata eva sāsuḥ
taṁ sa-prapañcam adhirūḍha-samādhi-yogaḥ
svāpnaṁ punar na bhajate pratibuddha-vastuḥ

dehaḥ一身体 / api一甚至 / daiva-vaśa-gaḥ一在至尊人格首神的控制下 / khalu一实际上 / karma一活动 / yāvat一就像 / sva-ārambhakam一由他开始的 / pratisamīkṣate一继续运作 / eva一肯定地 / sa-asuḥ一随着感官 / tam一身体 / sa-prapañcam一以它的扩展 / adhirūḍha-samādhi-yogaḥ一通过练瑜伽进入全神贯注的状态 / svāpnam一生于梦中 / punaḥ一再次 / na一不 / bhajate一他认为是自己的 / pratibuddha一觉醒 / vastuḥ一自己原本的地位

译文　这样一位解脱了的瑜伽师的身体和感官，都由至尊人格首神在掌管，它继续运作直到本身被注定的活动都结束为止。解脱的奉献者意识到自己的原本状态后，处在瑜伽最高的完美阶段——萨玛迪阶段，不再把物质躯体的副产品接受为是自己。因此，他把他身体的活动视为是在睡梦中的一个身体的活动。

要旨 人们也许会问如下的问题：解脱的灵魂在还与物质躯体有联系的时候，躯体活动为什么不会影响他？他真的不受物质活动的作用与反作用的污染了吗？为回答这样的问题，这节诗解释说，解脱灵魂的物质躯体由至尊人格首神负责照顾。这时，物质躯体的活动并非由生物的生命力引起；它只不过是按过去活动的报应在活动。我们即使关上电扇的开关，电扇还是会转动一段时间。那种转动并非由电流引起，而是惯性使然。同样道理，尽管解脱的灵魂看似像普通人一样在活动，但他的活动被视为是过去活动的延续。人在睡梦中也许看到自己扩展出许多身体，但梦醒后就会明白那些身体都是假的。同样，尽管解脱的灵魂有孩子、妻子、房子等躯体附属品，但他不把自己与躯体及躯体的那些扩展相认同。他知道那些都是物质睡梦的产物；粗糙的躯体由粗糙的物质元素构成，精微的躯体由心、智力、假我和被污染的自我意识构成。如果人能接受梦中的精微躯体是假的这一事实，不将自我认同于那躯体，那么清醒的人自然不想要与粗糙的躯体相认同。正如清醒的人与梦中的躯体活动毫无关系，解脱的灵魂与他现有的躯体活动也没有关系。换句话说，他因为了解了他的原本地位和状态，所以再也不会接受躯体化的生命概念了。

第 39 节 यथा पुत्राच्च वित्ताच्च पृथङ् मर्त्यः प्रतीयते ।
अप्यात्मत्वेनाभिमताद्देहादेः पुरुषस्तथा ॥३९॥

yathā putrāc ca vittāc ca
pṛthaṅ martyaḥ pratīyate

apy ātmatvenābhimatād
dehādeḥ puruṣas tathā

yathā一好像 / putrāt一从儿子 / ca一也 / vittāt一从财富 / ca一也 / pṛthak一不同的 / martyaḥ一凡人 / pratīyate一被理解 / api一甚至 / ātmatvena一从本性上 / abhimatāt一对……有感情 / deha-ādeḥ一从物质的身体、感官和心 / puruṣaḥ一解脱的灵魂 / tathā一相似的

译文 对家庭和财产的深厚感情，使人把儿子或钱财视为是自己，而对物质躯体的情感，使人以为那躯体是他的。但事实上，正如人可以明白他的家庭和财产有别于他，解脱的灵魂能认识到他不同于他的躯体。

要旨 这节诗中解释了真正有知识的人的状态。世上有很多孩子，但我们因为对一些孩子有感情而把他们接受为是我们的儿子和女儿，尽管我们很清楚这些孩子与我们不同。我们因为很爱钱而把我们在银行里的存款视为是我们的。同样道理，我们因为对现有的这个物质躯体有感情就声称它是我们的。我说它是“我的”身体，然后延伸那种拥有的概念说“它是我的手、我的腿”，接着更进一步说“那是我的银行存款、我的儿子、我的女儿”。但事实上我知道，儿子和金钱与我是分开的。躯体也一样，我与我的躯体是分开的。这是一个理解的问题，梵文称正确的理解为帕提布达(pra-tibuddha)。通过为至尊主做奉爱服务(培养奎师那意识)获取知识，能够使人成为解脱的灵魂。

第40节 यथोल्मुकाद्विस्फुलिङ्गाद् धूमाद्वापि स्वसम्भवात् ।
अप्यात्मत्वेनाभिमताद्यथाग्निः पृथगुल्मुकात् ॥४०॥

yatholmukād visphuliṅgād
dhūmād vāpi sva-sambhavāt

apy ātmatvenābhimatād
yathāgniḥ pṛthag ulmukāt

yathā—恰似 / ulmukāt—从火焰中 / visphuliṅgāt—从火花里 / dhūmāt—从烟里 / vā—或者 / api—甚至 / sva-sambhavāt—从它自己产生 / api—虽然 / ātmatvena—从本性上 / abhimatāt—紧密联系 / yathā—就像 / agniḥ—火 / pṛthak—不同 / ulmukāt—从火焰

译文 燃烧着的大火有别于火焰、火星和浓烟，尽管它们都产自同一块燃烧的木柴，但彼此紧密相连。

要旨 尽管燃烧着的木柴、火星、烟和火焰无法在分开的情况下各自存在，但每一个部分都是火的一部分，都不同于另一部分。智力欠佳的人把烟当成火，尽管火和烟完全不同。尽管人无法把火与它的光和热分开看待，但火的光和热是分开的。

第 41 节 भूतेन्द्रियान्तःकरणात्प्रधानाज्जीवसंज्ञितात् ।
आत्मा तथा पृथग्द्रष्टा भगवान् ब्रह्मसंज्ञितः ॥४१॥

bhūtendriyāntaḥ-karaṇāt
pradhānāj jīva-saṁjñitāt
ātmā tathā pṛthag draṣṭā
bhagavān brahma-saṁjñitaḥ

bhūta—五种元素 / indriya—感官 / antaḥ-karaṇāt—从心 / pradhānāt—从帕丹 / jīva-saṁjñitāt—从个体灵魂 / ātmā—超灵 / tathā—如此 / pṛthak—不同 / draṣṭā—观看者 / bhagavān—人格首神 / brahma-saṁjñitaḥ—称为布茹阿曼

译文 被称为至尊布茹阿曼的至尊人格首神，是观看者。祂有别于个体灵魂——被包裹在感官、五种元素和心智中的个体生物。

要旨　这节诗中给出了完整整体的清晰概念。生物不同于物质元素；至尊生物——人格首神，是物质元素的创造者，不同于个体灵魂。因此，主柴坦亚提出的哲学概念是：一切既是一体同时又有区别(acintya-bhedābheda-tattva)。至尊主用祂的物质能量创造的物质展示，也是既与祂不同，但同时又没有区别。物质能量既与至尊主没有区别，但同时，那能量因为以不同的方式行事，所以有别于至尊主。同样道理，个体灵魂与至尊主既是一体又有区别。这“同时即是一体又有区别”的哲学，是巴嘎瓦特学派的完美结论，卡皮拉戴瓦在此也给予了证实。

生物被比喻为是大火中的火花。正如前一节诗所说，大火、火焰、烟和木柴都相互结合在一起；这节诗中说，生物、物质元素和至尊人格首神也都结合在一起。生物的地位就像大火中的火花；它们是大火的一部分。物质能量被比喻为是烟。火也是至尊主的一部分。《维施努往世书》(Viṣṇu Purāṇa)中说，我们在灵性世界和物质世界所能看到或体验到的一切，都是至尊主各种能量的扩展。正如大火向四周散发光和热，至尊人格首神不同的能量遍布祂创造的每一个角落。

外士纳瓦(Vaiṣṇava)哲学教育的四项原则是：净化了的同一(śuddha-advaita)，同时既是一体又有区别(dvaita-advaita)，质上的同一(viśiṣṭa-advaita)和二元性(dvaita)。《圣典博伽瓦谭》这两节诗中解释的论点，就是外士纳瓦哲学中这四项原则的基础。

第 42 节　सर्वभूतेषु चात्मानं सर्वभूतानि चात्मनि ।
ईक्षेतानन्यभावेन भूतेष्विव तदात्मताम् ॥४२॥

sarva-bhūteṣu cātmānaṁ
sarva-bhūtāni cātmani
īkṣetānanya-bhāvena

bhūteṣv iva tad-ātmatām

sarva-bhūteṣu一在所有的展示中 / ca一和 / ātmānam一灵魂 / sarva-bhūtāni一所有的展示 / ca一和 / ātmani一在至尊灵魂中 / īkṣeta一他该看待 / ananya-bhāvena一平等的 / bhūteṣu一在所有的展示中 / iva一就像 / tat-ātmatām一自然本身

译文 瑜伽师应该看到相同的灵魂存在于所有的展示中，因为存在的一切都是至尊者不同能量的展现。以此方式，奉献者应该平等看待众生。那就是对至尊灵魂的认识。

要旨 正如《布茹阿玛·萨密塔》中说明的：至尊灵魂不仅进入每一个宇宙，而且进入每一个原子。至尊灵魂以潜伏的方式存在于各处，人一旦能够看到至尊灵魂无所不在，就不再有物质的分别心了。

对“在所有的展示中(sarva-bhūteṣu)”一句应该这样理解，即：物质世界里共有四类生物体，从土中发芽长出的生物体、生于发酵过程的生物体、卵生生物体和胎生生物体；这四类生物体以八百四十万种生命形式展现出来。不再有物质分别心的人可以看到在质上相同的灵魂无所不在，或者在每一个展示了的生物体内。智力欠佳的人以为植物和草是自动从土里长出来的，但真正有智慧的觉悟了自我的人可以看到，这生长过程并不是自动的，而是其中有灵魂的缘故，不同的情况决定了长出的物质躯体所具有的外形。在实验室中有许多微生物通过发酵的方式被繁殖出来，但这也是因为其中有灵魂。持唯物论观点的科学家认为蛋没有生命，可这不是事实。我们从韦达文献中了解到，生物体在不同的情况下以不同的形式繁殖。飞禽在蛋中逐渐发育成形，最后破壳而出，野兽和人则是从母体的子宫中生出。瑜伽师或奉献者用他们完美的视力可以看到，生物无所不在。

第43节　स्वयोनिषु यथा ज्योतिरेकं नाना प्रतीयते ।
योनीनां गुणवैषम्यात्तथात्मा प्रकृतौ स्थितः ॥४३॥

sva-yoniṣu yathā jyotir
ekaṁ nānā pratīyate
yonīnāṁ guṇa-vaiṣamyāt
tathātmā prakṛtau sthitaḥ

sva-yoniṣu—以木头的形式 / yathā—就像 / jyotiḥ—火 / ekam—— / nānā—不同的 / pratīyate—展示 / yonīnām—不同的子宫的 / guṇa-vaiṣamyāt—从不同的属性造成的各种情况 / tathā—如此 / ātmā—灵魂 / prakṛtau—在物质自然中 / sthitaḥ—处于

译文　正如火展示在不同形状的木柴中，受物质自然不同属性影响的纯粹灵性的灵魂，在不同的躯体中展示自己。

要旨　我们应该明白：物质躯体有不同的特点。帕奎提(prakṛti)是物质自然三种属性的相互作用；按照这些属性的影响，有的生物得到一个小躯体，有的生物则得到一个庞大的躯体。例如：一大块木材在燃烧时火势就显得很大，一小根枝条在燃烧时火势就显得很小。事实上，火在任何地方的品质都一样，但物质自然展现的方式决定火根据燃料的大小和多少，展现出大或小的火势。同样，宇宙形体中的灵魂不同于居住在小物质躯体中的个体灵魂，虽然他们在质上是相同的。

一个个体小灵魂相比较大灵魂来说就像大火中的一个小火花。大灵魂是超灵，祂在量上与个体小灵魂不同。韦达文献中描述超灵为所有的小灵魂提供生存所需(nityo nityānām)。了解超灵和个体灵魂之间的这种区别的人，没有悲伤，始终平静。当小灵魂认为自己与大灵魂在量上一样时，他就在玛亚魔力的控制下，因为那不是他的原本状态。没人能仅仅因为心智思辨而变成大灵魂。

《瓦茹阿哈往世书》(Varāha Purāṇa)中解释说，大灵魂与小灵魂之间的区别，是至尊人格首神(svāṁśa)与永恒微小的粒子灵魂(vibhinnāṁśa)之间的区别。对此，《博伽梵歌》第15章的第7节诗中证实说：在这个受制约的世界里的生物，都是我永恒的碎片部分(mamaivāṁśo jīva-loke jīva-bhūtaḥ sanātanaḥ)。微小的生物永恒是碎片部分，因此在量上无法与超灵相比。

第 44 节 तस्मादिमां स्वां प्रकृतिं दैवीं सदसदात्मिकाम् ।
दुर्विभाव्यां पराभाव्य स्वरूपेणावतिष्ठते ॥४४॥

tasmād imāṁ svāṁ prakṛtiṁ
daivīṁ sad-asad-ātmikām
durvibhāvyāṁ parābhāvya
svarūpeṇāvatiṣṭhate

tasmāt—以便 / imām—这 / svām—自己的 / prakṛtim—物质能量 / daivīm—神性的 / sat-asat-ātmikām—由因果构成 / durvibhāvyām—难以理解 / parābhāvya—征服后 / sva-rūpeṇa—在自我觉悟的状态中 / avatiṣṭhate—他保持

译文 错觉能量玛亚以这个物质展示的原因和结果两个身份同时出现，所以很难了解她。战胜玛亚不可征服的魔力后，瑜伽师便能处在觉悟自我的状态中。

要旨 《博伽梵歌》中说：外在能量玛亚遮蔽生物知识的魔力是无法战胜的。然而，投靠至尊人格首神奎师那的人可以征服这看似是不可征服的玛亚的魔力。这节诗中也说：至尊主的外在能量(daivī prakṛti)，很难了解和征服(durvibhāvyā)。但我们必须征服那魔力。当神向归依祂的灵魂解释祂自己时，归依的灵魂就能靠至尊主的恩典战胜玛亚那不可战胜的魔力。这节诗中还说“他保持在自我觉悟的状态中(svarūpeṇāvatiṣṭhate)”，其中“斯瓦茹帕(svarūpa)”的意思是：人必须知道他不是至尊灵魂，而是至尊灵魂的一部分；这就是自我觉悟。错误地以为自己是至尊灵魂、无所不在，并不是对自我真正地位的认识(svarūpa)。个体灵魂的真正地位是整体的部分。这节诗建议人要保持真正觉悟了自我的状态。《博伽梵歌》中把这种理解定义为是布茹阿曼(Brahman)觉悟——梵觉。

有了布茹阿曼觉悟(梵觉)之后，人便可以从事布茹阿曼(梵)的活动。人在没有自我觉悟时，所从事的活动都以对躯体的错误认同为基础。人一旦认清真正的自我，便开始从事具有布茹阿曼觉悟的活动了。假象宗哲学家说：继布茹阿曼觉悟后，一切活动就都停止下来。但这不是事实。灵魂如果在被物质覆盖着这一对他来说是反常的情况下生存时都那么活跃，怎么可能在获得自由后变得不活跃了呢？这就好比一个人如果在生病的情况下都很活跃，怎么可能想象他在康复后反而会变得不活跃了呢？结论自然是：当人摆脱一切疾病后，他的活动是完全正常的、纯粹的。有人也许说：有了布茹阿曼觉悟的人所从事的活动，不同于在受制约的状态下所从事的活动，但活动并不停止。对此，《博伽梵歌》第18章的第54节诗中指出：人一旦觉悟自己是布茹阿曼(梵)——有了布茹阿曼觉悟，就会开始做奉爱服务(mad-bhaktiṁ labhate parām)。因此，为至尊主做奉爱服务，是人在布茹阿曼觉悟(梵觉)层面上所从事的活动。

对忙于为至尊主做奉爱服务的人来说不存在玛亚魔力的问题，他们的处境是绝对完美的。作为整体的一部分，生物的职责是为整体做奉爱服务。那是生命最高的完美境界。

到此为止，结束了巴克提韦丹塔对《圣典博伽瓦谭》第3篇第28章——“卡皮拉就奉爱服务给予指示”所作的阐释。

第二十九章

主卡皮拉对奉爱服务的解释

第 1—2 节

देवहूतिरुवाच

लक्षणं महदादीनां प्रकृतेः पुरुषस्य च ।
स्वरूपं लक्ष्यतेऽमीषां येन तत्पारमार्थिकम् ॥ १ ॥
यथा साङ्ख्येषु कथितं यन्मूलं तत्प्रचक्षते ।
भक्तियोगस्य मे मार्गं ब्रूहि विस्तरशः प्रभो ॥ २ ॥

devahūtir uvāca
lakṣaṇaṁ mahad-ādīnāṁ
prakṛteḥ puruṣasya ca
svarūpaṁ lakṣyate 'mīṣāṁ
yena tat-pāramārthikam

yathā sāṅkhyeṣu kathitaṁ
yan-mūlaṁ tat pracakṣate
bhakti-yogasya me mārgaṁ
brūhi vistaraśaḥ prabho

devahūtiḥ uvāca—黛瓦瑚缇说 / lakṣaṇam—特征 / mahat-ādīnām—玛哈·塔特瓦及其他的 / prakṛteḥ—物质自然的 / puruṣasya—灵魂的 / ca—和 / svarūpam—本性 / lakṣyate—描述了 / amīṣām—那些 / yena—…的 / tat-pārama-arthikam—他们的真实本性 / yathā—就像 / sāṅkhyeṣu—在桑克亚哲学中 / kathitam—解释的 / yat—……的 / mūlam—最终的结果 / tat—那 / pracakṣate—他们称为 / bhakti-yogasya—奉爱服务的 / me—向我 / mārgam—途径 / brūhi—请解释 / vistaraśaḥ—详细的 / prabho—我亲爱的主卡皮拉

译文 黛瓦瑚缇询问道：我亲爱的至尊主，您已经极为科学地描述了总体物质自然的表征，以及数论哲学体系所描述的灵魂的特性。现在我要请您解释奉爱服务之途——一切哲学体系的顶峰。

要旨 第二十九章中详细解释了奉爱服务的光荣，描述了时间对受制约灵魂的影响。详细描述时间的影响，是为了使受制约的灵魂脱离被认为只是在浪费时间的物质活动。前一章以分析性的方式研究了物质自然、灵魂，以及至尊主或超灵，这一章则解释奉爱瑜伽(bhakti-yoga, 奉爱服务)——生物与人格首神根据彼此的永恒关系所从事的活动。

奉爱瑜伽——奉爱服务，是所有哲学体系的基本原则；不以为至尊主做奉爱服务为最终目标的哲学，都被认为只不过是心智思辨而已。但当然，奉爱服务如果没有哲学作基础，也多少有些感情用事。世上有两种人，有些人认为自己的智力很发达，于是便一味地从事思辨和打坐冥想活动；另一种人只是感情用事，其主张没有哲学作基础。这两种人都无法达到生命的最高目标，或者需要用生生世世的时间才能达到。为此，韦达文献建议说，真正的存在中有至尊主、生物和他们之间永恒的关系这三个因素，生命的目标是遵循奉爱服务(bhakti)的原则，最终作为至尊主永恒的仆人满怀奉爱之情进入至尊主所住的星球。

数论(Sāṅkhya)哲学是对一切存在所进行的分析性研究。人必须通过仔细分析事物的本质和特性了解一切。这称谓获取知识。但是，人不该只是单纯地学习知识，而不求达到生命的目标——奉爱瑜伽，而奉爱瑜伽是获取知识的基本原则。如果我们不理会奉爱瑜伽，而只是忙于分析研究万物的本质，那么结果将几乎是一无所获。正如《博伽瓦谭》(Bhāgavatam)中所说：这么做就像试图从空稻壳中得到大米一样。如果稻谷中的米已经没有了，再去打谷就没有用。人必须通过科学地研究物质自然、生物和超灵，了解为至尊主做奉爱服务的基本原则。

第 3 节　विरागो येन पुरुषो भगवन् सर्वतो भवेत् ।
आचक्ष्व जीवलोकस्य विविधा मम संसृतीः ॥ ३ ॥

virāgo yena puruṣo
bhagavan sarvato bhavet
ācakṣva jīva-lokasya
vividhā mama saṁsṛtīḥ

virāgaḥ－不依恋 / yena－……的 / puruṣaḥ－人 / bhagavan－亲爱的至尊主 / sarvataḥ－完全地 / bhavet－会变成 / ācakṣva－请描述 / jīva-lokasya－为了普通大众 / vividhāḥ－多方面的 / mama－为我自己 / saṁsṛtīḥ－生死轮回

译文　黛瓦瑚缇继续说：亲爱的至尊主，也请为我和普通大众详细讲解不间断的生死轮回程序，因为聆听对这种苦难的描述，可以使我们不再执著这个物质世界的活动。

要旨　这节诗中的“生死轮回(saṁsṛtīḥ)”一词十分重要。梵文“施瑞亚诃·施瑞提(śreyaḥ-sṛti)”的意思是“迈向至尊人格首神的成功之途”，而“萨么施瑞提(saṁsṛti)”的意思是“在通向物质存在黑暗地带的生死之途上继续旅行”。不了解这个物质世界、神及自己与祂所具有的真正亲密关系的人，实际上是举着取得物质文明进步的大旗走向物质存在的黑暗地带。进入物质存在的黑暗地带，意味着进入比人类低级的物种中。愚昧之人不知道：他们在度过这个人生后将完全被置于物质自然的钳制下，被迫过一种不是很舒适的生活。生物是如何得到不同种类躯体的这一点，将在下一章中有所解释。这种通过生死不断更换躯体的过程，称为轮回(saṁsāra)。黛瓦瑚缇(Devahūti)请她光荣的儿子卡皮拉·牟尼(Kapila Muni)解释受制约的灵魂所走的这一没有间断的旅程，以使受制约的灵魂明白：由于他们不了解奉爱瑜伽——奉爱服务，他们一直走在不断降级的路途上。

第 4 节 कालस्येश्वररूपस्य परेषां च परस्य ते ।
स्वरूपं बत कुर्वन्ति यद्धेतोः कुशलं जनाः ॥ ४ ॥

kālasyeśvara-rūpasya
pareṣāṁ ca parasya te
svarūpaṁ bata kurvanti
yad-dhetoḥ kuśalaṁ janāḥ

kālasya—时间的 / īśvara-rūpasya—至尊主的代表 / pareṣām—所有其他的 / ca—和 / parasya—首要的 / te—您的 / svarūpam—本性 / bata—哦 / kurvanti—执行 / yat-hetoḥ—其影响使人…… / kuśalam—虔诚活动 / janāḥ—普通大众

译文 还请描述永恒的时间——您的一种表现形式，它的影响使普通大众都从事虔诚的活动。

要旨 尽管人们也许对好运之途和降到愚昧的黑暗地带的路途不了解，但每个人都意识到永恒时间的影响；它毁灭我们的物质活动所带来的一切结果。躯体在一定的时间出生后，时间的影响立刻对它采取行动。从躯体出生的那一刻起，死亡的影响也在起作用；随着年龄的增长，时间的影响不断作用于躯体。一个人如果三十或五十岁，那么时间的影响已经吞噬了他一生寿命中的三十或五十年。

每一个人在将要面对死亡的冷酷之手时，都会意识到自己处在人生的最后阶段了。有些人考虑到自己的年龄和环境，关心时间的影响对他们自身的作用，因而从事虔诚活动，以便今后自己不被置于一个低等家庭中或动物物种中。人们通常依恋感官享乐，因此向往到天堂星球去生活。为此，他们从事布施等虔诚活动，但事实上，正如《博伽梵歌》(Bhagavad-gītā)中所说：由于时间的影响存在于这个物质世界的每一个角落，生物即使去到最高的星球布茹阿玛珞卡(Brahmaloka)，也无法摆脱生死轮回的链条。然而，在灵性世界中没有时间的影响。

第5节　लोकस्य मिथ्याभिमतेरचक्षुष-
श्चिरं प्रसुप्तस्य तमस्यनाश्रये ।
श्रान्तस्य कर्मस्वनुविद्धया धिया
त्वमाविरासीः किल योगभास्करः ॥५॥

lokasya mithyābhimater acakṣuṣaś
ciraṁ prasuptasya tamasy anāśraye
śrāntasya karmasv anuviddhayā dhiyā
tvam āvirāsīḥ kila yoga-bhāskaraḥ

lokasya—生物体的 / mithyā-abhimateḥ—受假我蒙蔽 / acakṣuṣaḥ—眼睛瞎了 / ciram—很长的时间 / prasuptasya—睡眠 / tamasi—在黑暗中 / anāśraye—没有庇护 / śrāntasya—疲惫的 / karmasu—对物质活动 / anuviddhayā—很依赖 / dhiyā—以智慧 / tvam—您 / āvirāsīḥ—已经显现了 / kila—实际上 / yoga—瑜伽系统的 / bhāskaraḥ—太阳

译文　我亲爱的至尊主，您恰似太阳，照亮了生物受制约的黑暗生活。由于他们的知识之眼还未睁开，他们永恒地沉睡在黑暗中，得不到您的庇护，因此错误地在他们物质活动的作用与反作用间忙碌，显得疲惫不堪。

要旨　主卡皮拉戴瓦(Kapiladeva)光荣的母亲圣黛瓦瑚缇，看来很同情受制约的不幸大众。他们不了解生命的目的，在错觉的黑暗中沉睡。至尊主的奉献者外士纳瓦(Vaiṣṇava)都感到自己有责任唤醒他们。同样，黛瓦瑚缇请求她光荣的儿子照亮受制约灵魂的生活，以便他们也许可以结束那种最不幸的受制约的生活。这节诗中描述至尊主是所有瑜伽(yoga)体系的太阳(yoga-bhāskara)。黛瓦瑚缇已经请求她光荣的儿子讲解了奉爱瑜伽，而至尊主说明奉爱瑜伽是最高级的瑜伽体系。

奉爱瑜伽对拯救受制约的灵魂来说，恰似照亮万物的阳光。这节诗中描述了受制约灵魂的一般状况：他们看不清什么才是他们真正的利益，不知道物质躯体没有几年便会不复存在，因此生命的目的并非增加存在中的物质需要。生物是永恒的，他们有他们永恒的需要。如果人只忙于照顾物质躯体的需要，而不照顾生命永恒的需要，那他就是把自己置于愚昧最黑暗地带的“进步文明”的牺牲品。在最黑暗地带睡觉的人精力得不到恢复，相反会感到越来越累。他虽然想出许多方法要调整这种累的状态，但都以失败告终，为此而一直感到困惑。唯一能减轻这种为生存而苦苦挣扎的疲劳状态的方法，就是为至尊主做奉爱服务，培养奎师那意识。

第6节 मैत्रेय उवाच

इति मातुर्वचः श्लक्ष्णं प्रतिनन्द्य महामुनिः ।
आबभाषे कुरुश्रेष्ठ प्रीतस्तां करुणार्दितः ॥ ६ ॥

maitreya uvāca
iti mātur vacaḥ ślakṣṇaṁ
pratinandya mahā-muniḥ
ābabhāṣe kuru-śreṣṭha
prītas tāṁ karuṇārditaḥ

maitreyaḥ uvāca—麦垂亚说 / iti—如此 / mātuḥ—祂母亲的 / vacaḥ—话语 / ślakṣṇam—温和的 / pratinandya—欢迎 / mahā-muniḥ—伟大的圣人卡皮拉 / ābabhāṣe—说 / kuru-śreṣṭha—库茹王朝中最优秀的人维杜茹阿 / prītaḥ—取悦了 / tām—向她 / karuṇā—仁慈的 / arditaḥ—感动

译文 圣麦垂亚说：库茹家族中最优秀的人啊！伟大的圣人卡皮拉，心中荡漾着巨大的慈悲之情。祂光荣的母亲说的一番话令祂十分高兴，于是祂说了如下的话。

要旨 主卡皮拉十分满意祂光荣的母亲提出的请求，因为她关心的不仅是她个人获得拯救的问题，而是所有受制约的堕落灵魂。至尊主总是同情坠入这个物质世界里的灵魂，因此要么亲自前来，要么派祂信赖的仆人前来拯救他们。由于祂永恒地同情他们，如果祂的一些奉献者也变得同情他们时，祂就会对那些奉献者感到很满意。《博伽梵歌》中明确地说：祂十分珍爱那些通过宣传《博伽梵歌》的结论提升堕落灵魂的人，而《博伽梵歌》的结论是全心投靠人格首神。因此，当至尊主看到祂心爱的母亲很同情堕落灵魂时，祂感到高兴，变得更加同情她。

第 7 节

श्रीभगवानुवाच
भक्तियोगो बहुविधो मार्गैर्भामिनि भाव्यते ।
स्वभावगुणमार्गेण पुंसां भावो विभिद्यते ॥ ७ ॥

śrī-bhagavān uvāca
bhakti-yogo bahu-vidho
mārgair bhāmini bhāvyate
svabhāva-guṇa-mārgeṇa
puṁsāṁ bhāvo vibhidyate

śrī-bhagavān uvāca—人格首神回答 / bhakti-yogaḥ—奉爱服务 / bahu-vidhaḥ—各种各样的 / mārgaiḥ—以途径 / bhāmini—崇高的女士啊 / bhāvyate—展示出了 / svabhāva—本性 / guṇa—品质 / mārgeṇa—根据行为举止 / puṁsām—执行者的 / bhāvaḥ—表现 / vibhidyate—区分了

译文 人格首神卡皮拉回答说：高贵的女士啊！奉爱服务有许多种，以适合品质不同的实践者应用。

要旨 怀着奎师那意识所做的纯粹的奉爱服务独一无二，因为做纯粹奉爱服务的奉献者不向至尊主提出任何要求。但一般大众做奉爱服务都有自己的目的。正如《博伽梵歌》中所说：没有净化的人怀着四种动机做奉爱服务。感到物质生活很痛苦的人成为至尊主的奉献者，为减轻痛苦而接近至尊主。需要金钱的人接近至尊主，请求祂改善自己的经济状况。其他不是因为苦恼或需要经济援助，而是为了解绝对真理寻求知识的人，也做奉爱服务，以清楚地了解至尊主的本性。这些在《博伽梵歌》第7章的第16节诗中都有十分明确的阐述。正如下面的诗中所解释的：奉爱服务之途其实是独一无二的，但根据奉献者的情况，奉爱服务看似有很多种。

第8节 अभिसन्धाय यो हिंसां दम्भं मात्सर्यमेव वा ।
संरम्भी भिन्नदृग्भावं मयि कुर्यात्स तामसः ॥ ८ ॥

abhisandhāya yo hiṁsāṁ
dambhaṁ mātsaryam eva vā
saṁrambhī bhinna-dṛg bhāvaṁ
mayi kuryāt sa tāmasaḥ

abhisandhāya一因为看到 / yaḥ一……的人 / hiṁsām一暴力 / dambham一骄傲 / mātsaryam一嫉妒 / eva一实际上 / vā一或者 / saṁrambhī一愤怒 / bhinna一分离 / dṛk一眼光……的人 / bhāvam一奉爱服务 / mayi一向我 / kuryāt一执行 / saḥ一他 / tāmasaḥ一受到愚昧属性的影响

译文 嫉妒、骄傲、狂暴和愤怒之人，以及分离主义者所做的奉爱服务，被视为是在愚昧属性控制下做的服务。

要旨 《圣典博伽瓦谭》第1篇第2章中已经说明：最高、最光荣的宗教是获得做没有缘故、没有私人动机的奉爱服务的机会。在纯粹的奉爱服务中，唯一的动机应该是取悦至尊人格首神。那其实并非动机，而是生物纯净的状态。在受制约的阶段做奉爱服务时，应该怀着完全投靠、服从的心态遵守真正的灵性导师的指示。灵性导师通过师徒传承接收并原封不动地呈现至尊主的教导，因此是至尊主展现的代表。《博伽梵歌》中说它其中的教导应该通过师徒传承接受，否则就会被人掺假。怀着满足至尊人格首神的愿望在真正的灵性导师的指导下行事，是在做纯粹的奉爱服务。但人如果怀着个人进行感官享乐的动机做奉爱服务，他所做的奉爱服务展现出来的就有别于纯粹的奉爱服务。这样的人也许表现得很暴力、骄傲、嫉妒和愤怒，所关心的一切与奎师那的愿望毫无关系。

接近至尊主，为祂做奉爱服务，但却高傲自大，认为自己是最好的奉献者，嫉妒他人或报复心强：这些都是愤怒的展现。在这种状态下所做的奉爱服务不是纯粹的奉爱服务，而是混杂的、水平最低的服务(tāmasaḥ)。圣维施瓦纳特·查夸瓦尔提·塔库尔(Śrīla Viśvanātha Cakravartī Ṭhākura)建议说：应该避免与品格不良的外士纳瓦接触。把至尊人格首神当做生命的最高目标的人是外士纳瓦，但如果人还不纯洁，还有动机，那他就不是品德良好的一流奉献者。我们应该向这样的外士纳瓦致敬，因为他把至尊主当做他生命的最高目标；但我们不该与那些受愚昧属性控制的外士纳瓦在一起。

第 9 节 विषयानभिसन्धाय यश ऐश्वर्यमेव वा ।
अर्चादावर्चयेद्यो मां पृथग्भावः स राजसः ॥९॥

viṣayān abhisandhāya
yaśa aiśvaryam eva vā
arcādāv arcayed yo māṁ
pṛthag-bhāvaḥ sa rājasaḥ

viṣayān一感官对象 / abhisandhāya一针对 / yaśaḥ一名誉 / aiśvaryam一财富 / eva一实际上 / vā一或者 / arcā-ādau一在崇拜神像等的时候 / arcayet一崇拜 / yaḥ一……的人 / mām一我 / pṛthak-bhāvaḥ一分离主义者 / saḥ一他 / rājasaḥ一受激情属性的影响

译文 分离主义者怀着要进行物质享乐、获得名望和财富的动机，在神庙内崇拜神像。这是在激情属性控制下做的奉献。

要旨 我们要小心理解“分离主义者(bhinna-dṛk和pṛthag-bhāvaḥ)”这个词的意思。分离主义者是指那些所关心的一切与至尊主无关的人。受激情和愚昧属性控制的混合型奉献者认为，至尊主的兴趣是为奉献者提供他们要求的一切。这种奉献者关心的是，为了自己的感官享乐尽可能地从至尊主那里获取自己想要的利益。这是分离主义者的心态。事实上，正如前一章所解释的：至尊主的想法和奉献者的想法应该密切结合。奉献者除了想尽量满足至尊者的愿望，不该有其他的想法。那就是同一性。当奉献者所关心的内容不同于至尊主的愿望时，他的心态便是分离主义者的心态。当所谓的奉献者想要在不理会至尊主的愿望的情况下进行感官享乐，或者想利用至尊主的恩典使自己变得著名或富有时，他处在激情属性的控制下。

然而，假象宗人士(Māyāvādī)对“分离主义者”一词有不同的解释。他们说，在崇拜至尊主时，人应该想自己与至尊主一样。这是在物质自然属性的影响下的另一种掺假的奉爱服务。认为生物与至尊者一样的想法，是在愚昧属性控制下的想法。同一性实际上是指以兴趣、愿望相同为基础的统一。纯粹的奉献者除了代表至尊主行事外没有别的兴趣。人只要有一丝一毫的个人兴趣，他的奉爱服务就掺杂了物质自然三种属性。

第 10 节 कर्मनिर्हारमुद्दिश्य परस्मिन् वा तदर्पणम् ।
यजेद्यष्टव्यमिति वा पृथग्भावः स सात्त्विकः ॥१०॥

karma-nirhāram uddiśya
parasmin vā tad-arpaṇam
yajed yaṣṭavyam iti vā
pṛthag-bhāvaḥ sa sāttvikaḥ

karma—功利性活动 / nirhāram—让自己摆脱了 / uddiśya—目的是为了 / parasmin—向至尊人格首神 / vā—或者 / tat-arpaṇam—奉献出活动的成果 / yajet—崇拜 / yaṣṭavyam—受到崇拜的 / iti—如此 / vā—或者

/ pṛthak-bhāvaḥ—分离主义者 / saḥ—他 / sāttvikaḥ—受善良属性的影响

译文　当奉献者崇拜至尊人格首神，为避免功利性活动的缺陷而献出他活动的结果时，他的奉献是受善良属性的影响。

要旨　布茹阿玛纳(brāhmaṇa, 婆罗门)、查锤亚(kṣatriya, 刹帝利)、外夏(vaiśya, 吠舍)和庶铎(śūdra, 首陀罗)，以及独身禁欲的学生(brahmacārī)、居士(gṛhasthas)、退出家庭生活之人(vānaprastha)和托钵僧(sannyāsī)，都分别是处在社会四阶层(varṇa)和灵性四阶段(āśrama)的成员；他们都有各自为满足至尊人格首神而该履行的职责。当人从事这样的活动并把结果献给至尊主时，他所从事的活动便被称为“为满足至尊主而履行的责任(karmārpaṇam)”。这种活动即使有什么缺陷，也会在献给至尊主的过程中得到弥补。但如果奉献者在这样做时受善良属性的影响，而不是满怀纯粹的奉爱之情，那他关心的内容便不一样。处在社会四阶层和灵性四阶段的人，都为了他们各自的一些利益而行事。因此，这样的活动是受善良属性影响的活动，而不算是纯粹的奉爱服务。茹帕·哥斯瓦米(Rūpa Gosvāmī)说，纯粹的奉爱服务中不夹杂丝毫的物质欲望(anyābhilāṣitā-śūnyam)。纯粹的奉爱服务中不存在个人或物质的利益。奉爱服务应该超越功利性活动和经验主义的哲学思辨。纯粹的奉爱服务超越所有的物质属性。

在愚昧、激情和善良属性影响下所做的奉爱服务，可以被分为八十一种。奉爱活动有九种，它们分别是聆听、吟诵(吟唱)、记忆、崇拜、敬献祈祷、做服务和献出一切等，而其中每一种都可以分为三种类型。聆听有受激情属性、愚昧属性和善良属性影响的聆听。同样，吟诵、吟唱也分别受愚昧属性、激情属性和善良属性的影响。三乘以九等于二十七，二十七再乘以三就变成了八十一。正如下一节诗所解释的，为了达到纯粹奉爱服务的标准，人必须超越所有这类混合型的物质主义奉爱服务。

第 11—12 节 मद्गुणश्रुतिमात्रेण मयि सर्वगुहाशये ।
मनोगतिरविच्छिन्ना यथा गङ्गाम्भसोऽम्बुधौ ॥११॥
लक्षणं भक्तियोगस्य निर्गुणस्य ह्युदाहृतम् ।
अहैतुक्यव्यवहिता या भक्तिः पुरुषोत्तमे ॥१२॥

mad-guṇa-śruti-mātreṇa
mayi sarva-guhāśaye
mano-gatir avicchinnā
yathā gaṅgāmbhaso 'mbudhau

lakṣaṇaṁ bhakti-yogasya
nirguṇasya hy udāhṛtam
ahaituky avyavahitā
yā bhaktiḥ puruṣottame

mat—我的 / guṇa—品质 / śruti—通过聆听 / mātreṇa—就像 / mayi—向我 / sarva-guhā-āśaye—居住在每个人的心中 / manaḥ-gatiḥ—心所关注的对象 / avicchinnā—继续 / yathā—就像 / gaṅgā—恒河的 / ambhasaḥ—水的 / ambudhau—向着海洋 / lakṣaṇam—展示 / bhakti-yogasya—奉爱服务的 / nirguṇasya—不掺杂 / hi—实际上 / udāhṛtam—展示 / ahaitukī—没有原因的 / avyavahitā—没有分离 / yā—……的 / bhaktiḥ—奉爱服务 / puruṣa-uttame—向至尊人格首神

译文 至尊人格首神住在每一个生物体的心中，纯粹的奉爱服务表现为：人一旦听到至尊主的名字和品质，他的心便立刻受到吸引。正如恒河水自然顺流而下，流进大海，这种奉爱的心醉神迷不受任何物质情况的阻挡，径直涌向至尊主。

要旨 不掺假的、纯粹的奉爱服务的基本原则，就是要爱首神。这节诗中说“一听到至尊人格首神的超然品质(mad-guṇa-śruti-mātreṇa)”，而这些品质称为“没有杂质的(nirguṇa)”。至尊主不受物质自然属性的污染，因此使纯粹奉献者感到深受吸引。这样的吸引不必靠打坐冥想获得；纯粹的奉献者已经处在超然的阶段，就像恒河流入大海一样自然受到至尊人格首神的吸引。任何情况都阻止不了恒河水的流淌；同样，任何的物质状况都无法阻止纯粹奉献者受至尊首神的超然名字、形象及娱乐活动的吸引。就有关这一点，诗中“不间断的(avicchinnā)”一词非常重要。任何物质的状况都阻止不了纯粹奉献者不间断地做奉爱服务。

诗中“没有缘故(ahaitukī)”一词说明，纯粹的奉献者为人格首神做爱心服务不带任何动机，既不想得到物质的利益，也不想得到灵性的利益。这是纯粹奉爱的首要征象。他不想靠做奉爱服务实现自己的愿望(anyābhilāṣitā-śūnyam)。这样的奉爱服务只献给至尊人物(puru-ṣottama)，而不是其他人。假奉献者有时向许多半神人表忠心，以为半神人与至尊人格首神是一样的。然而这节诗中特别谈到，奉爱服务(bhakti)是只献给至尊人格首神纳茹阿亚纳(Nārāyaṇa)、维施努(Viṣṇu)或奎师那(Kṛṣṇa)的，而不是献给其他人的。

“不间断的(avyavahitā)”一词是说，纯粹奉献者二十四小时为至尊主做奉爱服务，从不间断；他的生活是这样的，他分秒必争地为至尊人格首神做奉爱服务。这个词的另一个意思是，奉献者的兴趣与至尊主的兴趣一致。除了想满足至尊主超然的愿望，奉献者没有其他喜好。这种不由自主地要为至尊主服务的愿望是超然的，永远不会受物质自然属性的污染。纯粹奉爱服务的这些征象，免于一切物质自然的污染。

第 13 节　सालोक्यसार्ष्टिसामीप्यसारूप्यैकत्वमप्युत ।
दीयमानं न गृह्णन्ति विना मत्सेवनं जनाः ॥१३॥

sālokya-sārṣṭi-sāmīpya-
sārūpyaikatvam apy uta
dīyamānaṁ na gṛhṇanti
vinā mat-sevanaṁ janāḥ

sālokya－住在同一个星球上 / sārṣṭi－拥有同样的财富 / sāmīpya－成为亲密的同伴 / sārūpya－得到同样的容貌 / ekatvam－同一的 / api－也 / uta－甚至 / dīyamānam－被赠与 / na－不 / gṛhṇanti－接受 / vinā－没有 / mat－我的 / sevanam－奉爱服务 / janāḥ－纯粹的奉献者

译文 尽管至尊人格首神提供了与祂住在同一个星球、拥有同样的财富、与祂本人亲密交往、外貌与祂相同或与祂合一的各种解脱，但纯粹奉献者不接受其中任何一种解脱。

要旨 主柴坦亚(Caitanya)教导我们该如何出于不由自主的爱为至尊人格首神做纯粹的奉爱服务。在祂的“八条训诫(Śikṣāṣṭaka)”中，祂向至尊主祈祷道：“至尊主啊！我不想让您给我任何财富，既不想有美丽的妻子，也不想有许多追随者。我只希望您允许我一世复一世地在您的莲花足旁当纯粹的奉献者。”主柴坦亚的祈祷与《圣典博伽瓦谭》的说明类似。主柴坦亚祈祷说“一世复一世”表明，奉献者甚至不想要中断生死轮回。瑜伽师(yogī)和经验主义哲学家想要摆脱生死轮回，但奉献者只要可以为至尊主做奉爱服务，甚至满足于留在这个物质世界中。

这节诗中明确地说，纯粹的奉献者与非人格神主义者、心智思辨者、打坐冥想者不同，奉献者不想要与至尊主合一。纯粹的奉献者从不做梦想要与至尊主合一。他有时也许接受把他升上外琨塔(Vaikuṇṭha)的安排，在那里侍奉至尊主，但永远不想要融入梵光，认为那种情况比下地狱还要糟糕。这种“融入至尊主放射的光芒(ekatva)”的情况，被称为凯瓦利亚(kaivalya)解脱，但纯粹的奉献者认为从凯瓦利亚解脱得到的快乐极为可憎。奉献者那么喜欢为至尊主做服务，就连五种解脱对他来说都不重要了。要明白：为至尊主做纯粹、超然的爱心服务的人，已经获得了五种解脱。

当奉献者被升上灵性世界外琨塔时，他得到四种便利条件，其中一种是与至尊人住在同一个星球上(sālokya)。至尊人扩展出的不同的完整扩展，住在无数的外琨塔星球上，其中最主要的星球是奎师那珞卡(Kṛṣṇaloka)。就像在物质宇宙中，最主要的星球是太阳，在灵性世界中，最主要的星球是奎师那珞卡。主奎师那本人住在奎师那珞卡上，祂身体放射出的光芒不仅照亮了灵性世界，也发散到物质世界，但在物质世界中被物质所遮盖。灵性世界里有无数的外琨塔星球，在每一个星球上，至尊主都是主宰神明。奉献者可以被提升到这样的一个外琨塔星球上，与至尊人格首神住在一起。

获得名叫萨尔斯提(sārṣṭi)解脱的奉献者，拥有与至尊主一样的财富。获得萨米皮亚(sāmīpya)解脱的奉献者，成为至尊主的私人同伴。获得萨茹皮亚(sārūpya)解脱的奉献者，外貌与至尊人完全一样，但有两种到三种特征只能在至尊主超然的身体上才能看到，例如：至尊主胸膛上的毛施瑞瓦特萨(Śrīvatsa)。这些特征使至尊主看上去有别于祂的奉献者。

纯粹的奉献者甚至不接受为他们提供的这五种灵性利益，就更不用说去追求与灵性利益相比根本不值一提的物质利益了。当至尊主问帕拉德王(Prahlāda Mahārāja)希望得到什么物质利益时，帕拉德王回答说："至尊主啊！我看到我父亲得到了所有种类的物质利益，甚至就连半神人都害怕他具有的财富，但您还是在一瞬间就结束了他的生命和他的物质繁荣。"奉献者根本就不想要任何物质或灵性的成就，而只渴望为至尊主服务。那是他最高的快乐。

第 14 节　स एव भक्तियोगाख्य आत्यन्तिक उदाहृतः ।
येनातिव्रज्य त्रिगुणं मद्भावायोपपद्यते ॥१४॥

sa eva bhakti-yogākhya
ātyantika udāhṛtaḥ
yenātivrajya tri-guṇaṁ
mad-bhāvāyopapadyate

saḥ—这个 / eva—实际上 / bhakti-yoga—奉爱服务 / ākhyaḥ—称为 / ātyantikaḥ—最高的境界 / udāhṛtaḥ—解释 / yena—通过 / ativrajya—征服了 / tri-guṇam—物质自然三种属性 / mat-bhāvāya—我的超然层面 / upapadyate—人会达到

译文 达到我所讲解的奉爱服务的最高层面，可以使人战胜物质自然三种属性的影响，像至尊主一样处在超然的层面上。

要旨 非人格神主义哲学学派的领袖人物圣商卡尔阿查尔亚(Śaṅkarācārya)，在评注《博伽梵歌》时，一开始就承认至尊人格首神纳茹阿亚纳超越物质创造；并说除了祂，一切都在物质存在之中。韦达(Vedic)文献中也证实说：在创造之前只有纳茹阿亚纳在，主布茹阿玛(Brahmā)和主希瓦(Śiva)都不存在。只有至尊人格首神纳茹阿亚纳——维施努(奎师那)，永远处在超然的状态中，远离物质创造的影响。

物质自然的善良、激情和愚昧属性无法影响至尊人格首神的地位和状态，因此祂被说成是“没有丝毫的物质属性(nirguṇa)”。主卡皮拉在这节诗中证实同样的事实说：做超然奉爱服务的人，像至尊主一样处在超然的状态中。正如至尊主不受物质属性的影响，祂纯粹的奉献者也不受影响。不受物质自然三种属性影响的人，被称为是解脱的灵魂——布茹阿玛·布塔灵魂(brahma-bhūta)。《博伽梵歌》第18章的第54节诗中所说的，“因为觉悟至尊布茹阿曼(Brahman)而变得充满喜悦(brahma-bhūtaḥ prasannātmā)”，就是解脱的状态。只有一直不断地为奎师那做奉爱服务，从而处在超然状态中的人，才达到了“我不是这个躯体(ahaṁ brahmāsmi)”的境界；他超越物质自然三种属性的影响。

非人格神主义者错误地认为，人可以崇拜自己想象出的任何一个至尊主布茹阿曼的形象，最后融入梵光中。当然，正如前一节诗中所说，融入至尊主身体放射出的光芒(梵光)也是一种解脱。合一(ekatva)也是解脱，但奉献者从不接受那种解脱，因为人一旦做奉爱服务就立刻达到在质上与至尊主一样的状态。对奉献者来说，他已经获得了不具人格特性的解脱结果——在质上与至尊主一样，根本没有必要为此做额外的努力。这节诗中明确地说：仅仅靠做纯粹的奉爱服务，人就变得在质上与至尊主一样。

第 15 节　निषेवितेनानिमित्तेन स्वधर्मेण महीयसा ।
क्रियायोगेन शस्तेन नातिहिंस्रेण नित्यशः ॥१५॥

niṣevitenānimittena
sva-dharmeṇa mahīyasā
kriyā-yogena śastena
nātihiṁsreṇa nityaśaḥ

niṣevitena－执行 / animittena－不依赖结果 / sva-dharmeṇa－通过履行自己的规定职责 / mahīyasā－光荣 / kriyā-yogena－通过奉爱活动 / śastena－吉祥的 / na－不 / atihiṁsreṇa－过分的暴力 / nityaśaḥ－有规律的

译文　奉献者必须履行他光荣的规定职责，不求物质利益。人应该在不过分使用暴力的情况下，有规律地从事其奉爱活动。

要旨　人必须按照他作为布茹阿玛纳、查锤亚、外夏或庶铎的社会地位履行他的规定职责。《博伽梵歌》中也阐述了人类社会四阶层的人所该履行的规定职责。布茹阿玛纳的活动是控制感官，成为一位简朴、清洁且博学的奉献者。查锤亚具有管理的精神，他们在战场上英勇作战，而且慷慨布施。外夏——商人的职责是：做商品贸易、保护乳牛并发展农业生产。庶铎——劳工阶层的人士因为自己不是很有智慧，所以为其他更高阶层的人士服务。

《博伽梵歌》中证实说：每一个人都可以通过履行自己的规定职责为至尊主服务(sva-karmaṇā tam abhyarcya)。并不是只有布茹阿玛纳可以为至尊主服务，而庶铎不能。任何人都可以在灵性导师或至尊人格首神的代表的指导下，靠履行自己的规定职责为至尊主做服务。人不该认为自己的规定职责是低等职责。布茹阿玛纳可以用他的智力为至尊主服务；查锤亚可以像阿尔诸纳(Arjuna)为奎师那服务那样，用自己的军事本领为至尊主服务。阿尔诸纳是一名战将，他没有时间研究韦丹塔(Vedānta)哲学或其他需要发达的智力才能读懂的经典。布茹阿佳(Vrajadhāma)圣地的少女们都出生在外夏的阶层，负责保护乳牛和生产农作物。奎师那的养父南达王(Nanda Mahārāja)和他的同伴都是外夏。他们都没有受过教育，但却可以通过爱奎师那、把一切都献给奎师那为祂做服务。同样，历史上记载着很多吃狗肉等低于庶铎阶层的人为奎师那做奉爱服务的例子。圣人维杜茹阿因为母亲是庶铎也被视为是庶铎，但他也是奎师那伟大的奉献者。做奉爱服务不分阶层，因为至尊主在《博伽梵歌》中明确地说：专心在做奉爱服务的人，毫无疑问被升上超然的地位。只要每一个人都把自己的规定职责当做奉爱服务去做，不怀有想从中获取私人利益的动机，那他所从事的规定职责就是光荣的。做这样的爱心服务时，必须不怀私人动机，必须勇往直前、坚持不懈，而且必须是发自内心、不由自主的去做。奎师那极为可爱，人无论自己的身份是什么，都应该尽自己的全力为祂服务。那就是纯粹的奉爱服务。

“尽可能少用暴力、尽可能不杀生(nātihiṁsreṇa)”一句，在这节诗中意义重大。即使一个奉献者不得不付诸暴力，也不该超出需要的限度。人们有时问我们说：“你们要求我们不要吃肉，但你们却吃蔬菜。你们难道不认为那也是暴力吗？”回答是：吃蔬菜也是暴力；蔬菜也有生命，因此素食者也在用暴力夺取其他生物体的生命。非奉献者为满足他们的舌头和肚腹屠杀乳牛、山羊和其他那么多的动物，吃素的奉献者也杀死蔬菜、植物。但很重要的一点是，这节诗中说明，每一个生物体都要靠杀其他的生物体维持自己的生命；这是大自然的法律。一种生物体是另一种生物体维持生命的食粮(jīvo jīvasya jīvanam)。但人类只有在迫不得已的情况下才能使用暴力。

人类应该只吃给至尊人格首神供奉过的食物。吃给至尊人格首神雅格亚(Yajña)供奉过的食物，使人免于一切罪恶(yajña-śiṣṭāśinaḥ santaḥ)。正因为如此，奉献者只吃给至尊主供奉过的食物——帕萨达(prasāda)。奎师那说：当奉献者怀着奉爱之情给祂供奉用蔬菜制作的食物时，祂会吃。所以奉献者用蔬菜作原料给奎师那准备食物。如果至尊主想要吃用动物肉准备的食物，奉献者就可以供奉那样的食物，但至尊主没有这么要求。

我们不得不实施暴力；那是大自然的法律。但我们不该过度施暴，而是要按照至尊主要求的限度做。阿尔诸纳从事杀的艺术，尽管杀无疑是暴力，但他只是在执行奎师那让他杀敌的命令。同样，如果我们为执行至尊主的命令而实施必要的暴力，这种情况就称为不过分的暴力(nātihiṁsā)。我们被置于不得不施暴的受制约的生活状态中，因此无法避免暴力。但我们不该超过需要的限度施暴或不是为执行至尊人格首神的命令而施暴。

第 16 节　मद्धिष्ण्यदर्शनस्पर्शपूजास्तुत्यभिवन्दनैः ।
भूतेषु मद्भावनया सत्त्वेनासङ्गमेन च ॥१६॥

mad-dhiṣṇya-darśana-sparśa-
pūjā-stuty-abhivandanaiḥ

bhūteṣu mad-bhāvanayā
sattvenāsaṅgamena ca

mat—我的 / dhiṣṇya—神像 / darśana—看 / sparśa—触摸 / pūjā—崇拜 / stuti—向……祈祷 / abhivandanaiḥ—通过致以顶礼 / bhūteṣu—在所有生物体中 / mat—我的 / bhāvanayā—以思想 / sattvena—受善良属性影响 / asaṅgamena—以不执著 / ca—和

译文 奉献者应该有规律地到庙内去看我的塑像，触碰我的莲花足，供奉敬神用的物品并献上祈祷。他应该以弃绝的心态，从善良属性的层面上看待一切，应该看到众生都是灵性的。

要旨 在神庙中崇拜神像是奉献者该履行的责任之一。这是特别推荐给初习奉献者的程序，但灵性进步的奉献者不该不履行崇拜神像的这一责任。初习奉献者与灵性进步的奉献者对至尊主出现在庙中的感受不一样。初习奉献者认为至尊主的神像形象(arcā-vigraha)与人格首神本人的形象不同，认为那是至尊主以神像形式出现的代表。但灵性进步的奉献者看神像就是出现在庙中的至尊人格首神本人，祂原本的形象与祂在庙里的神像(arcā)形象毫无区别。这是在爱神(bhāva)的最高阶段做奉爱服务的奉献者的视力，但初习奉献者把在庙中崇拜神像当做日常责任。

到庙里去崇拜神像是奉献者的职责之一。他有规律地去看打扮漂亮的神像，怀着敬畏的心触碰至尊主的莲花足，献上水果、鲜花等崇拜的供品，并献上祈祷文。同时，为了在奉爱服务中取得进步，奉献者应该看其他的生物都是灵性的火花，都是至尊主不可缺少的一部分。奉献者向每一个与至尊主有关系的生物致以敬意。每一个生物作为至尊主不可缺少的一部分原本都与至尊主有关系，因此奉献者应该看所有的生物在灵性存在的层面上都是平等的。正如《博伽梵歌》中所说：有学问的人(paṇḍita)平等看待博学的布茹阿玛纳，以及庶铎、猪、狗和乳牛。他不看只不过是一件外衣的物质躯体；不看那是布茹阿玛纳的外衣，这是一头牛或一只猪的外衣。他看到的是灵性的火花，是至尊主不可缺少的一部分。看不到所有的生物都是至尊主不可缺少的一部分的奉献者，被认为是物质主义奉献者(prākṛta-bhakta)。他并没有完全处在灵性的层面上；相反，他在奉爱服务的路途上处在最低的阶段。但他向神像表示所有的敬意。

奉献者虽然看所有的生物都处在灵性存在的层面上，但却没有兴趣与所有的生物联谊。仅仅因为老虎是至尊主不可缺少的一部分，与至尊主在灵性上有关系，并不意味着我们要去拥抱它。我们必须只与培养了奎师那意识的人联谊。

我们应该向发展了奎师那意识的人特别表示敬意并跟他做朋友。其他生物虽然无疑是至尊主不可缺少的一部分，但由于他们的纯净意识仍被覆盖着，还没有发展出奎师那意识，我们不该与他们交往、联谊。维施瓦纳特·查夸瓦尔提·塔库尔(Viśvanātha Cakravartī Ṭhākura)说：一个人即便是外士纳瓦，但如果不具备美好的品德，我们应该只把他当做外士纳瓦向他致敬，却避免与他在一起。承认维施努是至尊人格首神的人，都被视为是外士纳瓦，但外士纳瓦应该发展出半神人所有的美好品德。

施瑞达尔·斯瓦米解释“受善良属性影响(sattvena)”的确切意思是“耐心或毅力(dhairyeṇa)”。人必须以巨大的耐心和毅力做奉爱服务，而不该因为有一次或两次的努力未获得成功就放弃做奉爱服务。人必须坚持不懈地努力下去。圣茹帕·哥斯瓦米也确认说：人应该满怀信心、充满热情地耐心做奉爱服务。耐心对培养信心，坚信“我在做奉爱服务，奎师那一定会接受我”这一点很有必要。为确保成功，人必须按照规范守则做奉爱服务。

第 17 节 महतां बहुमानेन दीनानामनुकम्पया ।
मैत्र्या चैवात्मतुल्येषु यमेन नियमेन च ॥१७॥

mahatāṁ bahu-mānena
dīnānām anukampayā
maitryā caivātma-tulyeṣu
yamena niyamena ca

mahatām－向伟大的灵魂 / bahu-mānena－以崇高的敬意 / dīnānām－对于可怜的人 / anukampayā－怜悯 / maitryā－以友谊 / ca－也 / eva－肯定地 / ātma-tulyeṣu－对于同一等级的人 / yamena－通过控制感官 / niyamena－按规定 / ca－和

译文 纯粹的奉献者应该通过向自己的灵性导师和前辈灵性导师们致以最大的敬意做奉爱服务。他应该同情可怜之人，与跟他平等的人交朋友，但他所有的活动都应该在控制感官的情况下按规范守则去从事。

要旨 《博伽梵歌》第13章中清楚地说：人应该通过接受灵性导师(ācārya)做奉爱服务，在获取灵性知识的路途上取得进步。人应该崇拜了解真相的灵性导师(ācāryopāsanam)。灵性导师必须来自奎师那的师徒传承，他的灵性导师，以及他灵性导师的灵性导师……一直向上追溯，都来自同一个灵性导师师徒传承。

这节诗中说，要对所有的灵性导师致以最高的敬意。经典中说，不该“认为灵性导师是普通人(guruṣu nara-matiḥ)”，其中guruṣu的意思是“向灵性导师阿查尔亚”，nara-matiḥ的意思是“认为是普通人”。认为外士纳瓦——奉献者，属于某个阶层或团体，认为灵性导师是普通人或认为庙里的神像是石头、木头或金属的塑像的想法，都受到谴责。“按规定(niyamena)”一词是指，人应该按照规定的标准向灵性导师致以最崇高的敬意。奉献者同情可怜之人。可怜之人并不是指那些物质上一贫如洗的人。在奉献者看来，没有奎师那意识的人是可怜之人。一个人也许在物质上很富有，但如果没有奎师那意识，就被认为是可怜之人。另一方面，历史上有茹帕·哥斯瓦米和萨纳坦·哥斯瓦米(Sanātana Gosvāmī)等许多灵性导师，都曾经每晚睡在树下；他们表面上看来一贫如洗，但我们从他们的著作中可以了解到，他们在灵性生活中是最富有的人。

奉献者慈悲为怀，向缺乏灵性知识的可怜灵魂表示同情，用灵性知识启发他们，以使他们提升自己的意识到奎师那意识的层次。那是奉献者的职责之一。他还应该跟水平与他一样或对灵性生活有同样理解的人交朋友。对奉献者来说，与普通人交朋友没有意义。他应该与其他的奉献者交朋友，以便通过彼此之间的谈论，提升大家的灵性理解。这被说成是在彼此尊重的情况下聚在一起谈论奎师那(iṣṭa-goṣṭhī)。

《博伽梵歌》中说，“他们彼此之间谈论(bodhayantaḥ parasparam)。纯粹的奉献者通常用他们宝贵的时间聚在一起，吟诵、吟唱或谈论主奎师那和主柴坦亚的各种活动。韦达文献卷帙浩繁，众多的往世书(Purāṇas)、奥义书(Upaniṣads)，以及《玛哈巴茹阿特》(Mahābhārata,《摩诃婆罗多》)、《博伽瓦谭》和《博伽梵歌》中记载了无数由两个奉献者或更多的奉献者谈论的主题。成熟的理解和共同的兴趣，是人们建立牢固友谊的基础。具备这两点的人是“同一个阶层的人(sva jāti)”。奉献者应该避免与品德未达到标准的人交往、联谊；哪怕他是奎师那的奉献者——外士纳瓦，如果他的品德不够好，就要避免与他交往。人应该控制住感官和心念，严格遵守规范原则，应该跟水平与自己相同的人交朋友。

第 18 节　आध्यात्मिकानुश्रवणान्नामसङ्कीर्तनाच्च मे ।
आर्जवेनार्यसङ्गेन निरहङ्क्रियया तथा ॥१८॥

ādhyātmikānuśravaṇān
nāma-saṅkīrtanāc ca me
ārjavenārya-saṅgena
nirahaṅkriyayā tathā

ādhyātmika一灵性的事物 / anuśravaṇāt一通过聆听 / nāma-saṅkīrtanāt一通过吟唱、吟诵圣名 / ca一和 / me一我的 / ārjavena一以正直的为人 / ārya-saṅgena一通过和神圣的人交往 / nirahaṅkriyayā一不带假我 / tathā一如此

译文 奉献者应该始终努力聆听灵性的内容，应该把时间都用在吟诵、吟唱至尊主的圣名上。他应该始终为人正直、朴实，虽然对众生友好、不嫉妒他人，但还是要避免与灵性不进步的人交往。

要旨 为了增进灵性的理解，人必须从权威的源头处聆听灵性的知识。严格遵守规范守则、控制感官，可以使人了解真实的灵性生活。控制自我必须做到非暴力、诚实、不偷盗、禁欲，而且只保有维持生命所必需的一切。人不该吃超过身体需要的量，不该收集多于实际需要的随身用品，不该说废话，不该跟世俗之日联谊，不该在不清楚作用的情况下遵守规范守则。他应该遵守能使他真正取得进步的规范守则。

《博伽梵歌》第13章的第8节诗中谈到奉献者的十八项资格，其中一项是淳朴。人不该骄傲，不该不必要地要求他人的尊敬，应该非暴力(amānitvam adambhitvam ahiṁsā)。人应该非常忍受、朴实，应该接受灵性导师，应该控制感官。这些品质在这节诗中和《博伽梵歌》中都谈到了。就有关如何在灵性生活中取得进步的问题，人应该从权威的源头处聆听教导，应该从灵性导师那里接受这些教导并加以吸收。

这节诗中尤其谈到，人应该自己或与他人一起吟诵、吟唱至尊主的圣名(nāma-saṅkīrtanāc ca)，哈瑞·奎师那 哈瑞·奎师那 奎师那·奎师那 哈瑞·哈瑞/哈瑞·茹阿玛 哈瑞·茹阿玛 茹阿玛·茹阿玛 哈瑞·哈瑞(Hare Kṛṣṇa, Hare Kṛṣṇa, Kṛṣṇa Kṛṣṇa, Hare Hare/ Hare Rāma, Hare Rāma, Rāma Rāma, Hare Hare)。主柴坦亚特别强调，吟诵、吟

唱至尊主的这些圣名是取得灵性进步的基本原则。这节诗用的另一个词是“不圆滑(ārjavena)”，意思是说，奉献者不该出于对个人利益的考虑做各种计划。当然，传播知识的人为执行至尊主的使命，有时必须在正确的指导下制订计划，但就有关个人的利益，奉献者永远都不该搞外交，应该避免与灵性生活不进步的人为伍。诗中的另一个词是“神圣的人(ārya)”。阿尔延人(āryan, 雅利安人)是那些不但具有高度的奎师那意识、进步的灵性知识，而且物质上取得了成就的人。灵性进步的标准，是阿尔延人——半神人(sura)，与非阿尔延人——恶魔(asura)的分水岭。与灵性不进步的人交往、联谊是受到禁止的。主柴坦亚劝告说：人应该避免与依恋短暂事物的人在一起(asat-saṅga-tyāga)。过度依恋物质、不是至尊主的奉献者、太依恋女人或物质享乐的人，被称为阿萨特(asat)。按照外士纳瓦的哲学，这种人是不受欢迎的人。

奉献者不该对自己取得的成就或拥有的一切感到骄傲。温顺、谦卑才是奉献者的表现。奉献者应该向卡维茹阿佳·哥斯瓦米(Kavirāja Gosvāmī)和所有其他外士纳瓦为我们树立的榜样学习；他们虽然在灵性上非常进步，但却永远保持温顺和谦卑。柴坦亚·玛哈帕布(Caitanya Mahāprabhu)教导说：人应该比街道上的一根稻草还要谦卑，比一棵树还要忍受；应该摒除一切骄傲或虚荣感。这样，人才能在灵性生活中取得进步。

第 19 节　मद्धर्मणो गुणैरेतैः परिसंशुद्ध आशयः ।
पुरुषस्याञ्जसाभ्येति श्रुतमात्रगुणं हि माम् ॥१९॥

mad-dharmaṇo guṇair etaiḥ
parisaṁśuddha āśayaḥ
puruṣasyāñjasābhyeti
śruta-mātra-guṇaṁ hi mām

mat-dharmaṇaḥ－我的奉献者的 / guṇaiḥ－以品质 / etaiḥ－这些 /

parisaṁśuddhaḥ—完全净化了 / āśayaḥ—意识 / puruṣasya——个人的 / añjasā—立即 / abhyeti—接近 / śruta—通过聆听 / mātra—仅仅 / guṇam—品质 / hi—肯定地 / mām—我的

译文 具备这一切超然特质的完全有资格的人，其意识彻底得到了净化。这样的人只是听到我的名字或对我超然品质的描述，便立刻受到吸引。

要旨 在这条指示的一开始，至尊主向祂母亲解释说：仅仅靠聆听至尊人格首神的名字、品质和形象等，人就会立刻受到吸引(mad-guṇa-śruti-mātreṇa)。遵守经典制定的规范守则使人具有所有超然的品质，变得有资格。与物质的接触使我们培养了一些不该有的品质，而遵守上述程序可以使我们去除那些污垢。正如前一节诗中所解释的：要培养超然品质的人，必须去除污浊的品质。

第 20 节 यथा वातरथो घ्राणमावृङ्क्ते गन्ध आशयात् ।
एवं योगरतं चेत आत्मानमविकारि यत् ॥२०॥

yathā vāta-ratho ghrāṇam
āvṛṅkte gandha āśayāt
evaṁ yoga-rataṁ ceta
ātmānam avikāri yat

yathā—好像 / vāta—空气的 / rathaḥ—战车 / ghrāṇam—嗅觉感官 / āvṛṅkte—吸引住 / gandhaḥ—芳香 / āśayāt—从源头 / evam—同样的 / yoga-ratam—做奉爱服务 / cetaḥ—意识 / ātmānam—至尊灵魂 / avikāri—没有改变的 / yat—……的

译文 正如空气将气味从其发出地立刻携带到嗅觉感官那里，引起那感官的注意，满怀奎师那意识一直不断做奉爱服务的人，能够立刻吸引无所不在的至尊灵魂。

要旨　恰似微风携带花园中鲜花那令人心旷神怡的芳香，立刻抓住嗅觉感官的注意力，一个人满含奉爱之情的意识，会立刻吸引住以超灵的形式无所不在，包括存在于每一个生物体心中的至尊人格首神的超然注意力。《博伽梵歌》中说：至尊人格首神不仅处在这个躯体中(kṣetra jña)，也同时处在所有其他的躯体中。个体灵魂只处在某一个躯体中，当其他个体灵魂不与他合作时，他就受到打扰。然而，超灵无所不在。个体灵魂中间也许有不同的意见，但处在每一个躯体中的超灵不受打扰、永远不变(avikāri)。个体灵魂一旦充满奎师那意识，就能意识到超灵的存在。《博伽梵歌》第18章的第55节诗中确认说：满怀奎师那意识忙于做奉爱服务的人，能够了解以超灵或至尊人的形象存在的至尊人格首神(bhaktyā mām abhijānāti)。

第21节　अहं सर्वेषु भूतेषु भूतात्मावस्थितः सदा ।
तमवज्ञाय मां मर्त्यः कुरुतेऽर्चाविडम्बनम् ॥२१॥

ahaṁ sarveṣu bhūteṣu
bhūtātmāvasthitaḥ sadā
tam avajñāya māṁ martyaḥ
kurute 'rcā-viḍambanam

aham—我 / sarveṣu—在所有的 / bhūteṣu—生物体 / bhūta-ātmā—所有生物的超灵 / avasthitaḥ—处于 / sadā—总是 / tam—那个超灵 / avajñāya—轻视 / mām—我 / martyaḥ—凡人 / kurute—执行 / arcā—崇拜神像的 / viḍambanam—模仿

译文　我作为超灵住在每一个生物体内。如果有人到庙里去崇拜神像，但却忽视或不尊重无所不在的超灵，就只不过是在装模作样。

要旨　人在具有纯净的意识——奎师那意识时，能看到奎师那无所不在。只在庙中崇拜神像，却不关心其他生物体的人，处在奉爱服务的最低阶段。在庙里崇拜神像，但却不尊重其他生物体的奉献者，是物质主义奉献者，处在奉爱服务的最低阶段。奉献者应该努力明白一切存在都与奎师那有关这一事实真相，应该以这样的理解对待一切。对待一切的意思是，用一切为奎师那服务。遇到不了解自己与奎师那关系的无知之人时，进步的奉献者应该试着安排他为奎师那做服务。具有高度的奎师那意识之人，不仅使其他生物体为奎师那做服务，而且用一切为奎师那服务。

第22节　यो मां सर्वेषु भूतेषु सन्तमात्मानमीश्वरम् ।
हित्वार्चां भजते मौढ्याद्भस्मन्येव जुहोति सः ॥२२॥

yo māṁ sarveṣu bhūteṣu
santam ātmānam īśvaram
hitvārcāṁ bhajate mauḍhyād
bhasmany eva juhoti saḥ

yaḥ—……的人 / mām—我 / sarveṣu—在所有的 / bhūteṣu—生物体 / santam—出现 / ātmānam—超灵 / īśvaram—至尊主 / hitvā—轻视 / arcām—神像 / bhajate—崇拜 / mauḍhyāt—因为愚昧 / bhasmani—向灰烬中 / eva—只有 / juhoti—供奉祭品 / saḥ—他

译文　谁在庙里崇拜首神的神像，但却不知道至尊主以超灵的形式处在每一个生物体的心中，谁无疑是无知的，其作为被比喻为把祭品供奉到灰烬中。

要旨　这节诗中清楚地说：至尊人格首神以祂完整的扩展住在每一个生物体的心中。物质世界里有八百四十万种躯体，至尊人格首神作为超灵和个体灵魂住在每一个躯体内。由于个体灵魂是至尊主不可缺少的一部分，从这个意义上说，至尊主作为个体灵魂住在每一个躯体内，但祂也以超灵的身份作为见证者住在同一个躯体内。重点是：神以两种形式住在每一个生物体体内。因此，人们虽然宣称自己属于不同的宗教派别，但却感知不到至尊人格首神无所不在，存在于每一个生物体体内；这是处在愚昧状态的表现。

不了解至尊主无所不在的基本知识，却只是执著于神庙、教堂或清真寺的仪式，就像不把黄油供奉到火中，而是供奉到灰烬中一样。举行祭祀时要把纯净的黄油供奉到火中并吟诵、吟唱韦达赞歌；然而，即使举行祭祀的一切条件都具备，而且也吟诵、吟唱韦达赞歌，但如果把纯净的黄油泼在灰烬上，祭祀便宣告无效。换句话说，奉献者不该忽视任何生物体。奉献者必须知道：任何一个生物体，无论他多么微小，哪怕是一只蚂蚁，神都在其体内；因此，每一个生物体都该得到善待，不该成为暴力的受害者。在现代文明社会中，屠宰场竟然能得以维持下去，并受到某类宗教原则的支持。但是，任何所谓的人类文明进步，无论被说成是灵性方面的还是物质方面的，如果没有关于神处在每一个生物体体内的知识，就是愚昧型的“进步”。

第 23 节　द्विषतः परकाये मां मानिनो भिन्नदर्शिनः ।
भूतेषु बद्धवैरस्य न मनः शान्तिमृच्छति ॥२३॥

dviṣataḥ para-kāye māṁ
māṇino bhinna-darśinaḥ
bhūteṣu baddha-vairasya
na manaḥ śāntim ṛcchati

dviṣataḥ—有嫉妒心的人的 / para-kāye—向另一个人的身体 / mām—向我 / māninaḥ—致敬 / bhinna-darśinaḥ—分离主义者的 / bhūteṣu—向生物体 / baddha-vairasya—带有敌意的人的 / na—不 / manaḥ—内心 / śāntim—平静 / ṛcchati—到达

译文　谁向我致敬，但却嫉妒其他生物体的躯体，谁就是分离主义者。由于他满怀敌意地对待其他生物体，他心中永远无法获得平静。

要旨 在这节诗中，“对他人怀有敌意(bhūteṣu baddha-vaira-sya)”和“嫉妒他人的躯体(dviṣataḥ para-kāye)”两个短句十分重要。嫉妒其他生物体或对其他生物体怀有敌意的人，永远都体会不到快乐。因此，奉献者的视力必须是完美的。他不该对躯体作区分，应该只看到至尊主不可缺少的一部分，以及至尊主以祂的完整扩展超灵的存在。那就是纯粹奉献者所看到的一切。奉献者从不对生物体的外在躯体作区别。

至尊主总是渴望拯救被囚禁在物质躯体中的受制约的灵魂。奉献者应该让这种受制约的灵魂了解至尊主的信息和愿望，用有关奎师那意识的知识启发他们，以使他们得到提升，过上超然、灵性的生活，从而成功地完成他们人生的使命。当然，这对低于人类的生物体来说是不可能的，但所有的人类都能够得到有关奎师那意识的知识的启发。就连低于人类的生物体都可以靠其他方式被提升到具有奎师那意识的层面。例如：主柴坦亚的优秀奉献者希瓦南达·塞纳(Śivānanda Sena)，通过给他的狗喂给至尊主供奉过的食物帕萨达，拯救了它。把给至尊主供奉过的食物帕萨达，甚至分发到愚昧大众和动物中去，使这样的生物体有机会提升他们的奎师那意识。事实上，希瓦南达·塞纳的那条狗，在普瑞(Purī)遇到主柴坦亚时得到解脱，摆脱了物质的处境。

这节诗中特别谈到，奉献者必须免于一切暴力(jīvāhiṁsā)。主柴坦亚告诫奉献者不要对任何生物体施暴。人们有时会问，既然蔬菜也有生命，奉献者吃蔬菜不是施暴吗？首先，从一棵树或植物上取一些叶子、嫩枝或水果，并不是杀那植物。此外，“免于一切暴力”一词的意思是：即使生物是永恒的，即使每一个生物都必须按照他过去从事的活动(karma)经历某种类型的躯体，他也不该在他逐渐进化的过程中受到打扰。奉献者必须忠实地履行奉爱服务的原则，必须知道不管一个生物体有多渺小，至尊主都在他体内。奉献者必须认识到至尊主无所不在，遍存于宇宙各处。

第 24 节　अहमुच्चावचैर्द्रव्यैः क्रिययोत्पन्नयानघे ।
नैव तुष्येऽर्चितोऽर्चायां भूतग्रामावमानिनः ॥२४॥

aham uccāvacair dravyaiḥ
kriyayotpannayānaghe
naiva tuṣye 'rcito 'rcāyāṁ
bhūta-grāmāvamāninaḥ

aham一我 / ucca-avacaiḥ一用各种各样的 / dravyaiḥ一崇拜用品 / kriyayā一以宗教仪式 / utpannayā一完成 / anaghe一无罪的母亲啊 / na一不 / eva一肯定地 / tuṣye一取悦 / arcitaḥ一受崇拜 / arcāyām一以神像的形式 / bhūta-grāma一向其他生物体 / avamāninaḥ一那些无礼的

译文　亲爱的母亲，不知道我处在众生心中的人，即使以恰当的仪式和正确的程序在庙里崇拜我的神像，也永远取悦不了我。

要旨　在庙里崇拜至尊主的神像有六十四项规定；该供奉给神像的东西很多，有的很贵重，有的则不那么贵重。至尊主在《博伽梵歌》中说："奉献者怀着爱心供奉给我一朵花、一片叶子、一些水或一个水果，我都会接受。"真正重要的是向至尊主表达奉爱的情感，供品本身还在其次。如果一个人没有发展出对至尊主的奉爱之情，而只是在没有真正的奉爱情感的情况下供奉许多种食物、水果和鲜花，那么至尊主是不会接受那些供奉的。我们贿赂不了人格首神。祂是那么伟大，我们的贿赂在祂眼里根本没有价值。祂自给自足，什么都不缺，我们能给祂什么呢？一切都是祂生产、提供的。我们只是通过供奉向祂表示我们对祂的爱和感恩之情。

纯粹的奉献者知道至尊主住在每一个生物体心中，向祂表达对祂的爱和感激。因此，在庙里崇拜神像也必须包括分发帕萨达。在自己的私人公寓或房间内设一个神坛，向至尊主供奉一些食品，然后自己吃给至尊主供奉过的食物：这样做并不足够。当然，那比只是烹煮食物，在不了解自己与至尊主的关系的情况下独自享用要强。这样的人像动物一样。然而，想要把自己的理解提升到更高层面上的奉献者，必须知道至尊主处在每一个生物体的心中；正如前一节诗所说，人必须同情其他的生物体。奉献者应该崇拜至尊主，应该友好对待水平与自己相同的人，应该同情无知之人。我们应该通过分发帕萨达向愚昧的生物体表示同情。对崇拜至尊人格首神的奉献者来说，给无知大众分发帕萨达是必不可少的一项活动。

至尊主接受的是真正的爱和奉爱之情。我们可以把许多种美味佳肴放在一个人的面前，但如果那人根本不饿，他就不会想吃这些食物。同样道理，我们也许向神像供奉许许多多美味佳肴，但如果我们没有真正的奉爱之情，没有真正意识到至尊主无所不在，那我们做的就不是完美的奉爱服务；在这种愚昧的状态下，我们不可能给至尊主供奉任何能让祂接受的东西。

第 25 节 अर्चादावर्चयेत्तावदीश्वरं मां स्वकर्मकृत् ।
यावन्न वेद स्वहृदि सर्वभूतेष्ववस्थितम् ॥२५॥

arcādāv arcayet tāvad
īśvaraṁ māṁ sva-karma-kṛt
yāvan na veda sva-hṛdi
sarva-bhūteṣv avasthitam

arcā-ādau－从崇拜神像开始 / arcayet－人该崇拜 / tāvat－时间长到 / īśvaram－至尊人格首神 / mām－我 / sva－他自己 / karma－规定职责 / kṛt－执行 / yāvat－只要 / na－不 / veda－他觉悟 / sva-hṛdi－在他心中 / sarva-bhūteṣu－在所有生物体中 / avasthitam－处于

译文 人应该履行他的规定职责，崇拜至尊人格首神的神像，直到领悟到我在他心中，也在其他生物体心中。

要旨 这节诗中说，就连只是在履行自己的规定职责的人，都该崇拜至尊人格首神的神像。人类社会中有布茹阿玛纳、查锤亚、外夏和庶铎这四个不同的阶层，人的一生中会经历独身禁欲的学生生活、居士、退出家庭生活和当托钵僧这四个阶段，在不同的社会阶层和阶段的人都有各自要履行的规定职责。人应该崇拜至尊主的神像直到能察觉到至尊主在每一个生物体的心中。换句话说，人不该只满足于正确地履行自己的职责，还必须觉悟到他与至尊人格首神的关系，以及所有其他众生与至尊主的关系。他如果不明白这一点，那么即使他正确地履行了自己的职责，也只不过是在做无用功。

"履行自己的规定职责(sva-karma-kṛt)"一句在这节诗中极为重要。并不是说人成为至尊主的奉献者或为至尊主做奉爱服务了，就该放弃他的规定职责。没人该以做奉爱服务为借口偷懒；相反必须按照自己的规定职责做奉爱服务。履行自己的规定职责的意思是：人应该认真地履行他的规定职责，不该玩忽职守。

第26节 आत्मनश्च परस्यापि यः करोत्यन्तरोदरम् ।
तस्य भिन्नदृशो मृत्युर्विदधे भयमुल्बणम् ॥२६॥

ātmanaś ca parasyāpi
yaḥ karoty antarodaram
tasya bhinna-dṛśo mṛtyur
vidadhe bhayam ulbaṇam

ātmanaḥ—他自己的 / ca—和 / parasya—另一个人的 / api—也 / yaḥ—……人 / karoti—作区分 / antarā—……之间 / udaram—身体 / tasya—他的 / bhinna-dṛśaḥ—拥有不同的外表 / mṛtyuḥ—如同死亡 / vidadhe—我造成 / bhayam—恐惧 / ulbaṇam—巨大的

译文 我恰似死亡的烈火，使因为外表差异而把自己与其他生物体作区分的人感到巨大的恐惧。

要旨 所有不同种类的生物体所具有的躯体各不相同，但奉献者不该以躯体为基础对生物体加以区分。奉献者应该看到：在不同种类的每一个生物体体内，都有个体灵魂和超灵的存在。

第 27 节 अथ मां सर्वभूतेषु भूतात्मानं कृतालयम् ।
अर्हयेद्दानमानाभ्यां मैत्र्याभिन्नेन चक्षुषा ॥२७॥

atha māṁ sarva-bhūteṣu
bhūtātmānaṁ kṛtālayam
arhayed dāna-mānābhyāṁ
maitryābhinnena cakṣuṣā

atha－因此 / mām－我 / sarva-bhūteṣu－在所有生物体中 / bhūta-ātmānam－所有生物体中的至尊自我 / kṛta-ālayam－停留 / arhayet－人该取悦 / dāna-mānābhyām－通过布施和尊敬 / maitryā－通过友谊 / abhinnena－平等的 / cakṣuṣā－通过看待

译文 所以，人应该通过施舍、慈悲为怀，以及平等看待并善待众生，来取悦以至尊自我的身份住在所有生物体心中的我。

要旨 我们不该因为超灵住在生物体的心中，就误认为个体灵魂与超灵是平等的。非人格神主义者就错误地以为超灵与个体灵魂是平等的。这节诗中明确地说，应该认清个体灵魂与至尊人格首神的关系。诗中也给予了敬重个体灵魂的方法，即：要么向大众布施，要么以友好的方式对待众生，去除分离主义者的观点。非人格神主义者有时把可怜的个体灵魂当做是变贫穷了的至尊人格首神纳茹阿亚纳(da-ridra-nārāyaṇa)。这种看法是自相矛盾的。至尊人格首神绝对拥有所有的财富。祂可以同意与可怜的灵魂住在一起，甚至住在动物的心中，但这并不意味着祂是贫穷的。

这节诗中有两个梵文词，一个是玛纳(māna)，一个是达纳(dāna)。玛纳是指地位较高的人，达纳是指向地位低于自己的生物体施舍或同情他们的人。我们不能把至尊人格首神当做地位低于我们，要靠我们施舍的生物体对待。我们是向物质地位或经济条件低于我们的人施舍，而不是向富有的人施舍。同样道理，这节诗中说应该向地位高于我们的人(māna)致敬，应该向地位低于我们的人施舍。不同的人按照其从事的功利性活动得到不同的结果，有的变得富有，有的变得贫穷，但至尊人格首神永远不变；祂永远绝对地拥有六种财富。平等对待众生，并不是说要向对待至尊人格首神那样对待普通生物。同情和友情并不意味着要把某人错误地放到至尊人格首神的崇高地位上。同时，我们不该误认为处在猪等动物心中的超灵，不同于处在博学的布茹阿玛纳心中的超灵。在所有生物体心中的超灵，都是同一位至尊人格首神。祂可以凭祂的全能住在任何地方，可以在任何地方创造祂的外琨塔环境。那是祂不可思议的能量。因此，当纳茹阿亚纳住在猪的心中时，祂并没有变成猪纳茹阿亚纳。祂永远是至尊人格首神纳茹阿亚纳，不受猪的躯体的影响。

第 28 节 जीवाः श्रेष्ठा ह्यजीवानां ततः प्राणभृतः शुभे ।
ततः सचित्ताः प्रवरास्ततश्चेन्द्रियवृत्तयः ॥२८॥

jīvāḥ śreṣṭhā hy ajīvānāṁ
tataḥ prāṇa-bhṛtaḥ śubhe
tataḥ sa-cittāḥ pravarās
tataś cendriya-vṛttayaḥ

jīvāḥ—生物体 / śreṣṭhāḥ—更好 / hi—实际上 / ajīvānām—比没有生命的物体 / tataḥ—比他们 / prāṇa-bhṛtaḥ—有生命特征的生物 / śubhe—神圣的母亲啊 / tataḥ—比他们 / sa-cittāḥ—意识较发达的生物体 / pravarāḥ—更好 / tataḥ—比他们 / ca—和 / indriya-vṛttayaḥ—具有感官知觉的

译文 神圣的母亲啊！生物体高于无生命的物体；在生物体之中，展示生命征象的比不展示的高级，意识较发达的动物又比只展示生命征象的生物体高级，感官知觉发达的生物体则更高级。

要旨 前一节诗中解释到，应该通过施舍和友好的对待向其他生物体表示敬意。这节诗和下几节诗描述了不同生物体的等级，以便让我们了解，什么时候表示友好，什么时候该给予施舍。例如：老虎是一个生物体，是至尊人格首神不可缺少的一部分，至尊主以超灵的形式住在老虎的心中。但这是否意味着我们必须与老虎交朋友呢？当然不是。我们必须以不同的方式对待它，以给它吃帕萨达的方式对它施舍。许多住在丛林中的圣人都不跟老虎交朋友，但却为它们提供供奉过神的食物帕萨达。老虎来吃食物，然后走开，就象狗一样。按照韦达文化传统，狗是不允许进入房子的。狗和猫因为很不干净，所以不被允许进入绅士的住宅，而是受训练只能待在房子外面。慈悲为怀的居士会在门外给狗和猫提供帕萨达，它们吃过后便走开。我们必须怀着同情的心对待低等生物体，但这并不意味着我们要以对待其他人的方式对待他们。必须要有平等的感觉，但对待的方式应该不同。下面的六节诗谈到该如何按照生物受制约的程度分别对待不同的生物体。

首先是把无生命的物质和有生命的机体划分开来。有生命的机体有时甚至展示为石头。我们看到有的丘陵和高山也在增大。这是因为有灵魂在那石头中。在那之上是意识比较发达的生命状态的展示，接着是感官知觉发展的展示。《玛哈巴茹阿特》解脱之途篇章中说：树木有发达的感官知觉，能看能嗅。我们从自己的日常经验中了解到，树木可以看。树在生长为大树的过程中，有时会为了避开障碍物改变生长的方向。这意味着树能看。按照《玛哈巴茹阿特》的记载，树也能嗅。这说明感官知觉的发展。

第 29 节　तत्रापि स्पर्शवेदिभ्यः प्रवरा रसवेदिनः ।
तेभ्यो गन्धविदः श्रेष्ठास्ततः शब्दविदो वराः ॥२९॥

tatrāpi sparśa-vedibhyaḥ
pravarā rasa-vedinaḥ
tebhyo gandha-vidaḥ śreṣṭhās
tataḥ śabda-vido varāḥ

tatra—在他们之中 / api—甚至 / sparśa-vedibhyaḥ—比那些具有触觉的 / pravarāḥ—更好 / rasa-vedinaḥ—那些具有味觉的 / tebhyaḥ—比他们 / gandha-vidaḥ—那些具有嗅觉的 / śreṣṭhāḥ—更好 / tataḥ—比他们 / śabda-vidaḥ—那些具有听觉的 / varāḥ—更好

译文　在感官知觉发展成熟的生物体中，那些长出味觉感官的比只长出触觉感官的高级。比他们都高级的是，长出嗅觉感官的生物体，而更高级的是长出听觉感官的生物体。

要旨　尽管西方人认为达尔文是进化论的第一位阐述者，但进化论其实并不是一门新的科学。五千年前的巨著《博伽瓦谭》中，就记载着进化过程的发展，记载了卡皮拉·牟尼在创造初期对这一学科所作的说明。这知识从韦达时代就已存在，韦达文献中揭示了进化全过程；对韦达经(Vedas)来说，进化论或人类学都不是新的理论。

这里说，在树木中也有进化过程；有的树有触觉。比树木高等的生物体是鱼，因为鱼发展出了味觉。比鱼高级的生物体是发展出了嗅觉的蜜蜂。比它们都高级的是蛇，因为蛇发展出了听觉。在伸手不见五指的黑夜里，蛇只靠听青蛙悦耳的叫声，就可以找到可吃的食物。蛇可以明白“那里有青蛙”，并只凭青蛙发出的声音振荡抓住它。经典有时用这个例子比喻那些只会发出给自己招来死亡的声音的人。人长着一条性能极佳的舌头，可以像青蛙一样发出声音，但那种声音只能招来死亡。让舌头发出声音振荡的最佳做法是，吟诵、吟唱哈瑞·奎师那　哈瑞·奎师那　奎师那·奎师那　哈瑞·哈瑞 / 哈瑞·茹阿

玛 哈瑞·茹阿玛 茹阿玛·茹阿玛 哈瑞·哈瑞。这样做的人将受到保护，免遭死亡的残酷魔爪的伤害。

第 30 节 रूपभेदविदस्तत्र ततश्चोभयतोदतः ।
तेषां बहुपदाः श्रेष्ठाश्चतुष्पादस्ततो द्विपात् ॥३०॥

rūpa-bheda-vidas tatra
tataś cobhayato-datah
teṣāṁ bahu-padāḥ śreṣṭhāś
catuṣ-pādas tato dvi-pāt

rūpa-bheda—形体上的不同 / vidaḥ—具有感官知觉的那些 / tatra—比他们 / tataḥ—比他们 / ca—和 / ubhayataḥ—在两者口中 / dataḥ—那些长有牙齿的 / teṣām—他们的 / bahu-padāḥ—那些有许多条腿的 / śreṣṭhāḥ—更好 / catuḥ-pādaḥ—四条腿 / tataḥ—比它们 / dvi-pāt—两条腿

译文 比能够感知到声音的生物体高级的，是能分辨不同形象的生物体。比它们高级的，是长出上下两排牙齿的生物体，而其中更高级的是有许多腿的生物体。在有腿的动物中，四足动物更高级。比它们都高级的是人类。

要旨 据说像乌鸦等有些鸟类，可以分辨形象的不同。黄蜂、马蜂等是有许多条腿的生物体，它们比没有腿的植物和草等生物体高级。有四条腿的动物比有许多条腿的生物体高级，比动物高级的是只有两条腿的人类。

第 31 节 ततो वर्णाश्च चत्वारस्तेषां ब्राह्मण उत्तमः ।
ब्राह्मणेष्वपि वेदज्ञो ह्यर्थज्ञोऽभ्यधिकस्ततः ॥३१॥

tato varṇāś ca catvāras
teṣāṁ brāhmaṇa uttamaḥ

brāhmaṇeṣv api veda-jño
hy artha-jño 'bhyadhikas tataḥ

tataḥ－在他们之中 / varṇāḥ－等级 / ca－和 / catvāraḥ－四个 / teṣām－他们的 / brāhmaṇaḥ－布茹阿玛纳呀 / uttamaḥ－最好的 / brāhmaṇeṣu－在许多布茹阿玛纳中 / api－甚至 / vedas－韦达经 / jñaḥ－知道的人 / hi－肯定地 / artha－目的 / jñaḥ－知道的人 / abhyadhikaḥ－更好 / tataḥ－比他

译文　在人类中，按照人的品质和工作划分阶层的群体最高级，而在那类人中，被称为布茹阿玛纳的智者最好。在布茹阿玛纳中，研究过韦达经的最优秀；而在研究过韦达经的布茹阿玛纳中，了解韦达经的真正目的的人最杰出。

要旨　人类社会按照人的品质和工作制定的社会四阶层制度极为科学。分布茹阿玛纳、查锤亚、外夏和庶铎的社会四阶层制度，如今在印度堕落成为种姓制度，但从《圣典博伽瓦谭》和《博伽梵歌》的记载中看，这一制度源远流长。人类社会除非有对包括知识分子阶层、管理及军事人员阶层、商人阶层和劳工阶层的划分，否则会一直有对“什么人为什么目的工作”的困惑。受到训练了解了绝对真理的人是布茹阿玛纳，这样的布茹阿玛纳了解韦达经的目的(veda jña)。韦达经的目的是了解绝对者。谁了解绝对真理有梵(布茹阿曼)、超灵(Paramātmā)和至尊人格首神(Bhagavān)三方面的特征，谁就被视为是最优秀的布茹阿玛纳(婆罗门)——外士纳瓦。

第 32 节　अर्थज्ञात्संशयच्छेत्ता ततः श्रेयान् स्वकर्मकृत् ।
मुक्तसङ्गस्ततो भूयानदोग्धा धर्ममात्मनः ॥३२॥

artha-jñāt saṁśaya-cchettā
tataḥ śreyān sva-karma-kṛt

mukta-saṅgas tato bhūyān
adogdhā dharmam ātmanaḥ

artha-jñāt－比已经知道了韦达经目的的人 / saṁśaya－疑惑 / chettā－斩断……的人 / tataḥ－比他 / śreyān－更好 / sva-karma－他的规定职责 / kṛt－执行……的人 / mukta-saṅgaḥ－摆脱了物质的接触 / tataḥ－比他 / bhūyān－更好 / adogdhā－不执行 / dharmam－奉爱服务 / ātmanaḥ－为他自己

译文 在了解韦达经目的的布茹阿玛纳中，最好的是能驱除一切疑云的人，而比他强的是严格遵守布茹阿玛纳原则的人。与他们相比，清除一切物质污染的布茹阿玛纳更优秀，而最卓越的是做奉爱服务不求回报的纯粹奉献者。

要旨 “了解韦达经目的的布茹阿玛纳(artha jña brāhmaṇa)”，是指那些对绝对真理进行了全面的分析性研究，知道绝对真理可以通过梵、超灵和至尊人格首神这三个不同的方面去觉悟的人。比这种人更优秀的是，不仅有这种知识，而且能清除人们对有关绝对真理产生的一切疑惑的人。当然，有许多博学的布茹阿玛纳·外士纳瓦(brāhmaṇa-vaiṣṇava)可以清楚地解释所有的疑问，消除人们的疑惑，但如果他们自己并没有实际遵守外士纳瓦的原则，他们就没有处在更高的层面上。人必须在能够清除所有疑惑的同时，真正展现出布茹阿玛纳的品德。了解韦达教导的目的、能够实际运用韦达文献中教导的原则，并以同样的方式教导他门徒的人，被称为灵性导师——阿查尔亚(ācārya)。灵性导师为至尊主做奉爱服务，心中没有任何想要借此提高自己的生活水平和社会地位的欲望。

最完美的布茹阿玛纳是外士纳瓦。了解绝对真理的科学，但没有能力向他人解释这门知识的外士纳瓦，是比较初级的外士纳瓦。不仅了解神的科学原理，还能够传播这知识的人，是中级外士纳瓦。不仅能传播这知识，还能够看到一切都在绝对真理之中，绝对真理在一切之中的外士纳瓦，是最高级的外士纳瓦。这节诗中谈到，外士纳瓦已经是布茹阿玛纳了。事实上，人一旦成为外士纳瓦，就达到了布茹阿玛纳最高的完美境界。

第 33 节　तस्मान्मय्यर्पिताशेषक्रियार्थात्मा निरन्तरः ।
मय्यर्पितात्मनः पुंसो मयि सन्न्यस्तकर्मणः ।
न पश्यामि परं भूतमकर्तुः समदर्शनात् ॥३३॥

tasmān mayy arpitāśeṣa-
kriyārthātmā nirantaraḥ
mayy arpitātmanaḥ puṁso
mayi sannyasta-karmaṇaḥ
na paśyāmi paraṁ bhūtam
akartuḥ sama-darśanāt

tasmāt一比他 / mayi一向我 / arpita一供奉 / aśeṣa一所有 / kriyā一活动 / artha一财富 / ātmā一生命、灵魂 / nirantaraḥ一不停地 / mayi一向我 / arpita一供奉 / ātmanaḥ一内心……的他 / puṁsaḥ一比……人 / mayi一向我 / sannyasta一奉献 / karmaṇaḥ一活动……的他 / na一不 / paśyāmi一我看 / param一更伟大 / bhūtam一生物体 / akartuḥ一不拥有财产 / sama一同样的 / darśanāt一看待……的人

译文　纯粹的奉献者除我以外，对什么都不感兴趣，因此终日为我而忙碌，把一切，包括他的生命都献给我。所以，我找不到比他更伟大的人。

要旨　这节诗中“有同样的兴趣(sama-darśanāt)”一句的意思是：再也没有不符合至尊主意愿的兴趣；奉献者的兴趣与至尊人格首神的兴趣一样。扮演成奉献者的至尊主本人柴坦亚，也传播同样的哲学说，奎师那是我们该崇拜的至尊主——至尊人格首神，祂纯粹奉献者的爱好与祂本人的愿望一样。

假象宗哲学人士有时因为缺乏知识，所以解释“有同样的兴趣”一句说：它的意思是，奉献者应该看到自己与至尊人格首神是同一个人。这是愚昧。当人认为自己就是至尊人格首神时，就不存在为至尊主做服务的问题了。只要有服务，就必然有主人。服务之中必然包含三个成分，即：主人、仆人和服务。这节诗中明确地说：为取悦至尊主而献出自己的生命、心、灵魂及所从事的活动等一切的人，被视为是最伟大的人。

这节诗谈到“没有拥有感(akartuḥ)”。人人都想以活动控制者的身份行事，以便自己能享受活动的结果。然而，奉献者没有这样的欲望；他做事时并没有个人的动机，而是因为人格首神想要他以特定的方式做事。主柴坦亚在传播奎师那意识时，并没有想要人们称呼祂是至尊人格首神奎师那；相反，祂告诉人们，奎师那是至尊人格首神，因此应该崇拜奎师那。至尊主最信赖的仆人从不为实现个人目的而做事，但会为取悦至尊主而做一切。正因为如此，这节诗中说：奉献者工作，但却是为了至尊者而工作(mayi sannyasta-karmaṇaḥ)；他把他的心交给我(mayy arpitātmanaḥ)。这些都是奉献者的品格，按照这节诗的说法，他们都是最高等的人。

第 34 节 मनसैतानि भूतानि प्रणमेद्बहुमानयन् ।
ईश्वरो जीवकलया प्रविष्टो भगवानिति ॥३४॥

manasaitāni bhūtāni
praṇamed bahu-mānayan
īśvaro jīva-kalayā
praviṣṭo bhagavān iti

manasā—在心中 / etāni—向这些 / bhūtāni—生物体 / praṇamet—致敬 / bahu-mānayan—关怀 / īśvaraḥ—控制者 / jīva—生物体的 / kalayā—以祂扩展的超灵 / praviṣṭaḥ—进入了 / bhagavān—至尊人格首神 / iti—如此

译文　这种完美的奉献者因为坚信至尊人格首神以超灵——控制者的身份，进入每一个生物体的体内，所以尊重每一个生物体。

要旨　如上所述，完美的奉献者不会错误地以为：既然至尊人格首神作为超灵进入每一个生物体的体内，每一个生物体因而就变成了至尊人格首神。这是愚蠢的想法。正如一个人进入一个房间，并不意味着房间就变成了那个人。同样，至尊主进入八百四十万种物质躯体的每一个当中，并不意味着那些躯体就变成了至尊主。然而，由于至尊主出现在那些躯体中，纯粹的奉献者便把每一个躯体当做是至尊主的神庙；奉献者在这种充满知识的情况下向这样的神庙致敬，也同时向每一个因此而与至尊主有关系的生物表示尊敬。假象宗哲学家错误地以为，至尊人因为进入一个穷人的躯体而变成贫穷的纳茹阿亚纳(daridra-nārāyaṇa)。这是无神论者和非奉献者亵渎神的说法。

第 35 节　भक्तियोगश्च योगश्च मया मानव्युदीरितः ।
यायोरेकतरेणैव पुरुषः पुरुषं व्रजेत् ॥३५॥

bhakti-yogaś ca yogaś ca
maya mānavy udīritaḥ
yayor ekatareṇaiva
puruṣaḥ puruṣaṁ vrajet

bhakti-yogaḥ—奉爱服务 / ca—和 / yogaḥ—神秘瑜伽 / ca—也 / mayā—由我 / mānavi—玛努的女儿啊 / udīritaḥ—描述 / yayoḥ—那两个 / ekatareṇa—任何一个 / eva—单独的 / puruṣaḥ—一个人 / puruṣam—至尊人 / vrajet—可以达到

译文　我亲爱的母亲，玛努的女儿啊！以这种方式应用奉爱服务科学和神秘瑜伽的奉献者，能够仅仅靠做奉爱服务到达至尊人的住所。

要旨 至尊人格首神卡皮拉戴瓦在此极为明确地解释说：人必须以最终要进入奉爱瑜伽的完美阶段为目的，去练包含八种瑜伽活动的神秘瑜伽。只满足于练一些体位法并认为自己就此完美了的想法不正确。人必须通过冥想上升到做奉爱服务的阶段。至尊主在前面的篇章劝告瑜伽师要逐一地冥想主维施努形象的各个部位，从脚踝上升到小腿、膝盖、大腿、胸部、颈部，逐渐上升至脸庞，然后是装饰品；根本就不存在冥想非人格特征的问题。

当人通过冥想至尊人格首神形象的每一个细微部分达到爱神的层面时，他就达到了奉爱瑜伽的阶段；在那个阶段，他必须出于超然的爱为至尊主做实际的服务。练瑜伽达到做奉爱服务层面的人，能够到达至尊人格首神超然的住所。这节诗中清楚地说：生物到至尊人那里去(puruṣaḥ puruṣaṁ vrajet)。至尊人格首神和生物在质上一样，都被称为菩茹沙(puruṣa)。至尊首神和生物两者都具有菩茹沙的品质。梵文“菩茹沙”的意思是“享乐者”，至尊主和生物两者都有享乐的念头。区别在于享受的量不同。生物无法感受到至尊人格首神感受到的同等量的享乐。这就好比富人和穷人一样，两者都有享受的倾向，但穷人无法享受到富人享受的程度。然而，当穷人把自己的愿望与那些富人的愿望相结合，当穷人与富人合作，大人物与小人物合作时，他们就能共同分享同等程度的快乐了。那就像奉爱瑜伽。当生物进入神的王国，通过为至尊主的享乐做服务的方式与至尊主合作时，他就享受到至尊人格首神享受的设施或同等程度的快乐。

但是，当生物想要模仿至尊人格首神享乐时，他的愿望就被称为玛亚(māyā)——错觉，而这错觉把他置于物质的氛围。想要自己享乐、不与至尊主合作的生物，忙着过物质生活。他一旦把自己的享乐与至尊人格首神的享乐结合在一起，他就开始过灵性生活。这就好比整个机体上的各个肢体无法独自享受，而必须与整个机体合作，把食物送进胃里；通过这样做，整个机体的各个部分都在与整体合作的情况下得到了同等的享受。那便是“既是一体同时又有区别(acintya-bhedābheda)”的哲学。生物无法在与至尊主作对的情况下享受生活；他必须通过练奉爱瑜伽使自己的活动符合至尊主的愿望。

这节诗中说：人可以通过八部瑜伽或奉爱瑜伽的程序接近至尊人格首神。这表明八部瑜伽与奉爱瑜伽没有区别，因为最终目标都是维施努。然而，现代人把八部瑜伽的目标篡改为是“空”或不具人格特征的事物。事实上，瑜伽意味着冥想主维施努的形象。如果人们按照标准的指导练瑜伽，那么八部瑜伽和奉爱瑜伽之间就没有区别。

第 36 节　एतद्भगवतो रूपं ब्रह्मणः परमात्मनः ।
परं प्रधानं पुरुषं दैवं कर्मविचेष्टितम् ॥३६॥

etad bhagavato rūpaṁ
brahmaṇaḥ paramātmanaḥ
paraṁ pradhānaṁ puruṣaṁ
daivaṁ karma-viceṣṭitam

etat—这个 / bhagavataḥ—至尊人格首神的 / rūpam—形象 / brahmaṇaḥ—布茹阿曼的 / parama-ātmanaḥ—超灵的 / param—超然的 / pradhānam—主要的 / puruṣam—人物 / daivam—灵性的 / karma-viceṣṭitam—活动……的

译文　个体灵魂必须要接近的这位人物，是被称为梵和超灵的具有永恒形象的至尊人格首神。祂是超然的领袖人物，祂的活动都是灵性的。

要旨　为了让个体灵魂认清必须要接近的人物，这节诗中描述说：这位人物——至尊人格首神，是所有生物的领袖，是不具人格特征的梵光和超灵的源头形象。由于祂是梵光和超灵的源头，祂在此被描述为是至高无上的人物。《卡塔奥义书》(Kaṭha Upaniṣad)中证实说：存在中有数不胜数的永恒的生物，但祂是至尊的维系者(nityo nityānām)。就有关这一点，主奎师那在《博伽梵歌》第10章的第8节诗中也证实说："我是包括梵光和超灵展示在内的一切的源头(ahaṁ sarvasya prabhavaḥ)。" 祂的活动是超然的，《博伽梵歌》第4章的第9节诗中证实说：至尊人格首神的活动、显现和隐迹都是超然的，而不是物质的(janma karma ca me divyam)。了解"至尊主的显现、活动和隐迹超越物质活动或物质概念"这一事实的人，是解脱的灵魂。《博伽梵歌》第4章的第9节诗中说：这样的人离开他的躯体后到至尊人那里去，不再回到这个物质世界来(yo vetti tattvataḥ/ tyaktvā dehaṁ punar janma)。上一节诗中证实说，生物只要了解至尊人物超然的本性和活动，就可以到祂那里去(puruṣaḥ puruṣaṁ vrajet)。

第 37 节 रूपभेदास्पदं दिव्यं काल इत्यभिधीयते ।
भूतानां महदादीनां यतो भिन्नदृशां भयम् ॥३७॥

rūpa-bhedāspadaṁ divyaṁ
kāla ity abhidhīyate
bhūtānāṁ mahad-ādīnāṁ
yato bhinna-dṛśāṁ bhayam

rūpa-bheda－身体的改变的 / āspadam－原因 / divyam－神性的 / kālaḥ－时间 / iti－如此 / abhidhīyate－被了解 / bhūtānām－生物体的 / mahat-ādīnām－从主布茹阿玛开始 / yataḥ－由于……的 / bhinna-dṛśām－以独特的眼光 / bhayam－害怕

译文 造成不同物质展示变化的时间，是至尊人格首神的另一个特征。不知道时间就是至尊人物的人，害怕时间。

要旨 大家都害怕时间的活动，但奉献者知道时间是至尊人格首神的另一个代表或展示，因此根本不害怕时间的影响。诗中"身体改变的原因(rūpa-bhedāspadam)”一句十分重要。时间的影响改变了那么多形象。例如：一个孩子刚出生时身形很小，但随着时间的推移，那小身形改变成大身形；小男孩的身体变成年轻人的身体。同样道理，在时间的影响下，或者说在至尊人格首神的间接控制下，一切都在改变。我们一般感觉不到新生儿的身体与小男孩的身体或年轻人的身体有什么不同，因为我们知道这些变化是时间作用的结果。不知道时间是如何作用的人会产生恐惧的心理。

第 38 节　योऽन्तः प्रविश्य भूतानि भूतैरत्त्यखिलाश्रयः ।
स विष्णवाख्योऽधियज्ञोऽसौ कालः कलयतां प्रभुः ॥३८॥

yo 'ntaḥ praviśya bhūtāni
bhūtair atty akhilāśrayaḥ
sa viṣṇv-ākhyo 'dhiyajño 'sau
kālaḥ kalayatāṁ prabhuḥ

yaḥ—……的祂 / antaḥ—其中 / praviśya—进入 / bhūtāni—生物体 / bhūtaiḥ—由生物体 / atti—毁灭 / akhila—每个人的 / āśrayaḥ—支撑 / saḥ—祂 / viṣṇu—维施努 / ākhyaḥ—名为 / adhiyajñaḥ—所有祭祀的享受者 / asau—那 / kālaḥ—时间的因素 / kalayatām—所有主人的 / prabhuḥ—主人

译文　作为一切祭祀享受者的至尊人格首神主维施努，是时间，是全体主人的主人。祂进入每一个生物体的心中，是给予众生庇护的人；是祂使每一个生物体被另一个生物体所毁灭。

要旨　这节诗中清楚地描述了至尊人格首神主维施努。祂是至尊享受者，所有其他的生物都作为祂的仆人在工作。正如《永恒的柴坦亚经》(Caitanya caritāmṛta)首篇第5章的第14节诗中说：唯一的至尊主是维施努——奎师那(ekale īśvara kṛṣṇa)，所有其他的生物都是祂的仆人(āra saba bhṛtya)。主布茹阿玛、主希瓦和其他半神人都是仆人。同一位维施努以超灵的形式进入每一个生物体的心中，利用一个生物体毁灭另一个生物体。

第 39 节 न चास्य कश्चिद्दयितो न द्वेष्यो न च बान्धवः ।
आविशत्यप्रमत्तोऽसौ प्रमत्तं जनमन्तकृत् ॥३९॥

na cāsya kaścid dayito
na dveṣyo na ca bāndhavaḥ
āviśaty apramatto 'sau
pramattaṁ janam anta-kṛt

na—不 / ca—和 / asya—人格首神的 / kaścit—任何人 / dayitaḥ—亲近的 / na—不 / dveṣyaḥ—敌人 / na—不 / ca—和 / bāndhavaḥ—朋友 / āviśati—接近 / apramattaḥ—专注的 / asau—祂 / pramattam—疏忽的 / janam—人 / anta-kṛt—毁灭者

译文 至尊人格首神平等看待一切众生，没有谁是祂的敌人或朋友。但祂鼓励没有遗忘祂的生物体，消灭遗忘了祂的生物体。

要旨 遗忘自己与至尊人格首神维施努的关系，是导致人重复生死的根源。生物与至尊主一样是永恒的，但他的遗忘使他被置于这个物质自然中，不断地从一个躯体转入另一个躯体；当躯体毁灭时，他认为自己也被毁灭了。事实上，这种对自己与主维施努的关系的遗忘，是他毁灭的原因。重新意识到自己与至尊主的原本关系的人，就会得到至尊主给他的灵感。这并不意味着至尊主把一些生物当朋友，把另一些生物当敌人。祂帮助所有的生物；不受物质能量的影响迷惑的人处境安全，而受迷惑的人则遭毁灭。正因为如此，经典中说：没有至尊主的帮助，无人能被救出生与死的循环(hariṁ vinā na mṛtim taranti)。所以，托庇于维施努的莲花足，使自己摆脱生死轮回，是全体生物的责任。

第 40 节　**यद्भयाद्वाति वातोऽयं सूर्यस्तपति यद्भयात् ।**
यद्भयाद्वर्षते देवो भगणो भाति यद्भयात् ॥४०॥

yad-bhayād vāti vāto 'yaṁ
sūryas tapati yad-bhayāt
yad-bhayād varṣate devo
bha-gaṇo bhāti yad-bhayāt

yat—祂(至尊人格首神)的 / bhayāt—出于恐惧 / vāti—吹 / vātaḥ—风 / ayam—这个 / sūryaḥ—太阳 / tapati—闪耀 / yat—祂的 / bhayāt—出于恐惧 / yat—祂的 / bhayāt—出于恐惧 / varṣate—送雨水 / devaḥ—掌管雨水的神明 / bha-gaṇaḥ—众多的天体 / bhāti—发光 / yat—祂的 / bhayāt—出于恐惧

译文　风出于对至尊人格首神的畏惧而吹动，太阳由于恐惧祂而照耀，对祂的害怕使雨水向下倾泻，天体因恐惧祂而发光。

要旨　在《博伽梵歌》第9章的第10节诗中，至尊主说："物质能量在我的指挥下运作(mayādhyakṣeṇa prakṛtiḥ sūyate)"。愚蠢的人以为大自然的运作是自动进行的，但韦达文献不支持这种无神论的理论。大自然在至尊人格首神的指挥下运作。这一点不仅《博伽梵歌》给予了证实，这节诗中也说：在至尊主的指挥下太阳放射出光芒，云朵倾泻雨水。所有自然现象都是在至尊人格首神维施努的指挥下发生的。

第 41 节　**यद्वनस्पतयो भीता लताश्चौषधिभिः सह ।**
स्वे स्वे कालेऽभिगृह्णन्ति पुष्पाणि च फलानि च ॥४१॥

yad vanaspatayo bhītā
  latāś cauṣadhibhiḥ saha
sve sve kāle 'bhigṛhṇanti
  puṣpāṇi ca phalāni ca

yat一由于祂 / vanaḥ-patayaḥ一树木 / bhītāḥ一害怕的 / latāḥ一爬藤 / ca一和 / oṣadhibhiḥ一药草 / saha一和 / sve sve kāle一在各自的季节里 / abhigṛhṇanti一长出 / puṣpāṇi一开花 / ca一和 / phalāni一果实 / ca一和

译文 由于对至尊人格首神的恐惧，树木、蔓藤、药草，以及季节性的植物和鲜花，都在各自所在的季节中开花、结果。

要旨 正如在至尊人格首神的指挥下，太阳升起和降落，季节在指定的时间更换交替，在至尊主的指挥下，农作物、鲜花、药草和树木都在不同的季节生长、开花和结果。农作物等植物并不像无神论哲学家所说的那样，没有原因地自动生长；相反，他们是遵照至尊人格首神的最高命令在生长、开花和结果。韦达文献中确认说，至尊主的多种能量运作得如此完美，使天地万物看似在自动运作。

第42节 स्रवन्ति सरितो भीता नोत्सर्पत्युदधिर्यतः ।
अग्निरिन्धे सगिरिभिर्भूर्न मज्जति यद्भयात् ॥४२॥

sravanti sarito bhītā
  notsarpaty udadhir yataḥ
agnir indhe sa-giribhir
  bhūr na majjati yad-bhayāt

sravanti一流淌 / saritaḥ一河流 / bhītāḥ一害怕的 / na一不 / utsarpati一涨水 / uda-dhiḥ一海洋 / yataḥ一因为祂 / agniḥ一火 / indhe一燃烧 / sa-giribhiḥ一以山脉 / bhūḥ一地球 / na一不 / majjati一下沉 / yat一祂的 / bhayāt一出于害怕

译文　出于对至尊人格首神的畏惧，河水流淌，海洋从不外溢。因为害怕祂，火才燃烧，承载着山脉的地球才不沉入宇宙之水中。

要旨　从韦达文献中我们可以了解到：这个宇宙的一半填满了水，嘎尔博达卡沙依·维施努(Garbhodakaśāyī Viṣṇu)就躺在那水面上；从祂的肚脐长出一朵莲花，在那根莲花茎中存在着所有不同的星球。唯物主义科学家解释说：是万有引力定律或某种其他的定律使所有这些星球飘浮在空中。然而真相是，至尊人格首神是各种定律的制定者。当我们谈到法律、定律时，我们必须明白：必定存在着立法者。唯物主义科学家可以发现自然定律，但却无法找出定律的制定者。我们从《圣典博伽瓦谭》和《博伽梵歌》中可以了解到：至尊人格首神是法律和定律的制定者。

这节诗中解释众多的星球不坠落的原因说：在至尊首神的能量维系下，它们按照祂的命令在空中漂浮，而没有坠入填满一半宇宙的水中。尽管所有的星球都极为沉重，上面承载在各种山脉、海洋、城市，以及包括宫殿在内的各种建筑物，但它们却飘浮在空中。从这节诗中我们了解到：所有飘浮在空中的其他星球上，像我们所在的地球上一样，也都有山脉和海洋。

第43节　नभो ददाति श्वसतां पदं यन्नियमाददः ।
लोकं स्वदेहं तनुते महान् सप्तभिरावृतम् ॥४३॥

nabho dadāti śvasatāṁ
padaṁ yan-niyamād adaḥ
lokaṁ sva-dehaṁ tanute
mahān saptabhir āvṛtam

nabhaḥ－天空 / dadāti－给予 / śvasatām－对生物体 / padam－居所 / yat－祂(人格首神)的 / niyamāt－在……的控制下 / adaḥ－那个 /

lokam－宇宙 / sva-deham－自己的身体 / tanute－扩展 / mahān－玛哈·塔特瓦 / saptabhiḥ－以七(层) / āvṛtam－覆盖

译文 在至尊人格首神的掌控下，天空允许外太空容纳各种各样居住着无数生物体的星球。在祂至高无上的控制下，整个宇宙机体以其七层覆盖扩展自身。

要旨 这节诗告诉我们，在外太空中飘浮着的所有星球上，都有生物体居住。诗中用梵文“有呼吸的(śvasatām)”一词指生物体。物质世界里有无数的星球，以便给数不胜数的生物体提供住宿。每一个星球上都住着无数的生物体。在至尊主的命令下，太空提供了可容纳所有星球的空间。这节诗中还说：整个宇宙机体在扩大，它有七层覆盖层；正如宇宙内有五种粗糙的元素一样，所有这些元素一层一层地覆盖着宇宙形体的外壳。最内一层的覆盖层由土构成，厚度是宇宙直径的十倍；接下来一层是水层，厚度是土层的十倍；第三层是火层，它比水层厚十倍。就这样，每一层的厚度都是前一层的十倍。

第 44 节 गुणाभिमानिनो देवाः सर्गादिष्वस्य यद्भयात् ।
वर्तन्तेऽनुयुगं येषां वश एतच्चराचरम् ॥४४॥

gunābhimānino devāḥ
sargādiṣv asya yad-bhayāt
vartante 'nuyugaṁ yeṣāṁ
vaśa etac carācaram

guṇa－物质自然属性 / abhimāninaḥ－掌管 / devāḥ－半神人 / sarga-ādiṣu－在创造等事务上 / asya－这个世界的 / yat-bhayāt－出于对祂的害怕 / vartante－运作 / anuyugam－根据年代 / yeṣām－祂的 / vaśe－在……的控制下 / etat－这个 / cara-acaram－一切动与不动的

译文 出于对至尊人格首神的畏惧，掌管物质自然属性的半神人履行创造、维系和毁灭的职责；这个物质世界里有生命和无生命的一切，都在他们的控制下。

要旨 善良、激情和愚昧这三种物质自然属性，分别由布茹阿玛、维施努和希瓦负责掌管。主维施努负责掌管善良属性，主布茹阿玛负责掌管激情属性，主希瓦负责掌管愚昧属性。同样，宇宙中还有许多其他半神人，负责掌管气的部门、水的部门、云的部门等。就像政府有许多不同的部门一样，至尊主在这个物质世界里的政府也有许多部门，所有这些部门都出于对至尊人格首神的畏惧而工作井然有序、运作正常。宇宙中的一切事务及有生命和无生命的万物，无疑是由半神人在控制，但他们之上的人格首神是至尊控制者。正因为如此，《布茹阿玛·萨密塔》第5章的第1节诗中说：尽管这个宇宙中有许多部门主管，但至尊控制者是奎师那(īśvaraḥ paramaḥ kṛṣṇaḥ)。

宇宙中有两种毁灭，一种是布茹阿玛在他的夜晚去睡觉时的局部毁灭，另一种是布茹阿玛死亡时的最终毁灭。只要布茹阿玛还活着，不同的半神人就在至尊主的指挥下不停地从事着创造、维系和毁灭的工作。

第 45 节 सोऽनन्तोऽन्तकरः कालोऽनादिरादिकृदव्ययः ।
जनं जनेन जनयन्मारयन्मृत्युनान्तकम् ॥४५॥

so 'nanto 'nta-karaḥ kālo
'nādir ādi-kṛd avyayaḥ
janaṁ janena janayan
mārayan mṛtyunāntakam

saḥ—那个 / anantaḥ—无穷尽的 / anta-karaḥ—毁灭者 / kālaḥ—时间 / anādiḥ—没有开始 / ādi-kṛt—创造者 / avyayaḥ—不变的 / janam—人 / janena—被人 / janayan—创造 / mārayan—毁灭 / mṛtyunā—以死亡 / antakam—死神

译文 永恒的时间没有开始和结束。它是罪犯世界的建造者——至尊人格首神的代表。它导致现象世界的终结，通过使一个个体透过另一个个体进入存在让创造工作得以继续。同样，它通过甚至消灭死神阎罗王来毁灭宇宙。

要旨 由于至尊人格首神的代表——永恒时间的影响，父亲生儿子，接着被残酷的死亡夺去生命。时间的影响甚至杀死掌管残酷死亡的神明。换句话说，物质世界里的全体半神人都像我们一样会死去。我们的寿命最多是一百年左右，半神人的寿命虽然长达亿万年，但也不是永恒不死。在这个物质世界里，没人能永远活着。至尊人格首神不费吹灰之力就能创造、维系和毁灭这个现象世界。因此，奉献者不想要这个物质世界的任何事物，只想为至尊人格首神服务。这种服务的状态是永恒的；至尊主永恒存在，祂的仆人永恒存在，服务是永恒的。

到此为止，结束了巴克提韦丹塔对《圣典博伽瓦谭》第3篇第29章——“主卡皮拉对奉爱服务的解释”所作的阐释。

第三十章

主卡皮拉描述有害的功利性活动

第1节 कपिल उवाच

तस्यैतस्य जनो नूनं नायं वेदोरुविक्रमम् ।
काल्यमानोऽपि बलिनो वायोरिव घनावलिः ॥१॥

kapila uvāca
tasyaitasya jano nūnaṁ
nāyaṁ vedoru-vikramam
kālyamāno 'pi balino
vāyor iva ghanāvaliḥ

kapilaḥ uvāca—主卡皮拉说 / tasya etasya—这个时间因素的 / janaḥ—人 / nūnam—肯定地 / na—不 / ayam—这 / veda—知道 / uru-vikramam—巨大的力量 / kālyamānaḥ—被带走了 / api—虽然 / balinaḥ—强大的 / vāyoḥ—风的 / iva—就像 / ghana—云的 / āvaliḥ—团

译文 人格首神说：正如云团不知风的强大威力，物质意识强烈的人不知时间的强大威力，被时间冲着走。

要旨 伟大的政治家查纳克雅·潘迪特(Cāṇakya paṇḍita)说：千金难买寸光阴。浪费宝贵的光阴所造成的损失无法估量。无论是从物质的角度考虑，还是从灵性的角度考虑，人都应该小心谨慎地利用每一分每一秒。受制约的灵魂住在寿命被定好了的某个躯体中，而经典推荐，人应该在这短暂的岁月里完成对奎师那意识的培养，以便摆脱时间因素的影响。但不幸的是：没有奎师那意识的人像被风吹动的云一般，不知不觉地被时间的强大力量带走了。

第 2 节 यं यमर्थमुपादत्ते दुःखेन सुखहेतवे ।
तं तं धुनोति भगवान् पुमाञ्छोचति यत्कृते ॥ २॥

yaṁ yam artham upādatte
duḥkhena sukha-hetave
taṁ taṁ dhunoti bhagavān
pumāñ chocati yat-kṛte

yam yam－无论什么 / artham－物体 / upādatte－人获得 / duḥkhena－经过困难 / sukha-hetave－为了快乐 / tam tam－那 / dhunoti－毁灭 / bhagavān－至尊人格首神 / pumān－人 / śocati－悲伤 / yat-kṛte－由于那个原因

译文 物质主义者用极大的痛苦和辛勤的劳动营造的所谓快乐，都会被至尊主以时间的形式摧毁掉，受制约的灵魂因此而悲伤。

要旨 时间是至尊人格首神的一个代表，其主要作用是摧毁一切。物质意识强烈的物质主义者，以发展经济为名生产出各种产品。他们以为更好地满足物质需求就能使人快乐，却忘了：时辰一到，他们所生产的一切都将被毁灭。我们从历史上看到，地球上曾有那么多用巨大的痛苦和不屈不挠的精神换来的强大帝国，但随着时间的流逝都被摧毁了。尽管如此，愚蠢的物质主义者还是不明白：他们只是在浪费时间制造一些随着时光的流逝注定会毁灭的所谓的物质必需品。大多数人之所以这样浪费精力，是因为他们不知道他们是永恒的，他们有永恒的事情要做；不知道他们在现有的这个躯体中所度过的时间，只不过是永恒的生命旅途中的一瞬间。他们在不知道这些事实的情况下，把这一生的短暂时光视为一切，然后浪费时间去改善经济状况。

第 3 节　यदध्रुवस्य देहस्य सानुबन्धस्य दुर्मतिः ।
ध्रुवाणि मन्यते मोहाद् गृहक्षेत्रवसूनि च ॥ ३ ॥

yad adhruvasya dehasya
sānubandhasya durmatiḥ
dhruvāṇi manyate mohād
gṛha-kṣetra-vasūni ca

yat—因为 / adhruvasya—短暂的 / dehasya—身体的 / sa-anubandhasya—和与之相关的 / durmatiḥ—被误导的人 / dhruvāṇi—持久的 / manyate—认为 / mohāt—由于愚昧 / gṛha—家 / kṣetra—土地 / vasūni—财富 / ca—和

译文　被误导的物质主义者不知道，他现有的躯体是短暂的，与他躯体有关的家庭、土地和钱财对他的吸引也不持久。只是因为愚昧，他以为一切都是永恒的。

要旨　物质主义者认为：培养奎师那意识的人都是疯子，竟然浪费时间吟诵、吟唱哈瑞·奎师那(Hare Kṛṣṇa)。但他不知道：他自己正处在黑暗的疯狂境地，因为他把他的躯体，以及与他的躯体有关的家庭、国家、社会和其他的一切都看成是永恒的。这是错觉。这节诗清楚地说：仅仅由于错觉，物质主义者把他的家庭、土地和金钱视为是永恒的(mohād gṛha-kṣetra-vasūni)。这错觉使人们特别注重在现代文明中占主导地位的家庭生活、国家建设和经济发展。但是，有奎师那意识的人清楚，人类生活的经济发展只不过是短暂的幻象。

《圣典博伽瓦谭》的其他篇章中宣布说：认为真正的自我就是躯体，认为与自己的躯体有关的人是亲人，以及认为自己的出生地值得崇拜的概念，都是动物文明的产物。然而，当奎师那意识照亮人心，使人可以利用一切为主奎师那服务时，一切就非常有意义了。世上的一切都与奎师那有关，当我们用所有的经济发展和物质文明成果为奎师那做奉爱服务时，我们的生命就步入了一个新纪元。

第 4 节 जन्तुर्वै भव एतस्मिन् यां यां योनिमनुव्रजेत् ।
तस्यां तस्यां स लभते निर्वृतिं न विरज्यते ॥ ४ ॥

jantur vai bhava etasmin
yāṁ yāṁ yonim anuvrajet
tasyāṁ tasyāṁ sa labhate
nirvṛtiṁ na virajyate

jantuḥ—生物体 / vai—肯定地 / bhave—在世间的生存 / etasmin—这 / yām yām—无论什么 / yonim—种类 / anuvrajet—他可能获得 / tasyām tasyām—在那 / saḥ—他 / labhate—获得 / nirvṛtim—满足 / na—不 / virajyate—厌恶

译文 生物无论投生到哪一种生命形式中，都会在其中找到某种满足，因此对他所处的境况从不感到厌恶。

要旨 生物即使处在最令人厌恶的躯体中，都会感到某种满足。这称为错觉。高阶层人士可能会觉得社会低阶层人民的生活状况不令人满意，但社会低阶层的人却因为受至尊主外在能量玛亚(māyā)的迷惑而满足于自己的现状。玛亚从事两类活动，一类是“遮盖”(pra-kṣepātmikā)的活动，另一类是“向下拉(āvaraṇātmikā)”的活动。物质主义者或动物无论在什么样的生活状况下都会满足于现状，因为他们的知识被玛亚的影响遮盖了。在低等生命形式中，意识的发展少得可怜，生物体根本没有能力知道自己是快乐还是痛苦。这就是玛亚遮盖作用的影响(āvaraṇātmikā)。就连靠吃粪便生活的猪都会觉得自己很快乐，尽管生存形式较高级的人看出猪的那种生活令人极其厌恶！

第 5 节 नरकस्थोऽपि देहं वै न पुमांस्त्यक्तुमिच्छति ।
नारक्यां निर्वृतौ सत्यां देवमायाविमोहितः ॥ ५ ॥

naraka-stho 'pi dehaṁ vai
na pumāṁs tyaktum icchati

nārakyāṁ nirvṛtau satyāṁ
deva-māyā-vimohitaḥ

naraka－在地狱 / sthaḥ－处于 / api－甚至 / deham－身体 / vai－实际上 / na－不 / pumān－人 / tyaktum－离开 / icchati－希望 / nārakyām－地狱般的 / nirvṛtau－享受 / satyām－当存在时 / deva-māyā－被维施努的错觉能量 / vimohitaḥ－迷惑了

译文　受制约的生物满足于他所寄居的物种，由于受错觉能量的蒙蔽，他即使在地狱里也不愿放弃他的躯体，因为他把地狱里的遭遇当享乐。

要旨　据经典记载，天帝因铎(Indra)有一次因为行为无礼，被他的灵性导师毕尔哈斯帕提(Bṛhaspati)诅咒变成地球上的一头猪。许多天过后，布茹阿玛(Brahmā)想把他召回天堂王国，但变成了猪的因铎已经忘了他在天堂中的帝王地位，拒绝回去。这就是玛亚的迷惑力量。就连因铎都忘了他在天堂里的优越生活，而满足于猪的生活。在玛亚的影响下，受制约的灵魂变得那么爱自己的躯体，甚至如果有人对他说："放弃这个躯体，你会立刻得到一个国王的躯体。"他都不会同意那么做。这种对躯体的依恋，强烈地影响着每一个受制约的灵魂。即使主奎师那亲自来对我们说："放弃这个物质世界里的一切。到我这里来，我会在各方面保护你。"我们都不答应祂。我们心想："我们过得挺好的，为什么要投靠奎师那，回到祂的国度去？"这称为错觉——玛亚。众生不管自己的生活状况多么令人厌恶，都满足于现状。

第 6 节　आत्मजायासुतागारपशुद्रविणबन्धुषु ।
निरूढमूलहृदय आत्मानं बहु मन्यते ॥ ६ ॥

ātma-jāyā-sutāgāra-
paśu-draviṇa-bandhuṣu

nirūḍha-mūla-hṛdaya
ātmānaṁ bahu manyate

ātma—身体 / jāyā—妻子 / suta—孩子 / agāra—家 / paśu—动物的 / draviṇa—财富 / bandhuṣu—朋友的 / nirūḍha-mūla—根深蒂固的 / hṛdayaḥ—在心中 / ātmānam—他自己 / bahu—高度的 / manyate—他想

译文 受制约的灵魂深受躯体、妻子、家庭、孩子、家畜、财产和朋友的吸引，所以满足于他的生活现状，认为自己相当完美。

要旨 这种所谓的完美人生并不真实。因此经典说：一个人无论有什么物质资格，只要不是至尊主的奉献者，就一无是处，因为他还在心智的层面上徘徊，而这终将把他拉回短暂的物质生活中。在心智层面上徘徊的人，升不到灵性的层面上，注定会重新坠入物质生活，并因为接触到所谓的社会、友谊和爱情而感到心满意足。

第7节 सन्दह्यमानसर्वाङ्ग एषामुद्वहनाधिना ।
करोत्यविरतं मूढो दुरितानि दुराशयः ॥ ७ ॥

sandahyamāna-sarvāṅga
eṣām udvahanādhinā
karoty aviratam mūḍho
duritāni durāśayaḥ

sandahyamāna—燃烧 / sarva—所有的 / aṅgaḥ—他的四肢 / eṣām—这些家庭成员 / udvahana—为了维持 / ādhinā—焦虑的 / karoti—他执行 / aviratam—总是 / mūḍhaḥ—傻瓜 / duritāni—罪恶活动 / durāśayaḥ—内心邪恶

译文 这种愚蠢的人虽然心中一直燃烧着焦虑的烈焰，但还是抱着维护家庭和社会等无法实现的所谓希望，不断地从事各种有害的活动。

要旨 经典中说：尤其是现在，当这个喀历年代(Kali-yuga)的影响如此强烈，以致所有的人都因为接受家庭这一玛亚制造的假象而烦恼和焦虑时，维持一个小家庭就比维持一个大帝国都要难了。我们极力维系的家庭是玛亚的产物，是奎师那星球(Kṛṣṇaloka)上的家庭的一个扭曲了的倒影。奎师那居住的星球上什么都有，包括家庭、朋友、社会和父母，但那里的一切都是永恒的。然而在物质世界里，随着我们每一次更换躯体，我们的家庭成员一直在变。我们有时生在人类的家庭里，有时生在半神人的家里，有时则生在猫或狗的家里。

我们的家庭、社会和朋友一直在变，都不是固定的，因此梵文称那些是阿萨特(asat)。经典中说：只要我们还依恋这个短暂、不真实的社会和家庭，我们就会永远充满焦虑。物质主义者不知道这个物质世界里的家庭、社会和朋友只不过是些影子而已，所以依恋那一切。为此，他们的心中自然始终充满焦虑。尽管物质世界里困难重重，但由于他们不知道与奎师那有关的真实家庭的信息，他们还是努力工作维持这个不真实的家庭。

第 8 节 आक्षिप्तात्मेन्द्रियः स्त्रीणामसतीनां च मायया ।
रहो रचितयालापैः शिशूनां कलभाषिणाम् ॥ ८ ॥

āksiptātmendriyaḥ strīṇām
asatīnāṁ ca māyayā
raho racitayālāpaiḥ
śiśūnāṁ kala-bhāṣiṇām

ākṣipta－着迷的 / ātma－内心 / indriyaḥ－他的感官 / strīṇām－被女人的 / asatīnām－虚假的 / ca－和 / māyayā－被假象 / rahaḥ－在僻静的地方 / racitayā－显示 / ālāpaiḥ－通过谈话 / śiśūnām－孩子的 / kala-bhāṣiṇām－甜美的声音

译文 他把感官和一颗心都交给用假象迷惑他的女人，享受与她的拥抱和私语，并被幼儿的甜言蜜语哄得晕头转向。

要旨 在错觉能量王国中的家庭生活，对永恒的灵魂来说就如同是监狱生活。在狱中，犯人被铁链锁住手脚。同样，受制约的灵魂被美丽女子的拥抱、所谓的爱情话语，以及幼儿的甜言蜜语捆绑着，最终忘了自己的真实身份。

这节诗中说明，女子的爱只不过是为了刺激男人的心(strīṇām asatīnām)。这个物质世界里其实并没有爱情，男人和女人都只对感官享乐感兴趣。为了满足感官，女人制造出虚假的爱情，男人则被这种虚假的爱所迷惑，进而忘了自己的真正责任。在这种情况下，男女结合并生下孩子，男人接着又被孩子的甜言蜜语所吸引。女人的爱和孩子的话语，使男人心甘情愿地成了囚徒，再也离不开他的家。梵文把这种人称为贵哈梅迪(gṛhamedhī)，意思是“以家庭为中心的人”。 贵哈斯塔(gṛhastha)一词是指与妻子儿女同住在家里，但却以培养奎师那意识为人生真正目标的人。因此，人应该成为贵哈斯塔，而不是贵哈梅迪。贵哈斯塔关心的是摆脱由玛亚制造的不真实的家庭生活，与奎师那一起过真正的家庭生活。相反，贵哈梅迪做的是，把自己越来越紧地绑在所谓的家庭生活中，一生复一生，永远留在玛亚的黑暗中。

第 9 节 गृहेषु कूटधर्मेषु दुःखतन्त्रेष्वतन्द्रितः ।
कुर्वन्दुःखप्रतीकारं सुखवन्मन्यते गृही ॥ ९ ॥

gṛheṣu kūṭa-dharmeṣu
duḥkha-tantreṣv atandritaḥ
kurvan duḥkha-pratīkāraṁ
sukhavan manyate gṛhī

gṛheṣu 一在家庭生活中 / kūṭa-dharmeṣu 一充斥着虚假的活动 / duḥkha-tantreṣu 一制造痛苦 / atandritaḥ 一专心的 / kurvan 一做 / duḥkhapratīkāram－对痛苦的抵抗 / sukha-vat－好像快乐 / manyate－认为 / gṛhī－居士

译文 依恋家庭的人留在家中过着充满了"政治"和"外交"的家庭生活。总是在制造痛苦并被满足感官的活动控制的他，所做的一切都是为了减轻他的痛苦，而如果他能成功地减轻痛苦，他就认为自己是快乐的。

要旨 在《博伽梵歌》(Bhagavad-gītā)中，人格首神亲口说：物质世界是一个充满痛苦的短暂之地。这个物质世界里没有快乐可言，无论是个人、家庭、社会或国家都不例外。如果某件事情在以快乐为名进行着，那必定是假象和错觉。在这个物质世界里，所谓快乐是指能成功地减轻痛苦。物质世界是这样被创造的：你除非很精明、很会耍手腕，否则就将是个失败者。不要说人类社会了，就连在较低级的动物社会里，飞禽走兽这些动物也很会照顾自己的躯体所需，很懂得进食、睡眠、交配和保护自己。在人类社会中，国与国，人与人之间一直在争斗，为了占上风而耍尽手腕。可是，我们应该永远记住：尽管我们为生存而苦苦挣扎，想出各种策略，运用不少才智，但至尊主凭祂的意志能在一瞬间摧毁一切。因此说，我们想在物质世界里变得快乐，只不过是玛亚给我们制造的一种错觉。

第 10 节 अर्थैरापादितैर्गुर्व्या हिंसयेतस्ततश्च तान् ।
पुष्णाति येषां पोषेण शेषभुग्यात्यधः स्वयम् ॥१०॥

arthair āpāditair gurvyā
hiṁsayetas-tataś ca tān
puṣṇāti yeṣāṁ poṣeṇa
śeṣa-bhug yāty adhaḥ svayam

arthaiḥ－被财富 / āpāditaiḥ－赚取 / gurvyā－巨大的 / hiṁsayā－通过暴力 / itaḥ-tataḥ－这里和那里 / ca－和 / tān－他们(家庭成员) /

puṣṇāti－他维持 / yeṣām－他的 / poṣeṇa－由于维持 / śeṣa－残余的 / bhuk－进食 / yāti－他去 / adhaḥ－向下 / svayam－他自己

译文 他靠到处施暴赚取钱财，并用这些钱为家人效劳，可自己却只吃用那钱买来的一点点食物。他为了家人以不合法的手段赚取金钱，并因此而下地狱。

要旨 孟加拉有一句谚语说："我为他而去偷窃，可他反过来谴责我是贼。"依恋家庭的人为取悦他的家人而从事各种各样的罪恶活动，但他家人永远都不会满足。依恋家庭的人受错觉的影响，为欲壑难填的家人效劳，而这么做却使他最终走向地狱。正如小偷为养活家人去偷东西，结果自己被捕入狱。这就是物质生活，以及依恋物质社会、朋友和爱情的结局。尽管依恋家庭的人为了养家而不择手段地赚钱，但他自己所能享受的那些并不会多于他以合法的方式赚钱就可以享受的。一个一天只需要吃八盎司食物就够了的人，却不得不养一大家子人；为支付家庭开支而不择手段地赚钱，自己却只是吃一口饭，有时还不得不吃家人吃剩的饭菜。这种人即使用不正当的方法赚钱，自己也不能享受生活。这就是玛亚用遮盖的方式让人产生错觉的结果。

人们在错觉的影响下为社会、国家和团体服务所得到的结果也一样。为国家作出很大贡献的国家领导人，有时会因为犯错而被他的国民杀死。换句话说，尽管每个人都出于本性在做服务，但在错觉的影响下所做的服务，并不能满足那些依赖他的人。

普通生物原本是至尊生物不可或缺的一部分，但他却忘了自己应该为至尊生物服务，反而转移注意力去为其他生物服务。这称为玛亚。为其他生物服务使他误以为自己是主人。户主以为自己是一家之主，国家领导人以为自己是国家的主人。但事实恰恰相反，他实际上是在服务，而通过为玛亚服务，他一步一步走向地狱。所以，明智的人应该培养奎师那意识，毕生用自己的财产、智力和说话的能力为至尊主服务。

第 11 节　वार्तायां लुप्यमानायामारब्धायां पुनः पुनः ।
लोभाभिभूतो निःसत्त्वः परार्थे कुरुते स्पृहाम् ॥११॥

vārtāyāṁ lupyamānāyām
ārabdhāyāṁ punaḥ punaḥ
lobhābhibhūto niḥsattvaḥ
parārthe kurute spṛhām

vārtāyām—当他的事业 / lupyamānāyām—受到挫折 / ārabdhāyām—执行 / punaḥ punaḥ—一次又一次 / lobha—由于……贪婪 / abhibhūtaḥ—极度 / niḥsattvaḥ—毁掉了 / para-arthe—为了别人的财富 / kurute spṛhām—他渴望

译文　当他因事业受挫而感到痛苦时，他会一再尝试扭转局面，但当所有的努力都失败时，他破产了。由于极度贪婪，他接受别人的金钱。

第 12 节　कुटुम्बभरणाकल्पो मन्दभाग्यो वृथोद्यमः ।
श्रिया विहीनः कृपणो ध्यायञ्छ्वसिति मूढधीः ॥१२॥

kuṭumba-bharaṇākalpo
manda-bhāgyo vṛthodyamaḥ
śriyā vihīnaḥ kṛpaṇo
dhyāyañ chvasiti mūḍha-dhīḥ

kuṭumba—他的家庭 / bharaṇa—维持 / akalpaḥ—不能够 / manda-bhāgyaḥ—不幸的 / vṛthā—徒劳 / udyamaḥ—努力……的 / śriyā—美丽和财富 / vihīnaḥ—被剥夺了 / kṛpaṇaḥ—悲惨的 / dhyāyan—伤心 / śvasiti—他叹息 / mūḍha—迷惑 / dhīḥ—他的智慧

译文 从此，这个倒霉，再也无力养家的人，变得形容枯槁。他对自己的失败耿耿于怀，满腹忧伤。

第 13 节 एवं स्वभरणाकल्पं तत्कलत्रादयस्तथा ।
नाद्रियन्ते यथा पूर्वं कीनाशा इव गोजरम् ॥१३॥

evaṁ sva-bharaṇākalpaṁ
tat-kalatrādayas tathā
nādriyante yathā pūrvaṁ
kīnāśā iva go-jaram

evam—如此 / sva-bharaṇa—为了维持他们 / akalpam—不能 / tat—他的 / kalatra—妻子 / ādayaḥ—等等 / tathā—那么 / na—不 / ādriyante—尊敬 / yathā—好像 / pūrvam—以前 / kīnāśāḥ—农民们 / iva—好像 / go-jaram—一头老公牛

译文 他的妻子和其他家人看他无力养家了，便不再像从前那样尊敬他，而是用那种就连吝啬的农夫都不会用来对待精疲力竭的老牛的恶劣态度对待他。

要旨 不仅仅是现代，而是自古以来就没人喜欢家里有一个无力赚钱的老人。如今在某些社区或国家，竟然有人给老人服毒，好让他们尽快死去。在某些食人族里，人们会让年老的祖父在比赛中被杀死，然后众人举行宴会，分吃他的肉。这节诗举了农夫不喜欢无力工作的老牛的例子。同样，当依恋家庭生活的人年老体弱、无力赚钱时，他的妻子、儿女和其他亲戚便不再喜欢他、尊敬他，而是怠慢他。因此，明智的人应该在变得年老体弱之前割舍对家庭的依恋，托庇于至尊人格首神。总而言之，人应该为至尊主服务，以便能得到至尊主的照顾。这样就不会被所谓的亲人怠慢了。

第 14 节　तत्राप्यजातनिर्वेदो भ्रियमाणः स्वयम्भृतैः ।
जरयोपात्तवैरूप्यो मरणाभिमुखो गृहे ॥१४॥

tatrāpy ajāta-nirvedo
bhriyamāṇaḥ svayam bhṛtaiḥ
jarayopātta-vairūpyo
maraṇābhimukho gṛhe

tatra—那里 / api—虽然 / ajāta—没有发生 / nirvedaḥ—反感 / bhriyamāṇaḥ—得到供养 / svayam—由他自己 / bhṛtaiḥ—对那些得到供养的人 / jarayā—由于年老 / upātta—获得 / vairūpyaḥ—变形 / maraṇa—死亡 / abhimukhaḥ—接近 / gṛhe—在家里

译文　依恋家庭的愚蠢之人，虽然反过来被他养过的人养着，但还是不反感家庭生活。老态龙钟的他，等着死亡的到来。

要旨　对家庭的依恋之情是如此强烈，致使一个人即使因年老体弱受家人怠慢，仍割舍不下对家庭的感情，结果像条狗一样赖在家里。按照韦达文明的生活方式，人应该在变得疾病缠身、年老体弱之前离开家庭，用自己的余生全心全意地为至尊主服务。

因此，韦达经典教导人们说：男人一旦过了五十岁，就必须离开家庭，独自到森林里生活。等自己做好充分的准备后，就应该当托钵僧(sannyāsī)，周游四方、挨家挨户地去传播有关灵性生活的知识。

第 15 节　आस्तेऽवमत्योपन्यस्तं गृहपाल इवाहरन् ।
आमयाव्यप्रदीप्ताग्निरल्पाहारोऽल्पचेष्टितः ॥१५॥

āste 'vamatyopanyastaṁ
gṛha-pāla ivāharan
āmayāvy apradīptāgnir
alpāhāro 'lpa-ceṣṭitaḥ

āste一他留下来 / avamatyā一漫不经心地 / upanyastam一无论给什么 / gṛha-pālaḥ一一只狗 / iva一就像 / āharan一吃 / āmayāvī一生病的 / apradīpta-agniḥ一消化不良 / alpa一一点点 / āhāraḥ一吃 / alpa一一点点 / ceṣṭitaḥ一活动

译文 他就这样像家犬一样留在家中，吃别人漫不经心塞给他的东西。在经受消化不良等许多疾病的折磨后，他失去食欲，只吃少得可怜的食物，完全成了一个再也不能工作的废人。

要旨 人在死之前无疑会变得百病缠身。当他被家人怠慢，处境悲惨时，就连狗都不如了。因此，韦达文献教导人们：在这种可怜的情况发生前，男人应该离家出走，在与家人断绝联系的情况下死去，而这样的死被认为是光荣的。可是，依恋家庭的人希望死后家人能为他举办隆重的送葬仪式。他虽然不可能看到送葬队伍的情况，但还是希望送葬仪式办得轰轰烈烈。他认为这样他就快乐了，尽管他根本不知道他离开现有的躯体后要被迫到哪里去投生。

第 16 节 वायुनोत्क्रमतोत्तारः कफसंरुद्धनाडिकः ।
कासश्वासकृतायासः कण्ठे घुरघुरायते ॥१६॥

vāyunotkramatottāraḥ
kapha-saṁruddha-nāḍikaḥ
kāsa-śvāsa-kṛtāyāsaḥ
kaṇṭhe ghura-ghurāyate

vāyunā一由气体 / utkramatā一凸出 / uttāraḥ一他的眼睛 / kapha一有黏液 / saṁruddha一堵塞的 / nāḍikaḥ一他的气管 / kāsa一咳嗽 / śvāsa一呼吸 / kṛta一做 / āyāsaḥ一困难的 / kaṇṭhe一在喉咙里 / ghura-ghurāyate一发出咕噜咕噜的声音

译文　在那种奄奄一息的情况下，他的双眼因眼中空气的压迫而凸出，腺体内充塞着黏液。他呼吸困难，呼吸时喉咙里发出咕噜咕噜的声音。

第 17 节　शयानः परिशोचद्भिः परिवीतः स्वबन्धुभिः ।
वाच्यमानोऽपि न ब्रूते कालपाशवशं गतः ॥१७॥

śayānaḥ pariśocadbhiḥ
parivītaḥ sva-bandhubhiḥ
vācyamāno 'pi na brūte
kāla-pāśa-vaśaṁ gataḥ

śayānaḥ—躺下 / pariśocadbhiḥ—悲伤的 / parivītaḥ—围绕着 / sva-bandhubhiḥ—被他的亲戚和朋友 / vācyamānaḥ—急于说话 / api—虽然 / na—不 / brūte—他说 / kāla—时间的 / pāśa—绞索 / vaśam—受……的控制 / gataḥ—离开

译文　他就这样被死亡钳制着躺在床上，周围是悲伤的亲人和朋友。他虽然想对他们说话，但已无能为力，因为他完全被时间控制着。

要旨　出于礼节的需要，当人临终躺在床上时，他的家人和朋友会来到他的床边，纷纷呼叫这垂死之人道，“爸爸呀！”“啊，我的朋友！”“我的丈夫啊！”在那种凄凉的情况下，临终之人想对他们说话，留下自己的遗言，但由于他被死亡这一时间因素牢牢地控制着，他再也说不出话来，不能表达自己的心愿。这使他痛苦万分。疾病，以及腺体和喉咙被黏液充塞着，本已使他痛苦万状、苦不堪言；在这种情况下听到亲人的呼叫声，他就更伤心欲绝了。

第 18 节　एवं कुटुम्बभरणे व्यापृतात्माजितेन्द्रियः ।
म्रियते रुदतां स्वानामुरुवेदनयास्तधीः ॥१८॥

evaṁ kuṭumba-bharaṇe
vyāpṛtātmājitendriyaḥ
mriyate rudatāṁ svānām
uru-vedanayāsta-dhīḥ

evam－如此 / kuṭumba-bharaṇe－在养家时 / vyāpṛta－全神贯注地 / ātmā－他的思想 / ajita－失去了控制 / indriyaḥ－他的感官 / mriyate－他死了 / rudatām－哭泣着 / svānām－他的亲戚 / uru－巨大的 / vedanayā－因悲痛 / asta－失去了 / dhīḥ－意识

译文 这个不控制感官的一家之长，只能极度悲伤、眼睁睁地看着他的亲人哭泣。他死得很悲惨，肉体的巨大痛苦使他完全失去了意识。

要旨 《博伽梵歌》中说：人死时会全神贯注地想着他生前经常想着的事情。所以，除了养家不知道其他事情的人，死时必然只想着他的家事。一般人都是这样。他们不知道自己的命运，每天只是为养家、为稍纵即逝的今生而忙碌。可是到最后，没人对他为改善家庭经济情况所做的努力感到满意，大家都认为他给他们的还不够。他对家庭的深情，使他忘了他主要的责任是控制感官和提升灵性意识。有的人临终时把家事托付给儿子或其他亲人说："我要走了。请好好照顾这个家。"这个人虽然并不知道他死后会去哪里，但临终时还在为如何维持这个家而焦虑。我们有时看到，人临终时会央求医生帮他延长几年寿命，好让他能完成养家的计划。这些都是受制约的灵魂所患的物质疾病。他们完全忘了自己真正的任务是培养奎师那意识；他们虽然一生又一生不断地更换着他们的家，但还是把养家的任务看得最重要。

第 19 节 यमदूतौ तदा प्राप्तौ भीमौ सरभसेक्षणौ ।
स दृष्ट्वा त्रस्तहृदयः शकृन्मूत्रं विमुञ्चति ॥१९॥

yama-dūtau tadā prāptau
bhīmau sarabhaseksaṇau
sa dṛṣṭvā trasta-hṛdayaḥ
śakṛn-mūtraṁ vimuñcati

yama-dūtau－阎罗王的两个使者 / tadā－就在那时 / prāptau－来到 / bhīmau－恐怖的 / sa-rabhasa－充满愤怒 / īkṣaṇau－他们的眼睛 / saḥ－他 / dṛṣṭvā－看到 / trasta－害怕的 / hṛdayaḥ－他的心中 / śakṛt－粪便 / mūtram－尿液 / vimuñcati－他排泄

译文 死亡时，他看到死神的使者们怒目圆睁地来到他面前，于是惊恐万状，大小便失禁。

要旨 灵魂离开现有的躯体后有两个去处：一是去管理罪犯的阎罗王(Yamarāja)那里；一是去高等星球，最高可达灵性世界外琨塔(Vaikuṇṭha)。至尊主卡皮拉在此描述的是：阎罗王的使者亚玛杜塔(Yamadūta)，对待沉溺于感官享乐的有家之人的方式。这种注重感官享乐的人死亡时归亚玛杜塔掌管，被亚玛杜塔押解到阎罗王住的星球去。下面的诗将描写阎罗王所在星球的环境。

第 20 节 यातनादेह आवृत्य पाशैर्बद्ध्वा गले बलात् । नयतो दीर्घमध्वानं दण्ड्यं राजभटा यथा ॥२०॥

yātanā-deha āvṛtya
pāśair baddhvā gale balāt
nayato dīrgham adhvānaṁ
daṇḍyaṁ rāja-bhaṭā yathā

yātanā－为了惩罚 / dehe－他的身体 / āvṛtya－覆盖着 / pāśaiḥ－用绳子 / baddhvā－捆绑着 / gale－在颈部 / balāt－强迫着 / nayataḥ－他们带走 / dīrgham－很长的 / adhvānam－距离 / daṇḍyam－一个罪犯 / rāja-bhaṭāḥ－国王的士兵 / yathā－就像

译文 正如国家警察逮捕罪犯以实施惩罚，阎罗王的差役抓住一生非法进行感官享乐的罪犯，把粗壮的绳索套在他脖子上，并覆盖他的精微躯体，好让他经受严厉的惩罚。

要旨 每一个生物都被精微的躯体和粗糙的躯体包裹着。精微的躯体由心、智力、假我和意识组成。据经典记载：阎罗王的捕快盖住罪犯的精微躯体，把他带到阎罗王的所在地，以他能忍受的程度惩罚他，使他不致死于惩罚，因为他要是死了，就不用承受惩罚的痛苦了。阎罗王的捕快的职责不是处死罪犯。事实上，生物是永恒的，因此不可能被杀死。惩罚罪犯是为了让他承受他进行感官享乐的苦果。

《永恒的柴坦亚经》(Caitanya-caritāmṛta)中解释了惩罚的过程。以前，国王的捕快会用一条船把罪犯押解到河中心，然后抓住他的头发把他压在水中，直到他几乎窒息时把他从水中拉出，让他呼吸几下后再按入水中。阎罗王也用这种方法惩罚遗忘了自己真正身份的灵魂，以下的诗中将对这些内容有所描述。

第 21 节 तयोर्निर्भिन्नहृदयस्तर्जनैर्जातवेपथुः ।
पथि श्वभिर्भक्ष्यमाण आर्तोऽघं स्वमनुस्मरन् ॥२१॥

tayor nirbhinna-hṛdayas
tarjanair jāta-vepathuḥ
pathi śvabhir bhakṣyamāṇa
ārto 'ghaṁ svam anusmaran

tayoḥ—阎罗王的捕快的 / nirbhinna—打破了 / hṛdayaḥ—他的心 / tarjanaiḥ—以恐吓 / jāta—出现 / vepathuḥ—战栗的 / pathi—在路上 / śvabhiḥ—被狗 / bhakṣyamāṇaḥ—被咬 / ārtaḥ—痛苦的 / agham—罪过 / svam—他的 / anusmaran—记住

译文 被阎罗王的捕快押解着的罪犯惊恐万状、浑身颤抖。一路上有许多恶狗扑咬他，使他回忆起生前做过的恶，因此极度痛苦。

要旨　从这节诗看出：被阎罗王的捕快逮捕的罪犯，在由地球被押往阎罗王的星球时，一路上遇到许多狗；它们狂吠并咬他，以使他回忆起他进行感官享乐的恶行。《博伽梵歌》中说：人在感官享乐的欲望高涨时会丧失理智，变得几乎盲目、忘乎所以(kāmais tais tair hṛta jñānāḥ)。太依恋感官享乐使人完全丧失理智，忘了他必须为感官享乐的后果而受苦。阎罗王安排在路上的狗，使他回忆自己进行感官享乐的罪行。当我们有粗糙的躯体时，被鼓励去进行感官享乐，如今就连政府也鼓励这样做。世上有很多国家的政府批准通过避孕的方法，鼓励人们进行感官享乐。他们为妇女提供避孕丸，允许妇女去诊所做人工流产。这些都是感官享乐的后果。过性生活实际是为了生育优秀的孩子，但由于人们不控制感官，社会上也没有机构训练他们控制感官，这些可怜的人便堕落为从事罪恶的感官享乐活动的牺牲品，死后必须承受《圣典博伽瓦谭》这些诗中描述的惩罚。

第22节　क्षुत्तृट्परीतोऽर्कदवानलानिलैः
सन्तप्यमानः पथि तप्तवालुके ।
कृच्छ्रेण पृष्ठे कशया च ताडित-
श्चलत्यशक्तोऽपि निराश्रमोदके ॥२२॥

kṣut-tṛṭ-parīto 'rka-davānalānilaiḥ
santapyamānaḥ pathi tapta-vāluke
kṛcchreṇa pṛṣṭhe kaśayā ca tāḍitaś
calaty aśakto 'pi nirāśramodake

kṣut-tṛṭ—饥饿和干渴 / parītaḥ—受折磨 / arka—太阳 / dava-anala—森林之火 / anilaiḥ—被风 / santapyamānaḥ—被烤焦 / pathi—在路上 / tapta-vāluke—滚烫的沙子 / kṛcchreṇa—痛苦的 / pṛṣṭhe—在背后 /

kaśayā—用鞭子 / ca—和 / tāḍitaḥ—抽打 / calati—他移动 / aśaktaḥ—不能 / api—虽然 / nirāśrama-udake—没有遮蔽处或水

译文 罪犯被迫头顶烈日走在由灼热的沙子铺成的路上，路两旁是熊熊燃烧着的森林大火。他举步维艰，阎罗王的捕快用鞭子抽打他的脊背。饥饿和口渴折磨着他，但不幸的是，一路上既没有水喝，没有阴凉处，也没有可供休息的地方。

第23节 तत्र तत्र पतञ्छ्रान्तो मूर्च्छितः पुनरुत्थितः ।
पथा पापीयसा नीतस्तरसा यमसादनम् ॥२३॥

tatra tatra patañ chrānto
mūrcchitaḥ punar utthitaḥ
pathā pāpīyasā nītas
tarasā yama-sādanam

tatra tatra—四处 / patañ—摔倒 / śrāntaḥ—疲惫的 / mūrcchitaḥ—失去知觉 / punaḥ—再次 / utthitaḥ—起身 / pathā—在路边 / pāpīyasā—非常不吉祥的 / nītaḥ—被带到 / tarasā—很快的 / yama-sādanam—到阎罗王面前

译文 在走向阎罗王居所的途中，他筋疲力尽地摔倒在地，多次昏死过去，但还是被迫爬起来继续前行。他就这样很快被押解到阎罗王的住所。

第24节 योजनानां सहस्राणि नवतिं नव चाध्वनः ।
त्रिभिर्मुहूर्तैर्द्वाभ्यां वा नीतः प्राप्नोति यातनाः ॥२४॥

yojanānāṁ sahasrāṇi
navatiṁ nava cādhvanaḥ
tribhir muhūrtair dvābhyāṁ vā
nītaḥ prāpnoti yātanāḥ

yojanānām—尤佳纳的 / sahasrāṇi—数千 / navatim—九十 / nava—九 / ca—和 / adhvanaḥ—从很远的地方 / tribhiḥ—三 / muhūrtaiḥ—片刻之内 / dvābhyām—二 / vā—或者 / nītaḥ—带来 / prāpnoti—他受到 / yātanāḥ—惩罚

译文 他不得不用二三秒钟走完九万九千尤佳纳那么长的路，接下来立刻承受他应得的惩罚的折磨。

要旨 一个尤佳纳(yojana)是八英里，因此罪犯必须走七十九万二千英里长的路。但这么长的路，他只用几秒钟便走完了。由于他的精微躯体被阎罗王的捕快覆盖着，他才能忍受着痛苦极快地走完那么长的路。他身上那层覆盖物虽然是物质的，但元素组成是如此精良，以致物质主义科学家根本无法发现它是用什么做的。用二三秒钟就跨越了七十九万二千英里那么长的距离，对现代宇航员来说简直是太神奇了。他们到目前为止每小时只能航行一万八千英里，但我们在此看到，那罪犯走短短的几秒钟内就走完了七十九万二千英里的路，而且所用的方法并不是灵性的，而是物质的。

第25节 आदीपनं स्वगात्राणां वेष्टयित्वोल्मुकादिभिः ।
आत्ममांसादनं क्वापि स्वकृत्तं परतोऽपि वा ॥२५॥

ādīpanaṁ sva-gātrāṇāṁ
veṣṭayitvolmukādibhiḥ
ātma-māṁsādanaṁ kvāpi
sva-kṛttaṁ parato 'pi vā

ādīpanam—被置于火上 / sva-gātrāṇām—他自己的四肢的 / veṣṭayitvā—被包围着 / ulmuka-ādibhiḥ—由燃烧的木头等 / ātma-māṁsa—他自己的肉的 / adanam—吃 / kva api—有时候 / sva-kṛttam—由他自己来做 / parataḥ—由其他生物体 / api—其他的 / vā—或者

译文 他被置于用木柴点燃的大火中，四肢着火。有时，他还要被迫吃自己的肉，或者由其他生物体吃他的肉。

要旨 这节诗和接下去的三节诗，描述罪恶的灵魂受惩罚的情况。首先，罪犯必须在被大火焚烧的情况下吃自己的肉，或者由像他一样在那里受罚的罪犯吃他的肉。第二次世界大战期间，被关在集中营里的人有时吃自己的粪便。因此，在阎罗王的住所亚玛萨丹(Yama-sādana)里，生前很享受肉食的人被迫吃自己的肉并不令人奇怪。

第 26 节 जीवतश्चान्त्राभ्युद्धारः श्वगृध्रैर्यमसादने ।
सर्पवृश्चिकदंशाद्यैर्दशद्भिश्चात्मवैशसम् ॥२६॥

jīvataś cāntrābhyuddhāraḥ
śva-gṛdhrair yama-sādane
sarpa-vṛścika-daṁśādyair
daśadbhiś cātma-vaiśasam

jīvataḥ—活生生的 / ca—和 / antra—他的内脏的 / abhyuddhāraḥ—拉出来 / śva-gṛdhraiḥ—由狗和秃鹰 / yama-sādane—在阎罗王的管辖地 / sarpa—被毒蛇 / vṛścika—蝎子 / daṁśa—小昆虫 / ādyaiḥ—等等 / daśadbhiḥ—叮咬 / ca—和 / ātma-vaiśasam—折磨他自己

译文 他眼睁睁地看着他的内脏被地狱里的猎犬和秃鹰扯出来，同时还要忍受毒蛇、蝎子、蚊虫和其他生物体的叮咬。

第 27 节 कृन्तनं चावयवशो गजादिभ्यो भिदापनम् ।
पातनं गिरिशृङ्गेभ्यो रोधनं चाम्बुगर्तयोः ॥२७॥

kṛntanaṁ cāvayavaśo
gajādibhyo bhidāpanam
pātanaṁ giri-śṛṅgebhyo
rodhanaṁ cāmbu-gartayoḥ

kṛntanam—砍断 / ca—和 / avayavaśaḥ—四肢逐一地 / gaja-ādibhyaḥ—被大象等 / bhidāpanam—撕裂 / pātanam—用力摔下来 / giri—山上 / śṛṅgebhyaḥ—从顶上 / rodhanam—被关在 / ca—和 / ambu-gartayoḥ—在水里或洞里

译文　随后，他的四肢被大象从身上扯下来撕碎。他被从山顶上狠狠地摔下去，还被按在水中或关在山洞里。

第 28 节　यास्तामिस्रान्धतामिस्रा रौरवाद्याश्च यातनाः ।
भुङ्क्ते नरो वा नारी वा मिथः सङ्गेन निर्मिताः ॥२८॥

yās tāmisrāndha-tāmisrā
　rauravādyāś ca yātanāḥ
bhuṅkte naro vā nārī vā
　mithaḥ saṅgena nirmitāḥ

yāḥ—……的 / tāmisra—某个地狱的名字 / andha-tāmisrāḥ—某个地狱的名字 / raurava—某个地狱的名字 / ādyāḥ—等等 / ca—和 / yātanāḥ—惩罚 / bhuṅkte—经历着 / naraḥ—男人 / vā—或者 / nārī—女人 / vā—或者 / mithaḥ—互相的 / saṅgena—通过交往 / nirmitāḥ—造成

译文　一生纵欲的男女被置于充满各种痛苦的地狱中，这些地狱分别称为塔弥斯茹阿、安达·塔弥斯茹阿和绕茹阿瓦。

要旨　为生存而苦苦挣扎的物质主义者，其生活基础就是“性”。因此在韦达文明中，“性”受到限制，也就是：结婚的夫妇要生育孩子时才能过性生活。如果男人和女人为了感官享乐而纵欲，过非法的性生活，那么等着他们的，将是在今生或死后受严厉的惩罚。在这一世，他们受到的惩罚是：患梅毒和淋病等毒性很强的性病。在死后，他们被放进各种地狱中受苦，正如《圣典博伽瓦谭》中描述的一样。

《博伽梵歌》第1章中说，非法性生活受到谴责，通过非法性生活生育孩子的人会被送到地狱去。《圣典博伽瓦谭》在此也确认说，这类罪犯被放进称为塔弥斯茹阿(Tāmisra)、安达·塔弥斯茹阿(Andha-tāmisra)和绕茹阿瓦(Raurava)。

第29节 अत्रैव नरकः स्वर्ग इति मातः प्रचक्षते ।
या यातना वै नारक्यस्ता इहाप्युपलक्षिताः ॥२९॥

atraiva narakaḥ svarga
iti mātaḥ pracakṣate
yā yātanā vai nārakyas
tā ihāpy upalakṣitāḥ

atra一在这个世界 / eva一甚至 / narakaḥ一地狱 / svargaḥ一天堂 / iti一如此 / mātaḥ一母亲啊 / pracakṣate一他们说 / yāḥ一……的 / yātanāḥ一惩罚 / vai一肯定地 / nārakyaḥ一地狱般的 / tāḥ一他们 / iha一这里 / api一也 / upalakṣitāḥ一可见的

译文 主卡皮拉继续说：亲爱的母亲，由于地狱中的惩罚有时也能在这个星球上见到，人们便说，我们在这个星球上可以体会到地狱或天堂的生活。

要旨 不信神的人不相信经典上对有关地狱的说明，也不理会权威经典的说明。因此，主卡皮拉通过说地球上也能看到地狱的景象来向他们证实经典的说明。地狱那令人毛骨悚然的生活状况，并不只存在于阎罗王住的星球。在阎罗王的星球上，罪犯受训练在地狱般的环境里生活，以使他能适应来生的这种生活。接着，他就会被迫投生在另一个星球，继续过他的地狱般的生活。

例如，如果一个人该受到下地狱的惩罚，以及吃粪便和喝尿液的惩罚，那么他就要先在阎罗王所掌管的地狱星球上练习这些，然后才会得到猪一类的躯体，以便他能在吃粪便、喝尿液的时候以为自己在享受生活。前面讲过，无论在多么可怕的环境中，受制约的灵魂都会以为自己很快乐，否则他不可能忍受地狱般生活的痛苦。

第 30 节　एवं कुटुम्बं बिभ्राण उदरम्भर एव वा ।
विसृज्येहोभयं प्रेत्य भुङ्क्ते तत्फलमीदृशम् ॥३०॥

evaṁ kuṭumbaṁ bibhrāṇa
udaram bhara eva vā
visṛjyehobhayaṁ pretya
bhuṅkte tat-phalam īdṛśam

evam—就这样 / kuṭumbam—家庭 / bibhrāṇaḥ—维持……的他 / udaram—胃 / bharaḥ—维持……的他 / eva—只有 / vā—或 / visṛjya—在放弃后 / iha—这里 / ubhayam—他们两者 / pretya—在死后 / bhuṅkte—他经历着 / tat—那个……的 / phalam—结果 / īdṛśam—如此

译文　靠从事罪恶活动来养活自己和家人的人，离开现有的这个躯体后，会承受地狱生活的痛苦，他的家人也会受苦。

要旨　现代文明的错误在于使人不相信有来生。但不管他相信不相信，来生是有的。而人如果不在韦达经(Vedas)和往世书(Purāṇas)的指导下过一种负责任的生活，就必定受苦。低于人类的生物体不必对自己的行为负责，因为他们所做的一切都是被规定好的。但人有高度发达的意识，因此如果不负责任地行事，就必定会像经典描述的那样承受地狱之苦。

第 31 节　एकः प्रपद्यते ध्वान्तं हित्वेदं स्वकलेवरम् ।
कुशलेतरपाथेयो भूतद्रोहेण यद्भृतम् ॥३१॥

ekaḥ prapadyate dhvāntaṁ
hitvedaṁ sva-kalevaram

kuśaletara-pātheyo
bhūta-droheṇa yad bhṛtam

ekaḥ－独自一人 / prapadyate－他进入 / dhvāntam－黑暗 / hitvā－在离开后 / idam－这个 / sva－他的 / kalevaram－身体 / kuśala-itara－罪恶 / pātheyaḥ－路费 / bhūta－向其他生物体 / droheṇa－通过伤害 / yat－身体……的 / bhṛtam－受到维持

译文 他离开现有的躯体后独自到地狱最黑暗的地方去，他生前靠伤害其他生物体赚来的钱，就是他离开这个世界所用的路费。

要旨 人如果以不正当的手段赚钱养家和他自己，那么尽管有许多家人和他一起享受那不义之财，但他自己必须独自进地狱，在那里承受以暴力和不法手段赚钱维持生活的恶果，为之受尽折磨。举例说：人如果以杀人的方式获取金钱，并用这钱养家，那么分享这黑钱的家人也承担部分责任，也会被送进地狱，但他作为罪魁祸首会受到特别严厉的惩罚。物质感官享乐的结果是：他赚来的钱将留在世上，他带走的只是恶报。

在这世上也一样，如果人通过杀人获取金钱，那么他的家人虽然被那罪恶污染，但不用偿命；可是，那个杀人并用黑钱养家的人却会被判处死刑。直接犯罪的人比间接享受的人负更多的责任。因此，大学者查纳克雅·潘迪特说：人无论拥有什么，最好用来为至尊人格首神服务，因为人离开这个世界时不可能带走他的财产，他的财产最终还是会失去。要么是我们离开钱，要么是钱离开我们，我们和钱迟早会分开。因此，在我们有钱的时候，最好用它们来培养和传播奎师那意识。

第 32 节 दैवेनासादितं तस्य शमलं निरये पुमान् ।
भुङ्क्ते कुटुम्बपोषस्य हृतवित्त इवातुरः ॥३२॥

daivenāsāditaṁ tasya
śamalaṁ niraye pumān
bhuṅkte kuṭumba-poṣasya
hṛta-vitta ivāturaḥ

daivena—在至尊人格首神的安排下 / āsāditam—获得 / tasya—他的 / śamalam—罪恶反应 / niraye—在地狱般的环境里 / pumān—那个人 / bhuṅkte—经受着 / kuṭumba-poṣasya—维持家庭的 / hṛta-vittaḥ—那个损失了钱财的人 / iva—就像 / āturaḥ—痛苦

译文　就这样，在至尊人格首神的安排下，那个养家的人就像失去财产的人一样，被放进地狱承受他恶行的苦果。

要旨　这节诗举例说，罪人就像失去钱财的人那样受苦。受制约的灵魂在经过许许多多生世后才获得宝贵的人体，但如果他不利用人体寻求解脱，而是用它来养所谓的家，因而从事愚蠢、未经经典许可的活动，那他就被比喻为是失去财产并为此而悲伤的人。失去财产后，悲伤是无济于事的。人应该在拥有财富的时候正确利用它，以便使自己获得永恒的利益。有人也许会争辩说：人失去他通过从事罪恶活动赚来的钱，他的恶报也就会随钱一起离去。然而，这节诗中特别指出：尽管人留下他以罪恶的方式赚来的钱，但在至尊主的安排下(daivenāsāditam)，他的恶报还跟随着他。

小偷被捕后就算愿意交出赃款，也还是要受惩罚。根据国家的法律，就算他交出赃款，也必须受制裁。同样，人死后虽然遗留下他那些不义之财，但在至尊主的安排下，他还必须承担作恶的后果，所以还是要被送往地狱。

第 33 节　केवलेन ह्यधर्मेण कुटुम्बभरणोत्सुकः ।
याति जीवोऽन्धतामिस्रं चरमं तमसः पदम् ॥३३॥

kevalena hy adharmeṇa
kuṭumba-bharaṇotsukaḥ
yāti jīvo 'ndha-tāmisraṁ
caramaṁ tamasaḥ padam

kevalena—仅仅 / hi—肯定地 / adharmeṇa—从事违背宗教原则的活动 / kuṭumba—家庭 / bharaṇa—维持 / utsukaḥ—渴望 / yāti—去 / jīvaḥ——个人 / andha-tāmisram—到安达·塔弥斯茹阿 / caramam—终极的 / tamasaḥ—黑暗的 / padam—地带

译文 因此，只热衷于用不义之财养家的人，必定到最黑暗的地狱安达·塔弥斯茹阿去。

要旨 这节诗中有三个极其重要的梵文词，它们分别是："纯粹以肮脏的手段(kevalena)"，"不正当或非宗教的(adharmeṇa)"，以及"养家(kuṭumba-bharaṇa)"。养家无疑是居士的责任，但人应该按经典规定的方法去赚钱。《博伽梵歌》中说：至尊主按人的资格和工作，把人类社会划分为四个阶层(varṇa)。即使不谈《博伽梵歌》，我们看到每个社会都是以人的资格和工作称呼人。比如，靠制作家具维生的人被称为木匠，靠打铁维生的人被称为铁匠。同样，从事医药或工程事业的人，有他们特定的职责和称呼。至尊主把人类的这一切活动划分为四类，从事这四类活动的人属于四个阶层，分别叫做：布茹阿玛纳(brāhmaṇa, 知识分子和传教人士)、查锤亚(kṣatriya, 武士和管理者)、外夏(vaiśya, 商人和农民)及庶铎(śūdra, 靠出卖劳力维生的人)。《博伽梵歌》和其他韦达经典中，都描述了这四个阶层的人的特定职责。

人应该根据自己具备的资格诚实地工作，而不该以不正当的手段赚钱，或者做自己不具备资格做的工作。如果一个不具备布茹阿玛纳资格的人自称是布茹阿玛纳，做传教工作，吸引那些渴望了解灵性生活的人，那他就是在欺骗大众。人不该以这种不诚实的手段赚钱维持生活。这道理也适用于查锤亚和外夏。经典特别指出：想提高奎师那意识的人，必须用诚实和简单的方法维持生活。这节诗中也说，用不正当的手段谋生的人，被送到地狱中最黑暗的地方。相反，经典并不反对居士按照经典规定的方法，诚实地赚钱养家。

第 34 节　अधस्तान्नरलोकस्य यावतीर्यातनादयः ।
क्रमशः समनुक्रम्य पुनरत्राव्रजेच्छुचिः ॥३४॥

adhastān nara-lokasya
yāvatīr yātanādayaḥ
kramaśaḥ samanukramya
punar atrāvrajec chuciḥ

adhastāt－低于 / nara-lokasya－人体生命 / yāvatīḥ－一样多 / yātanā－惩罚 / ādayaḥ－等等 / kramaśaḥ－按顺序 / samanukramya－经历了 / punaḥ－再次 / atra－这里，在地球上 / āvrajet－他可以返回 / śuciḥ－纯粹的

译文　在经受过所有地狱的痛苦，并按顺序在低于人体的各种动物躯体中投生后，他的罪恶才被除尽，他才能重新在这个地球上投生做人。

要旨　就像囚犯经历了痛苦的监狱生活刑满出狱一样，生前不虔诚、一直作恶的人，被放进猪、狗、猫等躯体中，经历各种令人毛骨悚然的地狱般的生活，在按顺序完成进化后，才得到重新做人的机会。《博伽梵歌》中说：练瑜伽的灵修之人即使因为某种原因失败了，没能达到完美的境界，他来生也保证能投生为人，而且是在非常富有或非常虔诚的家庭中投生。富有的家庭是指大商人的家庭，因为经商的人一般都很富有。从事觉悟自我或与至尊绝对真理相连接的活动，但暂时没获得成功的人，会被允许投生到这种富有

的家庭里，或者在虔诚的布茹阿玛纳家中投生；无论是这两种家庭中的哪一种，他来生保证会得到人的躯体。

结论是：不想进入塔弥斯茹阿、安达·塔弥斯茹阿等地狱的人，必须培养奎师那意识，而这是一流的瑜伽体系；因为即使他在这一生不能完全具有奎师那意识，他在来生起码也保证能投生到人类的家庭中，而不会被送进地狱。培养奎师那意识的生活是最纯洁的生活；它保护人，使人免于滑向地狱并投生在猪或狗的家里。

到此为止，结束了巴克提韦丹塔对《圣典博伽瓦谭》第3篇第30章——“主卡皮拉描述有害的功利性活动”所作的阐释。

第三十一章

主卡皮拉对生物体活动的指导

第 1 节 श्रीभगवानुवाच

कर्मणा दैवनेत्रेण जन्तुर्देहोपपत्तये ।
स्त्रियाः प्रविष्ट उदरं पुंसो रेतःकणाश्रयः ॥ १ ॥

śrī-bhagavān uvāca
karmaṇā daiva-netreṇa
jantur dehopapattaye
striyāḥ praviṣṭa udaraṁ
puṁso retaḥ-kaṇāśrayaḥ

śrī-bhagavān uvāca—至尊人格首神说 / karmaṇā—根据活动的结果 / daiva-netreṇa—在至尊主的监督下 / jantuḥ—生物体 / deha—一个身体 / upapattaye—为了获得 / striyāḥ—女人的 / praviṣṭaḥ—进入 / udaram—子宫 / puṁsaḥ—男人的 / retaḥ—精子的 / kaṇa—一颗微粒 / āśrayaḥ—留在……中

译文 至尊人格首神说：在至尊主的监督下，生物——灵魂，按照他活动的结果透过男人的精子进入女人的子宫，以接受一个特定的躯体。

要旨 正如上一节诗所讲述的，灵魂在承受了各种地狱般的痛苦后，再次得到一个人体。这一章讲述的是同一个主题。为了让一个已经承受了地狱般痛苦生活的灵魂得到一个特定的人的躯体，这个灵魂被转入一个正适合当他父亲的人的精子中。在父母交媾的过程中，灵魂通过父亲的精子被转入母亲的子宫，以生育出一个特定的躯体。这个过程适用于所有有物质躯体的生物，但这里谈到的是从安达·塔弥斯茹阿(Andha-tāmisra)地狱转出来的人。他在那里经历了许多狗和猪等可憎的躯体后，再次进入人体，得到另一次做人的机会；他以前就是从人的躯体中坠入地狱的。

一切都在至尊人格首神的监督下进行。物质自然虽然提供躯体，但却是在超灵的指挥下做这件事。《博伽梵歌》(Bhagavad-gītā)中说，生物乘坐在由物质自然制造的交通工具上，在物质世界里到处游荡。至尊主总是以超灵的形式陪伴着个体灵魂。祂指挥物质自然按照个体灵魂的活动结果为个体灵魂提供一个特定的躯体，物质自然则按照命令提供躯体。这节诗中的“留在一个特定的精子中(retaḥ-kaṇāśra-yaḥ)”一句十分重要，因为它说明：并不是男人的精子在女人的子宫中创造了生命；生物——灵魂，托庇于一个特定的精子，然后被推入一个女人的子宫。那以后，躯体便成长起来。在没有灵魂存在的情况下，只通过交媾根本无法创造出一个生物体。唯物主义者的理论说：不存在灵魂；孩子的诞生仅仅是精子和卵子结合的结果。这种理论不合理，不能被接受。

第 2 节 कललं त्वेकरात्रेण पञ्चरात्रेण बुद्‍बुदम् ।
दशाहेन तु कर्कन्धूः पेश्यण्डं वा ततः परम् ॥ २ ॥

kalalaṁ tv eka-rātreṇa
pañca-rātreṇa budbudam
daśāhena tu karkandhūḥ
peśy aṇḍaṁ vā tataḥ param

kalalam－精子和卵子的结合 / tu－接着 / eka-rātreṇa－第一夜 / pañca-rātreṇa－到第五夜 / budbudam－一个气泡 / daśa-ahena－在十天内 / tu－接着 / karkandhūḥ－像一个梅子 / peśī－一团肉 / aṇḍam－一个蛋 / vā－或者 / tataḥ－从此 / param－以后

译文 在第一个夜晚，精子和卵细胞结合。在第五个夜晚，受精卵长成一个泡状物。到第十个夜晚，它长到梅子般大小。那以后，它根据情况逐渐长到一块肉或一个蛋那么大。

要旨　灵魂所在的躯体按照不同的来源有四种不同的生长方式：一种躯体是树木和植物的躯体，它们从土里发芽出来，逐渐长大；第二种是苍蝇、细菌和虫子等在汗水中长成的躯体；第三种是在蛋中长成的躯体；第四种是在子宫中长成的躯体。这节诗说明：精子和卵子融合后，躯体根据情况逐渐长到一块肉或一个蛋那么大：如果是飞禽，胎儿就会长成一个蛋；如果是走兽和人类，胎儿就会长成一块肉。

第 3 节　मासेन तु शिरो द्वाभ्यां बाह्वङ्घ्र्याद्यङ्गविग्रहः ।
नखलोमास्थिचर्माणि लिङ्गच्छिद्रोद्भवस्त्रिभिः ॥ ३ ॥

māsena tu śiro dvābhyāṁ
bāhv-aṅghry-ādy-aṅga-vigrahaḥ
nakha-lomāsthi-carmāṇi
liṅga-cchidrodbhavas tribhiḥ

māsena—一个月内 / tu—那时 / śiraḥ—一个头 / dvābhyām—在两个月内 / bāhu—手臂 / aṅghri—脚 / ādi—等等 / aṅga—四肢 / vigrahaḥ—形体 / nakha—指甲 / loma—身体的毛发 / asthi—骨头 / carmāṇi—和皮肤 / liṅga—生殖器官 / chidra—孔 / udbhavaḥ—出现 / tribhiḥ—三个月内

译文　在一个月间，头的形状形成了。满两个月时，手、脚和肢体成形。满三个月时，指甲、手指、脚趾、体毛、骨头和皮肤形成；同时长成的还有，生殖器及眼睛、鼻孔、耳朵、嘴和肛门等身体其他有孔洞的器官。

第 4 节　चतुर्भिर्धातवः सप्त पञ्चभिः क्षुत्तृडुद्भवः ।
षड्भिर्जरायुणा वीतः कुक्षौ भ्राम्यति दक्षिणे ॥ ४ ॥

caturbhir dhātavaḥ sapta
pañcabhiḥ kṣut-tṛḍ-udbhavaḥ

ṣaḍbhir jarāyuṇā vītaḥ
kukṣau bhrāmyati dakṣiṇe

caturbhiḥ—四个月内 / dhātavaḥ—元素 / sapta—七 / pañcabhiḥ—五个月内 / kṣut-tṛṭ—由于饥饿和口渴 / udbhavaḥ—出现 / ṣaḍbhiḥ—六个月内 / jarāyuṇā—羊膜 / vītaḥ—被包裹上 / kukṣau—在腹部 / bhrāmyati—移动 / dakṣiṇe—在右边

译文 从怀孕那一天算四个月内，乳糜、血液、肌肉、脂肪、骨头、骨髓和精液这七种基本的成分都发育生长出来。在第五个月的月底，胎儿有了饥饿和口渴感，到第六个月的月底，被羊膜包裹着的胎儿开始向母亲腹部右侧移动。

要旨 当胎儿的躯体在满六个月完全成形时，胎儿如果是男性，就会开始向母腹的右侧移动；如果是女性，就会向左侧移动。

第 5 节 मातुर्जग्धान्नपानाद्यैरेधद्धातुरसम्मते ।
शेते विण्मूत्रयोर्गर्ते स जन्तुर्जन्तुसम्भवे ॥ ५॥

mātur jagdhānna-pānādyair
edhad-dhātur asammate
śete viṇ-mūtrayor garte
sa jantur jantu-sambhave

mātuḥ—母亲的 / jagdha—进食 / anna-pāna—吃的和喝的 / ādyaiḥ—等等 / edhat—增加 / dhātuḥ—他身体的元素 / asammate—恶心的 / śete—残余物 / viṭ-mūtrayoḥ—粪便和尿液的 / garte—在一个洞里 / saḥ—那 / jantuḥ—胎儿 / jantu—蠕虫的 / sambhave—繁殖的地方

译文 靠从母亲吃进及喝进的食物中汲取营养、成长发育的胎儿，生活在充满粪便和尿液的令人恶心的环境中；这种环境也是各种寄生虫繁殖的地方。

要旨　《玛尔康戴亚往世书》(Mārkaṇḍeya Purāṇa)中说：母亲的子宫长出的脐带(āpyāyanī)，把母亲和胎儿的腹部连接起来，胎儿靠它接受母亲消化吸收后的食物养分。胎儿就这样靠吸收母亲的肠子消化食物得到的养分一天一天地逐渐长大。《玛尔康戴亚往世书》中对有关胎儿在子宫中的情况的说明，与现代医学的发现完全一致，因此往世书的权威性不容置疑。这是假象宗(Māyāvādī)哲学人士有时试图做的事。

由于胎儿完全依靠母亲消化吸收的食物养分的滋养，母亲在怀孕期间的饮食就要有所限制。怀孕的母亲禁止吃洋葱和有太多盐、太多辣椒一类的食物，因为胎儿的身体太娇嫩，无法忍受这类刺激性太强的食物。就有关怀孕的母亲该如何注意饮食的问题，韦达文献 (smṛti)中的说明极为有用。从韦达文献中我们可以了解到：为了给人类社会增添一个品质优良的孩子，需要花费很多心血。社会高阶层人士在过性生活前必须举行子宫净化仪式(garbhādhāna)，而这非常科学。韦达文献中推荐的在怀孕期间所该遵循的其他程序也非常重要。照顾孩子是父母的首要责任，因为这会使人类社会充满优质的人口，确保社会、国家和人类有和平与繁荣的生活。

第 6 节　कृमिभिः क्षतसर्वाङ्गः सौकुमार्यात्प्रतिक्षणम् ।
मूर्च्छामाप्नोत्युरुक्लेशस्तत्रत्यैः क्षुधितैर्मुहुः ॥ ६ ॥

kṛmibhiḥ kṣata-sarvāṅgaḥ
saukumāryāt pratikṣaṇam
mūrcchām āpnoty uru-kleśas
tatratyaiḥ kṣudhitair muhuḥ

kṛmibhiḥ—被蠕虫 / kṣata—咬 / sarva-aṅgaḥ—全身 / saukumāryāt—由于柔嫩 / prati-kṣaṇam—不断地 / mūrcchām—昏迷 / āpnoti—他获得 / uru-kleśaḥ—承受巨大痛苦的 / tatratyaiḥ—在肚子里 / kṣudhitaiḥ—饥饿 / muhuḥ—不断地

译文 寄居在母腹内的饥饿的蠕虫，再三咬遍胎儿的身体，令皮肤柔嫩的他极为痛苦和烦恼。这可怕的处境使他每隔片刻就昏死过去。

要旨 我们不是只有从母亲的子宫出来后才感到物质存在的痛苦，而是在子宫内就已经感受到了。痛苦的生活始于生物与其物质躯体接触的那一刻。不幸的是：我们忘了那种体验，不认真地对待出生的痛苦。为此，《博伽梵歌》中特别强调：人应该非常警醒，了解出生与死亡所要面临的特殊的艰难处境。就像我们在自己寄居的这个躯体形成的过程中，必须在母亲的子宫中经历那么多困难一样，我们在死亡的过程中也要经历许多困难。正如前一章所描述的，人必须从一个躯体转到另一个躯体中，转入狗和猪的躯体内尤其痛苦。但尽管要经历这么痛苦的情况，我们却在玛亚(māyā)的魔力作用下遗忘了一切，迷恋上现有的所谓快乐，而经典说这种快乐只不过是减轻痛苦的一种状态。

第 7 节 कटुतीक्ष्णोष्णलवणरूक्षाम्लादिभिरुल्बणैः ।
मातृभुक्तैरुपस्पृष्टः सर्वाङ्गोत्थितवेदनः ॥ ७ ॥

katu-tīkṣṇoṣṇa-lavaṇa-
rūkṣāmlādibhir ulbaṇaiḥ
mātṛ-bhuktair upaspṛṣṭaḥ
sarvāṅgotthita-vedanaḥ

katu — 苦的 / tīkṣṇa — 辛的 / uṣṇa — 辣的 / lavaṇa — 咸的 / rūkṣa — 干渴的 / amla — 酸的 / ādibhiḥ — 等等 / ulbaṇaiḥ — 过分的 / mātṛ-bhuktaiḥ — 被母亲吃的食物 / upaspṛṣṭaḥ — 影响 / sarva-aṅga — 全身上下 / utthita — 出现 / vedanaḥ — 疼痛

译文 母亲吃进的苦味或辛辣食物，或者太咸、太酸的食物，都会持续让孩子感到几乎是无法忍受的痛苦。

要旨 这里所描述的胎儿在母亲子宫中所遭遇的情况，完全超出我们的设想。要留在那种环境中实在是太困难了，但胎儿不得不继续留在那里。由于他的意识还没有太发展起来，他还能忍受，否则必死无疑。那是玛亚的恩典，它使得正在受苦的躯体能够忍受各种可怕的折磨。

第 8 节 उल्बेन संवृतस्तस्मिन्नन्त्रैश्च बहिरावृतः ।
आस्ते कृत्वा शिरः कुक्षौ भुग्नपृष्ठशिरोधरः ॥ ८ ॥

ulbena saṁvṛtas tasminn
antraiś ca bahir āvṛtaḥ
āste kṛtvā śiraḥ kukṣau
bhugna-pṛṣṭha-śirodharaḥ

ulbena—被羊膜 / saṁvṛtaḥ—包裹着 / tasmin—在那个地方 / antraiḥ—被肠子 / ca—和 / bahiḥ—外边 / āvṛtaḥ—包着 / āste—他躺着 / kṛtvā—放着 / śiraḥ—头 / kukṣau—朝向肚子 / bhugna—弯曲着 / pṛṣṭha—背 / śiraḥ-dharaḥ—颈

译文 被置于羊膜内且外面还覆盖着肠子的胎儿，一直躺在母腹的一侧。他把头弯向他的腹部，背部和颈部呈弓形。

要旨 如果一个成年人被置于腹中胎儿所处的那种环境，全身被紧紧裹住，那他甚至连几秒钟都活不下去。不幸的是：我们忘了所有这些痛苦，试图在这一生过得快乐，而不在乎让灵魂摆脱生与死的捆绑。现代文明不清楚地解释这些内容，以使人们了解物质存在的危险状况；这样的文明是让人变得不幸的文明。

第 9 节 अकल्पः स्वाङ्गचेष्टायां शकुन्त इव पञ्जरे ।
तत्र लब्धस्मृतिर्दैवात्कर्म जन्मशतोद्भवम् ।
स्मरन्दीर्घमनुच्छ्वासं शर्म किं नाम विन्दते ॥ ९ ॥

akalpaḥ svāṅga-ceṣṭāyāṁ
śakunta iva pañjare
tatra labdha-smṛtir daivāt
karma janma-śatodbhavam
smaran dīrgham anucchvāsaṁ
śarma kiṁ nāma vindate

akalpaḥ—无法 / sva-aṅga—他的四肢 / ceṣṭāyām—移动 / śakuntaḥ—一只小鸟 / iva—就像 / pañjare—在笼子里 / tatra—那里 / labdha-smṛtiḥ—他回忆起 / daivāt—幸运的 / karma—活动 / janma-śata-udbhavam—近一百世的情况 / smaran—回忆起 / dīrgham—很长时间的 / anucchvāsam—叹息 / śarma—内心的平静 / kim—什么 / nāma—于是 / vindate—他可以获得

译文 胎儿就这样像笼中鸟一样生活在母亲的子宫中，无法自由移动。那时，胎儿如果幸运，就会回忆起他的一百世前生中自己的烦恼，可怜地悲伤着。在那样的处境下，他心中哪有平静可言？

要旨 孩子一出生就忘了自己在过去生世中经历的种种困难，但我们长大后至少可以通过阅读《圣典博伽瓦谭》等权威经典了解到，我们在出生和死亡时所经历过的严酷的折磨。如果我们不相信经典的描述，那就另当别论；但如果我们相信这些描述的权威性，我们就必须为争取在下一生获得自由而努力，人体生命是唯一的机会。在人的存在形式中不留意痛苦所给予的提示，无疑是在自杀。经典中说，这个人体生命是渡过玛亚的无知或物质存在之洋的唯一的工具。我们有人体这艘效率极其强大的渡船，有经验丰富的船长——灵性导师，还有如顺风般的经典教导；如果我们不利用所有这些有利条件，渡过物质存在的无知之洋，我们无疑是故意要寻求自我毁灭。

第 10 节 आरभ्य सप्तमान्मासाल्लब्धबोधोऽपि वेपितः ।
नैकत्रास्ते सूतिवातैर्विष्ठाभूरिव सोदरः ॥१०॥

ārabhya saptamān māsāl
　labdha-bodho 'pi vepitaḥ
naikatrāste sūti-vātair
　viṣṭhā-bhūr iva sodaraḥ

ārabhya—开始 / saptamāt māsāt—从第七个月 / labdha-bodhaḥ—具有意识了 / api—虽然 / vepitaḥ—抛掷 / na—不 / ekatra—在一个地方 / āste—他停留 / sūti-vātaiḥ—被帮助生孩子的气 / viṣṭhā-bhūḥ—蠕虫 / iva—好像 / sa-udaraḥ—从同一个子宫里出生

译文　在母亲怀孕后的第七个月时，胎儿逐渐展示出较高的意识状态。这时，他被母亲生产前几周体内产生的挤压胎儿的气一再向下挤压，与在同一个不洁的腹腔内出生的寄生虫一样，无法停留在同一个地方。

要旨　满七个月后，胎儿被母亲体内的气挤压得一直在动，无法停留在同一个地方，整个子宫系统在生产前变得松弛。这节诗中把蠕虫描述为是"由同一个母亲所生(sodara)"。既然孩子从母亲子宫中生出，而蠕虫也是在同一个母亲的子宫中发酵生出，孩子和蠕虫从这种情况看实际上是兄弟。我们都极为渴望建立全人类的兄弟关系，但也应该考虑到，就连蠕虫都是我们的兄弟，更不要说其他生物体了。因此，我们应该关心天下众生。

第 11 节　नाथमान ऋषिर्भीतः सप्तवध्रिः कृताञ्जलिः ।
स्तुवीत तं विक्लवया वाचा येनोदरेऽर्पितः ॥११॥

nāthamāna ṛṣir bhītaḥ
　sapta-vadhriḥ kṛtāñjaliḥ
stuvīta taṁ viklavayā
　vācā yenodare 'rpitaḥ

nāthamānaḥ—乞求 / ṛṣiḥ—生物体 / bhītaḥ—恐惧的 / sapta-vadhriḥ—被七层……捆绑 / kṛta-añjaliḥ—双手合十 / stuvīta—祈祷 /

tam—向至尊主 / viklavayā—颤抖地 / vācā—用话语 / yena—……的他 / udare—在子宫中 / arpitaḥ—他被置于

译文 在这么可怕的生存环境中，被七层物质元素包裹住的生物，双手合十地向把他置于那种处境的至尊主祷告，乞求救助。

要旨 据说妇女在承受分娩的痛苦时会发誓说，她再也不要怀孕，受这种极度的痛苦了。同样，人在经历外科手术的痛苦时就会发誓说，他再也不会以造成这种疾病的方式做事了，以致要经历外科手术的痛苦。或者，人在陷入险境时就会发誓，他再也不会犯同样的错误了。受制约的生物就是这样，在被置于地狱般的生活处境中时便向至尊主祈祷，他再也不会从事罪恶活动，以致被置入子宫中重复生死了。在子宫中的地狱般处境中，生物很害怕再出生，但当他从子宫中出来后感到充满活力、身体健康时；他就忘了一切，再三地从事那些曾经使他被置于可怕的生存环境中的罪恶活动。

第 12 节

जन्तुरुवाच
तस्योपसन्नमवितुं जगदिच्छयात्त-
नानातनोर्भुवि चलच्चरणारविन्दम् ।
सोऽहं व्रजामि शरणं ह्यकुतोभयं मे
येनेदृशी गतिरदर्श्यसतोऽनुरूपा ॥१२॥

jantur uvāca
tasyopasannam avituṁ jagad icchayātta-
nānā-tanor bhuvi calac-caraṇāravindam
so 'haṁ vrajāmi śaraṇaṁ hy akuto-bhayaṁ me
yenedṛśī gatir adarśy asato'nurūpā

jantuḥ uvāca—人体中的灵魂说 / tasya—至尊人格首神的 / upasannam—寻求保护 / avitum—给予保护 / jagat—宇宙 / icchayā—按祂

自己的意愿 / ātta-nānā-tanoḥ—接受各种形象 / bhuvi—在地球上 / calat—走动 / caraṇa-aravindam—莲花足 / saḥ aham—我自己 / vrajāmi—去 / śaraṇam—向那庇护所 / hi—实际上 / akutaḥ-bhayam—使摆脱所有的恐惧 / me—向我 / yena—……的 / īdṛśī—如此 / gatiḥ—生活状况 / adarśi—被认为 / asataḥ—不虔诚的 / anurūpā—适合

译文　人体中的灵魂说：我托庇于至尊人格首神的莲花足，祂以祂各种永恒的形象显现，在地球表面行走。我只托庇于祂，因为只有祂才能使我摆脱所有这些恐惧；而且，我是从祂那里接受了这种正适合我不虔诚活动的生活状况的。

要旨　“行走的莲花足(calac-caraṇāravindam)”一词是指，真正在地球上行走或旅行的至尊人格首神。主茹阿玛禅铎(Rāmacandra)就真正走在地球上，主奎师那(Kṛṣṇa)也像常人一样行走。因此，祈祷是敬献给降临到这个地球上或宇宙其他地方的至尊人格首神的；祂降临的目的是：保护虔诚之士，消灭不虔诚的生物体。《博伽梵歌》中证实说：每当宗教衰退，反宗教的活动猖獗时，至尊主就会前来保护虔诚者，消灭不虔诚的人。这节诗是指主奎师那。

这节诗中的另一个重点是说，至尊主“按祂自己的意愿(icchayā)”前来。在《博伽梵歌》第4章的第6节诗中，奎师那证实说：“我按我的意愿，凭我的内在能量显现。”祂不是在物质自然法律的迫使下来的。这节诗中说“祂按祂的意愿(icchayā)前来”。祂不像非人格神主义者所想的那样临时接受一个形象；祂按祂自己的意愿前来，以祂永恒的形象降临。至尊主可以将生物放进可怕的生存环境中，也可以把他从那环境中解救出来，因此人应该寻求至尊主奎师那的莲花足的保护。奎师那要求说：“放弃一切，投靠我。”《博伽梵歌》中还说，接近祂的人再也不回到这个物质存在中接受一个物质躯体，而是回归家园，回到首神身边，再也不回来了。

第 13 节 यस्त्वत्र बद्ध इव कर्मभिरावृतात्मा
भूतेन्द्रियाशयमयीमवलम्ब्य मायाम् ।
आस्ते विशुद्धमविकारमखण्डबोध-
मातप्यमानहृदयेऽवसितं नमामि ॥१३॥

yas tv atra baddha iva karmabhir āvṛtātmā
bhūtendriyāśayamayīm avalambya māyām
āste viśuddham avikāram akhaṇḍa-bodham
ātapyamāna-hṛdaye 'vasitaṁ namāmi

yaḥ—……的人 / tu—也 / atra—这里 / baddhaḥ—束缚 / iva—就好像 / karmabhiḥ—被活动 / āvṛta—覆盖了 / ātmā—纯粹的灵魂 / bhūta—粗糙的元素 / indriya—感官 / āśaya—心念 / mayīm—由……组成 / avalambya—坠入 / māyām—在假象中 / āste—仍然 / viśuddham—十分纯粹 / avikāram—没有改变 / akhaṇḍa-bodham—拥有无限的知识 / ātapyamāna—悔过 / hṛdaye—在内心 / avasitam—居住 / namāmi—我致以崇敬的顶礼

译文 我——被我自己的活动束缚而出现的纯粹灵魂，在玛亚的安排下此刻躺在我母亲的子宫中。我恭恭敬敬地向至尊主致敬，祂跟我一起也在这里，但却不受影响、没有变化。祂不受限制，但却在忏悔之人的心中被感知到。我向祂致以虔敬的顶礼。

要旨 正如个体(jīva)灵魂在前一节诗中所说："我托庇于至尊主。"因此，个体灵魂原本是至尊灵魂(人格首神)的仆人。众多的奥义书中都证实说：至尊灵魂和个体灵魂像朋友一样同处在一个躯体中，但个体灵魂在受苦，至尊灵魂则远离痛苦。

这节诗中说：超灵永远处在免于一切污染的状态中(viśuddham avikāram akhaṇḍa-bodham)。生物之所以被污染、受苦，是因为他有物质躯体，但那并不意味着至尊主也跟他一样有一个物质躯体。祂是

“不变的(avikāram)”。祂永远是同一位至尊者，但不幸的是：假象宗哲学人士因为心地不纯洁，无法了解至尊灵魂——超灵，不同于个体灵魂。这节诗中说：祂在每一个生物体的心中，但只有忏悔的灵魂才能认识到祂(ātapyamāna-hṛdaye 'vasitam)。个体灵魂后悔他忘了自己的原本地位，想要成为至尊灵魂，主宰物质自然。他失败了，因此感到后悔。那时，他就会觉悟到超灵，以及超灵与个体灵魂的关系。正如《博伽梵歌》中所证实的：经过许许多多生世后，受制约的灵魂认识到，华苏戴瓦才是伟大的；祂才是主人、是至尊主，而个体灵魂是仆人，应该投靠祂。有了这种觉悟的个体灵魂皈依至尊主，从而成为伟大的灵魂玛哈特玛(mahātmā)。因此，有了这种理解的幸运生物，甚至在他母亲的子宫中就已经得到解脱的保证了。

第 14 节　यः पञ्चभूतरचिते रहितः शरीरे
च्छन्नोऽयथेन्द्रियगुणार्थचिदात्मकोऽहम् ।
तेनाविकुण्ठमहिमानमृषिं तमेनं
वन्दे परं प्रकृतिपूरुषयोः पुमांसम् ॥१४॥

yaḥ pañca-bhūta-racite rahitaḥ śarīre
cchanno ’yathendriya-guṇārtha-cid-ātmako ’ham
tenāvikuṇṭha-mahimānam ṛṣiṁ tam enaṁ
vande paraṁ prakṛti-pūruṣayoḥ pumāṁsam

yaḥ—……的人 / pañca-bhūta—五种粗糙元素 / racite—由……制成 / rahitaḥ—被分离 / śarīre—在物质躯体里 / channaḥ—被覆盖 / ayathā—不适合的 / indriya—感官 / guṇa—品质 / artha—感官对象 / cit—自我 / ātmakaḥ—由……构成 / aham—我 / tena—被一个物质身体 / avikuṇṭha-mahimānam—荣耀显著的 / ṛṣim—全知的 / tam—那 / enam—向祂 / vande—我顶礼 / param—超然的 / prakṛti—向物质自然 / pūruṣayoḥ—向生物体 / pumāṁsam—向至尊人格首神

译文　我因在这个由五种元素构成的物质躯体中而与至尊主分开。正因为如此，尽管我实质上是灵性的，但却误用了我的品质和感官。由于至尊人格首神超越物质自然和生物，由于祂没有这种物质躯体，而且总是因祂的灵性品质而光荣，我恭恭敬敬地向祂顶礼。

要旨　生物与至尊人格首神之间的区别在于：生物有受物质自然控制的倾向，而至尊首神永远超越物质自然及生物。生物被放进物质自然时，他的感官和品质就受到污染，他就会与他的躯体认同。至尊主根本不可能被物质品质或物质感官所包裹，因为祂超越物质自然的影响，不可能像个体生物那样被置于愚昧的黑暗中。由于祂充满知识，祂永远都不会受物质自然的影响。物质自然永远在至尊人格首神的控制下，因此至尊人格首神不可能被物质自然所控制。

个体灵魂极为渺小，所以有受物质自然控制的倾向，但当他不再有这个短暂的物质躯体时，他就恢复与至尊主一样的灵性本性。那时，他与至尊主之间就不再有质上的区别，但由于他在量上没有强大到根本不受物质自然影响的程度，他在量上与至尊主是不同的。

整个奉爱服务的程序是净化自我，去除物质自然的污染，使自己上升到在质上与至尊人格首神一样的灵性层面上。韦达经(Vedas)中说：生物永远是自由的、解脱的(asaṅgo hy ayaṁ puruṣaḥ)。他受物质污染的状态是短暂的，解脱才是他真正的状态。受制约的灵魂只有以投靠至尊主为开始培养奎师那意识，才能获得解脱。为此，这节诗中说："我恭恭敬敬地向至尊人顶礼。"

第 15 节　यन्माययोरुगुणकर्मनिबन्धनेऽस्मिन्
सांसारिके पथि चरंस्तदभिश्रमेण ।
नष्टस्मृतिः पुनरयं प्रवृणीत लोकं
युक्त्या कया महदनुग्रहमन्तरेण ॥१५॥

yan-māyayoru-guṇa-karma-nibandhane 'smin
sāṁsārike pathi caraṁs tad-abhiśrameṇa
naṣṭa-smṛtiḥ punar ayaṁ pravṛṇīta lokaṁ
yuktyā kayā mahad-anugraham antareṇa

yat—至尊主的 / māyayā—由错觉能量玛亚 / uru-guṇa—产自自然属性 / karma—活动 / nibandhane—捆绑 / asmin—这个 / sāṁsārike—重复生死的 / pathi—在这条路上 / caran—游荡 / tat—他的 / abhiśrameṇa—巨疼 / naṣṭa—失去 / smṛtiḥ—记忆 / punaḥ—再次 / ayam—这个生物体 / pravṛṇīta—可能会觉悟 / lokam—他真实的本性 / yuktyā kayā—怎么 / mahat-anugraham—至尊主的慈悲 / antareṇa—没有

译文　人体中的灵魂祈祷说：生物被置于物质自然的影响下，继续在重复生死的路途上为生存而苦苦挣扎。这种受制约的生活源于他遗忘了自己与至尊人格首神的关系。因此，在没有至尊主的仁慈的情况下，他怎么能再为至尊主做超然的爱心服务呢？

要旨　假象宗哲学人士说：人只要靠心智思辨培养知识，就能摆脱受物质束缚的状态。但这节诗中说：人获得解脱不是靠知识，而是靠至尊主的仁慈。受制约的灵魂靠心智思辨所得到的知识无论有多强大，对接近绝对真理来说都永远是太不完美了。经典中说，没有至尊人格首神的仁慈，人无法了解祂或祂真实的形象、品质和名字。不为至尊主做奉爱服务的人，即使用千百万年推测、思辨，也无法了解绝对真理的本性。

人仅仅靠至尊人格首神的仁慈，就能得到对绝对真理的认识，获得解脱。这节诗中明确地说：我们现在被至尊主的物质能量所覆盖，因此失去了记忆。有人也许会争辩说：为什么至尊主要凭祂的至尊意愿把我们置于这物质能量的影响下？对此，至尊主在《博伽梵歌》中解释说：“我坐在每一个生物体的心中，是我使有的人遗忘，有的人在知识的指导下生活。”就连受制约灵魂的遗忘，也是在至尊主的控制下发生的。生物在想要主宰物质自然时误用了他微小的独立性。这种被称为玛亚的对独立性的误用总是会发生，否则就没有独立性可言了。独立性意味着人可以正确地运用它，也可以不恰当地运用它。它不是静止的，而是十分活跃的。因此，对独立性的误用是受玛亚影响的根源。

玛亚非常强大，至尊主说要克服她的影响极为困难，但投靠至尊的人却能轻松地克服她的影响。皈依至尊主的人可以克服物质自然严厉的法律所造成的影响(mām eva ye prapadyante)。这节诗中清楚地说：凭至尊主的意愿，生物被置于玛亚的影响下；想要摆脱这种束缚的人，仅仅靠祂的仁慈就可以做到这一点。

这节诗中还解释了受制约的灵魂在物质自然的影响下从事的活动。每一个受制约的灵魂都在物质自然的影响下从事各种活动。我们在物质世界里可以看到，受制约的灵魂做事极为有效，为感官享乐精彩地创造了所谓进步的物质文明。然而，他真正该做的是，了解自己是至尊主永恒的仆人这一真相。当他真正具有了完美的知识时，他知道至尊主是我们该崇拜的至尊对象，生物是祂永恒的仆人。他在没有这一知识的情况下从事物质活动，而那种状态被称为愚昧。

第 16 节 ज्ञानं यदेतददधात्कतमः स देव-
स्त्रैकालिकं स्थिरचरेष्वनुवर्तितांशः ।
तं जीवकर्मपदवीमनुवर्तमाना-
स्तापत्रयोपशमनाय वयं भजेम ॥१६॥

jñānaṁ yad etad adadhāt katamaḥ sa devas
trai-kālikaṁ sthira-careṣv anuvartitāṁśaḥ
taṁ jīva-karma-padavīm anuvartamānās
tāpa-trayopaśamanāya vayaṁ bhajema

jñānam—知识 / yat—……的 / etat—这 / adadhāt—给予 / katamaḥ—还有谁呢 / saḥ—那 / devaḥ—人格首神 / trai-kālikam—三个时间段的 / sthira-careṣu—在有生命和无生命的事物中 / anuvartita—居住 / aṁśaḥ—祂的部分代表 / tam—向祂 / jīva—个体灵魂的 / karma-padavīm—功利性活动之途 / anuvartamānāḥ—奉行……的人 / tāpa-traya—从三种苦 / upaśamanāya—获得自由 / vayam—我们 / bhajema—必须皈依

译文 是至尊人格首神以祂在局部区域的代表超灵，指挥着有生命和无生命的一切，而不是其他人。祂存在于过去、现在和未来三个时间段中。因此，受制约的灵魂在祂的指挥下从事各种不同的活动。为了摆脱这种受制约生活中的三种苦，我们必须只投靠、服从祂。

要旨 当受制约的灵魂真正渴望摆脱物质自然的钳制时，以超灵的形式处在他心中的至尊人格首神就会给予他这样的知识，即："只投靠、服从我。"正如至尊主在《博伽梵歌》中所说："放弃一切其他的活动，只皈依我。"我们应该承认，至尊人是知识的源头。对此，至尊主在《博伽梵歌》第15章的第15节诗中证实说："记忆、知识和遗忘都来自我(mattaḥ smṛtir jñānam apohanaṁ ca)。"对想要得到物质满足或想要主宰物质自然的人，至尊主给他们机会忘记为祂做服务，去从事获得所谓快乐的物质活动。同样，当人主宰物质自然的企图被挫败，很认真地想要摆脱这个物质束缚时，至尊主就会从内在告诉他：他必须皈依至尊主，然后就会获得解脱。

除了至尊主或祂的代表，没有其他人能传授这知识。在《永恒的柴坦亚经》(Caitanya-caritāmṛta)中，主柴坦亚教导茹帕·哥斯瓦米(Rūpa Gosvāmī)说：生物一生复一生地到处游荡，经历物质存在的痛苦状况。但当人十分渴望摆脱物质束缚时，灵性导师和奎师那就会给予他知识。这意味着，奎师那作为超灵处在生物体的心中，当生物体认真对待解脱的问题时，至尊主就会指导他去托庇于祂的代表——真正的灵性导师。有至尊主在内心给予指导，灵性导师从外在给予指导，人便走上了培养奎师那意识这条摆脱物质钳制的解脱之路。

因此，人除非得到至尊人格首神的祝福，否则不可能恢复自己的原本状态。人除非得到至尊知识的启明，否则不得不在物质自然中为生存而苦苦挣扎，受尽严厉的惩罚。灵性导师是至尊人仁慈的展现。受制约的灵魂必须接受灵性导师的指导，在培养奎师那意识的路途上逐渐增长知识。奎师那意识的种子被播种在受制约灵魂的心中，当人听到灵性导师的教导时，那种子便会开花结果，人的生命就受到了祝福。

第 17 节 देह्यन्यदेहविवरे जठराग्निनासृग्-
विण्मूत्रकूपपतितो भृशतप्तदेहः ।
इच्छन्नितो विवसितुं गणयन् स्वमासान्
निर्वास्यते कृपणधीर्भगवन् कदा नु ॥१७॥

dehy anya-deha-vivare jaṭharāgnināsṛg-
viṇ-mūtra-kūpa-patito bhṛśa-tapta-dehaḥ
icchann ito vivasituṁ gaṇayan sva-māsān
nirvāsyate kṛpaṇa-dhīr bhagavan kadā nu

dehī—有物质躯体的灵魂 / anya-deha—另一个身体的 / vivare—在腹中 / jaṭhara—胃的 / agninā—被……的火 / asṛk—血的 / viṭ—粪便 / mūtra—和尿液 / kūpa—在一个池子里 / patitaḥ—落下 / bhṛśa—强烈的 / tapta—烤焦了 / dehaḥ—他的身体 / icchan—渴望 / itaḥ—从那个地方 / vivasitum—出去 / gaṇayan—计算着 / svamāsān—他剩下的月份 / nirvāsyate—将被释放 / kṛpaṇa-dhīḥ—误用智力的人 / bhagavan—至尊主啊 / kadā—当……时 / nu—实际上

译文 这个坠入母亲那满是血液、粪便和尿液的腹腔池中的有物质躯体的灵魂，身体被他母亲的胃火烧灼着，急于想要出去，计算着还剩下几个月并祈祷说："亲爱的至尊主啊！我这个不幸的灵魂什么时候才能从这种监禁中被释放出去呢？"

要旨　这节诗中描述了生物体在他母亲子宫中的艰难处境。胎儿一面受胃火的烧灼，一面漂浮在尿液、粪便、血液和排泄物中。满七个月的胎儿恢复了他的意识，感受到他可怕的存在状况，于是向至尊主祈祷。他计算着还剩几个月他才能得到释放，不禁变得心急难耐。所谓的文明人不考虑这种可怕的生活状态，有时还会为了自己的感官享乐试图用避孕或人工流产的方式杀死胎儿。这种人不认真看待在子宫中经历的可怕处境，继续以十足的物质主义方式误用人体生命。

这节诗中的"误用智力的人(kṛpaṇa-dhīḥ)"一词非常重要，其中dhī是智力，kṛpaṇa是吝啬。误用自己的智力的人，或者说吝啬地不用自己智力的人，才会过受制约的生活。人体生命中的智力相当发达，人必须利用高度发展的智力摆脱生死轮回。不这么做的人是吝啬鬼，与那些拥有大笔钱财，但只看不用的人没有区别。谁不实际运用自己拥有的人的智力来摆脱玛亚的钳制——生死轮回，谁就被视为是吝啬鬼。吝啬的反面是"十分慷慨(udāra)"。布茹阿玛纳(brāhmaṇa, 婆罗门)被称为是十分慷慨的人，因为他利用他的人的智力争取灵性觉悟。为了大众的利益，他用他的智慧宣传奎师那意识，因此是十分慷慨的人。

第18节　येनेदृशीं गतिमसौ दशमास्य ईश
　　सङ्ग्राहितः पुरुदयेन भवादृशेन ।
स्वेनैव तुष्यतु कृतेन स दीननाथः
　　को नाम तत्प्रति विनाञ्जलिमस्य कुर्यात् ॥१८॥

yenedṛśīṁ gatim asau daśa-māsya īśa
　saṅgrāhitaḥ puru-dayena bhavādṛśena

svenaiva tuṣyatu kṛtena sa dīna-nāthaḥ
ko nāma tat-prati vināñjalim asya kuryāt

yena一被……的人(至尊主) / īdṛśīm一如此 / gatim一情况 / asau一那人(我自己) / daśa-māsyaḥ一十个月大 / īśa一至尊主啊 / saṅgrāhitaḥ一被安排接受 / puru-dayena一非常仁慈 / bhavādṛśena一无与伦比的 / svena一自己 / eva一独自 / tuṣyatu一愿祂能高兴 / kṛtena一以祂的行动 / saḥ一那 / dīna-nāthaḥ一堕落灵魂的庇护所 / kaḥ一……的人 / nāma一实际上 / tat一那仁慈 / prati一回报 / vinā一除……之外 / añjalim一双手合十 / asya一至尊主的 / kuryāt一可以回报

译文 我亲爱的至尊主，凭借您没有缘故的仁慈，尽管我才十个月大，但我的意识被唤醒了。全体堕落灵魂的朋友——至尊人格首神，对您这种没有缘故的仁慈，我无法表达我的感激之情，只有双手合十地祈祷。

要旨 正如《博伽梵歌》中所说：智慧和遗忘都由处在个体灵魂体内的超灵提供。当至尊主看到受制约的灵魂十分认真地想要摆脱物质影响的钳制时，祂就会以超灵的形式从内在给予智慧，并以灵性导师的形式从外在给予知识，或者本人亲自降临，讲解《博伽梵歌》那样的教导。至尊主一直在寻找机会把坠落的灵魂带回祂的住所——神的王国。我们应该感到对人格首神永远感激不尽，因为祂始终渴望把我们带入永恒快乐的生活环境中。人格首神对我们的恩情，是我们用任何方法都回报不了的，因此我们只能心怀感恩，双手合十地向祂祈祷。某些无神论者也许会置疑子宫中胎儿的这段祈祷说，在母亲子宫中的胎儿怎么能祈祷得这么好？凭借至尊主的恩典，一切都有可能。孩子表面上被置于这种艰难的处境中，但内在不变，而且至尊主也与他同在。凭借至尊主的超然能量，一切都有可能。

第 19 节 पश्यत्ययं धिषणया ननु सप्तवध्रिः
शारीरके दमशरीर्यपरः स्वदेहे ।
यत्सृष्टयासं तमहं पुरुषं पुराणं
पश्ये बहिर्हृदि च चैत्यमिव प्रतीतम् ॥१९॥

paśyaty ayaṁ dhiṣaṇayā nanu sapta-vadhriḥ
śārīrake dama-śarīry aparaḥ sva-dehe
yat-sṛṣṭayāsaṁ tam ahaṁ puruṣaṁ purāṇaṁ
paśye bahir hṛdi ca caityam iva pratītam

paśyati—看 / ayam—这个生物体 / dhiṣaṇayā—用智慧 / nanu—只有 / sapta-vadhriḥ—被七层物质覆盖束缚着 / śārīrake—令人高兴或讨厌的感官感受 / dama-śarīrī—有一个用来自我控制的身体 / aparaḥ—另一个 / sva-dehe—在他体内 / yat—由至尊主 / sṛṣṭayā—赋予 / āsam—是 / tam—祂 / aham—我 / puruṣam—人 / purāṇam—年纪最老的 / paśye—看 / bahiḥ—外面 / hṛdi—在心中 / ca—和 / caityam—自我的源头 / iva—事实上 / pratītam—认识到

译文 得到其他种类躯体的生物，只能靠直觉去领会，只了解他那特定的躯体所知觉到的舒适感与不适感。但我却得到一个在其中我能控制我的感官、了解我的目标的躯体；是至尊人格首神的祝福使我得到这个躯体。凭借祂的恩典，我能在我的体内和体外看到祂，因此我虔敬地向祂顶礼。

要旨 各种躯体的进化过程有些像一朵鲜花开花的过程。一朵鲜花绽放开来有一个渐进的过程，要经过花蕾的阶段、逐渐绽开的阶段，以及完全绽放、释放芳香和展示美丽的盛开阶段。同样，世上有八百四十万种躯体，这些躯体一个比一个更高级，灵魂更换躯体经过从低级到高级的系统过程。人体生命应该是最高级的，因为它提供了可以使受制约的灵魂摆脱生死钳制的高等意识。在母亲子宫中的幸运的孩子认识到自己处在较高的状态中，自己的躯体不同于其他躯体。

动物躯体比人体低级，只能意识到它们躯体的痛苦和快乐；思考的范围无法超出吃、睡、交配和防卫这些躯体的需要。但是凭借神的恩典，人体中的意识高度发展，使人可以认识到自己所处的特殊地位，从而觉悟自我，觉悟至尊主。

诗中说“我们有一个我们在其中可以控制自己的感官和心的躯体(dama-śarīrī)”。物质主义者的生活之所以混乱不堪，是因为他们无法控制自己的心和感官。人应该感激至尊人格首神赐予自己这样一个美好的人体，应该对它善加利用。动物与人之间的区别在于：动物无法控制自己，意识不到自己的行为是否得体；但人可以控制自己，知道活动要符合行为准则。如果人没有展示出这种控制的力量，那他就不比动物强。靠控制感官或遵守练瑜伽的规定，人可以了解自己的地位和状态，了解超灵、世界及相互之间的关系。控制感官就可以做到这一切，否则我们并不比动物强。

这节诗中解释靠控制感官的方法觉悟真正的自我。人应该努力看到至尊人格首神和真正的自我。去想自己与至尊者一样并不是对自我的真正认识。诗中清楚地解释说至尊主是“最老的(anādi或purāṇa)”，是一切原因的起因，在祂之外没有其他原因。生物是至尊首神不可或缺的一部分。《布茹阿玛·萨密塔》(Brahma-saṁhitā)第5章的第1节诗中确认说：至尊人哥文达没有来源(anādir ādir govindaḥ)。祂不经出生就存在，生物来源于祂。《博伽梵歌》中证实说：生物和至尊主都不经出生就存在，但要明白，至尊人格首神是生物的至高源头(mamaivāṁśaḥ)。正因为如此，《布茹阿玛·萨密塔》第5章的第1节诗中说，一切都来自至尊人格首神(sarva-kāraṇa-kāraṇam)。对此，《韦丹塔·苏陀》(Vedānta-sūtra,《吠檀多经》)也证实说，绝对真理是众生诞生的根源(janmādy asya yataḥ)。在《博伽梵歌》第10章的第8节诗中，主奎师那也说：一切，包括布茹阿玛(Brahmā)、希瓦(Śiva)和其他生物，都来自我(ahaṁ sarvasya prabhavaḥ)。这是自我觉悟。人应该知道自己受至尊主的控制，而不要以为自己是完全独立的。如果不是这样，我们怎么会被置于受制约的生活中呢？

第 20 节　सोऽहं वसन्नपि विभो बहुदुःखवासं
गर्भान्न निर्जिगमिषे बहिरन्धकूपे ।
यत्रोपयातमुपसर्पति देवमाया
मिथ्या मतिर्यदनु संसृतिचक्रमेतत् ॥२०॥

so 'haṁ vasann api vibho bahu-duḥkha-vāsaṁ
garbhān na nirjigamiṣe bahir andha-kūpe
yatropayātam upasarpati deva-māyā
mithyā matir yad-anu saṁsṛti-cakram etat

saḥ aham—我自己 / vasan—生活 / api—虽然 / vibho—至尊主啊 / bahu-duḥkha—有许多痛苦 / vāsam—在……的处境中 / garbhāt—从腹部 / na—不 / nirjigamiṣe—我希望离开 / bahiḥ—外面 / andha-kūpe—在黑井中 / yatra—那里 / upayātam—去那里的人 / upasarpati—她捕获了 / deva-māyā—至尊主的外在能量 / mithyā—错误地 / matiḥ—认同 / yat—那假象 / anu—根据 / saṁsṛti—连续不断的生与死的 / cakram—循环 / etat—这

译文　所以，至尊主，我虽然生活在可怕的环境内，但却不想离开我母亲的腹部，再次坠入物质主义生活的黑井中。您那被称为戴瓦·玛亚的外在能力，会立刻抓住刚出生的孩子，让他立即开始作错误的认同，而那正是生死轮回的开端。

要旨　在母亲子宫中的胎儿，处在极其危险、可怕的生活状况中；但好处在于，他因而恢复了纯粹的意识，想起他与至尊主的关系并为获得拯救而祈祷。可他一旦从母亲的肚子里出来，错觉能量玛亚就会立刻紧紧抓住刚出生的孩子，使他立刻被制服，开始把自我与他的躯体相认同。玛亚的意思是“错觉”或“假象”。在物质世界里，每一个生物都与他的躯体认同。孩子一旦从母亲的子宫中出来，就立刻发展出这种“我是这个躯体”的错误的自我意识。母亲和其他亲属都在等待孩子的降生，他一旦出生，母亲便立刻喂他奶，其他人也立刻围过来照顾他。这使人立刻忘了自己的地位，被躯体关系捆绑起来。整个物质存在，就是这种躯体化的生命概念的纠缠。真正的知识意味着发展出这样的意识，即：“我不是这个躯体。我是灵性的灵魂，永恒是至尊主所属的一个部分。” 真正的知识中必须含有弃绝的成分，也就是不把这个躯体当成自我。

在至尊主外在能量玛亚的影响下，人一出生就忘了一切。正因为如此，胎儿祈祷说，他宁愿留在母亲的子宫中而不想出去了。据经典记载，舒卡戴瓦·哥斯瓦米(Śukadeva Gosvāmī)为此在他母亲的子宫中住了十六年；他不想被错误的躯体认同所捆绑。他在母亲的子宫中培养了有关至尊主的知识后，在满十六年的时候从母亲的子宫中出来，立刻离开了家，以使自己不受玛亚影响的牵制。《博伽梵歌》中也说玛亚的影响无法克服，但靠奎师那意识就可以征服不可战胜的玛亚。就有关这一点，《博伽梵歌》第7章的第14节诗也证实说：投靠奎师那莲花足的人，能够去除错误的生命概念(mām eva ye prapadyante māyām etāṁ taranti te)。玛亚的影响使人遗忘自己与奎师那的永恒关系，把自我与他的躯体，以及妻子、孩子、社会、友谊和爱等躯体的副产品相认同，从而成为受玛亚影响的受害者，越来越紧地被绑在重复生死的物质生活中。

第 21 节 तस्मादहं विगतविक्लव उद्धरिष्य
आत्मानमाशु तमसः सुहृदात्मनैव ।
भूयो यथा व्यसनमेतदनेकरन्ध्रं
मा मे भविष्यदुपसादितविष्णुपादः ॥२१॥

tasmād ahaṁ vigata-viklava uddhariṣya
ātmānam āśu tamasaḥ suhṛdātmanaiva
bhūyo yathā vyasanam etad aneka-randhraṁ
mā me bhaviṣyad upasādita-viṣṇu-pādaḥ

tasmāt—因此 / aham—我 / vigata—停止 / viklavaḥ—受打扰 / uddhariṣye—将解救 / ātmānam—我自己 / āśu—很快地 / tamasaḥ—从黑暗 / suhṛdā ātmanā—用朋友般的智慧 / eva—实际上 / bhūyaḥ—再次 / yathā—以便 / vyasanam—境况 / etat—这 / aneka-randhram—进入许多子宫 / mā—不 / me—我的 / bhaviṣyat—会发生 / upasādita—置于(我心中) / viṣṇu-pādaḥ—主维施努的莲花足

译文　为此，我要在不再受打扰的情况下，借助于我的朋友——清醒的意识，把我自己从无知的黑暗中解救出去。仅仅靠把维施努的莲花足保存在我心中，我就会得到拯救，不再重复生死，进入许多母亲的子宫。

要旨　物质存在的痛苦始于灵魂托庇于父母亲的精子和卵子结合的那一天，出生后则继续不断地痛苦下去。我们不知道哪里才是痛苦的终点。痛苦并不因更换躯体而结束。事实上，我们每时每刻都在更换着躯体，但那并不意味着我们从胎儿的生活状况改善为更舒适的生活状况。因此，最好是培养奎师那意识。这节诗中说“把主维施努(Viṣṇu)的莲花足置于我心中(upasādita-viṣṇu-pādaḥ)”，以指对奎师那意识的领悟。明智的人凭借至尊主的恩典培养奎师那意识，他的生命就成功了，因为只要保持奎师那意识，就能使人摆脱生死轮回。

孩子祈祷道：从母亲的子宫中出去后再次沦落为错觉能量的受害者，倒不如留在黑暗的子宫中，全神贯注于奎师那意识。错觉能量在子宫内外都起作用，人必须始终保持奎师那意识，才不会受可怕境况的负面影响。《博伽梵歌》中说，心智既是一个人的朋友，同时也可以是他的敌人。这节诗重复同一个概念说：朋友般的智力(suhṛdātmanaiva)。运用智力全神贯注于为奎师那本人服务，满怀奎师那意识：这样做将永远确保人能够觉悟自我和获得解脱。

如果我们采用培养奎师那意识的方法，靠一直不断地吟诵、吟唱哈瑞·奎师那 哈瑞·奎师那 奎师那·奎师那 哈瑞·哈瑞/哈瑞·茹阿玛 哈瑞·茹阿玛 茹阿玛·茹阿玛 哈瑞·哈瑞(Hare Kṛṣṇa, Hare Kṛṣṇa, Kṛṣṇa Kṛṣṇa, Hare Hare/ Hare Rāma, Hare Rāma, Rāma Rāma, Hare Hare)，不受不必要的打扰，就可以永远脱离生死轮回。

在此也许会产生一个问题，那就是：母亲子宫中的胎儿没有为奎师那做奉爱服务的便利条件，他在这种情况下怎么可能充满奎师那意识？其实，崇拜至尊人格首神维施努并不需要具备什么条件。胎儿想留在他母亲的子宫中，在那里设法摆脱玛亚的钳制。人不需要为培养奎师那意识而做任何物质的安排；他只要能永远想着奎师那，就可以在任何地方培养奎师那意识。人甚至可以在母亲的腹中吟诵、吟唱哈瑞·奎师那 哈瑞·奎师那 奎师那·奎师那 哈瑞·哈瑞/哈瑞·茹阿玛 哈瑞·茹阿玛 茹阿玛·茹阿玛 哈瑞·哈瑞这首伟大的曼陀(mahā-mantra)；无论是在睡觉时，工作时，被监禁在子宫中时或从那里出来后，都可以吟诵、吟唱。任何情况都无法阻止人培养奎师那意识。在母亲子宫的胎儿祈祷的结论是：“就让我留在这环境中；尽管它极为痛苦，但要比出去后再次沦落为玛亚的受害者要强。”

第 22 节

कपिल उवाच
एवं कृतमतिर्गर्भे दशमास्यः स्तुवन्नृषिः ।
सद्यः क्षिपत्यवाचीनं प्रसूत्यै सूतिमारुतः ॥२२॥

kapila uvāca
evaṁ kṛta-matir garbhe
daśa-māsyaḥ stuvann ṛṣiḥ
sadyaḥ kṣipaty avācīnaṁ
prasūtyai sūti-mārutaḥ

kapilaḥ uvāca—主卡皮拉说 / evam—如此 / kṛta-matiḥ—渴望 / garbhe—在子宫里 / daśa-māsyaḥ—十个月大的 / stuvan—赞美 / ṛṣiḥ—生物体 / sadyaḥ—在那个时刻 / kṣipati—驱使 / avācīnam—转而向下 / prasūtyai—以便出生 / sūti-mārutaḥ—分娩的气

译文　主卡皮拉接着说：十个月大的胎儿甚至在子宫中就有这些愿望了。但就在他这样赞美至尊主时，帮助分娩的气流推动他，使他的脸转向下，以便他出生。

第23节　तेनावसृष्टः सहसा कृत्वावाक्शिर आतुरः ।
विनिष्क्रामति कृच्छ्रेण निरुच्छ्वासो हतस्मृतिः ॥२३॥

tenāvasṛṣṭaḥ sahasā
kṛtvāvāk śira āturaḥ
viniṣkrāmati kṛcchreṇa
nirucchvāso hata-smṛtiḥ

tena—由那风 / avasṛṣṭaḥ—推着向下 / sahasā—突然 / kṛtvā—反转 / avāk—向下 / śiraḥ—他的头 / āturaḥ—受苦 / viniṣkrāmati—他出来 / kṛcchreṇa—经过很大的麻烦 / nirucchvāsaḥ—呼吸中断 / hata—被剥夺了 / smṛtiḥ—记忆

译文　胎儿在气流突然向下推动的情况下，极为困难地出生了；在整个出生过程中，他头向下，呼吸中断，因为剧烈的痛苦而丧失了记忆。

要旨　诗中用“极为困难地(kṛcchreṇa)”一词形容孩子出生的情况。当孩子经过狭窄的产道从母腹出来时，挤压他的力量使他的呼吸完全停止，极度的痛苦使他失去了记忆。有时，孩子经历的困难是如此巨大，以致在出生的过程中便死去或几乎死去。我们可以想象一下那是怎样的痛苦。孩子在母亲子宫中那种可怕的情况下生活了十个月，十个月后被强推出母体外。至尊主在《博伽梵歌》中指出：真诚地想要提高灵性意识的人，应该始终不忘生老病死这四种痛苦。物质主义者可以在许多方面取得进步，但却无法停止物质存在中固有的这四种主要的痛苦。

第 24 节 पतितो भुव्यसृङ्‌मिश्रः विष्ठाभूरिव चेष्टते ।
रोरूयति गते ज्ञाने विपरीतां गतिं गतः ॥२४॥

patito bhuvy asṛṅ-miśraḥ
viṣṭhā-bhūr iva ceṣṭate
rorūyati gate jñāne
viparītāṁ gatiṁ gataḥ

patitaḥ—落下 / bhuvi—在地上 / asṛk—带着血 / miśraḥ—涂抹 / viṣṭhā-bhūḥ—一个蠕虫 / iva—好像 / ceṣṭate—他活动四肢 / rorūyati—大声地哭 / gate—因为失去了 / jñāne—他的智慧 / viparītām—相反的 / gatim—状态 / gataḥ—去到了

译文 孩子就这样掉到地上，满身是粪便和血污，恰似刚从粪便中生出的蠕虫。他失去了他的高等知识，在玛亚魔力的控制下啼哭。

第 25 节 परच्छन्दं न विदुषा पुष्यमाणो जनेन सः ।
अनभिप्रेतमापन्नः प्रत्याख्यातुमनीश्वरः ॥२५॥

para-cchandaṁ na viduṣā
puṣyamāṇo janena saḥ
anabhipretam āpannaḥ
pratyākhyātum anīśvaraḥ

para-chandam—他人的愿望 / na—不 / viduṣā—理解 / puṣyamāṇaḥ—得到照顾 / janena—被人们 / saḥ—他 / anabhipretam—令人不快的情况 / āpannaḥ—落下 / pratyākhyātum—拒绝 / anīśvaraḥ—不能够

译文　从母腹中出来的新生儿，被交到无法明白他想要什么的人手中，由这些人照料。他没有能力拒绝所给予他的一切，陷入身不由己的难受境况。

要旨　孩子在母亲腹中时，是在自然本身的安排下得到滋养的。尽管母腹中的环境一点儿都不舒适，但就有关对孩子的喂养一事，倒是由自然定律安排得十分妥当。然而，孩子一旦从母腹中出来，便坠入一个不同的环境中。他想要吃一种东西，但照顾他的人在不知道他的真实需要的情况下给他的却是另一种东西，而他也无法拒绝别人给予他的、他不想吃的东西。有时，孩子哭喊着想要吃母亲的奶，但保姆以为他是因为胃疼而哭喊，于是便给他吃一些苦味的药。孩子不想吃，但却无力拒绝。他被放在一个极为不便的环境中继续受苦。

第 26 节　शायितोऽशुचिपर्यङ्के जन्तुः स्वेदजदूषिते ।
नेशः कण्डूयनेऽङ्गानामासनोत्थानचेष्टने ॥२६॥

śāyito 'śuci-paryaṅke
jantuḥ svedaja-dūṣite
neśaḥ kaṇḍūyane 'ṅgānām
āsanotthāna-ceṣṭane

śāyitaḥ—躺下 / aśuci-paryaṅke—在一张肮脏的床上 / jantuḥ—那孩子 / sveda-ja—在汗液中繁衍的细菌 / dūṣite—充满 / na īśaḥ—不能够 / kaṇḍūyane—搔痒 / aṅgānām—他的四肢 / āsana—坐着 / utthāna—站着 / ceṣṭane—或走动

译文　可怜的孩子躺在一张满是汗水和细菌的床上，没有能力抓挠自己的身体，以缓解痒的感觉，更不必说坐起来、站立或甚至走动了。

要旨　值得注意的是：孩子是受尽痛苦哭着降生的。出生后痛苦继续，他也继续哭泣。他躺在被自己的尿液和粪便污染了的床上，不停地受到细菌的打扰，可怜地继续啼哭。他没有能力采取任何措施，以减轻他的痛苦。

第 27 节 तुदन्त्यामत्वचं दंशा मशका मत्कुणादयः ।
रुदन्तं विगतज्ञानं कृमयः कृमिकं यथा ॥२७॥

tudanty āma-tvacaṁ daṁśā
maśakā matkuṇādayaḥ
rudantaṁ vigata-jñānaṁ
kṛmayaḥ kṛmikaṁ yathā

tudanti—它们叮咬 / āma-tvacam—皮肤柔嫩的婴儿 / daṁśāḥ—小昆虫 / maśakāḥ—蚊子 / matkuṇa—小虫 / ādayaḥ—还有其他生物体 / rudantam—哭泣 / vigata—被剥夺 / jñānam—知识 / kṛmayaḥ—许多蠕虫 / kṛmikam—蠕虫 / yathā—就像

译文 在这种无助的情况下，小昆虫、蚊子、臭虫及其他微生物啃咬着皮肤柔嫩的婴儿，就像小蠕虫啃咬大蠕虫一样。被剥夺了知识的孩子痛苦地哭喊着。

要旨 诗中所说的“被剥夺了知识(vigata jñānam)”一句的意思是：孩子在母腹中培养的灵性知识，已经在玛亚魔力的影响下失去了。被挤出母腹的过程中所经历的各种折磨，使孩子无法记起他为获得解脱曾思考过的内容。人即使获得一些使人提升灵性的知识，也很容易因为环境的影响而忘记。不要说孩子了，就连成年人都必须小心谨慎地保护他们的奎师那意识，避免不利的环境，以使自己不忘记自己的首要责任。

第 28 节 इत्येवं शैशवं भुक्त्वा दुःखं पौगण्डमेव च ।
अलब्धाभीप्सितोऽज्ञानादिद्धमन्युः शुचार्पितः ॥२८॥

ity evaṁ śaiśavaṁ bhuktvā
　duḥkhaṁ paugaṇḍam eva ca
alabdhābhīpsito 'jñānād
　iddha-manyuḥ śucārpitaḥ

iti evam－就这样 / śaiśavam－孩童时期 / bhuktvā－经历了 / duḥkham－痛苦 / paugaṇḍam－少年 / eva－甚至 / ca－和 / alabdha－无法达到 / abhīpsitaḥ－……欲望的他 / ajñānāt－由于愚昧 / iddha－激起了 / manyuḥ－他的愤怒 / śucā－被悲伤 / arpitaḥ－笼罩

译文　孩子就这样经受着各种痛苦度过他的幼年期到了童年期。在童年期，他因为想要得到他永远都无法得到的一切而经历痛苦。在这种情况下，他因为无知而感到愤怒和难过。

要旨　从出生到满五岁这个阶段被称为幼儿期。从五岁到十五岁称童年期和少年期(paugaṇḍa)。十六岁是青年期的开始。人在幼儿期所具有的痛苦已经解释过了；他进入童年期和少年期时，虽然很不情愿，但还是要登记入学。他想要玩耍，但却被迫上学学习，承担起要通过考试的责任。在这个时期的他，所要经历的另一种痛苦是：他想要得到他喜欢玩的东西，但情况却不允许他得到它们，这使他感到很难过、很痛苦。总而言之，他不快乐；即使是在童年和少年时代，他也像幼年时一样感到不快乐，更不要说青年时代了。男孩为玩耍会想出许多要求，当他们的要求得不到满足时，他们就会变得极为愤怒，结果是感到痛苦。

第29节　सह देहेन मानेन वर्धमानेन मन्युना ।
करोति विग्रहं कामी कामिष्वन्ताय चात्मनः ॥२९॥

saha dehena mānena
　vardhamānena manyunā
karoti vigrahaṁ kāmī
　kāmiṣv antāya cātmanaḥ

saha—和 / dehena—那身体 / mānena—虚荣心 / vardhamānena—增加了 / manyunā—由于愤怒 / karoti—他产生了 / vigraham—敌意 / kāmī—贪图物质享乐的人 / kāmiṣu—向其他贪婪的人 / antāya—为了毁灭 / ca—和 / ātmanaḥ—他灵魂的

译文 随着身体的成长发育，贪图物质享乐的生物的虚荣心和愤怒的情绪不断增强，从而对同样贪图物质享乐的人产生敌意，而这致使他走向自我毁灭。

要旨 在《博伽梵歌》第3章的第36节诗中，阿尔诸纳(Arjuna)向奎师那询问生物为什么会变得贪图物质的享乐。经典说生物是永恒的，而且本身在质上与至尊主一样。那么，是什么原因使他坠落而被物质自然所捕获，在物质能量的影响下从事了那么多的罪恶活动呢？主奎师那回答这个问题说：是贪图物质享乐的欲望，使生物从他崇高的地位上滑入令人厌恶的物质生存环境中。这种贪图物质享乐的欲望根据情况转为愤怒。贪图物质享乐的欲望实际上是激情属性的产物，它在得不到满足时就会转为处在愚昧属性层面上的愤怒。愚昧覆盖灵魂时，就会使灵魂坠入最令人厌恶的、地狱般的生存环境中。

要想把自己从地狱般的生活状态中提升到最高的灵性理解状态中，就必须把这种贪图物质享乐的欲望转变为对奎师那的爱。外士纳瓦师徒传承(Vaiṣṇava sampradāya)中伟大的灵性导师圣纳柔塔玛·达斯·塔库尔(Narottama dāsa Ṭhākura)说：贪图物质享乐的欲望促使我们想要许多东西，以便满足我们感官享乐的需要；然而，同一种欲望可以用净化的方式加以转化，使我们想要用一切取悦至尊人格首神。愤怒也可以用来对付不敬神的人或嫉妒人格首神的人。尽管我们是因为贪图物质享乐的欲望和愤怒而坠入这个物质存在，但我们也可以用它们来提高我们的奎师那意识，再次把自己提升到以前那种纯净、灵性的层面上。为此，圣茹帕·哥斯瓦米推荐说：由于在物质存在中有那么多供我们满足感官的对象，而这些都是我们维持身体健康所需要的，我们应该以满足奎师那的感官为目的，不执著地运用这一切；而这才是真正的弃绝。

第 30 节　भूतैः पञ्चभिरारब्धे देहे देह्यबुधोऽसकृत् ।
अहं ममेत्यसद्ग्राहः करोति कुमतिर्मतिम् ॥३०॥

bhūtaiḥ pañcabhir ārabdhe
dehe dehy abudho 'sakṛt
ahaṁ mamety asad-grāhaḥ
karoti kumatir matim

bhūtaiḥ—由物质元素 / pañcabhiḥ—五个 / ārabdhe—造成 / dehe—在身体里 / dehī—生物体 / abudhaḥ—无知的 / asakṛt—不断地 / aham—我 / mama—我的 / iti—如此 / asat—不持久的事物 / grāhaḥ—接受 / karoti—他做 / ku-matiḥ—因为愚蠢 / matim—想

译文　由于这种愚昧，生物把用五种元素构成的物质躯体视为是自己。这种误解使他把不永恒的事物视为是自己的，在最黑暗的地区内增加自己的愚昧。

要旨　这节诗中解释了愚昧的扩展。第一层愚昧是把由五种粗糙元素构成的物质躯体当做自我；第二层愚昧是把与躯体有关的一切当做是自己的。愚昧就是以这种方式扩展着。生物是永恒的，但由于他接受不永恒的事物，对自己的真正利益没有正确的认识，结果被置于愚昧之中，承受物质痛苦的折磨。

第 31 节　तदर्थं कुरुते कर्म यद्बद्धो याति संसृतिम् ।
योऽनुयाति ददत्क्लेशमविद्याकर्मबन्धनः ॥३१॥

tad-arthaṁ kurute karma
yad-baddho yāti saṁsṛtim
yo 'nuyāti dadat kleśam
avidyā-karma-bandhanaḥ

tat-artham－为了身体 / kurute－他从事 / karma－活动 / yat-baddhaḥ－被其束缚 / yāti－他经历 / saṁsṛtim－重复生死 / yaḥ－身体……的 / anuyāti－跟随着 / dadat－给予 / kleśam－痛苦 / avidyā－因为愚昧 / karma－因为功利性活动 / bandhanaḥ－造成束缚的原因

译文 他的躯体是不断使他烦恼的根源；它之所以跟着他，是因为他被愚昧及功利性活动的绳索捆绑着。然而，他为了他的这个躯体，从事各种导致他被迫重复生死的活动。

要旨 《博伽梵歌》中说：人必须为取悦雅格亚(Yajña, 维施努)工作，因为不以取悦至尊人格首神为目的的活动是造成捆绑的根源。生物在受制约的状态下把躯体当做自我，遗忘了自己与至尊人格首神的永恒关系，只从事以躯体为关注焦点的活动。他把躯体当自我，把与躯体有关的人当亲人，崇拜自己的出生地。他就这样在错误的概念指导下从事各种活动，使自己永远被捆绑在生死轮回中，接受各种类型的躯体。

在现代文明中，所谓的社会、国家和政府领导人，误导人民在越来越强的躯体化的生命概念中生活，结果是：所有的领袖人物和他们的追随者都滑下不断重复生死的地狱般的生活中。

《圣典博伽瓦谭》中解释说：一个盲人引着其他盲人走路的结果是，所有的盲人都掉进壕沟(andhā yathāndhair upanīyamānāḥ)。这是实际正在发生的事。如今世上有许多领袖领导着无知大众，但由于这些领袖自己都被生命的躯体化概念所迷惑，结果造成人类社会根本没有和平与繁荣可言。表演各种身体技艺的所谓瑜伽师们也无异于这些无知的人，因为哈塔瑜伽(haṭha-yoga)就是专门推荐给那些沉溺于躯体化的生命概念的人练的。结论是：人只要执著于躯体化的生命概念，就必然会受生死之苦。

第 32 节 यद्यसद्भिः पथि पुनः शिश्नोदरकृतोद्यमैः ।
आस्थितो रमते जन्तुस्तमो विशति पूर्ववत् ॥३२॥

yady asadbhiḥ pathi punaḥ
śiśnodara-kṛtodyamaiḥ
āsthito ramate jantus
tamo viśati pūrvavat

yadi—如果 / asadbhiḥ—不义的 / pathi—在……的路上 / punaḥ—再次 / śiśna—为了生殖器官 / udara—为了胃 / kṛta—做出 / udyamaiḥ—努力……的 / āsthitaḥ—交往 / ramate—享受 / jantuḥ—生物体 / tamaḥ—黑暗的 / viśati—进入 / pūrva-vat—就像以前

译文 因此，这个生物如果再次走上邪路，忙于追求性享乐和满足口腹之欲的受好色之人的影响，他就会像从前一样再次走向地狱。

要旨 在前面的篇章中，卡皮拉戴瓦解释说：受制约的灵魂被置于名叫安达·塔弥斯茹阿(Andha-tāmisra)和塔弥斯茹阿(Tāmisra)的地狱中，在那里受苦后得到狗或猪等痛苦不堪的躯体；经历过几次这样的投生后，他再次得到一个人类的躯体。在这一章中，卡皮拉戴瓦也解释了人是如何降生的。人在母亲的子宫中发育成形，在那里受苦，再次出生。在经历了所有这些痛苦后，再次得到做人机会的灵魂，如果浪费他宝贵的时间与沉溺于非法性生活和美食的人交往联谊，那他自然便再次坠入安达·塔弥斯茹阿和塔弥斯茹阿地狱。

人们一般都关心如何满足舌头和生殖器。那就是物质生活。物质生活意味着吃吃喝喝、及时行乐，根本不考虑要了解自己的灵性身份，以及如何取得灵性的进步。由于物质主义者关心的是舌头、肚子和生殖器，想要在灵性生活中取得进步的人就必须十分小心与这种人的接触。与这种物质主义者接触是在自毁人生。为此，经典中说，明智的人应该斩断这种要不得的交往、联谊，应该始终与神圣的人在一起。与神圣的人交往、联谊，可以使人清除心中有关灵性进步生活的所有疑问，在灵性理解的路途上取得实际的进步。我们有时发现：人们非常执著于某一种宗教信仰；印度教徒、回教徒和基督教徒都很忠实于各自所信奉的宗教，分别去神庙、清真寺或教堂，但不幸的是：他们无法放弃与沉溺于性生活和满足口欲的人的联谊。这节诗中明确地说：一个人也许表面上看很有宗教心，但如果他与上述那种人交往、联谊，那他无疑就会坠入最黑暗的地狱中。

第 33 节 सत्यं शौचं दया मौनं बुद्धिः श्रीर्ह्रीर्यशः क्षमा ।
शमो दमो भगश्चेति यत्सङ्गाद्याति सङ्क्षयम् ॥३३॥

satyaṁ śaucaṁ dayā maunaṁ
  buddhiḥ śrīr hrīr yaśaḥ kṣamā
śamo damo bhagaś ceti
  yat-saṅgād yāti saṅkṣayam

satyam－诚实 / śaucam－洁净 / dayā－慈悲 / maunam－庄重 / buddhiḥ－智慧 / śrīḥ－繁荣 / hrīḥ－害羞 / yaśaḥ－名望 / kṣamā－宽容 / śamaḥ－控制心 / damaḥ－控制感官 / bhagaḥ－幸运 / ca－和 / iti－如此 / yat-saṅgāt－因与那些人交往 / yāti saṅkṣayam－毁掉了

译文 与那些人的交往，使他不再诚实、清洁、仁慈、庄重、羞涩、苦修、宽恕、幸运，不再有灵性智慧和名望，不再能控制心和感官。

要旨 太迷恋性生活的人无法了解绝对真理的目的，自己的行为不端，也不检点，更不要说向他人行善了。他们无法保持严肃、认真，根本不关心什么是生命的最高目标。生命的最高目标是要爱奎师那——维施努，但迷恋性生活的人无法了解他们的最高利益是奎师那意识。这种人不懂得什么叫体面，甚至在大街上或公园里等公众场所，就像猫和狗一样相拥接吻，美其名曰是爱的表现。这种不幸的人甚至在物质上都永远无法获得体面的成功。像猫狗一样地为人，使他们留在猫狗的地位上。他们无法改善自己的物质状况，更不要说变得有名望了。这种愚蠢的人甚至表演所谓的瑜伽，但却无法控制自己的感官和心，而这才是练瑜伽的真正目的之所在。这种人在他们的生活中无法得到任何精神财富。换句话说，他们十分不幸。

第 34 节　तेष्वशान्तेषु मूढेषु खण्डितात्मस्वसाधुषु ।
सङ्गं न कुर्याच्छोच्येषु योषित्क्रीडामृगेषु च ॥३४॥

teṣv aśānteṣu mūḍheṣu
khaṇḍitātmasv asādhuṣu
saṅgaṁ na kuryāc chocyeṣu
yoṣit-krīḍā-mṛgeṣu ca

teṣu一和那些 / aśānteṣu一粗俗的 / mūḍheṣu一傻瓜 / khaṇḍita-ātmasu一缺乏自我觉悟 / asādhuṣu一邪恶的 / saṅgam一交往 / na一不 / kuryāt一人应该做 / śocyeṣu一可怜的 / yoṣit一妇女的 / krīḍā-mṛgeṣu一跳舞的狗 / ca一和

译文　缺乏觉悟自我知识的粗俗蠢人，不比在女人手上跳舞的一只狗强，人不该与这种人交往。

要旨　经典强调，在培养奎师那意识的路途上向前迈进的人，禁止与诗中所说的那种愚蠢的人交往、联谊。提高、加强奎师那意识包括培养诚实、清洁、仁慈、庄重、对灵性知识的理解、淳朴、物质成功、名望、宽恕，以及控制感官和心等品质。所有这些品质都会随着奎师那意识的提高和加强展现出来，但如果与那些像在女人手中跳舞的宠物狗一样愚蠢的庶铎(śūdra)交往、联谊，就无法取得任何灵性的进步。主柴坦亚忠告说：忙于培养奎师那意识、想要超越物质愚昧的人，必须避免与妇女或对物质享乐有兴趣的人交往、联谊。因为对想要提高、增强奎师那意识的人来说，这样的交往、联谊比自杀还要危险。

第 35 节 न तथास्य भवेन्मोहो बन्धश्चान्यप्रसङ्गतः ।
योषित्सङ्गाद्यथा पुंसो यथा तत्सङ्गिसङ्गतः ॥३५॥

na tathāsya bhaven moho
bandhaś cānya-prasaṅgataḥ
yoṣit-saṅgād yathā puṁso
yathā tat-saṅgi-saṅgataḥ

na—不 / tathā—用那种方式 / asya—这个人的 / bhavet—可能会 / mohaḥ—着迷 / bandhaḥ—束缚 / ca—和 / anya-prasaṅgataḥ—从对所有其他对象的依恋 / yoṣit-saṅgāt—从对女人的依恋 / yathā—好像 / puṁsaḥ—一个男人的 / tat-saṅgi—喜欢女人的人 / saṅgataḥ—交往关系

译文 对其他任何事物的依恋给一个男人造成的着迷和束缚，都不如对一个女人的依恋或与喜欢女人的男人交往所造成的着迷和束缚彻底。

要旨 依恋女性对人的危害是如此巨大，以致人不仅是与女性交往就会变得依恋物质生活，甚至与依恋女性的人交往都会受到毒害。有许多原因致使我们深陷物质世界受制约的生活，但正如下几节诗所说，最大的原因是与女性交往。

在喀历年代(Kali-yuga)中，男子与女子的交往非常密切，在生活的每一个阶段都离不开女子。甚至就连所有的广告上都满是女子的照片和画像。男子从生理的角度对女子非常依恋，因此没兴趣追求灵性的理解。以灵性知识为基础的韦达文明，要求男子要十分小心与女子的交往、联谊；在人生的四个阶层中，第一个阶段——独身禁欲的学生阶段(brahmacarya)、第三个阶段——退出家庭生活阶段(vānaprastha)，以及第四个阶段——托钵僧阶段(sannyāsa)，都严格禁止与女性交往、联谊，只有处在居士阶段的人才允许在遵守规定的情况下与女子在一起。换句话说，受到与女性交往的吸引，是陷入物质受制约生活的根源，想要摆脱这种受制约的生活，就必须停止与女性的联谊。

第 36 节　प्रजापतिः स्वां दुहितरं दृष्ट्वा तद्रूपधर्षितः ।
रोहिद्भूतां सोऽन्वधावदृक्षरूपी हतत्रपः ॥३६॥

prajāpatiḥ svāṁ duhitaraṁ
dṛṣṭvā tad-rūpa-dharṣitaḥ
rohid-bhūtāṁ so 'nvadhāvad
ṛkṣa-rūpī hata-trapaḥ

prajā-patiḥ－主布茹阿玛 / svām－他自己 / duhitaram－女儿 / dṛṣṭvā－因为看到 / tat-rūpa－被她吸引 / dharṣitaḥ－迷乱了 / rohit-bhūtām－变形为一头母鹿的她 / saḥ－他 / anvadhāvat－冲向 / ṛkṣa-rūpī－以一头公鹿的形象 / hata－失去了 / trapaḥ－廉耻

译文　布茹阿玛看到自己的女儿时，被她的魅力所迷惑，竟然在她变形为一头母鹿时，不知羞耻地变形为一头公鹿去追她。

要旨　布茹阿玛被他女儿的美所迷惑，希瓦对至尊主的摩黑妮形象着迷。这些特殊的实例提醒我们：就连布茹阿玛、希瓦那样伟大的半神人都被美丽的女人所迷惑，更不要说普通受制约的灵魂了。正因为如此，经典劝告人们说：感官是如此强大，人一旦对感官对象着迷，感官甚至不考虑那对象是不是自己的女儿、母亲或姐妹，所以人不该没有限制地与自己的女儿、母亲和姐妹在一起。因此，人最好是通过练奉爱瑜伽训练自己控制感官，为玛丹·牟罕(Madana-mohana)服务。主奎师那的另一个名字叫玛丹·牟罕，因为祂能征服色欲之神丘比特。玛丹是丘比特的名字，人只有为至尊主玛丹·牟罕服务，才能抑制丘比特的刺激造成的冲动；否则，控制感官的努力就会以失败告终。

第 37 节　तत्सृष्टसृष्टसृष्टेषु को न्वखण्डितधीः पुमान् ।
ऋषिं नारायणमृते योषिन्मय्येह मायया ॥३७॥

tat-sṛṣṭa-sṛṣṭa-sṛṣṭeṣu
ko nv akhaṇḍita-dhīḥ pumān
ṛṣiṁ nārāyaṇam ṛte
yoṣin-mayyeha māyayā

tat－布茹阿玛 / sṛṣṭa-sṛṣṭa-sṛṣṭeṣu－在……生的几乎所有的生物体中 / kaḥ－……的人 / nu－实际上 / akhaṇḍita－不会心烦意乱 / dhīḥ－他的智慧 / pumān－雄性的 / ṛṣim－圣人 / nārāyaṇam－纳茹阿亚纳 / ṛte－除了 / yoṣit-mayyā－以女人的形象 / iha－这里 / māyayā－被假象

译文　在布茹阿玛所生的人、半神人和动物等所有种类的生物体中，只有圣人纳茹阿亚纳不受以女人形象出现的错觉能量的吸引。

要旨　这个物质宇宙中的第一个被创造的生物体是布茹阿玛，他继而创造了玛瑞祺(Marīci)等圣人，那些圣人接着生出了喀夏帕·牟尼(Kaśyapa Muni)等人，喀夏帕·牟尼和其他玛努们又生育出不同的半神人和人类等生物体。然而，他们中没有一个人能不受玛亚以女人形象出现的魔力的诱惑。在整个物质世界中，所有的生物体，伟大到布茹阿玛，微小到小蚂蚁，都受性生活的吸引。那是这个物质世界的基本运作方式。布茹阿玛受自己女儿的吸引就是一个活生生的例子，告诉我们，没人能不受女性的性吸引。因此，女性是玛亚为把受制约的灵魂套在枷锁中所进行的神奇创造。

第 38 节　बलं मे पश्य मायायाः स्त्रीमय्या जयिनो दिशाम् ।
या करोति पदाक्रान्तान् भ्रूविजृम्भेण केवलम् ॥३८॥

balaṁ me paśya māyāyāḥ
　strī-mayyā jayino diśām
yā karoti padākrāntān
　bhrūvi-jṛmbheṇa kevalam

balam－力量 / me－我的 / paśya－看 / māyāyāḥ－假象的 / strī-mayyāḥ－以女人的形象 / jayinaḥ－征服者 / diśām－所有方向的 / yā－……的 / karoti－安排 / pada-ākrāntān－跟着她的脚后跟 / bhrūvi－她眉毛的 / jṛmbheṇa－被……的挑动 / kevalam－只不过

译文　尽量了解我那以女人形象出现的错觉能量的强大力量，她仅仅挑动一下她的眉毛，就能甚至把世界最强大的征服者置于她的钳制下。

要旨　世界历史中有许多伟大的征服者拜倒在石榴裙下的实例。人必须研究女性那令人神魂颠倒的力量，以及男人为什么受到那力量的吸引。但我们要知道，那力量来自何处？根据《韦丹塔·苏陀》中的教导我们可以了解到，一切都来自至尊人格首神(janmādy asya yataḥ)。这意味着至尊人格首神，或者称至尊人、梵(Brahman, 布茹阿曼)、绝对真理，是万事万物的源头。因此，住在灵性世界中的至尊人格首神身上，必然具备女性令人神魂颠倒的力量，以及男性对这种吸引力所表现出的多情，所有的这一切在至尊主超然的娱乐活动中也必然被展现得淋漓尽致。

至尊主是至高无上的人、至尊男性。正如男性都会受女性的吸引，至尊人格首神本人就有这样的倾向。祂也想要受女性美丽特征的吸引。问题是：祂想要受女性特质的吸引，但祂会被物质世界的女性所吸引吗？那是不可能的。就连这个物质存在中的人，受到至尊梵的吸引后都会不再受女性的吸引。发生在哈瑞达斯·塔库尔(Haridāsa Ṭhākura)身上的事情，就是这方面的一个例子。曾经有一个美丽的妓女在深夜去勾引哈瑞达斯·塔库尔，但由于他忙于做奉爱服务，沉浸在对首神的爱之中，他不但不受诱惑，相反通过给那个妓女超然的联谊，把她转变成为一位优秀的奉献者。因此，这种物质性的魅力无疑吸引不了至尊主。当至尊主想要受女性的吸引时，祂便用自己的能量创造了一个吸引祂的女子。那女子就是茹阿妲茹阿妮(Rādhārāṇī)。就有关这一点，哥斯瓦米(Gosvāmī)们解释说：茹阿妲茹阿妮是至尊人格首神的快乐能量的展示。当至尊主想要得到超然的快乐时，祂就用祂的内在能量创造一位女性。所以，受女性之美的吸引是很自然的，因为灵性世界里就有这种倾向。物质世界中的一切是灵性世界中一切的扭曲了的倒影，因此存在着许多缺陷。

如果我们不受物质美的吸引，而受茹阿妲和奎师那的美丽的吸引，那么《博伽梵歌》第2章的第59节诗中所说的“通过体验高品位的快乐放弃低等享乐(paraṁ dṛṣṭvā nivartate)”，就会成为现实。人一旦被茹阿妲和奎师那超然的美丽所吸引，便不会再认为物质的女性美有吸引力。这是崇拜茹阿妲·奎师那(Rādhā-Kṛṣṇa)的重要性之所在。雅沐娜查尔亚(Yāmunācārya)对此有亲身的体验，他说：“自从被茹阿妲和奎师那吸引后，每当想起与女人的性关系或女人的魅力，就会立刻唾弃那念头，厌恶地转过脸去。”当我们被玛丹·牟罕，以及奎师那和祂伴侣的美所吸引时，受制约生活的枷锁——物质女性的美，对我们来说就再也没有吸引力了。

第 39 节 सङ्गं न कुर्यात्प्रमदासु जातु
योगस्य पारं परमारुरुक्षुः ।

मत्सेवया प्रतिलब्धात्मलाभो
वदन्ति या निरयद्वारमस्य ॥३९॥

sańgaṁ na kuryāt pramadāsu jātu
yogasya pāraṁ param āruruksụh
mat-sevayā pratilabdhātma-lābho
vadanti yā niraya-dvāram asya

sańgam—交往 / na—不 / kuryāt—人应该做 / pramadāsu—和女人 / jātu—永远 / yogasya—瑜伽的 / pāram—顶点 / param—最高的 / āruruksụh—渴望到达……的人 / mat-sevayā—通过为我服务 / pratilabdha—获得 / ātma-lābhaḥ—自我觉悟 / vadanti—他们说 / yāḥ—那女人 / niraya—通向地狱 / dvāram—大门 / asya—对正在进步的奉献者

译文 渴望攀上瑜伽顶峰并通过为我做服务觉悟自我的人，永远都不该与有吸引力的女人交往，因为经典中明确说，这样的女人对正在进步的奉献者来说是通向地狱的通道。

要旨 瑜伽的最高境界是满怀奎师那意识。对此，《博伽梵歌》中断言：始终怀着奉爱之情想着奎师那的人，是最高级的瑜伽师。《圣典博伽瓦谭》第1篇第2章中也说：人通过为至尊人格首神做爱心服务去除所有的物质污染后，就能了解神的科学了。这节诗中出现的“获得自我觉悟(pratilabdhātma-lābhaḥ)”一句中，“阿特玛(ātmā)”的意思是“自我”，“拉巴(lābha)”的意思是“获得”。受制约的灵魂都迷失了他们的自我——阿特玛，但超然主义者对自我却有清醒的认识。经典告诫这种想要达到瑜伽最高完美境界的觉悟了自我的灵魂，不该与年轻的女性交往、联谊。然而，现代有许多无赖鼓吹说，人在有性能力的时候应该尽情享受女人，同时还可以成为瑜伽师(yogī)。但事实上，没有任何一个正统、符合标准的瑜伽系统，接受练瑜伽的人与女性交往的做法。这节诗中明确地说，与女性交往、联谊是滑向地狱般生活的通道。韦达文明中对与女性交往的问题有严格的限制。在人生的四个阶段中，独身禁欲的学生(brahmacārī)、退出家庭生活的人(vānaprastha)和托钵僧(sannyāsī)，严禁与女性交往；只有居士(gṛhastha)被允许与一个女人有亲密的关系，而那种关系的目的也规定是为了生育优质的孩子。但是，如果人执意想要永远留在物质世界中，那他就可以放纵自己与女性交往、联谊。

第 40 节　　योपयाति शनैर्माया योषिद्देवविनिर्मिता ।
तामीक्षेतात्मनो मृत्युं तृणैः कूपमिवावृतम् ॥४०॥

yopayāti śanair māyā
yoṣid deva-vinirmitā
tām īkṣetātmano mṛtyuṁ
tṛṇaiḥ kūpam ivāvṛtam

yā—……的她 / upayāti—靠近 / śanaiḥ—慢慢地 / māyā—幻象的代表 / yoṣit—女人 / deva—由主 / vinirmitā—创造 / tām—她 / īkṣeta—人应该把……视为 / ātmanaḥ—灵魂的 / mṛtyum—死亡 / tṛṇaiḥ—用草 / kūpam—一口井 / iva—就好像 / āvṛtam—覆盖着

译文　　至尊主创造的女人是错觉能量的代表，以接受服务的形式与这种错觉能量接触的人必须清楚地知道：这恰似被草覆盖住的陷阱一样，是置人于死地的路。

要旨　　被人们废弃的枯井有时会被野草盖住，不知情的过路客一不小心掉到井里就会摔死。同样道理，与女性的交往始于接受她所做的服务，因为至尊主创造女人就是为了让她为男人服务。接受女人的服务就会使男人陷入罗网。如果男人不够明智，不知道为他服务的女人是滑向地狱般生活的通道，那他就会纵情享受与她的交往、联谊。想要升上超然层面的人要约束自己。在印度社会中，人即使到了五十岁也要遵守有关这方面的限定。过去，妻子在白天一般见不到丈夫。居士的家中甚至划分有不同的区域，内宅是家中女性的活动区域，外宅则是男人活动的区域。接受女性的服务表面上看是件令人很愉快的事，但经典明确地说女性是死亡的通道，使人遗忘自我，因此应该十分小心接受女性的服务。女性是觉悟自我之途上的障碍。

第 41 节　यां मन्यते पतिं मोहान्मन्मायामृषभायतीम् ।
स्त्रीत्वं स्त्रीसङ्गतः प्राप्तो वित्तापत्यगृहप्रदम् ॥४१॥

yāṁ manyate patiṁ mohān
man-māyām ṛṣabhāyatīm
strītvaṁ strī-saṅgataḥ prāpto
vittāpatya-gṛha-pradam

yām—……的 / manyate—她认为 / patim—她丈夫 / mohāt—由于迷惑 / mat-māyām—我的错觉能量 / ṛṣabha—以男人的形象 / āyatīm—来到 / strītvam—做女人的状态 / strī-saṅgataḥ—从对女人的依恋中 / prāptaḥ—获得 / vitta—财富 / apatya—子孙 / gṛha—房子 / pradam—给予

译文　作为前生依恋女人的结果，生物这一世得到一个女人的形体，愚蠢地把以男人形象出现的错觉能量——她丈夫，看做是给予钱财、子女、房子和其他物质财产的人。

要旨　从这节诗中我们看到，这一生当女人的人前一生是男人，由于太依恋他妻子而在今生得到一个女人的躯体。对此，《博伽梵歌》证实说：人在死亡时的所思所想决定他来世投生的情况。人如果太依恋自己的妻子，在死亡时自然就会想到她，结果来世得到一个女人的躯体。同样，一个女人如果在死亡时想着自己的丈夫，自然就会在来生得到一个男人的躯体。正因为如此，印度经典中特别强调女人的贞节和对她丈夫的忠诚。依恋自己丈夫的女人有机会在来世得到提升，得到一个男人的躯体。然而，依恋女人的男人将会被降级，在来世得到一个女人的躯体。但我们应该永远记住，正如《博伽梵歌》中所说，粗糙和精微的物质躯体都是外衣，是穿在生物身上的衬衫和大衣。无论是得到一个女人的躯体或男人的躯体，都只不过是躯体外套而已。灵魂本质上是至尊主的边缘能量。作为一种能量，每一个生物原本都是女性或被享受的对象。在男性躯体中，受制约的灵魂有更大的机会摆脱物质的钳制，而女性躯体的机会要小一些。这节诗中指出，不该以依恋女人的方式误用男性躯体，以致深陷物质享乐之中，结果使自己在来世得到一个女人的躯体。女人一般都希望家境富裕，喜欢首饰、家具和衣服；当丈夫提供她所需要的这一切时，她就满足了。男人和女人之间的关系虽然极为复杂，但实质却是：想要提升到超然的灵性觉悟层面上的人，应该十分谨慎地对待与女性交往、联谊的问题。然而，这条限定对处在培养奎师那意识阶段中的人比较宽松，因为在这个阶段中的男人和女人虽然交往，但并不互相依恋而是依恋奎师那，他们双双具有资格摆脱物质束缚，到达奎师那的住所。正如《博伽梵歌》中所证实的，认真培养奎师那意识的生物体，无论是低等生物体，是女人，还是商人或劳工等智力欠佳之人，都将回归家园，回到首神身边，到达奎师那的住所。男人不该依恋女人，女人也不该依恋男人。男人和女人都应该喜爱为至尊主做服务；这样，两者就都有可能摆脱物质的束缚，获得解脱。

第 42 节 तामात्मनो विजानीयात्पत्यपत्यगृहात्मकम् ।
दैवोपसादितं मृत्युं मृगयोर्गायनं यथा ॥४२॥

tām ātmano vijānīyāt
paty-apatya-gṛhātmakam
daivopasāditaṁ mṛtyuṁ
mṛgayor gāyanaṁ yathā

tām－至尊主的错觉能量 / ātmanaḥ－她自己的 / vijānīyāt－她该知道 / pati－丈夫 / apatya－孩子 / gṛha－房子 / ātmakam－由……组成 / daiva－在至尊主的安排下 / upasāditam－带来 / mṛtyum－死亡 / mṛgayoḥ－猎人的 / gāyanam－歌唱 / yathā－就像

译文　因此，正如猎人的甜蜜歌声是为鹿儿的死亡准备的；女人应该把她的丈夫、房子和孩子，视为是至尊主的外在能量为她的死所作的安排。

要旨　主卡皮拉戴瓦在祂的这些教导中解释说：不仅女人是男人去地狱的通道，男人也是女人去地狱的通道。关键是执著、依恋。男人因为女人所做的服务、美丽和其他好品质而变得依恋女人，女人则因为男人为她提供舒适的住处、首饰、衣服和孩子而依恋男人，所以问题出在相互依恋上。男人和女人只要是因为物质享乐而相互依恋，女人就会因男人而面临险境，男人也会因女人而给自己招来危险。但如果双方把依恋转向奎师那，就会双双具有奎师那意识，婚姻就会很美好。因此，圣茹帕·哥斯瓦米推荐道：

anāsaktasya viṣayān
yathārham upayuñjataḥ
nirbandhaḥ kṛṣṇa-sambandhe
yuktaṁ vairāgyam ucyate

（《奉爱服务的纯粹甘露之洋》 1.2.255）

男人和女人应该在与奎师那有关系的前提下结婚生活在一起，其目的应该只是为了在一起履行为奎师那做服务的责任。孩子、妻子和丈夫一起为奎师那做服务，就会去除所有的躯体依恋或物质依恋。只要生活的中心是奎师那，意识状态是纯净的，人就没有堕落的危险。

第 43 节　देहेन जीवभूतेन लोकाल्लोकमनुव्रजन् ।
भुञ्जान एव कर्माणि करोत्यविरतं पुमान् ॥४३॥

dehena jīva-bhūtena
  lokāl lokam anuvrajan
bhuñjāna eva karmāṇi
  karoty aviratam pumān

dehena—由于身体 / jīva-bhūtena—生物体所拥有的 / lokāt—从一个星球 / lokam—到另一个星球 / anuvrajan—游荡 / bhuñjānaḥ—享受 / eva—这样 / karmāṇi—功利性活动 / karoti—他从事 / aviratam—不间断的 / pumān—生物体

译文 持物质主义观点的生物，在他得到的特定躯体的影响下，追逐功利性活动，从一个星球游荡到另一个星球。他就这样使自己卷入功利性活动，不停地享受着各种结果。

要旨 生物被囚禁在物质躯体中时被称为吉瓦·布塔(jīva-bhūta)，他脱掉物质躯体后便称为布茹阿玛·布塔(brahma-bhūta)。生物一世复一世地更换躯体，不仅在不同的物种中穿梭，还往来于不同的星球。主柴坦亚说：被功利性活动捆绑住的生物就这样在整个宇宙中游荡，如果凭虔称的活动或运气遇到一位真正的灵性导师，就会靠奎师那的恩典得到奉爱服务的种子。得到种子的人如果把它播在自己的心田中，并通过聆听和吟诵、吟唱浇水，种子就会长成一棵巨大的植物，上面有生物甚至在这个物质世界里就可以享受到的鲜花和果实。那称为布茹阿玛·布塔阶段。生物在他与物质躯体认同的状态中时被称为物质主义者，当他不再与躯体认同，而是满怀奎师那意识为至尊主做奉爱服务时，他就解脱了。人除非靠至尊主的恩典，得到机会与真正的灵性导师联谊，否则不可能摆脱在不同等级的物种中和星球上重复生死的命运。

第 44 节 जीवो ह्यस्यानुगो देहो भूतेन्द्रियमनोमयः ।
तन्निरोधोऽस्य मरणमाविर्भावस्तु सम्भवः ॥४४॥

jīvo hy asyānugo deho
　bhūtendriya-mano-mayaḥ
tan-nirodho 'sya maraṇam
　āvirbhāvas tu sambhavaḥ

jīvaḥ—生物体 / hi—实际上 / asya—他的 / anugaḥ—适当的 / dehaḥ—身体 / bhūta—粗糙的物质元素 / indriya—感官 / manaḥ—心 / mayaḥ—由……组成 / tat—身体的 / nirodhaḥ—毁灭 / asya—生物体的 / maraṇam—死亡 / āvirbhāvaḥ—显现 / tu—但是 / sambhavaḥ—出生

译文　生物按照他从事的功利性活动，得到相应的具备一套物质心念和感官的躯体。当他从事的特定活动所引起的反作用结束时，那结局称为死亡；而当某种反作用开始时，那开端称为出生。

要旨　从无法追溯的年代起，生物就在不同的物种中和星球上游荡，这几乎变成了永恒的状态。《博伽梵歌》第18章的第61节诗中解释这种过程说：每个生物都乘坐在一台由物质能量提供的机器上，在玛亚魔力的控制下游遍整个宇宙(bhrāmayan sarva-bhūtāni yantrārū-ḍhāni māyayā)。物质主义者的生活方式使自己深陷在业报之中。那是一卷长长的有关业报的电影胶片，一个人的一生只不过是这卷胶片中的一个镜头而已。当一个孩子降生时应该明白，他的那个躯体是另一套活动的开始；当一个老人死去时应该明白，一组属于反作用性质的活动结束了。

我们可以看到：由于不同的属于反作用性质的活动，一个人降生在一个富有的家庭中，而另一个人降生在一个贫穷的家庭里，尽管他们两个人出生在同一个地区、同一个时刻和同一个氛围内。从事过虔诚活动的人得到一个机会投生在富有或虔诚的家庭中，而从事过罪恶活动的人则被罚投生在一个低等、贫穷的家庭里。更换躯体意味着更换不同的活动领域。同样道理，当少年的躯体变成青年人的躯体时，儿时的活动也就转换成了年轻人的活动。

很明显，给予生物某一种躯体是为了让其从事某一类活动。这一程序从无法追溯的时候开始永恒地进行下去。正因为如此，外士纳瓦(Vaiṣṇava)诗人们说：人无法查清楚他从事的活动及得到的报应(anādi karama-phale)，因为它们也许从布茹阿玛出生的上一个年代开始，一直延续到下一个年代。我们看到纳茹阿达生活的例子；他在一个年代中是女仆的儿子，在下一个年代中变成了伟大的圣人。

第 45—46 节 द्रव्योपलब्धिस्थानस्य द्रव्येक्षायोग्यता यदा ।
तत्पञ्चत्वमहंमानादुत्पत्तिर्द्रव्यदर्शनम् ॥४५॥
यथाक्ष्णोर्द्रव्यावयवदर्शनायोग्यता यदा ।
तदैव चक्षुषो द्रष्टुर्द्रष्टृत्वायोग्यतानयोः ॥४६॥

dravyopalabdhi-sthānasya
dravyekṣāyogyatā yadā
tat pañcatvam ahaṁ-mānād
utpattir dravya-darśanam

yathākṣṇor dravyāvayava-
darśanāyogyatā yadā
tadaiva cakṣuṣo draṣṭur
draṣṭṛtvāyogyatānayoḥ

dravya—对象的 / upalabdhi—感知的 / sthānasya—地点的 / dravya—对象的 / īkṣā—感知的 / ayogyatā—无能 / yadā—当……时 / tat—那 / pañcatvam—死亡 / aham-mānāt—从对“我”的错误认识中 / utpattiḥ—出生 / dravya—物质身体 / darśanam—视为 / yathā—就好像 / akṣṇoḥ—眼睛的 / dravya—对象的 / avayava—部分 / darśana—视觉的 / ayogyatā—无能 / yadā—当……时 / tadā—那时 / eva—实际上 / cakṣuṣaḥ—视觉器官 / draṣṭuḥ—观看者的 / draṣṭṛtva—看的能力的 / ayogyatā—不能 / anayoḥ—两者都

译文　当眼睛因为视神经病变的折磨而失去它们看颜色或形象的能力时，视觉器官便作废了。靠眼睛和视力观看的生物，失去了他看的能力。同样，当肉体——感知存在对象的场所没有能力感知时，那称为死亡。当人开始把肉体看成是自己本人时，那称为死亡。

要旨　当人说“我看到”时，意味着他用他的眼睛或带着眼镜看到了；他是靠看的工具或视觉器官看到的。如果看的工具损坏了或视觉器官病变无法工作了，那么观看的人也就看不到了。同样，充满活力的灵魂此刻在这个物质躯体中活动，当物质躯体因无法再运作下去而停止工作时，住在其中的灵魂也就停止从事他那些引起反作用的活动了。生物的活动工具(躯体)损坏无法工作时，就称为死亡。生物再次得到一个新的活动工具时称为出生。由于躯体一直在改变，生与死的过程每一刻都在进行。最终的变化称为死亡，而接受一个新的躯体称为诞生。那就是对生与死的问题的解释。事实上，生物既不出生也不死亡，而是永恒存在着。正如《博伽梵歌》第2章的第20节诗中所证实的：生物永远不死，即使是这个物质躯体死亡或毁灭后也不死(na hanyate hanyamāne śarīre)。

第 47 节　तस्मान्न कार्यः सन्त्रासो न कार्पण्यं न सम्भ्रमः ।
बुद्ध्वा जीवगतिं धीरो मुक्तसङ्गश्चरेदिह ॥४७॥

tasmān na kāryaḥ santrāso
na kārpaṇyaṁ na sambhramaḥ
buddhvā jīva-gatiṁ dhīro
mukta-saṅgaś cared iha

tasmāt—由于死亡 / na—不 / kāryaḥ—应该完成 / santrāsaḥ—恐惧的 / na—不 / kārpaṇyam—吝啬 / na—不 / sambhramaḥ—渴望物质利益 / buddhvā—觉悟 / jīva-gatim—生物体的本性 / dhīraḥ—坚定的 / mukta-saṅgaḥ—摆脱依恋 / caret—人应该……生活 / iha—在这世界

译文 因此，人不该惊恐地看待死亡，不该把躯体当做灵魂，不该允许自己过度地享受人生中的躯体需要。认识到生物的真实本质后，人应该在没有依恋、目标坚定的情况下在这个世界上生活。

要旨 了解生与死哲学的头脑清醒之人，在听到母亲子宫内外的令人毛骨悚然、地狱般的生活状况后，会感到心烦意乱。但人必须找到解决问题的方法。神志健全的人应该了解这个物质躯体的痛苦状况，并努力找出解除痛苦的方法，而不必产生不必要的烦恼。人遇到解脱之人后，就会了解改变这种状况的方法。但我们必须明白谁是真正解脱的人。《博伽梵歌》中描述解脱的人说：一直不断地忙于为至尊主做奉爱服务，超越了物质自然的严厉律法的人，处在布茹阿曼的境界中。

至尊人格首神超越物质创造。就连商卡尔阿查尔亚(Śaṅkarācārya)那样的非人格神主义者都承认，至尊主纳茹阿亚纳(Nārāyaṇa)超越这个物质创造。因此，当人为至尊主的各种形象做服务时，无论是为拉珂施蜜·纳茹阿亚纳服务，为茹阿妲·奎师那服务，还是为悉塔·茹阿玛(Sītā-Rāma)服务，都已经处在解脱的层面上了。对此，《圣典博伽瓦谭》中也说：解脱意味着恢复灵魂原本的状态。生物是至尊主永恒的仆人，因此当人认真、诚恳地为至尊主做超然的爱心服务时，他就会处在解脱的状态中。人如果努力与解脱之人交往联谊，就可以解决生与死的生命问题。

在满怀奎师那意识做奉爱服务时，人不该吝啬，不该不必要地表现自己对这个世界的弃绝。事实上，这种弃绝并不是真正的弃绝。离弃宫殿般的建筑物去森林并非真正的弃绝，因为宫殿般的建筑物是至尊人格首神的财产，森林也归至尊人格首神所有。从享受他人的一种财产转为享受另一种财产并不意味着弃绝；无论是宫殿还是森林都永远不是我们的财产。我们真正要放弃的是认为自己可以主宰物质自然的错误概念。去除这种错误的心态和以为自己也是神的狂妄自大的想法，才是真正的弃绝，否则根本没有弃绝可言。茹帕·哥斯瓦米忠告说：放弃能用于为至尊主服务的事物，不用它来实现为至尊主服务的目的，并非彻底的弃绝，或者应该说是假弃绝(phalgu-vairāgya)。一切都属于至尊人格首神，因此都可以用来为至尊主服务，而不该用来满足自己的感官享乐。这才是真正的弃绝。我们不该不必要地增加躯体的需求，不该为此做太多的努力，而应该满足于接受奎师那提供给我们的一切。我们应该用我们宝贵的时间怀着奎师那意识做奉爱服务。那才是彻底解决生与死问题的正确方法。

第48节　सम्यग्दर्शनया बुद्ध्या योगवैराग्ययुक्तया ।
मायाविरचिते लोके चरेन्न्यस्य कलेवरम् ॥४८॥

samyag-darśanayā buddhyā
  yoga-vairāgya-yuktayā
māyā-viracite loke
  caren nyasya kalevaram

samyak-darśanayā一以正确的眼光 / buddhyā一通过理性 / yoga一通过奉爱服务 / vairāgya一不执著 / yuktayā一加强 / māyā-viracite一在错觉能量的安排下 / loke一在这个世界 / caret一人应该四处走动 / nyasya一丢给 / kalevaram一身体

译文　人应该靠做奉爱服务获得正确的眼光和力量，以悲观的态度看待物质身份，明智地把他的躯体丢给这个梦幻般的世界。这样，人就能对这个物质世界漠不关心了。

要旨　有些人错误地认为：如果与忙于做奉爱服务的人交往、联谊，就无法解决自己的经济问题。为回答这种说辞，这节诗中说：人可以不必直接与解脱者本人交往，而是要通过哲学和逻辑理解生命的问题。诗中说：人必须有完美的洞察力，必须靠智慧和练瑜伽退出这个世界。依靠《圣典博伽瓦谭》第1篇第2章推荐的方法，可以使人达到那种弃绝的境界。

奉献者的智力始终与至尊人格首神相连。他对物质存在所持的态度是一种超脱，因为他十分清楚：这物质世界是错觉能量的一个创造。奉献者认识到自己是至尊灵魂的一个微小的部分，于是为至尊灵魂做奉爱服务，完全避开物质的作用与反作用。他就这样在最终放弃他的物质躯体，离开物质能量后，作为纯洁的灵魂进入神的王国。

到此为止，结束了巴克提韦丹塔对《圣典博伽瓦谭》第3篇第31章——“主卡皮拉对生物体活动的指导”所作的阐释。

第三十二章

功利性活动的束缚

第 1 节 कपिल उवाच

अथ यो गृहमेधीयान्धर्मानेवावसन् गृहे ।
काममर्थं च धर्मान् स्वान्दोग्धि भूयः पिपर्ति तान् ॥ १ ॥

kapila uvāca
atha yo gṛha-medhīyān
dharmān evāvasan gṛhe
kāmam arthaṁ ca dharmān svān
dogdhi bhūyaḥ piparti tān

kapilaḥ uvāca－主卡皮拉说／atha－现在／yaḥ－……的人／gṛha-medhīyān－居士的／dharmān－职责／eva－肯定地／āvasan－生活／gṛhe－在家里／kāmam－感官满足／artham－经济发展／ca－和／dharmān－宗教仪式／svān－他的／dogdhi－享受／bhūyaḥ－一次又一次／piparti－执行／tān－它们

译文 人格首神说：以居士生活为生活中心的人，通过举行宗教仪式获取物质利益，以满足他想要发展经济和感官享乐的欲望。他一再重复同样的活动。

要旨 过家庭生活的人分两种，一种称为贵哈梅迪(gṛhame-dhī)，另一种称为贵哈斯塔(gṛhastha)。贵哈梅迪的生活目标是感官享乐，而贵哈斯塔的生活目的是觉悟自我。至尊主在这节诗中说的是想要留在物质世界中的贵哈梅迪。这种人要通过举行宗教仪式发展经济，得到物质利益，最终达到感官享乐的目的；除此之外，他没有别的兴趣。这样的人一生辛勤劳作，希望变得富有，可以尽情地吃喝玩乐。他通过从事慈善活动积累功德后，可以在下一生到天堂星球去，但自己并不想终止生死轮回，结束痛苦的物质存在。这样的人被称为贵哈梅迪。

贵哈斯塔虽然与妻子、孩子等家人住在一起，但却不依恋他们。尽管与当和尚或托钵僧相比他更愿意过家庭生活，但他的首要目的是获得自我觉悟，培养奎师那意识。主卡皮拉戴瓦(Kapiladeva)在这节诗中说的不是贵哈斯塔，而是那些想要通过举行祭祀仪式，从事施舍等慈善活动，获得物质成就的贵哈梅迪。他们被置于良好的境况中，因为知道自己在使用积累下的功德，所以不断地从事感官享乐的活动。在《圣典博伽瓦谭》(Śrīmad-Bhāgavatam)中，帕拉德王(Prahlāda Mahārāja)说：他们更喜欢咀嚼已经咀嚼过的东西(punaḥ punaś carvita-carva-ṇānām)。他们的物质生活即使富有、成功，但还是不可避免地再三体验物质痛苦；尽管如此，他们就是不想退出这种生活。

第2节 स चापि भगवद्धर्मात्काममूढः पराङ्मुखः ।
यजते क्रतुभिर्देवान् पितृंश्च श्रद्धयान्वितः ॥२॥

sa cāpi bhagavad-dharmāt
kāma-mūḍhaḥ parāṅ-mukhaḥ
yajate kratubhir devān
pitṝṁś ca śraddhayānvitaḥ

saḥ—他 / ca api—而且 / bhagavat-dharmāt—从奉爱服务 / kāma-mūḍhaḥ—利欲熏心 / parāk-mukhaḥ—把脸转向另一边 / yajate—崇拜 / kratubhiḥ—通过祭祀仪式 / devān—半神人 / pitṝn—祖先 / ca—和 / śraddhayā—以信心 / anvitaḥ—具有

译文 这种人因为太依恋感官享乐，以致失去了做奉爱服务的机会，所以尽管举行各种祭祀，为取悦半神人和祖先而发下重誓，但却对怀着奎师那意识做奉爱服务没兴趣。

要旨　《博伽梵歌》(Bhagavad-gītā)第7章的第20节诗中说：崇拜半神人的人失去了他们的智力(kāmais tais tair hṛta jñānāḥ)。他们太依恋感官享乐，因此崇拜半神人。当然，韦达文献中推荐说：人如果想要得到钱财、健康或教育，就该去崇拜不同的半神人。物质主义者有各种各样的需求，因此世上就有各种各样的半神人可以帮助他满足他的感官。想要继续过富有的物质生活的贵哈梅迪，一般都崇拜半神人或祖先，恭恭敬敬地向他们供奉供品。这种人缺乏奎师那意识，没兴趣为至尊主做奉爱服务。这种所谓虔诚的宗教人士，是非人格神主义理论的产物。非人格神主义者坚持认为：至尊绝对真理没有形象，人可以为了自己的利益而按个人的喜好去想象任何一个形象并加以崇拜。因此，贵哈梅迪——物质主义者说，他们可以把任何一个半神人的形象当至尊主去崇拜。尤其是那些食肉的印度教徒，他们更愿意崇拜卡莉(Kālī)女神，因为经典中说，人可以在那位女神面前献祭山羊。他们坚持认为，崇拜卡莉女神、至尊人格首神维施努(Viṣṇu)或其他任何半神人，所达到的目的都是一样的。这是最荒诞的谬论，这种人被误导了。但他们更喜欢这种哲学。《博伽梵歌》不接受这种谬论，并明确指出，只有失去智力的人才会接受这种理论。这节诗中用“失去理智或利欲熏心(kāma-mūḍha)”一词，确认了《博伽梵歌》中的观点。利欲熏心、失去理智的人缺乏奎师那意识，不想为至尊主做奉爱服务，只沉迷于强烈的感官享乐的欲望中。《博伽梵歌》和《圣典博伽瓦谭》中都谴责崇拜半神人的做法。

第3节　तच्छ्रद्धयाक्रान्तमतिः पितृदेवव्रतः पुमान् ।
गत्वा चान्द्रमसं लोकं सोमपाः पुनरेष्यति ॥ ३ ॥

tac-chraddhayākrānta-matiḥ
pitṛ-deva-vrataḥ pumān
gatvā cāndramasaṁ lokaṁ
soma-pāḥ punar eṣyati

tat一向半神人和祖先 / śraddhayā一敬重地 / ākrānta一征服了 / matiḥ一内心 / pitṛ一向祖先 / deva一向半神人 / vrataḥ一他的誓言 / pumān一那个人 / gatvā一已经去了 / cāndramasam一到月亮 / lokam一星球 / soma-pāḥ一喝着月露 / punaḥ一再次 / eṣyati一会回来

译文 这种物质主义者受感官享乐的吸引，对祖先和半神人忠心耿耿，因此可以被提升到月亮上，在那里喝饮从骚玛植物提取的精华。他们会再次回到这个星球。

要旨 月亮是天堂王国中的一个星球。人要想被提升到月球上去，就必须按照韦达文献中的推荐从事虔诚的活动，这些活动包括按照严格的程序崇拜半神人和祖先、举行不同的祭祀并遵守誓言等。然而，人并不能长时间地留在那里。经典中说，按照半神人的时间计算，月亮上的寿命有一万年。半神人的时间计算是这样的，他们的一天(12个小时)，是地球上的六个月。用人造卫星等物质的交通工具无法到月亮上去，但依恋物质享乐的人可以靠从事虔诚的活动去那里。然而，人即使被提升到月亮上，当他用尽了他靠举行祭祀积累的功德后，也还是不得不再回到这个地球上来。对此，《博伽梵歌》第9章的第21节诗中也确认说：他们就这样享受天堂星球巨大的感官快乐，在耗尽自己虔诚活动的结果后重新回到这个终有一死的星球来(te taṁ bhuktvā svarga-lokaṁ viśālaṁ kṣīṇe puṇye martya-lokaṁ viśanti)。

第4节 यदा चाहीन्द्रशय्यायां शेतेऽनन्तासनो हरिः ।
तदा लोका लयं यान्ति त एते गृहमेधिनाम् ॥ ४ ॥

yadā cāhīndra-śayyāyāṁ
śete 'nantāsano hariḥ
tadā lokā layaṁ yānti
ta ete gṛha-medhinām

yadā—当……时 / ca—和 / ahi-indra—蛇王的 / śayyāyām—在床上 / śete—躺着 / ananta-āsanaḥ—把阿南塔·蛇沙当座床的祂 / hariḥ—主哈尔依 / tadā—于是 / lokāḥ—星球 / layam—分解 / yānti—去 / te ete—那些 / gṛha-medhinām—物质主义居士的

译文　包括月亮等天堂星球在内的物质主义者居住的所有星球，在至尊人格首神哈尔依到祂那称为阿南达·蛇沙的床上睡觉时全部被毁灭。

要旨　迷恋物质享乐的人非常渴望把自己升上月亮等天堂星球。他们向往到许多天堂星球上去，得到长长的寿命和感官享乐的各种设施，以便体验越来越多的物质快乐。但那些依恋物质快乐的人不知道，即使到最高的星球布茹阿玛珞卡(Brahmaloka)上，也还是存在着毁灭。至尊主在《博伽梵歌》中说：人即使去了布茹阿玛珞卡，也还是要面对生老病死的痛苦。只有到达至尊主的住所外琨塔珞卡(Vaikuṇṭhaloka)后，灵魂才不必再回到这个物质世界来投生。然而，物质主义者——贵哈梅迪，不愿意利用这一有利条件。他们宁愿永恒地从一个躯体转入另一个躯体，从一个星球到另一个星球上去，也不想要在神的王国中过永恒、极乐、充满知识的生活。

物质世界的瓦解和毁灭分两种，一种毁灭是在布茹阿玛(Brahmā)的一生结束时发生。那时，所有的星系，包括天堂星系都在水中分解，进入嘎尔博达卡沙依·维施努(Garbhodakaśāyī Viṣṇu)的体内，而祂就躺在横卧于嘎尔博达卡汪洋(Garbhodaka, 孕诞之洋)上的名叫蛇沙(Śeṣa)的蛇床上。另一种毁灭发生在布茹阿玛的白天结束时，所有的低等星系都在那时被毁灭。布茹阿玛夜晚休息过后，便在第二天清晨开始再次创造那些低等星系。这节诗中证实了《博伽梵歌》的声明，即“崇拜半神人的人失去了他们的智力”。这些智力欠佳的人不知道，即使他们被提升到天堂星球，当毁灭时刻到来时，他们自己、半神人和他们所在的星球都将遭毁灭。他们不知道他们可以获得永恒、极乐的生活。

第 5 节 ये स्वधर्मान्न दुह्यन्ति धीराः कामार्थहेतवे ।
निःसङ्गा न्यस्तकर्माणः प्रशान्ताः शुद्धचेतसः ॥ ५ ॥

ye sva-dharmān na duhyanti
dhīrāḥ kāmārtha-hetave
niḥsaṅgā nyasta-karmāṇaḥ
praśāntāḥ śuddha-cetasaḥ

ye－……的人 / sva-dharmān－他们自己的职责 / na－没有 / duhyanti－加以利用 / dhīrāḥ－有智慧的 / kāma－感官满足 / artha－经济发展 / hetave－为了……的目的 / niḥsaṅgāḥ－摆脱对物质的执著 / nyasta－放弃 / karmāṇaḥ－功利性活动 / praśāntāḥ－满足 / śuddha-cetasaḥ－意识纯净的

译文 明智且意识纯净的人，完全满足于为奎师那做奉爱服务。他们不受物质自然属性的影响，不为感官享乐而活动。相反，他们因为有自己要履行的规定职责，所以作为被期待要做事的人去活动。

要旨 这方面的典范是阿尔诸纳(Arjuna)。阿尔诸纳是查锤亚(kṣatriya, 刹帝利)，他的规定职责是打仗。君王们通常是为了扩大自己的疆土而征战，为感官享乐而统治国家。但就阿尔诸纳而言，他不想为自己的感官享乐而作战。他说：与亲戚朋友作战虽然能使他得到王国，但他却不想与他们作战。但是，当他聆听《博伽梵歌》的教导，认清他的职责是取悦奎师那后，他便听从奎师那的命令奋勇作战。因此，他作战并不是为了自己的感官享乐，而是为了取悦至尊人格首神。

谁履行自己的规定职责不是为了感官享乐，而是为了取悦至尊主，谁就被说成是不受物质自然属性的影响(niḥsaṅga)。“放弃功利性活动(nyasta-karmāṇaḥ)”的意思是：把自己的活动结果献给至尊人格首神。这样的人看似是在履行自己责任的层面上活动，但实际上他从事这些活动不是为了个人的感官享乐，而是为了取悦至尊人。这样的奉献者被说成是“心满意足的(praśāntāḥ)”。“以被净化了的意识(śuddha-cetasaḥ)”是指奎师那意识；他们的意识得到了净化。人在意识不纯净时，会以为自己是宇宙之主，但当意识纯净时，就会知道自己是至尊人格首神的永恒仆人。把自己置于至尊主永恒仆人的位置上，永远为祂工作，人就会感到真正的心满意足。人只要还在为自己的感官享乐工作，心中就会一直充满焦虑。那就是普通意识和奎师那意识之间的区别。

第 6 节 निवृत्तिधर्मनिरता निर्ममा निरहङ्कृताः ।
स्वधर्माप्तेन सत्त्वेन परिशुद्धेन चेतसा ॥ ६ ॥

nivṛtti-dharma-niratā
nirmamā nirahaṅkṛtāḥ
sva-dharmāptena sattvena
pariśuddhena cetasā

nivṛtti-dharma－在去除执著的宗教活动中 / niratāḥ－不断地从事 / nirmamāḥ－没有丝毫拥有什么的想法 / nirahaṅkṛtāḥ－没有错误的自我概念 / sva-dharma－以自己规定的职责 / āptena－执行 / sattvena－以善良的 / pariśuddhena－完全净化的 / cetasā－以意识

译文 人通过履行自己的规定职责，不带错误的自我意识，以不执著、不认为自己拥有什么的心态做事，就会凭完全净化了的意识稳处在自我的原本状态中。他靠这样履行所谓的物质责任，很容易就可以进入神的王国。

要旨 这节诗中说："一直不断地从事使人去除执著的宗教活动(nivṛtti-dharma-niratāḥ)"。人们从事的宗教活动分两种，其中一种是：贵哈梅迪为升上更高的星球或赚更多的钱，以便进行感官享乐而从事的宗教活动(pravṛtti-dharma)。到这个物质世界里来的每一个生物，都有当主宰的意愿。这称为感官享乐(pravṛtti)。然而，另一种宗教活动是为至尊人格首神而活动，被称为弃绝(nivṛtti)。怀着奎师那意识做奉爱服务的人，既不声称拥有什么，也没有认为自己是神或主人的错误的概念。他永远认为自己是仆人。那是净化意识的方法。只有意识纯净的人才能进入神的王国。尽管在较高层次上的物质主义者，能够进入这个物质世界里的任何一个星球，但所有这些星球都再三地遭到毁灭。

第 7 节 सूर्यद्वारेण ते यान्ति पुरुषं विश्वतोमुखम् ।
परावरेशं प्रकृतिमस्योत्पत्त्यन्तभावनम् ॥ ७ ॥

sūrya-dvāreṇa te yānti
puruṣaṁ viśvato-mukham
parāvareśaṁ prakṛtim
asyotpatty-anta-bhāvanam

sūrya-dvāreṇa—通过光明之途 / te—他们 / yānti—接近 / puruṣam—人格首神 / viśvataḥ-mukham—面向四面八方的 / para-avara-īśam—物质世界和灵性世界的拥有者 / prakṛtim—物质原因 / asya—世界的 / utpatti—展示的 / anta—毁灭的 / bhāvanam—根源

译文 这样走过光明之途的解脱之人，靠近完美的人格首神。人格首神是物质和灵性世界的拥有者，以及展示和毁灭物质世界的最高原因。

要旨 诗中说"光明之途或太阳星球(sūrya-dvāreṇa)"，这光明之途是奉爱服务。韦达经(Vedas)中劝告人们不要走黑暗之途，而要走被太阳照亮的光明之途。这节诗中告诫说，走光明之途的可以清除物质自然属性的污染，可以进入至善至美的人格首神所居住的王国。“那个面向四面八方的人格首神(puruṣaṁ viśvato-mukham)”是指绝对完美的至尊人格首神。除至尊人格首神之外的所有生物都极为渺小，尽管按我们的推测他们也许很大。正因为如此，韦达经中称至尊主是所有永恒者中至尊的永恒者。祂是物质世界和灵性世界的拥有者，是一切展示的至高原因。物质自然只不过是原材料，真正的展示是由祂的能量引起的。物质能量也是祂的能量；正如父亲和母亲结合是孩子降生的原因，物质能量和至尊人格首神的瞥视相结合，是物质世界展示的原因。因此，有效原因不是物质，而是至尊主本人。

第8节　द्विपरार्धावसाने यः प्रलयो ब्रह्मणस्तु ते ।
तावदध्यासते लोकं परस्य परचिन्तकाः ॥ ८ ॥

dvi-parārdhāvasāne yaḥ
pralayo brahmaṇas tu te
tāvad adhyāsate lokaṁ
parasya para-cintakāḥ

dvi-parārdha—布茹阿玛的两个五十年 / avasāne—在……结束时 / yaḥ—……的 / pralayaḥ—死亡 / brahmaṇaḥ—主布茹阿玛的 / tu—实际上 / te—他们 / tāvat—如此长 / adhyāsate—居住 / lokam—在……的星球上 / parasya—至尊的 / para-cintakāḥ—想着至尊人格首神

译文　崇拜人格首神的黑冉亚嘎尔博扩展的人，留在这个物质世界中直到主布茹阿玛也死亡——布茹阿玛的两个五十年结束时。

要旨　物质世界的毁灭有两种，一种发生在布茹阿玛的白天结束时，另一种发生在布茹阿玛的一生结束时。布茹阿玛在他的两个五十年(parārdha)结束时死去。那时，整个物质宇宙都瓦解了。崇拜至尊人格首神嘎尔博达卡沙依·维施努的完整扩展黑冉亚嘎尔博(Hiraṇyagarbha)的人，不会直接到住在外琨塔的至尊人格首神身边去。他们留在这个宇宙中的萨提亚星球(Satyaloka)或其他高等星球上，直到布茹阿玛的一生结束时。那时，他们就会与布茹阿玛一起升上灵性王国。

诗中说“永远想着至尊人格首神(parasya para-cintakāḥ)”或“永远保持奎师那意识”。当我们说到奎师那时，是指整个维施努范畴(viṣṇu-tattva)。奎师那有玛哈·维施努(Mahā-Viṣṇu)、嘎尔博达卡沙依·维施努和祺柔达卡沙依·维施努(Kṣīrodakaśāyī Viṣṇu)这三个主宰(puruṣa)化身，以及所有其他的化身。对此，《布茹阿玛·萨密塔》(Brahma-saṁhitā)中证实说：主奎师那永恒地扩展出茹阿玛(Rāma)、尼尔星哈(Nṛsiṁha)、瓦玛纳(Vāmana)、玛杜苏丹(Madhusūdana)、维施努和纳茹阿亚纳(Nārāyaṇa)等许多扩展。祂永恒地与祂的完整扩展及扩展的扩展同在，而祂们都与至尊人格首神本人一样。诗中提到“充满奎师那意识的人(parasya para-cintakāḥ)”。这样的人直接进入神的王国外琨塔星球；或者，如果他们崇拜嘎尔博达卡沙依·维施努的完整扩展，他们就留在这个宇宙中直到它瓦解后再进入神的王国。

第 9 节 क्ष्माम्भोऽनलानिलवियन्मनइन्द्रियार्थ-
भूतादिभिः परिवृतं प्रतिसञ्जिहीर्षुः ।
अव्याकृतं विशति यर्हि गुणत्रयात्मा
कालं पराख्यमनुभूय परः स्वयम्भूः ॥९॥

kṣmāmbho-'nalānila-viyan-mana-indriyārtha-
bhūtādibhiḥ parivṛtaṁ pratisañjihīrṣuḥ
avyākṛtaṁ viśati yarhi guṇa-trayātmā
kālaṁ parākhyam anubhūya paraḥ svayambhūḥ

kṣmā—土 / ambhaḥ—水 / anala—火 / anila—气 / viyat—空间 / manaḥ—思想 / indriya—感官 / artha—感知的对象 / bhūta—自我 / ādibhiḥ—等等 / parivṛtam—被……覆盖 / pratisañjihīrṣuḥ—想要分解 / avyākṛtam—不变的灵性天空 / viśati—他进入 / yarhi—在那时刻 / guṇa-traya-ātmā—由三种属性组成 / kālam—时间 / para-ākhyam—布茹阿玛的两个五十年 / anubhūya—在体验后 / paraḥ—领袖 / svayambhūḥ—主布茹阿玛

译文　主布茹阿玛在物质自然三种属性的展示中度过他的一生后，决定关闭由土层、水层、气层、火层、空间层、心智层和假我层覆盖的物质宇宙，回到首神身边。

要旨　这节诗中"不变的灵性天空(avyākṛtam)"一词十分重要。《博伽梵歌》中用"永恒的(sanātana)"一词表达同一个意思。这个物质世界变化无常(vyākṛta)，终将瓦解。但在这个物质世界瓦解后，展示着的灵性世界(sanātana-dhāma)依然存在。灵性世界是不变的(avyākṛta)，至尊人格首神就住在那里。主布茹阿玛在时间的影响下管理物质世界后，想要毁灭它，进入神的王国，其他解脱的灵魂也随他一起进入那里。

第 10 节　एवं परेत्य भगवन्तमनुप्रविष्टा
ये योगिनो जितमरुन्मनसो विरागाः ।
तेनैव साकममृतं पुरुषं पुराणं
ब्रह्म प्रधानमुपयान्त्यगताभिमानाः ॥१०॥

evaṁ paretya bhagavantam anupraviṣṭā
ye yogino jita-marun-manaso virāgāḥ
tenaiva sākam amṛtaṁ puruṣaṁ purāṇaṁ
brahma pradhānam upayānty agatābhimānāḥ

evam—如此 / paretya—去到很远的地方 / bhagavantam—主布茹阿玛 / anupraviṣṭāḥ—进入 / ye—……的那些人 / yoginaḥ—瑜伽师 / jita—控制住了 / marut—呼吸 / manasaḥ—内心 / virāgāḥ—不执著 / tena—与主布茹阿玛 / eva—实际上 / sākam——起 / amṛtam—极乐的人格化身 / puruṣam—向人格首神 / purāṇam—最年老的 / brahma pradhānam—至尊梵 / upayānti—他们去 / agata—没有去 / abhimānāḥ—假我……的他们

译文 靠练习控制呼吸和心而变得不再留恋这个物质世界的瑜伽师，到达离这个星球极为遥远的布茹阿玛星球。他们丢弃自己的躯体后，进入主布茹阿玛的躯体。因此，当布茹阿玛解脱，到至尊人格首神——至尊梵那里去时，这样的瑜伽师也进入神的王国。

要旨 瑜伽师(yogī)成功地完成他们的瑜伽修炼后，可以进入最高的星球布茹阿玛珞卡——萨提亚珞卡，并在放弃他们的物质躯体后得以进入主布茹阿玛的身体。由于他们不是至尊主直接的奉献者，他们无法直接得到解脱，必须等到布茹阿玛获得解脱时，才跟着解脱。很清楚，生物只要崇拜某个半神人，他的思想就会专注地去想那个半神人，因此既无法直接得到解脱，进入神的王国，也无法融入至尊人格首神放射的不具人格特征的梵光中。这样的瑜伽师，或是半神人的崇拜者，在创造再次进行时有可能再次投生于物质世界。

第 11 节 अथ तं सर्वभूतानां हृत्पद्मेषु कृतालयम् ।
श्रुतानुभावं शरणं व्रज भावेन भामिनि ॥११॥

atha taṁ sarva-bhūtānāṁ
hṛt-padmeṣu kṛtālayam
śrutānubhāvaṁ śaraṇaṁ
vraja bhāvena bhāmini

atha—因此 / tam—至尊人格首神 / sarva-bhūtānām—所有生物体的 / hṛt-padmeṣu—在莲花般的心中 / kṛta-ālayam—居住 / śruta-anubhāvam—你已经听说过祂的荣耀 / śaraṇam—向庇护所 / vraja—去 / bhāvena—以奉爱服务 / bhāmini—亲爱的母亲啊

译文　所以，我亲爱的母亲，靠做奉爱服务直接托庇于处在每一个生物体心中的至尊人格首神吧。

要旨　满怀奎师那意识的人可以获得直接与至尊人格首神接触的机会，恢复自己与祂原本的关系，那关系也许是视祂为爱侣的关系，视祂为超灵的关系，视祂为儿子的关系，视祂为朋友的关系，也许是视祂为主人的关系。人可以与至尊主以那么多种方式重建超然的爱的关系，而那种爱的感觉是真正成为一体的感觉。假象宗(Māyāvādī)哲学家的一体观，不同于外士纳瓦(Vaiṣṇava)哲学家的一体观。假象宗哲学家和外士纳瓦哲学家都想与至尊者合一，但外士纳瓦不要失去他们的个体性。他们想要保持他们作为至尊主的爱人、父母、朋友或仆人的身份。

在超然的世界里，仆人和主人处在同一个层面上。那是绝对的层面。尽管关系是仆人和主人的关系，但仆人与被侍奉者处在同一个层面上。那就是一体性、同一性。主卡皮拉(Kapila)建议祂母亲不必采用间接的方式。她已经走在直接通向灵性世界的路途上了，因为至尊主当了她的儿子。事实上，她已经处在完美的阶段，并不需要进一步的教导。卡皮拉戴瓦建议她以同样的方式继续做下去。正因为如此，祂称祂母亲为“亲爱的母亲(bhāmini)”，以表明她已经把至尊主视为自己的儿子了。主卡皮拉建议黛瓦瑚缇(Devahūti)直接做奉爱服务，增强奎师那意识，因为没有奎师那意识的人无法摆脱玛亚(māyā)的钳制。

第 12－15 节 आद्यः स्थिरचराणां यो वेदगर्भः सहर्षिभिः ।
योगेश्वरैः कुमाराद्यैः सिद्धैर्योगप्रवर्तकैः ॥१२॥
भेददृष्ट्याभिमानेन निःसङ्गेनापि कर्मणा ।
कर्तृत्वात्सगुणं ब्रह्म पुरुषं पुरुषर्षभम् ॥१३॥
स संसृत्य पुनः काले कालेनेश्वरमूर्तिना ।
जाते गुणव्यतिकरे यथापूर्वं प्रजायते ॥१४॥
ऐश्वर्यं पारमेष्ठ्यं च तेऽपि धर्मविनिर्मितम् ।
निषेव्य पुनरायान्ति गुणव्यतिकरे सति ॥१५॥

ādyaḥ sthira-carāṇāṁ yo
veda-garbhaḥ saharṣibhiḥ
yogeśvaraiḥ kumārādyaiḥ
siddhair yoga-pravartakaiḥ

bheda-dṛṣṭyābhimānena
niḥsaṅgenāpi karmaṇā
kartṛtvāt saguṇaṁ brahma
puruṣaṁ puruṣarṣabham

sa saṁsṛtya punaḥ kāle
kāleneśvara-mūrtinā
jāte guṇa-vyatikare
yathā-pūrvaṁ prajāyate

aiśvaryaṁ pārameṣṭhyaṁ ca
te 'pi dharma-vinirmitam
niṣevya punar āyānti
guṇa-vyatikare sati

ādyaḥ－创造者布茹阿玛 / sthira-carāṇām－动与不动的展示的 / yaḥ－……的他 / veda-garbhaḥ－韦达知识的宝库 / saha－以及 / ṛṣibhiḥ－圣人们 / yoga-īśvaraiḥ－与伟大的神秘瑜伽师 / kumāra-ādyaiḥ－库玛尔兄弟及其他人 / siddhaiḥ－和完美的生物 / yoga-pravartakaiḥ－瑜伽系统的创立者 / bheda-dṛṣṭyā－因为独立的心态 / abhimānena－因为误

解 / niḥsaṅgena一不带功利性的 / api一虽然 / karmaṇā一通过他们的活动 / kartṛtvāt一从当活动者的感觉 / sa-guṇam一拥有灵性的品质 / brahma一梵 / puruṣam一人格首神 / puruṣa-ṛṣabham一第一位主宰化身 / saḥ一他 / saṁsṛtya一已经达到 / punaḥ一再次 / kāle一在那时 / kālena一由时间 / īśvara-mūrtinā一至尊主的展示 / jāte guṇa-vyatikare一当三种属性相互作用时 / yathā一好像 / pūrvam一之前的 / prajāyate一出生 / aiśvaryam一财富 / pārameṣṭhyam一王室的 / ca一和 / te一圣人们 / api一也 / dharma一被他们的虔诚活动 / vinirmitam一产生 / niṣevya一享受了 / punaḥ一再次 / āyānti一他们返回 / guṇa-vyatikare sati一当三种属性相互作用时

译文 亲爱的母亲，有人也许怀着某种私人动机崇拜至尊人格首神，但就连主布茹阿玛那样的半神人、萨纳特·库玛尔那样伟大的圣人，以及玛瑞祺那样伟大的牟尼，都必须在创造时再次回到物质世界。当物质自然三种属性开始相互作用时，这个宇宙展示的创造者及满载韦达知识的布茹阿玛，以及作为灵性路途和瑜伽体系之权威人士的大圣人们，都在时间因素的影响下回到这个宇宙。他们靠从事非功利性活动得到解脱，到第一位主宰化身那里，但创造时又以同样的形象回来，担任同样的职务，从事同样的活动。

要旨 众所周知，布茹阿玛本人会得到解脱，但他无法使他的奉献者获得自由。主布茹阿玛和希瓦(Śiva)等半神人无法赐予任何生物以解脱。《博伽梵歌》中证实说，只有投靠、服从至尊人格首神奎师那的人才能摆脱玛亚的钳制。这节诗中称布茹阿玛是“动与不动的展示的创造者(ādyaḥ sthira-carāṇām)”。他是第一位被创造的生物体；他诞生后便创造了宇宙内的一切展示。就有关如何创造的问题，至尊主给予了他所有的教导。这节诗中把他称为“韦达知识的宝库(veda-garbha)”，以指他完全了解韦达经的目的。他总是由玛瑞祺(Marīci)、喀夏帕(Kaśyapa)和七位圣人等伟大的人物，以及伟大的神秘瑜伽师、库玛尔(Kumāra)四兄弟和其他许多灵性上非常进步的生物体陪伴着，但他有自己的、不符合至尊主愿望的兴趣。“因为独立的心态(bheda-dṛṣṭyā)”一句是指，布茹阿玛有时认为自己独立于至尊主而存在，或者认为自己是三位平等的独立化身中的一位。布茹阿玛被指派负责创造；维施努负责维系；主希瓦——茹铎(Rudra)负责毁灭。他们三位是至尊主负责掌管物质自然三种属性的化身，但没有一位可以独立于至尊人格首神而存在。这节诗中之所以用“因为独立的心态”一句，是因为布茹阿玛有一点点爱把自己想成是“与茹铎一样独立的”倾向。布茹阿玛有时认为自己独立于至尊主而存在，他的崇拜者也认为他是独立的。正因为如此，在这个物质世界毁灭后，当再次要通过物质自然属性的相互作用创造时，布茹阿玛便再回来。布茹阿玛虽然到了至尊人格首神的第一位主宰化身、充满了超然品质的玛哈·维施努那里，但却不能在灵性世界中停留。

我们要注意的是，布茹阿玛再回到物质世界的特殊意义。布茹阿玛、伟大的圣人及瑜伽的非凡主人(希瓦)，都不是普通的生物体；他们非常强大有力，具有神秘瑜伽的一切神通。但由于他们还是有想要变得与至尊者一样的意向，他们就必须再回来。《圣典博伽瓦谭》中说：人只要认为自己与至尊人格首神平等，他就没有得到彻底的净化，没有完整的知识。尽管他们这样的人物在这个物质创造瓦解后上升到主宰化身玛哈·维施努那里，他们还是会再次降回到物质创造中来。

非人格神主义者认为至尊主在这个物质世界显现时进入一个物质躯体，因此人不该冥想至尊者的形象，而应该冥想无形无象。这是他们犯的一个巨大的错误。由于这个错误，就连伟大的神秘瑜伽师或坚定的超然主义者也不得不在创造时再次回到这个物质世界来。除了非人格神主义者和一元论者，所有其他的生物体都可以直接采用满怀奎师那意识做奉爱服务的方法，通过培养对至尊人格首神超然的爱获得解脱。这样的奉爱服务可以发展到把至尊主视为主人、朋友、儿子，最后是爱人的程度。超然的多样化中必然存在着这些区别。

第 16 节 ये त्विहासक्तमनसः कर्मसु श्रद्धयान्विताः ।
कुर्वन्त्यप्रतिषिद्धानि नित्यान्यपि च कृत्स्नशः ॥१६॥

ye tv ihāsakta-manasaḥ
karmasu śraddhayānvitāḥ
kurvanty apratiṣiddhāni
nityāny api ca kṛtsnaśaḥ

ye—……的人 / tu—但是 / iha—在这个世界中 / āsakta—上瘾 / manasaḥ—心……的人 / karmasu—向功利性活动 / śraddhayā—怀着信心 / anvitāḥ—具有 / kurvanti—执行 / apratiṣiddhāni—执著于结果 / nityāni—规定的职责 / api—肯定地 / ca—和 / kṛtsnaśaḥ—再三地

译文 太依恋这个物质世界的人信心十足、非常出色地履行他们的规定职责。他们怀着对功利性结果的执著心，每日履行所有这些规定职责。

要旨 《圣典博伽瓦谭》的这节诗和接下来的六节诗中，批评了太依恋物质的人。韦达经典中嘱咐那些依恋物质享乐的人说，要献祭、要举行特定的仪式。他们必须在日常生活中遵守一定的规范守则，以便能升上天堂星球。这节诗中说：这种人永远无法获得解脱。就连在认为“每一个半神人都是独立的神”的情况下崇拜半神人的人，都无法升上灵性世界，更不要说那些只是为了改善自己的物质处境而履行职责的人了。

第 17 节 रजसा कुण्ठमनसः कामात्मानोऽजितेन्द्रियाः ।
पितॄन् यजन्त्यनुदिनं गृहेष्वभिरताशयाः ॥१७॥

rajasā kuṇṭha-manasaḥ
kāmātmāno 'jitendriyāḥ
pitṝn yajanty anudinaṁ
gṛheṣv abhiratāśayāḥ

rajasā—受激情属性影响 / kuṇṭha—充满焦虑 / manasaḥ—他们的内心 / kāma-ātmānaḥ—渴望得到感官满足 / ajita—不受控制的 / indriyāḥ—他们的感官 / pitṝn—祖先 / yajanti—他们崇拜 / anudinam—每一天 / gṛheṣu—在家庭生活中 / abhirata—从事 / āśayāḥ—他们的思想

译文 这种受物质自然激情属性驱使的人，内心充满焦虑；不受控制的感官总是刺激他，使他渴望感官享乐。他们崇拜祖先，为改善他们的家庭、社会或国家的经济情况而日以继夜地工作。

第 18 节 त्रैवर्गिकास्ते पुरुषा विमुखा हरिमेधसः ।
कथायां कथनीयोरुविक्रमस्य मधुद्विषः ॥१८॥

trai-vargikās te puruṣā
vimukhā hari-medhasaḥ
kathāyāṁ kathanīyoru-
vikramasya madhudviṣaḥ

trai-vargikāḥ—对三种提升的方法感兴趣 / te—那些 / puruṣāḥ—人们 / vimukhāḥ—不感兴趣 / hari-medhasaḥ—主哈尔依的 / kathāyām—对……的娱乐活动 / kathanīya—值得歌颂的 / uru-vikramasya—伟大力量的 / madhu-dviṣaḥ—杀死恶魔玛杜的人

译文 这种人因为对三种提升方法感兴趣，所以被称为揣·瓦尔哥依卡。他们讨厌可以解救受制约灵魂的至尊人格首神。至尊人格首神具有超然的力量，祂的娱乐活动值得聆听，但他们却毫无兴趣。

要旨 按照韦达经典的说法，人类社会有四种提升的主要活动，它们分别是：宗教信仰、经济发展、感官享乐和解脱。只对物质享乐感兴趣的人，制订计划履行规定职责。他们对宗教仪式、发展境界和感官享乐这三种活动感兴趣。通过发展经济，他们可以享受物质生活。所以，物质主义者对那三种被称为揣·瓦尔哥依卡(trai-vargika)的提升方法感兴趣。梵文“揣(trai)”的意思是“三”，“瓦尔哥依卡(vargika)”的意思是“提升的方法”。这样的物质主义者永远都不会受至尊人格首神的吸引，相反对祂充满敌意。

这节诗中说至尊人格首神是“可以把人救出生死轮回的祂(hari-medhaḥ)”。物质主义者从没有兴趣聆听至尊主从事的非凡的娱乐活动。他们认为那些都是小说、故事，认为至尊首神也是受物质自然控制的人。他们不适合通过做奉爱服务或培养奎师那意识取得进步，这种物质主义者只对报纸虚构的故事、小说和剧本感兴趣。《博伽梵歌》和《圣典博伽瓦谭》中满载对有关主奎师那在库茹柴陀(Kurukṣetra)战场上的作为，潘达瓦五兄弟的活动，以及至尊主在温达文(Vṛndāvana)或杜瓦尔卡(Dvārakā)的活动等的描述。但忙于提升自己在物质世界中的地位的物质主义者，却对至尊主的这些活动不感兴趣。他们对这个世界里的大政治家或有钱人的活动感兴趣，但却对至尊主的超然活动没兴趣。

第 19 节 नूनं दैवेन विहता ये चाच्युतकथासुधाम् ।
हित्वा शृण्वन्त्यसद्गाथाः पुरीषमिव विड्भुजः ॥१९॥

nūnaṁ daivena vihatā
ye cācyuta-kathā-sudhām
hitvā śṛṇvanty asad-gāthāḥ
purīṣam iva viḍ-bhujaḥ

nūnam—肯定地 / daivena—在至尊主的命令下 / vihatāḥ—受到谴

责 / ye—……的人 / ca—也 / acyuta—永不坠落的至尊主的 / kathā—史实 / sudhām—甘露 / hitvā—已经放弃 / śṛṇvanti—他们聆听 / asat-gāthāḥ—物质主义者的故事 / purīṣam—粪便 / iva—就像 / viṭ-bhujaḥ—吃粪便者(猪)

译文 按照至尊主制定的至高无上的法律，这种人应受到谴责。由于他们讨厌至尊人格首神活动的甘露，他们被比作是吃粪便的猪。他们拒绝聆听至尊主的超然活动，却喜欢去听物质主义者从事的可恶活动。

要旨 所有的人都喜欢听其他人的活动，不管是政治家、有钱人或小说里编造的人物的活动，都听得津津有味。市场上有那么多荒谬的文学作品和思辨哲学的书籍。物质主义者很喜欢阅读那些作品，但却对《圣典博伽瓦谭》、《博伽梵歌》、《维施努往世书》(Viṣṇu Purāṇa)，以及《圣经》和《可兰经》等真正的知识典籍不感兴趣。至尊主谴责这些人就像是猪一样。猪喜欢吃粪便。如果给猪吃一些用浓缩的牛奶或纯净黄油制成的美食，它会表示兴趣不大；它更喜欢吃令人恶心、味道难闻的粪便，认为那更美味。物质主义者被认为是受到诅咒的、不幸的，因为他们对可憎的活动感兴趣，但却对超然的活动没兴趣。有关至尊主活动的信息是甘露；除了那些信息，我们有可能感兴趣的其他任何信息其实都是可憎的。

第 20 节 दक्षिणेन पथार्यम्णः पितृलोकं व्रजन्ति ते ।
प्रजामनु प्रजायन्ते श्मशानान्तक्रियाकृतः ॥२०॥

dakṣiṇena pathāryamṇaḥ
pitṛ-lokaṁ vrajanti te
prajām anu prajāyante
śmaśānānta-kriyā-kṛtaḥ

dakṣiṇena－南方的 / pathā－沿着……的途径 / aryamṇaḥ－太阳的 / pitṛ-lokam－到琵垂珞卡 / vrajanti－去 / te－他们 / prajām－他们的家人 / anu－以及 / prajāyante－他们出生 / śmaśāna－火葬场 / anta－最终 / kriyā－功利性活动 / kṛtaḥ－执行

译文　这种物质主义者虽然被允许沿着太阳在南方运行的途径，到被称为琵垂珞卡的祖先星球去，但还得回到这个星球来，投生在他自己的家族中，再次开始用毕生的时间从事同样的功利性活动。

要旨　《博伽梵歌》第9章的第21节诗中说，这样的人提升到高等星系上去。他们在那里一旦消耗完他们积累的功利性活动的结果，就不得不再回到这个星球；就这样上去又下来。被提升到高等星球上的那些人再次回到他们恋恋不舍的家中来，经历出生，毕生从事功利性活动，再次面对死亡。从出生到死亡有各种规定要举行的仪式，他们对这些活动极为热衷。

第21节　ततस्ते क्षीणसुकृताः पुनर्लोकमिमं सति ।
पतन्ति विवशा देवैः सद्यो विभ्रंशितोदयाः ॥२१॥

tatas te kṣīṇa-sukṛtāḥ
punar lokam imaṁ sati
patanti vivaśā devaiḥ
sadyo vibhraṁśitodayāḥ

tataḥ－之后 / te－他们 / kṣīṇa－疲惫的 / su-kṛtāḥ－他们虔诚活动的结果 / punaḥ－再次 / lokam imam－到这个星球 / sati－高洁的母亲啊 / patanti－坠落 / vivaśāḥ－无助的 / devaiḥ－由更高的安排 / sadyaḥ－突然的 / vibhraṁśita－导致堕落 / udayāḥ－他们的繁荣

译文 他们耗尽他们虔诚活动的结果后，便在更高的安排下坠落，再次回到这个星球，就像升上高位的人有时突然被降级一样。

要旨 我们有时看到，被升上政府高位的人突然地位一落千丈，没人能阻止这种事情的发生。同样的道理，极感兴趣被提升到高等星球的愚蠢之人，在那里结束他们享受的时间后，坠回这个星球。奉献者的崇高地位与执著于功利性活动的普通人被升上的地位不同，区别在于：奉献者被提升到灵性王国后再也不坠落，而普通人即使被提升到最高的星球布茹阿玛珞卡上，也还是会坠落下来。《博伽梵歌》中证实说：人即使被提升到高等星球上，也还得再回来(ābrahma-bhuvanāl lokāḥ)。但奎师那在《博伽梵歌》第8章的第16节诗中确认说：到达我的住所的人，永远不再回到这个物质存在中过受制约的生活(mām upetya tu kaunteya punar janma na vidyate)。

第22节 तस्मात्त्वं सर्वभावेन भजस्व परमेष्ठिनम् ।
तद्गुणाश्रयया भक्त्या भजनीयपदाम्बुजम् ॥२२॥

tasmāt tvaṁ sarva-bhāvena
bhajasva parameṣṭhinam
tad-guṇāśrayayā bhaktyā
bhajanīya-padāmbujam

tasmāt—因此 / tvam—您(黛瓦瑚缇) / sarva-bhāvena—怀着心醉神迷的爱 / bhajasva—崇拜 / parameṣṭhinam—至尊人格首神 / tat-guṇa—至尊主的品质 / āśrayayā—与……相连 / bhaktyā—通过奉爱服务 / bhajanīya—值得崇拜的 / pada-ambujam—莲花足……的他

译文 亲爱的母亲，因此我建议你托庇于至尊人格首神，因为祂的莲花足是值得崇拜的。请满怀奉献和爱的情感接受这建议，因为这可以使您全神贯注地做奉爱服务。

要旨　梵文“至尊人格首神(parameṣṭhinam)”一词，有时被用来形容布茹阿玛，其中parameṣṭhī的意思是“至尊人”。布茹阿玛是这个宇宙中地位最高的人，奎师那是包括灵性世界和物质世界在内的整个创造中地位最高的人物。主卡皮拉戴瓦建议祂母亲应该托庇于至尊人格首神奎师那的莲花足，因为这么做才有真实的价值。这节诗中并没有建议人要托庇于半神人，哪怕是站在这个宇宙中最高地位上的半神人布茹阿玛和希瓦。人应该托庇于至尊首神。

诗中说“在爱的心醉神迷状态中(sarva-bhāvena)”，其中巴瓦(bhāva)是对首神纯粹的爱的初级阶段。《博伽梵歌》第10章的第8节诗中说：达到巴瓦阶段的人能够崇拜主奎师那的莲花足(budhā bhāva-samanvitāḥ)。主卡皮拉在这节诗中也这样建议祂母亲。诗中“通过做奉爱服务与至尊主的品质相连(tad-guṇāśrayayā bhaktyā)”一句也很重要，说明奉爱服务是超然的，不是物质性的活动。对此，《博伽梵歌》中确认说：做奉爱服务的人立刻处在超然的王国中(brahma-bhūyāya kalpate)。

对人类来说，满怀奎师那意识做奉爱服务，是达到生命最完美境界的唯一方法。这是主卡皮拉在此给祂母亲的建议。奉爱(bhakti)不沾染丝毫的物质属性(nirguṇa)。尽管做奉爱服务表面上看像是物质活动，但它永远不受物质属性的污染(saguṇa)。“与至尊主的品质有关(tad-guṇāśrayayā)”一句是指，奎师那的超然品质是如此出众，根本不必再把注意力转向其他活动。祂对待奉献者的方式是如此令人幸福，以致奉献者根本不会再把崇拜的注意力转向其他人。据经典记载，恶魔菩坦娜到奎师那面前想要毒死祂，但奎师那因为很高兴地吸吮她的乳房，便恩准她当祂的母亲。正因为如此，奉献者祈祷说：如果想要杀死奎师那的恶魔都能得到这么崇高的地位，他们为什么还要转移情感，去崇拜其他人物呢？宗教活动分两类，一类是为取得物质进步而从事，一类是为取得灵性进步而从事。既然托庇于奎师那的莲花足能使人取得物质和灵性两方面的成就，人为什么还要去崇拜半神人呢？

第 23 节 वासुदेवे भगवति भक्तियोगः प्रयोजितः ।
जनयत्याशु वैराग्यं ज्ञानं यद् ब्रह्मदर्शनम् ॥२३॥

vāsudeve bhagavati
bhakti-yogaḥ prayojitaḥ
janayaty āśu vairāgyaṁ
jñānaṁ yad brahma-darśanam

vāsudeve—向奎师那 / bhagavati—人格首神 / bhakti-yogaḥ—奉爱服务 / prayojitaḥ—履行的 / janayati—产生 / āśu—很快 / vairāgyam—不执著 / jñānam—知识 / yat—……的 / brahma-darśanam—觉悟自我

译文 怀着奎师那意识从事活动，专心为奎师那做奉爱服务，就可以在知识、超脱及觉悟自我方面取得进步。

要旨 智力欠佳的人说：奉爱瑜伽(bhakti-yoga)——奉爱服务，是专让那些在超然知识和弃绝领域不进步的人练的。但事实却是：人如果满怀奎师那意识为至尊主做奉爱服务，就不必额外去练习超脱或等待超然知识的觉醒。经典中说，坚持不懈地为至尊主做奉爱服务的人，自然而然就会培养起半神人所具有的一切美好品质。人无法查明这些美好的品质究竟是如何在奉献者身上发展起来的，但事情就这样发生了。曾经有一个猎人以杀动物为乐，但他成为奉献者后甚至不忍心杀蚂蚁。这是奉献者所具有的品质。

极为渴望在超然知识领域取得进步的人，可以直接做纯粹的奉爱服务，而不必浪费时间去进行心智思辨。这节诗中的“觉悟自我(brahma-darśanam)”一词极为重要，以说明就有关绝对真理的知识得出积极的结论。“觉悟自我”的意思是了解神的超然存在。为华苏戴瓦(Vāsudeva)服务的人，能真正认为到什么是布茹阿曼(Brahman，梵)。如果梵不具人格特征，就不存在“面对面看见(darśanam)”的问题了。“面对面看见”是指看到至尊人格首神华苏戴瓦。除非观看者和被看者都是人，否则没有“面对面看到”的说法。“觉悟自我——

面对面地看到布茹阿曼(brahma-darśanam)”的意思是，人一旦看到至尊人格首神，就能立刻觉悟什么是不具人格特征的梵。奉献者没必要为了了解梵的本质去做额外的调查研究工作。对此，《博伽梵歌》中也证实说：面对绝对真理，奉献者立刻成为觉悟了自我的灵魂(brahmabhūyāya kalpate)。

第 24 节　**यदास्य चित्तमर्थेषु समेष्विन्द्रियवृत्तिभिः ।**
न विगृह्णाति वैषम्यं प्रियमप्रियमित्युत ॥२४॥

yadāsya cittam artheṣu
samеṣv indriya-vṛttibhiḥ
na vigṛhṇāti vaiṣamyaṁ
priyam apriyam ity uta

yadā—当……时 / asya—奉献者的 / cittam—心 / artheṣu—在感官对象中 / sameṣu—同样的 / indriya-vṛttibhiḥ—由感官的活动 / na—不 / vigṛhṇāti—感知到 / vaiṣamyam—不同的 / priyam—愉快的 / apriyam—不愉快的 / iti—那时 / uta—肯定地

译文　崇高的奉献者的心，在用感官时是平静的，他超越愉快或不愉快等相对性。

要旨　灵性上高度进步的奉献者身上会展现出有高度的超然知识以及不受物质吸引的重要特征。他做事不是为了他个人的感官享乐，所以对他来说没有什么是令人愉快的或令人不快的。他无论做什么，想什么，都是为了取悦人格首神。无论是在灵性世界还是在物质世界，他的心都是完全平静的。他明白：在物质世界里没有什么是好的；由于一切都受到物质自然属性的污染，一切都是不好的。物质主义者得出的好与坏、道德与不道德等的结论，都只不过是心中杜撰的概念或感情用事。事实上，物质世界里没有什么是好的；而在灵性的领域中，一切都绝对的好。灵性的多样化中没有缺陷。奉献者因为用灵性的眼光看待一切，他的心是平静的；那是他上升到超然层面的征象。他自然而然就达到了超脱(vairāgya)的境界，获得了知识(jñāna)，然后是真正超然的知识。结论是：进步的奉献者全神贯注于至尊主的超然品质，从这个意义上说，他在质上与至尊人格首神一样。

第 25 节 स तदैवात्मनात्मानं निःसङ्गं समदर्शनम् ।
हेयोपादेयरहितमारूढं पदमीक्षते ॥२५॥

sa tadaivātmanātmānaṁ
niḥsaṅgaṁ sama-darśanam
heyopādeya-rahitam
ārūḍhaṁ padam īkṣate

saḥ—纯粹的奉献者 / tadā—接着 / eva—肯定地 / ātmanā—由他的超然智慧 / ātmānam—他自己 / niḥsaṅgam—没有物质的依恋 / sama-darśanam—平等地看待 / heya—被拒绝的 / upādeya—可接受的 / rahitam—毫无 / ārūḍham—提升了 / padam—到超然的处境 / īkṣate—他看到

译文 纯粹的奉献者因为具有超然的智慧，所以平等看待一切，而且看到自我不受物质污染。他看任何事物都没有高低之分；他因为认识到自己在质上与至尊人平等而上升到超然的层面。

要旨 不愉快的感觉产生于执著。奉献者没有任何个人的执著，因此没有愉快或不愉快的问题。他接受能为至尊主服务的任何事物，尽管那对他个人来说也许是不愉快的体验。事实上，他完全不考虑个人的利益和兴趣；所以，只要是至尊主感到愉快，他就感到愉快。例如，阿尔诸纳一开始不同意打仗，但当他明白是至尊主希望打那场仗时，他就愉快地接受了打仗的任务。那就是纯粹奉献者的状态。对他个人的兴趣和利益来说，他不会有愉快或不愉快的问题；因为一切都是为至尊主而做，所以他超越了依恋和超脱的相对性。那是中庸的超然阶段。纯粹的奉献者通过取悦至尊主享受生活。

第 26 节 ज्ञानमात्रं परं ब्रह्म परमात्मेश्वरः पुमान् ।
दृश्यादिभिः पृथग्भावैर्भगवानेक ईयते ॥२६॥

jñāna-mātraṁ paraṁ brahma
paramātmeśvaraḥ pumān
dṛśy-ādibhiḥ pṛthag bhāvair
bhagavān eka īyate

jñāna－知识 / mātram－只有 / param－超然的 / brahma－梵 / parama-ātmā－超灵 / īśvaraḥ－控制者 / pumān－超灵 / dṛśi-ādibhiḥ－通过哲学研究或其他方式 / pṛthak bhāvaiḥ－通过不同的理解程序 / bhagavān－至尊人格首神 / ekaḥ－独自 / īyate－被感知到

译文 至尊人格首神本人就是完整的超然知识，但根据了解祂的不同程序而以不同的形式展现自己，要么展现为不具人格特征的梵，要么展现为超灵，要么展现为至尊人格首神，要么展现为主宰化身。

要旨 诗中“通过哲学研究或其他方式(dṛśy-ādibhiḥ)”一句十分重要。按照吉瓦·哥斯瓦米(Jīva Gosvāmī)的说法，梵文dṛśi是指哲学研究——思辨(jñāna)。通过思辨瑜伽(jñāna-yoga)等不同的方法对各种不同的概念进行哲学性研究，就会了解至尊人格首神巴嘎万(Bhagavān)不具人格特征的布茹阿曼(梵)方面。通过八部瑜伽体系，可以认识到同一位至尊人格首神的超灵(Paramātmā)特征。但当人怀着纯净的奎师那意识或在具有纯净知识的情况下努力了解绝对真理时，他就会觉悟到，绝对真理是至高无上的人。只要有知识作基础，就可以认识到神的超然存在。这节诗中用的“控制者超灵(paramātmeśvaraḥ pumān)”几个词都是超然的，都指超灵。超灵也被描述为是享乐者(puruṣa)，但巴嘎万(Bhagavān)直接是指至尊人格首神，说明祂充满了富有、名望、力量、美丽、知识和弃绝这六种财富。祂是不同的灵性星球上的人格首神。用超灵、控制者等形容词形容祂，说明至尊首神的扩展是无限的。

要了解至尊人格首神，最终还是要采用奉爱瑜伽(bhakti-yoga)的方式。练思辨瑜伽(jñāna-yoga)或冥想瑜伽(dhyāna-yoga)的人，最终只有上升到奉爱瑜伽的层面，才能清楚地了解超灵、控制者等的含义。《圣典博伽瓦谭》第2篇中推荐说：一个人无论他是奉献者、功利性活动者或追求解脱的人，如果他足够明智，他就会十分真诚地做奉爱服务。经典还解释说：人想要靠从事功利性活动得到的一切，甚至是想要升上高等星球，其实光靠做奉爱服务就能得到。至尊主完全拥有六种财富，祂可以把其中的任何一种财富赐予崇拜祂的人。

同一位至尊人格首神分别以至尊人、超灵或不具人格特征的梵这三方面的特征向不同的思想家揭示祂自己。非人格神主义者想要融入不具人格特征的梵中，但只靠崇拜不具人格特征的梵无法实现他们的愿望。他们如果做奉爱服务，同时想着融入至尊主的存在，就可以实现他们的愿望。一心想要融入至尊者的存在的人，必须做奉爱服务。

奉献者能够面对面地看到至尊主，但经验主义哲学家(jñānī)或练神秘瑜伽的人(yogī)却看不到。他们不会被提升到与至尊主交往、联谊的位置上。经典中既没有记载说明靠培养知识或崇拜不具人格特征的梵，能够使人成为至尊人格首神本人的同伴，也没有说靠练神秘瑜伽可以使人成为至尊首神的同伴。无形无象、不具人格特征的梵光被描述为是不可见的(adṛśya)，因为它遮住了至尊主的脸庞。有些瑜伽师虽然看到四臂维施努坐在自己的心中，但还是看不到至尊主本人。

至尊主只让奉献者看到祂本人的形象。这节诗中的“通过哲学研究或其他方式(dṛśy-ādibhiḥ)”一句的说明意义重大。至尊人格首神有不同的特征，既可见又不可见。祂的超灵特征和梵的特征是不可见的，但至尊人的特征是可见的。就有关这一事实，《维施努往世书》中给予了十分清楚的解释。至尊主的宇宙形象和至尊主没有具体形象的梵光，因为都是不可见的，所以都是祂的次要特征。宇宙形象的概念是物质的，不具人格特征的梵(布茹阿曼)的概念是灵性的，但最高的灵性了解是对人格首神的了解。《维施努往世书》中说：梵的真正特征是维施努，或者说至尊梵是维施努(viṣṇur brahma-svarūpeṇa svayam eva vyavasthitaḥ)；其中svayam eva的意思是说，那是祂本人的特征。最高的灵性概念是对至尊人格首神的了解。《博伽梵歌》中也证实说：那个被称为是我的至高无上的住所(paramaṁ mama)的地方，是去后永不再回到这个痛苦的、受制约的生活中来的地方(yad gatvā na nivartante tad dhāma paramaṁ mama)。每一个地方、空间及万事万物都归维施努所有，但祂本人住在祂至高无上的居所中(tad dhāma paramam)。我们必须把至尊主的最高住所作为我们最终要去的地方。

第 27 节 एतावानेव योगेन समग्रेणेह योगिनः ।
युज्यतेऽभिमतो ह्यर्थो यदसङ्गस्तु कृत्स्नशः ॥२७॥

etāvān eva yogena
samagreṇeha yoginaḥ
yujyate 'bhimato hy artho
yad asaṅgas tu kṛtsnaśaḥ

etāvān—同样多地 / eva—就像 / yogena—通过练瑜伽 / samagreṇa—所有的 / iha—在这个世界 / yoginaḥ—瑜伽师的 / yujyate—达到的 / abhimataḥ—想要的 / hi—肯定地 / arthaḥ—目的 / yat—……的 / asaṅgaḥ—依恋 / tu—实际上 / kṛtsnaśaḥ—完全

译文 对全体瑜伽师来说，最普遍的理解是：透过各种瑜伽程序能达到完全脱离物质的目的。

要旨 瑜伽分三大类，它们分别是：奉爱瑜伽(bhakti-yoga)、思辨瑜伽(jñāna-yoga)和八部瑜伽(aṣṭāṅga-yoga)。奉献者、思辨者(jñānī)和瑜伽师(yogī)都为摆脱物质束缚而努力。思辨者靠努力停止感官活动摆脱物质束缚。思辨瑜伽师认为物质是假的，梵(布茹阿曼)才是真实存在，因此通过努力培养知识不让感官从事物质享乐。练八部瑜伽的瑜伽师(aṣṭāṅga-yogī)也努力控制感官。然而，奉献者则努力用自己的感官为至尊主服务。所以，奉献者(bhakta)的活动看起来比思辨者和瑜伽师的活动强。神秘瑜伽师只是按照练习遵守戒律(yama)、品德训练(niyama)、体位法(āsana)、控制呼吸(prāṇāyāma)和收摄感觉感觉(pratyāhāra)等八部瑜伽的八个步骤，努力控制自己的感官。思辨者试图靠主观推测了解感官享乐是虚幻的。但最简单、最直接的方法是用感官为至尊主做服务。

所有瑜伽体系的一般目的都是要让人的感官不再从事物质活动，但最终目的并不相同。思辨者想要融入梵光中，瑜伽师想要认识到超灵，而奉献者想要发展奎师那意识，为至尊主做超然的爱心服务。那种爱心服务是对感官完美的控制。感官活动其实是生命活跃的表征，是无法停止的。除非让它们从事更高级的活动，它们才有可能超越物质活动。正如《博伽梵歌》所证实的：感官从事更高级的活动后，就会停止从事低级活动(paraṁ dṛṣṭvā nivartate)。最高级的活动是用感官为至尊主做服务。那是一切瑜伽的最高目的。

第 28 节 ज्ञानमेकं पराचीनैरिन्द्रियैर्ब्रह्म निर्गुणम् ।
अवभात्यर्थरूपेण भ्रान्त्या शब्दादिधर्मिणा ॥२८॥

jñānam ekaṁ parācīnair
indriyair brahma nirguṇam

avabhāty artha-rūpeṇa
bhrāntyā śabdādi-dharmiṇā

jñānam－知识 / ekam－一 / parācīnaiḥ－不愿意的 / indriyaiḥ－由感官 / brahma－至尊绝对真理 / nirguṇam－超越物质属性 / avabhāti－展示 / artha-rūpeṇa－以各种物体的形式 / bhrāntyā－错误地 / śabda-ādi－声响等等 / dharmiṇā－具有

译文　那些对神的超然存在感到嫌恶的人，通过主观推测和感官知觉，以不同的方式认识至尊绝对真理，因此由于错误的推测，一切在他们眼里都是相对的。

要旨　至尊绝对真理——人格首神，是一个个体，但却透过祂不具人格的特征遍布各处。对此，主奎师那在《博伽梵歌》中明确地表达说："所体验到的一切都只不过是我的能量的扩展。"尽管祂维系着一切，但并不意味着祂本人在一切之中。听到鼓声的听觉、看到美丽女子的视觉或舌头所品尝到的奶制品的美味感觉等感官的感觉，都来自不同的感官，结果对事物的了解便不同。因此，感性认识分很多类，尽管一切作为至尊主能量的展示实际上是一体的。同样道理，火的能量是热和光明；靠这两种能量，火可以透过多种方式展示自己，或使不同的感官产生不同的感觉。假象宗哲学家声称这种多样性都是假的。但外士纳瓦哲学家不认为不同的展示是假的；他们知道，由于一切都是至尊人格首神各种能量的展示，因此与祂是一体的。

外士纳瓦不接受认为"绝对者是真实的，而这个创造是假的(brahma satyaṁ jagan mithyā)"的哲学。如果用例子说明便是：尽管并不是所有闪闪发光的物体都是金子，但这并不意味着闪闪发光的物体是假的，牡蛎的壳就是金色的。牡蛎壳显出的金色只是眼睛的感觉，但那并不意味着牡蛎壳是假的。同样道理，光靠看主奎师那的形象，并不能对祂有真正的了解，但这并不意味着祂是假的。奎师那的形象必须透过《布茹阿玛·萨密塔》等知识典籍中的描述去了解。《布茹阿玛·萨密塔》中说：至尊人格首神奎师那有永恒、极乐的灵性身体(īśvaraḥ paramaḥ kṛṣṇaḥ sac-cid-ānanda-vigrahaḥ)。靠我们有缺陷的感官，我们无法了解至尊主的形象。我们必须争取得到有关祂的知识(jñānam ekam)。《博伽梵歌》证实说：愚蠢之人只是看到奎师那，就认为祂是普通人。他们不了解至尊人格首神所具有的无限的知识、力量和富裕。用物质感官思辨的结果使人得出结论说至尊者没有形象。然而，就是这种心智思辨，使受制约的灵魂留在错觉能量的魔力制造的愚昧中。我们必须通过至尊人在《博伽梵歌》中所讲述的超然话语了解祂，祂在其中说：没有什么高于祂；不具人格特征的梵光是祂本人放射的光芒。《博伽梵歌》纯净、绝对的洞察力被比喻为是恒河水。恒河水是如此纯净，甚至能净化驴和乳牛。但不理会恒河水，却期望用排水道里流出的脏水净化自己，是不可能成功地净化自己的。同样道理，只有聆听纯洁的绝对者本人说的话，人才能成功地获得有关绝对真理的纯净的知识。

这节诗中明确地说，嫌恶至尊人格首神的人靠他们有缺陷的感官推测绝对真理的本质。然而，就有关没有形象的布茹阿曼(梵)的概念，只有听觉感官能接收到，但却不是个人所能体验到的。因此，知识是靠听觉获得的。《韦丹塔·苏陀》(Vedānta-sūtra,《吠檀陀经》)中确认说：人必须从权威的经典中获取纯净的知识。因此，就有关绝对真理进行思辨性的争论毫无用处。生物真正的本体是他的意识，这意识在生物清醒时、做梦时或熟睡时都存在。即使在熟睡时，生物也能透过意识感知到自己是快乐还是忧伤。意识透过精微和粗糙的物质躯体这一媒介展示自己时，呈现的是被遮盖的状态；但当人去除那层层遮盖，呈现纯净的意识——奎师那意识时，他就摆脱生死轮回的束缚了。

当没被污染的纯净知识不再被物质自然属性遮住时，生物就发现他的真实身份原来是至尊人格首神永恒的仆人。去除遮盖物的过程就像是：阳光和太阳都发光；当太阳在场时，阳光就像太阳本身一样闪闪发亮，但当玛亚的乌云遮住阳光时，黑暗——不完美的感受，就出现了。因此要想摆脱无知魔力的控制，人必须透过权威的经典唤醒他的灵性意识——奎师那意识。

第 29 节 यथा महानहंरूपस्त्रिवृत्पञ्चविधः स्वराट् ।
एकादशविधस्तस्य वपुरण्डं जगद्यतः ॥२९॥

yathā mahān ahaṁ-rūpas
tri-vṛt pañca-vidhaḥ svarāṭ
ekādaśa-vidhas tasya
vapur aṇḍaṁ jagad yataḥ

yathā－正如 / mahān－玛哈·塔特瓦 / aham-rūpaḥ－假我 / tri-vṛt－物质自然三种属性 / pañca-vidhaḥ－五种物质元素 / sva-rāṭ－个体意识 / ekādaśa-vidhaḥ－十一种感官 / tasya－生物体的 / vapuḥ－物质身体 / aṇḍam－蛋形 / jagat－宇宙 / yataḥ－从……

译文 我从物质总体能量玛哈·塔特瓦展示出假我、物质自然三种属性、五种物质元素、个体意识、十一种感官和物质躯体。同样，整个宇宙都来自我——至尊人格首神。

要旨 至尊主被描述为是玛哈特·帕德(mahat-pada)，意思是：物质总体能量玛哈·塔特瓦(mahat-tattva)就躺在祂的莲花足下。宇宙展示的源头或全部能量是物质总体能量。从物质总体能量分裂出二十四种成分，其中有包括心在内的十一种感官、五种感官对象、五种物质元素，以及意识、智力和假我。至尊人格首神是物质总体能量的源头，因此从一切都来自至尊主的意义上说，至尊主与宇宙展示没有区别。但同时，宇宙展示又不同于至尊主。这节诗中的“个体意识(svarāṭ)”一词非常重要，以表明单独、分开的意思。至尊主是独立的个体，个体灵魂也是独立的个体，尽管两者之间独立的性质有着天壤之别；至尊主是完全独立的，生物却只有微小的独立性。在物质世界中，个体灵魂有一个由感官和五种元素构成的物质躯体，至尊者有一个巨大的宇宙身躯。个体灵魂的物质躯体是短暂的，整个宇宙——至尊主的宇宙躯体，也是短暂的；个体灵魂的躯体和宇宙躯体都是物质总体能量的产物。我们必须运用智力了解其中的区别。大家都知道，自己的物质躯体之所以发育，是因为其中有灵性的火花；同样，是至尊火花——超灵，使宇宙之躯得以发展壮大。正如个体灵魂有意识，至尊灵魂也有意识。然而，尽管两者都有意识，但个体灵魂的意识有限，而至尊灵魂的意识无限。就有关这一点，《博伽梵歌》第13章的第3节诗中说：个体灵魂是自己躯体的知悉者，超灵是每一个躯体的知悉者(kṣetra-jñaṁ cāpi māṁ viddhi)。区别在于：个体灵魂只意识到自己的那个躯体的情况，但超灵意识到所有躯体的情况。

第 30 节 एतद्वै श्रद्धया भक्त्या योगाभ्यासेन नित्यशः ।
समाहितात्मा निःसङ्गो विरक्त्या परिपश्यति ॥३०॥

etad vai śraddhayā bhaktyā
yogābhyāsena nityaśaḥ
samāhitātmā niḥsaṅgo
viraktyā paripaśyati

etat一这个 / vai一肯定地 / śraddhayā一以信心 / bhaktyā一通过奉爱服务 / yoga-abhyāsena一通过练瑜伽 / nityaśaḥ一总是 / samāhita-ātmā一注意力集中的人 / niḥsaṅgaḥ一不受物质的影响 / viraktyā一由弃绝 / paripaśyati一理解

译文 已满怀信心和完全超脱的心稳定地做奉爱服务并始终全神贯注地想着至尊者的人，能够得到这完美的知识。他不受物质的影响。

要旨　持无神论观点练神秘瑜伽的人，无法了解这完美的知识。只有满怀奎师那意识具体做奉爱服务的人，才能完全处在全神贯注的萨玛迪(samādhi)状态，才有可能看到和了解整个宇宙展示的真相，以及它的原因。这节诗中明确地说：没有满怀信心做奉爱服务的人，不可能了解这些真相。梵文“注意力集中的人(samāhitātmā)”与“全神贯注(samādhi)”是同义词。

第31节　इत्येतत्कथितं गुर्वि ज्ञानं तद् ब्रह्मदर्शनम् ।
येनानुबुद्ध्यते तत्त्वं प्रकृतेः पुरुषस्य च ॥३१॥

ity etat kathitaṁ gurvi
jñānaṁ tad brahma-darśanam
yenānubuddhyate tattvaṁ
prakṛteḥ puruṣasya ca

iti—如此 / etat—这个 / kathitam—描述了 / gurvi—尊敬的母亲啊 / jñānam—知识 / tat—那 / brahma—绝对真理 / darśanam—揭示 / yena—……的 / anubuddhyate—理解 / tattvam—真理 / prakṛteḥ—物质的 / puruṣasya—灵性的 / ca—和

译文　尊敬的母亲，我已经描述了了解绝对真理的路，走这条路的人可以真正明白物质、灵性及彼此间的关系。

第32节　ज्ञानयोगश्च मन्निष्ठो नैर्गुण्यो भक्तिलक्षणः ।
द्वयोरप्येक एवार्थो भगवच्छब्दलक्षणः ॥३२॥

jñāna-yogaś ca man-niṣṭho
nairguṇyo bhakti-lakṣaṇaḥ
dvayor apy eka evārtho
bhagavac-chabda-lakṣaṇaḥ

jñāna-yogaḥ—哲学研究 / ca—和 / mat-niṣṭhaḥ—向我 / nairguṇyaḥ—摆脱物质自然属性 / bhakti—奉爱服务 / lakṣaṇaḥ—命名 / dvayoḥ—两者 / api—此外 / ekaḥ——— / eva—肯定地 / arthaḥ—目的 / bhagavat—至尊人格首神 / śabda—通过话语 / lakṣaṇaḥ—表达

译文 哲学研究的最终目的是了解至尊人格首神。人获得这种了解后，一旦摆脱物质自然属性的影响，便达到做奉爱服务的阶段。无论是靠直接做奉爱服务，还是靠哲学研究，人都必然会发现同样的目标——至尊人格首神。

要旨 《博伽梵歌》中说：智者在经过许许多多生世的哲学研究后终于发现，至尊人格首神华苏戴瓦是一切，因此向祂皈依。这样认真进行哲学研究的学生是伟大的灵魂，所以非常罕见。人如果靠哲学研究还是无法最终了解至尊人，他的功课就没有结束，他就要通过做奉爱服务继续追求知识，直到最后了解至尊主。

就有关如何抓住直接与人格首神接触的机会这个问题，《博伽梵歌》中介绍说，采用哲学思辨和练神秘瑜伽等其他方法的人，会感到困难重重。经过漫长的时间后，瑜伽师或明智的哲学家最终会找到至尊人，但要经历千辛万苦；相反，做奉爱服务的方法对每一个人来说都很简单。仅仅靠做奉爱服务，人就可以达到博学的哲学思辨家所达到的成就。而且，人除非通过他的心智思辨上升到了解人格首神的层面，否则他所有的调查研究工作都不会有实际的成果，只不过是满足自己的爱好而已。博学的哲学家最终的目的是融入不具人格特征的布茹阿曼(梵)，但布茹阿曼是至尊人放射出的光芒。在《博伽梵歌》第14章的第27节诗中，至尊主说：我是永恒不朽、至尊极乐的非人格布茹阿曼的基础(brahmaṇo hi pratiṣṭhāham amṛtasyāvyayasya ca)。至尊主是一切快乐的最高源头，也包括梵觉的快乐，因此经典中说，对至尊人格首神有坚定信心的人已经觉悟了不具人格特征的梵和超灵。

第 33 节 यथेन्द्रियैः पृथग्द्वारैरर्थो बहुगुणाश्रयः ।
एको नानेयते तद्वद्भगवान् शास्त्रवर्त्मभिः ॥३३॥

yathendriyaiḥ pṛthag-dvārair
artho bahu-guṇāśrayaḥ
eko nāneyate tadvad
bhagavān śāstra-vartmabhiḥ

yathā一就像 / indriyaiḥ一被感官 / pṛthak-dvāraiḥ一以不同的方式 / arthaḥ一一个物体 / bahu-guṇa一许多品质 / āśrayaḥ一具有 / ekaḥ一一 / nānā一不同的 / īyate一被感知到 / tadvat一同样的 / bhagavān一至尊人格首神 / śāstra-vartmabhiḥ一按照不同的经典训示

译文 不同的感官有不同的能力，因此对同一个对象的感知也不同。同样，至尊人格首神独一无二，但按照不同经典的描述，祂显得似乎不同。

要旨 看来，靠经验性的哲学思辨(jñāna-yoga)可以使人认识到不具人格特征的梵，而怀着奎师那意识做奉爱服务可以使人增加对人格首神的信心和奉爱之情。但这节诗中说，奉爱瑜伽和思辨瑜伽都是为了找到同一个目标——人格首神。通过思辨瑜伽的方法，人们看到的是同一位人格首神不具人格特征的一面。正如不同的感官感知到同一个对象的不同特性，靠心智思辨认识到同一位至尊主的非人格特征。一座山从远处看像是云层，不了解真相的人也许会推测那座山是一片云。事实上它不是云，而是座高山。我们必须从知情的人那里了解，看上去像是云的那个对象不是云，而是一座山。人如果再往前走一些，看到的就不是云而是山和某种颜色发绿的东西了。但当人真正靠近山时，他就会看到多姿多彩的景象。对牛奶的感知也是一个很好的例子：我们看牛奶时，看到牛奶是白色的；我们品尝牛奶时，感觉它很美味；我们触碰牛奶时，感觉它很凉；我们去闻牛奶时，感到它的味道很香；我们听说牛奶时，了解到它叫牛奶。用不同的感官感知牛奶，我们会得出它是某种白的东西、某种美味的东西、某种很香的东西，等等。但实际上它就是牛奶。同样，想要靠心智思辨找到至尊首神的人，也许接近了至尊主身体放射的光芒——不具人格特征的梵；想要靠练神秘瑜伽找到至尊首神的人，也许发现祂是处在局部区域的超灵，但靠练奉爱瑜伽直接去找至尊真理的人，可以面对面地看到祂是至高无上的人。

至尊人是所有不同的灵修方法最终要找的目标。靠遵照经典原则彻底清除一切物质污染的幸运之人，把至尊主作为一切而向祂皈依。人可以用舌头品尝到牛奶的真正滋味，而不是用眼睛、鼻子或耳朵；同样，人只有通过走奉爱服务之途，才能全面欣赏到绝对真理，体验到所有的美好和快乐，感到心满意足。对此，《博伽梵歌》中确认说：人如果想要全面了解绝对真理，就必须采用做奉爱服务的方式。当然，没人能百分之百地了解绝对真理。那对极其微小的生物来说是不可能的事。但生物所能达到的最高理解程度，必须要经由奉爱服务才能达到，没有别的方法。

靠经典推荐的其他方法，人也许可以认识到至尊人格首神不具人格特征的梵光。通过融入或了解不具人格特征的布茹阿曼(梵)所得到的超然快乐非常强烈，因为布茹阿曼是无限的(tad brahma niṣkalaṁ anantam)。觉悟梵所得到的快乐(brahmānanda)是无限的。尽管如此，还有比那无限的快乐更高的快乐，而这就是超然性的本质。比那无限的快乐更高的快乐，是通过觉悟奎师那所得到的快乐。当人直接与奎师那交往时，通过做奉爱服务与祂交流所体验到的甜美情感是无与伦比的，就连通过觉悟超然的梵所得到的快乐都无法与之相比。正因为如此，帕博达南达·萨茹阿斯瓦缇(Prabodhānanda Sarasvatī)说：融入梵的快乐(kaivalya)无疑非常强烈，许多哲学家都体验过，但对懂得如何通过为至尊主做奉爱服务得到快乐的奉献者来说，这种无限的梵乐令人感到憎恶。因此，人应该努力超越梵乐，以便上升到能面对面地与奎师那交往联谊的地位。正如心是一切感官活动的中心，奎师那被称为是感官的主人慧希凯施(Hṛṣīkeśa)。方法是像安巴瑞施王(Mahārāja Ambarīṣa)所做的那样，全神贯注于慧希凯施——奎师那(sa vai manaḥ kṛṣṇa-padāravindayoḥ)。奉爱是所有灵修方法的基本原则。没有奉爱，无论是思辨瑜伽还是八部瑜伽都无法获得成功。人除非接近奎师那，否则不可能最终达到觉悟自我的目的。

第 34—36 节 क्रियया क्रतुभिर्दानैस्तपःस्वाध्यायमर्शनैः ।
आत्मेन्द्रियजयेनापि सन्न्यासेन च कर्मणाम् ॥३४॥
योगेन विविधाङ्गेन भक्तियोगेन चैव हि ।
धर्मेणोभयचिह्नेन यः प्रवृत्तिनिवृत्तिमान् ॥३५॥
आत्मतत्त्वावबोधेन वैराग्येण दृढेन च ।
ईयते भगवानेभिः सगुणो निर्गुणः स्वदृक् ॥३६॥

kriyayā kratubhir dānais
tapaḥ-svādhyāya-marśanaiḥ
ātmendriya-jayenāpi
sannyāsena ca karmaṇām

yogena vividhāṅgena
bhakti-yogena caiva hi
dharmeṇobhaya-cihnena
yaḥ pravṛtti-nivṛttimān

ātma-tattvāvabodhena
vairāgyeṇa dṛḍhena ca
īyate bhagavān ebhiḥ
saguṇo nirguṇaḥ sva-dṛk

kriyayā—通过功利性活动 / kratubhiḥ—通过举行祭祀 / dānaiḥ—通过布施 / tapaḥ—苦修 / svādhyāya—学习韦达经典 / marśanaiḥ—通过哲学研究 / ātma-indriya-jayena—通过控制思想和感官 / api—也 /

sannyāsena－通过弃绝 / ca－和 / karmaṇām－功利性活动的 / yogena－通过练瑜伽 / vividha-aṅgena－不同的 / bhakti-yogena－由奉爱服务 / ca－和 / eva－肯定地 / hi－实际上 / dharmeṇa－通过规定职责 / ubhaya-cihnena－两个特征都有 / yaḥ－……的 / pravṛtti－依恋 / nivṛtti-mān－包含超脱 / ātma-tattva－觉悟自我的科学 / avabodhena－通过理解 / vairāgyeṇa－通过弃绝 / dṛḍhena－强大的 / ca－和 / īyate－被感知到 / bhagavān－至尊人格首神 / ebhiḥ－通过这些 / sa-guṇaḥ－在物质世界里 / nirguṇaḥ－超越物质属性 / sva-dṛk－看到自己原本地位的人

译文 靠从事功利性活动和举行祭祀，靠布施、苦修、学习各种文献、进行哲学研究，靠控制心、征服感官、进入生命的弃绝阶层或履行人在社会阶层中的规定职责，靠练各种不同的瑜伽，靠做奉爱服务并表现出依恋与超脱这奉爱服务的两种特征，靠了解自我觉悟的科学和培养牢固的超脱感，精通各种觉悟自我程序的人，认识到至尊人格首神在物质世界里的展示，以及在超然世界里的原本形象。

要旨 正如前一节诗说明的，人必须按照经典规定的原则做。处在不同的社会阶层和生命阶段的人所要履行的规定职责各不相同。这节诗中说：从事功利性活动、举行祭祀和布施，是处在居士阶段的人该从事的活动。人类生活中有四个生命阶段，分别是独身禁欲的学生阶段(brahmacarya)、居士阶段(gṛhastha)、退出家庭生活阶段(vānaprastha)和托钵僧阶段(sannyāsa)。经典尤其推荐当居士的人要举行祭祀、布施及按照自己的规定职责行事。同样，苦修、学习韦达文献和哲学研究是退出家庭生活的人(vānaprastha)该做的事。独身禁欲的学生(brahmacārī)应该向真正的灵性导师学习韦达文献。控制心和驯服感官(ātmendriya-jaya)是处在弃绝阶层的人的职责。所有这些不同的活动和规定职责是针对不同的人制定的，以便他们可以提升到觉悟自我的层面上，然后再继续提升，培养奎师那意识——做奉爱服务。

诗中“实际上必须加上奉爱服务的成分”(bhakti-yogena caiva hi)一句的意思是：瑜伽、祭祀、功利性活动、研究韦达文献、哲学研究或进入生命的弃绝阶层等第34节诗中所描述的活动，都该以奉爱瑜伽的方式去从事。梵文文法“实际上必须混合(caiva hi)”这个短句表明：人在从事上述这些活动时，必须加上奉爱服务的成分，否则这些活动不会产生任何成果。从事经典规定的活动必须以取悦至尊人格首神为目的。《博伽梵歌》第9章的第27节诗中，至尊主奎师那证实说：无论你做什么，吃什么，供奉或施舍什么，从事什么苦行，都应该把它们当做给我的供奉去做(yat karoṣi yad aśnāsi)。诗中加上“必须(eva)”一词，表明人必须以这样的方式从事活动。人除非在所有的活动中加上奉爱服务的成分，否则无法得到渴望得到的结果；当奉爱瑜伽成为每一项活动中最首要的因素时，就能保证达到最高的目标。

人必须接近至尊人格首神奎师那，正如《博伽梵歌》中所说：经过许许多多生世后，人找到至尊人奎师那，知道祂就是一切，向祂皈依。另外，至尊主在《博伽梵歌》第5章的第29节诗中说：至尊人格首神是一切祭祀和苦行的受益者(bhoktāraṁ yajña-tapasām)。祂是所有星球的拥有者，是每一个灵魂的朋友。

“包含两种征象在内的规定职责(dharmeṇobhaya-cihnena)”的意思是：奉爱瑜伽的程序包括两种征象，一种是依恋至尊主，另一种是对所有的物质事物都不执著。正如进食时会有两种现象相继出现，在奉爱服务的过程中有两种进步的表现。饥饿之人在进食时感到有力气和满足的同时，逐渐变得越来越不再想吃了。同样道理，在做奉爱服务的过程中，随着真正的知识逐渐培养起来，人变得越来越不愿意从事物质活动，最后只愿意做奉爱服务，表现出不执著物质，只依恋至尊者这两种征象。有九种方法可以增强人对至尊主的依恋之情，它们分别是：聆听、吟诵(吟唱)、记忆、崇拜、为至尊主服务、与至尊主建立友好关系、祈祷、把一切献给至尊主和为至尊主的莲花足服务。

使人越来越不执著物质事物的方法，在第36节诗中给予了解释。

人可以靠履行规定职责和举行祭祀被提升到高等星球的天堂王国中去。然而，当人因为进入生命的弃绝阶层而不再有这种欲望时，他就能明白至尊者的布茹阿曼特征；当人能够看到自己原本真正的地位时，他就会看清所有其他的程序，最后选择只做纯粹的奉爱服务。那时，他就能了解至尊人格首神巴嘎万了。

了解至尊人被说成是“了解自己原本真正的地位(ātma-tattva-avabodhena)”。如果人真正了解自己的原本地位是至尊主永恒的仆人，他就会停止做尘世间的服务。每个人都在做着某种服务；如果人不知道自己的原本地位，他就会为自己的粗糙躯体或家庭、社会、国家做服务。可人一旦能够明了(sva-dṛk)自己的原本地位，他就会不再执著这类物质性的服务，而忙于做奉爱服务。

人只要还身陷物质自然属性中，在这种情况下履行经典中规定的职责，就会被提升到高等星系上；掌管那里的神明，如太阳神、月亮神、风神、布茹阿玛和主希瓦等，都是至尊人格首神在物质世界里的代表。所有不同的半神人都是至尊主在物质世界里的代表。靠从事物质活动，人只能接近这样的半神人；正如《博伽梵歌》第9章的第25节诗中所说：依恋半神人的人靠履行规定职责可以到半神人的星球去(yānti deva-vratā devān)。人可以以这种方式去祖先们所在的星球。而完全了解自己生命中的真正地位的人，则采取做奉爱服务的方式到至尊人格首神那里去。

第 37 节　　प्रावोचं भक्तियोगस्य स्वरूपं ते चतुर्विधम् ।
कालस्य चाव्यक्तगतेर्योऽन्तर्धावति जन्तुषु ॥३७॥

prāvocaṁ bhakti-yogasya
　svarūpaṁ te catur-vidham
kālasya cāvyakta-gater
　yo 'ntardhāvati jantuṣu

prāvocam－解释 / bhakti-yogasya－奉爱服务的 / svarūpam－身份 / te－向你 / catuḥ-vidham－四个阶层 / kālasya－时间的 / ca－和 / avyakta-gateḥ－活动不可感知的…… / yaḥ－……的 / antardhāvati－追逐 / jantuṣu－生物体

译文　亲爱的母亲，我已经给你解释了奉爱服务的程序，以及它在四个不同的社会阶层中所具有的同一性；也解释了永恒的时间虽然不被生物所察觉，但却是如何追捕他们的。

要旨　奉爱瑜伽——奉爱服务的程序，恰似流向绝对真理之海的主要河流，经典提到的其他程序则好比支流。主卡皮拉总结了奉爱服务程序的重要性。正如前面所解释的，奉爱瑜伽分四种类型，三种受物质自然属性的影响；一种是超然的，不受物质自然属性的污染。人在受物质自然属性影响的情况下做奉爱服务，是为了改善在物质存在中的生存状况；相反，在没有要获得功利性结果的动机，不试图进行经验性的哲学研究的情况下所做的奉爱服务，是纯粹、超然的奉爱服务。

第 38 节　जीवस्य संसृतीर्बह्वीरविद्याकर्मनिर्मिताः ।
यास्वङ्ग प्रविशन्नात्मा न वेद गतिमात्मनः ॥३८॥

jīvasya saṁsṛtīr bahvīr
avidyā-karma-nirmitāḥ
yāsv aṅga praviśann ātmā
na veda gatim ātmanaḥ

jīvasya－生物体的 / saṁsṛtīḥ－物质存在的各种方式 / bahvīḥ－许多 / avidyā－在愚昧的状态中 / karma－通过活动 / nirmitāḥ－产生 / yāsu－进入 / aṅga－亲爱的母亲啊 / praviśan－进入 / ātmā－生物体 / na－不 / veda－理解 / gatim－活动 / ātmanaḥ－他自己的

译文 对生物体来说，根据他在愚昧的状态下从事的活动或对他真正身份的遗忘，物质存在多种多样。我亲爱的母亲，人一旦进入那种遗忘的状态，便无法了解哪里才是他最终的归宿。

要旨 生物一旦进入物质存在，就很难挣脱出去。为此，至尊人格首神要么亲自前来，要么派祂真正的代表前来，而且留下《博伽梵歌》和《圣典博伽瓦谭》等经典，以便在无知的黑暗中徘徊的生物能通过利用祂给予的教导，以及与神圣之人和灵性导师的联谊，重新获得自由。人除非得到神圣之人、灵性导师或奎师那的仁慈，否则不可能冲出物质存在的黑暗。靠他个人的努力是不可能的！

第 39 节 नैतत्खलायोपदिशेन्नाविनीताय कर्हिचित् ।
न स्तब्धाय न भिन्नाय नैव धर्मध्वजाय च ॥३९॥

naitat khalāyopadiśen
nāvinītāya karhicit
na stabdhāya na bhinnāya
naiva dharma-dhvajāya ca

na—不 / etat—这个训示 / khalāya—向嫉妒的人 / upadiśet—应该教育 / na—不 / avinītāya—对不可知论 / karhicit—永远 / na—不 / stabdhāya—向骄傲的人 / na—不 / bhinnāya—向行为不良的人 / na—不 / eva—肯定地 / dharma-dhvajāya—对伪善的人 / ca—和

译文 主卡皮拉继续说：这教导既不是给嫉妒之人、持不可知论者或行为不端之人，也不是给伪君子或为自己的物质拥有而骄傲的人讲解的。

第 40 节 न लोलुपायोपदिशेन्न गृहारूढचेतसे ।
नाभक्ताय च मे जातु न मद्भक्तद्विषामपि ॥४०॥

na lolupāyopadiśen
na gṛhārūḍha-cetase
nābhaktāya ca me jātu
na mad-bhakta-dviṣām api

na－不 / lolupāya－向贪婪的人 / upadiśet－应该教育 / na－不 / gṛha-ārūḍha-cetase－对过分依恋家庭生活的人 / na－不 / abhaktāya－对非奉献者 / ca－和 / me－我的 / jātu－永远 / na－不 / mat－我的 / bhakta－奉献者 / dviṣām－那些嫉妒……的人 / api－也

译文　不要为太贪婪、太依恋家庭生活的人，以及非奉献者和嫉妒奉献者与人格首神的人讲解它。

要旨　总是计划要伤害其他生物体的人，没有资格了解奎师那意识，无法进入为至尊主做超然爱心服务的领域。世上有一些所谓的门徒，他们别有用心地接近灵性导师，装出最服从的样子；这些人也无法了解奎师那意识或奉爱服务究竟是什么。进入其他的宗教团体，有其他信仰的人，不承认奉爱服务是接近至尊人格首神的必经之路；这些人也无法了解奎师那意识。我们的经验是：有些学生来加入我们的运动，但由于有某种信仰上的偏见又离开我们，最后迷失在困惑的处境中。事实上，奎师那意识运动并非是一种分派别的宗教信仰，而是一种教导方式，使我们了解至尊主及我们与祂的关系。任何人都可以不带偏见地加入奎师那意识运动，但不幸的是，有的人感到这么做很困难。因此，最好不要向这样的人传授奎师那意识。

物质主义者通常都追逐名利和地位，因此如果他们中有人因为这些原因而培养奎师那意识，那他们永远都无法理解这门哲学。这种人把宗教原则当做是社交所需要的装饰。尤其是在这个年代中，大多数的人们只是为了自己的名声才进入某个文化机构。这样的人也无法理解奎师那意识的哲学。一个人即使对物质的拥有物不很贪心，但如果太依恋家庭生活，也无法了解奎师那意识。这种人显得对物质拥有不很贪心，但太依恋妻子、孩子和家庭生活的改善。有些人即使没有上述的问题，但最终还是对为至尊人格首神做服务不感兴趣，换句话说，他是非奉献者，那他也无法理解有关奎师那意识的哲学。

第41节 श्रद्धानाय भक्ताय विनीतायानसूयवे ।
भूतेषु कृतमैत्राय शुश्रूषाभिरताय च ॥४१॥

śraddadhānāya bhaktāya
vinītāyānasūyave
bhūteṣu kṛta-maitrāya
śuśrūṣābhiratāya ca

śraddadhānāya－充满信心的 / bhaktāya－对奉献者 / vinītāya－尊敬的 / anasūyave－无嫉妒的 / bhūteṣu－向所有的生物体 / kṛta-maitrāya－友好的 / śuśrūṣā－充满信心地服务 / abhiratāya－渴望 / ca－和

译文 应该把这教导给予忠心耿耿的奉献者。这样的奉献者尊敬灵性导师、不嫉妒，友好对待所有种类的生物体，满怀信心、真诚地渴望做服务。

第42节 बहिर्जातविरागाय शान्तचित्ताय दीयताम् ।
निर्मत्सराय शुचये यस्याहं प्रेयसां प्रियः ॥४२॥

bahir-jāta-virāgāya
śānta-cittāya dīyatām
nirmatsarāya śucaye
yasyāhaṁ preyasāṁ priyaḥ

bahiḥ－对……以外的 / jāta-virāgāya－对已经发展了弃绝精神的他 / śānta-cittāya－内心平静的人 / dīyatām－应该给予 / nirmatsarāya－无嫉妒的 / śucaye－彻底的净化 / yasya－那人的 / aham－我 / preyasām－在爱的对象中 / priyaḥ－最爱的对象

译文　这教导应该由灵性导师传授给这样的人，即他爱至尊人格首神超过一切，不嫉妒任何人，彻底得到了净化，培养了对不属于奎师那意识范畴的一切都不执著的心态。

要旨　没人在一开始就被提升到奉爱服务的最高阶段。奉献者(bhakta)在此的意思是：毫不犹豫地接受使人成为奉献者的教化程序的人。为了成为至尊主的奉献者，人必须拜一位灵性导师，向他询问该如何在奉爱服务的路途上取得进步。为奉献者服务，按照一定的计算方法吟诵圣名，崇拜神像，从觉悟了人那里聆听《圣典博伽瓦谭》或《博伽梵歌》，住在一个做奉爱服务不受打扰的地方，是六十四项奉爱活动中使人取得进步的首要几项奉爱活动。愿意从事这五种首要的奉爱活动之人，被称作奉献者。

人必须准备向灵性导师致以必要的敬意。他不该嫉妒自己的灵性兄弟；相反，如果灵性兄弟有更多有关奎师那意识的知识，奎师那意识比自己更强，人应该把他视为是几乎与灵性导师一样，应该很高兴看到有奎师那意识这么进步的灵性兄弟。奉献者应该总是教导大众培养奎师那意识，以此方式善待大众，因为这是使人摆脱玛亚钳制的唯一方法。这才是真正的人道主义慈善工作，因为这是向那些急切需要摆脱物质痛苦的人表示仁慈的方式。上一节诗中的“充满信心地渴望做服务(śuśrūṣābhiratāya)”一句，是指全心全意为灵性导师服务的人。人应该为灵性导师本人服务，让灵性导师在所有的方面都感到舒适。这样做的奉献者是真正有资格接受奉爱服务教导的人。诗中“已经发展了对……之外的弃绝心态的人(bahir jāta-virāgāya)”一句的意思是，那人已经不再想从事内心和外在的物质活动。他不仅不再从事与培养奎师那意识无关的活动，而且内心对物质的生活方式真正感到厌恶。这样的人必然不嫉妒，而且总是想着众生的幸福；这众生不仅是人类，而且包括所有其他的生物体。“彻底净化(śucaye)”一词是说，外在和内心都得到了净化。要做到内外都是清洁的这一点，人应该一直不断地吟诵、吟唱哈瑞·奎师那(Hare Kṛṣṇa)或维施努等至尊主的圣名。

“应该给予……(dīyatām)”的意思是：有关奎师那意识的知识应该由灵性导师来传授。灵性导师绝不该接受不够资格的门徒；不该把自己的职责当做一门职业，为得到经济利益而接受门徒。真正的灵性导师必须看到学生真正具备资格后才给予他启迪，不该启迪不具资格的人。灵性导师应该这样训练他的门徒，即使他的门徒今后生活中唯一最爱的人就是至尊人格首神。

这两节诗中全面解释了奉献者的品质。真正发展出这两节诗中所列出的品质的人，已经上升到奉献者的位置上。还没有发展出所有这些品质的人，为了成为完美的奉献者，必须不断努力，达到这一标准。

第43节 य इदं शृणुयादम्ब श्रद्धया पुरुषः सकृत् ।
यो वाभिधत्ते मच्चित्तः स ह्येति पदवीं च मे ॥४३॥

ya idaṁ śṛṇuyād amba
śraddhayā puruṣaḥ sakṛt
yo vābhidhatte mac-cittaḥ
sa hy eti padavīṁ ca me

yaḥ—……的他 / idam—这 / śṛṇuyāt—可聆听 / amba—母亲啊 / śraddhayā—以信心 / puruṣaḥ—某人 / sakṛt—曾经 / yaḥ—……的他 / vā—或 / abhidhatte—重复 / mat-cittaḥ—他全神贯注于我 / saḥ—他 / hi—肯定地 / eti—到达 / padavīm—居所 / ca—和 / me—我的 once

译文 谁曾怀着信心和爱冥想过我，并聆听和吟诵、吟唱有关我的一切，谁就必定会回归家园，回到首神身边。

到此为止，结束了巴克提韦丹塔对《圣典博伽瓦谭》第3篇第32章——“功利性活动的束缚”所作的阐释。

第三十三章

卡皮拉的活动

第 1 节　　मैत्रेय उवाच

एवं निशम्य कपिलस्य वचो जनित्री
　सा कर्दमस्य दयिता किल देवहूतिः ।
विस्रस्तमोहपटला तमभिप्रणम्य
　तुष्टाव तत्त्वविषयाङ्कितसिद्धिभूमिम् ॥ १ ॥

maitreya uvāca
evaṁ niśamya kapilasya vaco janitrī
　sā kardamasya dayitā kila devahūtiḥ
visrasta-moha-paṭalā tam abhipraṇamya
　tuṣṭāva tattva-viṣayāṅkita-siddhi-bhūmim

maitreyaḥ uvāca—麦垂亚说 / evam—如此 / niśamya—听到了 / kapilasya—主卡皮拉的 / vacaḥ—话语 / janitrī—母亲 / sā—她 / kardamasya—卡尔达玛·牟尼的 / dayitā—亲爱的妻子 / kila—名为 / devahūtiḥ—黛瓦瑚缇 / visrasta—摆脱了 / moha-paṭalā—错觉的蒙蔽 / tam—向祂 / abhipraṇamya—致以顶礼 / tuṣṭāva—背诵祷文 / tattva—基本原则 / viṣaya—就……而言 / aṅkita—作者 / siddhi—解脱的 / bhūmim—背景

译文　圣麦垂亚说：就这样，主卡皮拉的母亲、卡尔达玛·牟尼的妻子黛瓦瑚缇，全面了解了奉爱服务的科学和超然的知识，因而去除了无知。数论哲学体系的基本原则是解脱的基础，黛瓦瑚缇向这门哲学的创始人至尊主致以敬意，并用如下的祈祷赞歌取悦了至尊主。

要旨　主卡皮拉(Kapila)在祂母亲面前宣讲的哲学体系，是使人处在灵性层面上的基础知识。这节诗中把这套哲学体系称为解脱的基础(siddhi-bhūmim)。因为受物质能量的制约而在这个物质世界里受苦的人，可以通过理解主卡皮拉讲述的数论哲学(Sāṅkhya)轻易地摆脱物质的钳制。借由这套哲学体系，人可以立刻获得自由，甚至在这个物质世界里就解脱了。这种状态梵文称为吉万·穆克提(jīvan-mukti)，意思是：人即使还在他现有的物质躯体中就已经解脱了。主卡皮拉的母亲黛瓦瑚缇就获得了这种解脱。她通过向至尊主献上她的祈祷取悦了至尊主。了解数论哲学基础原则的人，被提升到做奉爱服务的层面上，变得充满奎师那(Kṛṣṇa)意识，甚至在这个物质世界里就解脱了。

第 2 节

देवहूतिरुवाच
अथाप्यजोऽन्तःसलिले शयानं
भूतेन्द्रियार्थात्ममयं वपुस्ते ।
गुणप्रवाहं सदशेषबीजं
दध्यौ स्वयं यज्जठराब्जजातः ॥ २॥

devahūtir uvāca
athāpy ajo 'ntaḥ-salile śayānaṁ
bhūtendriyārthātma-mayaṁ vapus te
guṇa-pravāhaṁ sad-aśeṣa-bījaṁ
dadhyau svayaṁ yaj-jaṭharābja-jātaḥ

devahūtiḥ uvāca—黛瓦瑚缇说 / atha api—而且 / ajaḥ—布茹阿玛 / antaḥ-salile—在水中 / śayānam—躺着 / bhūta—物质元素 / indriya—感官 / artha—感官对象 / ātma—心 / mayam—充满了 / vapuḥ—身体 / te—您的 / guṇa-pravāham—物质自然三种属性的源头 / sat—展示 / aśeṣa—所有的 / bījam—种子 / dadhyau—影响 / svayam—他自己 / yat—……的他 / jaṭhara—从腹部 / abja—从莲花 / jātaḥ—诞生

译文 黛瓦瑚缇说：布茹阿玛之所以被说成是不经出生就存在，是因为他诞生在从您腹部长出的莲花上，那时您正躺在宇宙之洋的底部。但就连布茹阿玛也只冥想您，您的身体是无数宇宙的源头。

要旨　布茹阿玛(Brahmā)被称为“未经出生过程而存在的他(Aja)”。我们每当想到出生的问题，就必会想到有父亲和母亲，因为生物体就是这样诞生的。然而，作为这个宇宙中的第一位生物体，布茹阿玛是从至尊人格首神嘎尔博达卡沙依·维施努(Garbhodakaśāyī Viṣṇu)的身体直接诞生出来的，这位维施努躺在处于宇宙底部的汪洋上。黛瓦瑚缇想要强调，当布茹阿玛想看至尊主时也必须冥想祂。她说：“您是一切创造的根源：布茹阿玛虽然直接从您身体诞生出来，但还是必须从事多年的打坐冥想；就连他都无法面对面地看到您。您躺在宇宙底部的水中，因此被称为嘎尔博达卡沙依·维施努。”

这节诗中还解释了至尊主巨大躯体的本质。祂的身体是超然的，物质根本接触不了祂。由于物质展示来自祂的身体，祂的身体必处在物质创造前。结论是：维施努的超然身体不是由物质元素构成的。所有的生物体，以及物质自然——至尊人格首神的物质能量，都来自维施努的身体。黛瓦瑚缇说：“您是物质展示和一切能量的来源，您通过解释数论哲学把我救出玛亚(māyā)的钳制；这不令人感到特别惊讶。然而，您虽然是一切创造的源头，但却那么仁慈地作为我的儿子从我的肚腹诞生；这无疑是奇妙无比、最令人惊讶的事。您的身体是一切宇宙的来源，但您却把您的身体置于我这样的一个普通女子的腹腔中。对我来说，这是最令人惊讶的事。”

第3节　स एव विश्वस्य भवान् विधत्ते
गुणप्रवाहेण विभक्तवीर्यः ।
सर्गाद्यनीहोऽवितथाभिसन्धि-
रात्मेश्वरोऽतर्क्यसहस्रशक्तिः ॥ ३ ॥

sa eva viśvasya bhavān vidhatte
guṇa-pravāheṇa vibhakta-vīryaḥ
sargādy anīho 'vitathābhisandhir
ātmeśvaro 'tarkya-sahasra-śaktiḥ

saḥ—就是那个人 / eva—肯定地 / viśvasya—宇宙的 / bhavān—您 / vidhatte—坚持 / guṇa-pravāheṇa—属性的相互作用 / vibhakta—分开的 / vīryaḥ—您的能量 / sarga-ādi—创造等等 / anīhaḥ—不活动者 / avitatha—不是无用的 / abhisandhiḥ—您的决心 / ātma-īśvaraḥ—所有生物体的至尊主 / atarkya—不可思议的 / sahasra—数千的 / śaktiḥ—拥有能量

译文 我亲爱的至尊主，您本人虽然并不需要做事，但却把您的能量分布在物质自然属性的相互作用间，促成了宇宙展示的创造、维系和毁灭。我亲爱的至尊主，您独立自主，是全体生物的至尊人格首神。您为他们创造了这个物质展示；尽管您独一无二，但您的能量却能够以多种方式行事。这对我们来说是不可思议的。

要旨 黛瓦瑚缇在这节诗中声明：虽然正如奥义书中所证实的，绝对真理本人没有需要做的事，但祂有许多种能量。没有谁比祂伟大或与祂平等，一切都由祂的能量妥善完成，就像是由大自然做的。从这节诗中可以了解，至尊主把物质自然属性委托给祂不同的展示布茹阿玛、维施努(Viṣṇu)和希瓦(Śiva)管理，并赋予他们不同的力量，而祂自己则远离这类活动，完全不介入。黛瓦瑚缇说的是："尽管您本人不需要做任何事，但您的决定是绝对的。您自己就能实现自己的愿望，根本不存在需要借助他人的帮助实现您意愿的问题。毕竟，您是至尊的灵魂和至尊控制者，因此没人能阻碍您。"至尊主有权决定他人的计划是否可以实施，正所谓"谋事在人，成事在天"。但当至尊人格首神要做什么时，没人能左右祂计划的实施。祂是绝对的。我们最终要依靠祂帮助我们实现自己的愿望，而祂不需要靠任何人实现祂的愿望。那是祂不可思议的力量使然。对普通的生物体来说是无法想象的事，祂却可以不费吹灰之力就做了。祂虽然是无限的，但却把自己变成靠韦达文献那样的权威经典可以了解的对象。正如经典所说，通过韦达文献(śabda-brahma)可以了解祂(śabda-mūlatvāt)。

为什么要创造这个世界？既然至尊人格首神是所有生物的主人，祂就为那些想要享受或主宰物质自然的生物创造了这个物质展示。作为至尊首神，祂安排让众生实现他们的各种欲望。韦达经(Vedas)中也说：至尊者为众生提供他们的所需(eko bahūnāṁ yo vidadhāti kāmān)。各种生物体的要求多种多样、数不胜数，至尊者——至尊人格首神，独自维系他们，用祂不可思议的能量为他们提供所需要的一切。

第 4 节　स त्वं भृतो मे जठरेण नाथ
कथं नु यस्योदर एतदासीत् ।
विश्वं युगान्ते वटपत्र एकः
शेते स्म मायाशिशुरङ्घ्रिपानः ॥ ४ ॥

sa tvaṁ bhṛto me jaṭhareṇa nātha
kathaṁ nu yasyodara etad āsīt
viśvaṁ yugānte vaṭa-patra ekaḥ
śete sma māyā-śiśur aṅghri-pānaḥ

saḥ—就是那个人 / tvam—您 / bhṛtaḥ—出生 / me jaṭhareṇa—由我的腹部 / nātha—我的至尊主啊 / katham—如何 / nu—于是 / yasya—……的 / udare—在肚子里 / etat—这个 / āsīt—安放着 / viśvam—宇宙 / yuga-ante—在年代之末 / vaṭa-patre—在榕树叶上 / ekaḥ—独自 / śete sma—您躺下 / māyā—拥有不可思议的力量 / śiśuḥ—一个婴儿 / aṅghri—您的脚指头 / pānaḥ—舔

译文　作为至尊人格首神，您从我的腹部诞生。我的至尊主啊！对所有宇宙展示都在祂腹中的至尊人来说，那怎么可能啊？答案是，那就是有可能，因为在创造期结束时，您恰似小婴儿般躺在一片榕树的叶子上，舔您莲花足的脚趾。

要旨 在宇宙瓦解时，至尊主有时显现为一个小婴儿躺在一片榕树叶上，在毁灭之水上飘荡。正因为如此，黛瓦瑚缇说："您躺在我这样一个普通女子的腹腔中并不很令人惊讶。您可以化为小婴儿，躺在一片榕树的叶子上，在毁灭之水上飘荡，那么躺在我腹腔内就不是什么太不寻常的事了。您教导我们，在这个物质世界里喜欢孩子，因而结婚，与孩子享受天伦之乐的人，也可以有至尊人格首神做自己的孩子。最神奇、美妙的事情是，至尊主自己舔自己的脚趾。"

既然所有伟大的圣人和奉献者，都尽全力从事为至尊主莲花足服务的活动，说明祂莲花足的脚趾必定有着超然的快乐。至尊主舔自己的脚趾，以品尝祂的奉献者始终向往的甘露。至尊人格首神有时会好奇自己身上究竟有多少超然的快乐；祂为了感受祂自己的力量，有时会站在一个能够体验自己的位置上。主柴坦亚(Caitanya)就是奎师那本人，但却显现为祂自己的奉献者，体验最伟大的奉献者圣茹阿妲茹阿妮(Śrīmatī Rādhārāṇī)从祂身上品尝到的超然的甜美滋味。

第 5 节 त्वं देहतन्त्रः प्रशमाय पाप्मनां
निदेशभाजां च विभो विभूतये ।
यथावतारास्तव सूकरादय-
स्तथायमप्यात्मपथोपलब्धये ॥ ५ ॥

tvaṁ deha-tantraḥ praśamāya pāpmanāṁ
nideśa-bhājāṁ ca vibho vibhūtaye
yathāvatārās tava sūkarādayas
tathāyam apy ātma-pathopalabdhaye

tvam—您 / deha—这个身体 / tantraḥ—显现 / praśamāya—为了减少 / pāpmanām—罪恶活动的 / nideśa-bhājām—奉爱的指导 / ca—和 /

vibho—我的至尊主啊 / vibhūtaye—为了扩展 / yathā—好像 / avatārāḥ—化身 / tava—您的 / sūkara-ādayaḥ—雄猪等其他形象 / tathā—那么 / ayam—这个卡皮拉的化身 / api—肯定地 / ātma-patha—自我觉悟的路途 / upalabdhaye—为了揭示

译文　我亲爱的至尊主，为了让堕落之人减少他们的罪恶活动，使他们增进有关奉献和解脱的知识，您化身为这个形象。既然这些罪恶之人都要依靠您的指导，您便按自己的意愿化身为一头雄猪或其他形象。同样，您为了向依靠您的人传播超然的知识而出现。

要旨　前面几节诗中描述了至尊人格首神的一般超然品质。这节诗中开始讲述至尊主显现的特殊目的。祂透过祂不同的能量，把各种不同的躯体赐给因为有主宰物质自然的倾向而受到制约的生物；但随着时间的流逝，这些生物变得越来越坠落，以致需要得到教化。《博伽梵歌》中说，每当这个物质存在的目的被扭曲时，至尊主就会化身显现。至尊主化身为卡皮拉的形象指导堕落的灵魂，给他们知识和做奉爱服务的机会，以便他们能够回到首神身边。至尊人格首神有许多化身，例如，雄猪化身、鱼化身、乌龟化身和半人半狮化身。主卡皮拉戴瓦也是首神的一个化身。这节诗中说，主卡皮拉戴瓦显现在地球上，给予被误导的受制约灵魂超然的知识。

第 6 节　यन्नामधेयश्रवणानुकीर्तनाद्
यत्प्रह्वणाद्यत्स्मरणादपि क्वचित् ।
श्वादोऽपि सद्यः सवनाय कल्पते
कुतः पुनस्ते भगवन्नु दर्शनात् ॥ ६ ॥

yan-nāmadheya-śravaṇānukīrtanād
yat-prahvaṇād yat-smaraṇād api kvacit

śvādo 'pi sadyaḥ savanāya kalpate
kutaḥ punas te bhagavan nu darśanāt

yat—(至尊人格首神)的 / nāmadheya—名字 / śravaṇa—聆听 / anukīrtanāt—通过吟唱 / yat—向……的他 / prahvaṇāt—通过顶拜 / yat—……的他 / smaraṇāt—通过思念 / api—甚至 / kvacit—在任何时候 / śva-adaḥ—吃狗肉的人 / api—甚至 / sadyaḥ—立即 / savanāya—为了举行韦达祭祀 / kalpate—变得有资格 / kutaḥ—更不用说 / punaḥ—再次 / te—您 / bhagavan—至尊人格首神啊 / nu—于是 / darśanāt—通过面对面地相见

译文 不要说面对面地看至尊人的那些灵性进步之人了，就连出生在吃狗肉者家庭中的人，如果一旦说出至尊人格首神的圣名，或者歌唱有关祂的一切，聆听有关祂的娱乐活动，向祂顶礼或甚至想起祂，都会变得立刻有资格举行韦达祭祀。

要旨 这节诗强调了吟诵(吟唱)、聆听和记忆至尊主圣名的灵性力量。茹帕·哥斯瓦米(Rūpa Gosvāmī)在《奉爱服务的纯粹甘露之洋》(Bhakti-rasāmṛta-sindhu)中谈了受制约灵魂从事的一系列罪恶活动后，明确说明：做奉爱服务的人可以摆脱所有罪恶活动的报应。对此，至尊主在《博伽梵歌》中也证实说：祂负责照顾投靠、服从祂的人，使其免于一切恶报。如果吟诵、吟唱至尊人格首神的圣名就能使人快速地清除罪恶活动的一切报应，那还用说那些面对面地见到至尊主本人的人有多幸运吗？

这节诗中谈到的另一个重点是：靠吟诵(吟唱)和聆听至尊主的圣名得到净化的人，立刻有资格举行、主持韦达祭祀。通常，只有出生在布茹阿玛纳(brāhmaṇa, 婆罗门)家庭中，经过十种净化程序的净化并精通韦达文献的人，才被允许举行、主持韦达祭祀。但这节诗中用了“立刻(sadyaḥ)”一词；施瑞达尔·斯瓦米(Śrīdhara Svāmī)也评论说：人可以立刻变得有资格举行韦达祭祀。投生在习惯吃狗肉的家庭中的人，因为前世从事的罪恶活动而被置于那种境况，但他只要有一次纯洁地或没有冒犯地吟诵(吟唱)或聆听了神的圣名，就可以立刻得到净化，去除恶报。他不仅清除了恶报，而且还立刻得到所有净化程序的结果。投生在布茹阿玛纳的家庭，无疑是人在前世从事虔诚活动的结果。但在布茹阿玛纳家庭中出生的孩子要想成为真正合格的布茹阿玛纳，还必须进一步接受圣线启迪等许多净化程序的改造。但吟诵、吟唱至尊主圣名的人，即使出生在吃狗肉者(caṇḍāla)的家庭里，也不需要这样的改造过程。仅仅靠吟诵、吟唱哈瑞·奎师那，他立刻得到净化，成为最优秀、最博学的布茹阿玛纳(婆罗门)。

施瑞达尔·斯瓦米就有关这一点特别评论说：人可以立刻变得值得崇拜(anena pūjyatvaṁ lakṣyate)。有些世袭布茹阿玛纳评论说：吟诵、吟唱哈瑞·奎师那(Hare Kṛṣṇa)，就会开始净化的程序。当然，那取决于个体吟诵(吟唱)的做法，但施瑞达尔·斯瓦米的这一评论完全适用于人没有冒犯地吟诵、吟唱至尊主的圣名的情况，这样做的人立刻变得比布茹阿玛纳还进步。正如施瑞达尔·斯瓦米所说，这样的人立刻像最博学的布茹阿玛纳一样值得尊敬(pūjyatvam)，可以立刻做韦达祭祀。如果只是吟诵、吟唱至尊主的圣名就能使人立刻变得如此神圣，那就更不要说那些面见至尊主的人，以及像黛瓦瑚缇了解卡皮拉戴瓦那样了解至尊主降临的人该有多进步了。

圣线启迪通常取决于指导门徒的那位真正的灵性导师。如果他看到门徒通过吟诵、吟唱的程序得到净化，变得有资格，他就会给门徒圣线，以使他人完全认可他的门徒是布茹阿玛纳。对此，圣萨纳坦·哥斯瓦米(Sanātana Gosvāmī)在《对主哈尔依的奉爱之美》(Hari-bhakti-vilāsa)中确认说：恰似铸造铜钟的铜通过化学程序可以变成金子，任何人都可以通过启迪的程序(dīkṣā-vidhāna)改变成为布茹阿玛纳。

有时，有人评论说：人可以通过吟诵、吟唱的程序开始净化自己，使自己来世投生到布茹阿玛纳家庭中，然后接受改造。但如今，就连那些出生在最优秀的布茹阿玛纳家庭中的人都没有得到改造，而且也不确定他们的父亲是否是真正的布茹阿玛纳。人们以前普遍都会按照授精仪式(garbhādhāna)这一净化改造程序做，但如今，人们不再按这样的程序做了。在这种情况下，没人知道自己的父亲是否真是布茹阿玛纳。一个人是否具备了布茹阿玛纳的品质，取决于灵性导师的判断。他通过自己的判断给予门徒布茹阿玛纳的地位。当人在按照潘查茹阿垂卡(pāñcarātrika)系统举行授予圣线的仪式上接受布茹阿玛纳启迪后，他就是经过再生的人(dvija)了。对此，萨纳坦·哥斯瓦米说：他就成为布茹阿玛纳了(dvijatvaṁ jāyate)。人在吟诵、吟唱至尊主圣名的净化阶段，经历由灵性导师给予启迪的过程，被接受为是布茹阿玛纳。接着，他更上一层楼，成为有资格的外士纳瓦(Vaiṣṇava)；这意味着他已经具备了布茹阿玛纳的品质。

第 7 节

अहो बत श्वपचोऽतो गरीयान्
यज्जिह्वाग्रे वर्तते नाम तुभ्यम् ।
तेपुस्तपस्ते जुहुवुः सस्नुरार्या
ब्रह्मानूचुर्नाम गृणन्ति ये ते ॥ ७॥

aho bata śva-paco 'to garīyān
yaj-jihvāgre vartate nāma tubhyam
tepus tapas te juhuvuḥ sasnur āryā
brahmānūcur nāma gṛṇanti ye te

aho bata—多么光荣啊 / śva-pacaḥ—吃狗肉的人 / ataḥ—从此 / garīyān—可以崇拜的 / yat—……的 / jihvā-agre—在舌尖 / vartate—是 / nāma—圣名 / tubhyam—向您 / tepuḥ tapaḥ—苦修 / te—他们 / juhuvuḥ—举行火祭 / sasnuḥ—在圣河中沐浴 / āryāḥ—阿尔延人 / brahma anūcuḥ—学习韦达经 / nāma—圣名 / gṛṇanti—接受 / ye—……的他们 / te—您的

译文　用舌头歌唱您圣名的那些人有多光荣啊！这样的人哪怕是生在吃狗肉的家庭中，都是值得敬重的。吟诵、吟唱您圣上圣名的人，必然从事过所有种类的苦修，举行过各种火祭，获得了阿尔延人(雅利安人)所有美好的品质。能够歌唱您圣上的圣名，他们必定在圣地沐浴过，必定研究过韦达经，按要求做到了一切。

要旨　正如在前一节诗中所说，一个人只要有一次在没有冒犯的情况下吟诵、吟唱了神的圣名，就会立刻变得有资格执行韦达仪式。人不必对《圣典博伽瓦谭》(Śrīmad-Bhāgavatam)的这一说明感到惊讶，不该怀疑或心想："人怎么可能靠吟诵、吟唱至尊主的圣名就彻底改变，成为能与最高级的布茹阿玛纳相比的圣人呢？"为了根除人们心中的这种质疑，这节诗声明：人并非突然达到吟诵、吟唱至尊主圣名的阶段，而是已经做过所有种类的韦达仪式和祭祀了。这没有什么太令人惊讶的，因为除非经过了举行韦达祭祀、学习韦达经和练习阿尔延(Āryan, 雅利安)人的崇高举止等低级阶段，否则没人能在这一生吟诵、吟唱至尊主的圣名。这一切必定是都做过了。正如我们知道，一个学法律的学生已经受过普通教育；谁吟诵、吟唱至尊主的圣名，哈瑞·奎师那　哈瑞·奎师那　奎师那·奎师那　哈瑞·哈瑞/哈瑞·茹阿玛　哈瑞·茹阿玛　茹阿玛·茹阿玛　哈瑞·哈瑞(Hare Kṛṣṇa, Hare Kṛṣṇa, Kṛṣṇa Kṛṣṇa, Hare Hare/ Hare Rāma, Hare Rāma, Rāma Rāma, Hare Hare)，谁就必定已经经过了所有的低级阶段。经典中说，用舌头吟诵、吟唱至尊主圣名的人极为光荣。我们用舌尖发出圣名的声音就已经足够了，甚至不需要在吟诵、吟唱圣名时了解有关冒犯的阶段、清除冒犯的阶段和纯粹的阶段等一系列的具体步骤。这节诗中说"圣名(nāma)"时用的是单数，说明发出奎师那(Kṛṣṇa)或茹阿玛(Rāma)一个名字就足够了。人不必吟诵、吟唱至尊主所有的圣名。至尊主有数不胜数的圣名，人不必吟诵、吟唱所有的圣名，以证明自己已经做过了所有的韦达仪式。人只要吟诵、吟唱一次圣名，就被了解为是已经通过了所有低阶的考试，更不要说那些一天二十四小时一直不断地吟诵、吟唱圣名的人了。这节诗中特别说“只向您(tubhyam)”。人必须吟诵、吟唱神的名字，而不是向假象宗(Māyāvādī)哲学人士所说的，“可以吟诵、吟唱半神人的名字或神的能量的名字等任何名字”。只有至尊主的圣名有效。把至尊主的圣名与半神人的名字作比较的人，被称为冒犯者(pāṣaṇḍī)。

吟诵、吟唱圣名的目的应该是为了取悦至尊主，而不是为了感官享乐或赚钱。有这种纯洁心态的人，即使出生在吃狗肉者的低等人家里都是那么光荣，以致不仅可以净化自己，而且有能力拯救他人。这样的人就像塔库尔·哈瑞达斯(Ṭhākura Haridāsa)一样，有能力阐述至尊主超然圣名的重要性。塔库尔·哈瑞达斯出生在穆斯林的家庭中，但由于他没有冒犯地吟诵至尊主的圣名，主柴坦亚授权他成为传播圣名的权威——一代宗师(ācārya)。有没有出生在遵守韦达规范守则的家庭中并不重要。由于他没有冒犯地吟诵至尊主的圣名，柴坦亚·玛哈帕布(Caitanya Mahāprabhu)和阿兑塔·帕布(Advaita Prabhu)都接受他是权威人士；立刻承认他已经从事过所有种类的苦修，研究过韦达经，做过所有的祭祀。那是理所当然的。然而，有一类世袭布茹阿玛纳(smārta-brāhmaṇa)却坚持认为，即使这样的人通过吟诵、吟唱至尊主的圣名得到净化，他们还必须举行韦达仪式或等到来世投生到布茹阿玛纳家庭中，以便能够举行韦达仪式。但事实并非如此。吟诵、吟唱至尊主圣名的人，不需要等到来世变得净化；他立刻就得到了净化，而且被认为已经举行过所有种类的祭祀仪式。是那些所谓的布茹阿玛纳才真正需要在达到这种净化前从事各种苦修。还有许多其他种类的韦达仪式，在这节诗中没有被提到。然而，通过吟诵、吟唱神的圣名就已经举行了所有种类的韦达仪式。

诗中的“举行火祭(juhuvuḥ)”是指，吟诵、吟唱圣名的人举行过所有种类的祭祀。“在圣河中沐浴(sasnuḥ)”是指他们到所有的圣地朝圣过，并在圣地参加了所有的净化活动。吟诵、吟唱圣名的人之所以被称为阿尔延人(雅利安人)，是因为他们已经完成了所有的要求，因此必然是阿尔延人中的成员或是使自己具备阿尔延人资格的人。梵文“阿尔延(āryan)”是指那些按照韦达规定做事的文明人。吟诵、吟唱至尊主圣名的奉献者，都是最优秀的阿尔延人。人除非研习韦达经，否则无法成为阿尔延人，但吟诵、吟唱至尊主圣名的人自然被认为是已经研习了所有的韦达文献。这节诗中专门用了“学习韦达经(anū-cuḥ)”一词，以表明由于吟诵、吟唱至尊主圣名的人已经完成了经典规定的所有这些活动，他们有资格成为灵性导师。

这节诗中所用的“接受(gṛṇanti)”一词的意思是：已经达到了可以举行祭祀仪式的完美阶段。如果一个人坐在高等法院法官的椅子上判案了，说明他已经通过了所有有关法律知识方面的考试，比正在学习法律或期望今后学习法律的人要强。同样道理，吟诵、吟唱神的圣名的人，比那些正在举行韦达仪式和期待变得有资格的人超然。所谓期待变得有资格的人，是指那些出生在布茹阿玛纳的家庭中，但还没有经过改造程序，因此希望学习韦达仪式，以便今后可以举行祭祀的人。

在韦达经的不同地方有许多声明说：吟诵、吟唱至尊主圣名的人，立刻摆脱受制约的生活，而听到至尊主圣名的人即使出生在吃狗肉者的家庭中也会从物质捆绑中解脱出来。

第8节　तं त्वामहं ब्रह्म परं पुमांसं
प्रत्यक्स्रोतस्यात्मनि संविभाव्यम् ।
स्वतेजसा ध्वस्तगुणप्रवाहं
वन्दे विष्णुं कपिलं वेदगर्भम् ॥ ८ ॥

taṁ tvām ahaṁ brahma paraṁ pumāṁsaṁ
pratyak-srotasy ātmani saṁvibhāvyam

sva-tejasā dhvasta-guṇa-pravāhaṁ
vande viṣṇuṁ kapilaṁ veda-garbham

tam—向祂 / tvām—您 / aham—我 / brahma—布茹阿曼(梵) / param—至高的 / pumāṁsam—至尊人格首神 / pratyak-srotasi—转而向内 / ātmani—在心中 / saṁvibhāvyam—冥想，感知 / sva-tejasā—用您自己的能量 / dhvasta—消灭了 / guṇa-pravāham—物质自然属性的影响 / vande—我致以顶礼 / viṣṇum—向主维施努 / kapilam—名为卡皮拉 / veda-garbham—韦达知识的宝库

译文 我的至尊主，我相信，您是以卡皮拉为名的主维施努本人，是至尊人格首神、至尊梵！不再受心和感官打扰的圣哲贤人冥想您，因为只有靠您的仁慈，人才能摆脱物质自然三种属性的钳制。在毁灭时，所有的韦达经都只保留在您体内。

要旨 卡皮拉的母亲黛瓦瑚缇没有拖延她的祈祷时间，而是总结说：主卡皮拉就是维施努本人；而由于她是妇女，她没有能力只是通过祈祷恰当地崇拜祂。她的目的是取悦至尊主。诗中“转向内(pratyak)”一词十分重要。瑜伽练习中有遵守戒律(yama)、品德训练(niyama)、体位法(āsana)、控制呼吸(prāṇāyāma)、收回感官感觉(pratyāhāra)、集中注意力(dhāraṇā)、冥想(dhyāna)和灵性的全神贯注(samādhi)这八个部分的内容。收回感官的感觉(pratyāhāra)指的是停止感官的活动。当人能够使感官停止从事物质活动时，就能达到黛瓦瑚缇所达到的对至尊主的认识层面。当人忙于从事物质活动时，他的感官就没有机会从事其他活动了。在这种充满奎师那意识的状态中，人可以真实地了解至尊主。

第 9 节

मैत्रेय उवाच
ईडितो भगवानेवं कपिलाख्यः परः पुमान् ।
वाचाविक्लवयेत्याह मातरं मातृवत्सलः ॥ ९ ॥

maitreya uvāca
īḍito bhagavān evaṁ
kapilākhyaḥ paraḥ pumān
vācāviklavayety āha
mātaraṁ mātṛ-vatsalaḥ

maitreyaḥ uvāca－麦垂亚说 / īḍitaḥ－赞扬了 / bhagavān－至尊人格首神 / evam－就这样 / kapila-ākhyaḥ－名为卡皮拉 / paraḥ－至尊的 / pumān－人 / vācā－以话语 / aviklavayā－庄重地 / iti－如此 / āha－回答 / mātaram－对祂母亲 / mātṛ-vatsalaḥ－非常敬爱祂的母亲

译文　至尊人格首神卡皮拉被祂母亲的这番话语取悦后，以庄严、低沉的声音回答祂深爱的母亲。

要旨　由于至尊主是绝对完美的，祂向祂母亲展示的情感也很完美。祂听了母亲的话语后，用低沉的声音，以最尊敬、礼貌的方式作答。

第 10 节

कपिल उवाच
मार्गेणानेन मातस्ते सुसेव्येनोदितेन मे ।
आस्थितेन परां काष्ठामचिरादवरोत्स्यसि ॥१०॥

kapila uvāca
mārgeṇānena mātas te
susevyenoditena me
āsthitena parāṁ kāṣṭhām
acirād avarotsyasi

kapilaḥ uvāca－主卡皮拉说 / mārgeṇa－以那个方法 / anena－这 / mātaḥ－我的母亲啊 / te－为您 / su-sevyena－非常容易做到 / uditena－训示 / me－由我 / āsthitena－因为执行了 / parām－至高的 / kāṣṭhām－目标 / acirāt－很快 / avarotsyasi－您会达到

译文 人格首神说：亲爱的母亲，我为您讲解过的觉悟自我之途很容易走。您可以毫无困难地按这个程序做；它会使您很快，甚至在您现有的躯体中就获得解脱。

要旨 奉爱服务是如此完美，以致只要遵守规范守则，在灵性导师的指导下做服务，就能如这节诗中所说，甚至在现有的躯体中就摆脱玛亚的钳制，获得解脱。通过其他的瑜伽程序，或者说用经验性哲学思辨的方式，人永远无法确知自己是否处在完美的阶段。但依靠做奉爱服务的方式，人只要信心坚定地执行灵性导师的指示，遵守规范守则，就确保得到解脱，甚至在现有的躯体中就可以解脱了。对此，圣茹帕·哥斯瓦米在《奉爱服务的纯粹甘露之洋》中确认说：人生的唯一目标是在灵性导师的指导下为至尊主做服务的人(īhā yasya harer dāsye)，被说成是甚至在现有的物质躯体中就已经解脱了(jīvan-mukta)。初习奉献者有时心中会产生疑问说“灵性导师是否已经解脱了”，有些初习奉献者对灵性导师的躯体表征产生怀疑。然而，判断灵性导师是否解脱，并不是看他的躯体表征，而应该看他的灵性特征。“在这个物质躯体中时就已解脱(jīvan-mukta)”的意思是：由于人全心全意地为至尊主服务，他即使还在这个物质躯体中(既然躯体是物质的，就还有一些物质需要)，也被认为是解脱了。

解脱意味着人恢复了自己的原本状态。对此，《圣典博伽瓦谭》第2篇第10章的第6节诗中所下的定义是：解脱是指生物停止更换粗糙和精微的物质躯体，恢复他永恒形象的状态(muktir...svarūpeṇa vyavasthitiḥ)。主柴坦亚描述生物的真实身份(svarūpa)说：生物的真实身份是至尊主永恒的仆人(jīvera 'svarūpa' haya-kṛṣṇera 'nitya-dāsa')。全身心投入地为至尊主服务的人，被认为是已经解脱了。要了解一个人是否解脱，必须透过他所从事的奉爱服务的活动去判断，而不是其他征象。

第 11 节　श्रद्धत्स्वैतन्मतं मह्यं जुष्टं यद् ब्रह्मवादिभिः ।
येन मामभयं याया मृत्युमृच्छन्त्यतद्विदः ॥११॥

śraddhatsvaitan mataṁ mahyaṁ
juṣṭaṁ yad brahma-vādibhiḥ
yena mām abhayaṁ yāyā
mṛtyum ṛcchanty atad-vidaḥ

śraddhatsva－您可以保证 / etat－有关 / matam－这个训示 / mahyam－我的 / juṣṭam－遵循 / yat－……的 / brahma-vādibhiḥ－由超然主义者 / yena－由……的 / mām－向我 / abhayam－没有恐惧的 / yāyāḥ－您将达到 / mṛtyum－死亡 / ṛcchanti－达到 / a-tat-vidaḥ－那些不熟悉这个的人

译文　我亲爱的母亲，真正的超然主义者必会按我给您的指示做。您放心，您如果不偏不倚地按这条觉悟自我的路途走，就必然会免于可怕的物质污染，最终到达我这里。母亲，不了解奉爱服务这一方法的人，无疑不可能跳出生死轮回圈。

要旨　物质存在充满了焦虑和不安，因此令人心生恐惧。逃脱这个物质存在的人，自然不再有焦虑和恐惧。按照主卡皮拉讲解的程序走奉爱服务之途的人很容易解脱。

第 12 节　मैत्रेय उवाच
इति प्रदर्श्य भगवान् सतीं तामात्मनो गतिम् ।
स्वमात्रा ब्रह्मवादिन्या कपिलोऽनुमतो ययौ ॥१२॥

maitreya uvāca
iti pradarśya bhagavān
satīṁ tām ātmano gatim
sva-mātrā brahma-vādinyā
kapilo 'numato yayau

maitreyaḥ uvāca—麦垂亚说 / iti—之后 / pradarśya—在教导后 / bhagavān—至尊人格首神 / satīm—值得尊敬的 / tām—那个 / ātmanaḥ—自我觉悟的 / gatim—途径 / sva-mātrā—从祂母亲 / brahma-vādinyā—自我觉悟的 / kapilaḥ—主卡皮拉 / anumataḥ—经允许 / yayau—离开

译文 圣麦垂亚说：至尊人格首神卡皮拉教导祂亲爱的母亲后，便请求母亲的允许离开了家。祂的使命完成了。

要旨 至尊人格首神以卡皮拉的形象显现的使命是，传播充满了奉爱服务内容的数论哲学的超然知识。卡皮拉戴瓦把那知识传授给祂母亲，并通过祂母亲传向世界后，便不需要在家中停留了。因此，祂在征得母亲同意后离开了家。表面上看，祂离开家是为了灵修，但实际上，由于祂本人就是灵性觉悟的对象，祂根本不需要灵修。所以真实的情况是：至尊人格首神像一个普通人那样行事，以便树立榜样，让他人能够效仿。祂虽然可以与母亲住在一起，但却以实际行动表明，追求灵性觉悟不需要与家人住在一起。最好是当独身禁欲的学生(brahmacārī)、托钵僧(sannyāsī)或退出家庭生活的人(vāna-prastha)，一生培养奎师那意识。没有能力保持独身状态的人被允许与妻子和孩子住在一起过居士生活，但目的不是为了感官享乐，而是培养奎师那意识。

第 13 节 सा चापि तनयोक्तेन योगादेशेन योगयुक् ।
तस्मिन्नाश्रम आपीडे सरस्वत्याः समाहिता ॥१३॥

sā cāpi tanayoktena
yogādeśena yoga-yuk
tasminn āśrama āpīḍe
sarasvatyāḥ samāhitā

sā—她 / ca—和 / api—也 / tanaya—由她儿子 / uktena—讲述 / yoga-ādeśena—通过有关瑜伽的教诲 / yoga-yuk—练奉爱瑜伽 / tasmin—在那

个 / āśrame－灵修所 / āpīḍe－花冠 / sarasvatyāḥ－萨茹阿斯瓦缇河的 / samāhitā－稳定的处于全神贯注的状态

译文 黛瓦瑚缇开始按她儿子的教导，在她所在的那个灵修地练奉爱瑜伽。她在卡尔达玛·牟尼那用鲜花装饰得绝美的家里练萨玛迪，那个家是那么美，以致被视为是萨茹阿斯瓦缇河的鲜花王冠。

要旨 黛瓦瑚缇没有离开她的住宅，因为经典从没有推荐妇女要离开自己的家。她需要有依靠。黛瓦瑚缇的例子表明妇女一生需要依靠他人照顾的状态。她未婚前由父亲斯瓦阳布瓦·玛努(Svāyambhuva Manu)照顾，斯瓦阳布瓦随后把她送给卡尔达玛·牟尼(Kardama Muni)当妻子，所以她在婚后由丈夫照顾。后来，她儿子卡皮拉·牟尼出生了，儿子一旦长大成人，她丈夫就离开了家。同样，她儿子履行了对母亲的职责后也离开了家。她也可以离开家，但却没有那么做；相反，她留在家中，开始按她伟大的儿子卡皮拉·牟尼的教导，练习奉爱瑜伽(bhakti-yoga)。而由于她练奉爱瑜伽，整个家就像在萨茹阿斯瓦提河上的鲜花王冠一样美丽。

第 14 节 अभीक्ष्णावगाहकपिशान् जटिलान् कुटिलालकान् ।
आत्मानं चोग्रतपसा बिभ्रती चीरिणं कृशम् ॥१४॥

abhīkṣṇāvagāha-kapiśān
jaṭilān kuṭilālakān
ātmānaṁ cogra-tapasā
bibhratī cīriṇaṁ kṛśam

abhīkṣṇa－一次又一次 / avagāha－因为沐浴 / kapiśān－灰色 / jaṭilān－无光泽 / kuṭila－卷曲的 / alakān－头发 / ātmānam－她的身体 / ca－和 / ugra-tapasā－通过严格的苦行 / bibhratī－变得 / cīriṇam－衣衫褴褛 / kṛśam－瘦的

译文 她开始一天沐浴三次，以致卷曲的黑发逐渐变成了灰色。由于苦修，她的身体逐渐消瘦。她穿的是旧衣服。

要旨 独身禁欲的学生、退出家庭生活的人和托钵僧，练瑜伽时每天早、中、晚至少要三次沐浴。就连有些居士，尤其是灵性意识非常高的布茹阿玛纳，也会遵守这些原则。黛瓦瑚缇是君王的女儿，也几乎是君王的妻子。卡尔达玛·牟尼虽然不是君王，但凭他的神秘瑜伽力量为黛瓦瑚缇提供了非常舒适的生活条件、侍女成群的宫殿等所有的财富。但由于黛瓦瑚缇甚至在丈夫在家时就学会了苦行，所以苦行对她来说毫不困难。尽管如此，她在丈夫和儿子都离开家的情况下还是经历了严酷的苦行，因此变瘦了。太胖不利于在灵性生活中取得进步。人应该尽量使自己变瘦，因为变胖会阻碍人在灵性理解上取得进步。人应该小心不要吃得太多，睡得太多或保持太舒适的状态；应该自愿接受一些苦行和困难，少吃、少睡。这些是练瑜伽，无论是奉爱瑜伽、思辨瑜伽(jñāna-yoga)，还是哈塔瑜伽(haṭha-yoga)，都该遵守的原则。

第 15 节 प्रजापतेः कर्दमस्य तपोयोगविजृम्भितम् ।
स्वगार्हस्थ्यमनौपम्यं प्रार्थ्यं वैमानिकैरपि ॥१५॥

prajāpateḥ kardamasya
tapo-yoga-vijṛmbhitam
sva-gārhasthyam anaupamyaṁ
prārthyaṁ vaimānikair api

prajā-pateḥ—人类祖先的 / kardamasya—卡尔达玛·牟尼 / tapaḥ—通过苦修 / yoga—通过瑜伽 / vijṛmbhitam—培养出 / sva-gārhasthyam—他的家和家用品 / anaupamyam—无与伦比的 / prārthyam—令人羡慕的 / vaimānikaiḥ—被天堂居民 / api—甚至

译文 生物体祖先之一卡尔达玛的家和家用物品是如此

富有；凭借他苦修和瑜伽的力量，他所具有的这些财富甚至使坐飞机在外太空旅行经过的人有时都感到嫉妒。

要旨　这节诗中说明：就连天堂星球的居民在太空旅行时看到卡尔达玛·牟尼的家居条件都感到羡慕。天堂居民的飞船不同于我们现在发明的飞机。我们现代有的飞机只能从一个国家飞到另一个国家，他们的飞机却能从一个星球飞到另一个星球。有关这样的说明在《圣典博伽瓦谭》里的很多地方可以看到；从这些说明我们可以了解，世上存在着从一个星球飞到另一个星球去的设施，尤其是在高等星球，而谁又能说他们现在没在旅行呢？我们的飞机和空中飞行器的速度极为有限，但正如我们已经了解到的，卡尔达玛·牟尼乘坐像一座城市那样的飞机在太空中旅游，一路上看到了所有不同的天堂星球。那不是一架普通的飞机，旅行也不是普通的太空旅行。由于卡尔达玛·牟尼是一位如此强大有力的瑜伽师，他所拥有的财富甚至被天堂星球居民所羡慕。

第 16 节　पयःफेननिभाः शय्या दान्ता रुक्मपरिच्छदाः ।
आसनानि च हैमानि सुस्पर्शास्तरणानि च ॥१६॥

payaḥ-phena-nibhāḥ śayyā
dāntā rukma-paricchadāḥ
āsanāni ca haimāni
susparśāstaraṇāni ca

payaḥ—牛奶的 / phena—泡沫 / nibhāḥ—类似 / śayyāḥ—床 / dāntāḥ—由象牙制成的 / rukma—金色的 / paricchadāḥ—以及遮盖物 / āsanāni—椅子和凳子 / ca—和 / haimāni—用金子制成的 / su-sparśa—摸起来柔软的 / āstaraṇāni—坐垫 / ca—和

译文　卡尔达玛·牟尼家的财富被描述为是：床单和床垫都像牛奶泡沫般白；椅子和长凳由象牙制成，用缝着金丝花边的织物覆盖着；用黄金打造的长沙发上铺设着十分柔软的坐垫和靠垫。

第 17 节 स्वच्छस्फटिककुड्येषु महामारकतेषु च ।
रत्नप्रदीपा आभान्ति ललना रत्नसंयुताः ॥१७॥

svaccha-sphaṭika-kuḍyeṣu
mahā-mārakateṣu ca
ratna-pradīpā ābhānti
lalanā ratna-saṁyutāḥ

svaccha－纯的 / sphaṭika－大理石 / kuḍyeṣu－在墙上 / mahā-mārakateṣu－点缀着昂贵的绿宝石 / ca－和 / ratna-pradīpāḥ－珠宝的灯 / ābhānti－发光 / lalanāḥ－妇女 / ratna－带着珠宝 / saṁyutāḥ－装饰着

译文 住宅的墙壁用最上等的大理石砌成，镶嵌着珍贵的宝石。家里被这些宝石放射的光芒照得通亮，根本不需要用灯。家里所有的女性成员都浑身佩戴着珠宝首饰。

要旨 从这节诗中可以明白，居士生活的富裕体现为贵重的珠宝、象牙、一流的大理石，以及镶嵌着金子和宝石的家具。上一节诗中提到，就连织物都绣着金线。在过去的年代里，所有的物品其实都有一定的价值；不像现代家具，都用毫无价值的塑料和没有价值的金属制成。在韦达文明时代，所有的家用物品都有一定的价值，以便在急需时可以用这些有价值的东西换取自己所需的一切。因此，哪怕是破损的和不要的家具及用品，都不会没有价值。印度过居家生活的人仍沿袭这一做法，保留着金属器皿、金饰、银盘和绣着金线的贵重丝绸，以便急需时用它们换钱。放债人和居士之间会做这种交易。

第 18 节 गृहोद्यानं कुसुमितै रम्यं बह्वमरद्रुमैः ।
कूजद्विहङ्गमिथुनं गायन्मत्तमधुव्रतम् ॥१८॥

gṛhodyānaṁ kusumitai
　ramyaṁ bahv-amara-drumaiḥ
kūjad-vihaṅga-mithunaṁ
　gāyan-matta-madhuvratam

gṛha-udyānam—家庭花园 / kusumitaiḥ—有鲜花和水果 / ramyam—美丽的 / bahu-amara-drumaiḥ—许多天堂的树木 / kūjat—歌唱 / vihaṅga—小鸟的 / mithunam—成对的 / gāyat—嗡嗡叫 / matta—陶醉的 / madhu-vratam—和蜜蜂

译文　住宅群中的主建筑由美丽的花园环绕着，花园内盛开着散发芬芳、甜美气味的鲜花，许多结满新鲜果实的树木长得高大、健美。这些花园的魅力在于，歌喉委婉的鸟儿会坐在枝头歌唱，加上蜜蜂的嗡嗡声，整个气氛舒适怡人。

第 19 节　**यत्र प्रविष्टमात्मानं विबुधानुचरा जगुः ।**
वाप्यामुत्पलगन्धिन्यां कर्दमेनोपलालितम् ॥१९॥

yatra praviṣṭam ātmānaṁ
　vibudhānucarā jaguḥ
vāpyām utpala-gandhinyāṁ
　kardamenopalālitam

yatra—当……时 / praviṣṭam—进入 / ātmānam—向她 / vibudha-anucarāḥ—天堂居民的同伴 / jaguḥ—歌唱 / vāpyām—在池塘里 / utpala—莲花的 / gandhinyām—带着香味 / kardamena—由卡尔达玛 / upalālitam—小心地照顾

译文　当黛瓦瑚缇进入那令人身心愉快的花园，到开满莲花的池塘中沐浴时，属于天堂居民同伴的歌仙们就会歌唱卡尔达玛光荣的家居生活。她那伟大的丈夫卡尔达玛曾经总是在各方面保护她。

要旨 这节诗中生动地描述了理想夫妻间的关系。卡尔达玛·牟尼履行当丈夫的职责，为黛瓦瑚缇提供了各种各样舒适的生活条件。然而，他一点儿都不留恋妻子，一旦儿子卡皮拉长大，就立刻离开家，切断了与家庭的联系。同样，黛瓦瑚缇是伟大的君王斯瓦阳布瓦·玛努的女儿，非常有资格、极为美貌，但却完全依赖丈夫的保护。按照《玛努法典》(Manu-saṁhitā)的原则：妇女在一生所有的阶段都不该独立自主；在年少阶段必须受父母的保护，年轻时必须受丈夫的保护，老年时必须受长大成人的孩子的保护。黛瓦瑚缇一生的生活完全符合《玛努法典》的说明：她儿时依靠父亲；虽然自己很富有，但结婚后依靠丈夫；后来儿子长大后便依靠儿子卡皮拉戴瓦。

第 20 节 हित्वा तदीप्सिततममप्याखण्डलयोषिताम् ।
किञ्चिच्चकार वदनं पुत्रविश्लेषणातुरा ॥२०॥

hitvā tad īpsitatamam
apy ākhaṇḍala-yoṣitām
kiñcic cakāra vadanaṁ
putra-viśleṣaṇāturā

hitvā—放弃了 / tat—那个家庭 / īpsita-tamam—最值得要的 / api—甚至 / ākhaṇḍala-yoṣitām—由天帝因铎的妻子们 / kiñcit cakāra vadanam—她看起来很难过 / putra-viśleṣaṇa—由于与儿子分离 / āturā—受折磨

译文 尽管从所有的方面看，圣洁的黛瓦瑚缇的地位都十分独特，甚至就连天堂女士们都嫉妒她所拥有的一切，但她不顾这些，毅然放弃了安逸的生活。她唯一感到难过的，是她那伟大的儿子离开了她。

要旨 黛瓦瑚缇对放弃她所有的物质舒适条件一点儿都不感到遗憾，但很难过与她儿子分开。人们在此也许会问，黛瓦瑚缇既然对放弃舒适的物质生活不感到遗憾，为什么要为失去儿子而感到难过？她为什么要如此依恋她的儿子？对这些问题，下一节诗给予了回答。她的儿子不是普通人，而是至尊人格首神。因此，人只有在依恋上至尊人时，才有可能切断物质依恋。就有关这一点，《博伽梵歌》中解释说：人只有体验到灵性存在的美好后，才愿意放弃物质主义的生活方式(paraṁ dṛṣṭvā nivartate)。

第 21 节　वनं प्रव्रजिते पत्यावपत्यविरहातुरा ।
ज्ञाततत्त्वाप्यभून्नष्टे वत्से गौरिव वत्सला ॥२१॥

vanaṁ pravrajite patyāv
apatya-virahāturā
jñāta-tattvāpy abhūn naṣṭe
vatse gaur iva vatsalā

vanam—去森林 / pravrajite patyau—当她的丈夫离开家 / apatya-viraha—因为与她儿子分开 / āturā—很悲伤 / jñāta-tattvā—知道了真相 / api—虽然 / abhūt—她变得 / naṣṭe vatse—失去自己的牛犊时 / gauḥ—母牛 / iva—就好像 / vatsalā—充满感情

译文　黛瓦瑚缇的丈夫已经离开家，进入生活的弃绝阶段；接着，她唯一的儿子卡皮拉也离开了家。尽管她知道生与死的一切真相，尽管她的心清除了所有的污染，但她还是为失去儿子而万分悲伤，恰似母牛在她的牛犊死去时深受打击。

要旨　妇女在丈夫离开家或进入弃绝阶层时不会太难过，因为她身边还有丈夫的代表——儿子。韦达经典中说：儿子代表丈夫的躯体(ātmaiva putro jāyate)。严格地说，有长大成人的儿子在身边的妇女永远都不算寡妇。当卡皮拉·牟尼在身边的时候，黛瓦瑚缇并没有因为丈夫离开而受到很大的影响，但卡皮拉的离开对她产生很大的影响。她难过不是因为与卡尔达玛·牟尼断绝了尘世的关系，而是出于对人格首神的爱。

这节诗中举例说，黛瓦瑚缇恰似失去了自己牛犊的母牛。失去牛犊的母牛日夜不停地哭泣。同样，黛瓦瑚缇因为儿子的离去而难过不已，总是哭泣，并请求她的朋友和亲属说："请把我儿子带回家，以使我能活下去。否则，我就会死去。"对至尊人格首神的这种强烈的爱，虽然以对儿子的爱的形式表达，但却极有利于灵性进步。对尘世中的儿子的依恋使人被迫留在物质存在中，但同样的依恋之情如果转移到至尊主身上，就会把人提升到灵性世界中去与至尊主联谊。

每一位女士都可以使自己变得像黛瓦瑚缇那样有资格，然后也能得到至尊首神当自己的儿子。至尊人格首神如果能显现为黛瓦瑚缇的儿子，也就能显现为任何其他女士的儿子，只要那位女士是有资格的。人如果能得到至尊主当儿子，就可以获得在这个世界里养育好儿子的利益，同时被提升到灵性世界，面对面地与人格首神交往、联谊。

第22节 तमेव ध्यायती देवमपत्यं कपिलं हरिम् ।
बभूवाचिरतो वत्स निःस्पृहा तादृशे गृहे ॥२२॥

tam eva dhyāyatī devam
apatyaṁ kapilaṁ harim
babhūvācirato vatsa
niḥspṛhā tādṛśe gṛhe

tam—向祂 / eva—肯定地 / dhyāyatī—冥想 / devam—神性的 / apatyam—儿子 / kapilam—主卡皮拉 / harim—至尊人格首神 / babhūva—变得 / aciratah—很快 / vatsa—啊，亲爱的维杜茹阿 / niḥspṛhā—不执著 / tādṛśe gṛhe—这样的家庭

译文 啊，维杜茹阿！她就这样一直不停地冥想她的儿子——至尊人格首神卡皮拉戴瓦，很快变得不再留恋她那装饰精美的家。

要旨　这节诗里说的是人如何能靠奎师那意识把自己提升到灵性进步层面上的具体例子。卡皮拉戴瓦就是奎师那，祂显现为黛瓦瑚缇的儿子。卡皮拉戴瓦离开家后，黛瓦瑚缇全神贯注地想着祂，因此始终具有奎师那意识。她因为始终处在奎师那意识的层面上，所以有能力超脱健康和家庭。

我们除非能够把我们的依恋之情转向至尊人格首神，否则没有可能斩断物质的依恋。正因为如此，《博伽瓦谭》确认说：靠不断地进行经验性哲学思辨，无法使人获得解脱。仅仅知道自己不是物质，而是灵性的灵魂或布茹阿曼(Brahman, 梵)，并不能净化人的智力。就连达到最高灵性觉悟层面的非人格神主义者，都会因为没有处在为至尊主做超然的爱心服务的层面上而再次坠入物质依恋的情感中。

采用奉爱程序的奉献者们，聆听有关至尊主的娱乐活动，赞美祂的活动，因此总是铭记着祂美丽永恒的形象。通过为至尊主做服务，成为祂的朋友或仆人，向祂献出自己所拥有的一切，人就能够进入神的王国。正如《博伽梵歌》中所说：做纯粹的奉爱服务后，人就可以了解真实的至尊人格首神(tato māṁ tattvato jñātvā)，从而有资格在某一个灵性星球上与祂交往、联谊。

第23节　ध्यायती भगवद्रूपं यदाह ध्यानगोचरम् ।
सुतः प्रसन्नवदनं समस्तव्यस्तचिन्तया ॥२३॥

dhyāyatī bhagavad-rūpaṁ
yad āha dhyāna-gocaram
sutaḥ prasanna-vadanaṁ
samasta-vyasta-cintayā

dhyāyatī－冥想 / bhagavat-rūpam－至尊人格首神的形象 / yat－……的 / āha－祂教导 / dhyāna-gocaram－冥想的对象 / sutaḥ－她儿子 / prasanna-vadanam－面带微笑的 / samasta－从整体的 / vyasta－从局部的 / cintayā－在她心中

译文 那以后，黛瓦瑚缇便开始按照她怀着急切的心情聆听到的、她儿子卡皮拉戴瓦(永远微笑着的人格首神)的详细解释，一直不断地冥想至尊主的维施努形象。

第24－25节 भक्तिप्रवाहयोगेन वैराग्येण बलीयसा ।
युक्तानुष्ठानजातेन ज्ञानेन ब्रह्महेतुना ॥२४॥
विशुद्धेन तदात्मानमात्मना विश्वतोमुखम् ।
स्वानुभूत्या तिरोभूतमायागुणविशेषणम् ॥२५॥

bhakti-pravāha-yogena
vairāgyeṇa balīyasā
yuktānuṣṭhāna-jātena
jñānena brahma-hetunā

viśuddhena tadātmānam
ātmanā viśvato-mukham
svānubhūtyā tirobhūta-
māyā-guṇa-viśeṣaṇam

bhakti-pravāha-yogena－通过连续不断地做奉爱服务 / vairāgyeṇa－通过弃绝 / balīyasā－非常强大的 / yukta-anuṣṭhāna－通过正确地履行职责 / jātena－产生了 / jñānena－通过知识 / brahma-hetunā－由于对绝对真理的觉悟 / viśuddhena－通过净化 / tadā－于是 / ātmānam－至尊人格首神 / ātmanā－在心中 / viśvataḥ-mukham－脸面对所有方向的祂 / sva-anubhūtyā－通过自我觉悟 / tiraḥ-bhūta－消失了 / māyā-guṇa－物质自然属性 / viśeṣaṇam－差别

译文 她怀着做奉爱服务的真诚心态这样冥想。由于她弃绝的态度十分坚定，她只接受维持身体所需的一切。她因为有对绝对真理的认识而处在知识的层面上，她的心变得纯净；由物质自然属性引起的焦虑和不安都不复存在，她变得完全专注于冥想至尊人格首神。

第 26 节　ब्रह्मण्यवस्थितमतिर्भगवत्यात्मसंश्रये ।
निवृत्तजीवापत्तित्वात्क्षीणक्लेशाप्तनिर्वृतिः ॥२६॥

brahmaṇy avasthita-matir
bhagavaty ātma-saṁśraye
nivṛtta-jīvāpattitvāt
kṣīṇa-kleśāpta-nirvṛtiḥ

brahmaṇi—在布茹阿曼中 / avasthita—处于 / matiḥ—她的心 / bhagavati—在至尊人格首神中 / ātma-saṁśraye—住在所有的生物体中 / nivṛtta—摆脱 / jīva—个体灵魂的 / āpattitvāt—从不幸的处境 / kṣīṇa—消失 / kleśa—物质的痛苦 / āpta—获得 / nirvṛtiḥ—超然的喜乐

译文　她的注意力完全集中在至尊主身上，结果很自然就觉悟了非人格梵的知识。作为觉悟了梵的灵魂，她不再有物质主义生活概念中的分别心。因此，所有的物质痛苦都不见了，她获得了超然的极乐。

要旨　前几节诗说明：黛瓦瑚缇已经熟悉了绝对真理。人们也许会问，那她为什么还要冥想。解释是：人从理论的角度谈论有关绝对真理时，就会处在对绝对真理的非人格方面的认识层面上。同样，当人认真地谈论至尊人格首神的形象、品质、娱乐活动和与祂有关的人事物时，便处在冥想祂的状态中。人如果有对至尊主的完整知识，就会自然而然领悟到不具人格特征的梵的知识。追寻绝对真理的人从不具人格特征的梵、处在局部区域的超灵和至尊人格首神这三个方面去认识绝对真理。人如果了解了至尊人，就意味着他也了解了有关超灵和非人格梵的概念。

《博伽梵歌》第18章的第54节诗中说：人除非摆脱物质的束缚，处在布茹阿曼(梵)的层面上，否则不可能了解奉爱服务或培养奎师那意识(brahma-bhūtaḥ prasannātmā)。忙于为奎师那做奉爱服务的人，被认为是已经觉悟了生命中的布茹阿曼概念，因为有关至尊人格首神的超然知识包括布茹阿曼(梵)的知识。对此，《博伽梵歌》中确认说：有关人格首神的概念不依靠布茹阿曼的概念而存在(brahmaṇo hi pratiṣṭhāham)。《维施努往世书》(Viṣṇu Purāṇa)中也证实说：托庇于绝对吉祥的至尊主的人，已经了解了布茹阿曼。换句话说，外士纳瓦(至尊主的奉献者)已经是布茹阿玛纳了。

这节诗中的另一个重点是说：人必须遵守经典规定的规范原则。正如《博伽梵歌》所证实的：做一切都要有规律(yuktāhāra-vihārasya)。人在怀着奎师那意识做奉爱服务时，仍然需要吃、睡、防卫和交媾，因为这些都是躯体的需要。但人要按照规定从事这些活动。他必须吃给奎师那供奉过的食物——奎师那·帕萨达(kṛṣṇa-prasāda)。他必须按照规范原则睡觉。原则是：人必须减少睡眠的时间和进食量，只吃身体需要的量。简而言之，目标是取得灵性进步，而不是感官享乐。同样，必须减少性生活。应该只为生育具有奎师那意识的孩子而过性生活，否则便不需要过性生活。没有什么是绝对禁止做的，但在做每一件事情时都应该心中始终记着崇高的目的按照规定(yukta)去做。遵守所有这些规范守则，可以使人得到净化，清除因愚昧而产生的错误概念；这节诗中特别谈到，彻底去除物质束缚的原因。

梵文“清除要不得的一切(anartha-nivṛtti)”是指，这个躯体是要不得的。我们是灵性的灵魂，永远都不需要这个物质躯体。然而，由于我们想要享受物质躯体，物质能量便在至尊人格首神的指导下安排给了我们这个躯体。我们一旦重新恢复我们原本的为至尊主服务的状态，与至尊主重新建立主仆关系，我们就开始忘记这个躯体的需求，最后完全忘记这个躯体。

在睡梦中，我们有时会得到在梦中从事活动的某个躯体。我也许梦到自己正在天空中飞翔，或者走进森林或某个陌生的地方。但我一旦醒来，就会忘记所有这些躯体。同样道理，当人具有奎师那意识，对至尊主充满奉爱之情时，他便忘记他更换过的所有躯体。我们打从母亲的子宫降生开始，就一直在更换躯体。但我们一旦唤醒我们原本就有的奎师那意识，就会遗忘所有这些躯体。躯体的需求变成次要的，主要的需求是灵魂要过真正、灵性的生活。满怀奎师那意识做奉爱服务，使我们处在超然的状态中。“全神贯注于住在众生体内的至尊主(bhagavaty ātma-saṁśraye)”一句，是指作为超灵的人格首神——众生的灵魂。奎师那在《博伽梵歌》第7章的第10节诗中说：“我是一切存在最初的种子(bījaṁ māṁ sarva-bhūtānām)。”通过做奉爱服务的方式托庇于至尊神，可以使人对人格首神有全面的了解。正如卡皮拉所说：满怀奎师那意识全神贯注于人格首神的人，一旦听到有关至尊主超然的品质，就会立刻展现出对神的爱(mad-guṇa-śruti-mātreṇa)。

卡皮拉戴瓦为祂母亲黛瓦瑚缇全面、详细地讲解了如何用心冥想维施努形象的程序。黛瓦瑚缇按照她儿子的教导，把这种冥想作为奉爱服务，怀着巨大的奉爱之情在自己的心中冥想至尊主的形象。那是布茹阿曼(梵)觉悟、神秘瑜伽体系或奉爱服务所达到的完美境界。最终，当人全神贯注、一直不断地冥想至尊主时，他(她)就达到了最高的完美境界。《博伽梵歌》证实说：始终这样全神贯注的人，被视为是最高级的瑜伽师。

思辨瑜伽、禅瑜伽(dhyāna-yoga)或奉爱瑜伽等所有使人获得超然觉悟之程序的真正目的，都是要让人达到做奉爱服务的层面。如果人只是努力获取有关绝对真理或超灵的知识，但没有实际去做奉爱服务，那他的努力就不会有真正的结果。这被比喻为是拍打已经没有谷粒的空谷壳。人除非了解至尊人格首神是最高的目标，否则练神秘瑜伽或思辨就只是在浪费时间。在八部瑜伽(aṣṭāṅga-yoga)体系中，第七个步骤的完美境界是冥想(dhyāna, 禅)。这个冥想的阶段是奉爱服务的第三个阶段。奉爱服务有九个阶段，首先是聆听，然后是吟诵、吟唱，接着是冥想。因此，人通过做奉爱服务，自然而然就变成造诣高深的思辨家和瑜伽师。换句话说，思辨和瑜伽是奉爱服务不同的初级阶段。

黛瓦瑚提很精通如何吸取真正的精华、要义；她按照她那面带微笑的儿子卡皮拉戴瓦的教导，冥想维施努形象的每一个细节。同时，她也想至尊人格首神卡皮拉戴瓦。正因为如此，她从事的苦修，以及获得的超然觉悟是绝对完美的。

第 27 节 नित्यारूढसमाधित्वात्परावृत्तगुणभ्रमा ।
न सस्मार तदात्मानं स्वप्ने दृष्टमिवोत्थितः ॥२७॥

nityārūḍha-samādhitvāt
parāvṛtta-guṇa-bhramā
na sasmāra tadātmānaṁ
svapne dṛṣṭam ivotthitaḥ

nitya—永恒的 / ārūḍha—处于 / samādhitvāt—从全神贯注的状态 / parāvṛtta—摆脱 / guṇa—物质自然属性的 / bhramā—迷惑 / na sasmāra—她记不起 / tadā—于是 / ātmānam—她的物质身体 / svapne—在梦中 / dṛṣṭam—看到 / iva—好像 / utthitaḥ—醒来的人

译文 她处在永恒的狂喜状态中，不再受物质自然属性的迷惑，完全忘了她的物质躯体，如同一个人忘了他在梦中有过的各种躯体。

要旨 一位伟大的外士纳瓦说：对自己的躯体没有记忆的人不受物质存在的束缚。要明白的是：我们只要还意识到我们躯体的存在，就生活在受物质自然三种属性制约的状态下。当人遗忘自己的躯体存在时，他那受制约的物质生活就结束了。当我们用自己的感官为至尊主做超然的爱心服务时，这种遗忘的状态就能真正发生。在受制约的状态中，人作为家庭的一员或社会、国家的一员，运用自己的感官从事活动。但当人忘了物质环境中的所有这些身份，并认识到自己是至尊主永恒的仆人时，他就真正忘记了物质存在。

当人为至尊主做奉爱服务时，这样的遗忘就会实际发生。奉献者不再以感官享乐为目的而用他的身体为家庭、社会、国家或人类等工作。他只是为至尊人格首神奎师那工作。那是完美的奎师那意识。

奉献者始终沉浸在超然的快乐中，因此感受不到物质的痛苦。这种超然的快乐称为永恒的极乐。按照奉献者的看法，始终铭记至尊主就是灵性的出神入定状态——萨玛迪(samādhi)。人如果一直处在灵性的出神入定状态中，就不可能再受到物质自然属性的触碰或攻击。人一旦去除物质自然三种属性的污染，就不会在这个物质世界中经历从一个躯体转入另一个躯体的生死轮回了。

第 28 节　तद्देहः परतः पोषोऽप्यकृशश्चाध्यसम्भवात् ।
बभौ मलैरवच्छन्नः सधूम इव पावकः ॥२८॥

tad-dehaḥ parataḥ poṣo
'py akṛśaś cādhy-asambhavāt
babhau malair avacchannaḥ
sadhūma iva pāvakaḥ

tat-dehaḥ－她的身体 / parataḥ－被其他的(卡尔达玛创造出来的少女) / poṣaḥ－维持着 / api－尽管 / akṛśaḥ－并不瘦 / ca－和 / ādhi－焦急的 / asambhavāt－没有发生 / babhau－发光的 / malaiḥ－被尘土 / avacchannaḥ－覆盖 / sa-dhūmaḥ－被烟雾围绕 / iva－就像 / pāvakaḥ－火

译文　她的身体由她丈夫卡尔达玛创造的仙女们照料，由于她那时不再有焦虑，她的身体不再消瘦。她显得恰似笼罩在烟中的火。

要旨　黛瓦瑚缇因为总是在心中仔细地冥想人格首神，所以始终处在超然狂喜的心醉神迷状态中。她丈夫创造的天堂侍女照料着她的身体，使她没有变瘦。按照阿尤尔·韦达(Āyur-veda)医学的说法，没有焦虑的人会逐渐变胖。黛瓦瑚缇因为满怀奎师那意识，没有物质的焦虑，所以她的身体没有变瘦。进入弃绝阶层的人通常不该让仆人或侍女侍奉自己，但黛瓦瑚缇由天堂侍女在侍奉她。这看起来违背灵性生活的概念，但正如火虽然被烟雾所笼罩，但却依然美丽；黛瓦瑚缇虽然看起来生活极为舒适，但本人却纯洁无瑕。

第 29 节 स्वाङ्गं तपोयोगमयं मुक्तकेशं गताम्बरम् ।
दैवगुप्तं न बुबुधे वासुदेवप्रविष्टधीः ॥२९॥

svāṅgaṁ tapo-yogamayaṁ
mukta-keśaṁ gatāmbaram
daiva-guptaṁ na bubudhe
vāsudeva-praviṣṭa-dhīḥ

sva-aṅgam—她的身体 / tapaḥ—苦行 / yoga—瑜伽练习 / mayam—完全投入 / mukta—放松 / keśam—她的头发 / gata—凌乱的 / ambaram—她的衣服 / daiva—被至尊主 / guptam—保护 / na—不 / bubudhe—她意识到 / vāsudeva—对至尊人格首神 / praviṣṭa—全神贯注地 / dhīḥ—她的思想

译文 她因为总是专注地想着至尊人格首神，所以根本察觉不到她的头发有时披散下来，或她的衣服凌乱了。

要旨 这节诗中的“由至尊人格首神保护(daiva-guptam)”一句十分重要。人一旦托庇于至尊主，专心为至尊主做服务，至尊主就会负责照顾祂这个奉献者的身体，使他根本不必为维护身体而焦虑。《圣典博伽瓦谭》第2篇第2章中说，全心投靠至尊主的灵魂根本不为维护自己的躯体而担心、焦虑。至尊主既然负责养育数不胜数的生物体的躯体，就更不会不保护全心全意为祂做服务的奉献者。黛瓦瑚缇知道自己的身体由至尊人在照顾，因此自然不关心她身体的保养问题。

第30节　एवं सा कपिलोक्तेन मार्गेणाचिरतः परम् ।
आत्मानं ब्रह्मनिर्वाणं भगवन्तमवाप ह ॥३०॥

evaṁ sā kapiloktena
mārgeṇāciratah param
ātmānaṁ brahma-nirvāṇaṁ
bhagavantam avāpa ha

evam—接着 / sā—她(黛瓦瑚缇) / kapila—由卡皮拉 / uktena—教导 / mārgeṇa—通过那途径 / aciratah—很快的 / param—至尊的 / ātmānam—超灵 / brahma—布茹阿曼 / nirvāṇam—终止物质存在 / bhagavantam—至尊人格首神 / avāpa—她获得 / ha—肯定地

译文　我亲爱的维杜茹阿，黛瓦瑚缇通过遵守卡皮拉教导的原则，很快挣脱了物质束缚，毫无困难地获得了作为超灵的至尊人格首神。

要旨　这节诗中在描述黛瓦瑚缇所达到的成就时用了三个词，它们分别是：超灵(ātmānam)，在梵的层面上终止物质存在(brahma-nirvāṇam)，以及至尊人格首神(bhagavantam)。这涉及了解这节诗里所说的绝对真理——至尊人格首神的渐进程序。人格首神住在不同的外琨塔星球上。终止物质存在(nirvāṇa, 涅槃)意味着不再有物质存在的痛苦。人能够进入灵性王国或具有灵性觉悟时，自然不会再有物质痛苦。那称为布茹阿玛·尼尔瓦纳(brahma-nirvāṇa)。按照韦达经典，梵文“尼尔瓦纳(nirvāṇa, 涅槃)”的意思是“不再以物质主义的方式生活”。阿特玛纳么(ātmānam)的意思是：觉悟到在心中的超灵。最高的完美境界是认识到至尊人格首神。我们可以了解，黛瓦瑚缇进入了名叫卡皮拉·外琨塔(Kapila Vaikuṇṭha)的星球。灵性世界有数不胜数的外琨塔星球，分别由奎师那的众多扩展负责掌管。每一个外琨塔星球都以掌管它的奎师那的扩展的名字命名。正如《布茹阿玛·萨密塔》(Brahma-saṁhitā)第5章的第33节诗中所说：至尊主的超然形象有无数的扩展(advaitam acyutam anādim ananta-rūpam)。其中，梵文阿南塔(ananta)的意思是数不胜数。至尊主无数的超然形象按祂四只手中所持的象征物的位置不同，分别被称为纳茹阿亚纳(Nārāyaṇa)、帕杜么纳(Pradyumna)、阿尼如达(Aniruddha)、华苏戴瓦(Vāsudeva)等。在灵性世界中还有名叫卡皮拉·外琨塔的星球，黛瓦瑚缇就被提升到那里去面见卡皮拉，永恒地住在那里，享受她超然儿子的陪伴。

第 31 节 तद्वीरासीत्पुण्यतमं क्षेत्रं त्रैलोक्यविश्रुतम् ।
नाम्ना सिद्धपदं यत्र सा संसिद्धिमुपेयुषी ॥३१॥

tad vīrāsīt puṇyatamaṁ
kṣetraṁ trailokya-viśrutam
nāmnā siddha-padaṁ yatra
sā saṁsiddhim upeyuṣī

tat—那个 / vīra—勇敢的维杜茹阿啊 / āsīt—是 / puṇya-tamam—最神圣的 / kṣetram—地方 / trai-lokya—在三个世界中 / viśrutam—著名的 / nāmnā—名为 / siddha-padam—希达帕达 / yatra—那里 / sā—她(黛瓦瑚缇) / saṁsiddhim—完美 / upeyuṣī—达到了

译文 亲爱的维杜茹阿啊，黛瓦瑚缇达到完美境界的那座宫殿，被视为是最神圣的场所。它以希达帕达闻名三个世界。

第 32 节 तस्यास्तद्योगविधुतमार्त्यं मर्त्यमभूत्सरित् ।
स्रोतसां प्रवरा सौम्य सिद्धिदा सिद्धसेविता ॥३२॥

tasyās tad yoga-vidhuta-
mārtyaṁ martyam abhūt sarit

srotasāṁ pravarā saumya
siddhidā siddha-sevitā

tasyāḥ－黛瓦瑚缇的 / tat－那 / yoga－通过练瑜伽 / vidhuta－放弃了 / mārtyam－物质元素 / martyam－她必死的身体 / abhūt－变得 / sarit－一条河 / srotasām－所有河流的 / pravarā－最主要的 / saumya－啊，温和的维杜茹阿 / siddhi-dā－赐予完美 / siddha－由渴望获得完美的人 / sevitā－采取

译文　亲爱的维杜茹阿，她躯体的物质元素溶化为水，成为所有河流中最神圣的一条河。在那条河中沐浴的人也达到完美，因此所有想达到完美的人都去那里沐浴。

第 33 节　कपिलोऽपि महायोगी भगवान् पितुराश्रमात् ।
मातरं समनुज्ञाप्य प्रागुदीचीं दिशं ययौ ॥३३॥

kapilo 'pi mahā-yogī
bhagavān pitur āśramāt
mātaraṁ samanujñāpya
prāg-udīcīṁ diśaṁ yayau

kapilaḥ－主卡皮拉 / api－肯定地 / mahā-yogī－伟大的圣人 / bhagavān－至尊人格首神 / pituḥ－祂父亲的 / āśramāt－从……的隐居所 / mātaram－从祂母亲 / samanujñāpya－得到同意 / prāk-udīcīm－东北 / diśam－方向 / yayau－祂去了

译文　我亲爱的维杜茹阿，伟大的圣人卡皮拉——人格首神，征得祂母亲的许可后离开祂父亲的隐居所，向东北方进发。

第 34 节　सिद्धचारणगन्धर्वैर्मुनिभिश्चाप्सरोगणैः ।
स्तूयमानः समुद्रेण दत्तार्हणनिकेतनः ॥३४॥

siddha-cāraṇa-gandharvair
munibhiś cāpsaro-gaṇaiḥ
stūyamānaḥ samudreṇa
dattārhaṇa-niketanaḥ

siddha—被神秘仙 / cāraṇa—被查冉纳 / gandharvaiḥ—被甘达尔瓦 / munibhiḥ—被牟尼 / ca—和 / apsaraḥ-gaṇaiḥ—被阿普萨茹阿(天堂星球的少女) / stūyamānaḥ—受到赞美 / samudreṇa—被海洋 / datta—给予 / arhaṇa—祭品 / niketanaḥ—居住的地方

译文 在祂经过北方时，所有被称为乐仙和歌仙的天堂居民，以及天堂星球中的牟尼及妙龄少女们，全都向祂祈祷并致以所有的敬意。海洋向祂供奉祭品和居住的地方。

要旨 我们从这节诗中了解到，卡皮拉·牟尼先去了喜马拉雅山，沿着恒河的流向走，再次来到现在名叫孟加拉海湾的恒河与海交汇的三角地带。海洋为祂提供的住所名叫冈嘎·萨嘎尔(Gaṅgā-sāgara)，恒河在那里与海洋交汇。那个地方名叫冈嘎·萨嘎尔·提尔塔(Gaṅgā-sāgara-tīrtha)。直到如今，人们还聚集在那里向数论哲学体系的创始人卡皮拉戴瓦致以敬意。不幸的是：这套数论哲学体系被一个也叫卡皮拉的冒牌货扭曲了。那套被扭曲的哲学体系不符合《圣典博伽瓦谭》记载的至尊主卡皮拉所讲述的数论哲学。

第 35 节 आस्ते योगं समास्थाय साङ्ख्याचार्यैरभिष्टुतः ।
त्रयाणामपि लोकानामुपशान्त्यै समाहितः ॥३५॥

āste yogaṁ samāsthāya
sāṅkhyācāryair abhiṣṭutaḥ
trayāṇām api lokānām
upaśāntyai samāhitaḥ

āste—祂保留 / yogam—瑜伽 / samāsthāya—经过练习 / sāṅkhya—数论哲学的 / ācāryaiḥ—由伟大的教师 / abhiṣṭutaḥ—崇拜 / trayāṇām—三

个 / api 一肯定地 / lokānām 一世界的 / upaśāntyai 一为了解脱 / samāhitaḥ一专注地冥想

译文 为了解救三个世界中受制约的灵魂，卡皮拉·牟尼至今还留在那里处在灵性的全神贯注状态中，数论哲学传承中所有伟大的导师(阿查尔亚)都崇拜祂。

第 36 节 एतन्निगदितं तात यत्पृष्टोऽहं तवानघ।
कपिलस्य च संवादो देवहूत्याश्च पावनः ॥३६॥

etan nigaditaṁ tāta
yat pṛṣṭo 'haṁ tavānagha
kapilasya ca saṁvādo
devahūtyāś ca pāvanaḥ

etat一这个 / nigaditam一说 / tāta一啊，亲爱的维杜茹阿 / yat一……的 / pṛṣṭaḥ一被要求 / aham一我 / tava一由你 / anagha一啊，无罪的维杜茹阿 / kapilasya一卡皮拉的 / ca一和 / saṁvādaḥ一对话 / devahūtyāḥ一黛瓦瑚缇的 / ca一和 / pāvanaḥ一纯洁的

译文 我亲爱的孩子，你问过我的问题，我都回答了。无罪的人啊！对卡皮拉戴瓦与祂母亲及他们活动的描述，是最纯洁的谈话内容。

第 37 节 य इदमनुशृणोति योऽभिधत्ते
कपिलमुनेर्मतमात्मयोगगुह्यम्।
भगवति कृतधीः सुपर्णकेता-
वुपलभते भगवत्पदारविन्दम् ॥३७॥

ya idam anuśṛṇoti yo 'bhidhatte
kapila-muner matam ātma-yoga-guhyam

bhagavati kṛta-dhīḥ suparṇa-ketāv
upalabhate bhagavat-padāravindam

yaḥ—任何人 / idam—这个 / anuśṛṇoti—聆听 / yaḥ—任何人 / abhidhatte—解释 / kapila-muneḥ—圣哲卡皮拉的 / matam—训示 / ātma-yoga—以冥想至尊主为基础 / guhyam—机密的 / bhagavati—至尊人格首神 / kṛta-dhīḥ—已经将思想专注于 / suparṇa-ketau—以嘎茹达为标志的人 / upalabhate—达到 / bhagavat—至尊主的 / pada-aravindam—莲花足

译文 对卡皮拉戴瓦和祂母亲之间互动的描述极为机密，谁因为聆听这段叙述而成为坐在嘎茹达背上的至尊人格首神的奉献者，谁就会进入至尊主的住所，在那里为至尊主做超然的爱心服务。

要旨 卡皮拉戴瓦与祂母亲黛瓦瑚缇的对话，是如此的完美与超然，以致人仅仅聆听或阅读对他们谈话的描述，以此方式为至尊人格首神的莲花足做爱心服务，就可以达到生命最高的完美目的。毫无疑问，有至尊主做儿子并完美地遵循卡皮拉戴瓦的教导的黛瓦瑚缇，达到了人生最高的完美境界。

到此为止，结束了巴克提韦丹塔对《圣典博伽瓦谭》第3篇第33章——“卡皮拉的活动”所作的阐释。

【第三篇终】

圣帕布帕德小传

圣恩 A.C.巴克提韦丹塔 · 斯瓦米 · 帕布帕德于 1896 年在印度的加尔各答显世。

1922 年，帕布帕德在加尔各答首次与他的灵性导师圣巴克提希丹塔 · 萨茹阿斯瓦提 · 哥斯瓦米会面。巴克提希丹塔 · 萨茹阿斯瓦提作为一位杰出的宗教学者，在他的一生中创建了 64 所名为高迪亚 · 玛特的传播韦达文化的机构。巴克提希丹塔非常喜爱这位受过教育的年轻人，于是便说服他献身于传播韦达知识。帕布帕德成了巴克提希丹塔 · 萨茹阿斯瓦提的学生，并于 11 年后(1933 年)在阿拉哈巴接受了他的启迪，正式成为他的门徒。

在他们第一次会面时，巴克提希丹塔 · 萨茹阿斯瓦提曾要求帕布帕德用英语去传播韦达知识。为此，帕布帕德在随后的日子里用英文翻译、评注了《博伽梵歌》，参加高迪亚 · 玛特的传教工作，并在 1944 年独自创办了英语"回归首神"双月刊杂志。他自己编辑，打出原稿，校样，甚至逐本赠送、售卖，为维持杂志的出版艰苦奋斗。"回归首神"杂志自创刊后从未停刊，目前在西方正由他的门徒用 30 多种语言继续出版着。

高迪亚 · 外士纳瓦协会对帕布帕德的哲学造诣及奉爱精神推崇备至，于 1947 年授予他巴克提韦丹塔的称号。

1950 年，圣帕布帕德在他 54 岁时退出家庭生活，以便用更多的时间进行研究和写作。他到了圣地温达文，住在历史上著名的中世纪神庙——茹阿妲 · 达摩达尔庙，过着简朴的生活。在那里，他花了好几年的时间进行写作和深入的研究工作。

1959 年，圣帕布帕德在茹阿妲 · 达摩达尔庙接受萨尼亚希(托钵僧)称号，进入弃绝阶层。接着，他开始翻译、评注含有一万八千节诗的卷帙浩繁的《圣典博伽瓦谭》(《博伽梵往世书》)。这是他生活中的一部杰作。他还撰写了《简易的星际旅行》。

圣帕布帕德在出版了三篇《圣典博伽瓦谭》后，于 1965 年 9 月去了美国，以完成他灵性导师交给他的使命。在随后的岁月里，他写下的权威性翻译、评注和对有关印度哲学及宗教经典作品的综合研究论文，共有 60 多册。

圣帕布帕德乘货轮第一次到纽约时，几乎身无分文。仅仅一年后，他便克服巨大的困难，于 1966 年 7 月建立了国际奎师那意识协会。在 1977 年 11 月 14 日他离世前，他一直指导着协会，看着它成长为一个在全世界有超过一百所灵修所、学校、神庙、研究机构和集体农庄的联合体。

1968 年，圣帕布帕德在美国加利福尼亚州的一个山坡上创办了新温达文——实验性韦达社区。新温达文成了一个繁荣的、有超过两千英亩土地的集体农庄。新温达文的成功激励了圣帕布帕德的门徒。他们在美国和其他国家相继成立了几个同样的集体农庄。

1972 年，圣帕布帕德通过在美国得克萨斯州的达拉斯市创办灵性导师学校，把韦达制度的初级和中级教育引介给西方社会。从那以后，在他的监督、指导下，他的门徒在美国和世界其他地区开设了同样的儿童学校，其主要的教育中心设在印度的温达文。

圣帕布帕德还促成了几个规模宏大的国际文化中心在印度的兴建。坐落在印度西孟加拉圣玛亚普尔的中心，是计划中的灵性城市。这是一个雄心勃勃的计划，需要许多年才能实现、完成。在印度的温达文有宏伟的奎师那 · 巴拉茹阿玛庙宇、国际宾馆、圣帕布帕德纪念馆和博物馆，在孟买有文化和教育主中心。别的中心计划建在印度其他十二个重要地区。

然而，圣帕布帕德最重要的贡献是他的书籍。这些书籍因其深刻、清晰、具权威性而受到学术界的高度敬重，并在为数众多的学院里被当做典范性的教科书使用。他的著作以 50 多种语言翻译出版。于 1972 年成立的巴帝维丹达书籍信托基金会，负责出版圣帕布帕德翻译、评注、撰写的书籍。它目前已成为世上最大的、出版有关印度宗教及哲学书籍的出版机构。

圣帕布帕德不顾自己年事已高，仅仅在 12 年里就进行了 14 次环球旅行，走遍 6 大洲不断演讲。尽管旅程安排得如此紧凑，圣帕布帕德仍翻译、评注、撰写了大量的书籍。他的著作构成了一个名副其实的韦达哲学、宗教、文学和文化的图书馆。

圣帕布帕德著作一览表

《博伽梵歌原意》
《圣典博伽瓦谭》第1—10篇
《永恒的柴坦亚经》共17篇
《主柴坦亚的教导》
《奉爱的甘露》
《教诲的甘露》
《至尊奥义书》
《简易星际旅行》
《奎师那意识——瑜伽体系的顶峰》
《奎师那——快乐的泉源》共2卷
《完美的问答录》
《主卡皮拉的教导》
《帕拉德·玛哈茹阿佳超然的教导》
《灵性辩证论——西方哲学的韦达视野》
《琨缇王后的教导》
《觉悟自我的科学》
《臻善》
《追求解脱》
《生命来自生命》
《瑜伽的完美境界》
《超越生死》
《知识之王》
《培养奎师那意识》
《奎师那意识——无与伦比的礼物》
《回归首神杂志》（创办人）

参考书籍

圣帕布帕德是根据公认的权威经典写作《圣典博伽瓦谭》要旨的，以下是他引用过的经典名称：

《博伽梵歌》	(Bhagavad-gītā)
《奉爱服务的纯粹甘露之洋》	(Bhakti-rasāmṛta-sindhu)
《布茹阿玛·萨密塔》	(Brahma-saṁhitā)
《永恒的柴坦亚经》	(Caitanya-caritāmṛta)
《昌窦给亚奥义书》	(Chāndogya Upaniṣad)
《对主哈尔依的奉爱之美》	(Hari-bhakti-vilāsa)
《至尊奥义书》	(Īśopaniṣad)
《喀塔奥义书》	(Kaṭha Upaniṣad)
《纳茹阿达·潘查茹阿陀》	(Nārada-pañcarātra)
《帕谭佳里瑜伽经》	(Patañjali-yoga-sūtra)
《圣典博伽瓦谭》	(Śrīmad-Bhāgavatam)
《水塔刷塔尔奥义书》	(Śvetāśvatara Upaniṣad)
《瓦茹阿哈往世书》	(Varāha Purāṇa)
《韦丹塔·苏陀》	(Vedānta-sūtra)
《维施努往世书》	(Viṣṇu Purāṇa)

词　　表

- A -

Ācārya — 以身作则，为整个人类树立灵修榜样的灵性导师。

Adbhuta — 令人感到惊奇的奉爱情感(rasa)。

Advaita Prabhu — 玛哈·维施努(Mahā-Viṣṇu)的一个化身，显现为主柴坦亚·玛哈帕布(Caitanya Mahāprabhu)的一个主要的同伴。

Agni — 掌管火的半神人。

Ahaṁ brahmāsmi — 韦达诗文“我是灵魂”。

Aja — 不经出生就存在；至尊主。

Ambarīṣa Mahārāja — 伟大的奉献者君王，完美地做了九种奉爱服务(聆听、吟诵等)

Ananta — 至尊主有上千个头的蛇化身；祂把自己的身体当蛇床让维施努躺在上面，并用自己众多的头颅支撑众多的星球。

Aniruddha — 主奎师那最初在灵性世界的四个扩展之一；也是主奎师那五千年前显现时的孙子。

Arjuna — 潘达瓦五兄弟之一。奎师那当了他的马车夫，并给他讲述《博伽梵歌》(Bhagavad-gītā)。

Artha — 经济发展。

Āśrama — 一生中四个灵性阶段中的其中一个阶段，它们分别是：独身禁欲的学生生活阶段、居士阶段、逐渐退出家庭生活阶段和出家当托钵僧的完全弃绝阶段。

Aṣṭāṅga-yoga — 由帕谭佳里(Patañjali)呈现的八部瑜伽体系。

Asura — 无神论者、十足的物质主义者等不按经典原则做事的恶魔；嫉妒神，无视至高无上的绝对真理，反对为至尊主奎师那服务的人。

Āyur-veda — 阐述医药科学的韦达经典。

- B -

Bali Mahārāja — 一位君王；他通过把一切献给至尊主的侏儒布茹阿玛纳化身瓦玛纳戴瓦(Vāmanadeva)，成为伟大的奉献者。

Bhagavad-gītā — 《博伽梵歌》，至尊主奎师那与祂的奉献者阿尔诸纳在一场大战即将开始前的谈话，其中详细地解释说，奉爱服务既是最重要的灵修方法，也是最高级的灵性完美境界。

Bhagavān — 绝对拥有一切财富的至尊主。

Bhāgavata Purāṇa — 《博伽梵往世书》，也就是这部《圣典博伽瓦谭》。

Bhakta — 至尊主的奉献者。

Bhakti-rasāmṛta-sindhu — 《奉爱服务的纯粹甘露之洋》，是茹帕·哥斯瓦米对奉爱服务的科学所给予的最可靠的解释。

Bhakti-yoga — 通过做奉爱服务与至尊主相连的方法。

Bhatisiddhānta Sarasvatī Ṭhākura — (1874—1937)作者圣恩A.C.巴克提韦丹塔·斯瓦米·帕布帕德德灵性导师，因此是当代奎师那意识运动的灵性祖父。强有力的传教士，在印度开设了六十四个传教场所。

Bhaktivinoda Ṭhākura — (1838—1915)当代奎师那运动的灵性曾祖父，圣高尔克首尔·达斯·巴巴吉的灵性导师，圣巴克提希丹塔·萨茹阿斯瓦提的父亲。

Bhārata-varṣa — 如今的印度；巴茹阿特王统治后以他的名字命名。

Bhārata Mahārāja — 至尊主伟大的奉献者者；对一头小鹿产生了依恋之情，致使他来世投生为一头鹿。他在鹿的躯体中吸取教训，结果在来生投生为布茹阿玛纳，名叫佳德·巴茹阿特(Jaḍa Bhara-ta)，并在那一生达到了灵性的完美境界。

Bilvamaṅgala Ṭhākura — 伟大的奉献者作者，他的著作包括《奎师那·卡尔纳姆瑞塔》(Kṛṣṇa-karṇāmṛta)。

Brahmā — 宇宙第一位被创造的生物体，物质宇宙的第二位创造者。

Brahmā-saṁhitā — 主布茹阿玛赞美至尊主的祈祷。

Brahmacārī — 在灵性导师照管下的独身禁欲的学生。

Brahmacarya — 独身禁欲的学生生活，韦达制度中人生的第一个灵性阶段。

Brahmajyoti — 至尊主身体放射出的光芒，组成了光芒万丈的灵性天空。

Brahmaloka — 半神人布茹阿玛居住的星球，是物质宇宙中最高的星球。

Brahman — 绝对真理，特别指绝对真理不具人格特征的方面。

Brāhmaṇa — 布茹阿玛纳(婆罗门)，知识分子及祭司阶层。韦达社会制度中的最高阶层。

Bṛhaspati — 天帝因铎的灵性导师，半神人中的首要祭师。

- C -

Caitanya-caritāmṛta — 圣奎师那达斯·喀维茹阿佳经授权写作的圣主柴坦亚·玛哈帕布的传记，呈现了至尊主的娱乐活动和教导。

Caitanya-Mahāprabhu — (1486—534)至尊主以祂自己最伟大的奉献者的身份显现，专门通过聚众歌唱神之圣名的方式教导世人对神的爱。

Cāṇkya Paṇḍita — 昌铎古普塔王的布茹阿玛纳顾问，负责阻止希腊入侵者亚历山大王入侵印度。

Candra — 掌管月亮的半神人。

Cāturmāsya — 印度四个月的雨季；奉献者在这段时间遵守一些特殊的誓言。

Causal Ocean — 看卡茹阿纳(Kāraṇa)海洋。

Cintāmaṇi — 韦达文献中记载的具有神秘力量的点金石。

- D -

Devahūti — 斯瓦阳布瓦·曼努的女儿，卡尔达玛·牟尼的妻子，主卡皮拉的母亲。

Devakī — 瓦苏戴瓦的妻子，主奎师那的母亲。

Dharma — 宗教原则，人的天职，尤其指每一个灵魂的服务本性。

Dhṛtarāṣṭra — 潘达瓦五兄弟的伯父，阴谋篡夺帕达瓦兄弟的王国，以便让自己的儿子当国王，结果引发库茹柴陀大战。

Dhruva Mahārāja — 至尊主伟大的奉献者，为了见到至尊主，得到自己应该得到但却被拒绝的王国，儿时便从事艰难的苦修，结果得到整个星球，以及对神的觉悟。

Dhyāna — 冥想瑜伽。

Diti — 喀夏帕·牟尼的一位妻子，恶魔黑冉亚克沙和黑冉亚卡希普的母亲。

Durgā — 物质能量的人格化身，主希瓦的妻子。

Durvāsā Muni — 强有力的瑜伽师，以他可怕的诅咒闻名于世。

Duryodhana — 兑塔瓦施陀的长子，潘达瓦兄弟的头号对手。

Dvaipāyana — 看：维亚萨戴瓦(Vyāsadeva)。

Dvāpara-yuga — 四个年代循环中的第三个年代，长度为八十六万四千年。

Dvārakā — 主奎师那五千年前显现时在近海岛屿上的王国；祂在那里从事了许多娱乐活动。

Dvārakādhīśa — 至尊主奎师那；杜瓦尔卡城(Dvārakā)的主人。

- G -

Gāndhārī — 兑塔瓦施陀王忠贞、神圣的妻子，是一百个儿子的母亲。

Gaṇaśa — 掌管物质钱财并负责去除不幸的半神人。他是主希瓦的儿子，担任了记载《玛哈巴茹阿特》(Mahābhārata,《摩诃婆罗多》)的笔录工作。

Garbhādhāna-saṁskāra — 父母在怀孩子前所举行的一种韦达净化仪式。

Garbhodakaśā Viṣṇu — 第二个维施努扩展；祂进入每一个宇宙，用祂的瞥视创造了丰富多彩的物质展示。

Garuḍa — 主维施努永恒的坐骑，大鸟形象的伟大奉献者。

Gaudīya Vaiṣṇavas — 圣主柴坦亚 · 玛哈帕布师徒传承中的主奎师那的奉献者。

Gauracandra — 圣主柴坦亚 · 玛哈帕布的另一个名字，意思是“金色的月亮”。

Goloka Vṛndāvana (Kṛṣṇaloka) — 最高的灵性星球，主奎师那的私人住所。

Gopīs — 奎师那的牧牛姑娘朋友，是祂最顺从、最亲密的奉献者。

Govinda — 至尊主奎师那，给予大地、乳牛和感官以快乐的至尊人。

Gṛhastha — 按经典的规定过有节制的居士生活的人；韦达灵性生活的第二个阶段。

Guru — 灵性导师。

- H -

Hanumān — 主茹阿玛禅铎伟大的猴子仆人。

Harā — 请看：茹阿妲茹阿妮。

Hari — 去除灵性进步路途上一切障碍的至尊主。

Hari-bhakti-vilāsa — 萨纳坦 · 哥斯瓦米就外士纳瓦生活中的规范守则所写的书。

Haridāsa Ṭhākura — 伟大的奉献者，圣主柴坦亚 · 玛哈帕布的同伴；他每天吟诵神的名字三万遍。

Haryakṣa — 请看：黑冉亚克沙(Hiraṇyākṣa)。

Haṭha-yoga — 通过练习体位法和呼吸达到控制感官和净化之目的的瑜伽。

Hiraṇyakaśipu — 被至尊主的尼尔星哈化身杀死的恶魔。

Hiraṇyākṣa — 喀夏帕邪恶的儿子，被至尊主瓦茹阿哈杀死。

Hṛṣīkeśa — 至尊主的名字，意思是众生感官的至高主人。

- I -

Ilāvṛta-varṣa — 这个地球在被命名为巴茹阿特 · 瓦尔萨之间原有的名字。

Indra — 管理宇宙行政事务的主管半神人，天堂星球的君王。

Īśopaniṣad — 至尊奥义书；108部被称为奥义书的韦达文献中的一部。

- J -

Jaḍa Bharata — 巴茹阿特王在这个物质世界里的最后一生中当弃绝的布茹阿玛纳时的名字。他给予茹阿胡嘎纳王非凡的灵性教导。

Jagāi and Mādhāi — 两个胡作非为的浪荡子，后被主尼提阿南达改造为至尊主的奉献者。

Janaka Mahārāja — 主茹阿玛禅铎的妻子悉塔女神的父亲。

Jaya and Vijaya — 外琨塔星球的两个看门人。他们因为冒犯圣人库玛尔四兄弟而受到诅咒。在物质世界里当了三世的恶魔后获得解脱。

Jīva(Jīvātmā) — 作为永恒个体灵魂的生物，是至尊主不可缺少的一部分。

Jīva Gosvāmī — 直接追随圣主柴坦亚 · 玛哈帕布的六位外士纳瓦灵性导师中的一位，系统地呈现了主柴坦亚 · 玛哈帕布的教导。

Jñāna — 知识。

Jñāna-yoga — 通过培养知识接近至尊者的灵修程序。

Jñānī — 通过经验性思辨培养知识的人。

- K -

Kalā — 至尊主原本形象的一个扩展形象。

Kālī — 请看：杜尔嘎(Durgā)。

Kali-yuga — 喀历年代；“纷争、伪善的年代”，是大周期循环中的第四个年代，也是最后一个年代，从五千年前开始。

Kāma — 贪图物质享乐的欲望。

Kapila — 至尊主的一个化身；祂显现为卡尔达玛 · 牟尼和黛瓦瑚缇的儿子，教导奎师那意识的数论哲学。

Kāraṇa Ocean — 灵性宇宙的一角，主玛哈 · 维施努躺在那里创造所有的物质宇宙。

Kāraṇodakaśāyī Viṣṇu — 至尊主的扩展玛哈·维施努；祂释放出所有的物质宇宙。

Karma — 物质、功利性的活动及其报应。

Karma-yoga — 怀着做奉爱服务的心态行事；也是按照韦达指令从事的功利性活动。

Karmī — 从事功利性活动的人；物质主义者。

Kaśyapa — 一位伟大的圣人，是许多半神人的父亲，至尊主的化身瓦玛纳戴瓦也显现为他的儿子。

Kaṭha Upaniṣad — 108 部被称为奥义书的韦达文献中的一部。

Kīrtana — 吟唱至尊主的圣名并赞美至尊主的奉爱服务程序。

Kṛṣṇa — 至尊人格首神原本的两臂形象。

Kṛṣṇadāsa Kavirāja — 伟大的外士纳瓦灵性导师，在《永恒的柴坦亚经》中记载了圣主柴坦亚·玛哈帕布的生平和教导。

Kṛṣṇaloka — 参看Goloka Vṛndāvana。

Kṣatriya — 战士或管理者；韦达社会的第二个阶层。

Kṣīrodakaśāyī Viṣṇu — 至尊主的扩展，以超灵的形式进入每一个生物体的心。

Kumāras — 主布茹阿玛的四个博学、独身禁欲、苦修的儿子，始终把自己的身体保持在幼儿的状态。

Kuśa — 用于韦达仪式和祭祀的一种吉祥的草。

- L -

Lakṣmī — 幸运女神，至尊主纳茹阿亚纳的永恒伴侣。

- M -

Madana — 丘比特，激起生物色欲的半神人。

Madana-mohana — 甚至使丘比特入迷的至尊主奎师那。

Mādhāi — 请看：Jagāi and Mādhāi。

Madhusūdana — 至尊主奎师那，杀死恶魔玛杜的人。

Mahā-lakṣmī — 请看：幸运女神(Lakṣmī)。

Mahā-bhāva — 对神的最高境界的爱。

Mahā-mantra — 为得到拯救而吟诵、吟唱的伟大的曼陀：

哈瑞·奎师那 哈瑞·奎师那 奎师那·奎师那 哈瑞·哈瑞

哈瑞 · 茹阿玛　哈瑞 · 茹阿玛　茹阿玛 · 茹阿玛　哈瑞 · 哈瑞

Mahā- Viṣṇu — 至尊的扩展，所有的宇宙都由祂释放出来。

Mahābhārata — 维亚萨戴瓦编纂的古印度史诗，其中包括对库茹柴陀战争的前因后果的描述，以及《博伽梵歌》的讲述。

Mahāt-tattva — 展示了物质世界的整体物质能量原本混沌的形象。

Mahāmāyā — 至尊主的物质能量——错觉能量。

Mahātmā — 伟大的灵魂，主奎师那崇高的奉献者。

Maheśvara — 请看：希瓦(Śiva)

Maitreya Muni — 为维杜茹阿讲述《圣典博伽瓦谭》的大圣人。

Mantra — 超然的声音振荡或韦达赞歌，它们可以使人摆脱心中的错觉。

Manu — 布茹阿玛的一个半神人儿子，是人类的祖先和法律的制定者。布茹阿玛的一天共有十四位玛努。

Manu-saṁhitā — 玛努制定的人类法典。

Manu, Svāyambhuva — 请看：Svāyambhuva Manu。

Manu, Vaivasvata — 请看：Vaivasvata Manu。

Manvantara — 每一位玛努统治的时间(306,720,000年)；用于标准的历史时期的划分。

Marīci — 主布茹阿玛直接生出的大圣人之一。

Mārkaṇḍeya Purāṇa — 玛堪戴亚圣人的往世书。

Mathurā — 主奎师那的住所及五千年前显现的地方，温达文就在那一区域内。主奎师那在温达文从事过孩提时期的娱乐活动后，又回到那里。

Māyā — 至尊主的低等、错觉能量，负责统治这个物质创造并迷惑生物，使其遗忘自己与奎师那的关系。

Māyāvāda — 有关生物、自然和至尊者是一体的非人格神主义理论。

Māyāvādī — 持非人格神哲学观念的人。他们以为绝对真理最终没有形象，个体生物与神是平等的。

Menakā — 天堂星球上著名的社交女郎，曾诱惑了圣人维施瓦弥陀。

Mohinī — 至尊主的一个最美丽的少女化身。

Mokṣa — 从物质束缚中得到解脱。

Mṛtyu — 死亡的人格化身。

Mukti — 解脱；摆脱物质的束缚。

Mukunda — 赐予解脱的至尊主。

- N -

Naimiṣaraṇya — 印度中部一座神圣的森林。

Nanda Mahārāja — 布茹阿佳的君王，主奎师那的养父。

Nārada Muni — 至尊主纯粹的奉献者，用他永恒的身体在整个宇宙中旅行，赞扬奉爱服务。他是维亚萨戴瓦和许多其他杰出奉献者的灵性导师。

Nārada Pañcarātra— 纳茹阿达 · 牟尼就有关神像崇拜和曼陀冥想方面的著作。

Nārāyaṇa — 主奎师那扩展的四臂威严的至尊主形象，物质展示瓦解后众生栖息的地方；主维施努。

Narottama dāsa Ṭhākura — 圣主柴坦亚 · 玛哈帕布师徒传承中的外士纳瓦灵性导师。他是珞卡纳塔 · 达斯 · 哥斯瓦米的门徒，用孟加拉语写下许多赞美奎师那的颂歌。

Nirguṇa-brahma — 至尊真理的非人格概念，说明没有任何物质质量。

Nirvāṇa — 停止物质活动和存在，按照外士纳瓦哲学，并不否认灵性的活动和存在。

Nitya-baddha — 被捆绑在物质世界中的受制约的灵魂。

Nityānanda — 主巴拉茹阿玛的化身，显现为圣主柴坦亚 · 玛哈帕布的主要同伴。

Niyama — 对感官的控制。

Nṛsiṁhadeva — 至尊主的半人半狮化身，祂保护帕拉德王，杀死恶魔黑冉亚卡希普。

- O -

Oṁkāra — 神圣的声音欧么(Oṁ)，是许多韦达曼陀的开端，代表至尊主。

- P -

Pāṇḍavas — 尤帝施提尔、彼玛、阿尔诸纳、纳库拉和萨哈戴瓦。这五位战士兄弟是主奎师那亲密的朋友和奉献者。

Paṇḍita — 学者。

Parārdha — 布茹阿玛寿命的一半时间，长311兆400亿年。

Paramahaṁsa — 至尊主天鹅般最高级的奉献者；托钵僧的最高阶段。

Paramātmā —维施努展现在每一个受制约的生物体心中并遍布物质自然的超灵形象。

Paramparā — 师徒传承，灵性知识经由传承中有资格的灵性导师传递下来。

Parīkṣit Mahārāja — 古代世界帝王，聆听舒卡戴瓦·哥斯瓦米讲述《圣典博伽瓦谭》后达到完美境界。

Patañjali — 原本的八部瑜伽系统的作者。

Pitās — 祖先；尤其指那些离开人世后被提升到一个较高的星球上的祖先。

Prabodhānanda Sarasvatī — 伟大的外士纳瓦诗人哲学家，圣主柴坦亚·玛哈帕布的奉献者。他是哥帕拉·巴塔·哥斯瓦米的叔叔。

Pradyumna — 主奎师那在灵性世界最初的四个扩展之一。

Prahlāda Mahārāja — 遭自己邪恶的父亲迫害的奉献者，但后来被至尊主的尼尔星哈化身所保护和拯救。

Prāṇāyāma — 瑜伽练习，尤其是八部瑜伽(aṣṭāṅga-yoga)中控制呼吸的程序。

Prasādam — 主奎师那的仁慈；以爱心供奉给至尊主后被灵性化了的食物或其他东西。

Pratyāhāra — 控制感官不从事一切不必要的活动。

Purāṇas — 十八部韦达补充文献、历史典籍。

Puruṣa — 享受者或男性；生物或至尊主。

Puruṣa-avatāras — 至尊主为创造物质宇宙扩展出的三个主要的维施努。

Pūtanā — 康萨派遣的一个女巫，化身为一名美丽的女子去谋杀婴儿奎师那，但结果被奎师那所杀，得到了解脱。

- R -

Rādhārāṇī — 主奎师那最亲密的伴侣，是祂的内在、灵性能量的人格化身。

Rahūgaṇā Mahārāja — 从佳德王那里接受了灵性知识的君王。

Rajas — 物质激情属性。

Rājasūya-yajña — 尤帝士提尔王举行的盛大的祭祀典礼，主奎师那到场参加。

Ramā — 幸运女神拉珂施蜜，至尊主纳茹阿亚纳永恒的伴侣。

Rāmacandra — 至尊主化身的一个完美的君王。

Rāmāyaṇa — 瓦勒弥克依·牟尼写作的描述主茹阿玛禅铎的最早的史诗。

Rāvaṇa — 被主茹阿玛禅铎杀死的一个邪恶的统治者。

Romaharṣaṇa — 苏塔·哥斯瓦米的父亲，因为冒犯主巴拉茹阿玛而被巴拉茹阿玛杀死。

Ṛṣi — 圣人。

Rudra — 请看：希瓦。

Rukmiṇī — 主奎师那在杜瓦尔卡城中的首位王后。

Rūpa Gosvāmī — 直接追随圣主柴坦亚 · 玛哈帕布的六位外士纳瓦灵性导师中的一位，系统地呈现了主柴坦亚的教导。

- S -

Sāma Veda — 四部原始韦达经中的一部，其中包含了祭祀赞歌的音乐配曲。

Samādhi —灵性的出神入定，全神贯注于神意识。

Sampradāya —灵性导师的师徒传承，以及那一传统中的追随者。

Sanātana —永恒的。

Sanātana Gosvāmī —直接追随圣主柴坦亚 · 玛哈帕布的六位外士纳瓦灵性导师中的一位，系统地呈现了主柴坦亚的教导。

Śaṅkarācārya —主希瓦的一个伟大哲学家的化身，遵照至尊主的命令以韦达经为基础传播非人格神主义理论。

Saṅkarṣaṇa —主奎师那在灵性世界中最初的四个四臂扩展中的一个；嘎尔戈 · 牟尼给祂取的另一个名字叫巴拉茹阿玛。

Sāṅkhya —分析灵性与物质之间的区别，由黛瓦瑚缇的儿子——主卡皮拉，所讲解的奉爱服务之途。

Saṅkīrtana — 聚众或集体赞美至尊主奎师那，特别是用吟唱至尊主的圣名的方法。

Sannyāsa — 韦达灵性生活中的第四个阶段；弃绝的生活。

Śāstra — 像韦达经典那样的启示经典。

Sat — 永恒。

Śatarūpā — 斯瓦阳布瓦 · 玛努的妻子，黛瓦瑚缇的母亲。

Satya-yuga — 宇宙内四个年代循环中的第一个年代，也是最好的年代，总长1,728,000年。

Saubhari Muni — 强大的神秘瑜伽师，意外地受到性的吸引而堕落。

Śaunaka Ṛṣi — 聚集在奈弥沙冉亚森林中的圣人们的领袖，率领圣人们聆听苏塔 · 哥斯瓦米讲述《圣典博伽瓦谭》。

Siddhi — 神秘力量或通过练瑜伽达到的完美境界，居住在希达珞卡的居民天生具有的能力。

Śikṣāṣṭaka — 圣主柴坦亚 · 玛哈帕布颂扬吟诵、吟唱至尊主圣名的八节诗。

Sītā — 主茹阿玛禅铎永恒的伴侣。

Śiva — 至尊主化身出的特殊的半神人，负责掌管物质的愚昧属性和毁灭物质展示。

Śivānanda Sena — 圣主柴坦亚·玛哈帕布杰出的居士奉献者。

Smārta-brāhmaṇa — 相对于获得韦达经的目标主奎师那来说，对韦达经中推荐的规定和仪式等外在活动更感兴趣的布茹阿玛纳。

Smṛti — 启示经典，属于韦达经和奥义书等原本的韦达文献(śruti)的补充文献。

Śrāddha — 为使祖先摆脱痛苦而举行的供奉仪式。

Śrīdhara Svāmī — 《博伽梵歌》和《圣典博伽瓦谭》的早期外士纳瓦评论家。

Sudarśana cakra — 至尊主的飞轮武器。

Śuddha-sattva — 纯粹善良属性的灵性层面。

Śūdra — 韦达社会制度中第四阶层的人——为其他阶层做服务的劳动者。

Śukadeva Gosvāmī — 伟大的奉献者圣人，在帕瑞克西特王死亡前夕为他讲述了《圣典博伽瓦谭》。

Śukrācārya — 恶魔的灵性导师。

Sūta Gosvāmī —伟大的奉献者圣人，向聚集在奈弥沙冉亚森林中的圣人讲述帕瑞卡西特王与舒卡戴瓦之间的对话。

Svāyambhuba Manu — 在布茹阿玛的一天当中第一个显现的玛努，是杜茹瓦王的祖父。

Śyāmasundara — 肤色微黑、绝美的至尊人格首神奎师那。

- T -

Tretā-yuga — 宇宙四个年代循环中的第二个年代，总长1296000年。

Tulasī — 主奎师那珍爱的神圣的植物，受到主奎师那的奉献者的崇拜。

- U -

Upaniṣads — 韦达经中最重要的哲学部分。

Uttānapāda — 古代君王，是斯瓦阳布瓦·玛努的儿子，杜茹瓦王的父亲。

-V-

Vaikuṇṭha — 灵性世界，在那里没有焦虑。

Vaiṣṇava — 至尊主维施努(Viṣṇu, 奎师那)的奉献者。

Vaiśyas — 韦达社会制度中的第三阶层的人，即：农场主和商人。

Vaivasvata Manu —目前正在执政的玛努，在十四位玛努中排行第七。

Vānaprastha — 退出家庭生活的人，韦达灵性生活的第三个阶段。

Vāmana — 至尊主的一个侏儒布茹阿玛纳化身，巴利王把一切都献给了祂。

Varṇa — 韦达社会制度中的四个阶层，由人所从事的工作性质和受哪一种物质属性影响所区分。请看Brāhmaṇa，Kṣatriya，Vaiśya，Śūdra。

Varṇāśrama-dharma — 韦达社会制度中的四个社会阶层和四个灵性阶段。请看Varṇa和Āśrama。

Varuṇa — 掌管海洋的半神人。

Vasudeva — 奎师那的父亲，南达王的同父异母兄弟。

Vāsudeva — 至尊主奎师那，苏戴瓦的儿子，以及物质和灵性万物的拥有者。

Vāyu — 气；掌管风的半神人。

Vedānta — 圣维亚萨戴瓦的《韦丹塔·苏陀》(《吠檀陀经》)的哲学，包含了对韦达哲学知识的总结性概述，表明至尊主是生命的目标。

Vedānta-sūtra — 圣维亚萨戴瓦以格言的形式写就的、对韦达哲学知识的总结性概述。

Vedas — 由主奎师那最先讲述的原始启示经典。

Vedic literature — 四部原始韦达经、奥义书、往世书、其他的补充文献，以及支持韦达结论的评注。

Vidura — 奎师那杰出的奉献者，是维亚萨戴瓦的儿子、阎罗王的化身、潘达瓦五兄弟的叔叔。

Virāṭ-Puruṣa — 至尊主的宇宙形象，整体物质展示。

Viṣṇu — 至尊人格首神为了创造和维系物质宇宙而扩展出的四臂形象。

Viṣṇu-tattva — 首神的范畴；适用于至尊主的主要扩展。

Viṣṇu-purāṇa — 被称为往世书的韦达文献中的一部。

Viśvanātha Cakravartī Ṭhākura — 圣主柴坦亚·玛哈帕布传承中伟大的外士纳瓦灵性导师，《圣典博伽瓦谭》的评注者。

Vṛndāvana — 奎师那永恒的住所，祂在那里完全展示了祂甜美的质量；这个地球上的一个村庄，至尊主奎师那五千年前在那里演出了祂孩提时的娱乐活动。

Vṛtra — 因铎杀死的一个大恶魔维陀苏茹阿。他实际上是奉献者祺陀凯图，遭到诅咒来世会出生低贱。

Vyāsadeva — 主奎师那的文学化身，为人类编纂了韦达经(Vedas)、往世书(Purāṇas)、《韦丹塔·苏陀》(Vedānta-sūtra)和《玛哈巴茹阿特》(Mahābhārata)等韦达文献。

-Y-

Yadus — 主奎师那显现其中的雅杜王朝。

Yajña — 韦达祭祀；也是一切祭祀的目的和享受者至尊主的名字，意思是祭祀的人格体现。

Yamarāja — 负责掌管死亡和惩罚罪犯的半神人。

Yāmunācārya — 伟大的外士纳瓦作者，圣桑么帕达亚传承的灵性导师。

Yayāti — 古代君王，因为色欲而受到舒夸查尔亚的诅咒，过早地进入老年期。

Yoga — 将自我与至尊者相连的灵性训练。

Yoga-siddhis — 神秘力量。

Yogamāyā — 至尊主内在、灵性的能量；也化身为奎师那的妹妹。

Yogī — 以某种方法努力与至尊者相连的超然主义者。

Yojana — 韦达文明中的长度单位，相当于八英里。

Yugas — 计算宇宙寿命的年代，四个年代循环往复。

梵文发音指导

人们历来用不同的字母来代表梵文，但在印度被最广泛采用的是戴瓦讷嘎瑞(devanāgarī)字母。戴瓦讷嘎瑞的意思是，半神人的城市文字。戴瓦讷嘎瑞共含有 48 个字母；13 个元音，35 个辅音。古代的梵文语法家根据方便、实用的语言学原则，把这些字母加以排列，其排列顺序被所有的现代语言学者所接受。本书所用的拉丁语字母拼音系统，50 年以来一直被语言学家所采用。

元音

अ a　आ ā　इ i　ई ī　उ u　ऊ ū　ऋ ṛ
ॠ ṝ　ऌ ḷ　ए e　ऐ ai　ओ o　औ au

辅音

喉　音：	क	ka	ख	kha	ग	ga	घ	gha	ङ	ṅa
颚　音：	च	ca	छ	cha	ज	ja	झ	jha	ञ	ña
卷舌音：	ट	ṭa	ठ	ṭha	ड	ḍa	ढ	ḍha	ण	ṇa
齿　音：	त	ta	थ	tha	द	da	ध	dha	न	na
唇　音：	प	pa	फ	pha	ब	ba	भ	bha	म	ma
半元音：	य	ya	र	ra	ल	la	व	va		
丝　音：	श	śa	ष	ṣa	स	sa				

送气音：　ह ha　　鼻后音(anusvāra)：ं ṁ
无声音(visarga)：ः ḥ　　省字号(avagraha)：ऽ

数词

०-0　१-1　२-2　३-3　४-4　५-5　६-6　७-7　८-8　९-9

辅音后元音的写法

ा ā　ि i　ी ī　ु u　ू ū　ृ ṛ　ॄ ṝ　े e　ै ai　ो o　ौ au

例如：क ka　का kā　कि ki　की kī　कु ku　कू kū
कृ kṛ　कॄ kṝ　के ke　कै kai　को ko　कौ kau

一般来说当辅音是两个或两个以上一起时有特殊的写法，例如：क्ष kṣa त्र tra。

在辅音后没有标出元音时，应该当作有元音 a 来念。

当出现符号(्)时，表示没有元音，例如：क् 。

元音发音

a —如英语 but 中的 u
ā —如英语 far 的 a 而两倍长于 a
ai —如英语 aisle 中的 ai
au —如英语 how 中的 ow
e —如英语 they 中的 e
i —如英语 pin 中的 i
ī —如英语 pique 中的 i 而两倍长于 i
ḷ —如 lree
o —如英语 go 中的 o
ṛ —如英语 rim 中的 ri
ṝ —如英语 reed 中的 ree 而两倍长于
u —如英语 push 中的 u
ū —如英语 rule 中的 u 而两倍长于 u

辅音发音

喉音

k —如英语 kite 中的 i
kh —如英语 Eckhart 中的 kh
g —如英语 give 中的 g
gh —如英语 dig-hard 中的 g-h
ṅ —如英语 sing 中的 ng

唇音

p —如英语 pine 中的 p
ph —如英语 up-hill 中的 p-h
b —如英语 bird 中的 b
bh —如英语 rub-hard 中的 b-h
m —如英语 mother 中的 m

卷舌音

ṭ —如英语 tub 中的 t
ṭh —如英语 light-heart 中的 t-h
ḍ —如英语 dove 中的 d
ḍh —如英语 red-hot 中的 d-h
ṇ —如英语 sing 中的 n

颚音

c —如英语 chair 中的 ch
ch —如英语 staunch-heart 中的 ch-h
j —如英语 joy 中的 j
jh —如英语 hedgehog 中的 dgeh
ñ —如英语 canyon 中的 n

齿音

t —如英语 tub 中的 t
th —如英语 light-heart 中的 t-h
d —如英语 dove 中的 d
dh —如英语 red-hot 中的 d-h
n —如英语 nut 中的 n

半元音

y —如英语 yes 中的 y
r —如英语 run 中的 r
l —如英语 light 中的 l
v —如英语 vine 中的 v

丝音

ś —如德语 sprechen 中的 s

ṣ —如英语 shine 中的 sh

s —如英语 sun 中的 s

送气音

h —如英语 home 中的 h

鼻后音(anusvāra)

ṁ —如法语 bon 中的 n

无声音(visarga)

ḥ —字尾的 h 音（aḥ 发音如 aha；iḥ 发音如 ihi）

梵文音节的声调没有明显的起伏，在一行中字与字之间也没有间单，有的只是一个音节接着一个音节连绵不断地连接。有的音节短，有的音节长，而长音节的长度是短音节的二倍。长音节含有长元音(ā, ai, au, e, ī, o, ṝ ,ū)或短元音后加一个以上的辅音(包括 ḥ 和 ṁ)。丝音辅音——后面带 h 的辅音，只算单辅音。

梵文诗句索引

- A -

- K -

- P -

- U -

- V -

- Y -

中文译者简介

嘉娜娃（金磊），法籍华人，生于北京，医疗管理专科毕业。自1991年开始接触瑜伽后，深受印度古代文化的吸引，逐渐走上翻译这些经典的道路。迄今为止，她已经翻译、编辑了许多著名的古印度典籍，其中包括帕谭伽里的《瑜伽经》以及帕布帕德的《博伽梵歌原意》和《博伽梵往世书》（《圣典博伽瓦谭》）等40本印度古籍。此外，还有中国广大读者熟悉的《瑜伽的故事》和《瑜伽的艺术》（上、下）等。